ŒUVRES COMPLÈTES

DE

CHATEAUBRIAND

PARIS. — TYPOGRAPHIE DE E. ET V. PENAUD FRÈRES

10, rue du Faubourg-Montmartre.

OEUVRES COMPLÈTES

DE M. LE VICOMTE DE

CHATEAUBRIAND

ÉDITION ILLUSTRÉE

PAR MM.

DE MORAINE, STAAL ET FERDINAND

SIXIÈME PARTIE

PARIS

EUGÈNE ET VICTOR PENAUD FRÈRES

IMPRIMEURS-LIBRAIRES-ÉDITEURS

10, rue du Faubourg-Montmartre

1849

ŒUVRES COMPLÈTES

DE

CHATEAUBRIAND

PARIS. — IMPRIMERIE DE E. ET V. PENAUD FRÈRES,
Rue du Faubourg-Montmartre, 10.

ITINÉRAIRE

DE

PARIS A JÉRUSALEM

SUIVI

DU VOYAGE EN AMÉRIQUE

—◦◦—

TOME SECOND

—◦◦—

PARIS

EUGÈNE ET VICTOR PENAUD FRÈRES, ÉDITEURS

RUE DU FAUBOURG-MONTMARTRE, 10

ITINÉRAIRE
DE PARIS A JÉRUSALEM

SIXIÈME PARTIE.

VOYAGE D'ÉGYPTE.

Je me trouvai fort embarrassé à mon retour à Jaffa : il n'y avait pas un seul vaisseau dans le port. Je flottais entre le dessein d'aller m'embarquer à Saint-Jean d'Acre et celui de me rendre en Égypte par terre. J'aurais beaucoup mieux aimé exécuter ce dernier projet, mais il était impraticable. Cinq partis armés se disputaient alors les bords du Nil : Ibraïm-Bey dans la Haute-Égypte, deux autres petits beys indépendants, le pacha de la Porte au Caire, une troupe d'Albanais révoltés, El-Fy-Bey dans la Basse-Égypte. Ces différents partis infestaient les chemins ; et les Arabes, profitant de la confusion, achevaient de fermer tous les passages.

La Providence vint à mon secours. Le surlendemain de mon arrivée à Jaffa, comme je me préparais à partir pour Saint-Jean d'Acre, on vit entrer dans le port une saïque. Cette saïque de l'échelle de Tripoli de Syrie était sur son lest, et s'enquérait d'un chargement. Les Pères envoyèrent chercher le capitaine : il consentit à me porter à Alexandrie, et nous eûmes bientôt conclu notre traité. J'ai conservé ce petit traité écrit en arabe. M. Langlès, si connu par son érudition dans les langues orientales, l'a jugé digne d'être mis sous

1

les yeux des savants, à cause de plusieurs singularités. Il a eu la complaisance de le traduire lui-même, et j'ai fait graver l'original :

LUI (Dieu).

« Le but de cet écrit et le motif qui l'a fait tracer est que, le jour et la date
« désignés ci-après [1], nous soussignés avons loué notre bâtiment au porteur
« de ce traité, le signor Francesko (François), pour aller de l'échelle d'Yâfâ à
« Alexandrie, à condition qu'il n'entrera dans aucun autre port, et qu'il ira
« droit à Alexandrie, à moins qu'il ne soit forcé par le mauvais temps de surgir
« dans quelque échelle. Le nolis de ce bâtiment est de quatre cent quatre-vingts
« *ghrouch* (piastres) au lion, lesquels valent chacun quarante pârah [2]. Il est
« aussi convenu entre eux que le nolis susdit ne sera acquitté que lorqu'ils
« seront entrés à Alexandrie. Arrêté et convenu entre eux, et cela devant les
« témoins soussignés. Témoins :
« Le seïd (le sieur) Mousthafa êl Bâbâ; le seïd Ilhocéin Chetmâ. — Le réïs
« (patron) Ilhannâ Demitry (Jean Démétrius), de Tripoli de Syrie, affirme la
« vérité du contenu de cet écrit.
« Le réïs (patron) Ilhannâ a touché, sur le montant du nolis ci dessus énoncé
« la somme de cent quatre-vingts *ghrouch* au lion ; le re te, c'est-à-dire les
« trois cents autres *ghrouch*, lui seront payés à Alexandrie ; et comme ils ser-
« vent d'assurance pour le susdit bâtiment depuis Yâfâ jusqu'à Alexandrie, ils
« restent dans la bourse du signor Francesko, pour cette seule raison. Il est
« convenu, en outre, que le patron leur fournira, à un juste prix, de l'eau, du
« feu pour faire la cuisine, et du sel, ainsi que toutes les provisions dont ils
« pourraient manquer et les vivres. »

Ce ne fut pas sans un véritable regret que je quittai mes vénérables hôtes le 16 octobre. Un des Pères me donna des lettres de
recommandation pour l'Espagne ; car mon projet était, après avoir
vu Carthage, de finir mes courses par les ruines de l'Alhambra.
Ainsi ces religieux, qui restaient exposés à tous les outrages son-
geaient encore à m'être utiles au delà des mers et dans leur propre
patrie.

Avant de quitter Jaffa, j'écrivis à M. Pillavoine, consul de France
à Saint-Jean d'Acre, la lettre suivante :

[1] Le jour et la date, c'est-à-dire l'année, *yeoùm, oùé, târikh*, ont été oubliés.
Outre cette omission, nous avons remarqué plusieurs fautes d'ortographe assez
graves, dont on trouvera la rectification au bas du *fac-simile* de l'original arabe.
                                                    (*Note de M. Langlès.*)

[2] Quoiqu'on ait employé ici le mot arabe *fadhdhah*, qui signifie proprement de
l'argent, ce mot désigne ici la très petite pièce de monnaie connue en Égypte sous
le nom de *pârah* ou *meydyn*, évalué à 8 deniers $\frac{1}{7}$ dans l'*Annuaire de la République
française*, publié au Caire en l'an ix Suivant le même ouvrage, page 60, la piastre
turque, le *ghrouch* de 40 *pârah*, vaut 1 liv. 8 sous 6 deniers $\frac{5}{7}$.
                                                    (*Note de M. Langlès.*)

Jaffa, ce 16 octobre 1806.

« Monsieur,

« J'ai l'honneur de vous envoyer la lettre de recommandation que M. l'am-
« bassadeur de France à Constantinople m'avait remise pour vous. La saison
« étant déjà très avancée, et mes affaires me rappelant dans notre commune
« patrie, je me vois forcé de partir pour Alexandrie. Je perds à regret l'occa-
« sion de faire votre connaissance. J'ai visité Jérusalem ; j'ai été témoin des
« vexations que le pacha de Damas fait éprouver aux religieux de Terre-
« Sainte. Je leur ai conseillé, comme vous, la résistance. Malheureusement
« ils ont connu trop tard tout l'intérêt que l'empereur prend à leur sort. Ils ont
« donc encore cédé en partie aux demandes d'Abdallah ; il faut espérer qu'ils
« auront plus de fermeté l'année prochaine. D'ailleurs, il m'a paru qu'ils n'a-
« vaient manqué cette année ni de prudence ni de courage.
« Vous trouverez, Monsieur, deux autres lettres jointes à la lettre de
« M. l'ambassadeur : l'une m'a été remise par M. Dubois, négociant : je tiens
« l'autre du drogman de M. Vial, consul de France à Modon.
« J'ose prendre encore, Monsieur, la liberté de vous recommander M. D...,
« que j'ai vu ici. On m'a dit qu'il était honnête homme, pauvre et malheureux :
« ce sont là trois grands titres à la protection de la France.
« Agréez, Monsieur, je vous prie, etc.

« F. A. DE CH. »

Jean et Julien ayant porté nos bagages à bord, je m'embarquai
le 16, à huit heures du soir. La mer était grosse et le vent peu favorable. Je restai sur le pont aussi longtemps que je pus apercevoir
les lumières de Jaffa. J'avoue que j'éprouvais un certain sentiment
de plaisir, en pensant que je venais d'accomplir un pèlerinage que
j'avais médité depuis si longtemps. J'espérais mettre bientôt à fin
cette sainte aventure, dont la partie la plus hasardeuse me semblait
achevée. Quand je songeais que j'avais traversé presque seul le continent et les mers de la Grèce ; que je me trouvais encore seul, dans
une petite barque, au fond de la Méditerrannée, après avoir vu le
Jourdain, la mer Morte et Jérusalem, je regardais mon retour par
l'Égypte, la Barbarie et l'Espagne, comme la chose du monde la plus
facile : je me trompais pourtant.

Je me retirai dans la chambre du capitaine, lorsque nous eûmes
perdu de vue les lumières de Jaffa, et que j'eus salué pour la dernière
fois les rivages de la Terre-Sainte ; mais le lendemain, à la pointe du
jour, nous découvrîmes encore la côte en face de Gaza, car le ca-

pitaine avait fait route au midi. L'aurore nous amena une forte brise
de l'orient, la mer devint belle, et nous mîmes le cap à l'ouest.
Ainsi je suivais absolument le chemin qu'Ubalde et le Danois avaient
parcouru pour aller délivrer Renaud. Mon bateau n'était guère plus
grand que celui des deux chevaliers, et comme eux j'étais conduit
par la Fortune. Ma navigation de Jaffa à Alexandrie ne dura que
quatre jours, et jamais je n'ai fait sur les flots une course plus
agréable et plus rapide. Le ciel fut constamment pur, le vent bon,
la mer brillante. On ne changea pas une seule fois la voile. Cinq
hommes composaient l'équipage de la saïque, y compris le capitaine;
gens moins gais que mes Grecs de l'île de Tino, mais en apparence
plus habiles. Des vivres frais, des grenades excellentes, du vin de
Chypre, du café de la meilleure qualité, nous tenaient dans l'abondance et dans la joie. L'excès de ma prospérité aurait dû me causer
des alarmes; mais, quand j'aurais eu l'anneau de Polycrate, je me
serais bien gardé de le jeter dans la mer, à cause du maudit
esturgeon.

Il y a dans la vie du marin quelque chose d'aventureux qui nous
plaît et qui nous attache. Ce passage continuel du calme à l'orage,
ce changement rapide des terres et des cieux, tiennent éveillée l'imagination du navigateur. Il est lui-même, dans ses destinées, l'image
de l'homme ici-bas : toujours se promettant de rester au port, et
toujours déployant ses voiles; cherchant des îles enchantées où il
n'arrive presque jamais, et dans lesquelles il s'ennuie s'il y touche;
ne parlant que de repos, et n'aimant que les tempêtes; périssant au
milieu d'un naufrage, ou mourant vieux nocher sur la rive, inconnu
des jeunes navigateurs dont il regrette de ne pouvoir suivre le
vaisseau.

Nous traversâmes le 17 et le 18 le golfe de Damiette : cette ville
remplace à peu près l'ancienne Peluse. Quand un pays offre de
grands et de nombreux souvenirs, la mémoire, pour se débarrasser
des tableaux qui l'accablent, s'attache à un seul événement; c'est
ce qui m'arriva en passant le golfe de Peluse : je commençai par

remonter en pensée jusqu'aux premiers Pharaons, et je finis par ne pouvoir plus songer qu'à la mort de Pompée ; c'est selon moi le plus beau morceau de Plutarque et d'Amiot son traducteur (15).

Le 19 à midi, après avoir été deux jours sans voir la terre, nous aperçûmes un promontoire assez élevé, appelé le cap Brûlos, et formant la pointe la plus septentrionale du Delta. J'ai déjà remarqué, au sujet du Granique, que l'illusion des noms est une chose prodigieuse : le cap Brûlos ne me présentait qu'un petit monceau de sable ; mais c'était l'extrémité de ce quatrième continent, le seul qui me restât à connaître ; c'était un coin de cette Égypte, berceau des sciences, mère des religions et des lois : je n'en pouvais détacher les yeux.

Le soir même, nous eûmes, comme disent les marins, connaissance de quelques palmiers qui se montraient dans le sud-ouest, et qui paraissaient sortir de la mer ; on ne voyait point le sol qui les portait. Au sud, on remarquait une masse noirâtre et confuse, accompagnée de quelques arbres isolés : c'étaient les ruines d'un village, triste enseigne des destinées de l'Égypte.

Le 20, à cinq heures du matin, j'aperçus sur la surface verte et ridée de la mer une barre d'écume, et de l'autre côté de cette barre une eau pâle et tranquille. Le capitaine vint me frapper sur l'épaule, et me dit en langue franque : « *Nilo !* » Bientôt après nous entrâmes et nous courûmes dans ces eaux fameuses, dont je voulus boire, et que je trouvai salées. Des palmiers et un minaret nous annoncèrent l'emplacement de Rosette ; mais le plan même de la terre était toujours invisible. Ces plages ressemblaient aux lagunes des Florides : l'aspect en était tout différent de celui des côtes de la Grèce et de la Syrie, et rappelait l'effet d'un horizon sous les tropiques.

A dix heures nous découvrimes enfin, au-dessous de la cime des palmiers, une ligne de sable qui se prolongeait à l'ouest jusqu'au promontoire d'Aboukir, devant lequel il nous fallait passer pour arriver à Alexandrie. Nous nous trouvions alors en face même de l'embouchure du Nil, à Rosette, et nous allions traverser le

Bogâz. L'eau du fleuve était dans cet endroit d'un rouge tirant sur le violet, de la couleur d'une bruyère en automne : le Nil dont la crue était finie, commençait à baisser depuis quelque temps. Une vingtaine de gerbes ou bataux d'Alexandrie se tenaient à l'ancre dans le Bogâz, attendant un vent favorable pour franchir la barre et remonter à Rosette.

En cinglant toujours à l'ouest, nous parvîmes à l'extrémité du dégorgement de cette immense écluse. La ligne des eaux du fleuve et celle des eaux de la mer ne se confondaient point; elles étaient distinctes, séparées; elles écumaient en se rencontrant, et semblaient se servir mutuellement de rivages[1].

A cinq heures du soir, la côte, que nous avions toujours à notre gauche, changea d'aspect. Les palmiers paraissaient alignés sur la rive, comme ces avenues dont les châteaux de France sont décorés : la nature se plaît ainsi à rappeler les idées de la civilisation dans le pays où cette civilisation prit naissance et où règnent aujourd'hui l'ignorance et la barbarie. Après avoir doublé la pointe d'Aboukir, nous fûmes peu à peu abandonnés du vent, et nous ne pûmes entrer que de nuit dans le port d'Alexandrie. Il était onze heures du soir quand nous jetâmes l'ancre dans le port marchand, au milieu des vaisseaux mouillés devant la ville. Je ne voulus point descendre à terre, et j'attendis le jour sur le pont de notre saïque.

J'eus tout le temps de me livrer à mes réflexions. J'entrevoyais à ma droite des vaisseaux et le château qui remplace la tour du Phare; à ma gauche, l'horizon me semblait borné par des collines, des ruines et des obélisques que je distinguais à peine au travers des ombres; devant moi s'étendait une ligne noire de murailles et de maisons confuses : on ne voyait à terre qu'une seule lumière, et l'on n'entendait aucun bruit. C'était là pourtant cette Alexandrie, rivale de Memphis et de Thèbes, qui compta trois millions d'habitants, qui fut le sanctuaire des Muses, et que les bruyantes orgies d'Antoine

---

[1] Voyez, pour la description de l'Égypte, tout le onzième livre des *Martyrs*.

et de Cléopâtre faisaient retentir dans les ténèbres. Mais en vain je prêtais l'oreille, un talisman fatal plongeait dans le silence le peuple de la nouvelle Alexandrie : ce talisman, c'est le despotisme qui éteint toute joie, et qui ne permet pas même un cri à la douleur. Et quel bruit pourrait-il s'élever d'une ville dont un tiers au moins est abandonné, dont l'autre tiers est consacré aux sépulcres, et dont le tiers animé, au milieu de ces deux extrémités mortes, est une espèce de tronc palpitant qui n'a pas même la force de secouer ses chaînes entre des ruines et des tombeaux?

Le 20, à huit heures du matin, la chaloupe de la saïque me porta à terre, et je me fis conduire chez M. Drovetti, consul de France à Alexandrie. Jusqu'à présent j'ai parlé de nos consuls dans le Levant avec la reconnaissance que je leur dois; ici j'irai plus loin, et je dirai que j'ai contracté avec M. Drovetti une liaison qui est devenue une véritable amitié. M. Drovetti, militaire distingué et né dans la belle Italie, me reçut avec cette simplicité qui caractérise le soldat, et cette chaleur qui tient à l'influence d'un heureux soleil. Je ne sais si, dans le désert où il habite, cet écrit lui tombera entre les mains; je le désire, afin qu'il apprenne que le temps n'affaiblit point chez moi les sentiments; que je n'ai point oublié l'attendrissement qu'il me montra lorsqu'il me dit adieu au rivage: attendrissement bien noble, quand on en essuie comme lui les marques avec une main mutilée au service de son pays! Je n'ai ni crédit, ni protection, ni fortune; mais si j'en avais, je ne les emploierais pour personne avec plus de plaisir que pour M. Drovetti.

On ne s'attend point sans doute à me voir décrire l'Égypte : J'ai parlé avec quelque étendue des ruines d'Athènes, parce qu'après tout, elles ne sont bien connues que des amateurs des arts; je me suis livré à de grands détails sur Jérusalem, parce que Jérusalem était l'objet principal de mon voyage. Mais que dirais-je de l'Égypte? Qui ne l'a point vue aujourd'hui? Le *Voyage* de M. de Volney en Égypte est un véritable chef-d'œuvre dans tout ce qui n'est pas érudition : l'érudition a été épuisée par Sicard, Norden, Pococke,

Shaw, Niebuhr et quelques autres; les dessins de M. Denon et les grands tableaux de l'institut d'Égypte ont transporté sous nos yeux les monuments de Thèbes et de Memphis : enfin, j'ai moi-même dit ailleurs tout ce que j'avais à dire sur l'Égypte. Le livre des *Martyrs* où j'ai parlé de cette vieille terre est plus complet touchant l'antiquité que les autres livres du même ouvrage. Je me bornerai donc à suivre, sans m'arrêter, les simples dates de mon journal.

M. Drovetti me donna un logement dans la maison du consulat, bâtie presque au bord de la mer, sur le port marchand. Puisque j'étais en Égypte, je ne pouvais pas en sortir sans avoir au moins vu le Nil et les Pyramides. Je priai M. Drovetti de me noliser un bâtiment autrichien pour Tunis, tandis que j'irais contempler le prodige d'un tombeau. Je trouvai à Alexandrie deux Français très-distingués, attachés à la légation de M. Lesseps, qui devait, je crois, prendre alors le consulat général de l'Égypte, et qui, si je ne me trompe, est resté depuis à Livourne : leur intention étant aussi d'aller au Caire, nous arrêtâmes une gerbe, où nous nous embarquâmes le 23 pour Rosette. M. Drovetti garda Julien, qui avait la fièvre, et me donna un janissaire : je renvoyai Jean à Constantinople, sur un vaisseau grec qui se préparait à faire voile.

Nous partîmes le soir d'Alexandrie, et nous arrivâmes dans la nuit au Bogâz de Rosette. Nous traversâmes la barre sans accident. Au lever du jour, nous nous trouvâmes à l'entrée du fleuve : nous abordâmes le cap, à notre droite. Le Nil était dans toute sa beauté; il coulait à plein bord, sans couvrir ses rives; il laissait voir, le long de son cours, des plaines verdoyantes de riz, plantées de palmiers isolés qui représentaient des colonnes et des portiques. Nous nous rembarquâmes et nous touchâmes bientôt à Rosette : Ce fut alors que j'eus une première vue de ce magnifique Delta, où il ne manque qu'un gouvernement libre et un peuple heureux. Mais il n'est point de beau pays sans l'indépendance; le ciel le plus serein est odieux si l'on est enchaîné sur la terre. Je ne trouvais digne de ces plaines magnifiques que les souvenirs de la gloire de ma patrie;

je voyais les restes des monuments' d'une civilisation nouvelle,
apportée par le génie de la France sur les bords du Nil; je songeais
en même temps que les lances de nos chevaliers et les baïonnettes
de nos soldats avaient renvoyé deux fois la lumière d'un si brillant
soleil; avec cette différence que les chevaliers, malheureux à la journée Massoure, furent vengés par les soldats à la bataille des Pyramides. Au reste, quoique je fusse charmé de rencontrer une grande
rivière et une fraîche verdure, je ne fus pas très étonné, car c'étaient
absolument là mes fleuves de la Louisiane et mes savanes américaines : j'aurais désiré retrouver aussi les forêts où je plaçais les
premières illusions de ma vie.

M. de Saint-Marcel, consul de France à Rosette, nous reçut avec
une grande politesse : M. Caffe, négociant français et le plus obligeant des hommes, voulut nous accompagner jusqu'au Caire. Nous
fîmes notre marché avec le patron d'une grande barque; il nous
donna la chambre d'honneur; et, pour plus de sûreté, nous nous
associâmes un chef albanais. M. de Choiseul a parfaitement représenté ces soldats d'Alexandre :

« Ces fiers Albanais seraient encore des héros s'ils avaient un
« Scanderberg à leur tête; mais ils ne sont plus que des brigands
« dont l'extérieur annonce la férocité. Ils sont tous grands, lestes
« et nerveux; leur vêtement consiste en des culottes fort amples,
« petit jupon, un gilet garni de plaques, de chaînes et de plusieurs
« rangs de grosses olives d'argent; ils portent des brodequins atta-
« chés avec des courroies qui montent quelquefois jusqu'aux ge-
« noux, pour tenir sur les mollets des plaques qui en prennent la
« forme et les préservent du frottement du cheval. Leurs manteaux,
« galonnés et tailladés de plusieurs couleurs, achèvent de rendre cet
« habillement très pittoresque; ils n'ont d'autre coiffure qu'une ca-
« lotte de drap rouge, encore la quittent-ils en courant au combat[1]. »

[1] On voit encore en Égypte plusieurs fabriques élevées par les Français.
[2] *Voyage de la Grèce.* Le fond du vêtement des Albanais est blanc, et les ga-
lons sont rouges.

Les deux jours que nous passâmes à Rosette furent employés à visiter cette jolie ville arabe, ses jardins et sa forêt de palmiers. Savary a un peu exagéré les agréments de ce lieu; cependant il n'a pas menti autant qu'on l'a voulu faire croire. Le pathos de ses descriptions a nui à son autorité comme voyageur; mais c'est justice de dire que la vérité manque plus à son style qu'à son récit.

Le 26, à midi, nous entrâmes dans notre barque, où il y avait un grand nombre de passagers turcs et arabes. Nous courûmes au large et nous commençâmes à remonter le Nil. Sur notre gauche, un marais verdoyant s'étendait à perte de vue; à notre droite, une lisière cultivée bordait le fleuve, et par delà cette rivière on voyait le sable du désert. Des palmiers clair-semés indiquaient çà et là des villages, comme les arbres plantés autour des cabanes dans les plaines de la Flandre. Les maisons de ces villages sont faites de terre et élevées sur des monticules artificiels : précaution inutile, puisque souvent, dans ces maisons, il n'y a personne à sauver de l'inondation du Nil. Une partie du Delta est en friche; des milliers de fellahs ont été massacrés par les Albanais; le reste a passé dans la Haute-Égypte.

Contrariés par le vent et par la rapidité du courant, nous employâmes sept mortelles journées à remonter de Rosette au Caire. Tantôt nos matelots nous tiraient à la cordelle, tantôt nous marchions à l'aide d'une brise du nord qui ne soufflait qu'un moment. Nous nous arrêtions souvent pour prendre à bord des Albanais : il nous en arriva quatre, dès le second jour de notre navigation, qui s'emparèrent de notre chambre : il fallut supporter leur brutalité et leur insolence. Au moindre bruit, ils montaient sur le pont, prenaient leurs fusils, et, comme des insensés, avaient l'air de vouloir faire la guerre à des ennemis absents. Je les ai vus coucher en joue des enfants qui couraient sur la rive en demandant l'aumône : ces petits infortunés s'allaient cacher derrière les ruines de leurs cabanes, comme accoutumés à ces terribles jeux. Pendant ce temps-là nos marchands turcs descendaient à terre, s'asseyaient tranquillement sur leurs talons, tournaient le visage vers la Mecque et faisaient, au milieu des champs, des espèces de culbutes religieuses. Nos Albanais, moitié Musulmans, moitié chrétiens, criaient : « Mahomet ! et Vierge Marie ! » tiraient un chapelet de leur poche, prononçaient en français des mots obscènes, avalaient de grandes cruches de vin, lâchaient des coups de fusil en l'air et marchaient sur le ventre des chrétiens et des musulmans.

Est-il donc possible que les lois puissent mettre autant de différence entre des hommes ! Quoi ! ces hordes de brigands albanais, ces stupides musulmans, ces fellahs si cruellement opprimés, habitent les mêmes lieux où vécut un peuple si industrieux, si paisible, si sage ; un peuple dont Hérodote et surtout Diodore se sont plu à nous peindre les coutumes et les mœurs ! Y a-t-il, dans aucun poème, un plus beau tableau que celui-ci ?

« Dans les premiers temps, les rois ne se conduisaient point en
« Égypte comme chez les autres peuples, où ils font tout ce qu'ils
« veulent sans être obligés de suivre aucune règle ni de prendre au-
« cun conseil : tout leur était prescrit par les lois, non seulement à
« l'égard de l'administration du royaume, mais encore par rapport
« à leur conduite particulière. Ils ne pouvaient point se faire servir
« par des esclaves achetés ou même nés dans leur maison ; mais on
« leur donnait les enfants des principaux d'entre les prêtres, tou-
« jours au-dessus de vingt ans, et les mieux élevés de la nation,
« afin que le roi, voyant jour et nuit autour de sa personne la
« jeunesse la plus considérable de l'Égypte, ne fît rien de bas et
« qui fût indigne de son rang. En effet, les princes ne se jettent si
« aisément dans toutes sortes de vices que parce qu'ils trouvent des
« ministres toujours prêts à servir leurs passions. Il y avait surtout
« des heures du jour et de la nuit où le roi ne pouvait disposer de
« lui et était obligé de remplir les devoirs marqués par les lois. Au
« point du jour il devait lire les lettres qui lui étaient adressées de
« tous côtés, afin qu'instruit par lui-même des besoins de son
« royaume, il pût pourvoir à tout et remédier à tout. Après avoir

« pris le bain, il se revêtait d'une robe précieuse et des autres
« marques de la royauté, pour aller sacrifier aux dieux. Quand les
« victimes avaient été amenées à l'autel, le grand prêtre, debout et
« en présence de tout le peuple, demandait aux dieux à haute voix
« qu'ils conservassent le roi et répandissent sur lui toute sorte de
« prospérité, parce qu'il gouvernait ses sujets avec justice. Il insé-
« rait ensuite dans sa prière un dénombrement de toutes les vertus
« propres à un roi, en continuant ainsi : Parce qu'il est maître de
« lui-même, magnanime, bienfaisant, doux envers les autres,
« ennemi du mensonge; ses punitions n'égalent point les fautes, et
« ses récompenses passent les services. Après avoir dit plusieurs
« choses semblables, il condamnait les manquements où le roi
« était tombé par ignorance. Il est vrai qu'il en disculpait le roi
« même; mais il chargeait d'exécrations les flatteurs et tous ceux
« qui lui donnaient de mauvais conseils. Le grand-prêtre en usait
« de cette manière, parce que les avis mêlés de louanges sont plus
« efficaces que les remontrances amères pour porter les rois à la
« crainte des dieux et à l'amour de la vertu. Ensuite de cela le roi
« ayant sacrifié et consulté les entrailles de la victime, le lecteur des
« livres sacrés lui lisait quelques actions ou quelques paroles remar-
« quables des grands hommes, afin que le souverain de la répu-
« blique, ayant l'esprit plein d'excellents principes, en fît usage
« dans les occasions qui se présenteraient à lui. »

C'est bien dommage que l'illustre archevêque de Cambrai, au
lieu de peindre une Égypte imaginaire, n'ait pas emprunté ce
tableau, en lui donnant les couleurs que son heureux génie aurait
su y répandre. Faydit a raison sur ce seul point, si l'on peut avoir
raison quand on manque absolument de décence, de bonne foi et
de goût. Mais il aurait toujours fallu que Fénelon conservât, à tout
prix, le fond des aventures par lui inventées et racontées dans le
style le plus antique : l'épisode de Termosiris *vaut seul un long
poème.*

« Je m'enfonçai dans une sombre forêt où j'aperçus tout à coup

« un vieillard qui tenait un livre dans sa main. Ce vieillard avait
« un grand front chauve et un peu ridé ; une barbe blanche pendait
« jusqu'à sa ceinture ; sa taille était haute et majestueuse ; son teint
« était encore frais et vermeil ; ses yeux étaient vifs et perçants ;
« sa voix, douce ; ses paroles, simples et aimables. Jamais je n'ai
« vu un si vénérable vieillard : il s'appelait *Termosiris.....* »

Nous passâmes par le canal de Ménouf, ce qui m'empêcha de voir
le beau bois de palmiers qui se trouve sur la grande branche de
l'ouest ; mais les Arabes infestaient alors le bord occidental de cette
branche qui touche au désert libyque. En sortant du canal Ménouf
et continuant de remonter le fleuve, nous aperçûmes, à notre
gauche, la crête du mont Moqattam, et à notre droite, les hautes
dunes de sable de la Lybie. Bientôt, dans l'espace vide que laissait
l'écartement de ces deux chaînes de montagnes, nous découvrîmes
le sommet des Pyramides : nous en étions à plus de dix lieues. Pendant le reste de notre navigation, qui dura encore près de huit
heures, je demeurai sur le pont à contempler ces tombeaux ; ils
paraissaient s'agrandir et monter dans le ciel à mesure que nous en
approchions. Le Nil, qui était alors comme une petite mer ; le mélange des sables du désert et de la plus fraîche verdure; les palmiers, les sycomores, les dômes, les mosquées et les minarets du
Caire; les pyramides lointaines de Sacarah, d'où le fleuve semblait sortir comme de ses immenses réservoirs; tout cela formait
un tableau qui n'a point son égal sur la terre. « Mais quelque effort
« que fassent les hommes, dit Bossuet, leur néant paraît partout :
« ces pyramides étaient des tombeaux ! encore les rois qui les ont
« bâties n'ont-ils pas eu le pouvoir d'y être inhumés, et ils n'ont
« pas joui de leur sépulcre. »

J'avoue pourtant qu'au premier aspect des Pyramides je n'ai senti
que de l'admiration. Je sais que la philosophie peut gémir ou sou-
rire en songeant que le plus grand monument sorti de la main des
hommes est un tombeau; mais pourquoi ne voir dans la pyramide
de Chéops qu'un amas de pierres et un squelette? Ce n'est point

par le sentiment de son néant que l'homme a élevé un tel sépulcre,
c'est par l'instinct de son immortalité : ce sépulcre n'est point la
borne qui annonce la fin d'une carrière d'un jour, c'est la borne
qui marque l'entrée d'une vie sans terme ; c'est une espèce de porte
éternelle, bâtie sur les confins de l'éternité. « Tous ces peuples
« (d'Égypte), dit Diodore de Sicile, regardant la durée de la vie
« comme un temps très court et de peu d'importance, font au con-
« traire beaucoup d'attention à la longue mémoire que la vertu
« laisse après elle : c'est pourquoi ils appellent les maisons des
« vivants des hôtelleries par lesquelles on ne fait que passer ; mais
« ils donnent le nom de demeures éternelles aux tombeaux des
« morts, d'où l'on ne sort plus. Ainsi les rois ont été comme indif-
« férents sur la construction de leurs palais ; et ils se sont épuisés
« dans la construction de leurs tombeaux. »

On voudrait aujourd'hui que tous les monuments eussent une
utilité physique, et l'on ne songe pas qu'il y a pour les peuples une
utilité morale d'un ordre fort supérieur, vers laquelle tendaient les
législations de l'antiquité. La vue d'un tombeau n'apprend-elle donc
rien ? Si elle enseigne quelque chose, pourquoi se plaindre qu'un roi
ait voulu rendre la leçon perpétuelle ? Les grands monuments font
une partie essentielle de la gloire de toute société humaine. A moins
de soutenir qu'il est égal pour une nation de laisser ou de ne pas
laisser un nom dans l'histoire, on ne peut condamner ces édifices
qui portent la mémoire d'un peuple au delà de sa propre existence,
et le font vivre contemporain des générations qui viennent s'établir
dans ces champs abandonnés. Qu'importe alors que ces édifices
aient été des amphithâtres ou des sépulcres ? Tout est tombeau chez
un peuple qui n'est plus. Quand l'homme a passé, les monuments
de sa vie sont encore plus vains que ceux de sa mort : son mausolée
est au moins utile à ses cendres ; mais ses palais gardent-ils quelque
chose de ses plaisirs ?

Sans doute, à le prendre à la rigueur, une petite fosse suffit à
tous, et six pieds de terre, comme le disait Mathieu Molé, feront

toujours raison du plus grand homme du monde. Dieu peut être adoré sous un arbre comme sous le dôme de Saint-Pierre; on peut vivre dans une chaumière comme au Louvre. Le vice de ce raisonnement est de transporter un ordre de choses dans un autre. D'ailleurs un peuple n'est pas plus heureux quand il vit ignorant des arts que quand il laisse des témoins éclatants de son génie. On ne croit plus à ces sociétés de bergers qui passent leurs jours dans l'innocence, en promenant leur doux loisir au fond des forêts. On sait que ces honnêtes bergers se font la guerre entre eux pour manger les moutons de leurs voisins. Leurs grottes ne sont ni tapissées de vignes ni embaumées du parfum des fleurs; on y est étouffé par la fumée et suffoqué par l'odeur des laitages. En poésie et en philosophie, un petit peuple à demi barbare peut goûter tous les biens; mais l'impitoyable histoire le soumet aux calamités du reste des hommes. Ceux qui crient tant contre la gloire ne seraient-ils pas un peu amoureux de la renommée? Pour moi, loin de regarder comme un insensé le roi qui fit bâtir la grande Pyramide, je le tiens au contraire pour un monarque d'un esprit magnanime. L'idée de vaincre le temps par un tombeau, de forcer les générations, les mœurs, les lois, les âges, à se briser au pied d'un cercueil, ne saurait être sortie d'une âme vulgaire. Si c'est là de l'orgueil, c'est du moins un grand orgueil. Une vanité comme celle de la grande Pyramide, qui dure depuis trois ou quatre mille ans, pourrait bien à la longue se faire compter pour quelque chose.

Au reste, ces Pyramides me rappelèrent des monuments moins pompeux, mais qui toutefois étaient encore des sépulcres; je veux parler de ces édifices de gazon qui couvrent les cendres des Indiens au bord de l'Ohio. Lorsque je les visitai, j'étais dans une situation d'âme bien différente de celle où je me trouvais en contemplant les mausolées des Pharaons : je commençais alors le voyage, et maintenant je le finis. Le monde, à ces deux époques de ma vie, s'est présenté à moi précisément sous l'image des deux déserts où j'ai vu ces deux espèces de tombeaux : des solitudes riantes, des sables arides.

Nous abordâmes à Boulacq, et nous louâmes des chevaux et des ânes pour le Caire. Cette ville, que dominent l'ancien château de Babylone et le mont Moqattam, présente un aspect assez pittoresque, à cause de la multitude des palmiers, des sycomores et des minarets qui s'élèvent de son enceinte. Nous y entrâmes par des voiries et par un faubourg détruit, au milieu des vautours qui dévoraient leur proie. Nous descendîmes à la contrée des Francs, espèce de cul-de-sac dont on ferme l'entrée tous les soirs, comme les cloîtres extérieurs d'un couvent. Nous fûmes reçus par M....[1], à qui M. Drovetti avait confié le soin des affaires des Français au Caire. Il nous prit sous sa protection, et envoya prévenir le pacha de notre arrivée : il fit en même temps avertir les cinq mamelucks français, afin qu'ils nous accompagnassent dans nos courses.

Ces mamelucks étaient attachés au service du pacha. Les grandes armées laissent toujours après elles quelques traîneurs : la nôtre perdit ainsi deux ou trois cents soldats qui restèrent éparpillés en Égypte. Ils prirent parti sous différents beys, et furent bientôt renommés par leur bravoure. Tout le monde convenait que, si ces déserteurs, au lieu de se diviser entre eux, s'étaient réunis et avaient nommé un bey français, ils se seraient rendus maîtres du pays. Malheureusement, ils manquèrent de chef, et périrent presque tous à la solde des maîtres qu'ils avaient choisis. Lorsque j'étais au Caire, Mahamed-Ali-Pacha pleurait encore la mort d'un de ces braves. Ce soldat, d'abord petit tambour dans un de nos régiments, était tombé entre les mains des Turcs par les chances de la guerre : devenu homme, il se trouva enrôlé dans les troupes du pacha. Mahamed, qui ne le connaissait point encore, le voyant charger un

---

[1] Par la plus grande fatalité, le nom de mon hôte, au Caire, s'est effacé sur mon journal, et je crains de ne l'avoir pas retenu correctement, ce qui fait que je n'ose l'écrire. Je ne me pardonnerais pas un pareil malheur, si ma mémoire était infidèle aux services, à l'obligeance et à la politesse de mon hôte comme à son nom.

gros d'ennemis, s'écria : « Quel est cet homme? Ce ne peut être qu'un Français; » et c'était en effet un Français. Depuis ce moment, il devint le favori de son maître, et il n'était bruit que de sa valeur. Il fut tué peu de temps avant mon arrivée en Égypte, dans une affaire où les cinq autres mamelucks perdirent leurs chevaux.

Ceux-ci étaient Gascons, Languedociens et Picards, leur chef s'avouait le fils d'un cordonnier de Toulouse. Le second en autorité après lui servait d'interprète à ses camarades. Il savait assez bien le turc et l'arabe, et disait toujours en français, *j'élions, j'allions, je faisions.* Un troisième, grand jeune homme maigre et pâle, avait vécu longtemps dans le désert avec les Bédouins, et il regrettait singulièrement cette vie. Il me contait que, quand il se trouvait seul dans les sables, sur un chameau, il lui prenait des transports de joie dont il n'était pas le maître. Le pacha faisait un tel cas de ces cinq mamelucks, qu'il les préférait au reste de ses spahis : eux seuls retraçaient et surpassaient l'intrépidité de ces terribles cavaliers détruits par l'armée française à la journée des Pyramides. Nous sommes dans le siècle des merveilles ; chaque Français semble être appelé aujourd'hui à jouer un rôle extraordinaire : cinq soldats, tirés des derniers rangs de notre armée, se trouvaient, en 1806, à peu près les maîtres au Caire. Rien n'était amusant et singulier comme de voir Abdallah de Toulouse prendre les cordons de son cafetan, en donner par le visage des Arabes et des Albanais qui l'importunaient, et nous ouvrir ainsi un large chemin dans les rues les plus populeuses. Au reste, ces rois par l'exil avaient adopté, à l'exemple d'Alexandre, les mœurs des peuples conquis ; ils portaient de longues robes de soie, de beaux turbans blancs, de superbes armes ; ils avaient un harem, des esclaves, des chevaux de première race ; toutes choses que leurs pères n'ont point en Gascogne et en Picardie. Mais, au milieu des nattes, des tapis, des divans que je vis dans leur maison, je remarquai une dépouille de la patrie : c'était un uniforme haché de coups de sabre, qui couvrait le pied

d'un lit fait à la française. Abdallah réservait peut-être ces honorables lambeaux pour la fin du songe, comme le berger devenu
ministre.

> Le coffre étant ouvert, on y vit des lambeaux,
> L'habit d'un gardeur de troupeaux,
> Petit, chapeau, jupon, panetière, houlette,
> Et, je pense, aussi sa musette.

Le lendemain de notre arrivée au Caire, 1er novembre, nous
montâmes au château, afin d'examiner le puits de Joseph, la
mosquée, etc. Le fils du pacha habitait alors ce château. Nous
présentâmes nos hommages à Son Excellence qui pouvait avoir
quatorze ou quinze ans. Nous la trouvâmes assise sur un tapis, dans
un cabinet délabré, et entourée d'une douzaine de complaisants qui
s'empressaient d'obéir à ses caprices. Je n'ai jamais vu un spectacle
plus hideux. Le père de cet enfant était à peine maître du Caire, et
ne possédait ni la haute ni la basse Égypte. C'était dans cet état de
choses que douze misérables Sauvages nourrissaient des plus lâches
flatteries un jeune Barbare enfermé pour sa sûreté dans un donjon.
Et voilà le maître que les Égyptiens attendaient après tant de
malheurs !

On dégradait donc, dans un coin de ce château, l'âme d'un enfant
qui devait conduire des hommes; dans un autre coin, on frappait
une monnaie du plus bas aloi. Et, afin que les habitants du Caire
reçussent sans murmurer l'or altéré et le chef corrompu qu'on leur
préparait, les canons étaient pointés sur la ville.

J'aimais mieux porter ma vue au dehors et admirer, du haut du
château, le vaste tableau que présentaient au loin le Nil, les campagnes, le désert et les Pyramides. Nous avions l'air de toucher à ces
dernières, quoique nous en fussions éloignés de quatre lieues. A
l'œil nu, je voyais parfaitement les assises des pierres et la tête du
sphinx qui sortait du sable; avec une lunette je comptais les gradins
des angles de la grande Pyramide, et je distinguais les yeux, la
bouche et les oreilles du sphinx, tant ces masses sont prodigieuses !

Memphis avait existé dans les plaines qui s'étendent de l'autre côté du Nil jusqu'au désert où s'élèvent les Pyramides.

« Ces plaines heureuses, qu'on dit être le séjour des justes morts,
« ne sont, à la lettre, que les belles campagnes qui sont aux envi-
« rons du lac Achéruse, auprès de Memphis, et qui sont partagées
« par des champs et des étangs couverts de blés ou de lotos. Ce
« n'est pas sans fondement qu'on a dit que les morts habitent là ;
« car c'est là qu'on termine les funérailles de la plupart des Égyptiens,
« lorsque après avoir fait traverser le Nil et le lac d'Achéruse à leurs
« corps, on les dépose enfin dans des tombes qui sont arrangées
« sous terre en cette campagne. Les cérémonies, qui se pratiquent
« encore aujourd'hui dans l'Égypte, conviennent à tout ce que les
« Grecs disent de l'enfer, comme à la barque qui transporte les
« corps ; à la pièce de monnaie qu'il faut donner au nocher, nommé
« *Charon* en langue égyptienne ; au temple de la ténébreuse Hécate,
« placé à l'entrée de l'enfer ; aux portes du Cocyte et du Léthé,
« posées sur des gonds d'airain ; à d'autres portes, qui sont celles
« de la Vérité et de la Justice qui est sans tête [1]. »

Le 2 nous allâmes à Djizé et à l'île de Rhoda. Nous examinâmes le Nilomètre, au milieu des ruines de la maison de Mourad-Bey. Nous nous étions ainsi beaucoup rapprochés des Pyramides. A cette distance, elles paraissaient d'une hauteur démesurée : comme on les apercevait à travers la verdure des rizières, le cours du fleuve, la cime des palmiers et des sycomores, elles avaient l'air de fabriques colossales bâties dans un magnifique jardin. La lumière du soleil, d'une douceur admirable, colorait la chaîne aride du Moqattam, les sables libyques, l'horizon de Sacarah, et la plaine des tombeaux. Un vent frais chassait de petits nuages blancs vers la Nubie, et ridait la vaste nappe des flots du Nil. L'Égypte m'a paru le plus beau pays de la terre : j'aime jusqu'aux déserts qui la bordent, et qui ouvrent à l'imagination les champs de l'immensité.

[1] *Diod.*, trad. de TERRASSON.

Nous vîmes, en revenant de notre course, la mosquée abandonnée dont j'ai parlé au sujet de l'El-Sachra de Jérusalem, et qui me paraît être l'original de la cathédrale de Cordoue.

Je passai cinq autres jours au Caire, dans l'espoir de visiter les sépulcres des Pharaons; mais cela fut impossible. Par une singulière fatalité, l'eau du Nil n'était pas encore assez retirée pour aller à cheval aux Pyramides, ni assez haute pour s'en approcher en bateau. Nous envoyâmes sonder les gués et examiner la campagne : tous les Arabes s'accordèrent à dire qu'il fallait attendre encore trois semaines ou un mois avant de tenter le voyage. Un pareil délai m'aurait exposé à passer l'hiver en Égypte (car les vents de l'ouest allaient commencer); or cela ne convenait ni à mes affaires ni à ma fortune. Je ne m'étais déjà que trop arrêté sur ma route, et je m'exposai à ne jamais revoir la France, pour avoir voulu remonter au Caire. Il fallut donc me résoudre à ma destinée, retourner à Alexandrie, et me contenter d'avoir vu de mes yeux les Pyramides, sans les avoir touchées de mes mains. Je chargeai M. Caffe d'écrire mon nom sur ces grands tombeaux, selon l'usage, à la première occasion : l'on doit remplir tous les petits devoirs d'un pieux voyageur. N'aime-t-on pas à lire, sur les débris de la statue de Memnon, le nom des Romains qui l'ont entendue soupirer au lever de l'aurore? Ces Romains furent comme nous *étrangers dans la terre d'Égypte*, et nous passerons comme eux.

Au reste, je me serais très bien arrangé du séjour du Caire; c'est la seule ville qui m'ait donné l'idée d'une ville orientale telle qu'on se la représente ordinairement : aussi figure-t-elle dans *les Mille et une Nuits*. Elle conserve encore beaucoup de traces du passage des Français : les femmes s'y montrent avec moins de réserve qu'autrefois; on est absolument maître d'aller et d'entrer partout où l'on veut; l'habit européen, loin d'être un objet d'insulte, est un titre de protection. Il y a un jardin assez joli, planté en palmiers avec des allées circulaires, qui sert de promenade publique : c'est l'ouvrage de nos soldats.

Avant de quitter le Caire, je fis présent à Abdallah d'un fusil de chasse à deux coups, de la manufacture de Lepage. Il me promit d'en faire usage à la première occasion. Je me séparai de mon hôte et de mes aimables compagnons de voyage. Je me rendis à Boulacq, où je m'embarquai avec M. Caffe pour Rosette. Nous étions les seuls passagers sur le bateau, et nous appareillâmes le 8 novembre, à sept heures du soir.

Nous descendîmes avec le cours du fleuve : nous nous engageâmes dans le canal de Ménouf. Le 10 au matin, en sortant du canal et rentrant dans la grande branche de Rosette, nous aperçûmes le côté occidental du fleuve occupé par un camp d'Arabes. Le courant nous portait malgré nous de ce côté, et nous obligeait de serrer la rive. Une sentinelle cachée derrière un vieux mur cria à notre patron d'aborder. Celui-ci répondit qu'il était pressé de se rendre à sa destination, et que d'ailleurs il n'était point ennemi. Pendant ce colloque, nous étions arrivés à portée de pistolet du rivage, et le flot courait dans cette direction l'espace d'un mille. La sentinelle, voyant que nous poursuivions notre route, tira sur nous : cette première balle pensa tuer le pilote, qui riposta d'un coup d'escopette. Alors tout le camp accourut, borda la rive, et nous essuyâmes le feu de la ligne. Nous cheminions fort doucement, car nous avions le vent contraire : pour comble de guignon, nous échouâmes un moment. Nous étions sans armes; on a vu que j'avais donné mon fusil à Abdallah. Je voulais faire descendre dans la chambre M. Caffe, que sa complaisance pour moi exposait à cette désagréable aventure; mais, quoique père de famille et déjà sur l'âge, il s'obstina à rester sur le pont. Je remarquai la singulière prestesse d'un Arabe : il lâchait son coup de fusil, rechargeait son arme en courant, tirait de nouveau, et tout cela sans avoir perdu un pas sur la marche de la barque. Le courant nous porta enfin sur l'autre rive ; mais il nous jeta dans un camp d'Albanais révoltés, plus dangereux pour nous que les Arabes, car ils avaient du canon, et un boulet nous pouvait couler bas. Nous aperçûmes du mouvement à terre; heureusement la nuit survint.

Nous n'allumâmes point de feu, et nous fîmes silence. La Providence nous conduisit, sans autre accident, au milieu des partis ennemis, jusqu'à Rosette. Nous y arrivâmes le 11, à dix heures du matin.

J'y passai deux jours avec M. Caffe et M. de Saint-Marcel, et je partis le 13 pour Alexandrie. Je saluai l'Égypte, en la quittant, par ces beaux vers :

> Mère antique des arts et des fables divines,
> Toi, dont la gloire assise au milieu des ruines
> Étonne le génie et confond notre orgueil,
> Égypte vénérable, où du fond du cercueil,
> Ta grandeur colossale insulte à nos chimères,
> C'est ton peuple qui sut, à ces barques légères,
> Dont rien ne dirigeait le cours audacieux,
> Chercher des guides sûrs dans la voûte des cieux.
> Quand le fleuve sacré qui féconde tes rives,
> T'apportait en tribut ses ondes fugitives,
> Et, sur l'émail des prés égarant les poissons,
> Du limon de ses flots nourrissait tes moissons,
> Les hameaux, dispersés sur les hauteurs fertiles,
> D'un nouvel Océan semblaient former les îles :
> Les palmiers, ranimés par la fraîcheur des eaux,
> Sur l'onde salutaire abaissaient leurs rameaux ;
> Par les feux du Cancer Syrène poursuivie
> Dans ses sables brûlants sentait filtrer la vie ;
> Et des murs de Péluse aux lieux où fut Memphis,
> Mille canots flottaient sur la terre d'Isis.
> Le faible papyrus, par des tissus fragiles
> Formait les flancs étroits de ces barques agiles,
> Qui, des lieux séparés conservant les rapports,
> Réunissaient l'Égypte en parcourant ses bords,
> Mais, lorsque dans les airs la Vierge triomphante
> Ramenait vers le Nil son onde décroissante,
> Quand les troupeaux bêlants et les épis dorés
> S'emparaient à leur tour des champs désaltérés,
> Alors d'autres vaisseaux à l'active industrie,
> Ouvraient des aquilons l'orageuse patrie.
> . . . .
> . . . .
> Alors mille cités que décoraient les arts,
> L'immense Pyramide, et cent palais épars,
> Du Nil enorgueilli couronnaient le rivage.
> Dans les sables d'Ammon le porphyre sauvage,
> En colonne hardie élancé dans les airs,
> De sa pompe étrangère étonnait les déserts.
> . . . .

O grandeur des mortels! O temps impitoyable !
Les destins sont comblés ; dans leur course immuable,
Les siècles ont détruit cet éclat passager
Que la superbe Égypte offrit à l'étranger ¹.

J'arrivai le même jour, 13, à Alexandrie, à sept heures du soir.
M. Drovetti m'avait nolisé un bâtiment autrichien pour Tunis. Ce
bâtiment, du port de cent vingt tonneaux, était commandé par un
Ragusois; le second capitaine s'appelait *François Dinelli*, jeune
Vénitien très expérimenté dans son art. Les préparatifs du voyage
et les tempêtes nous retinrent au port pendant dix jours. J'employai
ces dix jours à voir et à revoir Alexandrie.

J'ai cité, dans une note des *Martyrs*, un long passage de Strabon,
qui donne les détails les plus satisfaisants sur l'ancienne Alexandrie ;
la nouvelle n'est pas moins connue, grâce à M. de Volney : ce voyageur en a tracé le tableau le plus complet et le plus fidèle. J'invite
les lecteurs à recourir à ce tableau ; il n'existe guère dans notre
langue un meilleur morceau de description. Quant aux monuments
d'Alexandrie, Pococke, Norden, Shaw, Thévenot, Paul Lucas, Tott,
Niebuhr, Sonnini et cent autres les ont examinés, comptés, mesurés.
Je me contenterai donc de donner ici l'inscription de la colonne de
Pompée. Je crois être le premier voyageur qui l'ait rapportée en
France ².

Le monde savant la doit à quelques officiers anglais ; ils parvinrent
à la relever en y appliquant du plâtre.

Pococke en avait copié quelques lettres; plusieurs autres voyageurs

---

¹ *La Navigation*, par M. ESMÉNARD
Quand j'imprimais ces vers, il n'y a pas encore un an, je ne pensais pas qu'on dût
appliquer sitôt à l'auteur ses propres paroles :

O temps impitoyable .
Les destins sont comblés !

(*Note de la troisième édition*).

² Je me trompais : M. Jaubert avait rapporté cette inscription en France
avant moi. Le savant d'Ansse de Villoison l'a expliquée dans un article du
Magasin Encyclopédique, VIII° année, t. v, p. 55. Cet article mérite d'être cité.
Le docte helléniste propose une lecture un peu différente de la mienne (16).

l'avaient aperçue, j'ai moi-même déchiffré distinctement à l'œil nu plusieurs traits, entre autres, le commencement de ce mot Διοκ…, qui est décisif. Les gravures du plâtre ont fourni ces quatre lignes :

TO.   ΩΤΑΤΟΝ ΑΥΤΟΚΡΑΤΟΡΑ
ΤΟΝ ΠΟΛΙΟΥΧΟΝ ΑΛΕΧΑΝΔΡΕΙΑΣ
ΔΙΟΚ. Η. ΙΛΝΟΝ ΤΟΝ.   ΤΟΝ
ΠΟ.   ΕΠΑΡΧΟΣ ΑΙΓΥΠΤΟΥ

Il faut d'abord suppléer à la tête de l'inscription le mot ΠΡΟΣ. Après le premier point, Ν ΣΟΦ; après le second, Λ; après le troisième Τ; au quatrième, ΑΥΓΟΥΣ; au cinquième, enfin, il faut ajouter ΛΛΙΩΝ. On voit qu'il n'y a ici d'arbitraire que le mot ΑΥΓΟΥΣΤΟΝ, qui est d'ailleurs peu important. Ainsi on peut lire :

ΠΡΟΣ
ΤΟΝ ΣΟΦΩΤΑΤΟΝ ΑΥΤΟΚΡΑΤΟΡΑ
ΤΟΝ ΠΟΛΙΟΥΧΟΝ ΑΛΕΞΑΝΔΡΕΙΑΣ
ΔΙΟΚΛΗΤΙΑΝΟΝ ΤΟΝ ΑΥΓΟΥΣΤΟΝ
ΠΟΛΛΙΩΝ ΕΠΑΡΧΟΣ ΑΙΓΥΠΤΟΥ

C'est-à-dire :

« Au très sage empereur, protecteur d'Alexandrie, Dioclétien « Auguste ; Pollion, préfet d'Égypte. »

Ainsi, tous les doutes sur la colonne de Pompée sont éclaircis [1]. Mais l'histoire garde-t-elle le silence sur ce sujet? Il me semble que, dans la vie d'un des Pères du désert, écrite en grec par un contemporain, on lit que, pendant un tremblement de terre qui eut lieu à Alexandrie, toutes les colonnes tombèrent, excepté celle de Dioclétien.

M. Boissonade, à qui j'ai tant d'obligations, et dont j'ai mis la complaisance à de si grandes et de si longues épreuves, propose de supprimer le ΠΡΟΣ de ma leçon, qui n'est là que pour gouverner des accusatifs, et dont la place n'est point marquée sur la base de la colonne. Il sous-entend alors, comme dans une foule d'inscriptions rapportées par Chandler, Wheler, Spon, etc., ἐτίμησε, *honoravit*.

----

[1] Quant à l'inscription; car la colonne est elle-même bien plus ancienne que sa dédicace.

M. Boissonade, qui est destiné à nous consoler de la perte ou de la vieillesse de tant de savants illustres, a évidemment raison.

J'eus encore à Alexandrie une de ces petites jouissances d'amour-propre dont les auteurs sont si jaloux, et qui m'avait déjà rendu si fier à Sparte. Un riche Turc, voyageur et astronome, nommé *Aly-Bey el Abassy*, ayant entendu prononcer mon nom, prétendit connaître mes ouvrages. J'allai lui faire une visite avec le consul. Aussitôt qu'il m'aperçut, il s'écria : *Ah! mon cher Atala, et ma chère René!* Aly-Bey me parut digne, dans ce moment, de descendre du grand Saladin. Je suis même encore un peu persuadé que c'est le Turc le plus savant et le plus poli qui soit au monde, quoiqu'il ne connaisse pas bien le genre des noms en français ; mais *non eao paucis offendar maculis* [1].

Si j'avais été enchanté de l'Égypte, Alexandrie me sembla le lieu le plus triste et le plus désolé de la terre. Du haut de la terrasse de la maison du consul, je n'apercevais qu'une mer nue qui se brisait sur des côtes basses encore plus nues, des ports presque vides et le désert libyque s'enfonçant à l'horizon du midi : ce désert semblait, pour ainsi dire, accroître et prolonger la surface jaune et aplanie des flots : on aurait cru voir une seule mer dont une moitié était agitée et bruyante, et dont l'autre moitié était immobile et silencieuse. Partout la nouvelle Alexandrie mêlant ses ruines aux ruines de l'ancienne cité ; un Arabe galopant sur un âne au milieu des débris ; quelques chiens maigres dévorant des carcasses de chameaux sur la grève ; les pavillons des consuls européens flottant au dessus de leurs demeures, et déployant, au milieu des tombeaux, des couleurs ennemies : tel était le spectacle.

Quelquefois je montais à cheval avec M. Drovetti, et nous allions nous promener à la vieille ville, à Nécropolis, ou dans le désert. La

---

[1] Voilà ce que c'est que la gloire! On m'a dit que cet Aly-Bey était Espagnol de naissance, et qu'il occupait aujourd'hui une place en Espagne. Belle leçon pour ma vanité!

(*Note de la troisième édition.*)

plante qui donne la soude couvrait à peine un sable aride ; des
chakals fuyaient devant nous ; une espèce de grillon faisait entendre
sa voix grêle et importune : il rappelait péniblement à la mémoire le
foyer du laboureur dans cette solitude où jamais une fumée champêtre ne vous appelle à la tente de l'Arabe. Ces lieux sont d'autant
plus tristes, que les Anglais ont noyé le vaste bassin qui servait
comme de jardin à Alexandrie : l'œil ne rencontre plus que du
sable, des eaux et l'éternelle colonne de Pompée.

M. Drovetti avait fait bâtir, sur la plate-forme de sa maison, une
volière en forme de tente, où il nourrissait des cailles et des perdrix
de diverses espèces. Nous passions les heures à nous promener dans
cette volière, et à parler de la France. La conclusion de tous nos
discours était qu'il fallait chercher au plus tôt quelque petite retraite
dans notre patrie, pour y renfermer nos longues espérances. Un
jour, après un grand raisonnement sur le repos, je me tournai vers
la mer, et je montrai à mon hôte le vaisseau battu du vent sur lequel
j'allais bientôt m'embarquer. Ce n'est pas, après tout, que le désir
du repos ne soit naturel à l'homme ; mais le but qui nous paraît le
moins élevé n'est pas toujours le plus facile à atteindre, et souvent
la chaumière fuit devant nos vœux comme le palais.

Le ciel fut toujours couvert pendant mon séjour à Alexandrie, la
mer, sombre et orageuse. Je m'endormais et me réveillais au gémissement continuel des flots qui se brisaient presque au pied de la maison
du consul. J'aurais pu m'appliquer les réflexions d'Eudore, s'il est
permis de se citer soi-même :

« Le triste murmure de la mer est le premier son qui ait frappé
« mon oreille en venant à la vie. A combien de rivages n'ai-je pas
« vu depuis se briser les mêmes flots que je contemple ici ! Qui
« m'eût dit, il y a quelques années, que j'entendrais gémir sur les
« côtes d'Italie, sur les grèves des Bataves, des Bretons, des Gaulois,
« ces vagues que je voyais se dérouler sur les beaux sables de la
« Messénie ! Quel sera le terme de mes pèlerinages ? Heureux si la
« mort m'eût surpris avant d'avoir commencé mes courses sur la

« terre, et lorsque je n'avais d'aventures à conter à personne ! »

Pendant mon séjour forcé à Alexandrie, je reçus plusieurs lettres de M. Caffe, mon brave compagnon de voyage sur le Nil. Je n'en citerai qu'une; elle contient quelques détails touchant les affaires de l'Égypte à cette époque :

Rosette, le 14 février 1806.

« Monsieur,

« Quoique nous soyons au 14 du courant, j'ai l'honneur de vous écrire encore,
« bien persuadé qu'à la reçue de celle-ci vous serez encore à Alexandrie.
« Ayant travaillé à mes expéditions pour Paris, au nombre de quatre, je prends
« la liberté de vous le recommander, et d'avoir les complaisances, à votre heu-
« reuse arrivée, de vouloir bien les faire remettre à leur adresse.
« Mahamed-Aga, aujourd'hui trésorier de Mahamed-Ali, pacha du Caire, est
« arrivé vers le midi : l'on a débité qu'il demande cinq cents bourses de contri-
« bution sur le riz nouveau. Voilà, mon cher Monsieur, comme les affaires vont
« de mal en pis.
« Le village où les Mamelucks ont battu les Albanais, et que les uns et les
« autres ont dépouillé, s'appelle *Neklé;* celui où nous avons été attaqués par
« les Arabes porte le nom de *Saffi.*
« J'ai toujours du regret de n'avoir pas eu la satisfaction de vous voir avant
« votre départ; vous m'avez privé par là d'une grande consolation, etc.
« Votre très humble, etc.

« L. E. CAFFE. »

Le 23 novembre, à midi, le vent étant devenu favorable, je me rendis à bord du vaisseau avec mon domestique français. J'avais, comme je l'ai dit, renvoyé mon domestique grec à Constantinople. J'embrassai M. Drovetti sur le rivage, et nous nous promîmes amitié et souvenance : j'acquitte aujourd'hui ma dette.

Notre navire était à l'ancre dans le grand port d'Alexandrie, où les vaisseaux francs sont admis aujourd'hui comme les vaisseaux turcs; révolution due à nos armes. Je trouvai à bord un rabbin de Jérusalem, un Barbaresque, et deux pauvres Maures de Maroc, peut-être descendants des Abencerages, qui revenaient du pèlerinage de la Mecque : ils me demandaient leur passage par charité. Je reçus les enfants de Jacob et de Mahomet au nom de Jésus-Christ : au fond, je n'avais pas grand mérite; car j'allai me mettre en tête que ces malheureux me porteraient bonheur, et que ma fortune passerait en fraude, cachée parmi leurs misères.

Nous levâmes l'ancre à deux heures. Un pilote nous mit hors du port. Le vent était faible, et de la partie du midi. Nous restâmes trois jours à la vue de la colonne de Pompée, que nous découvrions à l'horizon. Le soir du troisième jour, nous entendîmes le coup de canon de retraite du port d'Alexandrie. Ce fut comme le signal de notre départ définitif; car le vent du nord se leva, et nous fîmes voiles à l'occident.

Nous essayâmes d'abord de traverser le grand canal de Lybie; mais le vent du nord, qui déjà n'était pas très favorable, passa au nord-ouest le 29 novembre, et nous fûmes obligés de courir des bordées entre la Crète et la côte d'Afrique.

Le 1er décembre, le vent, se fixant à l'ouest, nous barra absolument le chemin. Peu à peu il descendit au sud-ouest, et se changea en une tempête qui ne cessa qu'à notre arrivée à Tunis. Notre navigation ne fut plus qu'une espèce de continuel naufrage de quarante-deux jours; ce qui est un peu long. Le 3, nous amenâmes toutes les voiles, et nous commençâmes à fuir devant la lame. Nous fûmes portés ainsi, avec une extrême violence, jusque sur les côtes de la Caramanie. Là, pendant quatre jours entiers, je vis à loisir les tristes et hauts sommets du Cragus, enveloppés de nuages. Nous battions la mer çà et là, tâchant, à la moindre variation du vent, de nous éloigner de la terre. Nous eûmes un moment la pensée d'entrer au port de Château-Rouge; mais le capitaine, qui était d'une timidité extrême, n'osa risquer le mouillage. La nuit du 8 fut très pénible. Une rafale subite du midi nous chassa vers l'île de Rhodes; la lame était si courte et si mauvaise, qu'elle fatiguait singulièrement le vaisseau. Nous découvrîmes une petite felouque grecque à demi submergée, et à laquelle nous ne pûmes donner aucun secours. Elle passa à une encâblure de notre poupe. Les quatre hommes qui la conduisaient étaient à genoux sur le pont; ils avaient suspendu un fanal à leur mât, et ils poussaient des cris que nous apportaient les vents. Le lendemain matin nous ne revîmes plus cette felouque.

Le vent ayant sauté au nord, nous mîmes la misaine dehors, et nous tâchâmes de nous soutenir sur la côte méridionale de l'île de Rhodes. Nous avançâmes jusqu'à l'île de Scarpanto. Le 10, le vent retomba à l'ouest, et nous perdîmes tout espoir de continuer notre route. Je désirais que le capitaine renonçât à passer le canal de Libye, et qu'il se jetât dans l'Archipel, où nous avions l'espoir de trouver d'autres vents. Mais il craignait de s'aventurer au milieu des îles. Il y avait déjà dix-sept jours que nous étions en mer. Pour occuper mon temps, je copiais et mettais en ordre les notes de ce voyage et les descriptions des *Martyrs*. La nuit je me promenais sur le pont avec le second capitaine Dinelli. Les nuits passées au milieu des vagues, sur un vaisseau battu de la tempête, ne sont point stériles pour l'âme, car les nobles pensées naissent des grands spectacles. Les étoiles qui se montrent fugitives entre les nuages brisés, les flots étincelants autour de vous, les coups de la lame qui font sortir un bruit sourd des flancs du navire, le gémissement du vent dans les mâts, tout vous annonce que vous êtes hors de la puissance de l'homme, et que vous ne dépendez plus que de la volonté de Dieu. L'incertitude de votre avenir donne aux objets leur véritable prix : et la terre, contemplée du milieu d'une mer orageuse, ressemble à la vie considérée par un homme qui va mourir.

Après avoir mesuré vingt fois les mêmes vagues, nous nous retrouvâmes le 12 devant l'île de Scarpanto. Cette île, jadis appelée *Carpathos*, et *Crapathos* par Homère, donna son nom à la mer Carpathienne. Quelques vers de Virgile font aujourd'hui toute sa célébrité :

> « Est in Carpathio Neptuni gurgite vates
> Cæruleus Proteus, etc. »

> « Protée, ô mon cher fils ! peut seul finir les maux ;
> C'est lui que nous voyons, sur les mers qu'il habite,
> Atteler à son char les monstres d'Amphitrite ;
> Pallène est sa patrie, et dans ce même jour
> Vers ces bords fortunés il hâte son retour.
> Les Nymphes, les Tritons, tous, jusqu'au vieux Nérée,
> Respectent de ce dieu la science sacrée ;

Ses regards pénétrants, son vaste souvenir,
Embrassent le présent, le passé, l'avenir :
Précieuse faveur du dieu puissant des ondes,
Dont il pait les troupeaux dans les plaines profondes. »

Je n'irai point, si je puis, demeurer dans l'île de Protée, malgré les beaux vers des Géorgiques françaises et latines. Il me semble encore voir les tristes villages d'Anchinates, d'Oro, de Saint-Hélie, que nous découvrions avec des lunettes marines dans les montagnes de l'île. Je n'ai point, comme Ménélas et comme Aristée, perdu mon royaume ou mes abeilles; je n'ai rien à attendre de l'avenir, et je laisse au fils de Neptune des secrets qui ne peuvent m'intéresser.

Le 12, à six heures du soir, le vent se tournant au midi, j'engageai le capitaine à passer en dedans de l'île de Crète. Il y consentit avec peine. A neuf heures, il dit selon sa coutume : *Ho paura!* et il alla se coucher. M. Dinelli prit sur lui de franchir le canal formé par l'île de Scarpanto et celle de Coxo. Nous y entrâmes avec un vent violent du sud-ouest. Au lever du jour, nous nous trouvâmes au milieu d'un archipel d'îlots et d'écueils qui blanchissaient de toutes parts. Nous prîmes le parti de nous jeter dans le port de l'île de Stampalie, qui était devant nous.

Ce triste port n'avait ni vaisseaux dans ses eaux ni maisons sur ses rivages. On apercevait seulement un village suspendu comme de coutume au sommet d'un rocher. Nous mouillâmes sous la côte; je descendis à terre avec le capitaine. Tandis qu'il montait au village, j'examinai l'intérieur de l'île. Je ne vis partout que des bruyères, des eaux errantes qui couraient sur la mousse, et la mer qui se brisait sur une ceinture de rochers. Les anciens appelèrent pourtant cette île la *Table des Dieux*, Θεῶν τράπεζα, à cause des fleurs dont elle était semée. Elle est plus connue sous le nom d'*Astypalée;* on y trouvait un temple d'Achille. Il y a peut-être des gens fort heureux dans le misérable hameau de Stampalie, des gens qui ne sont peut-être jamais sortis de leur île, et qui n'ont jamais entendu parler de nos révolutions. Je me demandais si j'aurais voulu de ce bonheur, mais je n'étais déjà plus qu'un vieux pilote incapable de répondre affirmativement à cette question, et dont les songes sont enfants des vents et des tempêtes.

Nos matelots embarquèrent de l'eau; le capitaine revint avec des poulets et un cochon vivant. Une felouque candiote entra dans le port; à peine eut-elle jeté l'ancre auprès de nous, que l'équipage se prit à danser autour du gouvernail : *O Græcia vana!*

Le vent continuant toujours de souffler du midi, nous appareil-lâmes le 16, à neuf heures du matin. Nous passâmes au sud de l'île de Nanfia, et le soir, au coucher du soleil, nous aperçûmes la Crète. Le lendemain 17, faisant route au nord-ouest, nous découvrîmes le mont Ida : son sommet, enveloppé de neige, ressemblait à une immense coupole. Nous portâmes sur l'île de Cérigo, et nous fûmes assez heureux pour la passer le 18. Le 19, je revis les côtes de la Grèce, et je saluai le Ténare. Un orage du sud-est s'éleva à notre grande joie, et en cinq jours nous arrivâmes dans les eaux de l'île de Malte. Nous la découvrîmes la veille de Noël, mais le jour de Noël même, le vent se rangeant à l'ouest-nord-ouest, nous chassa au midi de Lampedouse. Nous restâmes dix-huit jours sur la côte orientale du royaume de Tunis, entre la vie et la mort. Je n'oublierai de ma vie la journée du 28. Nous étions à la vue de la Pantalerie : un calme profond survint tout à coup à midi; le ciel, éclairé d'une lumière blafarde, était menaçant. Vers le coucher du soleil, une nuit si profonde tomba du ciel, qu'elle justifia à mes yeux la belle expression de Virgile : *Ponto nox incubat atra.* Nous entendîmes ensuite un bruit affreux. Un ouragan fondit sur le navire et le fit pirouetter comme une plume sur un bassin d'eau. Dans un instant la mer fut bouleversée de telle sorte que sa surface n'offrait qu'une nappe d'écume. Le vaisseau, qui n'obéissait plus au gouvernail, était comme un point ténébreux au milieu de cette terrible blancheur; le tourbillon semblait nous soulever et nous arracher des flots; nous tournions en tout sens, plongeant tour à tour la poupe et la proue dans les vagues. Le retour de la lumière nous montra notre danger.

Nous touchions presque à l'île de Lampedouse. Le même coup de vent
fit périr, sur l'île de Malte, deux vaisseaux de guerre anglais dont les
gazettes du temps ont parlé. M. Dinelli regardant le naufrage comme
inévitable, j'écrivis un billet ainsi conçu : « F. A. de Chateau-
« briand, naufragé sur l'île de Lampedouse, le 28 décembre 1806,
« en revenant de la Terre-Sainte. » J'enfermai ce billet dans une
bouteille vide, avec l'intention de la jeter à la mer au dernier moment.

La Providence nous sauva. Un léger changement dans le vent
nous fit tomber au midi de Lampedouse, et nous nous trouvâmes
dans une mer libre. Le vent remontant toujours au nord, nous
hasardâmes de mettre une voile, et nous courûmes sur la petite
syrte. Le fond de cette syrte va toujours s'élevant jusqu'au rivage,
de sorte qu'en marchant la sonde à la main on vient mouiller à telle
brasse que l'on veut. Le peu de profondeur de l'eau y rend la mer
calme au milieu des plus grands vents, et cette plage, si dangereuse
pour les barques des anciens, est une espèce de port en pleine mer
pour les vaisseaux modernes.

Nous jetâmes l'ancre devant les îles Kerkeni, tout auprès de la
ligne des pêcheries. J'étais si las de cette longue traversée, que
j'aurais bien voulu débarquer à Sfax, et me rendre de là à Tunis
par terre; mais le capitaine n'osa chercher le port de Sfax, dont
l'entrée est en effet dangereuse. Nous restâmes huit jours à l'ancre
dans la petite syrte, où je vis commencer l'année 1807. Sous combien d'astres et dans combien de fortunes diverses j'avais déjà vu se
renouveler pour moi les années qui passent si vite ou qui sont si
longues ! Qu'ils étaient loin de moi ces temps de mon enfance où je
recevais avec un cœur palpitant de joie la bénédiction et les présents paternels ! Comme ce premier jour de l'année était attendu !
Et maintenant, sur un vaisseau étranger, au milieu de la mer,
à la vue d'une terre barbare, ce premier jour s'envolait pour moi
sans témoins, sans plaisirs, sans les embrassements de la famille,
sans ces tendres souhaits de bonheur qu'une mère forme pour son
fils avec tant de sincérité ! Ce jour, né du sein des tempêtes, ne

laissait tomber sur mon front que des soucis, des regrets et des cheveux blancs.

Toutefois nous crûmes devoir chômer sa fête, non comme la fête d'un hôte agréable, mais comme celle d'une vieille connaissance. On égorgea le reste des poulets, à l'exception d'un brave coq, notre horloge fidèle, qui n'avait cessé de veiller et de chanter au milieu des plus grands périls. Le rabbin, le Barbaresque et les deux Maures sortirent de la cale du vaisseau et vinrent recevoir leurs étrennes à notre banquet. C'était là mon repas de famille! Nous bûmes à la France : nous n'étions pas loin de l'île des Lotophages où les compagnons d'Ulysse oublièrent leur patrie : je ne connais point de fruit assez doux pour me faire oublier la mienne

Nous touchions presque aux îles Cerkeni, les *Cercinæ* des anciens. Du temps de Strabon, il y avait des pêcheries en avant de ces îles, comme aujourd'hui. Les *Cercinæ* furent témoins de deux grands coups de la fortune; car elles virent passer tour à tour Annibal et Marius fugitifs. Nous étions assez près d'Africa (*Turris Annibalis*), où le premier de ces deux grands hommes fut obligé de s'embarquer pour échapper à l'ingratitude des Carthaginois. Sfax est une ville moderne : selon le docteur Shaw, elle tire son nom du *Sfakouse*, à cause de la grande quantité de concombres qui croissent dans son territoire.

Le 6 janvier 1807, la tempête étant enfin apaisée, nous quittâmes la petite syrte, nous remontâmes la côte de Tunis pendant trois jours, et le 10 nous doublâmes le cap Bon, l'objet de toutes nos espérances. Le 11, nous mouillâmes sous le cap de Carthage. Le 12, nous jetâmes l'ancre devant la Goulette, échelle ou port de Tunis. On envoya la chaloupe à terre; j'écrivis à M. Devoise, consul français auprès du bey. Je craignais de subir encore une quarantaine; mais M. Devoise m'obtint la permission de débarquer le 18. Ce fut avec une vraie joie que je quittai le vaisseau. Je louai des chevaux à la Goulette; je fis le tour du lac, et j'arrivai à cinq heures du soir chez mon nouvel hôte.

SEPTIÈME ET DERNIÈRE PARTIE

VOYAGE DE TUNIS ET RETOUR EN FRANCE.

Je trouvai chez M. et madame Devoise l'hospitalité la plus généreuse et la société la plus aimable : ils eurent la bonté de me garder
six semaines au sein de leur famille ; et je jouis enfin d'un repos dont
j'avais un extrême besoin. On approchait du carnaval, et l'on ne
songeait qu'à rire, en dépit des Maures. Les cendres de Didon et les
ruines de Carthage entendaient le son d'un violon français. On ne
s'embarrassait ni de Scipion, ni d'Annibal, ni de Marius, ni de
Caton d'Utique, qu'on eût fait boire (car il aimait le vin) s'il se fût
avisé de venir gourmander l'assemblée. Saint Louis seul eût été
respecté en sa qualité de français ; mais le bon et grand roi n'eût
pas trouvé mauvais que ses sujets s'amusassent dans le même lieu
où il avait tant souffert.

Le caractère national ne peut s'effacer. Nos marins disent que,
dans les colonies nouvelles, les Espagnols commencent par bâtir
une église ; les Anglais, une taverne ; et les Français un fort ; et
j'ajoute, une salle de bal. Je me trouvais en Amérique, sur la frontière du pays des Sauvages : j'appris qu'à la première journée je
rencontrerais parmi les Indiens un de mes compatriotes. Arrivé
chez les Cayougas, tribu qui faisait partie de la nation des Iroquois,
mon guide me conduisit dans une forêt. Au milieu de cette forêt,
on voyait une espèce de grange ; je trouvai dans cette grange une
vingtaine de Sauvages, hommes et femmes, barbouillés comme des
sorciers, le corps demi nu, les oreilles découpées, des plumes de
corbeau sur la tête, et des anneaux passés dans les narines. Un petit
Français, poudré et frisé comme autrefois, habit vert-pomme, veste
de droguet, jabot et manchettes de mousseline, raclait un violon

de poche, et faisait danser *Madelon Friquet* à ces Iroquois. M. Violet (c'était son nom) était maître de danse chez les Sauvages. On lui payait ses leçons en peaux de castors et en jambons d'ours : il avait été marmiton au service du général Rochambeau pendant la guerre d'Amérique. Demeuré à New-York après le départ de notre armée, il résolut d'enseigner les beaux-arts aux Américains. Ses vues s'étant agrandies avec ses succès, le nouvel Orphée porta la civilisation jusque chez les hordes errantes du Nouveau-Monde. En me parlant des Indiens, il me disait toujours : « Ces messieurs Sauvages et ces dames Sauvagesses. » Il se louait beaucoup de la légèreté de ses écoliers : en effet, je n'ai jamais vu faire de telles gambades. M. Violet, tenant son petit violon entre son menton et sa poitrine, accordait l'instrument fatal; il criait en Iroquois : *A vos places !* Et toute la troupe sautait comme une bande de démons. Voilà ce que c'est que le génie des peuples.

Nous dansâmes donc aussi sur les débris de Carthage. Ayant vécu à Tunis absolument comme en France, je ne suivrai plus les dates de mon journal. Je traiterai les sujets d'une manière générale et selon l'ordre dans lequel il s'offriront à ma mémoire. Mais avant de parler de Carthage et de ses ruines, je dois nommer les différentes personnes que j'ai connues en Barbarie. Outre M. le consul de France, je voyais souvent M. Lessing, consul de Hollande : son beau-frère, M. Humberg, officier-ingénieur hollandais, commandait à la Goulette. C'est avec ce dernier que j'ai visité les ruines de Carthage; j'ai eu infiniment à me louer de sa complaisance et de sa politesse. Je rencontrai aussi M. Lear, consul des États-Unis. J'avais été autrefois recommandé en Amérique au général Washington. M. Lear avait occupé une place auprès de ce grand homme : il voulut bien, en mémoire de mon illustre patron, me faire donner passage sur un schooner des États-Unis. Ce schooner me déposa en Espagne, comme je le dirai à la fin de cet Itinéraire. Enfin, je vis à Tunis, tant à la légation que dans la ville, plusieurs jeunes Français à qui mon nom n'était pas tout à fait étranger. Je ne dois point oublier les restes de l'intéressante famille de **M. Andanson.**

Si la multitude des récits fatigue l'écrivain qui veut parler aujourd'hui de l'Égypte et de la Judée, il éprouve, au sujet des antiquités de l'Afrique, un embarras tout contraire par la disettte des documents. Ce n'est pas qu'on manque de Voyages en Barbarie : je connais une trentaine de Relations des royaumes de Maroc, d'Alger et de Tunis. Toutefois ces relations sont insuffisantes. Parmi les anciens Voyages, il faut distinguer l'*Africa illustrata* de Grammaye, et le savant ouvrage de Shaw. Les *Missions* des Pères de la Trinité et des Pères de la Merci renferment des miracles de charité : mais elles ne parlent point, et ne doivent point parler, des Romains et des Carthaginois. Les Mémoires imprimés à la suite des Voyages de Paul Lucas ne contiennent que le récit d'une guerre civile à Tunis. Shaw aurait pu suppléer à tout s'il avait étendu ses recherches à l'histoire; malheureusement il ne la considère que sous les rapports géographiques. Il touche à peine, en passant, les antiquités : Carthage, par exemple, n'occupe pas, dans ses observations, plus de place que Tunis. Parmi les voyageurs tout à fait modernes, lady Montague, l'abbé Poiret, M. Desfontaines, disent quelques mots de Carthage, mais sans s'y arrêter aucunement. On a publié à Milan, en 1806, l'année même de mon voyage, un ouvrage sous ce titre : *Ragguaglio di alcuni Monumenti di Antichita ed Arti, raccolti negli ultimi Viaggi d'un dilettante*[1].

Je crois qu'il est question de Carthage dans ce livre : j'en ai retrouvé la note trop tard pour le faire venir d'Italie. On peut donc dire que le sujet que je vais traiter est neuf j'ouvrirai la route; les habiles viendront après moi.

Avant de parler de Carthage, qui est ici le seul objet intéressant, il faut commencer par nous débarrasser de Tunis. Cette ville conserve à peu près son nom antique. Les Grecs et les Latins l'appe-

---

[1] Voyez la Préface de la troisième édition.

a ent *Tunes*, et Diodore lui donne l'épithète de *Blanche*, Λευχὸν, parce qu'elle est bâtie sur une colline crayeuse : elle est à douze milles des ruines de Carthage, et presque au bord d'un lac dont l'eau est salée. Ce lac communique avec la mer, au moyen d'un canal appelé *la Goulette*, et ce canal est défendu par un fort. Les vaisseaux marchands mouillent devant ce fort, où ils se mettent à l'abri derrière la jetée de la Goulette, en payant un droit d'ancrage considérable.

Le lac de Tunis pouvait servir de port aux flottes des anciens; aujourd'hui une de nos barques a bien de la peine à le traverser sans échouer. Il faut avoir soin de suivre le principal canal qu'indiquent des pieux plantés dans la vase. Abulfeda marque dans ce lac une île qui sert maintenant de lazaret. Les voyageurs ont parlé des flammants ou phénicoptères qui animent cette grande flaque d'eau, d'ailleurs assez triste. Quand ces beaux oiseaux volent à l'encontre du soleil, tendant le cou en avant, et allongeant les pieds en arrière, ils ont l'air de flèches empennées avec des plumes couleur de rose.

Des bords du lac, pour arriver à Tunis, il faut traverser un terrain qui sert de promenade aux Francs. La ville est murée; elle peut avoir une lieue de tour, en y comprenant le faubourg extérieur, Bled-el-Had-rah. Les maisons en sont basses; les rues, étroites; les boutiques, pauvres; les mosquées, chétives. Le peuple, qui se montre peu au dehors, a quelque chose de hagard et de sauvage. On rencontre sous les portes de la ville ce qu'on appelle des *Siddi* ou des *saints* : ce sont des négresses et des nègres tout nus, dévorés par la vermine, vautrés dans leurs ordures, et mangeant insolemment le pain de la charité. Ces sales créatures sont sous la protection immédiate de Mahomet. Des marchands européens, des Turcs enrôlés à Smyrne, des Maures dégénérés, des renégats et des captifs, composent le reste de la population.

La campagne aux environs de Tunis est agréable : elle présente de grandes plaines semées de blé et bordées de collines qu'ombragent des oliviers et des caroubiers. Un aquéduc moderne, d'un bon effet, traverse une vallée derrière la ville. Le bey a sa maison de campagne au fond de cette vallée. De Tunis même on découvre, au midi, les collines dont j'ai parlé. On voit à l'orient les montagnes du Mamélife : montagnes singulièrement déchirées, d'une figure bizarre, et au pied desquelles se trouvent les eaux chaudes connues des anciens. A l'ouest et au nord, on aperçoit la mer, le port de la Goulette, et les ruines de Carthage.

Les Tunisiens sont cependant moins cruels et plus civilisés que les peuples d'Alger. Ils ont recueilli les Maures d'Andalousie, qui habitent le village de Tub-Urbo, à six lieues de Tunis, sur la Me-Jerdah[1]. Le bey actuel est un homme habile : il cherche à se tirer de la dépendance d'Alger, à laquelle Tunis est soumise depuis la conquête qu'en firent les Algériens en 1757. Ce prince parle italien; cause avec esprit, et entend mieux la politique d'Europe que la plupart des Orientaux. On sait au reste que Tunis fut attaquée par saint Louis en 1270, et prise par Charles-Quint en 1535. Comme la mort de saint Louis se lie à l'histoire de Carthage, j'en parlerai ailleurs. Quant à Charles-Quint, il défit le fameux Barberousse, et rétablit le roi de Tunis sur son trône, en l'obligeant toutefois à payer un tribut à l'Espagne : on peut consulter à ce sujet l'ouvrage de Robertson[2]. Charles-Quint garda le fort de la Goulette, mais les Turcs le reprirent en 1574.

Je ne dis rien de la Tunis des anciens, parce qu'on va la voir figurer à l'instant dans les guerres de Rome et de Carthage.

Au reste, on m'a fait présent à Tunis d'un manuscrit qui traite de l'état actuel de ce royaume, de son gouvernement, de son commerce, de son revenu, de ses armées, de ses caravanes. Je n'ai point voulu profiter de ce manuscrit; je n'en connais point l'auteur; mais, quel qu'il soit, il est juste qu'il recueille l'honneur de

---

[1] La Bagrada de l'antiquité, au bord de laquelle Régulus tua le fameux serpent.
[2] *Histoire de Charles-Quint*, liv. v.

son travail. Je donnerai cet excellent *Mémoire* à la fin de l'*Itinéraire*[1]. Je passe maintenant à l'histoire et aux ruines de Carthage.

L'an 883, avant notre ère, Didon, obligée de fuir sa terre natale, vint aborder en Afrique. Carthage, fondée par l'épouse de Sichée, dut ainsi sa naissance à l'une de ces aventures tragiques qui marquent le berceau des peuples, et qui sont comme le germe et le présage des maux, fruits plus ou moins tardifs de toute société humaine. On connait l'heureux anachronisme de l'*Énéide*. Tel est le privilége du génie, que les poétiques malheurs de Didon sont devenus une partie de la gloire de Carthage. A la vue des ruines de cette cité, on cherche les flammes du bûcher funèbre; on croit entendre les imprécations d'une femme abandonnée; on admire ces puissants mensonges qui peuvent occuper l'imagination, dans des lieux remplis des plus grands souvenirs de l'histoire. Certes, lorsqu'une reine expirante appelle dans les murs de Carthage les divinités ennemies de Rome, et les dieux vengeurs de l'hospitalité; lorsque Vénus, sourde aux prières de l'amour, exauce les vœux de la haine, qu'elle refuse à Didon un descendant d'Énée, et lui accorde Annibal : de telles merveilles, exprimées dans un merveilleux langage, ne peuvent plus être passées sous silence. L'histoire prend alors son rang parmi les Muses, et la fiction devient aussi grave que la vérité.

Après la mort de Didon, la nouvelle colonie adopta un gouvernement dont Aristote a vanté les lois. Des pouvoirs balancés avec art entre les deux premiers magistrats, les nobles et le peuple, eurent cela de particulier qu'ils subsistèrent pendant sept siècles sans se détruire : à peine furent-ils ébranlés par des séditions populaires et par quelques conspirations des grands. Comme les guerres civiles, source des crimes publics, sont cependant mères des vertus particulières, la république gagna plus qu'elle ne perdit à ces orages. Si ses destinées sur la terre ne furent pas aussi longues que

---

[1] Ce mémoire méritait bien de fixer l'attention des critiques, et personne ne l'a remarqué.

celles de sa rivale, du moins à Carthage la liberté ne succomba
qu'avec la patrie.

Mais, comme les nations les plus libres sont aussi les plus pas-
ionnées, nous trouvons, avant la première guerre Punique, les
Carthaginois engagés dans des guerres honteuses. Ils donnèrent des
chaînes à ces peuples de la Bétique, dont le courage ne sauva pas la
vertu ; ils s'allièrent avec Xerxès, et perdirent une bataille contre
Gélon, le même jour que les Lacédémoniens succombèrent aux
Thermopyles. Les hommes, malgré leurs préjugés, font un tel cas
des sentiments nobles, que personne ne songe aux quatre-vingt
mille Carthaginois égorgés dans les champs de la Sicile, tandis que
le monde entier s'entretient des trois cents Spartiates morts pour
obéir aux saintes lois de leur pays. C'est la grandeur de la cause,
et non pas celle des moyens, qui conduit à la véritable renommée,
et l'honneur a fait dans tous les temps la partie la plus solide de la
gloire.

Après avoir combattu tour à tour Agathocle en Afrique et Pyrrhus en Sicile, les Carthaginois en vinrent aux mains avec la république romaine. La cause de la première guerre Punique fut légère,
mais cette guerre amena Régulus aux portes de Carthage.

Les Romains, ne voulant point interrompre le cours des victoires
de ce grand homme, ni envoyer les consuls Fluvius et M. Émilius
prendre sa place, lui ordonnèrent de rester en Afrique, en qualité
de proconsul. Il se plaignit de ces honneurs ; il écrivit au sénat, et
le pria instamment de lui ôter le commandement de l'armée : une
affaire importante aux yeux de Régulus demandait sa présence en
Italie. Il avait un champ de sept arpents à Pupinium : le fermier de
ce champ étant mort, le valet du fermier s'était enfui avec les bœufs
et les instruments du labourage. Régulus représentait aux sénateurs que si sa ferme demeurait en friche, il lui serait impossible de
faire vivre sa femme et ses enfants. Le sénat ordonna que le champ
de Régulus serait cultivé aux frais de la république ; qu'on tirerait
du trésor l'argent nécessaire pour racheter les objets volés, et que

les enfants et la femme du proconsul seraient, pendant son absence, nourris aux dépens du peuple romain. Dans une juste admiration de cette simplicité, Tite-Live s'écrie : « Oh! combien la vertu est « préférable aux richesses! Celles-ci passent avec ceux qui les pos- « sèdent; la pauvreté de Régulus est encore en vénération! »

Régulus, marchant de victoire en victoire, s'empara bientôt de Tunis; la prise de cette ville jeta la consternation parmi les Carthaginois; ils demandèrent la paix au proconsul. Ce laboureur romain prouva qu'il est plus facile de conduire la charrue après avoir remporté des victoires, que de diriger d'une main ferme une prospérité éclatante : le véritable grand homme est surtout fait pour briller dans le malheur; il semble égaré dans le succès, et paraît comme étranger à la fortune. Régulus proposa aux ennemis des conditions si dures, qu'ils se virent contraints de continuer la guerre.

Pendant ces négociations la destinée amenait au travers des mers un homme qui devait changer le cours des événements : un Lacédémonien nommé *Xantippe* vient retarder la chute de Carthage; il livre bataille aux Romains sous les murs de Tunis, détruit leur armée, fait Régulus prisonnier, se rembarque, et disparaît sans laisser d'autres traces dans l'histoire[1].

Régulus, conduit à Carthage, éprouva les traitements les plus inhumains; on lui fit expier les durs triomphes de sa patrie. Ceux qui traînaient à leurs chars avec tant d'orgueil des rois tombés du trône, des femmes, des enfants en pleurs, pouvaient-ils espérer qu'on respectât dans les fers un citoyen de Rome?

La fortune redevint favorable aux Romains. Carthage demanda une seconde fois la paix; elle envoya des ambassadeurs en Italie : Régulus les accompagnait. Ses maîtres lui firent donner sa parole qu'il reviendrait prendre ses chaînes si les négociations n'avaient pas une heureuse issue : on espérait qu'il plaiderait fortement en faveur d'une paix qui devait lui rendre sa patrie.

[1] Quelques auteurs accusent les Carthaginois de l'avoir fait périr par jalousie de sa gloire, mais cela n'est pas prouvé.

Régulus, arrivé aux portes de Rome, refusa d'entrer dans la ville. Il y avait une ancienne loi qui défendait à tout étranger d'introduire dans le sénat les ambassadeurs d'un peuple ennemi : Régulus, se regardant comme un envoyé des Carthaginois, fit revivre en cette occasion l'antique usage. Les sénateurs furent donc obligés de s'assembler hors des murs de la cité. Régulus leur déclara qu'il venait, par l'ordre de ses maîtres, demander au peuple romain la paix ou l'échange des prisonniers.

Les ambassadeurs de Carthage, apres avoir exposé l'objet de leur mission, se retirèrent : Régulus les voulut suivre ; mais les sénateurs le prièrent de rester à la délibération.

Pressé de dire son avis, il représenta fortement toutes les raisons que Rome avait de continuer la guerre contre Carthage. Les sénateurs, admirant sa fermeté, désiraient sauver un tel citoyen : le grand pontife soutenait qu'on pouvait le dégager des serments qu'il avait faits.

« Suivez les conseils que je vous ai donnés, dit l'illustre captif,
« d'une voix qui étonna l'assemblée, et oubliez Régulus : je ne
« demeurerai point dans Rome après avoir été l'esclave de Carthage.
« Je n'attirerai point sur vous la colère des dieux. J'ai promis aux
« ennemis de me remettre entre leurs mains si vous rejetiez la paix ;
« je tiendrai mon serment. On ne trompe point Jupiter par de
« vaines expiations ; le sang des taureaux et des brebis ne peut
« effacer un mensonge, et le sacrilége est puni tôt ou tard.

« Je n'ignore point le sort qui m'attend ; mais un crime flétri-
« rait mon âme : la douleur ne brisera que mon corps. D'ailleurs
« il n'est point de maux pour celui qui sait les souffrir : s'ils pas-
« sent les forces de la nature, la mort nous en délivre. Pères
« conscrits, cessez de me plaindre : j'ai disposé de moi, et rien ne
« pourra me faire changer de sentiments. Je retourne à Carthage ;
« je fais mon devoir, et je laisse faire aux dieux. »

Régulus mit le comble à sa magnanimité : afin de diminuer l'intérêt qu'on prenait à sa vie, et pour se débarrasser d'une compassion inutile, il dit aux sénateurs que les Carthaginois lui avaient fait boire un poison lent avant de sortir de prison : « Ainsi, ajouta- « t-il, vous ne perdrez de moi que quelques instants qui ne valent « pas la peine d'être achetés par un parjure. » Il se leva, s'éloigna de Rome sans proférer une parole de plus, tenant les yeux attachés à la terre, et repoussant sa femme et ses enfants, soit qu'il craignît d'être attendri par leurs adieux, soit que, comme esclave carthaginois, il se trouvât indigne des embrassements d'une matrone romaine. Il finit ses jours dans d'affreux supplices, si toutefois le silence de Polybe et de Diodore ne balance pas le récit des historiens latins. Régulus fut un exemple mémorable de ce que peuvent, sur une âme courageuse, la religion du serment et l'amour de la patrie. Que si l'orgueil eut peut-être un peu de part à la résolution de ce mâle génie, se punir ainsi d'avoir été vaincu, c'était être digne de la victoire.

Après vingt-quatre années de combats, un traité de paix mit fin à la première guerre Punique. Mais les Romains n'étaient déjà plus ce peuple de laboureurs conduit par un sénat de rois, élevant des autels à la Modération et à la Petite-Fortune : c'étaient des hommes qui se sentaient faits pour commander, et que l'ambition poussait incessamment à l'injustice. Sous un prétexte frivole, ils envahirent la Sardaigne, et s'applaudirent d'avoir fait, en pleine paix, une conquête sur les Carthaginois. Ils ne savaient pas que le vengeur de la foi violée était déjà aux portes de Sagante, et que bientôt il paraîtrait sur les collines de Rome : ici commence la seconde guerre Punique.

Annibal me paraît avoir été le plus grand capitaine de l'antiquité : si ce n'est pas celui que l'on aime le mieux, c'est celui qui étonne davantage. Il n'eut ni l'héroïsme d'Alexandre, ni les talents universels de César; mais il les surpassa l'un et l'autre comme homme de guerre. Ordinairement l'amour de la patrie ou de la gloire conduit les héros aux prodiges : Annibal seul est guidé par la haine. Livré à ce génie d'une nouvelle espèce, il part des extrémités de l'Espagne avec une armée composée de vingt peuples divers. Il franchit les Pyrénées et les Gaules, dompte les nations ennemies sur son passage, traverse les fleuves, arrive au pied des Alpes. Ces montagnes, sans chemins, défendues par des Barbares, opposent en vain leur barrière à Annibal. Il tombe de leurs sommets glacés sur l'Italie, écrase la première armée consulaire sur les bords du Tésin, frappe un second coup à la Trébia, un troisième à Trasimène, et du quatrième coup de son épée il semble immoler Rome dans la plaine de Cannes. Pendant seize années il fait la guerre sans secours au sein de l'Italie ; pendant seize années, il ne lui échappe qu'une de ces fautes qui décident du sort des empires, et qui paraissent si étrangères à la nature d'un grand homme, qu'on peut les attribuer raisonnablement à un dessein de la Providence.

Infatigable dans les périls, inépuisable dans les ressources, fin, ingénieux, éloquent, savant même, et auteur de plusieurs ouvrages, Annibal eut toutes les distinctions qui appartiennent à la supériorité de l'esprit et à la force du caractère ; mais il manqua des hautes qualités du cœur : froid, cruel, sans entrailles, né pour renverser et non pour fonder des empires, il fut en magnanimité fort inférieur à son rival.

Le nom de Scipion l'Africain est un des beaux noms de l'histoire. L'ami des dieux, le généreux protecteur de l'infortune et de la beauté, Scipion a quelques traits de ressemblance avec nos anciens chevaliers. En lui commence cette urbanité romaine, ornement du génie de Cicéron, de Pompée, de César, et qui remplaça chez ces citoyens illustres la rusticité de Caton et de Fabricius.

Annibal et Scipion se rencontrèrent aux champs de Zama ; l'un célèbre par ses victoires, l'autre fameux par ses vertus : dignes tous les deux de représenter leurs grandes patries, et de se disputer l'empire du monde.

Au départ de la flotte de Scipion pour l'Afrique, le rivage de la Sicile était bordé d'un peuple immense et d'une foule de soldats.

Quatre cents vaisseaux de charge et cinquante trirèmes couvraient la rade de Lilybée. On distinguait à ses trois fanaux la galère de Lélius, amiral de la flotte. Les autres vaisseaux, selon leur grandeur, portaient une ou deux lumières. Les yeux du monde étaient attachés sur cette expédition qui devait arracher Annibal de l'Italie, et décider enfin du sort de Rome et de Carthage. La cinquième et la sixième légion, qui s'étaient trouvées à la bataille de Cannes, brûlaient du désir de ravager les foyers du vainqueur. Le général surtout attirait les regards : sa piété envers les dieux, ses exploits en Espagne, où il avait vengé la mort de son oncle et de son père, le projet de rejeter la guerre en Afrique, projet que lui seul avait conçu, contre l'opinion du grand Fabius; enfin, cette faveur que les hommes accordent aux entreprises hardies, à la gloire, à la beauté, à la jeunesse, faisaient de Scipion l'objet de tous les vœux comme de toutes les espérances.

Le jour du départ ne tarda pas d'arriver. Au lever de l'aurore, Scipion parut sur la poupe de la galère de Lélius, à la vue de la flotte et de la multitude qui couvrait les hauteurs du rivage. Un héraut leva son sceptre, et fit faire silence :

« Dieux et déesses de la terre, s'écria Scipion, et vous divinités
« de la mer, accordez une heureuse issue à mon entreprise ! que
« mes desseins tournent à ma gloire et à celle du peuple romain !
« Que, pleins de joie, nous retournions un jour dans nos foyers,
« chargés des dépouilles de l'ennemi ; et que Carthage éprouve les
« malheurs dont elle avait menacé ma patrie ! »

Cela dit, on égorge une victime ; Scipion en jette les entrailles fumantes dans la mer : les voiles se déploient au son de la trompette ; un vent favorable emporte la flotte entière loin des rivages de la Sicile.

Le lendemain du départ, on découvrit la terre d'Afrique et le promontoire de Mercure : la nuit survint et la flotte fut obligée de jeter l'ancre. Au retour du soleil, Scipion apercevant la côte, demanda le nom du promontoire le plus voisin des vaisseaux. « C'est le cap

« Beau , » répondit le pilote. A ce nom d'heureux augure, le général, saluant la fortune de Rome, ordonna de tourner la proue de
sa galère vers l'endroit désigné par les dieux.

Le débarquement s'accomplit sans obstacles ; la consternation se
répandit dans les villes et dans les campagnes; les chemins étaient
couverts d'hommes, de femmes et d'enfants qui fuyaient avec leurs
troupeaux : on eût cru voir une de ces grandes migrations des
peuples, quand des nations entières, par la colère ou par la volonté
du ciel, abandonnent les tombeaux de leurs aïeux. L'épouvante
saisit Carthage : on crie aux armes, on ferme les portes, on place
des soldats sur les murs, comme si les Romains étaient déjà prêts à
donner l'assaut.

Cependant Scipion avait envoyé sa flotte vers Utique; il marchait
lui-même par terre à cette ville dans le dessein de l'assiéger : Masinissa vint le rejoindre avec deux mille chevaux.

Ce roi Numide, d'abord allié des Carthaginois, avait fait la guerre
aux Romains en Espagne; par une suite d'aventures extraordinaires, ayant perdu et recouvré plusieurs fois son royaume, il se
trouvait fugitif quand Scipion débarqua en Afrique. Syphax, prince
des Gétules, qui avait épousé Sophonisbe, fille d'Asdrubal, venait
de s'emparer des États de Masinissa. Celui-ci se jeta dans les bras de
Scipion, et les Romains lui durent en partie le succès de leurs armes.

Après quelques combats heureux, Scipion mit le siége devant
Utique. Les Carthaginois, commandés par Asdrubal et par Syphax,
formèrent deux camps séparés à la vue du camp romain. Scipion
parvint à mettre le feu à ces deux camps , dont les tentes étaient
faites de nattes et de roseaux, à la manière des Numides. Quarante
mille hommes périrent ainsi dans une seule nuit. Le vainqueur, qui
prit dans cette circonstance une quantité prodigieuse d'armes, les
fit brûler en l'honneur de Vulcain.

Les Carthaginois ne se découragèrent point : ils ordonnèrent de
grandes levées. Syphax, touché des larmes de Sophonisbe, demeura
fidèle aux vaincus et s'exposa de nouveau pour la patrie d'une femme

qu'il aimait avec passion. Toujours favorisé du ciel, Scipion battit les armées ennemies, prit les villes de leur dépendance, s'empara de Tunis et menaça Carthage d'une entière destruction. Entraîné par son fatal amour, Syphax osa reparaître devant les vainqueurs, avec un courage digne d'un meilleur sort. Abandonné des siens sur le champ de bataille, il se précipite seul dans les escadrons romains : il espérait que ses soldats, honteux d'abandonner leur roi, tourneraient la tête et viendraient mourir avec lui : mais ces lâches continuèrent à fuir ; et Syphax, dont le cheval fut tué d'un coup de pique, tomba vivant entre les mains de Masinissa.

C'était un grand sujet de joie pour ce dernier prince de tenir prisonnier celui qui lui avait ravi la couronne : quelque temps après, le sort des armes mit aussi au pouvoir de Masinissa Sophonisbe, femme de Syphax. Elle se jette aux pieds du vainqueur.

« Je suis ta prisonnière : ainsi le veulent les dieux, ton courage
« et la fortune ; mais par tes genoux que j'embrasse, par cette main
« triomphante que tu me permets de toucher, je t'en supplie, ô
« Masinissa, garde-moi pour ton esclave, sauve-moi de l'horreur
« de devenir la proie d'un Barbare. Hélas ! il n'y a qu'un moment
« que j'étais, ainsi que toi-même, environnée de la majesté des
« rois ! Songe que tu ne peux renier ton sang ; que tu partages
« avec Syphax le nom de Numide. Mon époux sortit de ce palais
« par la colère des dieux : puisses-tu y être entré sous de plus heu-
« reux auspices ! Citoyenne de Carthage, fille d'Asdrubal, juge de
« ce que je dois attendre d'un Romain. Si je ne puis rester dans les
« fers d'un prince né sur le sol de ma patrie, si la mort peut seule
« me soustraire au joug de l'étranger, donne-moi cette mort : je la
« compterai au nombre de tes bienfaits. »

Masinissa fut touché des pleurs et du sort de Sophonisbe : elle était dans tout l'éclat de la jeunesse et d'une incomparable beauté. Ses supplications, dit Tite-Live, étaient moins des prières que des caresses. Masinissa vaincu lui promit tout, et, non moins passionné que Syphax, il fit son épouse de sa prisonnière.

Syphax chargé de fers, fut présenté à Scipion. Ce grand homme, qui naguère avait vu sur un trône celui qu'il contemplait à ses pieds, se sentit touché de compassion. Syphax avait été autrefois l'allié des Romains ; il rejeta la faute de sa défection sur Sophonisbe. « Les « flambeaux de mon fatal hyménée, dit-il, ont réduit mon palais en « cendres ; mais une chose me console : la furie qui a détruit ma « maison est passée dans la couche de mon ennemi ; elle réserve à « Masinissa un sort pareil au mien. »

Syphax cachait ainsi, sous l'apparence de la haine, la jalousie qui lui arrachait ces paroles, car ce prince aimait encore Sophonisbe. Scipion n'était pas sans inquiétude ; il craignait que la fille d'Asdrubal ne prît sur Masinissa l'empire qu'elle avait eu sur Syphax. La passion de Masinissa paraissait déjà d'une violence extrême : il s'était hâté de célébrer ses noces avant d'avoir quitté les armes ; impatient de s'unir à Sophonisbe, il avait allumé les torches nuptiales devant les dieux domestiques de Syphax, devant ces dieux accoutumés à exaucer les vœux formés contre les Romains. Masinissa était revenu auprès de Scipion : celui-ci, en donnant des louanges au roi des Numides, lui fit quelques légers reproches de sa conduite envers Sophonisbe. Alors Masinissa rentra en lui-même, et, craignant de s'attirer la disgrâce des Romains, sacrifia son amour à son ambition. On l'entendit gémir au fond de sa tente et se débattre contre ces sentiments généreux que l'homme n'arrache point de son cœur sans violence. Il fit appeler l'officier chargé de garder le poison du roi : ce poison servait aux princes africains à se délivrer de la vie quand ils étaient tombés dans un malheur sans remède : ainsi, la couronne, qui n'était point chez eux à l'abri des révolutions de la fortune, était du moins à l'abri du mépris. Masinissa mêla le poison dans une coupe pour l'envoyer à Sophonisbe. Puis, s'adressant à l'officier chargé du triste message : « Dis à la reine que si j'avais « été le maître, jamais Masinissa n'eût été séparé de Sophonisbe. « Les dieux des Romains en ordonnent autrement. Je lui tiens du « moins une de mes promesses ; elle ne tombera point vivante entre

« les mains de ses ennemis si elle se soumet à sa fortune en citoyenne
« de Carthage, en fille d'Asdrubal et en femme de Syphax et de
« Masinissa. »

L'officier entra chez Sphonisbe et lui transmit l'ordre du roi. « Je
« reçois ce don nuptial avec joie, répondit-elle, puisqu'il est vrai
« qu'un mari n'a pu faire à sa femme d'autre présent. Dis à ton
« maître qu'en perdant la vie j'aurais du moins conservé l'honneur,
« si je n'eusse point épousé Masinissa la veille de ma mort. » Elle
avala le poison.

Ce fut dans ses conjonctures que les Carthaginois rappelèrent
Annibal de l'Italie : il versa des larmes de rage, il accusa ses concitoyens, il s'en prit aux dieux, il se reprocha de n'avoir pas marché
à Rome après la bataille de Cannes. Jamais homme en quittant son
pays pour aller en exil n'éprouva plus de douleur qu'Annibal en
s'arrachant d'une terre étrangère pour rentrer dans sa patrie.

Il débarqua sur la côte d'Afrique avec les vieux soldats qui avaient
traversé, comme lui, les Espagnes, les Gaules, l'Italie ; qui montraient plus de faisceaux ravis à des préteurs, à des généraux, à des
consuls, que tous les magistrats de Rome n'en faisaient porter
devant eux. Annibal avait été trente-six ans absent de sa patrie : il
en était sorti enfant ; il y revenait dans un âge avancé, ainsi qu'il
le dit lui-même à Scipion. Quelles durent être les pensées de ce grand
homme quand il revit Carthage, dont les murs et les habitants lui
étaient presque étrangers ! Deux de ses frères étaient morts ; les
compagnons de son enfance avaient disparu ; les générations s'étaient
succédé : les temples chargés de la dépouille des Romains furent
sans doute les seuls lieux qu'Annibal put reconnaître dans cette
Carthage nouvelle. Si ses concitoyens n'avaient pas été aveuglés
par l'envie, avec quelle admiration ils auraient contemplé ce héros
qui, depuis trente ans, versait son sang pour eux dans une région
lointaine, et les couvrait d'une gloire ineffaçable ! Mais, quand les
services sont si éminents qu'ils excèdent les bornes de la reconnaissance, ils ne sont payés que par l'ingratitude. Annibal eut le malheur

d'être plus grand que le peuple chez lequel il était né, et son destin
fut de vivre et de mourir en terre étrangère.

Il conduisit son armée à Zama. Scipion rapprocha son camp de
celui d'Annibal. Le général carthaginois eut un pressentiment de
l'infidélité de la fortune, car il demanda une entrevue au général
romain, afin de lui proposer la paix. On fixa le lieu du rendez-vous.
Quand les deux capitaines furent en présence, ils demeurèrent
muets et saisis d'admiration l'un pour l'autre. Annibal prit enfin
la parole :

« Scipion, les dieux ont voulu que votre père ait été le premier
« des généraux ennemis à qui je me sois montré en Italie, les armes
« à la main ; ces mêmes dieux m'ordonnent de venir aujourd'hui,
« désarmé, demander la paix à son fils. Vous avez vu les Cartha-
« ginois campés aux portes de Rome : le bruit d'un camp romain
« se fait entendre à présent jusque dans les murs de Carthage. Sorti
« enfant de ma patrie, j'y rentre plein de jours ; une longue expé-
« rience de la bonne et de la mauvaise fortune m'a appris à juger
« des choses par la raison et non par l'événement. Votre jeunesse,
« et le bonheur qui ne vous a point encore abandonné, vous rendront
« peut-être ennemi du repos ; dans la prospérité on ne songe point
« aux revers. Vous avez l'âge que j'avais à Cannes et à Trasimène.
« Voyez ce que j'ai été, et connaissez, par mon exemple, l'inconstance
« du sort. Celui qui vous parle en suppliant est ce même Annibal
« qui, campé entre le Tibre et le Téveron, prêt à donner l'assaut à
« Rome, délibérait sur ce qu'il ferait de votre patrie. J'ai porté
« l'épouvante dans les champs de vos pères, et je suis réduit à vous
« prier d'épargner de tels malheurs à mon pays. Rien n'est plus
« incertain que le succès des armes : un moment peut vous ravir
« votre gloire et vos espérances. Consentir à la paix, c'est rester
« vous-même l'arbitre de vos destinées ; combattre, c'est remettre
« votre sort entre les mains des dieux. »

A ce discours étudié, Scipion répondit avec plus de franchise,
mais moins d'éloquence : il rejeta comme insuffisantes les proposi-

tions de paix que lui faisait Annibal, et l'on ne songea plus qu'à combattre. Il est probable que l'intérêt de la patrie ne fut pas le seul motif qui porta le général romain à rompre avec le général carthaginois, et que Scipion ne put se défendre du désir de se mesurer avec Annibal.

Le lendemain de cette entrevue, deux armées, composées de vétérans, conduites par les deux plus grands capitaines des deux plus grands peuples de la terre, s'avancèrent pour se disputer, non les murs de Rome et de Carthage, mais l'empire du monde, prix de ce dernier combat.

Scipion plaça les piquiers au premier rang, les princes au second, et les triaires au troisième. Il rompit ces lignes par des intervalles égaux, afin d'ouvrir un passage aux éléphants des Carthaginois. Des vélites répandus dans ces intervalles devaient, selon l'occasion, se replier derrière les soldats pesamment armés, ou lancer sur les éléphants une grêle de flèches et de javelots. Lélius couvrait l'aile gauche de l'armée avec la cavalerie latine, et Masinissa commandait à l'aile droite les chevaux numides.

Annibal rangea quatre-vingts éléphants sur le front de son armée, dont la première ligne était composée de Liguriens, de Gaulois, de Baléares et de Maures; les Carthaginois venaient au second rang; des Bruttiens formaient derrière eux une espèce de réserve, sur laquelle le général comptait peu. Annibal opposa sa cavalerie à la cavalerie des Romains, les Carthaginois à Lélius, et les Numides à Masinissa.

Les Romains sonnent les premiers la charge. Ils poussent en même temps de si grands cris, qu'une partie des éléphants effrayés se replie sur l'aile gauche de l'armée d'Annibal, et jette la confusion parmi les cavaliers numides. Masinissa aperçoit leur désordre, fond sur eux, et achève de les mettre en fuite. L'autre partie des éléphants qui s'étaient précipités sur les Romains est repoussée par les vélites, et cause, à l'aile droite des Carthaginois, le même accident qu'à l'aile gauche. Ainsi, dès le premier choc, Annibal demeura sans cavalerie et découvert sur ses deux flancs : des raisons puissantes que l'histoire n'a pas connues, l'empêchèrent sans doute de penser à la retraite.

L'infanterie en étant venue aux mains, les soldats de Scipion enfoncèrent facilement la première ligne de l'ennemi, qui n'était composée que de mercenaires. Les Romains et les Carthaginois se trouvèrent alors face à face. Les premiers, pour arriver aux seconds, étant obligés de passer sur des monceaux de cadavres, rompirent leur ligne, et furent au moment de perdre la victoire. Scipion voit le danger, et change son orde de bataille. Il fait passer les princes et les triaires au premier rang, et les place à la droite et à la gauche des piquiers ; il déborde par ce moyen le front de l'armée d'Annibal, qui avait déjà perdu sa cavalerie et la première ligne de ses fantassins. Les vétérans carthaginois soutinrent la gloire qu'ils s'étaient acquise dans tant de batailles. On reconnaissait parmi eux, à leurs couronnes, de simples soldats qui avaient tué, de leurs propres mains, des généraux et des consuls. Mais la cavalerie romaine, revenant de la poursuite des ennemis, charge par derrière les vieux compagnons d'Annibal. Entourés de toutes parts, il combattent jusqu'au dernier soupir, et n'abandonnent leurs drapeaux qu'avec la vie. Annibal lui-même, après avoir fait tout ce qu'on peut attendre d'un grand général et d'un soldat intrépide, se sauve avec quelques cavaliers.

Resté maître du champ de bataille, Scipion donna de grands éloges à l'habileté que son rival avait déployée dans les événements du combat. Était-ce générosité ou orgueil ? Peut-être l'une et l'autre car le vainqueur était Scipion, et le vaincu Annibal.

La bataille de Zama mit fin à la seconde guerre Punique. Carthage demanda la paix, et ne la reçut qu'à des conditions qui présageaient sa ruine prochaine. Annibal, n'osant se fier à la foi d'un peuple ingrat, abandonna sa patrie. Il erra dans les cours étrangères, cherchant partout des ennemis aux Romains, et partout poursuivi par eux ; donnant à de faibles rois des conseils qu'ils étaient incapables de suivre, et apprenant par sa propre expérience qu'il ne faut porter chez les hôtes couronnés ni gloire ni malheur. On assure qu'il rencontra Scipion à Éphèse, et que, s'entretenant avec son vainqueur, celui-ci lui dit : « A votre avis, Annibal, quel a été le « premier capitaine du monde? — Alexandre, répondit le Cartha- « ginois.—Et le second? repartit Scipion.—Pyrrhus.—Et le troi- « sième? — Moi.—Que serait-ce donc, s'écria Scipion en riant, si « vous m'aviez vaincu? — Je me serais placé, répondit Annibal, « avant Alexandre. » Mot qui prouve que l'illustre banni avait appris dans les cours l'art de la flatterie, et qu'il avait à la fois trop de modestie et trop d'orgueil.

Enfin les Romains ne purent se résoudre à laisser vivre Annibal. Seul, proscrit et malheureux, il leur semblait balancer la fortune du Capitole. Ils étaient humiliés en pensant qu'il y avait au monde un homme qui les avait vaincus, et qui n'était point effrayé de leur grandeur. Ils envoyèrent une ambassade jusqu'au fond de l'Asie demander au roi Prusias la mort de son suppliant. Prusias eut la lâcheté d'abandonner Annibal. Alors ce grand homme avala du poison, en disant : « Délivrons les Romains de la crainte que leur « cause un vieillard exilé, désarmé et trahi. »

Scipion éprouva comme Annibal les peines attachées à la gloire. Il finit ses jours à Literne, dans un exil volontaire. On a remarqué qu'Annibal, Philopœmen et Scipion moururent à peu près dans le même temps, tous trois victimes de l'ingratitude de leur pays. L'A- fricain fit graver sur son tombeau cette inscription si connue :

INGRATE PATRIE,
TU N'AURAS PAS MES OS.

Mais, après tout, la proscription et l'exil, qui peuvent faire oublier des noms vulgaires, attirent les yeux sur les noms illustres : la vertu heureuse nous éblouit; elle charme nos regards lorsqu'elle est persécutée.

Carthage elle-même ne survécut pas longtemps à Annibal. Scipion Nasica et les sénateurs les plus sages voulaient conserver à Rome une rivale; mais on ne change point les destinées des empires. La haine aveugle du vieux Caton l'emporta, et les Romains, sous le prétexte le plus frivole, commencèrent la troisième guerre Punique.

Ils employèrent d'abord une insigne perfidie pour dépouiller les ennemis de leurs armes. Les Carthaginois, ayant en vain demandé la paix, résolurent de s'ensevelir sous les ruines de leur cité. Les consuls Marcius et Manilius parurent bientôt sous les murs de Carthage. Avant d'en former le siége, ils eurent recours à deux cérémonies formidables : l'évocation des divinités tutélaires de cette ville, et le dévouement de la patrie d'Annibal aux dieux infernaux.

« Dieu ou déesse, qui protégez le peuple et la république de « Carthage, génie à qui la défense de cette ville est confiée, aban- « donnez vos anciennes demeures; venez habiter nos temples. « Puissent Rome et nos sacrifices vous être plus agréables que la « ville et les sacrifices des Carthaginois ! »

Passant ensuite à la formule de dévouement :

« Dieu Pluton, Jupiter malfaisant, dieux Mânes, frappez de terreur « la ville de Carthage; entraînez ses habitants aux enfers. Je vous « dévoue la tête des ennemis, leurs biens, leurs villes, leurs campa- « gnes; remplissez mes vœux, et je vous immolerai trois brebis « noires. Terre, mère des hommes, et vous, Jupiter, je vous « atteste. »

Cependant les consuls furent repoussés avec vigueur. Le génie d'Annibal s'était réveillé dans la ville assiégée. Les femmes coupèrent leurs cheveux; elles en firent des cordes pour les arcs et pour les machines de guerre. Scipion, le second Africain, servait alors comme tribun dans l'armée romaine. Quelques vieillards qui avaient vu le premier Scipion en Afrique vivaient encore, entre autres le célèbre Masinissa. Ce roi numide, âgé de plus de quatre-vingts ans, invita le jeune Scipion à sa cour; c'est sur la supposition de cette entrevue[1] que Cicéron composa le beau morceau de sa

---

[1] Scipion avait vu auparavant Masinissa. Sa dernière entrevue n'eut pas lieu, car Masinissa était mort quand Scipion arriva à sa cour.

République, connu sous le nom du *Songe de Scipion*. Il fait parler ainsi l'Émilien à Lélius, à Philus, à Manilius et à Scévola :

« J'aborde Masinissa. Le vieillard me reçoit dans ses bras et
« m'arrose de ses pleurs. Il lève les yeux au ciel et s'écrie : « Soleil,
« dieux célestes, je vous remercie ! Je reçois, avant de mourir,
« dans mon royaume et à mes foyers, le digne héritier de l'homme
« vertueux et du grand capitaine toujours présent à ma mémoire ! »

« La nuit, plein des discours de Masinissa, je rêvai que l'Africain
« s'offrait devant moi : je tremblais, saisi de respect et de crainte.
« L'Africain me rassura et me transporta avec lui au plus haut du
« ciel, dans un lieu tout brillant d'étoiles. Il me dit :

« Abaissez vos regards et voyez Carthage : je la forçai de se
« soumettre au peuple romain ; dans deux ans vous la détruirez de
« fond en comble, et vous mériterez par vous-même le nom d'Afri-
« cain, que vous ne tentez encore que de mon héritage... Sachez,
« pour vous encourager à la vertu, qu'il est dans le ciel un lieu
« destiné à l'homme juste. Ce qu'on appelle la vie sur la terre, c'est
« la mort. On n'existe que dans la demeure éternelle des âmes, et
« l'on ne parvient à cette demeure que par la sainteté, la religion,
« la justice, le respect envers ses parents, et le dévouement à la
« patrie. Sachez surtout mépriser les récompenses des mortels.
« Vous voyez d'ici combien cette terre est petite, combien les plus
« vastes royaumes occupent peu de place sur le globe que vous
« découvrez à peine, combien de solitudes et de mers divisent les
« peuples entre eux ! Quel serait donc l'objet de votre ambition ?
« Le nom d'un Romain a-t-il jamais franchi les sommets du Cau-
« case ou les rivages du Gange ? Que de peuples à l'orient, à l'occi-
« dent, au midi, au septentrion, n'entendront jamais parler de
« l'Africain ! Et ceux qui en parlent aujourd'hui, combien de temps
« en parleront-ils ? Ils vont mourir. Dans le bouleversement des
« empires, dans ces grandes révolutions que le temps amène, ma
« mémoire périra sans retour. O mon fils ! ne songez donc qu'aux
« sanctuaires divins où vous entendez cette harmonie des sphères

« qui charme maintenant vos oreilles ; n'aspirez qu'à ces temples
« éternels préparés pour les grandes âmes et pour ces génies su-
« blimes qui, pendant la vie, se sont élevés à la contemplation des
« choses du ciel. » L'Africain se tut et je m'éveillai. »

Cette noble fiction d'un consul romain surnommé *le Père de la
patrie*, ne déroge point à la gravité de l'histoire. Si l'histoire est
faite pour conserver les grands noms et les pensées du génie, ces
grands noms et ces pensées se trouvent ici [1].

Scipion l'Émilien, nommé consul par la faveur du peuple, eut
ordre de continuer le siége de Carthage. Il surprit d'abord la ville
basse, qui portait le nom de *Mégara* ou de *Magara* [2]. Il voulut
ensuite fermer le port extérieur au moyen d'une chaussée. Les Carthaginois ouvrirent une autre entrée à ce port, et parurent en mer
au grand étonnement des Romains. Ils auraient pu brûler la flotte de
Scipion ; mais l'heure de Carthage était venue, et le trouble s'était
emparé des conseils de cette ville infortunée

Elle fut défendue par un certain Asdrubal, homme cruel, qui
commandait trente mille mercenaires, et qui traitait les citoyens
avec autant de rigueur que les ennemis. L'hiver s'étant passé dans
les entreprises que j'ai décrites, Scipion attaqua au printemps le
port intérieur appelé le *Cothon*.

Bientôt maître des murailles de ce port, il s'avança jusque dans
la grande place de la ville. Trois rues s'ouvraient sur cette place
et montaient en pente jusqu'à la citadelle connue sous le nom de
Byrsa. Les habitants se défendirent dans les maisons de ces rues :
Scipion fut obligé de les assiéger et de prendre chaque maison tour
à tour. Ce combat dura six jours et six nuits. Une partie des soldats
romains forçait les retraites des Carthaginois, tandis qu'une autre
partie était occupée à tirer avec des crocs les corps entassés dans
les maisons ou précipités dans les rues. Beaucoup de vivants furent
jetés pêle-mêle dans les fossés avec les morts.

[1] Ce songe est une imitation d'un passage de *la République de Platon*.
[2] Je ne ferai la description de Carthage qu'en parlant de ses ruines.

Le septième jour, des députés parurent en habits de suppliants ; ils se bornaient à demander la vie des citoyens réfugiés dans la citadelle. Scipion leur accorda leur demande, exceptant toutefois de cette grâce les déserteurs romains qui avaient passé du côté des Carthaginois. Cinquante mille personnes, hommes, femmes, enfants et vieillards, sortirent ainsi de Byrsa.

Au sommet de la citadelle s'élevait un temple consacré à Esculape. Les transfuges, au nombre de neuf cents, se retranchèrent dans ce temple. Asdrubal les commandait ; il avait avec lui sa femme et ses deux enfants. Cette troupe désespérée soutint quelque temps les efforts des Romains ; mais, chassée peu à peu des parvis du temple, elle se renferma dans le temple même. Alors Asdrubal, entraîné par l'amour de la vie, abandonnant secrètement ses compagnons d'infortune, sa femme et ses enfants, vint, un rameau d'olivier à la main, embrasser les genoux de Scipion. Scipion le fit aussitôt montrer aux transfuges. Ceux-ci, pleins de rage, mirent le feu au temple, en faisant contre Asdrubal d'horribles imprécations.

Comme les femmes commençaient à sortir de l'édifice, on vit paraître une femme couverte de ses plus beaux habits, et tenant par la main deux enfants : c'était la femme d'Asdrubal. Elle promène ses regards sur les ennemis qui entouraient la citadelle, et reconnaissant Scipion : « Romain, s'écria-t-elle, je ne demande point « au ciel qu'il exerce sur toi sa vengeance : tu ne fais que suivre « les lois de la guerre ; mais puisses-tu, avec les divinités de mon « pays, punir le perfide qui trahit sa femme, ses enfants, sa patrie « et ses dieux ! Et toi, Asdrubal, déjà Rome prépare le châtiment de « tes forfaits ! Indigne chef de Carthage, cours te faire traîner au « char de ton vainqueur, tandis que ce feu va nous dérober, moi « et mes enfants, à l'esclavage ! »

En achevant ces mots, elle égorge ses enfants, les jette dans les flammes, et s'y précipite après eux. Tous les transfuges imitent son exemple.

Ainsi périt la patrie de Didon, de Sophonisbe et d'Annibal. Florus

veut que l'on juge de la grandeur du désastre par l'embrasemènt,
qui dura dix-sept jours entiers. Scipion versa des pleurs sur le sort
de Carthage. A l'aspect de l'incendie qui consumait cette ville naguère si florissante, il songea aux révolutions des empireş, et pro-.
nonça ces vers d'Homère en les appliquant aux destinées futures
de Rome : « Un temps viendra où l'on verra périr, et les sacrés
« murs d'Ilion, et le belliqueux Priam, et tout son peuple. » Corinthe
fut détruite la même année que Carthage, et un enfant de Corinthe
répéta, comme Scipion, un passage d'Homère à la vue de sa patrie
en cendres. Quel est donc cet homme que toute l'antiquité appelle à
la chute des états et au spectacle des calamités des peuples, comme
si rien ne pouvait être grand et tragique sans sa présence; comme
si toutes les douleurs humaines étaient sous la protection et sous
l'empire du chantre d'Ilion et d'Hector?

Carthage ne fut pas plutôt détruite, qu'un dieu vengeur sembla
sortir de ses ruines : Rome perd ses mœurs; elle voit naître dans
son sein des guerres civiles; et cette corruption et ces discordes
commencent sur les rivages Puniques. Et d'abord Scipion, destruc-
teur de Carthage, meurt assassiné par la main de ses proches; les
enfants de ce roi Masinissa, qui fit triompher les Romains, s'égor-
gent sur le tombeau de Sophonisbe; les dépouilles de Syphax servent
à Jugurtha à pervertir et à vaincre les descendants de Régulus.
« O cité vénale! s'écrie le prince Africain en sortant du Capitole :
« ô cité mûre pour ta ruine, si tu trouves un acheteur! » Bientôt
Jugurtha fait passer une armée romaine sous le joug, presque à la
vue de Carthage, et renouvelle cette honteuse cérémonie, comme
pour réjouir les mânes d'Annibal; il tombe enfin dans les mains de
Marius, et perd l'esprit au milieu de la pompe triomphale. Les lic-
teurs le dépouillent, lui arrachent ses pendants d'oreilles, le jettent
nu dans une fosse, où ce roi justifie jusqu'à son dernier soupir ce
qu'il avait dit de l'avidité des Romains.

Mais la victoire obtenue sur le descendant de Masinissa a fait
naître entre Sylla et Marius cette jalousie qui va couvrir Rome de

deuil. Obligé de fuir devant son rival, Marius vint chercher un asile parmi les tombeaux d'Hannon et d'Hamilcar. Un esclave de Sextilius, préfet d'Afrique, apporte à Marius l'ordre de quitter les débris qui lui servent de retraite : « Va dire à ton maître, répond le terrible « consul, que tu as vu Marius fugitif assis sur les ruines de Car- « thage. »

« Marius et Carthage, disent un historien et un poëte, se conso- « laient mutuellement de leur sort; et, tombés l'un et l'autre, ils « pardonnaient aux dieux. »

Enfin la liberté de Rome expire aux pieds de Carthage détruite et enchaînée. La vengeance est complète : c'est un Scipion qui succombe en Afrique sous les coups de César; et son corps est le jouet des flots qui portèrent les vaisseaux triomphants de ses aïeux.

Mais Caton vit encore à Utique, et avec lui Rome et la liberté sont encore debout. César approche : Caton juge que les dieux de la patrie se sont retirés. Il demande son épée; un enfant la lui apporte; Caton la tire du fourreau, en touche la pointe et dit : « Je suis mon maître! » Ensuite il se couche, et lit deux fois le dialogue de Platon sur l'immortalité de l'âme, après quoi il s'endort. Le chant des oiseaux le réveille au point du jour : il pense alors qu'il est temps de changer une vie libre en une vie immortelle; il se donne un coup d'épée au dessous de l'estomac : il tombe de son lit, se débat contre la mort. On accourt, on bande sa plaie : il revient de son évanouissement, déchire l'appareil et arrache ses entrailles. Il aime mieux mourir pour une cause sainte, que de vivre sous un grand homme.

Le destin de Rome républicaine étant accompli, les hommes, les lois, ayant changé, le sort de Carthage changea pareillement. Déjà Tibérius Gracchus avait établi une colonie dans l'enceinte déserte de la ville de Didon; mais sans doute cette colonie n'y prospéra pas, puisque Marius ne trouva à Carthage que des cabanes et des ruines. Jules César, étant en Afrique, fit un songe : il crut voir pendant son sommeil une grande armée qui l'appelait en répandant des pleurs. Dès lors, il forma le projet de rebâtir Corinthe et Carthage, dont le rêve lui avait apparemment offert les guerriers. Auguste, qui partagea toutes les fureurs d'une révolution sanglante, et qui les répara toutes, accomplit le dessein de César. Carthage sortit de ses ruines, et Strabon assure que de son temps elle était déjà florissante. Elle devint la métropole de l'Afrique, et fut célèbre par sa politesse et par ses écoles. Elle vit naître tour à tour de grands et d'heureux génies. Tertullien lui adressa son *Apologétique* contre les Gentils. Mais, toujours cruelle dans sa religion, Carthage persécuta les chrétiens innocents, comme elle avait jadis brûlé des enfants en l'honneur de Saturne. Elle livra au martyre l'illustre Cyprien, qui faisait refleurir l'éloquence latine. Arnobe et Lactance se distinguèrent à Carthage : le dernier y mérita le surnom de *Cicéron chrétien.*

Soixante ans après, saint Augustin puisa dans la capitale de l'Afrique ce goût des voluptés sur lequel, ainsi que le roi prophète, il pleura le reste de sa vie. Sa belle imagination, touchée des fictions des poètes, aimait à chercher les restes du palais de Didon. Le désenchantement que l'âge amène, et le vide qui suit les plaisirs, rappelèrent le fils de Monique à des pensées plus graves. Saint Ambroise acheva la victoire, et Augustin devenu évêque d'Hippone, fut un modèle de vertu. Sa maison ressemblait à une espèce de monastère où rien n'était affecté ni en pauvreté ni en richesse. Vêtu d'une manière modeste, mais propre et agréable, le vénérable prélat rejetait les habits somptueux, qui ne convenaient, disait-il, ni à son ministère, ni à son corps cassé de vieillesse, ni à ses cheveux blancs. Aucune femme n'entrait chez lui, pas même sa sœur, veuve et servante de Dieu. Les étrangers trouvaient à sa table une hospitalité libérale; mais, pour lui, il ne vivait que de fruits et de légumes. Il faisait sa principale occupation de l'assistance des pauvres et de la prédication de la parole de Dieu. Il fut surpris dans l'exercice de ses devoirs par les Vandales, qui vinrent mettre le siége devant Hippone, l'an 431 de notre ère, et qui changèrent la face de l'Afrique.

Les Barbares avaient déjà envahi les grandes provinces de l'empire; Rome même avait été saccagée par Alaric. Les Vandales, ou poussés par les Visigoths, ou appelés par le comte Boniface, passèrent enfin d'Espagne en Afrique. Ils étaient, selon Procope, de la race des Goths, et joignaient à leur férocité naturelle le fanatisme religieux. Convertis au christianisme, mais ariens de secte, ils persécutèrent les catholiques avec une rage inouïe. Leur cruauté fut sans exemple : quand ils étaient repoussés devant une ville, ils massacraient leurs prisonniers autour de cette ville. Laissant les cadavres exposés au soleil, ils chargeaient, pour ainsi dire, le vent de porter la peste dans les murs que leur rage n'avait pu frapper. L'Afrique fut épouvantée de cette race d'hommes, de géants demi nus, qui faisaient des peuples vaincus des espèces de bêtes de somme, les chassaient par troupeaux devant eux, et les égorgeaient quand ils en étaient las.

Genseric établit à Carthage le siége de son empire : il était digne de commander aux Barbares que Dieu lui avait soumis. C'était un prince sombre, sujet à des accès de la plus noire mélancolie, et qui paraissait grand dans le naufrage général du monde civilisé, parce qu'il était monté sur des débris.

Au milieu de ses malheurs, une dernière vengeance était réservée à la ville de Didon. Genseric traverse la mer et s'empare de Rome : il la livre à ses soldats pendant quatorze jours et quatorze nuits. Il se rembarque ensuite; la flotte du nouvel Annibal apporte à Carthage les dépouilles de Rome, comme la flotte de Scipion avait apporté à Rome les dépouilles de Carthage. Tous les vaisseaux de Genseric, dit Procope, arrivèrent heureusement en Afrique, excepté celui qui portait les dieux. Solidement établi dans son nouvel empire, Genseric en sortait tous les ans pour ravager l'Italie, la Sicile, l'Illyrie et la Grèce. Les aveugles conquérants de cette époque sentaient intérieurement qu'ils n'étaient rien en eux-mêmes, qu'ils n'étaient que des instruments d'un conseil éternel. De là les noms qu'ils se donnaient de *Fléau de Dieu*, de *Ravageur de l'espèce*

humaine; de là cette fureur de détruire dont ils se sentaient tour-
mentés, cette soif du sang qu'ils ne pouvaient éteindre ; de là cette
combinaison de toutes choses pour leurs succès, bassesse des hommes,
absence de courage, de vertus, de talents, de génie : car rien ne
devait mettre d'obstacles à l'accomplissement des arrêts du ciel. La
flotte de Genseric était prête; ses soldats étaient embarqués : où
allait-il ? Il ne le savait pas lui-même. « Prince, lui dit le pilote,
« quels peuples allez-vous attaquer ? — Ceux-là, répond le Bar-
« bare, que Dieu regarde à présent dans sa colère. »

Genseric mourut trente-neuf ans après avoir pris Carthage. C'é-
tait la seule ville d'Afrique dont il n'eût pas détruit les murs. Il eut
pour successeur Honoric, l'un de ses fils.

Après un règne de huit ans, Honoric fut remplacé sur le trône
par son cousin Gondamond : celui-ci porta le sceptre treize années,
et laissa la couronne à Transamond son frère.

Le règne de Transamond fut en tout de vingt-sept années. Ilderic, fils d'Honoric et petit-fils de Genseric, hérita du royaume de
Carthage. Gélimer, parent d'Ilderic, conspira contre lui, et le fit
jeter dans un cachot. L'empereur Justinien prit la défense du
monarque détrôné, et Bélisaire passa en Afrique. Gélimer ne fit
presque point de résistance. Le général romain entra victorieux
dans Carthage. Il se rendit au palais, où, par un jeu de la fortune,
il mangea des viandes mêmes qui avaient été préparées pour Gélimer, et fut servi par les officiers de ce prince. Rien n'était changé
à la cour, hors le maître; et c'est peu de chose quand il a cessé
d'être heureux.

Bélisaire au reste était digne de ses succès. C'était un de ces
hommes qui paraissent de loin à loin dans les jours du vice, pour
interrompre le droit de prescription contre la vertu. Malheureusement ces nobles âmes qui brillent au milieu de la bassesse, ne produisent aucune révolution. Elles ne sont point liées aux affaires
humaines de leur temps; étrangères et isolées dans le présent,
elles ne peuvent avoir aucune influence sur l'avenir. Le monde

roule sur elles sans les entraîner; mais aussi elles ne peuvent arrêter le monde. Pour que les âmes d'une haute nature soient utiles à la société, il faut qu'elles naissent chez un peuple qui couserve le goût de l'ordre, de la religion et des mœurs, et dont le génie et le caractère soient en rapport avec sa position morale et politique. Dans le siècle de Bélisaire, les événements étaient grands et les hommes petits. C'est pourquoi les annales de ce siècle, bien que remplies de catastrophes tragiques, nous révoltent et nous fatiguent. Nous ne cherchons point, dans l'histoire, les révolutions qui maîtrisent et écrasent des hommes, mais les hommes qui commandent aux révolutions, et qui soient plus puissants que la fortune. L'univers bouleversé par les Barbares ne nous inspire que de l'horreur et du mépris; nous sommes éternellement et justement occupés d'une petite querelle de Sparte et d'Athènes dans un petit coin de la Grèce

Gélimer, prisonnier à Constantinople, servit au triomphe de Bélisaire. Bientôt après, ce monarque devint laboureur. En pareil cas, la philosophie peut consoler un homme d'une nature commune, mais elle ne fait qu'augmenter les regrets d'un cœur vraiment royal.

On sait que Justinien ne fit point crever les yeux à Bélisaire. Ce ne serait après tout qu'un bien petit événement dans la grande histoire de l'ingratitude humaine. Quant à Carthage, elle vit un prince sortir de ses murs pour aller s'asseoir sur le trône des Césars : ce fut cet Héraclius qui renversa le tyran Phocas. Les Arabes firent, en 647, leur première expédition en Afrique. Cette expédition fut suivie de quatre autres dans l'espace de cinquante ans. Carthage tomba sous le joug musulman en 696. La plupart des habitants se sauvèrent en Espagne et en Sicile. Le patrice Jean, général de l'empereur Léonce, occupa la ville en 697, mais les Sarrasins y rentrèrent pour toujours en 698; et la fille de Tyr devint la proie des enfants d'Ismaël. Elle fut prise par Hassan, sous le califat d'Ab-el-Melike. On prétend que les nouveaux maîtres de Carthage en rasèrent jusqu'aux fondements. Cependant il en existait encore de grands débris au commencement du neuvième siècle, s'il est vrai que des ambassadeurs de Charlemagne y découvrirent le corps de saint Cyprien. Vers la fin du même siècle, les infidèles formèrent une ligue contre les chrétiens, et ils avaient à leur tête, dit l'histoire, les *Sarrasins de Carthage.* Nous verrons aussi que saint Louis trouva une ville naissante dans les ruines de cette antique cité. Quoi qu'il en soit, elle n'offre plus aujourd'hui que les débris dont je vais parler. Elle n'est connue dans le pays que sous le nom de Bersach, qui semble être une corruption du nom de Byrsa. Quand on veut aller de Tunis à Carthage, il faut demander la tour d'Almenare ou *la torre* de Mastinacès : *ventoso gloria curru!*

Il est assez difficile de bien comprendre, d'après le récit des historiens, le plan de l'ancienne Carthage. Polybe et Tite-Live avaient sans doute parlé fort au long du siége de cette ville, mais nous n'avons plus leurs descriptions. Nous sommes réduits aux abréviateurs latins, tels que Florus et Velleïus Paterculus, qui n'entrent point dans le détail des lieux. Les géographes qui vinrent par la suite des temps ne connurent que la Carthage romaine. L'autorité la plus complète sur ce sujet est celle du Grec Appien, qui florissait près de trois siècles après l'événement, et qui, dans son style déclamatoire, manque de précision et de clarté. Rollin, qui le suit, en y mêlant peut-être mal à propos l'autorité de Strabon, m'épargnera la peine d'une traduction.

« Elle était située dans le fond d'un golfe, environnée de mer en « forme d'une presqu'île dont le col, c'est-à-dire l'isthme qui la « joignait au continent, était d'une lieue et un quart (vingt cinq « stades). La presqu'île avait de circuit dix-huit lieues (trois cent « soixante stades). Du côté de l'occident il en sortait une longue « pointe de terre, large à peu près de douze toises (un demi-stade), « qui, s'avançant dans la mer, la séparait d'avec le marais, et était « fermée de tous côtés de rochers et d'une simple muraille. Du « côté du midi et du continent, où était la citadelle appelée *Byrsa*, « la ville était close d'une triple muraille, haute de trente coudées,

« sans les parapets et les tours qui la flanquaient tout à l'entour par
« d'égales distances, éloignées l'une de l'autre de quatre-vingts toi-
« ses. Chaque tour avait quatre étages, les murailles n'en avaient
« que deux ; elles étaient voûtées, et dans le bas il y avait des étables
« pour mettre trois cents éléphants, avec les choses nécessaires
« pour leur subsistance, et des écuries au dessus pour quatre mille
« chevaux, et les greniers pour leur nourriture. Il s'y trouvait aussi
« de quoi y loger vingt mille fantassins et quatre mille cavaliers.
« Enfin, tout cet appareil de guerre était renfermé dans les seules
« murailles. Il n'y avait qu'un endroit de la ville dont les murs
« fussent faibles et bas : c'était un angle négligé qui commençait à
« la pointe de terre dont nous avons parlé, et qui continuait jus-
« qu'au port qui était du côté du couchant. Il y en avait deux qui
« se communiquaient l'un à l'autre, mais qui n'avaient qu'une seule
« entrée large de soixante-dix pieds et fermée par des chaînes. Le
« premier était pour les marchands, où l'on trouvait plusieurs et
« diverses demeures pour les matelots. L'autre était le port inté-
« rieur, pour les navires de guerre, au milieu duquel on voyait une
« île nommée *Cothon*, bordée, aussi bien que le port, de grands
« quais où il y avait des loges séparées pour mettre à couvert
« deux cents vingt navires, et des magasins au dessus, où l'on gar-
« dait tout ce qui était nécessaire à l'armement et à l'équipement
« des vaisseaux. L'entrée de chacune de ces loges, destinées à
« retirer les vaisseaux, était ornée de deux colonnes de marbre
« d'ouvrage ionique ; de sorte que tant le port que l'île représen-
« taient des deux côtés deux magnifiques galeries. Dans cette île
« était le palais de l'amiral ; et, comme il était vis-à-vis de l'entrée
« du port, il pouvait de là découvrir tout ce qui se passait dans la
« mer, sans que de la mer on pût rien voir de ce qui se faisait dans
« l'intérieur du port. Les marchands, de même, n'avaient aucune
« vue sur les vaisseaux de guerre, les deux ports étant séparés par
« une double muraille, et il y avait dans chacun une porte parti-
« ticulière pour entrer dans la ville sans passer par l'autre port. On

« peut donc distinguer trois parties dans Carthage : le port qui
« était double, appelé quelquefois *Cothon*, à cause de la petite île
« de ce nom; la citadelle appelée *Byrsa*; la ville proprement dite,
« où demeuraient les habitants, qui environnait la citadelle, et
« était nommée *Mégara*. »

Il ne resta vraisemblablement de cette première ville que les
citernes publiques et particulières; elles sont d'une beauté surprenante, et donnent une grande idée des monuments des Carthaginois; mais je ne sais si l'aqueduc qui conduisait l'eau à ces citernes ne doit pas être attribué à la seconde Carthage. Je me fonde,
pour la destruction entière de la cité de Didon, sur ce passage de
Florus : « *Quanta urbs deleta sit, ut de cæteris taceam, vel ignium*
« *mora probari potest. Quippe per continuos XVII dies vix potuit*
« *incendium exstingui, quod domibus ac templis suis sponte hostes*
« *immiserant; ut quatenus urbs eripi Romanis non poterat, trium-*
« *phus arderet.* »

Appien ajoute que ce qui échappa aux flammes fut démoli par
ordre du sénat romain. « Rome, dit Velleïus Paterculus, déjà maî-
« tresse du monde, ne se croyait pas en sûreté tant que subsisterait
« 'le nom de Carthage, » *si nomen usquam maneret Carthaginis.*

Strabon, dans sa description courte et claire, mêle évidemment
différentes parties de l'ancienne et de la nouvelle cité :

Καὶ Καρχήδων δὲ ἐπὶ χερρόνησου τινος ἵδρυται, ...
. . . . etc.

« Carthage, environnée de murs de toutes parts, occupe une
« presqu'île de trois cents stades de tour, qu'elle a attachée à la
« terre ferme par un isthme de soixante stades de largeur. Au
« milieu de la ville s'élevait une colline sur laquelle était bâtie une
« citadelle appelée *Byrsa*. Au sommet de cette citadelle on voyait
« un temple consacré à Esculape, et des maisons couvraient la
« pente de la colline. Les ports sont au pied de Byrsa, ainsi que la

« petite île ronde appelée *Cothon*, autour de laquelle les vaisseaux
« forment un cercle. »

Sur ce mot *Karchédón* de l'original, j'observe, après quelques
écrivains, que, selon Samuel Bochard, le nom phénicien de *Carthage*
était *Cartha-Hadath* ou *Cartha-Hadtha*, c'est-à-dire la nouvelle
ville. Les Grecs en firent *Karchedon*, et les Romains *Carthage*. Les
noms des trois parties de la ville étaient également tirés du phénicien, *Magara* de *Magar*, magasin; *Byrsa* de *bosra*, forteresse; et
Cothon de *ratoun*, coupure; car il n'est pas bien clair que le Cothon
fût une île.

Après Strabon, nous ne savons plus rien de Carthage, sinon
qu'elle était devenue une des plus grandes et des plus belles villes du
monde. Pline pourtant se contente de dire : *Colonia Carthago, magnæ
in vestigiis Carthaginis.* Pomponius Mela, avant Pline, ne parait pas
beaucoup plus favorable : *Jam quidem iterum opulenta, etiam nunc
tamen priorum excidio rerum, quam ope præsentium clarior ;* mais
Solin dit : *Alterum post urbem Romam terrarum decus.* D'autres
auteurs la nomment *la Grande* et *l'heureuse : Carthago magna,
felicitate reverenda.*

La nouvelle Carthage souffrit d'un incendie sous le règne de
Marc-Aurèle; car on voit ce prince occupé à réparer les malheurs
de la colonie.

Commode, qui mit une flotte en station à Carthage pour apporter
à Rome les blés de l'Afrique, voulut changer le nom de *Carthage*
en celui de *la ville Commodiane.* Cette folie de l'indigne fils d'un
grand homme fut bientôt oubliée.

Les deux Gordiens ayant été proclamés empereurs en Afrique
firent de Carthage la capitale du monde pendant leur règne d'un
moment. Il paraît toutefois que les Carthaginois en témoignèrent
peu de reconnaissance; car, selon Capitolin, ils se révoltèrent contre
les Gordiens en faveur de Capélius. Zosime dit encore que ces mêmes
Carthaginois reconnurent Sabinien pour leur maître, tandis que le
jeune Gordien succédait dans Rome à Balbin et à Maxime. Quand on

croirait, d'après Zonare, que Carthage fut favorable aux Gordiens, ces empereurs n'auraient pas eu le temps d'embellir beaucoup cette cité.

Plusieurs inscriptions rapportées par le savant docteur **Shaw** prouvent qu'Adrien, Aurélien et Septime Sévère élevèrent des monuments en différentes villes du Byzacium, et sans doute ils ne négligèrent pas la capitale de cette riche province.

Le tyran Maxence porta la flamme et le fer en Afrique, et triompha de Carthage comme de l'antique ennemi de Rome. On ne voit pas sans frissonner cette longue suite d'insensés qui, presque sans interruption, ont gouverné le monde depuis Tibère jusqu'à Constantin, et qui vont, après ce dernier prince, se joindre aux monstres de la Byzantine. Les peuples ne valaient guère mieux que les rois. Une effroyable convention semblait exister entre les nations et les souverains : ceux-ci pour tout oser, celles-là pour tout souffrir.

Ainsi ce que nous savons des monuments de Carthage dans les siècles que nous venons de parcourir se réduit à très peu de chose : nous voyons seulement par les écrits de Tertullien, de saint Cyprien, de Lactance, de saint Augustin, par les canons des conciles de Carthage et par les *Actes des Martyrs*, qu'il y avait à Carthage des amphithéâtres, des théâtres, des bains, des portiques. La ville ne fut jamais bien fortifiée, car Gordien le Vieux ne put s'y défendre; et, longtemps après, Genseric et Bélisaire y entrèrent sans difficulté.

J'ai entre les mains plusieurs monnaies des rois vandales, qui prouvent que les arts étaient tout à fait perdus sous le règne de ces rois : ainsi il n'est pas probable que Carthage ait reçu aucun embellissement de ses nouveaux maîtres. Nous savons au contraire que Genseric abattit les églises et les théâtres; tous les monuments païens furent renversés par ses ordres : on cite entre autres le temple de Mémoire et la rue consacrée à la déesse Céleste. Cette rue était bordée de superbes édifices.

Justinien, après avoir arraché Carthage aux Vandales, y fit construire des portiques, des thermes, des églises et des monastères, comme on le voit dans le livre *des Édifices* de Procope. Cet historien parle encore d'une église bâtie par les Carthaginois, au bord de la mer, en l'honneur de saint Cyprien. Voilà ce que j'ai pu recueillir touchant les monuments d'une ville qui occupe un si haut rang dans l'histoire : passons maintenant à ses débris.

Le vaisseau sur lequel j'étais parti d'Alexandrie étant arrivé au port de Tunis, nous jetâmes l'ancre en face des ruines de Carthage : je les regardais sans pouvoir deviner ce que c'était ; j'apercevais quelques cabanes de Maures, un ermitage musulman sur la pointe d'un cap avancé, des brebis paissant parmi des ruines, ruines si peu apparentes, que je les distinguais à peine du sol qui les portait : c'était là Carthage :

> Devictæ Carthaginis arces
> Procubuere ; jacent infausto in littore turres
> Eversæ. Quantum illa metus, quantum illa laborum
> Urbs dedit insultans Latio et Laurentibus arvis!
> Nunc passim, vix reliquias, vix nomina servans,
> Obruitur, propriis non agnoscenda ruinis.

« Les murs de Carthage vaincue et ses tours renversées gisent
« épars sur le rivage fatal. Quelle crainte cette ville n'a-t-elle pas
« jadis inspirée à Rome ; quels efforts ne nous a-t-elle pas coûtés
« lorsqu'elle nous insultait jusque dans le Latium et dans les champs
« de Laurente! Maintenant on aperçoit à peine ses débris, elle con-
« serve à peine son nom et ne peut être reconnue à ses propres
« ruines. »

Pour se retrouver dans ces ruines, il est nécessaire de suivre une marche méthodique. Je suppose donc que le lecteur parte avec moi du fort de la Goulette, lequel, comme on sait et comme je l'ai dit, est situé sur le canal par où le lac de Tunis se dégorge dans la mer. Chevauchant le long du rivage, en se dirigeant est-nord-est, vous trouvez, après une demi-heure de chemin, des salines qui remontent vers l'ouest jusqu'à un fragment de mur assez voisin des grandes citernes. Passant entre les salines et la mer, vous commencez à dé-couvrir des jetées qui s'étendent assez loin sous les flots. La mer et les jetées sont à votre droite ; à votre gauche, vous apercevez sur

des hauteurs inégales beaucoup de débris; au pied de ces débris est
un bassin de forme ronde assez profond et qui communiquait autrefois avec la mer par un canal dont on voit encore la trace. Ce bassin
doit être, selon moi, le Cothon ou le port intérieur de Carthage.
Les restes des immenses travaux que l'on aperçoit dans la mer indi-
queraient, dans ce cas, le môle extérieur. Il me semble même qu'on
peut distinguer quelques piles de la levée que Scipion fit construire
afin de fermer le port. J'ai remarqué aussi un second canal intérieur
qui sera, si l'on veut, la coupure faite par les Carthaginois lorsqu'ils
ouvrirent un autre passage à leur flotte.

Ce sentiment est directement opposé à celui du docteur **Shaw**, qui
place l'ancien port de Carthage au nord et au nord-ouest de la pé-
ninsule, dans le marais noyé appelé *El-Mersa*, ou le havre. Il suppose que ce port a été bouché par les vents du nord-est, et par le
limon de la Bagrada. **D'Anville**, dans sa *Géographie ancienne*, et
Bélidor, dans son *Architecture hydraulique*, ont suivi cette opinion.
Les voyageurs se sont soumis à ces grandes autorités. Je ne sais
quelle est à cet égard l'opinion du savant Italien dont je n'ai pas vu
l'ouvrage[1].

J'avoue que je suis effrayé d'avoir à combattre des hommes d'un
mérite aussi éminent que Shaw et d'Anville. L'un avait vu les lieux
et l'autre les avait devinés, si on me passe cette expression. Une
chose cependant m'encourage: M. Humberg, commandant-ingénieur
à la Goulette, homme très habile et qui réside depuis longtemps au
milieu des ruines de Carthage, rejette absolument l'hypothèse du savant anglais. Il est certain qu'il faut se défier de ces prétendus changements de lieux, de ces accidents locaux, à l'aide desquels on explique
les difficultés d'un plan qu'on n'entend pas. Je ne sais donc si la
Bagrada a pu fermer l'ancien port de Carthage, comme le docteur
Shaw le suppose, ni produire sur le rivage d'Utique toutes les révo-

---

[1] J'ai indiqué cet ouvrage plus haut.
Son opinion paraît semblable à la mienne. Voyez la préface de la troisième
édition.

lutions qu'il indique. La partie élevée du terrain au nord et au nord-ouest de l'isthme de Carthage n'a pas, soit le long de la mer, soit dans l'El-Mersa, la moindre sinuosité qui pût servir d'abri à un bateau. Pour trouver le Cothon dans cette position, il faut avoir recours à une espèce de trou qui, de l'aveu de Shaw, n'occupe pas cent verges en carré. Sur la mer du sud-est, au contraire, vous rencontrez de longues levées, des voûtes qui peuvent avoir été les magasins, ou même les loges des galères; vous voyez des canaux creusés de main d'hommes, un bassin intérieur assez grand pour contenir les barques des anciens; et, au milieu de ce bassin, une petite île.

L'histoire vient à mon secours. Scipion l'Africain était occupe à fortifier Tunis lorsqu'il vit des vaisseaux sortir de Carthage pour attaquer la flotte romaine à Utique. (TITE-LIVE, liv. X.) Si le port de Carthage avait été au nord, de l'autre côté de l'isthme, Scipion, placé à Tunis, n'aurait pas pu découvrir les galères des Carthaginois; la terre cache dans cette partie le golfe d'Utique. Mais, si l'on place le port au sud-est, Scipion vit et dut voir appareiller les ennemis.

Quand Scipion l'Émilien entreprit de fermer le port extérieur, il fit commencer la jetée à la pointe du cap de Carthage. (APP.) Or, le cap de Carthage est à l'orient, sur la baie même de Tunis. Appien ajoute que cette pointe de terre était près du port; ce qui est vrai si le port était au sud-est; ce qui est faux si le port se trouvait au nord-ouest. Une chaussée, conduite de la plus longue pointe de l'isthme de Carthage pour enclore au nord-ouest ce qu'on appelle l'*El-Mersa*, est une chose absurde à supporter.

Enfin, après avoir pris le Cothon, Scipion attaqua Byrsa, ou la citadelle (APPIEN); le Cothon était donc au dessous de la citadelle; or, celle-ci était bâtie sur la plus haute colline de Carthage, colline que l'on voit entre le midi et l'orient. Le Cothon placé au nord-ouest aurait été trop éloigné de Byrsa, tandis que le bassin que j'indique est précisément au pied de la colline du sud-est.

Si je m'étends sur ce point plus qu'il n'est nécessaire à beaucoup de lecteurs, il y en a d'autres aussi qui prennent un vif intérêt aux souvenirs de l'histoire, et qui ne cherchent dans un ouvrage que des faits et des connaissances positives. N'est-il pas singulier que, dans une ville aussi fameuse que Carthage, on en soit à chercher l'emplacement même de ses ports, et que ce qui fit sa principale gloire soit précisément ce qui est le plus oublié?

Shaw me semble avoir été plus heureux à l'égard du port marqué dans le premier livre de l'*Énéide*. Quelques savants ont cru que ce port était une création du poète; d'autres ont pensé que Virgile avait eu l'intention de représenter, ou le port d'Ithaque, ou celui de Carthagène, ou la baie de Naples; mais le chantre de Didon était trop scrupuleux sur la peinture des lieux pour se permettre une telle licence; il a décrit dans la plus exacte vérité un port à quelque distance de Carthage. Laissons parler le docteur Shaw :

« L'*Arvah-Reah*, l'Aquilaria des anciens, est à deux heues à
« l'est-nord-est de Seedy-Doude, un peu au sud du promontoire
« de Mercure : ce fut là que Curion débarqua les troupes qui furent
« ensuite taillées en pièces par Saburra. Il y a ici divers restes
« d'antiquités, mais il n'y en a point qui méritent de l'attention. La
« montagne située entre le bord de la mer et le village, où il n'y a
« qu'un demi-mille de distance, est à vingt ou trente pieds au-dessus
« du niveau de la mer, fort artistement taillé, et percée en quelques
« endroits pour faire entrer l'air dans les voûtes que l'on y a prati-
« quées : on voit encore dans ces voûtes à des distances réglées,
« de grosses colonnes et des arches pour soutenir la montagne.
« Ce sont ici les carrières dont parle Strabon, d'où les habitants de
« Carthage, d'Utique et de plusieurs autres villes voisines pouvaient
« tirer des pierres pour leurs bâtiments ; et, comme le dehors de la
« montagne est tout couvert d'arbres, que les voûtes qu'on y a
« faites s'ouvrent du côté de la mer, qu'il y a un grand rocher de
« chaque côté de cette ouverture vis-à-vis laquelle est l'île d'Ægi-
« murus, et que de plus on y trouve des sources qui sortent du
« roc, et des reposoirs pour les travailleurs, on ne saurait presque

« douter, vu que les circonstances y répondent si exactement, que
« ce ne soit ici la caverne que Virgile place quelque part dans le
« golfe, et dont il fait la description dans les vers suivants, quoi-
« qu'il y ait des commentateurs qui ont cru que ce n'est qu'une
« pure fiction du poète :

> Est in secessu longo locus : insula portum
> Efficit objectu laterum ; quibus omnis ab alto
> Frangitur, inque sinus scindit sese unda reductos.
> Hinc atque hinc vastæ rupes, geminique minantur
> In cœlum scopuli, quorum sub vertice late
> Æquora tuta silent : tum sylvis scena coruscis
> Desuper, horrentique atrum nemus imminet umbra.
> Fronte sub adversa, scopulis pendentibus antrum ;
> Intus aquæ dulces, vivoque sedilia saxo ;
> Nympharum domus, etc.
>
> (Virg., *Æneid.*, lib. i, v. 153-168.)

A présent que nous connaissons les ports, le reste ne nous retien-
dra pas longtemps. Je suppose que nous avons continué notre route
le long de la mer jusqu'à l'angle d'où sort le promontoire de Carthage. Ce cap, selon le docteur Shaw, ne fut jamais compris dans
la cité. Maintenant nous quittons la mer, et, tournant à gauche,
nous parcourons en revenant au midi les ruines de la ville, disposées
sur l'amphithéâtre des collines.

Nous trouvons d'abord les débris d'un très grand édifice qui
semble avoir fait partie d'un palais et d'un théâtre. Au dessus de
cet édifice, en montant à l'ouest, on arrive aux belles citernes qui
passent généralement pour être les seuls restes de Carthage : elles
recevaient peut-être les eaux d'un aqueduc dont on voit des fragments dans la campagne. Cet aqueduc parcourait un espace de cinquante milles, et se rendait aux sources du Zawan [1] et de Zungar.
Il y avait des temples au dessus de ces sources : les plus grandes
arches de l'aqueduc ont soixante-dix pieds de haut ; et les piliers de
ces arches emportent seize pieds sur chaque face. Les citernes sont
immenses : elles forment une suite de voûtes qui prennent naissance

---

[1] On prononce dans le pays *Zauvan*.

les unes dans les autres, et qui sont bordées, dans toute leur longueur, par un corridor : c'est véritablement un magnifique ouvrage.

Pour aller des citernes publiques à la colline de Byrsa, on traverse un chemin raboteux au pied de la colline, on trouve un
cimetière et un misérable village, peut-être le *Tents* de lady Montague[1]. Le sommet de l'Acropole offre un terrain uni, semé de
petits morceaux de marbre, et qui est visiblement l'aire d'un palais
ou d'un temple. Si l'on tient pour le palais, ce sera le palais de
Didon ; si l'on préfère le temple, il faudra reconnaître celui d'Esculape. Là, deux femmes se précipitèrent dans les flammes, l'une pour
ne pas survivre à son déshonneur, l'autre, à sa patrie.

> Soleil, dont les regards embrassent l'univers,
> Reine des dieux, témoin de mes affreux revers,
> Triple Hécate, pour qui dans l'horreur des ténèbres
> Retentissent les airs de hurlements funèbres ;
> Pâles filles du Styx, vous tous, lugubres dieux,
> Dieux de Didon mourante, écoutez tous mes vœux!
> S'il faut qu'enfin ce monstre, échappant au naufrage,
> Soit poussé dans le port, jeté sur le rivage ;
> Si c'est l'arrêt du sort, la volonté des cieux,
> Que du moins assailli d'un peuple audacieux,
> Errant dans les climats où son destin l'exile,
> Implorant des secours, mendiant un asile,
> Redemandant son fils arraché de ses bras,
> De ses plus chers amis il pleure le trépas!..
> Qu'un honteuse paix suive une guerre affreuse!
> Qu'au moment de régner, une mort malheureuse
> L'enlève avant le temps! Qu'il meure sans secours,
> Et que son corps sanglant reste en proie aux vautours!
> Voilà mon dernier vœu! Du courroux qui m'enflamme
> Ainsi le dernier cri s'exhale avec mon âme.
> Et toi, mon peuple, et toi, prends son peuple en horreur.
> Didon au lit de mort te lègue sa fureur!
> En tribut à la reine offre un sang qu'elle abhorre!
> C'est ainsi que mon ombre exige qu'on l'honore
> Sors de ma cendre, sors, prends la flamme et le fer,
> Toi qui dois me venger des enfants de Teucer!
> Que le peuple latin, que les fils de Carthage,
> Opposés par les lieux, le soient plus par la rage!
> Que de leurs ports jaloux, que de leurs murs rivaux,
> Soldats contre soldats, vaisseaux contre vaisseaux,
> Courent ensanglanter et la mer et la terre!
> Qu'une haine éternelle éternise la guerre!

. . . .

[1] Les *écuries des éléphants*, dont parle lady Montague, sont des chambres
souterraines qui n'ont rien de remarquable.

A peine elle achevait, que du glaive cruel
Ses suivantes ont vu partir le coup mortel,
Ont vu sur le bûcher la reine défaillante,
Dans ses sanglantes mains l'épée encore fumante

Du sommet de Byrsa l'œil embrasse les ruines de Carthage, qui sont plus nombreuses qu'on ne le pense généralement : elles ressemblent à celles de Sparte, n'ayant rien de bien conservé, mais occupant un espace considérable. Je les vis au mois de février; les figuiers, les oliviers et les caroubiers donnaient déjà leurs premières feuilles; de grandes angéliques et des acanthes formaient des touffes de verdure parmi les débris de marbre de toutes couleurs. Au loin je promenais mes regards sur l'isthme, sur une double mer, sur des îles lointaines, sur une campagne riante, sur des lacs bleuâtres, sur des montagnes azurées; je découvrais des forêts, des vaisseaux, des aqueducs, des villages maures, des ermitages mahométans, des minarets, et les maisons blanches de Tunis. Des millions de sansonnets, réunis en bataillons et ressemblant à des nuages, volaient au dessus de ma tête. Environné des plus grands et des plus touchants souvenirs, je pensais à Didon, à Sophonisbe, à la noble épouse d'Asdrubal; je contemplais les vastes plaines où sont ensevelies les légions d'Annibal, de Scipion et de César; mes yeux voulaient reconnaître l'emplacement d'Utique : Hélas ! les débris des palais de Tibère existent encore à Caprée, et l'on cherche en vain à Utique la place de la maison de Caton! Enfin, les terribles Vandales, les légers Maures, passaient tour à tour devant ma mémoire, qui m'offrait pour dernier tableau saint Louis expirant sur les ruines de Carthage. Que le récit de la mort de ce prince termine cet *Itinéraire* : heureux de rentrer, pour ainsi dire, dans ma patrie, par un antique monument de ses vertus, et de finir au tombeau du roi de sainte mémoire ce long pèlerinage aux tombeaux des grands hommes.

Lorsque saint Louis entreprit son second voyage d'outre-mer, il n'était plus jeune. Sa santé affaiblie ne lui permettait ni de rester longtemps à cheval, ni de soutenir le poids d'une armure; mais

Louis n'avait rien perdu de la vigueur de l'âme. Il assemble à Paris les grands du royaume; il leur fait la peinture des malheurs de la Palestine, et leur déclare qu'il est résolu d'aller au secours de ses frères les chrétiens. En même temps il reçoit la croix des mains du légat et la donne à ses trois fils aînés.

Une foule de seigneurs se croisent avec lui : les rois de l'Europe se préparent à prendre la bannière. Charles de Sicile, Edouard d'Angleterre, Gaston de Béarn, les rois de Navarre et d'Aragon. Les femmes montrèrent le même zèle : la dame de Poitiers, la comtesse de Bretagne, Iolande de Bourgogne, Jeanne de Toulouse, Isabelle de France, Amicie de Courtenay, quittèrent la quenouille que filaient alors les reines, et suivirent leurs maris outre mer.

Saint Louis fit son testament : il laissa à Agnès, la plus jeune de ses filles, dix mille francs pour se marier, et quatre mille francs à la reine Marguerite; il nomma ensuite deux régents du royaume, Mathieu, abbé de Saint-Denis, et Simon, sire de Nesle; après quoi il alla prendre l'oriflamme.

Cette bannière, que l'on commence à voir paraître dans nos armées sous le règne de Louis le Gros, était un étendard de soie, attaché au bout d'une lance : il était *d'un vermeil samit, à guise de gonfanon à trois queues, et avait autour des houpes de soie verte.* On le déposait en temps de paix sur l'autel de l'abbaye de Saint-Denis, parmi les tombeaux des rois, comme pour avertir que, de race en race, les Français étaient fidèles à Dieu, au prince et à l'honneur. Saint Louis prit cette bannière des mains de l'abbé, selon l'usage. Il reçut en même temps l'escarcelle[1] et le bourdon[2] du pèlerin, que l'on appelait alors *la consolation et la marque du voyage*[3] : coutume si ancienne dans la monarchie, que Charlemagne fut enterré avec l'escarcelle d'or qu'il avait habitude de porter lorsqu'il allait en Italie.

Louis pria au tombeau des martyrs, et mit son royaume sous la

[1] Une ceinture.
[2] Un bâton.
[3] *Solatia et indicia itineris.*

protection du tombeau de la France. Le lendemain de cette cérémonie, il se rendit pieds nus, avec ses fils, du Palais-de-Justice à l'église de Notre-Dame. Le soir du même jour il partit pour Vincennes, où il fit ses adieux à la reine Marguerite, *gentille, bonne reine, pleine de grand simplece*, dit Robert de Sainceriaux; ensuite il quitta pour jamais ces vieux chênes, vénérables témoins de sa justice et de sa vertu.

« Maintefois ai vu que le saint homme roy s'alloit esbattre au bois de Vincennes, et s'asseyoit au pied d'un chesne, et nous faisoit seoir auprès de lui, et tous ceux qui avoient affaire à lui venoient lui parler sans qu'aucun huissier leur donnast empeschement... Aussi plusieurs fois ai vu qu'au temps d'esté le bon roi venoit au jardin de Paris, vestu d'une cotte de camelot, d'un surcot de tiretaine sans manches et d'un mantel par-dessus de sandal noir; et faisoit là estendre des tapis pour nous asseoir auprès de lui, et là faisoit depescher son peuple diligemment comme au bois de Vincennes[1]. »

Saint Louis s'embarqua à Aigues-Mortes le mardi 1er juillet 1270. Trois avis avoient été ouverts dans le conseil du roi avant de mettre à la voile: d'abord à Saint-Jean d'Acre, d'attaquer l'Égypte, de faire une descente à Tunis. Malheureusement saint Louis se rangea au dernier avis par une raison qui semblait assez décisive.

Tunis était alors sous la domination d'un prince que Geoffroy de Beaulieu et Guillaume de Nangis nomment *Omar-el Muley-Moztanca.* Les historiens du temps ne disent point pourquoi ce prince feignit de vouloir embrasser la religion des chrétiens; mais il est assez probable qu'apprenant l'armement des croisés, et ne sachant où tomberait l'orage, il crut le détourner en envoyant des ambassadeurs en France, et flattant le saint roi d'une conversion à laquelle il ne pensait point. Cette tromperie de l'infidèle fut précisément ce qui attira sur lui la tempête qu'il prétendait conjurer. Louis

---

[1] Sire de Joinville.

pensa qu'il suffirait de donner à Omar une occasion de déclarer ses desseins, et qu'alors une grande partie de l'Afrique se ferait chrétienne à l'exemple de son prince.

Une raison politique se joignait à ce motif religieux : les Tunisiens infestaient les mers ; ils enlevaient les secours que l'on faisait passer aux princes chrétiens de la Palestine ; ils fournissaient des chevaux, des armes et des soldats aux soudans d'Égypte ; ils étaient le centre des liaisons que Bondoc-Dari entretenait avec les Maures de Maroc et de l'Espagne. Il importait donc de détruire ce repaire de brigands pour rendre plus faciles les expéditions en Terre-Sainte.

Saint Louis entra dans la baie de Tunis au mois de juillet 1270. En ce temps-là un prince maure avait entrepris de rebâtir Carthage : plusieurs maisons nouvelles s'élevaient déjà au milieu des ruines, et l'on voyait un château sur la colline de Byrsa. Les croisés furent frappés de la beauté du pays couvert de bois d'oliviers. Omar ne vint point au-devant des Français ; il les menaça au contraire de faire égorger tous les chrétiens de ses États si l'on tentait le débarquement. Ces menaces n'empêchèrent point l'armée de descendre ; elle campa dans l'isthme de Carthage, et l'aumônier d'un roi de France prit possession de la patrie d'Annibal en ces mots : *Je vous dis le ban de Nostre-Seigneur Jésus-Christ, et de Louis, roi de France, son sergent.* Ce même lieu avait entendu parler le gétule le tyrien, le latin, le vandale, le grec et l'arabe, et toujours les mêmes passions dans des langues diverses.

Saint Louis résolut de prendre Carthage avant d'assiéger Tunis, qui était alors une ville riche, commerçante et fortifiée. Il chassa les Sarrasins d'une tour qui défendait les citernes : le château fut emporté d'assaut, et la nouvelle cité suivit le sort de la forteresse. Les princesses qui accompagnaient leurs maris débarquèrent au port ; et, par une révolution que les siècles amènent, les grandes dames de France s'établirent dans les ruines des palais de Didon.

Mais la prospérité semblait abandonner saint Louis dès qu'il avait passé les mers ; comme s'il eût toujours été destiné à donner aux

infidèles l'exemple de l'héroïsme dans le malheur. Il ne pouvait attaquer Tunis avant d'avoir reçu les secours que devait lui amener
son frère, le roi de Sicile. Obligée de se retrancher dans l'isthme,
l'armée fut attaquée d'une maladie contagieuse qui en peu de
jours emporta la moitié des soldats. Le soleil de l'Afrique dévorait
des hommes accoutumés à vivre sous un ciel plus doux. Afin d'augmenter la misère des croisés, les Maures élevaient un sable brûlant
avec des machines : livrant au souffle du midi cette arène embrasée,
ils imitaient pour les chrétiens les effets du kansim ou du terrible
vent du désert : ingénieuse et épouvantable invention, digne des
solitudes qui en firent naître l'idée, et qui montre à quel point
l'homme peut porter le génie de la destruction. Des combats conti-
nuels achevaient d'épuiser les forces de l'armée : les vivants ne
suffisaient pas à enterrer les morts ; on jetait les cadavres dans les
fossés du camp, qui en furent bientôt comblés.

Déjà les comtes de Nemours, de Montmorency et de Vendôme
n'étaient plus ; le roi avait vu mourir dans ses bras son fils chéri,
le comte de Nevers. Il se sentit lui-même frappé. Il s'aperçut dès le
premier moment que le coup était mortel ; que ce coup abattrait
facilement un corps usé par les fatigues de la guerre, par les soucis
du trône et par ces veilles religieuses et royales que Louis consacrait
à son Dieu et à son peuple. Il tâcha néanmoins de dissimuler son
mal et de cacher la douleur qu'il ressentait de la perte de son fils.
On le voyait, la mort sur le front, visiter les hôpitaux, comme un
de ces pères de la Merci consacrés dans les mêmes lieux à la ré-
demption des captifs et au salut des pestiférés. Des œuvres du saint
il passait aux devoirs du roi, veillait à la sûreté du camp, montrait
à l'ennemi un visage intrépide, ou, assis devant sa tente, rendait la
justice à ses sujets comme sous le chêne de Vincennes.

Philippe, fils aîné et successeur de Louis, ne quittait point son
père qu'il voyait près de descendre au tombeau. Le roi fut enfin
obligé de garder sa tente : alors, ne pouvant plus être lui-même
utile à ses peuples, il tâcha de leur assurer le bonheur dans l'avenir,

en adressant à Philippe cette instruction qu'aucun Français ne lira jamais sans verser des larmes. Il l'écrivit sur son lit de mort. Du Cange parle d'un manuscrit qui paraît avoir été l'original de cette instruction : l'écriture en était grande, mais altérée : elle annonçait la défaillance de la main qui avait tracé l'expression d'une âme si forte.

« Beau filz, la premiere chose que je t'enseigne et commande à
« garder, si est que de tout ton cœur tu aimes Dieu. Car sans ce,
« nul homme ne peut estre sauvé. Et garde bien de faire chose qui
« lui déplaise. Car tu devrais plutost desirer à souffrir toutes ma-
« nieres de tourments, que de pecher mortellement.

« Si Dieu t'envoie adversité, reçois-la benignement, et lui en
« rends grace : et pense que tu l'as bien desservi, et que le tout te
« tournera à ton preu. S'il te donne prosperité, si l'en remercie très-
« humblement, et garde que pour ce tu n'en sois pas pire par
« orgueil, ne autrement. Car on ne doit pas guerroyer Dieu de ses
« dons.

« Prends-toi bien garde que tu aies en ta compagnie prudes
« gens et loyaux, qui ne soient point pleins de convoitises, soit
« gens d'eglise, de religion, seculiers ou autres. Fuis la compa-
« gnie des mauvais, et t'efforce d'escouter les paroles de Dieu, et
« les retiens en ton cueur.

« Aussi fais droicture et justice à chacun, tant aux pauvres
« comme aux riches. Et à tes serviteurs sois loyal, liberal et roi de
« de paroles, à ce qu'ils te craignent et aiment comme leur maistre.
« Et si aucune controversité ou action se meut, enquiers-toi jus-
« qu'à la vérité, soit tant pour toi que contre toi. Si tu es averti
« d'avoir aucune chose d'autrui, qui soit certaine, soit par toi ou
« par tes predecesseurs, fais-la rendre incontinent.

« Regarde en toute diligence comment les gens et sujets vivent
« en paix et en droicture dessous toi, par especial ès bonnes villes
« et cités, et ailleurs. Maintiens tes franchises et libertés, esquelles
« tes anciens les ont maintenues et gardées, et les tiens en faveur
« et amour.

« Garde-toi d'emouvoir guerre contre hommes chrestiens sans
« grand conseil, et qu'autrement tu n'y puisses obvier. Si guerre
« et debats y a entre tes sujets, apaise-les au plutost que tu pourras.

« Prends garde souvent à tes baillifs, prevosts et autres officiers,
« et t'enquiers de leur gouvernement, afin que, si chose y a en eux
« à reprendre, tu le fasses.

« Et te supplie, mon enfant, que, en ma fin, tu ayes de moi sou-
« venance, et de ma pauvre ame ; et me secoures par messes, orai-
« sons, prieres, aumosnes et bienfaits, par tout ton royaume. Et
« m'octroye partage et portion en tous tes bienfaits, que tu feras.

« Et je te donne toute benediction que jamais pere peut donner
« à enfant, priant à toute la Trinité du paradis, le Père, le Fils et
« le Saint-Esprit qu'ils te gardent et defendent de tous maux ; à ce
« que nous puissions une fois, après cette mortelle vie, estre de-
« vant Dieu ensemble, et lui rendre grâces et louange sans fin. »

Tout homme près de mourir, détrompé sur les choses du monde,
peut adresser de sages instructions à ses enfants ; mais, quand ces
instructions sont appuyées de l'exemple de toute une vie d'innocence ;
quand elles sortent de la bouche d'un grand prince, d'un guerrier
intrépide, et du cœur le plus simple qui fût jamais ; quand elles
sont les dernières expressions d'une âme divine qui rentre aux éternelles demeures, alors heureux le peuple qui peut se glorifier en
disant : « L'homme qui a écrit ces instructions était le roi de mes
« pères ! »

La maladie faisant des progrès, Louis demanda l'extrême-onction.
Il répondit aux prières des agonisants avec une voix aussi ferme
que s'il eût donné des ordres sur un champ de bataille. Il se mit à
genoux au pied de son lit pour recevoir le saint viatique, et on fut
obligé de soutenir par les bras ce nouveau saint Jérôme dans cette
dernière communion. Depuis ce moment il mit fin aux pensées de
la terre, et se crut acquitté envers ses peuples. Eh ! quel monarque
avait jamais mieux rempli ses devoirs ! Sa charité s'étendit alors à
tous les hommes : il pria pour les infidèles, qui firent à la fois la

gloire et le malheur de sa vie; il invoqua les saints patrons de la France, de cette France si chère à son âme royale. Le lundi matin, 25 août, sentant que son heure approchait, il se fit coucher sur un lit de cendres, où il demeura étendu les bras croisés sur la poitrine, et les yeux levés vers le ciel.

On n'a vu qu'une fois, et l'on ne reverra jamais un pareil spectacle : la flotte du roi de Sicile se montrait à l'horizon; la campagne et les collines étaient couvertes de l'armée des Maures. Au milieu des débris de Carthage le camp des chrétiens offrait l'image de la plus affreuse douleur : aucun bruit ne s'y faisait entendre, les soldats moribonds sortaient des hôpitaux, et se traînaient à travers les ruines, pour s'approcher de leur roi expirant. Louis était entouré de sa famille en larmes, des princes consternés, des princesses défaillantes. Les députés de l'empereur de Constantinople se trouvaient présents à cette scène : ils purent raconter à la Grèce la merveille d'un trépas que Socrate aurait admiré. Du lit de cendres où saint Louis rendait le dernier soupir, on découvrait le rivage d'Utique : chacun pouvait faire la comparaison de la mort du philosophe stoïcien et du philosophe chrétien. Plus heureux que Caton, saint Louis ne fut point obligé de lire un traité de l'immortalité de l'âme pour se convaincre de l'existence d'une vie future : il en trouvait la preuve invincible dans sa religion, ses vertus et ses malheurs. Enfin, vers les trois heures de l'après-midi, le roi, jetant un grand soupir, prononça distinctement ces paroles : « Seigneur, j'entre-« rai dans votre maison, et je vous adorerai dans votre saint « temple [1]; » et son âme s'envola dans le saint temple qu'il était digne d'habiter.

On entend alors retentir la trompette des croisés de Sicile : leur flotte arrive pleine de joie et chargée d'inutiles secours. On ne répond point à leur signal. Charles d'Anjou s'étonne et commence à craindre quelque malheur. Il aborde au rivage, il voit des sentinelles, la

[1] *Psalm.*

pique renversée, exprimant encore moins leur douleur par ce deuil militaire que par l'abattement de leur visage. Il vole à la tente du roi son frère : il le trouve étendu mort sur la cendre. Il se jette sur les reliques sacrées, les arrose de ses larmes, baise avec respect les pieds du saint, et donne des marques de tendresse et de regrets qu'on n'aurait point attendues d'une âme si hautaine. Le visage de Louis avait encore toutes les couleurs de la vie et ses lèvres même étaient vermeilles

Charles obtint les entrailles de son frère, qu'il fit déposer à Mont-réal près de Salerne. Le cœur et les ossements du prince furent destinés à l'abbaye de Saint-Denis, mais les soldats ne voulurent point laisser partir avant eux ces restes chéris, disant que les cen-dres de leur souverain étaient le salut de l'armée. Il plut à Dieu d'attacher au tombeau du grand homme une vertu qui se mani-festa par des miracles. La France, qui ne pouvait se consoler d'avoir perdu sur la terre un tel monarque, le déclara son protec-teur dans le ciel. Louis, placé au rang des saints, devint ainsi pour la patrie une espèce de roi éternel. On s'empressa de lui éle-ver des églises et des chapelles plus magnifiques que les simples palais où il avait passé sa vie. Les vieux chevaliers qui l'accompa-gnèrent à sa première croisade furent les premiers à reconnaître la nouvelle puissance de leur chef : « Et j'ai fait faire, dit le sire de « Joinville, un autel en l'honneur de Dieu et de monseigneur saint « Loys. »

La mort de Louis, si touchante, si vertueuse, si tranquille, par où se termine l'histoire de Carthage, semble être un sacrifice de paix offert en expiation des fureurs, des passions et des crimes dont cette ville infortunée fut si longtemps le théâtre. Je n'ai plus rien à dire aux lecteurs; il est temps qu'ils rentrent avec moi dans notre commune patrie.

Je quittai M. Devoise, qui m'avait si noblement donné l'hospi-talité. Je m'embarquai sur le schooner américain, où, comme je l'ai dit, M. Lear m'avait fait obtenir un passage. Nous appareillâmes de la Goulette le lundi 9 mars 1807, et nous fîmes voile pour l'Espagne. Nous prîmes les ordres d'une frégate américaine dans la rade d'Alger. Je ne descendis point à terre. Alger est bâti dans une position charmante, sur une côte qui rappelle la belle colline du Pausilype. Nous reconnûmes l'Espagne le 19, à sept heures du matin, vers le cap de Gatte, à la pointe du royaume de Grenade. Nous suivîmes le rivage, et nous passâmes devant Malaga. Enfin nous vînmes jeter l'ancre, le vendredi-saint, 27 mars, dans la baie de Gibraltar

Je descendis à Algésiras le lundi de Pâques. J'en partis le 4 avril pour Cadix, où j'arrivai deux jours après, et où je fus reçu avec une extrême politesse par le consul et le vice-consul de France, MM. Leroi et Canclaux. De Cadix je me rendis à Cordoue : j'admirai la mosquée, qui fait aujourd'hui la cathédrale de cette ville. Je parcourus l'ancienne Bétique, où les poètes avaient placé le bonheur. Je remontai jusqu'à Andujar, et je revins sur mes pas pour voir Grenade. L'Alhambra me parut digne d'être regardé, même après les temples de la Grèce. La vallée de Grenade est délicieuse, et ressemble beaucoup à celle de Sparte : on conçoit que les Maures regrettent un pareil pays.

Je partis de Grenade pour Aranjuès ; je traversai la patrie de l'illustre chevalier de la Manche, que je tiens pour le plus noble, le plus brave, le plus aimable et le moins fou des mortels. Je vis le Tage à Aranjuès, et j'arrivai le 21 avril à Madrid.

M. de Beauharnais, ambassadeur de France à la cour d'Espagne, me combla de bontés ; il avait connu autrefois mon malheureux frère, mort sur l'échafaud avec son illustre aïeul[1]. Je quittai Madrid le 24. Je passai à l'Escurial, bâti par Philippe II sur les montagnes désertes de la Vieille-Castille. La cour vient chaque année s'établir dans ce monastère, comme pour donner à des solitaires morts au monde le spectacle de toutes les passions ; et recevoir d'eux ces

[1] M. de Malesherbes.

leçons dont les passions ne profitent jamais. C'est là que l'on voit encore la chapelle funèbre où les rois d'Espagne sont ensevelis dans des tombeaux pareils, disposés en échelons ; de sorte que toute cette poussière est étiquetée et rangée en ordre comme les curiosités d'un muséum. Il y a des sépulcres vides pour les souverains qui ne sont point encore descendus dans ces lieux

De l'Escurial je pris ma route pour Ségovie ; l'aqueduc de cette ville est un des plus grands ouvrages des Romains ; mais il faut laisser M. de la Borde nous décrire ces monuments dans son beau *Voyage*. A Burgos, une superbe cathédrale gothique m'annonça l'approche de mon pays. Je n'oubliai point les cendres du Cid :

> Don Rodrigue surtout n'a trait à son visage
> Qui d'un homme de cœur ne soit la haute image,
> Et sort d'une maison si féconde en guerriers,
> Qu'ils y prennent naissance au milieu des lauriers.
> .... Il adorait Chimène.

A Miranda, je saluai l'Èbre qui vit le premier pas de cet Annibal dont j'avais si longtemps suivi les traces.

Je traversai Vittoria et les charmantes montagnes de la Biscaye. Le 3 mai, je mis le pied sur les terres de France : j'arrivai le 5 à Bayonne, après avoir fait le tour entier de la Méditerranée, visité Sparte, Athènes, Smyrne, Constantinople, Rhodes, Jérusalem, Alexandrie, le Caire, Carthage, Cordoue, Grenade et Madrid.

Quand les anciens pèlerins avaient accompli le voyage de la Terre-Sainte ; ils déposaient leur bourdon à Jérusalem, et prenaient pour le retour un bâton de palmier : je n'ai point rapporté dans mon pays un pareil symbole de gloire, et je n'ai point attaché à mes derniers travaux une importance qu'ils ne méritent pas. Il y a vingt ans que je me consacre à l'étude au milieu de tous les hasards et de tous les chagrins, *diversa exilia et desertas quærere terras* : un grand nombre de feuilles de mes livres ont été tracées sous la tente, dans les déserts, au milieu des flots ; j'ai souvent tenu la plume sans savoir comment je prolongerais de quelques instants mon existence : ce sont là des droits à l'indulgence, et non des titres à la gloire. J'ai fait mes adieux aux Muses dans les *Martyrs*, et je les renouvelle dans ces Mémoires, qui ne sont que la suite ou le commentaire de l'autre ouvrage. Si le ciel m'accorde un repos que je n'ai jamais goûté, je tâcherai d'élever en silence un monument à ma patrie ; si la Providence me refuse ce repos, je ne dois songer qu'à mettre mes derniers jours à l'abri des soucis qui ont empoisonné les premiers. Je ne suis plus jeune ; je n'ai plus l'amour du bruit ; je sais que les lettres, dont le commerce est si doux quand il est secret, ne nous attirent au dehors que des orages ; dans tous les cas j'ai assez écrit, si mon nom doit vivre ; beaucoup trop, s'il doit mourir.

FIN DE L'ITINÉRAIRE.

NOTES

Note 1, page 202.

Voici la description que le père Babin fait du temple de Minerve :

« Ce temple, qui paraît de fort loin, et qui est l'édifice d'Athènes le
« plus élevé au milieu de la citadelle, est un chef-d'œuvre des plus
« excellents architectes de l'antiquité. Il est long d'environ cent vingt
« pieds, et large de cinquante. On y voit trois rangs de voûtes soutenues
« de fort hautes colonnes de marbre, savoir, la nef et les deux ailes : en
« quoi il surpasse Sainte-Sophie, bâtie à Constantinople par l'empereur
« Justinien, quoique d'ailleurs ce soit un miracle du monde. Mais j'ai
« pris garde que ses murailles par dedans sont seulement encroûtées et
« couvertes de grandes pièces de marbre qui sont tombées en quelques
« endroits des galeries d'en haut, où l'on voit des briques et des pierres
« qui étaient couvertes de marbre.

« Mais quoique ce temple d'Athènes soit si magnifique pour sa matière,
« il est encore plus admirable pour sa façon et pour l'artifice qu'on y
« remarque : *Materiam superabat opus*. Entre toutes les voûtes, qui sont
« de marbre, il y en a une qui est la plus remarquable, à cause qu'elle
« est toute ornée d'autant de belles figures gravées sur le marbre qu'elle
« en peut contenir.

« Le vestibule est long de la largeur du temple, et large d'environ qua-
« torze pieds, au-dessous duquel il y a une longue voûte plate qui semble
« être un riche plancher ou un magnifique lambris, car on y voit de lon-
« gues pièces de marbre, qui semblent de longues et grosses poutres,
« qui soutiennent d'autres grandes pièces de même matière, ornées de
« diverses figures et de personnages avec un artifice merveilleux.

« Le frontispice du temple, qui est fort élevé au-dessus de ce vesti-
« bule, est tel que j'ai peine à croire qu'il y en ait un si magnifique et si
« bien travaillé dans toute la France. Les figures et statues du château
« de Richelieu, qui est le chef-d'œuvre des ouvriers de ce temps, n'ont
« rien qui approche de ces belles et grandes figures d'hommes, de
« femmes et de chevaux, qui paraissent environ au nombre de trente à
« ce frontispice, et autant à l'autre côté du temple, derrière le lieu où
« était le grand autel du temps des chrétiens.

« Le long du temple, il y a une allée ou galerie de chaque côté, où l'on
« passe entre les murailles du temple, et dix-sept fort hautes et fort
« grosses colonnes cannelées qui ne sont pas d'une seule pièce, mais de
« diverses grosses pièces de beau marbre blanc, mises les unes sur les
« autres. Entre ces beaux piliers, il a le long de cette galerie une petite
« muraille qui laisse entre chaque colonne un lieu qui serait assez long
« et assez large pour y faire un autel et une chapelle, comme on en
« voit aux côtés et proche les murailles des grandes églises.

« Ces colonnes servent à soutenir en haut, avec des arcs-boutants, les
« murailles du temple, et empêchent par dehors qu'elles ne se démen-
« tellent par la pesenteur des voûtes. Les murailles de ce temple sont
« embellies en haut, par dehors, d'une belle ceinture de pierres de mar-
« bre, travaillées en perfection, sur lesquelles sont représentés quantité de
« triomphes ; de sorte qu'on y voit en demi-relief une infinité d'hommes,
« de femmes, d'enfants, de chevaux et de charriots, représentés sur ces
« pierres, qui sont si élevées, que les yeux ont peine à en découvrir toutes
« les beautés, et à remarquer toute l'industrie des architectes et des
« sculpteurs qui les ont faites. Une de ces grandes pierres a été portée
« dans la mosquée, derrière la porte, où l'on voit avec admiration quan-
« tité de personnages qui y sont représentés avec un artifice nonpareil.

« Toutes les beautés de ce temple, que je viens de décrire, sont des
« ouvrages des anciens Grecs païens. Les Athéniens, ayant embrassé le
« christianisme, changèrent ce temple de Minerve en une église du vrai
« Dieu, et y ajoutèrent un trône épiscopal et une chaire de prédicateur,
« qui y restent encore, des autels qui ont été renversés par les Turcs,
« qui n'offrent point de sacrifices dans leurs mosquées. L'endroit du
« grand autel est encore plus blanc que le reste de la muraille : les
« degrés pour y monter sont entiers et magnifiques. »

Cette description naïve du Parthénon, à peu près tel qu'il était du
temps de Périclès, ne vaut-elle pas bien les descriptions plus savantes que
l'on a faites des ruines de ce beau temple ?

Cette citation était insérée dans la note des deux premières éditions.

Note 2, page 248.

Cette citation faisait partie du texte dans les deux premières éditions.

« Cependant les capitaines et lieutenants du roy de Perse Darius, ayant
« mis une grosse puissance ensemble, l'attendaient au passage de la
« rivière de Granique. Si estait nécessaire de combattre là comme à la
« barrière de l'Asie, pour en gaigner l'entrée ; mais la plupart des capi-

« taines de son conseil craignoient la profondeur de ceste rivière, et la
« hauteur de l'autre rive qui estoit roide et droite, et si ne la pouvoit-on
« gaigner ny y monter sans combattre : et y en avoit qui disoient qu'il
« falloit prendre garde à l'observance ancienne des mois, pour ce que les
« rois de Macedoine n'avoient jamais accoustumé de mettre leur armée
« aux champs le mois de juing, à quoy Alexandre leur respondit qu'il y
« remedieroit bien, commandant que l'on l'appelast le second mai.
« Davantage Permenion estoit d'avis que pour le premier jour il ne fal-
« loit rien hasarder, à cause qu'il estait desjà tard ; à quoy il lui respondit
« que « l'Hellespont rougiroit de honte si luy craignoit de passer une
« rivière, veu qu'il venoit de passer un bras de mer ; » et en disant cela,
« il entra luy mesme dedans la riviere avec treize compagnies de gens
« de cheval, et marcha la teste baissée à l'encontre d'une infinité de traicts
« que les ennemis lui tirèrent, montant contre-mont d'autre rive, qui
« estoit couppée et droite, et, qui pis est, toute couverte d'armes, de
« chevaux et d'ennemis qui l'attendoient en bataille rangée, poulsant les
« siens à travers le fil de l'eau, qui restoit profonde, et qui couroit si
« roide, qu'elle les emmenoit presque aval, tellement que l'on estimoit
« qu'il y eust plus de fureur en sa conduite que de bon sens ny de con-
« seil. Ce nonobstant il s'obstina à vouloir passer à toute force, et feit tant
« qu'à la fin il gaigna l'autre rive à grande peine et grande difficulté :
« mesmement pource que la terre y glissoit à cause de la fange qu'il y
« avoit. Passé qu'il fust, il fallut aussi tost combattre pesle mesle
« d'homme à homme, pour ce que les ennemis chargèrent incontinent
« les premiers passez, avant qu'ils eussent loisir de se ranger en bataille,
« et leur coururent sus avec grands cris, tenant leurs chevaux bien joints
« et serrez l'un contre l'autre, et combattirent à coups de javelines pre-
« mièrement, et puis à coups d'espée, après que les javelines furent bri-
« sées. Si se ruerent plusieurs ensemble tout à coup sur luy, pour ce
« qu'il estoit facile à remarquer et cognoistre entre tous les autres à son
« escu, et à la queue qui pendoit de son armet, à l'entour de laquelle il
« y avoit de costé et d'autre un pennache grand et blanc à merveille. Si
« fut atteinct d'un coup de javelot au default de la cuirasse, mais le coup
« ne percea point ; et comme Roesaces et Spithridates, deux des princi-
« paux capitaines persans, s'adressassent ensemble à luy, il se destourna
« de l'un, et picquant droit à Roesaces, qui estoit bien armé d'une
« bonne cuirasse, luy donna un si grand coup de javeline, qu'elle se rom-
« pit en sa main, et meit aussi tost la main à l'espée ; mais ainsi comme
« ils estoient accouplez ensemble, Spithridates s'approchant de lui en
« flancs, se souleva sur son cheval, et luy ramena de toute sa puissance
« un si grand coup de hache barbaresque, qu'il couppa la creste de l'ar-
« met, avec un des costez du pennache, et y feit une telle faulsée que le
« tranchant de la hache pénétra jusques aux cheveux : et ainsi comme il

« en vouloit encore donner un autre, le grand Clitus le prevint, qui lui
« passa une perthuisane de part en part à travers le corps, et à l'instant
« mesme tomba aussi Roesaces, mort en terre d'un coup d'espée que lui
« donna Alexandre. Or, pendant que la gendarmerie combattoit en tel
« effort, le bataillon des gens de pied macédoniens passa la rivière, et
« commençèrent les deux batailles à marcher l'une contre l'autre : mais
« celle des Perses ne sousteint point courageusement ny longuement, ains
« se tourna incontinent en fuite, exceptez les Grecs qui estoyent à la
« soude du roy de Perse, lesquelz se retirerent ensemble dessus une
« motte, et demandèrent que l'on les prist à mercy! Mais Alexandre
« donnant le premier dedans, plus par cholere que de sain jugement, y
« perdit son cheval qui luy fut tué sous luy d'un coup d'espée à travers
« les flancs. Ce n'estoit pas Bucéphal, ains un autre ; mais tous ceulx qui
« furent en celle journée tuez ou blecez des siens le furent en cest endroit-
« là, pource qu'il s'opiniastra à combattre obstinement contre hommes
« aggueriz et desesperez. L'on dit qu'en ceste premiere bataille il mourut
« du costé des Barbares vingt mille hommes de pied, et deux mille cinq
« cents de cheval : du costé d'Alexandre, Aristobolus escrit qu'il y en eut
« de morts trente et quatre en tout, dont douze estoyent gens de pied, à
« tous lesquelz Alexandre voulut, pour honorer leur memoire, que l'on
« dressast des images de bronze faites de la main de Lysyppus : et voulant
« faire part de ceste victoire aux Grecs, il envoya aux Atheniens particu-
« lierement trois cents boucliers de ceulx qui furent gaignez en la bataille,
« et generalement sur toutes les autres despouilles ; et sur tout le butin
« feit mettre ceste très honorable inscription : Alexandre, fils de Philippus,
« et les Grecs, excepté les Lacédémoniens, ont conquis ce butin sur les
« Barbares habitants en Asie. »

NOTE 3, page 254.

CONTRAT PASSÉ ENTRE LE CAPITAINE DIMITRI
ET M. DE CHATEAUBRIAND [1].

Διὰ τοῦ παρόντος γράμματος γείνεται δῆλον ὅτι ὁ κὺρ Χατζῆ Πολύκαρπος
τοῦ Λαζάρου Χαβιαρτζὶς ὁποῦ ἔχει ναβλωμένην τὴν πολάκα ὀνόματι ὁ ἅγιος
Ἰωάννης τοῦ Καυ. Δημητρίου Στέριου ἀπὸ τὸ Βόλο μὲ Ὠθωμανικὴν παντιέραν
ἀπὸ ἐδῶ διὰ τὸν γιάφαν διὰ νὰ πιγαίνῃ τοὺς Χατζίδους Ρωμαίους, ἐσυμφώνισεν

[1] Ce contrat a été copié avec les fautes d'orthographe grossières, les faux accents
et les barbarismes de l'original.

τὴν σήμερον μετὰ τοῦ μουσοῦ Σατὼ Μπριάντ μπειξαντες Φρανξέχος νὰ τοῦ
δώσουν μισα εἰς τὸ ἄνωθεν, κάραβι μιαν μικρὰν κάμαραν νὰ καθίση αὐτὸς καὶ
δύώ του δοῦλοι μαζί, διὰ νάκαμη τὸ ταξίδι ἀπὸ ἐδὼ εἰς τὸ γιάφα, νὰ τοῦ δείδουν
τόπον εἰς τὸ ὀτζάκη τοῦ καπιτάνιου νὰ μαγειρεύη τὸ φαγκτου, ὥσον νερον χρει-
αστεῖ κάθε φοφάν, νὰ τὸν χαλοκιτάζουν εἰς ὥσον καιρὸν σταχθεῖ εἰς τὸ ταξίδι, καὶ
κατὰ πάντα τρῶπον να τὸν συχαριστίσουν χωρς νὰ τοῦ προξενιθῇ καμία ἐνώ-
χλησις. διὰ νάβλον αὐτῆς τῆς κάμαρας ὁποῦ εἶναι ἡ ἀντικάμερα τοῦ καπιτάνιου, καὶ διὰ ὅλλαις ταῖς ανωθεν δούλευσαις ἐσυμφώνισαν γρύσους ἑπτακώσια
ἤτι L : 700 : τὰ ὁποιὰ ὁ ἄνωθεν μπεῖξαντες τὰ ἐμέτρησεν τοῦ Χατζὶ Πολυκάρ-
που, καὶ αὐτὸς ὁμολογεῖ πῶς τὰ ἔλαβεν, ὅθεν δὲν ἔχει πλέον ὁ καπιτάνος νὰ τοῦ
ζητᾷ τίποτες, οὔτε ἐδὼ, οὔτε εἰς τὸ γιάφαν, ὅταν φθάσει καὶ ἔχεινὰ ξεμπαρκα-
ρισῇ. διὰ τοῦτο αἱ ὑπώσχεται τώσον ὁ ῥηθεὶς Χατζὶ πολύκαρπος ναβλωκτὴς
καθὼς καὶ ὁ Καπιτάνος, νὰ φυλάξουν ὅλλα αὐτὰ ὁποῦ ὑποωσχέθηκαν καὶ εἰς
ἔνδυξιν ἀληθίας ὑπώγραψαν ἀμφότεροι τὸ παρον γράμμα καὶ τὸ ἔδωσαν εἰς
χεῖρας τοῦ μουσοῦ Σατὸ Μριάντ, ὅπος ἔχει τὸ κύρος καὶ τὴν ἰσχὺν ἐν παντὶ
καιρῷ καὶ τόπῳ. Κωνσταντινόπολ. ⁶⁄₁₁ σεπτεμβρίου 1806.

χατζη πολικαρπος λαζαρου βεβιονο [1]
καπηταν δημητρης στηρηο βεβηονο [2].

[3] Ο καπιταν διμιτρις ηποσχετε μεταμενα ανεφ
εξ εναντιας χερου να μιν σταθη περισσοτερο
απο μιαν ημηρα καστρι και χνου.
ελαβον τον ναβαμν γρο 700 ητι επτακοσια
χατζη πολικαρπο λαζαρου.

TRADUCTION DU CONTRAT PRÉCÉDENT [4].

Par le présent contrat, déclare le Hadgi Policarpe de Lazare Caviarzi
nolisateur de la polaque nommée *Saint-Jean,* commandée par le capitaine
Dimitry Sterio de Vallo, avec pavillon ottoman pour porter les pellerins
grecs d'ici à Jaffa, avoir aujourd'hui contracté avec M. de Chateaubriand,
de lui céder une petite chambre dans le susdit bâtiment, où il puisse se
loger lui et deux domestiques à son service ; en outre il lui sera donné
une place dans la cheminée du capitain pour faire sa cuisine. On lui
fournira de l'eau quand il en aura besoin, et l'on faira tout ce qui sera
nécessaire pour le contenter pendant son voyage, sans permettre qu'il lui

[1] Signature de Policarpe.
[2] Signature de Démétrius.
[3] Écrite de la main de Policarpe.
[4] Cette traduction barbare est de l'interprète franc à Constantinople.

soit occasioné aucune molestie tout le temps de sa demeure à bord.—Pour
nolis de son passage et payement de tout service qui doit lui être rendu,
se sont convenus la somme de piastres sep-cent n° 700 que M. Chateaubriand a compté audit Policarpe, et lui déclarer de les avoir reçu; moyennant
quoi le capitaine ne doit et ne pourra rien autre demander de lui, ni ici,
ni à leur arrivée à Jaffa, et lorsqu'il devra se débarquer.

C'est pourquoi ils s'engagent, ce nolisateur et ce capitaine, d'observer et
remplir les susdits conditions dont ils se sont convenus, et ont signé tous
les deux le présent contrat, qui doit valoir en tout temps et lieu.

Constantinopoli, 6 septembre 1806.
HADGI POLICARPE DE LAZARE
Noligeateur
Capitain DIMITRI ACRO

Le susdit capitaine s'engage avec moi qu'il ne s'arrêtera devant les Dardanelles
et Scio qu'un jour.

HADGI POLICARPE DE LAZARE.

NOTE 4, page 270,

Cette citation faisait partie du texte dans les deux premières éditions.

« En arrivant dans l'île, dit le fils d'Ulysse, je sentis un air doux qui
« rendait les corps lâches et paresseux, mais qui inspirait une humeur
« enjouée et folâtre. Je remarquai que la campagne, naturellement fertile
« et agréable, était presque inculte, tant les habitants étaient ennemis du
« travail. Je vis de tous côtés des femmes et des jeunes filles, vainement
« parées, qui allaient en chantant les louanges de Vénus se dévouer à son
« temple. La beauté, les grâces, la joie, les plaisirs, éclataient également
« sur leurs visages, mais les grâces y étaient affectées : on n'y voyait
« point une noble simplicité et une pudeur aimable, qui fait le plus grand
« charme de la beauté. L'air de mollesse, l'art de composer leur visage,
« leur parure vaine, leur démarche languissante, leurs regards qui
« semblent chercher ceux des hommes, leur jalousie entre elles pour
« allumer de grandes passions, en un mot tout ce que je voyais dans ces
« femmes me semblait vil et méprisable : à force de vouloir plaire elles
me dégoûtaient.

« On me conduisit au temple de la déesse : elle en a plusieurs dans
« cette île ; car elle est particulièrement adorée à Cythère, à Idalie et à
« Paphos. C'est à Cythère que je fus conduit. Le temple est tout de
« marbre, c'est un parfait péristyle ; les colonnes sont d'une grosseur et
« d'une hauteur qui rendent cet édifice très majestueux : au dessus de

« l'architrave de la frise sont, à chaque face, de grands frontons où l'on
« voit en bas-relief toutes les plus agréables aventures de la déesse. A la
« porte du temple est sans cesse une foule de peuples qui viennent faire
« leurs offrandes.

« On n'égorge jamais dans l'enceinte du lieu sacré aucune victime ·
« on n'y brûle point, comme ailleurs, la graisse des génisses et des tau-
« reaux ; on n'y répand jamais leur sang : on présente seulement devant
« l'autel les bêtes qu'on offre, et on n'en peut offrir aucune qui ne soit
« jeune, blanche, sans défaut et sans tache : on les couvre de bandelettes
« de pourpre brodées d'or ; leurs cornes sont dorées et ornées de bouquets
« et de fleurs odoriférantes. Après qu'elles ont été présentées devant
« l'autel, on les renvoie dans un lieu écarté, où elles sont égorgées pour
« les festins des prêtres de la déesse.

« On offre aussi toutes sortes de liqueurs parfumées et du vin plus doux
« que le nectar. Les prêtres sont revêtus de longues robes blanches avec
« des ceintures d'or et des franges de même au bas de leurs robes. On
« brûle, nuit et jour, sur les autels, les parfums les plus exquis de l'Orient,
« et ils forment une espèce de nuage qui monte vers le ciel. Toutes les
« colonnes du temple sont ornées de festons pendants ; tous les vases qui
« servent aux sacrifices sont d'or : un bois sacré de myrtes environne le
« bâtiment. Il n'y a que de jeunes garçons et de jeunes filles d'une rare
« beauté qui puissent présenter les victimes aux prêtres, et qui osent
« allumer le feu des autels. Mais l'impudence et la dissolution déshonorent
« un temple si magnifique. »   (*Télémaque.*)

Note 5, page 348.

Cette citation faisait partie du texte dans les deux premières éditions.

« Toute l'étendue de Jérusalem est environnée de hautes montagnes ;
« mais c'est sur celle de Sion que doivent être les sépulcres de la famille
« de David dont on ignore le lieu. En effet, il y a quinze ans qu'un des
« murs du temple, que j'ai dit être sur la montagne de Sion, croula. Là-
« dessus, le patriarche donna ordre à un prêtre de le réparer des pierres
« qui se trouvaient dans le fondement des murailles de l'ancienne Sion.
« Pour cet effet, celui-ci fit marché avec environ vingt ouvriers, entre
« lesquels il se trouva deux hommes amis et de bonne intelligence. L'un
« d'eux mena un jour l'autre dans sa maison pour lui donner à déjeuner.
« Étant revenus après avoir mangé ensemble, l'inspecteur de l'ouvrage
« leur demanda la raison pourquoi ils étaient venus si tard, auquel ils
« répondirent qu'ils compenseraient cette heure de travail par une autre.

« Pendant donc que le reste des ouvriers furent à dîner, et que ceux-ci
« faisaient le travail qu'ils avaient promis, ils levèrent une pierre qui
« bouchait l'ouverture d'un antre, et se dirent l'un à l'autre : Voyons s'il
« n'y a pas là-dessous quelque trésor caché. Après y être entrés, ils avan-
« cèrent jusqu'à un palais soutenu par des colonnes de marbre, et couvert
« de feuilles d'or et d'argent. Au devant il y avait une table avec un
« sceptre et une couronne dessus : c'était là le sépulcre de David, roi
« d'Israël ; celui de Salomon, avec les mêmes ornements, était à la gauche,
« aussi bien que plusieurs autres rois de Juda de la famille de David, qui
« avaient été enterrés en ce lieu. Il s'y trouva aussi des coffres fermés ;
« mais on ignore encore ce qu'ils contenaient. Les deux ouvriers ayant
« voulu pénétrer dans le palais, il s'éleva un tourbillon de vent qui, entrant
« par l'ouverture de l'antre, les renversa par terre, où ils demeurèrent,
« comme s'ils eussent été morts, jusqu'au soir. Un autre souffle de vent
« les réveilla, et ils entendirent une voix semblable à celle d'un homme,
« qui leur dit : *Levez-vous, et sortez de ce lieu.* La frayeur dont ils étaient
« saisis les fit retirer en diligence, et ils rapportèrent tout ce qui leur était
« arrivé au patriarche, qui le leur fit répéter en présence d'Abraham de
« Constantinople, le pharisien, et surnommé *le Pieux*, qui demeurait
« alors à Jérusalem. Il l'avait envoyé chercher pour lui demander quel
« était son sentiment là-dessus ; à quoi il répondit que c'était le lieu de la
« sépulture de la maison de David, destiné pour les rois de Juda. Le
« lendemain, on trouva ces deux hommes couchés dans leurs lits, et fort
« malades de la peur qu'ils avaient eue. Ils refusèrent de retourner dans
« le même lieu, à quel prix que ce fût, assurant qu'il n'était pas permis
« à aucun mortel de pénétrer dans un lieu dont Dieu défendait l'entrée ;
« de sorte qu'elle a été bouchée par le commandement du patriarche, et
« la vue en a été ainsi cachée jusqu'aujourd'hui. »

Cette histoire paraît être renouvelée de celle que raconte Josèphe au
sujet du même tombeau. Hérode le Grand ayant voulu faire ouvrir le
cercueil de David, il en sortit une flamme qui l'empêcha de poursuivre
son dessein

NOTE 6, page 352.

Cette citation faisait partie du texte dans les deux premières éditions.

« A peine, dit Massillon, l'âme sainte du Sauveur a-t-elle ainsi accepté
« le ministère sanglant de notre réconciliation, que la justice de son Père
« commence à le regarder comme un homme de péché. Dès lors il ne
« voit plus en lui son Fils bien-aimé, en qui il avait mis toute sa complai-

« sance ; il n'y voit plus qu'une hostie d'expiation et de colère, chargée
« de toutes les iniquités du monde, et qu'il ne peut plus se dispenser
« d'immoler à toute la sévérité de sa vengeance. Et c'est ici que tout le
« poids de sa justice commence à tomber sur cette âme pure et innocente :
« c'est ici où Jésus-Christ, comme le véritable Jacob, va lutter toute la
« nuit contre la colère d'un Dieu même, et où va se consommer par
« avance son sacrifice, mais d'une manière d'autant plus douloureuse
« que son âme sainte va expirer, pour ainsi dire, sous les coups de la
« justice d'un Dieu irrité, au lieu que sur le Calvaire elle ne sera livrée
« qu'à la fureur et à la puissance des hommes. . . . .
« . . . .

« L'âme sainte du Sauveur, pleine de grâce, de vérité et de lumière ;
« ah ! elle voit le péché dans toute son horreur ; elle en voit le désordre,
« l'injustice, la tache immortelle ; elle en voit les suites déplorables : la
« mort, la malédiction, l'ignorance, l'orgueil, la corruption, toutes les
« passions de cette source fatale nées et répandues sur la terre. En ce
« moment douloureux, la durée de tous les siècles se présente à elle :
« depuis le sang d'Abel jusqu'à la dernière consommation, elle voit une
« tradition non interrompue de crimes sur la terre ; elle parcourt cette
« histoire affreuse de l'univers, et rien n'échappe aux secrètes horreurs
« de sa tristesse ; elle y voit les plus monstrueuses superstitions établies
« parmi les hommes : la connaissance de son père effacée ; les crimes
« infâmes érigés en divinités ; les adultères, les incestes, les abomina-
« tions avoir leurs temples et leurs autels ; l'impiété et l'irreligion deve-
« nues le parti des plus modérés et des plus sages. Si elle se tourne vers
« les siècles des chrétiens, elle y découvre les maux futurs de son Église :
« les schismes, les erreurs, les dissensions qui devaient déchirer le
« mystère précieux de son unité, les profanations de ses autels, l'indigne
« usage des sacrements, l'extinction presque de sa foi, et les mœurs
« corrompues du paganisme rétablies parmi ses disciples. . . . .
« . . . .

« Aussi, cette âme sainte ne pouvant plus porter le poids de ses maux,
« et retenue d'ailleurs dans son corps par la rigueur de la justice divine,
« triste jusqu'à la mort, et ne pouvant mourir, hors d'état et de finir ses
« peines, et de les soutenir, semble combattre, par les défaillances et les
« douleurs de son agonie, contre la mort et contre la vie ; et une sueur
« de sang qu'on voit couler à terre est le triste fruit de ses pénibles efforts :
« *Et factus est sudor ejus sicut guttæ sanguinis decurrentis in terram.*
« Père juste, fallait-il encore du sang à ce sacrifice intérieur de votre
« Fils ? N'est-ce pas assez qu'il doive être répandu par ses ennemis ? Faut-
« il que votre justice se hâte, pour ainsi dire, de le voir répandre ? »

Note 7, page 353.

Cette citation faisait partie du texte dans les deux premières éditions.

La destruction de Jérusalem, prédite et pleurée par Jésus-Christ, mérite bien qu'on s'y arrête. Écoutons Josèphe, témoin oculaire de cet événement. La ville étant prise, un soldat met le feu au temple.

« Lorsque le feu dévorait ainsi ce superbe temple, les soldats, ardents
« au pillage, tuaient tous ceux qu'ils y rencontraient. Ils ne pardonnaient
« ni à l'âge ni à la qualité : les vieillards aussi bien que les enfants, et
« les prêtres comme les laïques, passaient par le tranchant de l'épée :
« tous se trouvaient enveloppés dans ce carnage général, et ceux qui
« avaient recours aux prières n'étaient pas plus humainement traités que
« ceux qui avaient le courage de se défendre jusqu'à la dernière extré-
« mité. Les gémissements des mourants se mêlaient au bruit du pétille-
« ment du feu, qui gagnait toujours plus avant ; et l'embrasement d'un
« si grand édifice, joint à la hauteur de son assiette, faisait croire à ceux
« qui ne le voyaient que de loin que toute la ville était en feu.

« On ne saurait rien imaginer de plus terrible que le bruit dont l'air
« retentissait de toutes parts ; car, quel n'était pas celui que faisaient les
« légions romaines dans leur fureur ? Quels cris ne jetaient pas les factieux
« qui se voyaient environnés de tous côtés du fer et du feu ? Quelle
« plainte ne faisait point ce pauvre peuple qui, se trouvant alors dans le
« temple, était dans une telle frayeur, qu'il se jetait, en fuyant, au milieu
« des ennemis ! Et quelles voix confuses ne poussaient point jusqu'au ciel
« la multitude de ceux qui, de dessus la montagne opposée au temple,
« voyaient un spectacle si affreux ! Ceux mêmes que la faim avait
« réduits à une telle extrémité que la mort était prête à leur fermer pour
« jamais les yeux, apercevant cet embrasement du temple, rassemblaient
« tout ce qui leur restait de forces pour déplorer un si étrange malheur ;
« et les échos des montagnes d'alentour et du pays qui est au delà du
« Jourdain redoublaient encore cet horrible bruit ; mais quelque épou-
« vantable qu'il fût, les maux qui le causaient l'étaient encore davantage.
« Ce feu qui dévorait le temple était si grand et si violent, qu'il semblait
« que la montagne même sur laquelle il était assis brûlât jusque dans ses
« fondements. Le sang coulait en telle abondance, qu'il paraissait disputer
« avec le feu à qui s'étendrait davantage. Le nombre de ceux qui étaient
« tués surpassait celui de ceux qui les sacrifiaient à leur colère et à leur
« vengeance ; toute la terre était couverte de corps morts ; et les soldats
« marchaient dessus pour suivre par un chemin si effroyable ceux qui
« s'enfuyaient. . . . .
« . . . .

« Quatre ans avant le commencement de la guerre, lorsque Jérusalem

« était encore dans une profonde paix et dans l'abondance, Jésus, fils
« d'Ananus, qui n'était qu'un simple paysan, étant venu à la fête des
« Tabernacles, qui se célèbre tous les ans dans le temple en l'honneur de
« Dieu, cria : « Voix du côté de l'orient ; voix du côté de l'occident ; voix
« du côté des quatre vents ; voix contre Jérusalem et contre le temple ;
« voix contre les nouveaux mariés et les nouvelles mariées ; voix contre
« tout le peuple. » Et il ne cessait point, jour et nuit, de courir par
« toute la ville en répétant même chose. Quelques personnes de qualité,
« ne pouvant souffrir des paroles d'un si mauvais présage, le firent pren-
« dre et extrêmement fouetter. . . : . . . .
« . . . .

« Mais à chaque coup qu'on lui donnait, il répétait d'une voix plain-
« tive et lamentable : « Malheur ! malheur sur Jérusalem ! » . . . . . .
« . . . .

« Quand Jérusalem fut assiégée, on vit l'effet de ses prédictions. Et
« faisant alors le tour des murailles de la ville, il se mit encore à crier :
« Malheur ! malheur sur la ville ! malheur sur le peuple ! malheur
« sur le temple ! » A quoi ayant ajouté : « et malheur sur moi ! » une
« pierre poussée par une machine le porta par terre, et il rendit l'esprit
« en proférant ces mots. »

Note 8, page 354.

« On verra, dit encore Massillon, le Fils de l'Homme parcourant des
« yeux, du haut des airs, les peuples et les nations confondus et assem-
« blés à ses pieds, relisant dans ce spectacle l'histoire de l'univers, c'est-
« à-dire des passions ou des vertus des hommes : on le verra rassembler
« ses élus des quatre vents, les choisir de toute langue, de tout état, de
« toute nation ; réunir les enfants d'Israël dispersés dans l'univers ; expo-
« ser l'histoire secrète d'un peuple saint et nouveau ; produire sur la
« scène des héros de la foi, jusque-là inconnus au monde : ne plus dis-
« tinguer les siècles par les victoires des conquérants, par l'établissement
« ou la décadence des empires, par la politesse ou la barbarie des temps,
« par les grands hommes qui ont paru dans chaque âge, mais par les
« divers triomphes de la grâce, par les victoires cachées des justes sur
« leurs passions, par l'établissement de son règne dans un cœur, par la
« fermeté historique d'un fidèle persécuté. . . . .
« La disposition de l'univers ainsi ordonnée ; tous les peuples de la
« terre ainsi séparés ; chacun immobile à la place qui lui sera tombée en
« partage ; la surprise, la terreur, le désespoir, la confusion, peints sur le

« visage des uns ; sur celui des autres la joie, la sérénité, la confiance ;
« les yeux des justes levés en haut vers le Fils de l'Homme d'où ils atten-
« dent leur délivrance ; ceux des impies fixés d'une manière affreuse sur
« la terre, et perçant presque les abîmes de leurs regards, comme pour
« y marquer déjà la place qui leur est destinée. »

NOTE 9, page 355.

Cette citation faisait partie du texte dans les deux premières éditions.

Bossuet a renfermé toute cette histoire en quelques pages, mais ces
pages sont sublimes :

« Cependant la jalousie des pharisiens et des prêtres le mène à un
« supplice infâme ; ses disciples l'abandonnent ; un d'eux le trahit ; le
« premier et le plus zélé de tous le renie trois fois. Accusé devant le con-
« seil, il honore jusqu'à la fin le ministère des prêtres, et répond en
« termes précis au pontife qui l'interrogeait juridiquement ; mais le mo-
« ment était arrivé où la synagogue devait être réprouvée. Le pontife et
« tout le conseil condamnent Jésus-Christ, parce qu'il se disait le Christ,
« Fils de Dieu. Il est livré à Ponce-Pilate, président romain : son inno-
« cence est reconnue par son juge, que la politique et l'intérêt font agir
« contre sa conscience : le Juste est condamné à mort : le plus grand de
« tous les crimes donne lieu à la plus parfaite obéissance qui fut jamais.
« Jésus, maître de sa vie et de toutes choses, s'abandonne volontairement
« à la fureur des méchants, et offre ce sacrifice qui devait être l'expiation
« du genre humain. A la croix, il regarde dans les prophéties ce qui lui
« restait à faire : il l'achève, et dit enfin : « Tout est consommé. »
« A ce mot, tout change dans le monde : la loi cesse, les figures passent,
« les sacrifices sont abolis par une oblation plus parfaite. Cela fait, Jésus-
« Christ expire avec un grand cri : toute la nature s'émeut ; le centurion
« qui le gardait, étonné d'une telle mort, s'écrie qu'il est vraiment le
« Fils de Dieu ; et les spectateurs s'en retournent frappant leur poitrine.
« Au troisième jour il ressuscite ; il paraît aux siens qui l'avaient aban-
« donné, et qui s'obstinaient à ne pas croire à sa résurrection. Ils le voient,
« ils lui parlent, ils le touchent, ils sont convaincus. . . . .
« . . . .
« . . . .
« Sur ce fondement, douze pêcheurs entreprennent de convertir le
« monde entier, qu'ils voient si opposé aux lois qu'ils avaient à lui pre-
« scrire et aux vérités qu'ils avaient à lui annoncer. Ils ont ordre de com-
« mencer par Jérusalem, et de là de se répandre par toute la terre, pour

« instruire toutes les nations et les baptiser au nom du Père, du Fils et
« du Saint-Esprit. Jésus-Christ leur promet d'être avec eux jusqu'à la
« consommation des siècles, et assure par cette parole la perpétuelle
« durée du ministère ecclésiastique. Cela dit, il monte aux cieux en leur
« présence. »

Note 10, page 367.

Cette citation faisait partie du texte dans les deux premières éditions.

« Voyant le roi qui avoit la maladie de l'ost et la menaison comme les
« autres que nous laissions, se fust bien garauti s'il eust voulu ès grands
« gallées ; mais il disoit qu'il aimoit mieux mourir que laisser son
« peuple : il nous commença à hucher et à crier que demourassions,
« et nous tiroit de bons garrots pour nous faire demeurer jusqu'à
« ce qu'il nous donnast congé de nager. Or je vous lerray ici, et vous
« dirai la façon et manière comme fut prins le roi, ainsi que lui-mesme
« me conta. Je lui ouï dire qu'il avait laissé ses gens d'armes et sa bataille,
« et s'estoit mis lui et messire Geoffroy de Sergine en la bataille de mes-
« sire Gaultier de Chastillon, qui faisoit l'arrière-garde. Et estoit le roi
« monté sur un petit coursier, une housse de soie vestue ; et ne lui de-
« moura, ainsi que lui ai depuis oy dire, de tous ses gens d'armes, que
« le bon chevalier messire Geoffroy de Sergine, lequel se rendit jusques
« à une petite ville nommée *Casel*, là où le roi fut prins. Mais avant que
« les Turcs le pussent voir, lui oy conter que messire Geoffroy de Sergine
« le deffendait en la façon que le bon serviteur deffend le hanap de son
« seigneur, de peur des mouches. Car toutes les fois que les Sarrazins
« l'approchoient, messire Geoffroy le deffendoit à grands coups d'espée
« et de pointe, et ressembloit sa force lui estre doublée d'oultre moitié,
« et son preux et hardi courage. Et à tous les coups les chassoit de dessus
« le roi. Et ainsi l'emmena jusqu'au lieu de Casel, et là fut descendu au
« giron d'une bourgeoisie qui estoit de Paris. Et là le cuidèrent voir
« passer le pas de mort, et n'esperoient point que jamais il peust passer
« celui jour sans mourir. »

C'était déjà un coup assez surprenant de la fortune, que d'avoir livré
un des plus grands rois que la France ait eus aux mains d'un jeune soudan d'Egypte, dernier héritier du grand Saladin. Mais cette fortune, qui
dispose des empires, voulant, pour ainsi dire, montrer en un jour l'excès
de sa puissance et de ses caprices, fit égorger le roi vainqueur sous les
yeux du roi vaincu.

Sire de Joinville.

« Et ce voyant le soudan qui estoit encore jeune, et la malice qui avoit
« esté inspirée contre sa personne, il s'enfuit en sa haute tour, qu'il avoit
« près de sa chambre, dont j'ai devant parlé. Car ses gens mesme de la
« Haulequa lui avaient jà abattu tous ses pavillons, et environnoient cette
« tour, où il s'en estoit fui. Et dedans la tour il y avait trois de ses
« evesques, qui avoient mangé avec lui, qui lui escrivirent qu'il descen-
« dist. Et il leur dit que volontiers il descendroit, mais qu'ils l'assurassent.
« Ils lui respondirent que bien le feroient descendre par force, et malgré
« lui; et qu'il n'estoit mye encore à Damiète. Et tantost ils vont jecter le
« feu gregeois dedans cette tour, qui estoit seulement de perches de sa-
« pins et de toile, comme j'ai devant dit. Et incontinent fut embrasée la
« tour. Et vous promets que jamais ne vis plus beau feu, ne plus sou-
« dain. Quand le sultan vit que le feu le pressoit, il descendit par la voie
« du Prael, dont j'ai devant parlé, et s'enfuit vers le fleuve; et en s'en-
« fuyant, l'un des chevaliers de la Haulequa le ferit d'un grand glaive
« parmi les costes, et il se jecte à tout le glaive dedans le fleuve. Et après
« lui descendirent environ de neuf chevaliers, qui le tuerent là dans le
« fleuve, assez près de nostre gallée. Et quand le soudan fut mort, l'un
« desdits chevaliers, qui avoit nom Faracataie, le fendit, et lui tira le
« cœur du ventre, et lors il s'en vint au roi, sa main toute ensanglantée,
« et lui demanda : « Que me donneras-tu, dont j'ai occis ton ennemi qui
« t'eust fait mourir s'il eust vescu? » Et à cette demande ne lui respondit
« oncques un seul mot le bon roi saint Louis. »

Note 11, page 369.

Cette citation faisait partie du texte dans les deux premières éditions.

Le tableau du royaume de Jérusalem, tracé par l'abbé Guénée, mérite
d'être rapporté. Il y aurait de la témérité à vouloir refaire un ouvrage
qui ne pèche que par des omissions volontaires. Sans doute l'auteur, ne
pouvant pas tout dire, s'est contenté des principaux traits.

« Ce royaume s'étendait, dit-il, du couchant au levant, depuis la mer
« Méditerranée jusqu'au désert de l'Arabie, et du midi au nord, depuis le
« fort de Darum au-delà du torrent d'Egypte jusqu'à la rivière qui coule
« entre Bérith et Giblos. Ainsi, il comprenait d'abord les trois Palestines,
« qui avaient pour capitales : la première Jérusalem; la deuxième, Césa-
« rée maritime; et la troisième Bethsan, puis Nazareth : il comprenait
« en outre tout le pays des Philistins, toute la Phénicie avec la deuxième
« et la troisième Arabie, et quelques parties de la première.

« Cet État, disent les *Assises de Jérusalem*, avait deux chefs seigneurs,

« l'un spirituel et l'autre temporel : le patriarche était le seigneur spiri-
« tuel, et le roi le seigneur temporel.

« Le patriarche étendait sa juridiction sur les quatre archevêchés de
« Tyr, de Césarée, de Nazareth et de Krak ; il avait pour suffragants les
« évêques de Béthléem, de Lyde et d'Hébron ; de lui dépendaient encore
« les six abbés de Mont-Sion, de la Latine, du Temple, du Mont-Olivet,
« de Josaphat et de Saint-Samuel ; le prieur du Saint-Sépulcre, et les trois
« abbesses de Notre-Dame la Grande, de Sainte-Anne et de Saint-Ladre.

« Les archevêques avaient pour suffragants : celui de Tyr, les évêques
« de Bérith, de Sidon, de Panéas et de Ptolémaïs ; celui de Césarée,
« l'évêque de Sébaste ; celui de Nazareth, l'évêque de Tibériade et le
« prieur du Mont-Thabor ; celui de Krak, l'évêque du Mont-Sinaï.

« Les évêques de Saint-Georges, de Lyde et d'Acre avaient sous leur
« juridiction : le premier, les deux abbés de Saint-Joseph d'Arimathie et
« de Saint-Habacuc, les deux prieurs de Saint-Jean l'Evangéliste et de
« Sainte-Catherine du Mont-Gisart, avec l'abbesse des Trois-Ombres ; le
« deuxième, la Trinité et les Repenties.

« Tous ces évêchés, abbayes, chapitres, couvents d'hommes et de
« femmes, paraissent avoir eu d'assez grands biens, à en juger par les
« troupes qu'ils étaient obligés de fournir à l'Etat. Trois ordres surtout
« religieux et militaires tout à la fois se distinguaient par leur opulence ;
« ils avaient dans le pays des terres considérables, des châteaux et des
« villes.

« Outre les domaines que le roi possédait en propre, comme Jérusa-
« lem, Naplouse, Acre, Tyr et leurs dépendances, on comptait dans le
« royaume quatre grandes baronies ; elles comprenaient, la première,
« les comtés de Jafa et d'Ascalon, avec les seigneuries de Rama, de Mi-
« rabel et d'Ybelin ; la deuxième, la principauté de Galilée ; la troisième,
« les seigneuries de Sidon, de Césarée et de Bethsan ; la quatrième, les
« seigneuries de Krak, de Montréal et d'Hébron. Le comté de Tripoli
« formait une principauté à part, dépendante, mais distinguée du royaume
« de Jérusalem.

« Un des premiers soins des rois avait été de donner un code à leur
« peuple. De *sages hommes* furent chargés de recueillir les principales
« lois des différents pays d'où étaient venus les croisés, et d'en former
« un corps de législation, d'après lequel les affaires civiles et criminelles
« seraient jugées. On établit deux cours de justice : la haute pour les
« nobles, l'autre pour la bourgeoisie et toute la roture. Les Syriens
« obtinrent d'être jugés suivant leurs propres lois.

« Les différens seigneurs, tels que les comtes de Jafa, les seigneurs
« d'Ybelin, de Césarée, de C i as, de Krak, l'archevêque de Nazareth, etc.,
« eurent leurs cours et justices ; et les principales villes, Jérusalem, Na-
« plouse, Acre, Jafa, Césarée, Bethsan, Hébron, Gade, Lyde, Assur,

« Panéas, Tibériade, Nazareth, etc., leurs cours et justices bourgeoises :
« les justices seigneuriales et bourgeoises, au nombre d'abord de vingt à
« trente de chaque espèce, augmentèrent à proportion que l'État s'agran-
« dissait.

« Les baronies et leurs dépendances étaient chargées de fournir deux
« mille cavaliers; les villes de Jérusalem, d'Acre et de Naplouse en
« devaient six cent soixante-six, et cent-treize sergents; les cités de Tyr,
« de Césarée, d'Ascalon, de Tibériade, mille sergents.

« Les églises, évêques, abbés, chapitres, etc., devaient en donner
« environ sept mille, savoir : le patriarche, l'église du Saint-Sépulcre,
« l'évêque de Tibériade et l'abbé du Mont-Thabor, chacun six cents;
« l'archevêque de Tyr et l'évêque de Tibériade, chacun cinq cent cin-
« quante; les évêques de Lyde et de Béthléem chacun deux cents, et les
« autres à proportion de leurs domaines.

« Les troupes de l'État réunies firent d'abord une armée de dix à douze
« mille hommes; on les porta ensuite à quinze; et quand Lusignan fut
« défait par Saladin, son armée montait à près de vingt-deux mille
« hommes, toutes troupes du royaume.

« Malgré les dépenses et les pertes qu'entraînaient des guerres presque
« continuelles, les impôts étaient modérés, l'abondance régnait dans le
« pays, le peuple se multipliait, les seigneurs trouvaient dans leurs fiefs
« de quoi se dédommager de ce qu'ils avaient quitté en Europe, et Beau-
« douin du Bourg lui-même ne regretta pas longtemps son riche et beau
« comté d'Édesse.

Note 12, page 372.

Cette citation faisait partie du texte dans les deux premières éditions.

Je ne puis cependant m'empêcher de donner ici un calcul qui faisait
partie de mon travail; il est tiré de l'*Itinéraire* de Benjamin de Tudèle.
Ce Juif espagnol avait parcouru la terre au treizième siècle pour déterminer l'état du peuple hébreu dans le monde connu[1]. J'ai relevé, la
plume à la main, les nombres donnés par le voyageur, et j'ai trouvé sept
cent soixante-huit mille huit cent soixante-cinq Juifs dans l'Afrique,
l'Asie et l'Europe. Il est vrai que Benjamin parle des Juifs d'Allemagne
sans en citer le nombre, et qu'il se tait sur les Juifs de Londres et de Paris.
Portons la somme totale à un million d'hommes; ajoutons à ce million

---

[1] Il n'est pourtant pas bien clair que Benjamin ait parcouru tous les lieux qu'il a
nommés. Il est même évident, par des passages du texte hébreu, que le voyageur
juif n'a souvent écrit que sur des Mémoires.

d'homme un million de femmes et deux millions d'enfants, nous aurons quatre millions d'individus pour la population juive au treizième siècle. Selon la supputation la plus probable, la Judée proprement dite, la Gallilée, la Palestine ou l'Idumée, comptaient, du temps de Vespasien, environ six ou sept millions d'habitants ; quelques auteurs portent ce nombre beaucoup plus haut : au seul siége de Jérusalem, par Titus, il périt onze cent mille Juifs. La population juive aurait donc été, au treizième siècle, le sixième de ce qu'elle était avant sa dispersion. Voici le Tableau tel que je l'ai composé d'après l'*Itinéraire* de Benjamin. Il est curieux, d'ailleurs, pour la géographie du moyen âge ; mais les noms les lieux y sont souvent estropiés par le voyageur : l'original hébreu a dû se refuser à leur véritable orthographe dans certaines lettres ; Arias Montanus a porté de nouvelles altérations dans la version latine, et la truduction française achève de défigurer ces noms :

VILLES.	JUIFS.
Barcelonne.	4 chefs.
Narbonne	300
Bidrasch.	3 chefs.
Montpellier.	6 chefs.
Lunel.	300
Beaucaire.	40
Saint-Gilles.	100
Arles.	200
Marseille.	300
Gênes.	20
Lucques.	40
Rome	200
Capoue.	300
Naples.	500
Salerne.	600
Malfi.	20
Bénévent.	200
Malchi.	200
Ascoli.	40
Trani.	200
Tarente.	300
Bardenis.	10
Otrante.	500
Corfou.	1
Leptan.	100
	4,484

VILLES.	JUIFS.
	4,484
Achilon.	10
Patras.	50
Lépante.	100
Crissa.	200
Corinthe.	300
Thèbes.	2,000
Egrifou.	100
Jabustérisa.	100
Sinon-Potamon.	40
Gardegin (quelques Juifs).	
Armilon.	500
Bissine.	100
Séleucie.	500
Mitricin.	20
Darman.	140
Canisthol..	20
Constantinople.	1,000
Doroston.	100
Galipoline.	200
Galas.	50
Mityles (une université).	
Giham.	500
Ismos.	300
Rhodes.	500
Dophros (assemblée de Juifs).	
Laodicée.	200
Gébal.	120
Birot.	40
Sidon.	20
Tyr.	500
Akadi.	100
Césarée.	10
Luz.	1
Bethgebarin.	3
Torondolos (autrefois Sunam).	30
Nob.	2
Ramas.	3
Joppé.	1
Ascalon.	240
	12,584

VILLES.	JUIFS.
	12,584
Dans la même ville, Juifs samaritains.	300
Ségura.	1
Tibériade.	50
Timin.	20
Ghalmal.	50
Damas.	3,000
Thadmur.	4,000
Siba.	1,500
Kelagh-Geher.	2.000
Dakia.	700
Hharan.	700
Achabor	2,000
Nisibis.	1,000
Gezir-Ben-Ghamar	4,000
Al-Mutsal (autrefois Assur).	7,000
Rahaban	2,000
Karkésia.	5,000
Al-Jobar	2,000
Hhardan	15,000
Ghukbéran.	10,000
Bagdad.	1,000
Géhiaga	5,000
Dans un lieu à vingt pas de Géhiaga.	20,000
Hhilan,	10,000
Naphahh.	200
Alkotsonath.	300
Rupha.	7,000
Séphitbib (une synagogue).	
Juifs qui habitent dans les villes et autres lieux du pays de Théma.	300,000
Chibar.	50,000
Vira, fleuve du pays d'Eliman (au bord).	3,000
Néasat.	7,000
Bostan.	1,000
Samura	1,500
Chuzsetham.	7,000
Robar-Bar.	2,000
Vaanath	4,000
Pays de Molhheath (deux synagogues).	
	491,905

VILLES.	JUIFS.
	491,905
Charian.	25,000
Hhendam.	50,000
Tabarethan.	4,000
Asbaham.	15,000
Scaphas.	10,000
Ginat.	8,000
Samareant.	50,000
Dans les montagnes de Nisbon, appartenant au roi de Perse, on dit qu'il y a quatre tribus d'Israël, savoir : Dan, Zabulon, Aser et Nephtali.	
Cherataan.	500
Kathiphan.	50,000
Pays de Haalam (les Juifs, au nombre de vingt familles).	
Ile de Cheneray.	23,000
Gingalan.	1,000
L'Ynde (une grande quantité de Juifs).	
Hhalavan.	1,300
Kita.	30,000
Misraïm.	2,000
Gossen.	1,000
Al-Bubug.	200
Ramira.	700
Lambhala.	500
Alexandrie.	3,000
Damiette.	200
Tunis.	40
Messine.	20
Palerme.	1,500
TOTAL.	768,865

Benjamin ne spécifie point le nombre des Juifs d'Allemagne ; mais il cite les villes où se trouvaient les principales synagogues ; ces villes sont : Coblentz, Andernach, Caub, Creutznach, Bengen, Germersheim, Munster, Strasbourg, Mantern, Freising, Bamberg, Tsor et Reguespurch. En parlant des Juifs de Paris, il dit : *In qua sapientium discipuli sunt omnium qui hodie in omni regione sunt doctissimi.*

Note 13, page 380.

Cette citation faisait partie du texte dans les deux premières éditions.

Josèphe parle ainsi du premier temple :

« La longueur du temple est de soixante coudées, sa hauteur d'autant,
« et sa largeur de vingt. Sur cet édifice on en éleva un autre de même
« grandeur ; et ainsi, toute la hauteur du temple était de six vingts cou-
« dées. Il était tourné vers l'orient, et son portique était de pareille
« hauteur de six vingts coudées, de vingt de long et de six de large. Il y
« avait à l'entour du temple trente chambres en forme de galeries, et qui
« servaient au dehors comme d'arcs-boutants pour le soutenir. On passait
« des unes dans les autres, et chacune avait vingt coudées de long, au-
« tant de large, et vingt de hauteur. Il y avait au dessus de ces chambres
« deux étages de pareil nombre de chambres toutes semblables. Ainsi,
« la hauteur des trois étages ensemble, montant ensemble à soixante cou-
« dées, revenait justement à la hauteur du bas édifice du temple dont
« nous venons de parler ; et il n'y avait rien au dessus. Toutes ces cham-
« bres étaient couvertes de bois de cèdre, et chacune avait sa couverture
« à part, en forme de pavillon ; mais elles étaient jointes par de longues
« et grosses poutres, afin de les rendre plus fermes, et ainsi elles ne
« faisaient ensemble qu'un seul corps. Leurs plafonds étaient de bois de
« cèdre fort poli, et enrichis de feuillages dorés, taillés dans le bois. Le
« reste était aussi lambrissé de bois de cèdre, si bien travaillé et si bien
« doré, qu'on ne pouvait y entrer sans que leur éclat éblouît les yeux.
« Toute la structure de ce superbe édifice était de pierres si polies et telle-
« ment jointes, qu'on ne pouvait pas en apercevoir les liaisons, mais il
« semblait que la nature les eût formées de la sorte, d'une seule pièce,
« sans que l'art ni les instruments dont les excellents maîtres se servent
« pour embellir leurs ouvrages, y eussent en rien contribué. Salomon fit
« faire dans l'épaisseur du mur, du côté de l'orient, où il n'y avait point
« de grand portail, mais seulement deux portes, un degré à vis de son
« invention pour monter jusqu'en haut du temple. Il y avait dedans et
« dehors le temple des ais de cèdre, attachés ensemble avec de grandes
« et fortes chaînes, pour servir encore à le maintenir en état.

« Lorsque tout ce grand corps de bâtiment fut achevé, Salomon le fit
« diviser en deux parties, dont l'une, nommée *le Saint des Saints*, ou
« *Sanctuaire*, qui avait vingt coudées de long, était particulièrement
« consacrée à Dieu, et il n'était permis à personne d'y entrer ; l'autre
« partie, qui avait quarante coudées de longueur, fut nommée *le Saint-
« Temple*, et destinée pour les sacrificateurs. Ces deux parties étaient
« séparées par de grandes portes de cèdre, parfaitement bien taillées et
« fort dorées, sur lesquelles pendaient des voiles de lin, pleins de diverses

« fleurs de couleur de pourpre, d'hyacinthe et d'écarlate. . . . .

« . . . .

« Salomon se servit, pour tout ce que je viens de dire, d'un ouvrier
« admirable, mais principalement aux ouvrages d'or, d'argent et de
« cuivre. nommé *Chiram*, qu'il avait fait venir de Tyr, dont le père,
« nommé *Ur*, quoique habitué à Tyr, était descendu des Israélites, et sa
« mère était de la tribu de Nephtali. Ce même homme lui fit aussi deux
« colonnes de bronze qui avaient quatre doigts d'épaisseur, dix-huit
« coudées de haut, et douze coudées de tour, au dessus desquelles étaient
« des corniches de fonte en forme de lis, de cinq coudées de hauteur. Il
« y avait à l'entour de ces colonnes des feuillages d'or qui couvraient ces
« lis, et on y voyait pendre en deux rangs deux cents grenades aussi de
« fonte. Ces colonnes furent placées à l'entrée du porche du temple;
« l'une nommée *Jachim*, à la main droite ; et l'autre nommée *Boz*, à
« la main gauche. . . . .

« . . . .

« Salomon fit bâtir hors de cette enceinte une espèce d'autre temple
« d'une forme quadrangulaire, environné de grandes galeries, avec quatre
« grands portiques qui regardaient le levant, le couchant, le septentrion
« et le midi, et auxquelles étaient attachées de grandes portes toutes dorées;
« mais il n'y avait que ceux qui étaient purifiés selon la loi, et résolus
« d'observer les commandements de Dieu, qui eussent la permission d'y
« entrer. La construction de cet autre temple était un ouvrage si digne
« d'admiration, qu'à peine est-ce une chose croyable; car, pour le pou-
« voir bâtir au niveau du haut de la montagne sur laquelle le temple était
« assis, il fallut remplir, jusqu'à la hauteur de quatre cents coudées, un
« vallon dont la profondeur était telle qu'on ne pouvait la regarder sans
« frayeur. Il fit environner ce temple d'une double galerie soutenue par
« un double rang de colonnes de pierres d'une seule pièce ; et ces gale-
« ries, dont toutes les portes étaient d'argent, étaient lambrissées de bois
« de cèdre [1]. »

Il est clair par cette description que les Hébreux, lorsqu'ils bâtirent le
premier temple, n'avaient aucune connaissance des ordres. Les deux
colonnes de bronze suffisent pour le prouver : les chapiteaux et les proportions de ces colonnes n'ont aucun rapport avec le premier dorique,
seul ordre qui fût peut-être alors inventé dans la Grèce ; mais ces mêmes
colonnes, ornées de feuillages d'or, de fleurs de lis et de grenades,
rappellent les décorations capricieuses de la colonne égyptienne. Au reste,
les chambres en forme de pavillons, les lambris de cèdre doré, et tous
ces détails imperceptibles sur de grandes masses, prouvent la vérité de ce
que j'ai dit sur le goût des premiers Hébreux.

[1] « *Histoire des Juifs*, trad. d'Arnaud d'Andilly.

Note 14, page 393.

Cette citation faisait partie du texte dans les deux premières éditions.

Le plus ancien auteur qui ait décrit la mosquée de la Roche est Guillaume de Tyr : il la devait bien connaître, puisqu'elle sortait à peine des mains des chrétiens à l'époque où le sage archevêque écrivait son histoire. Voici comment il en parle :

« Nous avons dit, au commencement de ce livre, qu'Omar, fils de
« Calab, avait fait bâtir ce temple. . . . .
« . . . . . et c'est ce que prouvent évidemment les inscriptions anciennes
« gravées au dedans et au dehors de cet édifice. . . . . »

L'historien passe à la description du parvis, et il ajoute :

« Dans les angles de ce parvis il y avait des tours extrêmement élevées,
« du haut desquelles, à certaines heures, les prêtres des Sarrasins avaient
« coutume d'inviter le peuple à la prière. Quelques-unes de ces tours
« sont demeurées debout jusqu'à présent ; mais les autres ont été ruinées
« par différents accidents. On ne pouvait entrer ni rester dans le parvis
« sans avoir les pieds nus et lavés. . . . .
« . . . .

« Le temple est bâti au milieu du parvis supérieur ; il est octogone et
« décoré, en dedans et en dehors, de carreaux de marbre et d'ouvrages
« de mosaïque. Les deux parvis, tant le supérieur que l'inférieur, sont
« pavés de dalles blanches pour recevoir pendant l'hiver les eaux de la
« pluie qui descendent en grande abondance des bâtiments du temple, et
« tombent très limpides et sans limons dans les citernes au dessous. Au
« milieu du temple, entre le rang intérieur des colonnes, on trouve une
« roche un peu élevée, et sous cette roche il y a une grotte pratiquée
« dans la même pierre. Ce fut sur cette pierre que s'assit l'ange qui, en
« punition du dénombrement du peuple, fait inconsidérément par David,
« frappa ce peuple jusqu'à ce que Dieu lui ordonnât de remettre son épée
« dans le fourreau. Cette roche, avant l'arrivée de nos armées, était
« exposée nue et découverte ; et elle demeura encore en cet état pendant
« quinze années ; mais ceux qui dans la suite furent commis à la garde
« de ce lieu, la recouvrirent et construisirent dessus un chœur et un
« autel, pour y célébrer l'office divin »

Ces détails sont curieux, parce qu'il y a huit cents ans qu'ils sont écrits ; mais ils nous apprennent peu de chose sur l'intérieur de la mosquée. Les plus anciens voyageurs, Arculfe dans Alamannus, Willibaldus, Bernard le Moine, Ludolphe, Breydenbach, Sanut, etc., n'en parlent que par ouï-dire, et ils ne paraissent pas toujours bien instruits. Le fanatisme des musulmans était beaucoup plus grand dans ces temps reculés qu'il ne l'est aujourd'hui, et jamais ils n'auraient voulu révéler à un chrétien les mystères de leurs temples. Il faut donc passer aux voyageurs modernes et nous arrêter encore à Deshayes.

Cet ambassadeur de Louis XIII aux lieux saints refusa, comme je l'ai dit, d'entrer dans la mosquée de la Roche; mais les Turcs lui en firent la description.

« Il y a, dit-il, un grand dôme qui est porté au dedans par deux rangs
« de colonnes de marbre, au milieu duquel est une grosse pierre sur
« laquelle les Turcs croient que Mahomet monta quand il alla au ciel.
« Pour cette cause, ils y ont une grande dévotion, et ceux qui ont
« quelque moyen fondent de quoi entretenir quelqu'un, après leur mort,
« qui lise l'Alcoran à l'entour de cette pierre, à leur intention.

« Le dedans de cette mosquée est tout blanchi, hormis en quelques
« endroits, où le nom de Dieu est écrit en grands caractères arabiques. »

Ceci ne diffère pas beaucoup de la relation de Guillaume de Tyr. Le père Roger nous instruira mieux, car il paraît avoir trouvé le moyen d'entrer dans la mosquée. Du moins voici comment il s'explique :

« Si un chrétien y entrait (dans le parvis du temple), quelques prières
« qu'il fît en ce lieu, disent les Turcs, Dieu ne manquerait pas de l'exau-
« cer, quand même ce serait de mettre Jérusalem entre les mains des
« chrétiens. C'est pourquoi, outre la défense qui est faite aux chrétiens,
« non-seulement d'entrer dans le temple, mais même dans le parvis,
« sous peine d'être brûlés vifs ou de se faire Turcs, ils y font une soi-
« gneuse garde, laquelle fut gagnée de mon temps par un stratagème
« qu'il ne m'est pas permis de dire, pour les accidents qui en pour-
« raient arriver, me contentant de dire toutes les particularités qui s'y
« remarquent. »

Du parvis, il vient à la description du temple.

« Pour entrer dans le temple, il y a quatre portes situées à l'orient,
« occident, septentrion et midi ; chacune ayant son portail bien élabouré
« de moulures, et six colonnes avec leurs pieds-d'estail et chapiteaux, le
« tout de marbre et de porphyre. Le dedans est tout de marbre blanc : le
« pavé même est de grandes tables de marbre de diverses couleurs, dont
« la plus grande partie, tant des colonnes que du marbre, et le plomb,
« ont été pris par les Turcs, tant en l'église de Bethléem qu'en celle du
« Saint-Sépulcre, et autres qu'ils ont démolies.

« Dans le temple il y a trente-deux colonnes de marbre gris en deux
« rangs, dont seize grandes soutiennent la première voûte, et les autres
« le dôme, chacune étant posée sur son pied-d'estail et leurs chapiteaux.
« Tout autour des colonnes, il y a de très beaux ouvrages de fer doré et
« de cuivre, faits en forme de chandeliers, sur lesquels il y a sept mille
« lampes posées, lesquelles brûlent depuis le jeudi au soleil couché
« jusqu'au vendredi matin ; et tous les ans un mois durant, à savoir, au
« temps de leur radaman, qui est leur carême.

« Dans le milieu du temple, il y a une petite tour de marbre où l'on
« monte en dehors par dix-huit degrés. C'est où se met le cadi tous les
« vendredis, depuis midi jusqu'à deux heures, que durent leurs cérémo-
« nies, tant la prière que les expositions qu'il fait sur les principaux points
« de l'Alcoran.

« Outre les trente-deux colonnes qui soutiennent la voûte et le dôme,
« il y en a deux autres moindres, assez proches de la porte de l'occident,
« que l'on montre aux pèlerins étrangers, auxquels ils font accroire que
« lorsqu'ils passent librement entre ces colonnes, ils sont prédestinés pour
« le paradis de Mahomet, et disent que si un chrétien passait entre ces
« colonnes, elles se serreraient et l'écraseraient. J'en sais bien pourtant à
« qui cet accident n'est pas arrivé, quoiqu'ils fussent bons chrétiens.

« A trois pas de ces deux colonnes il y a une pierre dans le pavé qui
« semble de marbre noir, de deux pieds et demi en carré, élevée un peu
« plus que le pavé. En cette pierre il y a vingt-trois trous où il semble
« qu'autrefois il y ait eu des clous, comme de fait il en reste encore deux.
« Savoir à quoi ils servaient, je ne le sais pas : même les mahométans
« l'ignorent, quoiqu'ils croient que c'était sur cette pierre que les pro-
« phètes mettaient les pieds lorsqu'ils descendaient de cheval pour entrer
« au temple, et que ce fut sur cette pierre que descendit Mahomet lors-
« qu'il arriva de l'Arabie Heureuse, quand il fit le voyage du paradis
« pour traiter d'affaires avec Dieu. »

NOTE 15, page 5, tome II.

Cette note faisait partie du texte dans les deux premières éditions.

« Cependant la barque s'approcha, et Septimius se leva le premier en
« pieds qui salua Pompeius, en langage romain, du nom d'*Imperator*,
« qui est à dire, souverain capitaine, et Achillas le salua aussi en langage
« grec, et luy dit qu'il passast en sa barque, pource que le long du
« rivage il y avoit force vase et des bans de sable, tellement qu'il n'y avoit
« pas assez eau pour sa galere ; mais en mesme temps on voyoit de loing
« plusieurs galeres de celles du roy, qu'on armoit en diligence, et toute
« la coste couverte de gens de guerre, tellement que quand Pompeius et
« ceulx de sa compagnie eussent voulu changer d'advis, ils n'eussent
« plus sceu se sauver, et si y avoit d'avantage qu'en monstrant de se
« deffier, ilz donnoient au meurtrier quelque couleur d'executer sa mes-
« chanceté. Parquoy prenant congé de sa femme Cornelia, laquelle desjà
« avant le coup faisoit les lamentations de sa fin, il commanda à deux
« centeniers qu'ilz entrassent en la barque de l'Égyptien devant luy, et à

« un de ses serfs affranchiz qui s'appeloit *Philippus*, avec un autre
« esclave qui se nommait *Scynes*. Et comme jà Achillas lui tendoit la
« main de dedans sa barque, il se retourna devers sa femme et son filz,
« et leur dit ces vers de Sophocle :

> Qui en maison de prince entre, devient
> Serf, quoy qu'il soit libre quand il y vient.

« Ce furent les dernières paroles qu'il dit aux siens; quand il passa de
« sa galere en la barque : et pource qu'il y avoit loing de sa galere jus-
« qu'à la terre ferme, voyant que par le chemin personne ne lui enta-
« moit propos d'amiable entretien, il regarda Septimius au visage, et luy
« dit : « Il me semble que je te recognois, compagnon, pour avoir autre-
« fois esté à la guerre avec moy. » L'autre luy feit signe de la teste
« seulement qu'il estoit vray, sans luy faire autre reponse ne caresse
« quelconque : parquoy n'y ayant plus personne qui dist mot, il prist en
« sa main un petit livret, dedans lequel il avait escript une harengue en
« langage grec, qu'il voulait faire à Ptolemæus, et se met à la lire.
« Quand ilz vindrent à approcher de la terre, Cornelia avec ses domes-
« tiques et familiers amis, se leva sur ses pieds, regardant en grande
« detresse qu'elle seroit l'issue. Si luy sembla qu'elle devoit bien esperer,
« quand elle aperceut plusieurs des gens du roy, qui se presenterent à
« la descente comme pour le recueillir et l'honorer : mais sur ce poinct
« ainsi comme il prenoit la main de son affranchy Philippus pour se
« lever plus à son aise, Septimius vint le premier par derriere qui luy
« passa son espée à travers le corps, après lequel Salvius et Achillas
« desgaisnerent aussi leurs espées, et adonc Pompeius tira sa robe à deux
« mains au-devant de sa face, sans dire ny faire aucune chose indigne
« de luy, et endura vertueusement les coups qu'ilz luy donnerent, en
« souspirant un peu seulement ; estant aagé de cinquante-neuf ans, et
« ayant achevé sa vie le jour ensuivant celuy de sa nativité. Ceulx qui
« estoient dedans les vaisseaux à la rade, quand ils aperceurent ce
« meurtre jetterent une si grande clameur, que l'on entendoit jusques à
« la coste, et levant en diligence les anchres se mirent à la voile pour
« s'enfouir, à quoy leur servit le vent qui se leva incontinent frais aussi-
« tost qu'ilz eurent gaigné la haute mer, de manière que les Egyptiens
« qui s'appareilloient pour voguer après eulx, quand ils veirent cela,
« s'en desporterent, et ayant coupé la teste, en jetterent le tronc du
« corps hors de la barque, exposé à qui eut envie de veoir un si misé-
« rable spectacle.

« Philippus son affranchy demeura toujours auprès, jusques à ce que
« les Egyptiens furent assouvis de le regarder, et puis l'ayant lavé de
« l'eau de la mer, et enveloppé d'une sienne pauvre chemise, pource

« qu'il n'avoit autre chose, il chercha au long de la greve, où il trouva,
« quelque demourant d'un vieil bateau de pescheur, dont les pieces
« estoient bien vieilles, mais suffisantes pour brusler un pauvre corps
« nud, et encore non tout entier. Ainsi comme il les amassoit et assem-
« bloit, il survint un Romain, homme d'aage, qui en ses jeunes ans avoit
« esté à la guerre sous Pompeius : si luy demanda, « Qui es tu, mon
« amy, qui fais cest apprest pour les funerailles du grand Pompeius ? »
« Philippus lui respondit qu'il estoit un sien affanchy. « Ha ! dit le Ro-
« main, tu n'auras pas tout seul cest honneur, et te prie, veuille-moy
« recevoir pour compagnon en une si saincte et si devote rencontre, afin
« que je n'aie point occasion de me plaindre en tout et partout de m'estre
« habitué en pays estranger, ayant, en recompense de plusieurs maulx
« que j'y ai endurez, rencontré au moins cette bonne adventure de pou-
« voir toucher avec mes mains, et aider à ensepvelir le plus grand capi-
« taine des Romains. » Voilà comment Pompeius fut ensepulturé. Le
« lendemain Lucius Lentulus ne sachant rien de ce qui estoit passé, ains
« venant de Cypre, alloit cinglant au long du rivage, et aperceut un feu
« de funerailles, et Philippus auprès, lequel il ne recogneut pas
« du premier coup : si lui demanda, « Qui est celui qui, ayant ici achevé
« le cours de sa destinée, repose en ce lieu ? » Mais soubdain jettant un
« grand soupir, il ajouta : « Hélas ! à l'adventure, est-ce toi, grand Pom-
« peius ? » Puis descendit en terre, là où tantost après il fut pris et tué.
« Telle fut la fin du grand Pompeius.

« Il ne passa guere de temps après que Cæsar n'arrivast en Egypte
« ainsi troublée et estonnée, là où luy fut la teste de Pompeius presentée ;
« mais il tourna la face arriere pour ne la point veoir, et ayant en horreur
« celui qui la luy presentait comme un meurtrier excommunié, se prit
« à plorer : bien prit-il l'anneau duquel il cachettoit ses lettres, qui luy
« fut aussi presenté, et où il avoit engravé en la pierre un lion tenant
« une espée ; mais il feit mourir Achillas et Pothinus : et leur roy mesme
« Ptolomæus ayant esté desfait dans une bataille au long de la riviere du
« Nil, disparut, de manière qu'on ne sceut oncques puis ce qu'il estoit
« devenu. Quant au rhestoricien Theodotus, il eschappa la punition de
« Cæsar : car il s'enfouit de bonne heure, et s'en alla errant çà et là par
« le pays d'Egypte, estant miserable et haï de tout le monde. Mais depuis,
« Marcus Brutus, après avoir occis Cæsar, se trouvant le plus fort en
« Asie, le rencontra par cas d'adventure, et après lui avoir feit endurer
« tous les tourments dont il se peut adviser, le feit finalement mourir.
« Les cendres du corps de Pompeius furent depuis rapportées à sa femme
« Cornelia, laquelle les posa en une sienne terre qu'il avoit près la ville
« de Alba. »

Note 16, page 23, tome II.

Fragment d'une lettre de J. B. d'Ansse de Villoison, membre de l'Institut de France, au professeur Millin, sur l'inscription grecque de la prétendue colonne de Pompée.

Le professeur Jaubert vient de rapporter d'Alexandrie une copie de l'inscription fruste qui porte faussement le nom de *Pompée*. Cette copie est parfaitement conforme à une autre que j'avais déjà reçue. La voici avec mes notes et avec ma traduction :

¹ ΤΟ...ΩΤΑΤΟΝΑΥΤΟΚΡΑΤΟΡΑ
² ΤΟΝΠΟΛΙΟΥΧΟΝΑΛΕΧΑΝΔΡΕΙΑΣ
³ ΔΙΟΚ.Η.ΙΑΝΟΝΤΟΝ...ΤΟΝ
⁴ ΠΟ...ΕΠΑΡΧΟΣΑΙΓΥΠΤΟΥ

Ligne première, ΤΟ. Il est évident que c'est l'article τὸν.

Ibidem, ligne première,... ΩΤΑΤΟΝΑΥΤΟΚΡΑΤΟΡΑ. Il est également clair que c'est une épithète donnée à l'empereur Dioclétien; mais, pour la trouver, il faut chercher un superlatif qui se termine en ώτατον, par un *oméga* (et non par un *omicron*, ce qui serait plus facile et plus commun), et ensuite qui convienne particulièrement à ce prince. Je crois que c'est ὁσιώτατον, *très saint :* qu'on ne soit pas surpris de cette épithète; je la vois donnée à Dioclétien sur une inscription grecque découverte dans la vallée de Thymbra (aujourd'hui *Thimbrek-Déré*), près la plaine de Bounar-Bachi, et rapportée par Lechevalier, nº 1, page 236 de son *Voyage dans la Troade*, seconde édition, Paris, an VII, in-8°. On y lit : ΤΩΝ ΟΣΙΩΤΑΤΩΝ ΗΜΩΝ ΑΥΤΟΚΡΑΤΟΡΩΝ ΔΙΟΚΛΗΤΙΑΝΟΥ ΚΑΙ ΜΑΞΙΜΙΑΝΟΥ; c'est-à-dire *de nos très saints empereurs Dioclétien et Maximien.* Sur une autre inscription d'une colonne voisine, ils partagent avec Constance Chlore ce même titre, ὁσιώτατοι, *très saints*, dont les empereurs grecs et chrétiens du Bas-Empire ont hérité, comme je l'ai observé *ibidem*, page 114.

Ligne 2, ΤΟΝ ΠΟΛΙΟΥΧΟΝ ΑΛΕΞΑΝΔΡΕΙΑΣ. C'est proprement *le protecteur, le génie tutélaire d'Alexandrie.* Les Athéniens donnaient le nom de πολιοῦχος à Minerve, qui présidait à leur ville et la couvrait de son égide. Voyez ce que dit *Spanheim* sur le 53° vers de l'hymne de Callimaque, *sur les bains de Pallas*, page 668 et suiv., tome II, édition d'Ernesti.

Ligne 3, ΔΙΟΚ.Η.ΙΑΝΟΝ. Le Λ et le T sont détruits; mais on reconnaît tout de suite le nom de *Dioclétien*, ΔΙΟΚΛΗΤΙΑΝΟΝ.

Ibid., ligne 3, TON...TON. Je crois qu'il faut suppléer CEBACTON, c'est-à-dire Auguste, τὸν σεβαστόν. Tout le monde sait que Dioclétien prend les deux titres d'εὐσεβής et de σεβαστός; *pius Augustus*, sur plusieurs médailles, et celui de σεβαστός, AUGUSTE, sur presque toutes, notamment sur celles d'Alexandrie, et le place immédiatement après son nom. Voyez M. Zoëga, page 335 et suiv. de ses *Nummi Ægyptii imperatorii, Romæ*, 1787, in-4°.

Quatrième et dernière ligne, ΠΟ. C'est l'abréviation si connue de Πόβλιος, Publius. Voyez Corsini, pag. 55, col. 1, *De notis Græcorum, Florentiæ*, 1749, *in-folio*; Gennaro Sisti, pag. 51 de son *Indirizzo per la lettura greca della sue oscurità rischiarata, in Napoli*, 1738, *in-8°*, etc. Les Romains rendaient le même nom de *Publius* par ces deux lettres PV; voyez page 328 d'un ouvrage fort utile, et totalement inconnu en France, intitulé : *Notæ et siglæ quæ in nummis et lapidibus apud Romanos obtinebant, explicatæ*, par mon savant et vertueux ami feu M. Jean-Dominique Coletti, ex-jésuite vénitien, dont je regretterai sans cesse la perte. Ses estimables frères, les doctes MM. Coletti, les Aldes de nos jours, ont donné cet ouvrage classique à Venise, en 1785, in-4°.

Peut-être la lettre initiale du nom suivant, entièrement effacé, de ce préfet d'Égypte, était-elle un M, qu'on aura pu joindre mal à propos dans cette occasion aux lettres précédentes ΠΟ. Alors on aura pu croire que ΠΟΜ. était une abréviation de ΠΟΜΠΗΙΟΣ, Pompée, dont le nom est quelquefois indiqué par ces trois lettres, comme dans une inscription de Sparte, rapportée n° 248, page xxxviii des *Inscriptiones et Epigrammata græca et latina, reperta a Cyriaco Anconitano*, recueil publié à Rome, *in-fol.*, en 1654, par Charles Moroni, bibliothécaire du cardinal Albani. Voyez aussi Maffei, pag. 66 de ses *Siglæ Græcorum lapidariæ, Veronæ*, 1746, *in-8°*; *Gennaro Sisti*, l. c. pag. 51, etc. Cette erreur en aurait engendré une autre, et aurait donné lieu à la dénomination vulgaire et fausse de *colonne de Pompée*. Les seules lettres ΠΟ suffisaient pour accréditer cette opinion dans les siècles d'ignorance.

Quoi qu'il en soit de cette conjecture, les historiens qui ont parlé du règne de Dioclétien ne m'apprennent pas le nom totalement détruit de ce préfet d'Égypte, et me laissent dans l'impossibilité de suppléer cette petite lacune, peu importante, et la seule qui reste maintenant dans cette inscription. Serait-ce Pomponius Januarius, qui fut consul en 288, avec Maximien?

Je soupçonne, au reste, que ce gouverneur a pris une ancienne colonne, monument d'un âge où les arts florissaient, et l'a choisie pour y placer le nom de *Dioclétien*, et lui faire sa cour aux dépens de l'antiquité.

A la fin de cette inscription, il faut nécessairement sous-entendre, suivant l'usage constant, ἀνέθηκεν, ἀνέστησεν, ou τιμήσεν, ou ἀφιέρωσεν, ou quelque autre verbe semblable, qui désigne que ce préfet a érigé, a consacré ce monument à la gloire de Dioclétien. L'on ferait un volume presque aussi gros que le recueil de Gruter, si l'on voulait entasser toutes les pierres antiques et accumuler toutes les inscriptions grecques où se trouve cette ellipse si commune, dont plusieurs antiquaires ont parlé, et cette construction avec l'accusatif sans verbe. C'est ainsi que les Latins omettent souvent le verbe POSVIT.

Il ne reste plus qu'à tâcher de déterminer la date précise de cette inscription. Elle ne paraît pas pouvoir être antérieure à l'année 296 ou 297, époque de la défaite et de la mort d'Achillée, qui s'était emparé de l'Égypte, et s'y soutint environ pendant six ans. Je serais tenté de croire qu'elle est de l'an 302, et a rapport à la distribution abondante de pain que l'empereur Dioclétien fit faire à une foule innombrable d'indigents de la ville d'Alexandrie, dont il est appelé, pour cette raison, le génie tutélaire, le conservateur, le protecteur, πολιοῦχος. Ces immenses largesses continuèrent jusqu'au règne de Justinien, qui les abolit. Voyez le *Chronicon Paschale*, à l'an 302, pag. 276 de l'édition de du Cange, et l'*Histoire secrète* de Procope, chap. XXVI, pag. 77, édition du Louvre.

Je crois maintenant avoir éclairci toutes les difficultés de cette inscription fameuse. Voici la manière dont je l'écrirais en caractères grecs ordinaires cursifs; j'y joins ma version latine et ma traduction française :

Τὸν ὁσιώτατον αὐτοκράτορα,
Τὸν πολιοῦχον Ἀλεξανδρείας,
Διοκλητιανὸν τὸν σεβαστὸν,
Πόβλιος..., ἔπαρχος Αἰγύπτου.

SANCTISSIMO IMPERATORI,
PATRONO CONSERVATORI ALEXANDRIÆ,
DIOCLETIANO AVGVSTO,
PVBLIVS... PRÆFECTVS ÆGYPTO.

C'est-à-dire : Publius... (ou Pomponius), préfet d'Égypte, a consacré ce monument à la gloire du très saint empereur Dioclétien Auguste, le génie tutélaire d'Alexandrie.

Ce 29 juin 1803.

—

ITINERARIUM

A

BURDIGALA HIERUSALEM USQUE

ET AB HERACLEA

PER AULANAM, ET PER URBEM ROMAM

MEDIOLANUM USQUE

SIC

CIVITAS BURDIGALA, UBI EST FLUVIUS GARONNA, PER QUEM FACIT MARE OCEANUM
ACCESSA ET RECESSA, PER LEUCAS PLUS MINUS CENTUM.

MUTATIO STOMATAS.	LEUC. VII.
MUTATIO SIRIONE.	L. VIIII.
CIVITAS VASATAS.	L. VIIII.
MUTATIO TRES ARBORES.	L. V.
MUTATIO OSCINEIO.	L. VIII.
MUTATIO SCITTIO.	L. VIII.
CIVITAS ELUSA.	L. VIII.
MUTATIO VANESCIA.	L. XII.
CIVITAS AUSCIUS.	L. VIII.
MUTATIO AD SEXTUM.	L. VI.
MUTATIO HUNGUNVERRO.	L. VII.
MUTATIO BUCCONIS.	L. VII.
MUTATIO AD JOVEM.	L. VII.
CIVITAS THOLOSA.	L. VII.
MUTATIO AD NONUM.	M. VIIII.
MUTATIO AD VICESIMUM.	M. XI.
MANSIO ELUSIONE.	M. VIIII.
MUTATIO SOSTOMAGO.	M. VIIII.
VICUS HEBROMAGO.	M. X.
MUTATIO CEDROS.	M. VI.
CASTELLUM CARCASSONE.	M. VIII.
MUTATIO TRICENSIMUM.	M. VIII.
MUTATIO HOSVERBAS.	M. XV.
CIVITAS NARBONE.	M. XV.
CIVITAS BITERIS.	M. XVI.

Mansio Cessarone.	M. XII.
Mutatio foro Domiti.	M. XVIII.
Mutatio Sostantione.	M. XVII.
Mutatio Ambrosii.	M. XV.
Civitas Nemauso	M. XV.
Mutatio Ponte Ærarium.	M. XII.
Civitas Arellate.	M. VIII.

Fit a Burdigala Arellate usque Millia CCCLXXI; Mutationes XXX; Mansiones XI.

Mutatio Arnagie.	M. VIII.
Mutatio Bellinto.	M. X.
Civitas Avénione.	M. V.
Mutatio Cypresseta.	M. V.
Civitas Arausione.	M. XV.
Mutatio ad Lectoce.	M. XIII.
Mutatio Novem Crabis.	M. X.
Mansio Acuno	M. XV.
Mutatio Vancianis.	M. XII.
Mutatio Umbenno.	M. XII.
Civitas Valentia.	M. VIIII.
Mutatio Cerebelliaca.	M. XII.
Mansio Augusta.	M. X.
Mutatio Darentiaca.	M. XII.
Civitas Dea Vocontiorum.	M. XVI.
Mansio Luco.	M. XII.
Mutatio Vologatis.	M. VIIII.

Inde ascenditur Gaüra Mons.

Mutatio Cambono.	M. VIII.
Mansio Monte Seleuci.	M. VIII.
Mutatio Daviano.	M. VIII.
Mutatio ad Fine.	M. XII.
Mansio Vapineo.	M. XI.
Mansio Catorigas.	M. XII.
Mansio Hebriduno.	M. XVI.

Inde incipiunt Alpes Cottiæ.

Mutatio Rame.	M. XVII.
Mansio Brigantum.	M. XVII.

Inde ascendis Matrónam.

Mutatio Gesdaone.	M. X.
Mansio ab Marte.	M. VIIII.
Civitas ecussione.	M. XVI.

Inde incipit Italia.

Mutatio ad Duodecimum.	M. XII.
Mansio ad Fines.	M. XII.
Mutatio ad Octavum.	M. VIII.
Civitas Taurinis.	M. VIII.
Mutatio ad Decimum.	M. X.
Mansio Quadratis.	M. XII.
Mutatio Ceste.	M. XI.
Mansio Rigomago.	M. VIII.
Mutatio ad Medias.	M. X.
Mutatio ad Cottias.	M. XIII.
Mansio Laumello.	M. XII.
Mutatio Duriis.	M. VIII.
Civitas Ticeno.	M. XII.
Mutatio ad Decimum.	M. X.
Civitas Mediolanum.	M. X.
Mansio Fluvio Frigido.	M. XII.

Fit ab Arellato ad Mediolanum usque, Millia CCCLXXV; Mutationes
LXIII; Mansiones XXII.

Mutatio Argentia.	M. X.
Mutatio Ponte Aurioli.	M. X.
Civitas Vergamo.	M. XIII.
Mutatio Tollegatæ.	M. XII.
Mutatio Tetellus.	M. X.
Civitas Brixa.	M. X.
Mansio ad Flexum.	M. XI.
Mutatio Beneventum.	M. X.
Civitas Verona.	M. X.
Mutatio Cadiano.	M. X.
Mutatio Auræos.	M. X.
Civitas Vincentia.	M. XI.
Mutatio ad Finem.	M. XI.
Civitas Patavi.	M. X.
Mutatio ad Duodecimum.	M. XII.
Mutatio ad Nonum.	M. XI.
Civitas Altino.	M. VIII.
Mutatio Sanos.	M. X.
Civitas Concordia.	M. VIII.
Mutatio Apicilia.	M. VIII.
Mutatio ad Undecimum.	M. X.
Civitas Aquileia.	M. XI.

Fit a Mediolano Aquileiam usque, Millia CCLI; Mutationes XXIV;
Mansiones VIII.

Mutatio ad Undecimum.	M. XI.

Mutatio ad Fornolus.   M. XII.
Mutatio Castra.   M. XII.

Inde sunt Alpes Juliæ.

Ad Pirum summas Alpes. M. VIIII.
Mantio Longatico.   M. XII.
Mutatio ad Nonum.   M. VIII.
Civitas Emona.   M. XIII.
Mutatio ad Quartodecimo. M. X.
Mansio Hadrante.   M. XIII.

Fines Italiæ et Norci.

Mutatio ad Medias.   M. XIII.
Civitas Celeia.   M. XIII.
Mutatio Lotodos.   M. XII.
Mansio Ragindone.   M. XII.
Mutatio Pultovia.   M. XII.
Civitas Perovione   M. XII.

Transis pontem, intras Pannoniam inferiorem

Mutatio Ramista.   M. VIIII.
Mansio Aqua Viva.   M. VIIII.
Mutatio Popolis.   M. X.
Civitas Jovia.   M. VIIII.
Mutatio Sunista.   M. VIIII.
Mutatio Peritur.   M. XII.
Mansio Lentolis.   M. XII.
Mutatio Cardono.   M. X.
Mutatio Cocconis.   M. XII.
Mansio Serota.   M. X.
Mutatio Bolentia.   M. X.
Mansio Maurianis.   M. VIIII.

Intras Pannoniam superiorem.

Mutatio Serena.   M. VIII.
Mansio Vereis.   M. X.
Mutatio Jovalia.   M. VIII.
Mutatio Mersella.   M. VIII.
Civitas Mursa.   M. X.
Mutatio Leutuoano.   M. XIII.
Civitas Cibalis.   M. XII.
Mutatio Celena.   M. XI.
Mansio Ulmo.   M. XI.
Mutatio Spaneta.   M. X.
Mutatio Vedulia.   M. VIII.
Civitas Sirmium.   M. VIII.

*Fit ab Aquileia Sirmium usque, Millia CCCCXII; Mutationes
XXXVIIII; Mansiones XVII.*

Mutatio Fossis.	M. VIIII
Civitas Bassianis.	M. X.
Mutatio Noviciani.	M. XII.
Mutatio Altina.	M. XI.
Civitas Singiduno.	M. VIII.

Finis Pannoniæ et Mysiæ.

Mutatio ad Sextum.	M. VI.
Mutatio Tricornia Castra.	M. VI.
Mutatio ad Sextum Milliare.	M. VII.
Civitas Aureo Monte.	M. VI.
Mutatio Vingeio.	M. VI.
Civitas Margo.	M. VIIII.
Civitas Viminatio.	M. X.

Ubi Diocletianus occidit Carinum.

Mutatio ad Nonum.	M. VIII.
Mansio Municipio.	M. VIIII.
Mutatio Jovis Pago.	M. X.
Mutatio Bao.	M. VII.
Mansio Idomo.	M. VIII.
Mutatio ad Octavum.	M. VIIII.
Mansio Oromago.	M. VIII.

Finis Mysiæ et Daciæ.

Mutatio Sarmatorum.	M. XI.
Mutatio Cametas.	M. XI.
Mansio Ipompeis.	M. VIIII.
Mutatio Rappana.	M. XII.
Civitas Naisso.	M. XII.
Mutatio Redicibus.	M. XII.
Mutatio Ulmo.	M. VII.
Mansio Romansiana.	M. VIIII.
Mutatio Latina.	M. VIIII.
Mansio Turribus.	M. VIIII.
Mutatio Translitis.	M. XII.
Mutatio Ballanstra.	M. X.
Mansio Meldia.	M. VIIII.
Matatio Scretisca.	M. XII.
Civitas Serdica.	M. XI.

*Fit a Sirmio Serdicam usque, Millia CCCXIIII; Mutationes XXIIII;
Mansiones XIII.*

Mutatio Extuomne.	M. VIII.

Mansio Buragara.	M. VIIII.
Mutatio Sparata.	M. VIII.
Mansio Iliga.	M. X.
Mutatio Soneio.	M. VIIII.

Finis Daciæ et Thraciæ.

Mutatio Ponteucasi.	M. VII.
Mansio Bonamans.	M. V.
Mutatio Alusore.	M. VIIII.
Mansio Basapare.	M. XII.
Mutatio Tugugero.	M. VIIII.
Civitas Eilopopuli.	M. XII.
Mutatio Syrnota.	M. X.
Mutatio Paramuole.	M. VIII.
Mansio Cillio.	M. XII.
Mutatio Cara:sura.	M. VIIII.
Mansio Azzo.	M. XI.
Mutatio Palæ.	M. VII.
Mansio Castozobra.	M. XI.
Mutatio Rhamis.	M. VII.
Mansio Burdista.	M. XI.
Mutatio Daphabæ	M. XI.
Mansio Nicæ.	M. VIIIᶠ
Mutatio Tarpodizo.	M. X.
Mutatio Urisio.	M. VII.
Mansio Virgolis.	M. VII.
Mutatio Nargo.	M. VIII.
Mansio Drizupara.	M. VIIIᶠ
Mutatio Tipso.	M. X.
Mansio Tunorullo.	M. XI.
Mutatio Beodizo.	M. VIII.
Civitas Heraclia.	M. VIIII
Mutatio Bonne.	M. XII.
Mansio Salamembria.	M. X.
Mutatio Callum.	M. X.
Mansio Atyra.	M. X.
Mansio Regio.	M. XII.
Civitas Constantinopoli.	M. XII.

Fit a Serdica Constantinopolim usque. Millia CCCCXIII; Mutationes XII; Mansiones XX.

Fit omnis summa a Burdigala Constantipolim vicies bis centena viginti unum Millia; Mutationes CCXXX; Mansiones CXII.

Item ambulavimus Dalmatio et Dalmaticei, Zenofilo Cons. III kal. jun. a Chalcedonia.

Et reversi sumus Constantinopolim VII kal. jan. Consule suprascripto.

A Constantinopoli transis Pontum, venis Chalcedoniam, ambulas provinciam Bithyniam.

MUTATIO NASSETE.	M. VII. S.
MANSIO PANDICIA.	M. VII.
MUTATIO PONTAMUS.	M. XIII.
MANSIO LIBISSA.	M. VIIII.

Ibi positus est Rex Annibalianus, qui fuit Afrorum.

MUTATIO BRUNGA.	M. XII.
CIVITAS NICOMEDIA.	M. XIII.

Fit a Constantinopoli Nicomediam usque, Millia VIII; Mutationes VII; Mansiones III.

MUTATIO HYRIBOLUM.	M. X.
MANSIO LIBUM.	M. XI.
MUTATIO LIADA.	M. XII.
CIVITAS NICIA.	M. VIII.
MUTATIO SCHINÆ.	M. VIII.
MANSIO MIDO.	M. VII.
MUTATIO CHOGEÆ.	M. VI.
MUTATIO THATESO.	M. X.
MUTATIO TUTAIO.	M. VIIII.
MUTATIO PROTUNICA.	M. XI.
MUTATIO ARTEMIS.	M. XII.
MANSIO DABLÆ.	M. VI.
MANSIO CERATÆ.	M. VI.

Finis Bythyniæ et Galatiæ.

MUTATIO FINIS.	M. X.
MANSIO DADASTAN.	M. VI.
MUTATIO TRANSMONTE.	M. VI.
MUTATIO MILIA.	M. XI.
CIVITAS JULIOPOLIS.	M. VII.
MUTATIO HYCRONPOTAMUM.	M. XIII
MANSIO AGANNIA.	M. XI.
MUTATIO IPETOBROGEN.	M. VI.
MANSIO MNIZOS.	M. X.
MUTATIO PRASMON.	M. XII.
MUTATIO CENAXEPALIDEN.	M. XIII
CIVITAS ANCHIRA GALATIÆ.	

Fit a Nicomedia Anchiram Galatiæ usque, Millia CCLVIII; Mutationes XXVI; Mansiones VII.

MUTATIO DELEMNA.	M. X.
MANSIO CURVEUNTA.	M. XI.
MUTATIO ROSOLODIACO.	M. XII.

PIÈCES JUSTIFICATIVES.

Mutatio Aliassum.	M. XIII.
Civitas Arpona.	M. XVIII.
Mutatio Galea.	M. XIII.
Mutatio Andrapa.	M. VIIII.

Finis Galatiæ et Cappadociæ.

Mansio Parnasso.	M. XIII.
Mansio Iogola.	M. XVI.
Mansio Nitatis.	M. XVIII.
Mutatio Argustana.	M. XIII.
Civitas Colonia.	M. XVI.
Mutatio Momoasson.	M. XII.
Mansio Anathiango.	M. XII.
Mutatio Chusa.	M. XII.
Mansio Saismam.	M. XII.
Mansio Andavilis.	M. XVI.

Ibi est villa Pampali, unde veniunt equi curules

Civitas Thian.

Inde fuit Apollonius magus.

Civitas Faustinopoli.	M. XII.
Mutatio Cæna.	M. XIII.
Mansio Opodanda.	M. XII.
Mutatio Pilas.	M. XIV

Finis Cappadociæ et Ciliciæ.

Mansio Mansuerine.	M. XII.
Civitas Tharso.	M. XII

Inde fuit Apostolus Paulus.

Fit ab Anchira Galatiæ Tharson usque, Millia CCCXLIII · Mutationes XXV; Mansiones XVIII.

Mutatio Pargais.	M. XIII.
Civitas Adana.	M. XIV.
Civitas Masista	M. XVIII.
Civitas Tardequeia.	M. XV.
Mansio Catavolomis.	M. XVI.
Mansio Baiæ.	M. XVII.
Mansio Alexandria Scabiosa.	M. XVI.
Mutatio Pictanus.	M. VIIII.

Finis Ciliciæ et Syriæ.

Mansio Pangrios.	M. VIII.
Civitas Antiochia.	M. XVI.

Fit a Tharso Ciliciæ Antiochiam (usque), Millia CLXI; Mutationes X;
Mansiones VII.

AD PALATIUM DAFNE.	M. V.
MUTATIO HYSDATA.	M. XI.
MANSIO PLATANUS.	M. VIII.
MUTATIO BUCHAIAS.	M. VIII.
MANSIO GATTELAS.	M. XVI.
CIVITAS LADICA	M. XVI.
CIVITAS GAVALA.	M. XIV.
CIVITAS BALANEAS.	M. XIII.

Finis Syriæ Cœlis et Fœnicis.

MUTATIO MARACCAS.	M. X.
MANSIO ANTARADUS.	M. XVI.

Est civitas in mare a ripa M. II.

MUTATIO SPICLIN.	M. XII.
MUTATIO BASILISCUM.	M. XII.
MANSIO ARCAS.	M. VIII.
MUTATIO BRUTTUS.	M. IIII.
CIVITAS TRIPOLI.	M. XII.
MUTATIO TRIDIS.	M. XII.
MUTATIO BRUTTOSALIA.	M. XII.
MUTATIO ALCOBILE.	M. XII.
CIVITAS BERITO.	M. XII.
MUTATIO HELDUA.	M. XII.
MUTATIO PARPHIRION.	M. VIII.
CIVITAS SIDONA.	M. VIII.

Ibi Helias ad viduam ascendit, et petit sibi cibum.

MUTATIO AD NONUM.	M. IIII.
CIVITAS TYRO.	M. XII.

Fit ab Antiochia Tyrum usque, Millia CLXXIIII; Mutationes XX;
Mansiones XI.

MUTATIO ALEXANDROCHENE.	M. XII.
MUTATIO ECDEPPA.	M. XII.
CIVITAS PTOLEMAIDA.	M. VIII.
MUTATIO CALAMON.	M. XII.
MANSIO SICAMENOS.	M. III.

Ibi est mons Carmelus; ibi Helias sacrificium faciebat.

MATATIO CERTA.	M. VIII.

Finis Syriæ et Palestinæ.

CIVITAS CÆSAREA PALESTINA. ID EST JUDÆ.	M. VIII.

Fit a Tyro Cæsaream Palestinam usque, Millia LXXIII; Mutationes II; Mansiones III.

Ibi est balneus Cornelii centurionis, qui multas eleemosynas faciebat.

In tertio milliaro est mons Syna, ubi fons est in quem mulier, si laverit, gravida fit.

CIVITAS MAXIANOPOLI.	M. XVII.
CIVITAS STRADELA.	M. X.

Ibi sedit Achab rex, et Helias prophetavit.
Ibi est campus ubi David Goliath occidit.

CIVITAS SCIOPOLI.	M. XII
ASER, UBI FUIT VILLA JOB.	M. VI.
CIVITAS NEAPOLI.	M. XV.

Ibi est mons *Agazaren.* Ibi dicunt Samaritani *Abraham sacrificium* obtulisse, et ascenduntur usque ad summum montem *gradus num. CCC.*

Inde *ad pedem montis* ipsius locus est. cui nomen est *Sechim.*

Ibi positum est monumentum, ubi positus est Joseph *in villa,* quam dedit ei Jacob pater ejus. Inde rapta est et Dina filia Jacob, a *filiis Amorrhœorum.*

Inde passus mille, locus est cui nomen *Secher,* unde descendit mulier Samaritana ad eumdem locum, ubi Jacob puteum fodit, ut de eo *aqua impleret,* et Dominus noster Jesus Christus cum ea loquutus est. Ubi sunt *arbores platani,* quos plantavit Jacob, et balneus qui de eo puteo lavatur.

INDE MILLIA XVIII EUNTIBUS HIERUSALEM.

In parte sinistra est villa, quæ dicitur *Bethar.*

Inde passus mille est locus, ubi Jacob, cum iret in Mesopotamiam, addormivit, et ibi est arbor *amigdala,* et vidit visum, et *Angelus* cum eo luctatus est. Ibi fuit rex Hieroboam, ad quem *missus fuit propheta* ut converteretur ad Deum excelsum : et *jussum fuerat prophetæ,* ne cum pseudopropheta, quem secum Rex habebat, manducaret. Et quia seductus est à pseudopropheta, et cum eo manducavit, rediens occurrit prophetæ leo in via, et occidit eum leo.

INDE HIERUSALEM MILLIA XII.

Fit a Cæsarea Palestinæ Hierusalem usque, Millia CXVI; Mansiones IV; Mutationes IV.

Sunt in Hierusalem piscinæ magnæ duæ ad latus Templi, id est, una ad dexteram, alia ad sinistram, quas Salomon fecit. *Interius vero civitatis sunt piscinæ gemellares,* quinque porticus habentes, quæ appellantur *Betsaida.* Ibi ægri multorum annorum sanabantur. Aquam autem habent eæ piscinæ *in modum coccini turbatam.* Est ibi et crypta *ubi Salomon dœmones* torquebat. Ibi est angelus turris excelsissimæ, ubi Dominus ascendit, et dixit ei is *qui tentabat* eum *. Et ait ei Dominus : Non tentabis Dominum Deum tuum, sed

---

* Deficiunt hoc loco quæ Matth., cap. iv, 6, reperies.

(Note de P. Wesseling.)

illi soli servies. Ibi est et lapis angularis magnus, de quo *dictum est* : Lapidem quem reprobaverunt ædificantes. Item ad caput anguli, et sub pinna turris ipsius, sunt cubicula plurima ubi Salomo palatium habebat. Ibi etiam *constat cubiculus,* in quo sedit et sapientiam descripsit : ipse vero cubiculus uno lapide est tectus. Sunt ibi et *exceptoria magna* aquæ subterraneæ, et piscinæ magno opere ædificatæ, et in æde ipsa ubi Templum fuit, quod Salomon ædificavit, in marmore ante aram *sanguinem Zachariæ* *, ibi dicas hodie fusum. Etiam parent vestigia *clavorum militum* qui eum occiderunt, in totam aream, ut putes in cera fixum esse. Sunt ibi et statuæ *duæ Hadriani.* Est et non longe de statuis *lapis pertusus,* ad quem veniunt Judæi *singulis annis,* et unguent eum, et *lamentant* se cum gemitu, et vestimenta sua scindunt, et sic recedunt. Et ibi et domus Ezechiæ Regis Judæ. Item exeunti in Hierusalem, ut ascendas Sion, in parte sinistra, et deorsum in valle juxta murum, est piscina, quæ dicitur *Siloa, habet quadriporticum,* et alia piscina, grandis foras. Hic fons *sex diebus atque noctibus* currit : septima vero die est sabbathum ; in totum nec nocte nec die currit. In eadem ascenditur Sion, et paret *ubi fuit domus Caiphæ* sacerdotis, et *columna adhuc* ibi est, in qua Christum flagellis ceciderunt. Intus autem intra murum Sion, paret locus ubi palatium habuit David, et *septem synagogæ,* quæ illic fuerunt ; una tantum remansit, reliquæ autem *arantur et seminantur,* sicut Isaias propheta dixit. Inde ut eas foris murum de Sione euntibus ad portam. Neapolitanam, ad partem dextram, deorsum in valle sunt parietes, ubi domus fuit sive *prætorium Pontii* Pilati, Ibi Dominus auditus est antequam pateretur. A sinistra autem parte est *monticulus Golgotha,* ubi Dominus crucifixus est. Inde quasi *ad lapidem missum.* est crypta, ubi corpus ejus positum fuit et tertia die resurrexit. Ibidem *modo jussu Constantini* imperatoris basilica facta est, id est *Dominicum miræ pulchritudinis,* habens ad latus exceptoria unde aqua levatur, et balneum a tergo, ubi *infantes lavantur.* Item ab Hierusalem euntibus ad portam quæ est contra orientem, ut ascendatur in montem Oliveti, *vallis que dicitur* Josaphat ad partem sinistram ubi sunt vineæ. Est et petra, ubi *Juda Scarioth* Christum tradidit. A parte vero dextra est arbor palmæ, de qua infantes ramos tulerunt, et *veniente Christo* substraverunt. Inde non longe quasi ad lapidis missum, sunt monumenta duo ** *monubiles* miræ pulchritudinis facta. In unum positus est Isaias propheta, *qui est vere monolithus,* et in alium Ezechias rex Judæorum. Inde ascendis in montem Oliveti, ubi Dominus ante passionem Apostolos docuit. Ibi facta est *basilica jussu Constantini.* Inde non longe est *monticulus ubi Dominus* ascendit orare, et apparuit illic Moyses et Helias, quando Petrum et Joannem secum duxit. Inde ad *orientem passus mille* quingentos, est villa quæ appellatur *Bethania.* Est ibi crypta ubi Lazarus positus fuit, quem Dominus suscitavit.

* Asteriscus quo hæc signata sunt, deesse aliquid monet ; quanquam si voculam *ibi* tolleres, sana videri possent.

(*Note de P. Wesseling.*)

** Asteriscus defectum videtur indicare. Cæteroqui, si post vocem *pulchritudinis* distinguas, non male cohærent

(*Note de P. Wesseling.*)

ITEM AD HIERUSALEM IN HIERICHO MILLIA XVIII.

Descendentibus montem in parte dextra, retro monumentum est *arbor syco-mori,* in quam Zachæus ascendit, ut Christum videret. A civitate passus mille quingentos est fons Helisæi prophetæ ; antea si qua mulier ex ipsa aqua bibebat, *non faciebat natos.* Ad latus est vas fictile Helisæi ; misit in eo sales, et venit, et stetit super fontem, et dixit : Hæc dicit Dominus : Sanavi aquas has ; ex eo si qua mulier inde biberit, filios faciet. Supra eumdem vero fontem est domus Rachab *fornicariæ,* ad quam exploratores introierunt, et occultavit eos, quando Hiericho *versa est sola* evasit. Ibi fuit civitas Hiericho, cujus muros gyraverunt cum arca Testamenti filii Israel, et ceciderunt muri. Ex eo non paret nisi locus ubi fuit *arca Testamenti et lapides* 12 quos filji Israel de Jordane levaverunt. Ibidem Jesus Filius Nave *circumcidit filios Israel,* et circumcisiones eorum sepelivit.

ITEM AB HIERICHO AD MARE MORTUUM, MILLIA IX.

Est aqua ipsius *valde amarissima,* ubi in totum nullius generis piscis est, nec *aliqua navis,* et si quis hominum miserit se ut natet, ipsa aqua eum versat.

INDE AD JORDANEM UBI DOMINUS A JOANNE BAPTIZATUS EST MILLIA V.

Ibi est *locus super flumen* monticulus in illa ripa, ubi raptus est Helias in cœlum. Item ab Hierusalem euntibus Bethleem *millia quatuor. super strata* in parte dextra, est monumentum ubi Rachel posita est uxor Jacob. Inde milia duo a parte sinistra est Bethleem, ubi natus est Dominus noster Jesus Christus ; *ibi basilica* facta est jussu Constantini. Inde non longe est *monumentum Ezechiel,* Asaph, Job et Jesse, David, Salomon, et habet in ipsa crypta ad latus deorsum descentibus, *Hebræis scriptum* nomina superscripta.

INDE BETHAZORA MILLIA XIV.

Ubi est fons, in quo Philippus Eunuchum baptizavit.

INDE TEREBINTHO MILLIA IX.

Ubi *Abraham habitavit* et *puteum fodit* sub arbore Terebintho, et cum angelis locutus est, et cibum sumpsit. *Ibi basilica* facta est jussu Constantini miræ pulchritudinis.

INDE TEREBINTHO CEDRON MILLIA II.

Ubi est *memoria* per quadrum ex lapidibus miræ pulchritudinis, *in qua positi* sunt Abraham, Isaac, Jacob, Sara, Rebecca et Lia.

ITEM AB HIEROSOLYMA SIC :

Civitas Nicopoli.	M. XXII.
Civitas Lidda.	M. X.
Mutatio Antripatrida	M. X.
Mutatio Bethar.	M. X.
Civitas Cæsarea.	M. XVI.

Fit omnis summa a Constantinopoli usque Hierusalem millia undecies centena LXIIII Millia; Mutationes LXVIIII; Mansiones LVIII.

Item per Nicopolim Cæsaream, Millia LXXIII; S. Mutationes V; Mansiones III.

Item ab Heracla per Macedoniam Mut. aerea Millia XVI.

Mansio Registo.	M. XII.
Mutatio Bediso.	M. XII.
Civitas Apris.	M. XII.
Mutatio Zesutera.	M. XII.

Finis Europæ et Rhodopeæ

Mansio Sirogellis.	M. X.
Mutatio Drippa.	M. XIIII.
Mansio Gipsila.	M. XII.
Mutatio demas.	M. XII.
Civitas Trajanopoli.	M. XIII.
Mutatio Adunimpara.	M. VIII.
Mutatio Salei.	M. VII. S.
Mutatio Melalico.	M. VIII.
Mansio Berozica.	M. XV.
Mutatio Breierophara.	M. X.
Civitas Maximianopoli.	M. X.
Mutatio Adstabulodio.	M. XII.
Mutatio Rumbodona.	M. X.
Civitas Epyrum.	M. X.
Mutatio Purdis	M. VIII.

Finis Rhodopeæ et Macedoniæ.

Mansio Hercontroma.	M. VIIII.
Mutatio Neapolim.	M. VIIII.
Civitas Philippis.	M. X.

Ubi Paulus et Sileas in carcere fuerunt.

Mutatio ad Duodecim.	M. XII.
Mutatio Domeros.	M. VII.
Civitas Amphipolim.	M. XIII.
Mutatio Pennana.	M. X.
Mutatio Peripidis.	M. X.

Ibi positus est Euripiaes poeta.

Mansio Apollinia.	M. XI.
Mutatio Heracleustibus.	M. XI.
Mutatio Duodea.	M XIV.
Civitas Thessalonica.	M. XIII.
Mutatio ad Decimum.	M. X.

Mutatio Gephira.	M. X.
Civitas Pelli, unde fuit Alexander magnus Macedo.	M. X.
Mutatio Scurio.	M. XV.
Civitas Edissa.	M. XV.
Mutatio ad Duodecimum.	M. XII.
Mansio Cellisse.	M. XIV.
Mutatio Grande.	M. XIV.
Mutatio Velitonus.	M. XIV.
Civitas Heraclea.	M. XIII.
Civitas Philippis.	M. X.
Mutatio Paramsole.	M. XII.
Mutatio Brucida	M. XIX.

Finis Macedoniæ et Epyri.

Civitas Cledo.	M XIII.
Mutatio Patras.	M. XII.
Mansio Claudanon.	M. IIII.
Mutatio Tabernas.	M. VIIII.
Mansio Granda Via.	M. VIIII.
Mutatio Trajecto.	M. VIIII.
Mansio Hiscampis.	M. VIIII.
Mutatio ad Quintum.	M. VI.
Mansio Coladiana.	M. XV.
Mansio Marusio.	M. XIII.
Mansio Absos.	M. XIV.
Mutatio Stefana.	M. XII.
Civitas Apollonia.	M. XVIII
Mutatio Stefana.	M. XII.
Mansio Aulona Trajectum.	M. XII.

Fit onmis summa ab Heraclea per Macedoniam Aulonam usque, Millia DCLXXVIII; Mutationes LVIII; Mansiones XV.

Trans mare stadia mille. Quod facit millia centum.

Et venis odronto mansiones mille passus.

Mutatio ad Duodecimum.	M. XIII.
Mansio Clipeas.	M. XII.
Mutatio Valentia,	M. XIII.
Civitas Brindisi.	M. XI.
Mansio Spitenares.	M. XIII.
Mutatio ad Decimum.	M. XI.
Civitas Leonatiæ.	M. X.
Mutatio Turres Aurilianas.	M. XV.
Mutatio Turres Julianas.	M. VIIII.
Civitas Beroes.	M. XI.

Mutatio Botontones.	M. XI.
Civitas Rubos.	M. XI.
Mutatio ad Quintum Decimum.	M· XV.
Civitas Canusio.	M. XV.
Mutatio Undecimum.	M. XI.
Civitas Serdonis.	M. XV.
Civitas Aecas.	M. XVIII.
Mutatio Aquilonis.	M. X.

Finis Apuliæ et Campaniæ.

Mutatio ad Equum magnum.	M. VIII.
Mutatio Vicus Forno novo.	M. XII.
Civitas Benevento.	M. X.
Civitas et Mansio Claudiis.	M. XII.
Mutatio Novas.	M. VIIII.
Civitas Capua.	M. VII.

Fit summa ab Aulana usque Capuam Millia CCLXXXIX; Mutationes XXV; Mansiones XIII.

Mutatio ad Octavum.	M. VIII.
Mutatio Ponte Campano.	M. VIIII.
Civitas Sonuessa.	M. VIIII.
Civitas Menturnas.	M. VIIII.
Civitas Formis.	M. VIIII.
Civitas Fondis.	M. XII.
Civitas Terracina.	M. XIII.
Mutatio ad Medias.	M. X.
Mutatio Appi foro.	M. VIIII.
Mutatio Sponsas.	M. VII.
Civitas Aricia et Albona.	M. XIII.
Mutatio ad Nono.	M. VII.
In Urbe Roma.	M. VIIII.

Fit a Capua usque ad Urbem Romam Millia CXXXVI; Mutationes XIV, Mansiones IX.

Fit ab Heraclea per Aulonam in urbem Romam usque, Millia undecies centena XII; Mutationes XVIII; Mansiones XLVI.

AB URBE MEDIOLANUM.

Mutatio Rubras.	M. VIIII.
Mutatio ad Vicencimum.	M. XI.
Mutatio Aqua viva.	M. XII.
Civitas Vericulo.	M. XII.
Civitas Narniæ.	M. XII.

Civitas Interamna.	M. VIIII.
Mutatio Tribus Tabernis.	M. III.
Mutatio Fani fugitivi.	M. X.
Civitas Spolitio.	M. VII.
Mutatio Sacraria.	M. VIII.
Civitas Trevis.	M. IV.
Civitas Fulginis.	M. V.
Civitas Foro Flamini.	M. III.
Civitas Noceria.	M. XII.
Civitas Ptanias.	M. VIII.
Mansio Herbelloni.	M. VII.
Mutatio Adhesis	M. X.
Mutatio ad Cale.	M. XIV.
Mutatio Intercisa	M. VIIII.
Civitas Foro Simproni.	M. VIIII.
Mutatio ad Octavum.	M. VIIII.
Civitas Fano Fortunæ.	M. VIII.
Civitas Pisauro.	M. XXIV.

Usque Ariminum.

Mutatio Conpetu.	M. XII.
Civitas Cesena.	M. VI.
Civitas Foropopuli.	M. VI.
Civitas Forolivi.	M. VI.
Civitas Faventia.	M. V.
Civitas Foro Corneli.	M. X.
Civitas Claterno.	M. XIII.
Civitas Bononia.	M. X.
Mutatio ad Medias.	M. XV.
Mutatio Victuriolas.	M. X.
Civitas Mutena.	M. III.
Mutatio Ponte Secies.	M. V.
Civitas Regio.	M. VIII.
Mutatio Canneto.	M. X.
Civitas Parmæ.	M. VIII.
Mutatio ad Turum.	M. VII.
Mansio Fidentiæ.	M. VIII.
Mutatio ad Fonteclos.	M. VIII.
Civitas Placentia.	M. XIII.
Mutatio ad Rota.	M. XI.
Mutatio Tribus Tabernis.	M. V.
Civitas Laude.	M. VIIII.
Mutatio ad Nonum.	M. VII.
Civitas Mediolanum.	M. VII.

Fit omnis summa ab urbe Roma Mediolanum usque, Millia CCCCXVI;
Mutationes XLII; Mansiones XXIIII.

EXPLICIT ITINERARIUM.

EX EODEM V. C. DE VERBIS GALLICIS.

Lugdunum, Desideratum-Montem.
Aremorici, ante mare, aræ, ante; More dicunt Mare, et ideo Morini Marini.
Arverni, ante obsta.
Rhodanum, violentum. Nam Rho nimium; Dan judicem, hoc et gallice, hoc
et hebraïce dicitur.

DISSERTATION

SUR L'ÉTENDUE

DE L'ANCIENNE JÉRUSALEM

ET DE SON TEMPLE

ET SUR LES MESURES HÉBRAÏQUES DE LONGUEUR

Les villes qui tiennent un rang considérable dans l'histoire exigent des recherches particulières sur ce qui les regarde dans le détail; et on ne peut disconvenir que Jérusalem ne soit du nombre de celles qui méritent de faire l'objet de notre curiosité. C'est ce qui a engagé plusieurs savants à traiter ce sujet fort amplement et dans toutes ses circonstances, en cherchant à retrouver les différents quartiers de cette ville, ses édifices publics, ses portes; et presque généralement tous les lieux dont on trouve quelque mention dans les livres saints et autres monuments de l'antiquité. Quand même les recherches de ces savants ne paraîtraient pas suivies partout d'un parfait succès, leur zèle n'en mérite pas moins des éloges et de la reconnaissance.

Ce qu'on se propose principalement dans cet écrit est de fixer l'étendue de cette ville, sur laquelle on ne trouve encore rien de bien déterminé, et qui semble même en général fort exagérée. L'emploi du local devait en décider ; et c'est parce qu'on l'a négligé, que ce point est demeuré à discuter. S'il est difficile et comme impossible de s'éclaircir d'une manière satisfaisante sur un grand nombre d'articles de détail concernant la ville de Jérusalem, ce que nous mettons ici en question peut être excepté, et se trouve susceptible d'une grande évidence.

Pour se mettre à portée de traiter cette matière avec précision, il faut commencer par reconnaître ce qui composait l'ancienne Jérusalem. Cet examen ne laissera aucune incertitude dans la distinction entre la ville moderne de Jérusalem et l'ancienne. L'enceinte de celle-ci paraîtra d'autant mieux déterminée, que la disposition naturelle des lieux en fait juger infailliblement. C'est dans cette vue que nous insérons ici le calque très fidèle d'un plan actuel de Jérusalem, levé vraisemblablement par les soins de M. Deshayes, et qui a été publié dans la relation du voyage qu'il entreprit au Levant en 1621, en conséquence des commissions dont il était chargé par le roi Louis XIII auprès du Grand Seigneur. Un des articles de ces commissions étant de maintenir les religieux latins dans la possession des saints lieux de la Palestine, et d'éta-

PIÈCES JUSTIFICATIVES.

blir un consul à Jérusalem, il n'est pas surprenant qu'un pareil plan se rencontre plutôt dans ce voyage que dans tout autre. L'enceinte actuelle de la ville, ses rues, la topographie du sol, sont exprimées dans ce plan, et mieux que partout ailleurs, que je sache. Nous n'admettons dans notre calque, pour plus de netteté, ou moins de distraction à l'égard de l'objet principal, que les circonstances qui intéressent particulièrement la matière de cette dissertation. L'utilité, la nécessité même d'un plan en pareil sujet, sont une juste raison de s'étonner qu'on n'ait encore fait aucun usage de celui dont nous empruntons le secours.

I.

DISCUSSION DES QUARTIERS DE L'ANCIENNE JÉRUSALEM.

Josèphe nous donne une idée générale de Jérusalem, en disant (livre VI de *la Guerre des Juifs*, chap. VI) que cette ville était assise sur deux collines en face l'une de l'autre, et séparée par une vallée : que ce qui était appelé la *Haute-Ville* occupait la plus étendue ainsi que la plus élevée de ces collines, et celle que l'avantage de sa situation avait fait choisir par David pour sa forteresse ; que l'autre colline, nommée *Ac a*, servait d'assiette à la Basse-Ville. Or, nous voyons que la montagne de Sion, qui est la première des deux collines, se distingue encore parfaitement sur le plan. Son escarpement plus marqué regarde le midi et l'occident, étant formé par une profonde ravine, qui dans l'Écriture est nommée *Ge-ben-Hinnom*, ou *la Vallée des Enfants d'Hinnom*. Ce vallon, courant du couchant au levant, rencontre à l'extrémité du mont de Sion la vallée de Kedron, qui s'étend du nord au sud. Ces circonstances locales, et dont la nature même décide, ne prennent aucune part aux changements que le temps et la fureur des hommes ont pu apporter à la ville de Jérusalem. Et par là nous sommes assurés des limites de cette ville dans la partie que Sion occupait. C'est le côté qui s'avance le plus vers le midi ; et non-seulement on est fixé de manière à ne pouvoir s'étendre plus loin de ce côté-là, mais encore l'espace que l'emplacement de Jérusalem peut y prendre en largeur se trouve déterminé, d'une part, par la pente ou l'escarpement de Sion qui regarde le couchant, et de l'autre, par son extrémité opposée vers Cédron et l'orient. Celui des murs de Jérusalem que Josèphe appelle *le plus ancien*, comme étant attribué à David et à Salomon, bordait la crête du rocher, selon le témoignage de cet historien. A quoi se rapportent aussi ces paroles de Tacite, dans la description qu'il fait de Jérusalem (*Hist.*, liv. V, chap. XI) : *Duos colles, immensum editos, claudebant muri... extrema rupis abrupta*. D'où il suit que le contour de la montagne sert encore à indiquer l'ancienne enceinte, et à la circonscrire.

La seconde colline s'élevait au nord de Sion, faisant face par son côté oriental au mont Moria, sur lequel le temple était assis, et dont cette colline n'était séparée que par une cavité, que les Hasmonéens comblèrent en partie, en rasant le sommet d'Acra, comme on l'apprend de Josèphe (au même endroit que ci-dessus). Car, ce sommet ayant vue sur le temple, et en étant très

voisin, selon que Josèphe s'en explique, Antiochus Épiphanes y avait construit une forteresse, pour brider la ville et incommoder le temple ; laquelle
forteresse, ayant garnison grecque ou macédonienne, se soutint contre les
Juifs jusqu'au temps de Simon, qui la détruisit, et aplanit en même temps la
colline. Comme il n'est même question d'Acra que depuis ce temps-là, il y a
toute apparence que ce nom n'est autre chose que le mot grec Ἄκρα, qui signifie
un lieu élevé, et qui se prend quelquefois aussi pour une forteresse, de la
même manière que nous y avons souvent employé le terme de *Roca*, la Roche.
D'ailleurs le terme de *Hakra*, avec aspiration, paraît avoir été propre aux Syriens, ou du moins adopté par eux, pour désigner un lieu fortifié. Et dans la
paraphrase chaldaïque (Samuel, liv. ii, chap. ii, v. 7), Hakra Dsiun est la forteresse de Sion. Josèphe donne une idée de la figure de la colline dans son
assiette, par le terme de ἀμφίκυρτος, lequel, selon Suidas, est propre à la lune
dans une de ses phases entre le croissant et la pleine lune, et, selon Martia-
nus-Capella, entre la demi-lune et la pleine. Une circonstance remarquable
dans le plan qui nous sert d'original, est un vestige de l'éminence principale
d'Acra entre Sion et le temple ; et la circonstance est d'autant moins équivoque que, sur le plan même, en tirant vers l'angle sud-ouest du temple, on
a eu l'attention d'écrire *lieu-haut*.

Le mont Moria, que le temple occupait, n'étant d'abord qu'une colline irrégulière, il avait fallu, pour étendre les dépendances du temple sur une surface
égale et augmenter l'aire du sommet, en soutenir les côtés, qui formaient un
carré, par d'immenses constructions. Le côté oriental bordait la vallée de Cédron, dite communément *de Josaphat*, est très profonde. Le côté du midi,
dominant sur un terrain très enfoncé, était revêtu du bas en haut d'une forte
maçonnerie, et Josèphe ne donne pas moins de trois cents coudées d'élévation à cette partie du temple : de sorte même que, pour sa communication avec
Sion, il avait été besoin d'un pont, comme le même auteur nous en instruit.
Le côté occidental regardait Acra, dont l'aspect pour le temple est comparé à
un théâtre par Josèphe. Du côté du nord, un fossé creusé, τάφρος δὲ ὀρώρυκτο,
dit notre historien, séparait le temple d'avec une colline nommée *Bezetha*, qui
fut dans la suite jointe à la ville par un agrandissement de son enceinte.
Telle est la disposition générale du mont Moria dans l'étendue de Jérusalem.

La fameuse tour Antonia flanquait l'angle du temple qui regardait le N. O.
Assise sur un rocher, elle avait d'abord été construite par Hyrcan, premier du
nom, et appelée Βάρεις, terme grec selon Josèphe, mais que saint Jérôme dit
avoir été commun dans la Palestine, et jusqu'à son temps, pour désigner des
maisons fortes et construites en forme de tours. Celle-ci reçut de grands
embellissements de la part d'Hérode, qui lui fit porter le nom d'Antoine son
bienfaiteur ; et avant l'accroissement de Bezetha, l'enceinte de la ville ne
s'étendait pas au delà du côté du nord. Il faut même rabaisser un peu vers le
sud, à une assez petite distance de la face occidentale du temple, pour exclure
de la ville le Golgotha ou Calvaire, qui, étant destiné au supplice des crimi-
nels, n'était point compris dans l'enceinte de la ville. La piété des chrétiens
n'a souffert en aucun temps que ce lieu demeurât inconnu, même avant le
règne du grand Constantin. Car l'aurait-il été à ces Juifs convertis au chris-

tianisme, que saint Épiphane dit avoir repris leur demeure dans les débris de Jérusalem, après la destruction de cette ville par Tite, et qui y menèrent une vie édifiante? Constantin, selon le témoignage d'Eusèbe, couvrit le lieu même d'une basilique, l'an 326, de laquelle parle très convenablement à ce témoignage l'auteur de l'*Itinerarium a Buraigata Hierusalem usque*, lui qui était à Jérusalem en 333, suivant le consulat qui sert de date à cet Itinéraire : *ibidem modo jussu Constantini Imperatoris, Basilica facta est, id est dominicum, miræ pulchritudinis*. Et, bien au commencement du onzième siècle, Almansor-Hakimbillâ, calife de la race des Fatimites d'Égypte, eût fait détruire cette église, pour ne vouloir tolérer la supercherie du prétendu feu saint des Grecs la veille de Pâques ; cependant l'empereur grec Constantin Monomaque acquit trente-sept ans après, et en 1048, du petit-fils de Hakim, le droit de réédifier la même église ; et il en fit la dépense, comme on l'apprend de Guillaume, archevêque de Tyr (liv. I, chap. VII). D'ailleurs, la conquête de Jérusalem par Godefroy de Bouillon en 1099 ne laisse pas un grand écoulement de temps depuis l'accident dont on vient de parler. Or, vous remarquerez que les circonstances précédentes qui concernent l'ancienne Jérusalem n'ont rien d'équivoque, et sont aussi décisives que la disposition du mont de Sion du côté opposé.

Il n'y a aucune ambiguïté à l'égard de la partie orientale de Jérusalem. Il est notoire et évident que la vallée de Cédron servait de borne à la ville, sur la même ligne, ou à peu près, que la face du temple, tournée vers le même côté, décrivait au bord de cette vallée. On sait également à quoi s'en tenir pour le côté occidental de la ville quand on considère sur le plan du local que l'élévation naturelle du terrain, qui borne l'étendue de Sion de ce côté-là, comme vers le midi, continue, en se prolongeant vers le nord, jusqu'à la hauteur du temple. Et il n'y a aucun lieu de douter que ce prolongement de pente, qui commande sur un vallon au dehors de la ville, ne soit le côte d'Acra contraire à celui qui regarde le temple. La situation avantageuse que les murs de la ville conservent sur l'escarpement justifie pleinement cette opinion. Elle est même appuyée du témoignage formel de Brocadus, religieux dominicain, qui était en Palestine l'an 1283, comme il nous l'apprend dans la description qu'il a fait de ce pays. C'est à la partie occidentale de l'enceinte de Jérusalem, prolongée depuis Sion vers le nord, que se rapportent ces paroles tirées de la Description spéciale de cette ville : *Vorago seu vallis, quæ procedebat versus aquilonem, faciebatque fossam civitatis juxta longitudinem ejus, usque ad plagam aquilonis ; et super eam erat intrinsecus rupes eminens, quam Josephus Acram appellat, quæ sustinebat murum civitatis superpositum, cingentem ab occidente civitatem, u que ad portam Ephraim, u i curvatur contra orientem*. Cet exposé de la part d'un auteur qui a écrit en vertu des connaissances qu'il avait prises sur les lieux même, est parfaitement conforme à ce que la représentation du terrain, par le plan qui en est donné, vient de nous dicter : *rupes imminens voragini, sive fossæ, procedenti versus aquilonem, sustinebat murum civitatis, cingentem ab occidente usque dum curvatur versus orientem*. En voilà suffisamment pour connaître les différents quartiers qui composaient l'ancienne Jérusalem, leur assiette et situation respective.

II.

ENCEINTE DE L'ANCIENNE JÉRUSALEM.

Le détail dans lequel Josèphe est entré des diverses murailles qui enveloppaient Jérusalem, renferme des circonstances qui achèvent de nous instruire sur l'enceinte de cette ville.

Cet historien distingue trois murailles différentes. Celle qu'il nomme *la plus ancienne* couvrait non-seulement Sion à l'égard des dehors de la ville, mais elle séparait encore cette partie d'avec la ville inférieure ou Acra ; et c'est même par cet endroit que Josèphe entame la description de cette muraille. Il dit que la tour nommée *Hippicos*, appuyant le côté qui regardait le nord, ἀρχόμενον δὲ κατὰ βορέαν ἀπὸ τοῦ Ἱππικοῦ, *incipiens ad boream ab Hippico* ; elle s'étendait de là jusqu'au portique occidental du temple, par où nous devons entendre, comme le plan en fait juger, son angle sud-ouest. On voit clairement que cette partie de muraille fait une séparation de la Haute-Ville avec la Basse. Elle paraît répondre à l'enceinte méridionale de la ville moderne de Jérusalem, qui exclut Sion ; en sorte qu'il y a tout lieu de présumer que la tour Hippicos dont on verra par la suite que la position nous importe, était élevée vers l'angle sud-ouest de l'enceinte actuelle de Jérusalem. Si on en croit plusieurs relations, cette enceinte est un ouvrage de Soliman, qui en 1520 succéda à son père Sélim, auquel les Turcs doivent la conquête de la Syrie et de l'Égypte. Cependant El-Edrisi, qui écrivit sa géographie pour Roger Ier, roi de Sicile, mort en 1151, représente Jérusalem dans un état conforme à celui d'aujourd'hui, en disant qu'elle s'étend en longueur d'occident en orient. Il exclut même formellement de son enceinte le mont de Sion ; puisqu'au terme de sa description, pour aller à un temple où les chrétiens prétendaient dès lors que Jésus-Christ avait célébré la Cène, et qui est situé sur ce mont, il faut sortir de la ville par une porte dite *de Sion, Bab-Seihun,* ce qui s'accorde à l'état actuel de Jérusalem. Benjamin de Tudèle, dont le voyage est daté de l'an 1173, remarque qu'il n'y avait alors d'autre édifice entier sur le mont de Sion que cette église. Et ce qui se lit dans le Voyage fait par Willebrand d'Oldembourg, en 1211, à l'égard du mont de Sion, *Nunc includitur muris civitatis, sed tempore Passionis Dominicæ excludebatur,* doit être pris au sens contraire, quand ce ne serait que par rapport à ce dernier membre, *excludebatur tempore Passionis.* Il est très vraisemblable, en général, que, dans les endroits où les parties de l'ancienne enceinte prennent quelque rapport à l'enceinte moderne, la disposition des lieux, les vestiges même d'anciens fondaments, ayant déterminé le passage de cette enceinte moderne, elle nous indique par conséquent la trace de l'ancienne. Il y a même une circonstance particulière qui autorise cette observation générale, pour la séparation de Sion d'avec Acra. C'est ce coude rentrant à l'égard de Sion, que vous remarquerez sur le plan, en suivant l'enceinte actuelle et méridionale de la ville de Jérusalem, dans la partie plus voisine de l'emplacement du temple, ou du mont Moria. Car si l'on y prend garde, ce n'est en effet que de cette manière que le quartier de Sion pouvait être séparé d'Acra, puisque, comme nous l'avons observé en parlant d'Acra, l'endroit marqué *huut-lieu* sur le plan, et duquel le coude dont il s'agit paraît dépendre, désigne indubitablement une partie de l'éminence qui portait le nom d'*Acra*, et vraisemblablement celle qui dominait davantage et qui, par conséquent, se distinguait le plus d'avec Sion.

Josèphe, ayant décrit la partie septentrionale de l'enceinte de Sion, depuis la tour Hippicos jusqu'au temple, la reprend à cette tour, pour la conduire par l'occident, et ensuite nécessairement par le midi, jusque vers la fontaine de Siloé. Cette fontaine est dans le fond d'une ravine profonde, qui coupe la partie inférieure de Sion prolongée jusque sur le bord de la vallée Cédron, et qui la sépare d'avec une portion de la ville située le long de cette vallée, jusqu'au pied du temple. A cette ravine venait aboutir l'enfoncement ou vallon qui distinguait le mont de Sion d'avec la colline d'Acra, et que Josèphe appelle τῶν τυροποιῶν, *caseariorum*, ou des fromagers. Édrisi fait mention de ce vallon, et très distinctement, disant qu'à la sortie de la porte dont il a fait mention sous le nom de *Sion*, on descend dans un creux (*in fossam*, selon la version des Maronites) qui se nomme, ajoute-t-il, *la Vallée d'enfer*, et dans laquelle est la fontaine Seluan (ou Siloan). Cette fontaine n'était pas renfermée dans l'enceinte de la ville : saint Jérôme nous le fait connaître par ces paroles (*in Matth.* XXIII, 25) : *In portarum exitibus, quæ Siloam ducunt.* Le vallon dans l'enfoncement duquel est Siloé remontant du sud-est au nord-ouest, Josèphe doit nous paraître très exact lorsqu'il dit que la muraille qui domine sur la fontaine de Siloé court d'un côté vers le midi, et de l'autre vers l'orient. Car c'est ainsi, selon le plan même du local, et presque à la rigueur, que cette muraille suivait le bord des deux escarpements qui forment la ravine. L'*Itinéraire de Jérusalem* s'explique convenablement sur la fontaine de Siloé : *Deorsum in valle, juxta murum, est piscina quæ dicitur Siloa.* Remarquons même la mention qui est faite de ce mur dans un écrit de l'âge du grand Constantin. On en peut inférer que le rétablissement qu'on sait être l'ouvrage d'Adrien, sous le nouveau nom d'*Ælia Capitolina*, s'étendit à Sion comme au reste de la ville. De sorte que la ruine de Sion, telle qu'elle paraît aujourd'hui, ne peut avoir de première cause que dans ce que souffrit cette ville de la part de Chosroès, roi de Perse, qui la prit en 614. Ce serait donc à tort qu'on prendrait à la lettre ce qu'à dit Abulpharage (*Dynast.* 7), que l'Ælia d'Adrien était auprès de la Jérusalem détruite. Cela ne doit signifier autre chose, sinon que l'emplacement de cette ville, conforme à son état présent du temps de cet historien, et depuis l'établissement du mahométisme, ne répond pas exactement à celui d'un âge plus reculé. Il ne faut pas imaginer que l'usage du nom d'*Ælia*, employé par Abulpharage, se renferme étroitement dans la durée de la puissance romaine, puisque les écrivains orientaux emploient quelquefois la dénomination d'*Ilia* pour désigner Jérusalem.

Mais, pour reprendre la trace du mur à la suite de Siloé, ce mur était prolongé au travers d'Ophla, venant aboutir et se terminer à la face orientale du temple, ce qui nous conduit en effet à son angle entre l'orient et le midi. Il est mention d'Olph'l ou Ophel en plusieurs endroits de l'Écriture. Ce terme est même employé métaphoriquement, mais sans qu'on puisse décider par le sens

de la phrase du texte original, s'il signifie plutôt présomption ou orgueil qu'a-
veuglement. Les commentateurs sont partagés, les uns voulant qu'Ophel désigne un lieu élevé, les autres un lieu profond. La contrariété de cette interprétation n'a, au reste, rien de plus extraordinaire que ce qu'on observera dans
l'usage du mot *altus*, qui s'emploie quelquefois pour profondeur comme pour
élévation. La version grecque (*Reg.* IV, v. 24) a traduit Ophel σκοτεινὸν, lieu
couvert, et pour ainsi dire ténébreux ; et, en effet, si l'on remarque qu'Ophla,
dans Josèphe, se rencontre précisément au passage de la muraille dans ce
terrain si profond, sur lequel il a été dit, en parlant du mont Moria, que dominait la face méridionale du temple, on ne pourra disconvenir que l'interprétation du nom *Ophel* comme d'un lieu enfoncé, ne soit justifiée par une circonstance de cette nature, et hors de toute équivoque.

L'emplacement que prend Ophel paraîtra convenable à ce que dit Josèphe
(liv. VI *de la guerre des Juifs*, chap. VII) parlant des factions ou partis qui
tenaient Jérusalem divisée : savoir que l'un de ces partis occupait le temple,
et Ophla et la vallée de Cédron. Dans *les Paralipomènes*, II, XXXIII, 14, le roi
Manassé est dit avoir renfermé Ophel dans l'enceinte de la ville ; ce qui est
d'autant plus remarquable qu'il s'ensuivrait que la cité de David n'avait point
jusque là excédé les limites naturelles de la montagne de Sion, qui est réellement bornée par la ravine de Siloé. Voici la traduction littérale du texte :
*Ædificavit murum exteriorem civitati David, ab occidente Gihon, in tor-
rente, procedendo usque ad portum Piscium, et circuivit Ophelet munivit eum.*
Ces paroles *Murum exteriorem civitati David*, feraient allusion à la conséquence que l'on vient de tirer de l'accroissement d'Ophel, *circuivit. Gihon*,
selon les commentateurs, est la même chose que Siloé ; et, en ce cas, *ab occidente* doit s'entendre depuis ce qui est au couchant de Siloé, c'est-à-dire depuis
Sion, dont la position est véritablement occidentale à l'égard de cette fontaine,
jusqu'au bord du torrent, *in torrente*, lequel il est naturel de prendre pour
celui de Cédron. Je ne vois rien que la disposition du lieu même puisse ap-
prouver davantage que cette interprétation, laquelle nous apprend à mettre
une distinction entre ce qui était proprement Cité de David et ce qui a depuis
été compris dans le même quartier de Sion. Nous avons donc suivi la trace de
l'enceinte qui renfermait ce quartier tout entier, et avec ce qui en dépendait
jusqu'au pied du temple.

Le second mur dont parle Josèphe n'intéresse point notre sujet, par la raison qu'il était renfermé dans la ville même. Il commençait à la porte appelée
Genath, ou *des Jardins*, comme ce mot peut s'interpréter, laquelle porte était
ouverte dans le premier des murs, ou celui qui séparait Sion d'avec Acra. Et
ce second mur, s'avançant vers la partie septentrionale de la ville, se repliait
sur la tour Antonia, où il venait aboutir. Donc ce mur n'était qu'une coupure
dans l'étendue d'Acra, appuyée d'un côté sur le mur de Sion, de l'autre sur la
tour qui couvrait l'angle nord-ouest du temple. La trace de ce mur pourrait
répondre à une ligne ponctuée que l'on trouvera tracée sur le plan, dans
l'espace qu'Acra occupe. Il est naturel de croire qu'il n'existait que parce
qu'il avait précédé un mur ultérieur, ou tel que celui qui donne plus de grandeur au quartier d'Acra, et dont il nous reste à parler. J'ajoute seulement que
c'est à ce mur moins reculé qu'il convient de s'attacher par préférence, si l'on

veut suivre le détail de la réédification de l'enceinte de Jérusalem par Néhémie ; étant plus vraisemblable d'attribuer aux princes Hasmonéens, et au temps même de la plus grande prospérité de leurs affaires, l'ouvrage d'un nouveau mur qui double celui-là, et qui embrasse plus d'espace.

Le troisième mur, qui, joint au premier, achèvera la circonscription de l'enceinte de Jérusalem, se prend, en suivant Josèphe, à la tour Hippicos. La description de la première muraille nous a déjà servi a connaître le lieu de cette tour. Ce que le même historien dit de la muraille dont il s'agit à présent confirme cet emplacement. Commençant donc à la tour Hippicos, cette muraille s'étendait en droiture vers le septentrion jusqu'à une autre tour fort considérable, nommée *Psephina*. Or, nous voyons encore que l'enceinte actuelle de Jérusalem, conservant l'avantage d'être élevée sur la pente de la colline qui servait d'assiette à la Basse-Ville ancienne, s'étend du midi au septentrion, depuis l'angle boréal de Sion, où il convient de placer l'Hippicos, jusqu'au château qu'on nomme *des Pisons*. La tour Psephina, selon que Josèphe en parle ailleurs, ne cédait à aucune de celles qui entraient dans les fortifications de Jérusalem. Le Castel-Pisano est encore aujourd'hui une espèce de citadelle à l'égard de cette ville. C'est là que loge l'aga et la garnison qu'il commande. Le Grec Phocas, qui visita les saints lieux de la Palestine l'an 1185, et dont le Voyage a été mis au jour par Allatius, *in Symmiotis sive Opusculis*, dit que cette tour, ou plutôt ce château, pour répondre au termes dont il se sert, πύργος μαμμεγεθέστατος (*turris insigni admodum magnitudine*) était appelée par ceux de Jérusalem, *la Tour de David*. Il la place au nord de la ville ; Épiphane l'hagiopolite, près de la porte qui regarde le couchant, ce qui est plus exact, eu égard surtout à la ville moderne de Jérusalem. Selon la relation du moine Brocard, que j'ai citée précédemment, la tour de David aurait été comprise dans l'étendue de Sion, et élevée vers l'encoignure que le vallon qui séparait ce mont d'avec Acra faisait avec l'escarpement occidental de Sion, situation plus convenable à l'Hippicos qu'à Psephina. Mais cela n'empêche pas que, dans cette même relation, on ne trouve une mention particulière du lieu qui se rapporte au Castel-Pisano. On le reconnaît distinctement dans ces paroles : *Rupes illa, super quam ex parte occidentis erat exstructus murus civitatis, erat valde eminens, præsertim in angulo, ubi occidentalis muri pars connectebatur aquilonari; ubi et turris Neblosa dicta, et propugnaculum valde firmum, cujus ruinæ adhuc visuntur, unde tota Arabia, Jordanis, mare Mortuum, et alia plurima loca, sereno cœlo videri possunt.* Cette dernière circonstance, qui fait voir tout l'avantage de la situation du lieu, est bien propre à déterminer notre opinion sur l'emplacement qui peut mieux convenir à l'ancienne tour Psephina, comme au Castel Pisano d'aujourd'hui. Disons plus : ce que Brocard nous rapporte ici est conforme à ce qu'on lit dans Josèphe (liv. vi *de la Guerre des Juifs*, chap. vi), qu'au lever du soleil, la tour Psephina découvrait l'Arabie, la mer, et le pays le plus reculé de la Judée. Et, quoiqu'il n'y ait point de vraisemblance que le château, de la manière dont il existe, soit encore le même que celui dont il tient la place, et qu'on eût tort, comme Phocas l'a bien remarqué, de le rapporter à David même, cependant il ne s'ensuit pas qu'il fût différent quant au lieu et à l'assiette. Benjamin de Tudèle prétend même que les murailles construites par les Juifs ses ancêtres subsistaient encore de son temps, c'est-à-dire dans le douzième siècle, à la hauteur de dix coudées.

S'il paraît déjà tant de convenance entre Castel-Pisano et la tour Psephina, voici ce qui en décide d'une manière indubitable. Josèphe dit formellement que cette tour flanquait l'angle de la ville tourné vers le nord et le couchant, et comme on vient de voir que Brocard s'explique sur le lieu que nous y faisons correspondre, *ubi occidentalis muri pars connectabatur aquilonari*. Or, vous remarquerez qu'à la hauteur de la face septentrionale de Castel-Pisano, ou de la porte du couchant qui joint cette face, on ne peut exclure de l'ancienne ville le lieu du Calvaire, sans se replier du côté du levant. Donc le Castel-Pisano, auquel nous avons été conduit par le cours de la muraille depuis la tour Hippicos, ou par une ligne tendante vers le nord, prend précisément cet angle de l'ancienne enceinte. Il faut ensuite tomber d'accord que, si le lieu de l'Hippicos avait besoin de confirmation, il la trouverait dans une détermination aussi précise de Psephina, en conséquence du rapport de situation.

Quant au nom de *Castel-Pisano* (car on peut vouloir savoir la raison de cette dénomination), j'avoue n'avoir point rencontré dans l'histoire de fait particulier qui y ait un rapport direct. Il est constant néanmoins, qu'en vertu de la part que les Pisans, très-puissants autrefois, prirent aux guerres saintes, ils eurent des établissements et concessions à Acre, Tyr, et autres lieux de la Palestine. L'auteur des *Annales de Pise*, Paolo Tronci (page 35), attribue même à deux de ses compatriotes l'honneur d'avoir escaladé les premiers la muraille de Jérusalem, lors de la prise de cette ville par Godefroy de Bouillon. On peut encore remarquer que le premier prélat latin qui fut installé dans la chaire patriarcale de Jérusalem après cette conquête, fut un évêque de Pise nommé *Daibert*. Je pense, au reste, qu'il a pu suffire de trouver quelques écussons aux armes de Pise en quelque endroit du château, pour lui faire donner dans les derniers temps le nom qu'il porte. Du temps que Brocard était en Palestine, c'est-à-dire vers la fin du treizième siècle, nous voyons que ce château se nommait *Neblosa*, qui est la forme que le nom de *Neapolis* prend communément dans le langage des Levantins. Il n'est pas surprenant que ce religieux en parle comme d'un lieu ruiné ou fort délabré, puisqu'il est vrai qu'environ trente-trois ans après la prise de Jérusalem par Saladin, et en l'an de l'hégire 616, de Jésus-Christ 1219, Isa, neveu de ce prince, régnant à Damas fit démolir les fortifications de Jérusalem, et que David, fils de celui-ci, détruisit, vingt ans après, une forteresse que les Français avaient rétablie en cette ville.

A la suite de Psephina, Josèphe achève de tracer l'enceinte de Jérusalem dans sa partie septentrionale. Avant que Bezetha fît un agrandissement à la ville, il n'eût été question, pour terminer l'enceinte de ce côté-là, que de se rendre à la tour Antonia, près de l'angle nord-ouest du temple. Aussi n'est-il fait aucune mention de cette tour dans ce qui regarde la troisième muraille. Josèphe y indique un angle pour revenir à la ligne de circonférence sur le bord du Cédron; et nous voyons en effet que l'enceinte moderne, dans laquelle le terrain de Bezetha est conservé, donne cet angle, et même à une assez grande distance de l'angle nord-est du temple, où il convient d'aboutir. L'enceinte actuelle de Jérusalem, par son reculement à l'égard de la face septentrionale du temple, fournit à Bezetha une étendue qui ne cède guère à celle de la Basse-Ville, ce qui a tout lieu de paraître convenable et bien suffisant. Josèphe nous indique les Grottes Royales comme un lieu situé vis-à-vis du passage de l'enceinte, dans cette partie qui regarde le septentrion. Ces grottes se retrouvent dans le voisinage de celle que l'on nomme *de Jérémie ;* et on ne peut serrer de plus près cette grotte qu'en prenant la trace de l'enceinte actuelle, comme il s'ensuit du plan de Jérusalem. Josèphe prétend que le nom de *Bezetha* revient à la dénomination grecque de καινή-πόλις, la Nouvelle-Ville, ce qui lui est contesté par Villalpando et par Lamy, qui produisent d'autres interprétations. Agrippa, le premier qui régna sous ce nom, commença sous l'empire de Claude l'enceinte qui renfermait ce quartier ; et ce qu'il n'avait osé achever, qui était d'élever un nouveau mur à une hauteur suffisante pour la défense, fut exécuté dans la suite par les Juifs.

C'est ainsi que non-seulement les différents quartiers qui composaient la ville de Jérusalem dans le plus grand espace qu'elle ait occupé, mais encore que les endroits mêmes par lesquels passait son enceinte, se font reconnaître. Avant que toutes ces circonstances eussent été détruites et réunies sous un point de vue, qu'elles fussent vérifiées par leur application à la disposition même du local, un préjugé d'incertitude sur les moyens de fixer ses idées touchant l'état de l'ancienne Jérusalem pouvait induire à croire qu'il était difficile de conclure son étendue, d'une comparaison avec l'état actuel et moderne. Bien loin que cette incertitude puisse avoir lieu, on verra, par la suite de cet écrit, que les mesures du circuit de l'ancienne Jérusalem qui s'empruntent de l'antiquité même, ne prennent point d'autre évaluation que celle qui résulte d'une exacte combinaison avec la mesure actuelle et fournie par le local. Il est clair qu'une convenance de cette nature suppose nécessairement qu'on ne se soit point mépris en ce qui regarde l'ancienne Jérusalem.

III.

MESURE ACTUELLE DU PLAN DE JÉRUSALEM.

L'échelle du plan de M. Deshayes demandant quelques éclaircissements, je rendrai un fidèle compte de ce qu'un examen scrupuleux m'y a fait remarquer. On y voit une petite verge, définie *cent pas*, et nous en donnons la répétition sur le plan ci-joint. A côté de cette verge en est une plus longue avec le nombre de *cent*, et dont la moitié est subdivisée en parties de dix en dix. Par la combinaison de longueur entre ces deux verges, il est aisé de reconnaître en gros que l'une indique des pas communs, l'autre des toises. Mais je ne dissimulerai point qu'il n'y a pourtant pas une exacte proportion entre ces mesures. L'échelle des pas communs m'a paru donner, en suivant le pourtour de la ville, environ cinq mille cent pas, lesquels à deux pieds et demi, selon la définition du pas commun, fournissent douze mille cent cinquante pieds, ou deux mille cent vingt-cinq toises. Or, par l'échelle en toises, n'en compte qu'environ deux mille, savoir : dans la partie septentrionale, et de l'angle nord-est, six cent soixante-dix-sept; dans la partie occidentale, jusqu'à l'angle sud-ouest, trois cent cinquante-cinq; dans la partie méridionale, cinq cent quarante-quatre; et de l'angle sud est, en regagnant le premier par la partie orientale, quatre cent vingt-huit Total, deux mille quatre. Dans ces mesures, on a cru devoir négliger la saillie des tours et quelques petits redans que fait l'enceinte en divers endroits; mais tous les changements de direction et autres détours marqués ont été suivis. Et ce qu'on ne fait point ici, par rapport à la mesure prise selon l'echelle des pas, qui est d'entrer dans le détail des quatre principaux aspects suivant lesquels l'emplacement de Jérusalem se trouve disposé, a paru devoir être déduit préférablement selon l'échelle des toises, par la raison que cette échelle semble beaucoup moins équivoque que l'autre. Nonobstant cette préférence, qui trouvera sa justification dans ce qui doit suivre, il faut, pour tout dire, accuser la verge de cette échelle des toises d'être subdivisée peu correctement dans l'espace pris pour cinquante toises, ou pour la moitié de cette verge; car cette partie se trouve trop courte, eu égard au total de la verge; et j'ai étendu l'examen jusqu'à m'instruire que par cette portion de verge le circuit de Jérusalem monterait à deux mille deux cents toises.

Quoiqu'on ne puisse découvrir que ces variétés ne donnent quelque atteinte à la précision à l'echelle du plan de Jérusalem, il ne conviendrait pas néanmoins de s'en autoriser pour rejeter totalement cette échelle Je dis que la verge des cent toises me paraît moins équivoque que le reste La mesure du tour de Jérusalem dans son état moderne, et tel que le plan de M. Deshayes le représente, est donnée par M. Maundrell, Anglais, dans son *Voyage d Alep à Jerusalem*, un des meilleurs morceaux sans contredit qu'on ait en ce genre. Cet habile et très exact voyageur a compté quatre mille six cent trente de ses pas dans le circuit extérieur des murailles de Jerusalem; et il remarque que la défalcation d'un dixième sur ce nombre donne la mesure de ce circuit à quatre mille cent soixante-sept verges anglaises, c'est-à-di e que dix pas font l'équivalent de neuf verges. En composant une toise anglaise de deux verges, puisque la verge est de trois pieds, cette toise revient à huit cent onze lignes de la mesure du pied français, selon la plus scrupuleuse évaluation, ce qui ajoute même quelque chose aux comparaisons précédemment faites entre le pied français et le pied anglais, comme je l'ai remarqué dans le *Traité des Mesures itinéraires*. Conséquemment, les quatre mille cent soixante-sept verges ou deux mille quatre-vingt-trois et demi toises anglaises fourniront un million six cent quatre-vingt-neuf mille sept cent dix-huit lignes, qui produisent cent quarante mille huit cent dix pouces, ou onze mille sept cent trente-quatre pieds deux pouces, ou mille neuf cent cinquante-cinq toises quatre pieds deux pouces. Or, si nous mettons cette mesure à mille neuf cent soixante toises de compte rond, et que nous prenions de la même manière celle du plan de M. Deshayes à deux mille, la moyenne proportionnelle ne sera qu'à vingt toises de distance des points extrèmes, ou à un centième du tout. Et que peut-on desirer de plus convenable sur le sujet dont il est question? On ne trouverait peut-être pas de moindres contrariétés entre les divers plans de nos places et villes frontières. Il convient de regarder comme une preuve du choix et de la préférence que demande la verge des cent toises, que, quoique son écart des autres indications de l'échelle du plan consiste à donner moins de valeur de mesure, toutefois elle pèche plutôt en abondance qu'autrement, par comparaison à la mesure prise sur le terrain par Maundrell.

IV.

MESURE DE L'ENCEINTE DE L'ANCIENNE JÉRUSALEM.

Après avoir discuté et reconnu la mesure positive de l'espace sur le plan actuel de Jérusalem, voyons les mesures que plusieurs écrivains de l'antiquité nous ont laissés du circuit de Jérusalem. On peut conclure, tant de l'exposition ci-dessus faite de son état ancien que de la disposition même du terrain, et des circonstances locales qui n'ont pu éprouver de changement, qu'il n'y a point à craindre de méprise sur les anciennes limites de cette ville. Elles se circonscrivent sur le lieu, non-seulement en conséquence des points de fait qui s'y rapportent, mais encore par ce qui convient au lieu même. Ce qui a fait dire à Brocard : *Quum, ab locorum munitionem, transferri non possit (Jerusalem a pristino situ.* De sorte qu'on juge assez positivement de son circuit par le plan du local, pour pouvoir se permettre de tracer sur ce plan une ligne de circonférence ou d'enceinte qui soit censée représenter la véritable. C'est ce dont on a pu se convaincre en suivant sur le plan ce qui a été exposé en détail sur l'ancienne Jérusalem. Il doit donc être maintenant question des mesures qu'on vient d'annoncer.

Eusèbe, dans sa *Préparation évangélique* (liv. IX, chap. XXXVI) nous apprend, d'après un arpenteur syrien, τοῦ τῆς Συρίας σχοινομέτρου, que la mesure de l'enceinte de Jérusalem est de vingt-sept stades. D'un autre côté, Josèphe (liv. VI *de la Guerre des Juifs*, chap. VI) compte trente-trois stades dans le même pourtour de la ville. Selon le témoignage du même Eusèbe, Timocharès avait écrit, dans une histoire du roi Antiochus Epiphanes, que Jérusalem avait quarante stades de circuit. Aristéas, auteur d'une histoire des septante interprètes qui travaillèrent sous Ptolémée Philadelphe, convient sur cette mesure avec Timocharès. Enfin, Hécatée, cité par Josèphe dans son livre Ier contre Appion, donnait à Jérusalem cinquante stades de circonférence. Les nombres des stades ici rapportés roulent de vingt-sept à cinquante. Quelle diversité! Comment reconnaître de la convenance dans des indications qui varient jusqu'à ce point? Je ne sache pas que cette convenance ait été encore développée. Elle a jusqu'à présent fort embarrassé les savants ; témoin Réland, un des plus judicieux entre tous ceux qui ont traité ce sujet, et qui, après avoir déféré à la mesure de Josèphe, de trente-trois stades, s'explique ainsi, page 837 : *Non confirmabo sententiam nostram testimonio* τοῦ τῆς Συρίας σχοινομέτρου, *qui ambitum Hierosolymæ viginti et septem stadii definivit apud Eusebium, etc.*

Cette mesure de vingt-sept stades, la première que nous alléguions, semble néanmoins mériter une déférence particulière, puisque c'est l'ouvrage d'un arpenteur qui a mesuré au cordeau, σχοινομέτρου. Un plus petit nombre de stades que dans les autres mesures indiquées doit naturellement exiger la plus grande portée du stade, qui est sans difficulté celle du stade le plus connu, et que l'on nomme *olympique*. Son étendue se définit à quatre-vingt-quatorze toises deux pieds huit pouces, en vertu des six cents pieds grecs dont il est composé, et de l'évaluation du pied grec à mille trois cent soixante parties du pied de Paris divisé en mille quatre cent quarante, ou onze pouces quatre lignes. Les vingt sept stades reviennent donc à deux mille cinq cent cinquante toises. Or, la trace de l'ancienne enceinte de Jérusalem, dans le plus grand espace qu'elle puisse embrasser, paraîtra consumer environ deux mille six cents toises de l'échelle prise sur le plan de M. Desbayes. On s'en éclaircira si l'on veut par soi-même en prenant le compas. Mais remarquez au surplus que, par la mesure de Maundrell, qui ne donne que mille neuf cent soixante au lieu de deux mille, dans le circuit actuel de Jérusalem, ou un cinquantième de moins, l'enceinte dont il s'agit se réduit à deux mille cinq cent cinquante toises conformément au produit des vingt-sept stades. Ainsi, ayant divisé, pour la commodité du lecteur, la trace d'enceinte de l'ancienne Jérusalem en parties égales et au nombre de cinquante et une, chacune de ces parties prend à la lettre l'espace de cinquante toises, selon la mesure de Maundrell; et le pis-aller sera que quarante-neuf en valent cinquante, selon l'échelle du plan.

Mais, dira-t-on, ce nombre de stades étant aussi convenable à la mesure de l'enceinte de Jérusalem, il faut donc n'avoir aucun égard à toute autre indication. Je répondrai que les anciens ont usé de différentes mesures de stade dans des temps différents, et quelquefois même dans un seul et même temps. Ils les ont souvent employées indistinctement, et sans y faire observer aucune diversité d'étendue. Ils nous ont laissés dans la nécessité de démêler, par de l'application et de la critique, les espèces plus convenables aux circonstances des temps et des lieux. On ne peut mieux faire que de calculer les trente-trois stades de la mesure de Josèphe sur le pied d'un stade plus court d'un cinquième que le stade olympique, et dont la connaissance est développée dans le petit *Traité* que j'ai publié *sur les Mesures itinéraires*. Il semble que le raccourcissement de ce stade le rendît même plus propre aux espaces renfermés dans l'enceinte des villes, qu'aux plus grands qui se répandent dans l'étendue d'une région ou contrée. La mesure que Diodore de Sicile et Pline ont donnée de la longueur du grand cirque de Rome ne convient qu'à ce stade, et non au stade olympique. Ce stade s'évaluant sur le pied de soixante-quinze toises trois pieds quatre pouces, le nombre de trente-trois stades de cette mesure produit deux mille quatre cent quatre-vingt-treize toises deux pieds. Or, que s'en faut-il que ce calcul ne tombe dans celui des vingt-sept stades précédents? cinquante et quelques toises. Une fraction de stade, une toise de plus, si l'on veut, sur l'évaluation du stade, ne laisseraient, à la rigueur, aucune diversité dans le montant d'un pareil calcul.

On exigera peut-être que, indépendamment d'une convenance de calcul, il y ait encore des raisons pour croire que l'espèce de mesure soit par elle-même applicable à la circonstance en question. Comme le sujet qu'on s'est proposé de traiter dans cet écrit doit conduire à la discussion des mesures hébraïques, on trouvera ci-après que le mille des Juifs se compare à sept adess et demi, selon ce que les Juifs eux-mêmes en ont écrit; et que ce mille

étant composé de deux mille coudées hébraïques, l'évaluation qui en résulte
est de cinq cent soixante-neuf toises deux pieds huit pouces. Conséquemment
le stade employé par les Juifs revient à soixante-treize toises moins quelques
pouces, et ne peut être censé différent de celui qu'on a fait servir au calcul
ci-dessus. L'évaluation actuelle ayant même quelque chose de plus que celle
qui m'était donnée précédemment de cette espèce de stade, les trente-trois
stades du circuit de Jérusalem passeront deux mille cinq cents toises, et ne
seront qu'à quarante et quelques toises au-dessous du premier montant de ce
circuit. Mais on peut aller plus loin, et vérifier l'emploi que Josèphe personnellement fait de la mesure du stade dont il s'agit, par l'exemple que voici :
au livre XX de ses *Antiquités*, chap. VI, il dit que la montagne des Oliviers
est éloignée de Jérusalem de cinq stades. Or, en mesurant sur le plan de
M. Deshayes, qui s'étend jusqu'au sommet de cette montagne, la trace de
deux voies qui en descendent, et cette mesure étant continuée jusqu'à l'angle
le plus voisin du temple, on trouve dix-neuf parties de vingt toises, selon que
la verge des cent toises, divisée en cinq parties, les fournit ; donc trois cent
quatre-vingts toises ; par conséquent cinq stades de l'espèce qui a été produite, puisque la division de trois cent quatre-vingts par cinq donne soixante-
seize. Il n'est point ambigu que, pour prendre la distance dans le sens le plus
étendu, on ne peut porter le terme plus loin que le sommet de la montagne.
Ce n'est donc point l'effet du hasard, ou un emploi arbitraire, c'est une raison
d'usage qui donne lieu à la convenance du calcul des trente-trois stades sur le
pied qu'on vient de voir.

Je passe à l'indication de l'enceinte de Jérusalem à quarante stades. L'évaluation qu'on en doit faire demande deux observations préalables : la première, que les auteurs de qui nous la tenons ont écrit sous les princes macédoniens qui succédèrent à Alexandre dans l'Orient ; la seconde, que la ville
de Jérusalem, dans le temps de ces princes, ne comprenait point encore le
quartier nommé *Bezetha,* situé au nord du temple et de la tour Antonia,
puisque Josèphe nous apprend que ce fut seulement sous l'empire de Claude
que ce quartier commença à être renfermé dans les murs de la ville. Il paraîtra singulier que, pour appliquer à l'enceinte de Jérusalem un plus grand
nombre de stades que les calculs précédents n'en admettent, il convienne
néanmoins de prendre cette ville dans un état plus resserré. En conséquence
du plan qui nous est donné, j'ai reconnu que l'exclusion de Bezetha appor-
tait une déduction d'environ trois cent soixante-dix toises sur le circuit de
l'enceinte, par la raison que la ligne qui exclut Bezetha ne valant qu'environ
trois cents toises, celle qui renferme le même quartier en emporte six cent
soixante-dix. Si l'enceinte de Jérusalem, y compris Bezetha, se monte à deux
mille cinq cent cinquante toises, selon le calcul des vingt-sept stades ordinaires, auquel la mesure de Maundrell se rapporte précisément ; ou à deux
mille six cents pour le plus, selon l'échelle du plan de M. Deshayes : donc, en
excluant Bezetha, cette enceinte se réduit à environ deux mille cent quatre-
vingts toises ou deux mille deux cent vingt-quatre au plus.

A ces observations j'ajouterai qu'il est indubitable qu'un stade particulier
n'ait été employé dans la mesure des marches d'Alexandre, stade tellement
abrégé par comparaison aux autres stades, qu'à en juger sur l'évaluation de

la circonférence du globe donnée par Aristote, précepteur d'Alexandre, il entra mille cent onze stades dans l'étendue d'un degré du grand cercle. On trouvera quelques recherches sur le stade qui se peut appeler *macédonien*, dans le *Traité des Mesures itinéraires*. L'évaluation qui résulterait de la mesure d'Aristote n'y a point été adoptée à la lettre et sans examen ; mais, en conséquence d'une mesure particulière de pied, qui paraît avoir été propre et spéciale à ce stade, l'étendue du stade s'établit de manière que mille cinquante sont suffisants pour remplir l'espace d'un degré. Ce stade, par une suite de la connaissance de son élément, ayant sa définition avec quelque précision à cinquante-quatre toises deux pieds cinq pouces, les quarante stades fournissent ainsi deux mille cent soixante-seize toises. Or, n'est-ce pas là positivement le résultat de ce qui précède? Et en rétablissant les trois cent soixante-dix toises que l'exclusion de Bezetha fait soustraire, ne retrouve-t-on pas le montant du calcul qui résulte de la première mesure des vingt-sept stades ?

Qu'il me soit néanmoins permis de remarquer, en passant, que l'on ne saurait supposer qu'il pût être question en aucune manière de ménager des convenances par rapport à l'enceinte de Jérusalem, dans les définitions qui ont paru propres à chacune des mesures qu'on y voit entrer. Si toutefois ces convenances sont d'autant plus frappantes qu'elles sont fortuites, n'est-on pas en droit d'en conclure que les définitions mêmes acquièrent par là l'avantage d'une vérification?

Il reste une mesure de cinquante stades, attribuée à Hécatée. On n'aurait pas lieu de s'étonner que cet auteur, en faisant monter le nombre des habitants de Jérusalem à plus de deux millions, environ deux millions cent mille, eût donné plus que moins à son étendue, qu'il y eût compris des faubourgs ou habitations extérieures à l'égard de l'enceinte. Mais ce qui pouvait être vrai du nombre des Juifs qui affluaient à Jérusalem dans le temps pascal ne convient point du tout à l'état ordinaire de cette ville. D'ailleurs, si nous calculons ces cinquante stades sur le pied du dernier stade, selon ce qui paraît plus à propos, la supputation n'ira guère qu'à deux mille sept cents toises, ce qui résulte de l'échelle du plan de M. Deshayes.

En s'attachant à ce qu'il y a de plus positif dans tout ce corps de combinaison, il est évident que la plus grande enceinte de Jérusalem n'allait qu'à environ deux mille cinq cent cinquante toises. Outre que la mesure actuelle et positive le veut ainsi, le témoignage de l'antiquité y est formel. Par une suite de cette mesure, nous connaîtrons que le plus grand espace qu'occupait cette ville ou sa longueur, n'allait qu'à environ neuf cent cinquante toises, sa largeur à la moitié. On ne peut comparer son étendue qu'à la sixième partie de Paris, en n'admettant même dans cette étendue aucun des faubourgs qui sont au dehors des portes. Au reste, il ne conviendrait peut-être pas de tirer de cette comparaison une réduction proportionnelle du nombre ordinaire des habitants de Jérusalem. A l'exception de l'espace du temple, qui même avait ses habitants, la ville de Jérusalem pouvait être plus également serrée partout que ne l'est une ville comme Paris, qui contient des maisons plus spacieuses et des jardins plus vastes qu'il n'est convenable de les supposer dans l'ancienne Jérusalem, et dont on composerait l'étendue d'une grande ville.

V.

OPINIONS PRECÉDENTES SUR L'ÉTENDUE DE JÉRUSALEM.

La mesure de l'enceinte de Jérusalem ayant tiré sa détermination de la comparaison du local même, avec toutes et chacune des anciennes mesures qui sont données, il n'est pas hors de propos de considérer jusqu'à quel point on s'était écarté du vrai sur ce sujet. Villalpando a prétendu que les trente-trois stades marqués par Josèphe se rapportaient à l'étendue seule de Sion, indépendamment du reste de la ville. J'ai combiné qu'il s'ensuivrait d'une pareille hypothèse que le circuit de Jérusalem consumerait par proportion soixante-quinze stades. Et sans prendre d'autres mesures de stade que celle qui paraît propre aux trente-trois stades en question, la supputation donnera cinq mille sept cents toises. Ce sera pis encore, si l'on ne fait point la distinction des stades, et qu'on y emploie le stade ordinaire, d'autant que les autres ont été peu connus jusqu'à présent. La mesure de ce stade fera monter le calcul à près de sept mille deux cents toises, ce qui triple presque la vraie mesure. Or, je demande si la disposition du local, et la mesure d'espace qui y est propre, peuvent admettre une étendue analogue à de pareils décomptes? Pouvons-nous déborder l'emplacement de Sion? Ne sommes-nous pas arrêtés d'un côté par la vallée de Cédron, de l'autre par le lieu du Calvaire? D'ailleurs, Josèphe ne détruit-il pas cette opinion, comme le docte et judicieux Réland l'a bien remarqué, en disant que le circuit des lignes dont Tite investit Jérusalem entière était de tente-neuf stades? Dans un juste calcul de l'ancienne enceinte de cette cité, on ne se trouve point dans le besoin de recourir au moyen d'oppositions, qui s'emploie d'ordinaire, lorsque les mesures données par les anciens démentent une hypothèse, qui est de vouloir qu'il y ait erreur de chiffres dans le texte.

Le père Lamy, dans son grand ouvrage *De sancta Civitate et templo*, conclut la mesure du circuit de Jérusalem à soixante stades; se fondant sur la supposition que cette enceinte contenait cent vingt tours, dont chacune, avec sa courtine, fournirait deux cents coudées, ou un demi-stade. Il est vrai que ce nombre de coudées d'une tour à l'autre se tire de Josèphe. Mais comme le même historien parle de soixante-quatre tours, distribuées en trois murailles différentes; que dans l'étendue de ces murailles est comprise une séparation de Sion d'avec Acra; qu'Acra était divisée par un mur intérieur, et avait sa séparation d'avec Bezetha, il est difficile de statuer quelque chose de positif sur un pareil fondement; et il resterait toujours beaucoup d'incertitude sur ce point, quand même la mesure actuelle des espaces n'y ferait aucun obstacle. On peut encore observer que le savant auteur que nous citons ne se trouve point d'accord avec lui-même, quand on compare avec son calcul le plan qu'il a donné de Jérusalem. Car il y a toute apparence que les stades qu'il emploie sont les stades ordinaires, puisque, dans le *Traité des Mesures*, qui sert de préliminaire à son ouvrage, il ne donne point de définition de plus d'une espèce de stade. Sur ce pied, l'enceinte de Jérusalem, dans le calcul du père Lamy, s'évalue cinq mille six cent soixante et quelques toises. Or, selon le plan dont je viens de parler, le circuit de Jérusalem est aux côtés du carré du temple comme quarante-et-un est à deux ; et l'échelle qui manque à ce plan se supplée par celle que l'auteur a appliquée à son Ichnographie particulière du temple, dont les côtés son évalués environ mille cent vingt pieds français. Conséquemment le circuit de la ville, dans le plan, ne peut aller qu'à environ vingt-trois mille pieds, ou trois mille huit cent trente et quelques toises, qui n'équivalent qu'à quarante-et-un stades au plus. Si même on a égard à ce que le plan du père Lamy semble conforme à une sorte de perspective, et que la partie du temple s'y trouve dans le reculement, il doit s'en suivre que ce qui est sur le devant prend moins d'espace ; ce qui réduit encore par conséquent le calcul de l'enceinte. Le plan de M. Deshayes était donné au père Lamy ; la mesure prise sur le lieu par Maundrell avait été publiée. Serait-ce que les savants veulent devoir tout à leurs recherches, et ne rien admettre que ce qui entre dans un genre d'érudition qui leur est réservé ?

Ce qu'on vient d'observer dans deux célèbres auteurs, qui sont précisément ceux qui ont employé le plus de savoir et de recherches sur ce qui concerne l'ancienne Jérusalem, justifie, ce me semble, ce qu'on a avancé dans le préambule de ce Mémoire, que l'étendue de cette ville n'avait point été déterminé jusqu'à présent avec une sorte de précision, et qu'on avait surtout exagéré beaucoup en ce point.

VI.

MESURE DE L'ÉTENDUE DU TEMPLE.

Maundrell, qui a donné la longueur et la largeur du terrain compris dans l'enceinte de la fameuse mosquée qui occupe l'emplacement du temple, ne paraît pas avoir fait une juste distinction entre ces deux espaces, à en juger par le plan de M. Deshayes. Il donne à la longueur cinq cent soixante-dix de ses pas, qui, selon l'estimation par lui appliquée à la mesure de l'enceinte, reviendraient à cinq cent treize verges anglaises, dont on déduit deux cent quarante toises. Cependant on n'en trouve qu'environ deux cent quinze sur le plan. L'erreur pourrait procéder, du moins en partie, de ce que Maundrell aurait jugé l'encoignure de cet emplacement plus voisine de la porte dite de *Saint-Etienne*. Mais ce qu'il y a d'essentiel, cette erreur ne tire point du tout à conséquence pour ce qui regarde l'enceinte de la ville ; car, dans sa mesure de Maundrell, la partie de cette enceinte comprise entre la porte dont on vient de parler et l'angle sud-est de la ville, qui est en même temps celui du terrain de la mosquée, se trouve employée pour six cent vingt des pas de ce voyageur ; et, selon son estimation, ce sont cinq cent cinquante-huit verges anglaises, dont le calcul produit deux cent soixante-deux toises, à quelques pouces près. Or, l'échelle du plan paraît fournir deux cent soixante-cinq toises, qui en valent environ deux cent soixante, en se servant à la rigueur de la proportion reconnue entre cette échelle et la mesure de Maundrell.

Dans les extraits tirés des *Géographes orientaux*, par l'abbé Renaudot, et qui sont manuscrits entre mes mains, la longueur du terrain de la mosquée de Jérusalem est marquée de sept cent quatre-vingt-quatorze coudées. C'est de la coudée arabique qu'il est ici question. Pour ne nous point distraire de notre objet actuel par la discussion particulière que cette coudée exigerait, je m'en tiendrai, quant à présent, à ce qui en ferait le résumé; et ce que j'aurais à exposer en détail pour y conduire et lui servir de preuve peut faire la matière d'un article séparé à la suite des mesures hébraïques. Qu'il suffise ici qu'un moyen non équivoque de connaître la coudée d'usage chez les Arabes est de la déduire du mille arabique. Il était composé de quatre mille coudées : et, vu que, par la mesure de la terre prise sous le calife Al Mamoun, le mille ainsi composé s'évalue sur le pied de cinquante-six deux tiers dans l'espace d'un degré, il s'ensuit que ce mille revient à environ mille six toises, à raison de cinquante-sept mille toises par degré, pour ne point entrer dans une délicatesse de distinction sur la mesure des degrés. Donc mille coudées arabiques sont égales à deux cent cinquante toises, et de plus neuf pieds qui se peuvent négliger ici. Et, en supposant huit cents coudées de compte rond au lieu de sept cent quatre-vingt quatorze, il en résulte deux cents toises de bonne mesure. Ainsi le compte de deux cent quinze toises, qui se tire du plan de Jérusalem figuré dans toutes ces circonstances, est préférable à une plus forte supputation.

La largeur du terrain de la mosquée est, selon Maundrell, de trois cent soixante-dix pas, dont on déduit cent cinquante-six toises quatre pieds et demi. Or, la mesure du plan revient à environ cent soixante-douze. Et ce qu'on observe ici est que la mesure de Maundrell perd en largeur la plus grande partie de ce qu'elle avait de trop sur sa longueur. D'où l'on peut conclure que le défaut de précision en ces mesures consiste moins dans leur produit en général que dans leur distribution. Il y a toute apparence que les édifices adhérents à l'enceinte de la mosquée, dans l'intérieur de la ville, ont rendu la mesure de cette enceinte plus difficile à bien prendre que celle de la ville. Maundrell avoue même que c'est d'une supputation faite sur les dehors qu'il a tiré sa mesure. Et le détail dans lequel nous n'avons point évité d'entrer sur cet article fera voir que, notre examen s'étant porté sur toutes les circonstances qui se trouvaient données, il n'y a rien de dissimulé ni d'ajusté dans le compte qu'on en rend.

La mosquée qui remplace le temple est singulièrement respectée dans l'islamisme. Omar, ayant pris Jérusalem, la quinzième année de l'hégire (de J. C. 637), jeta les fondements de cette mosquée, qui reçut de grands embellissements de la part du calife Abd-el-Melik, fils de Mervan. Les mahométans ont porté la vénération pour ce lieu jusqu'au point de le mettre en parallèle avec leur sanctuaire de la Mecque, le nommant *Alacsa*, ce qui signifie *extremum sive ulterius*, par opposition à ce sanctuaire; et il y a toute apparence qu'ils se sont fait un objet capital de renfermer dans son enceinte tout l'emplacement du temple judaïque; *totum antiqui Sacri fundum*, dit Golius dans ses notes savantes sur l'*Astronomie* de l'Affergane, page 136. Phocas, que j'ai déjà cité, et qui écrivait dans le douzième siècle, est précisément de cette opinion, que tout le terrain qui environne la mosquée est l'ancienne aire du temple, παλαιὸν τοῦ μεγάλου ναοῦ δάπεδον. Quoique ce temple eût été détruit, il n'était pas possible qu'on ne retrouvât des vestiges, qu'on ne reconnût pour le moins la trace de ces bâtisses prodigieuses qui avaient été faites pour égaler les côtés du temple et son aire entière, au terrain du temple même, placé sur le sommet du mont Moria. Les quatre côtés qui partageaient le circuit du temple étaient tournés vers les points cardinaux du monde; et on avait eu en vue que l'ouverture du temple fût exposée au soleil levant, en tournant le *Sancta Sanctorum* vers le côté opposé. En cela on s'était conformé à la disposition du tabernacle ; et ces circonstances ne souffrent point de difficultés. Or, la disposition des quatre faces se remarque encore dans l'enceinte de la mosquée de Jérusalem, dont les côtés sont, à treize ou quatorze degrés près, orientés conformément à la boussole placée sur le plan de M. Deshayes. Supposé même que la disposition de cette boussole dépende du nord de l'aimant, et qu'elle doive souffrir une déclinaison occidentale ; que de plus cette position ne soit pas de la plus grande justesse, il peut s'ensuivre encore plus de précision dans l'orientement dont il s'agit. On trouve dans Sandys, voyageur anglais, un petit plan de Jérusalem qui, ne pouvant être mis en parallèle pour le mérite avec celui de M. Deshayes, tire néanmoins beaucoup d'avantage d'une conformité assez générale avec ce plan ; et selon les aires de vent marquées sur le plan de Sandys, chaque face du carré du temple répond exactement à ce qui est indiqué N. S. E. W.

Mais il semble qu'il y ait une égalité établie entre les côtés du temple judaïque, ce qui forme un carré plus régulier que le terrain actuel de la mosquée mahométane. On convient généralement que la mesure d'Ézéchiel donne à chacun des côtés cinq cents coudées. Quoique dans l'hébreu on lise des verges pour des coudées, et dans *la Vulgate, calamos* pour *cubitos,* la méprise saute aux yeux, d'autant que le *calamus* ne comprenait pas moins de six coudées ; et d'ailleurs la version grecque, faite apparemment sur un texte plus correct, dit précisément, τήχειν πεντακοσίους. Rabbi-Jehuda, auteur de la *Misna,* et qui a ramassé les traditions des Juifs sur le temple, dans un temps peu éloigné de sa destruction (il vivait sous Antonin-Pie), s'accorde sur le même point, dans le traité particulier intitulé *Midoth* ou *la Mesure.* On ne peut donc révoquer en doute que telle était en effet l'étendue du temple.

Nous avons une seconde observation à faire, qui est que cette mesure ne remplira point non-seulement la longueur, mais même la largeur ou plus courte dimension du terrain de la mosquée, quelque disposé que l'on puisse être à ne point épargner sur la longueur de la coudée. Ézéchiel doit nous porter en effet à supposer cette mesure de coudée plutôt forte que faible, disant aux Juifs captifs en Babylone (XL, 5, et XLIII, 13), que, dans la construction d'un nouveau temple, dans le rétablissement de l'autel, ils doivent employer la coudée sur une mesure plus forte d'un travers de main, ou d'une palme, que la coudée ; ἐν πήχει τοῦ πήχεως καὶ παλαιστῆς, dit la version grecque, *in cubito cubiti et palmi.* Plusieurs savants, entre autres le père Lamy, ont pensé que la coudée hébraïque pouvait être la même mesure, ou à peu près, que le *dérah* ou la coudée égyptienne, dont l'emploi dans la mesure du débordement du Nil a dû maintenir dans tous les temps la longueur sans altération (vu les conséquences), et la rendre invariable, malgré les changements de dominations. Greaves, mathématicien anglais, et Cumberland, évêque de Peterborough, trouvent dans l'application du dérah à divers espaces renfermés dans la grande Pyramide, où cette mesure s'emploie complète et convient sans fraction, une preuve de sa haute antiquité. Il est fort probable, au surplus, que les Israélites, qui ne devinrent un peuple, par la multiplication d'une seule famille, que pendant leur demeure en Égypte, et qui furent même employés aux ouvrages publics dans ce pays, en durent tirer les mesures dont on se servait dans ces ouvrages. Auparavant cela, les patriarches de cette nation ne bâtissant point, n'étant même point attachés à des possessions d'héritages, il n'y a pas d'apparence qu'ils eussent en partage, et pour leur usage propre, des mesures particulières assujetties à des étalons arrêtés et fixés avec grande précision, puisque les choses de cette espèce n'ont pris naissance qu'avec le besoin qu'on s'en est fait. Moïse, élevé dans les sciences des Égyptiens, a dû naturellement tirer de leur mathématique ce qui pouvait avoir du rapport dans les connaissances qu'il avait acquises. Quoi qu'il en soit, une circonstance hors de toute équivoque dans l'emploi du dérah, est qu'on ne peut donner plus d'étendue à ce qui prend le nom de *coudée*. Greaves, ayant pris sur le nilomètre du Caire la mesure du dérah, en a fait la comparaison au pied anglais; et, en supposant ce pied divisé en mille parties, le dérah prend mille huit cent vingt-quatre des même parties. Par la comparaison du pied anglais au pied français, dans laquelle le pied anglais est d'un sixième de ligne plus fort qu'on ne l'avait estimé par le passé, le dérah équivaut à vingt pouces et demi de bonne mesure du pied français. Partant, les cinq cents coudées, sur la mesure du dérah, font dix mille deux cent cinquante pouces, qui fournissent huit cent cinquante-quatre pieds, ou cent quarante-deux toises deux pieds. Ainsi, on a été bien fondé à dire que la mesure du temple est inférieure à l'espace du terrain de la mosquée, puisque cette mesure n'atteint pas même celle des dimensions de ce terrain, qui prend moins d'étendue, ou sa largeur. Que serait-ce si on refusait à la coudée hébraïque, considérée étroitement comme coudée, autant de longueur que le dérah en contient?

Cependant, quand on fait réflexion que le sommet du mont Moria n'a pris l'étendue de son aire que par la force de l'art, on a peine à se persuader qu'on ait ajouté à cet égard aux travaux du peuple juif; travaux qui, à diverses reprises, ont coûté plusieurs siècles, comme Josèphe l'a remarqué. L'édifice octogone de la mosquée étant contenu dans l'espace d'environ quarante-cinq toises, selon l'échelle du plan, l'espèce de cloître intérieur qui renferme cette mosquée n'ayant qu'environ cent toises en carré, on ne présume pas que les mahométans eussent quelque motif pour étendre l'enceinte extérieure au-delà des bornes que les Juifs n'avaient prises qu'en surmontant la nature. Ces considérations donnent tout lieu de croire que le terrain que l'on voit dépendant de la mosquée appartenait en entier au Temple; duquel terrain la superstition mahométane a bien pu ne vouloir rien perdre, sans vouloir s'étendre plus loin. Le père Lamy, dans la distribution des parties du temple, distinguant et séparant l'*Atrium Gentium* d'avec celui des Israélites, en quoi il diffère de Villapande, a jugé que cet *Atrium* des Gentils était extérieur au lieu mesuré par Ézéchiel. Or, il semble que la discussion dans laquelle nous venons d'entrer favorise cette opinion, et que cette même opinion fournisse l'emploi convenable du terrain qui se trouve surabondant. Lightfoot, dans ce qu'il a écrit sur le temple, cite un endroit du *Talmud*, ajouté au *Middoth*, qui dit que le mont Moria surpassait la mesure de cinq cent coudées ; mais ce qui sortait de cette mesure n'était pas réputé saint comme ce qui y était renfermé. Cette tradition juive prouverait deux choses : l'une que l'aire du mont Moria avait été accrue au-delà même de ce qui se renferme dans la mesure d'Ézéchiel, ainsi qu'en effet nous remarquons que l'espace actuel est plus grand ; l'autre que l'excédant de cette mesure ne peut mieux s'entendre que du lieu destiné ou permis aux Gentils qu'un motif de vénération pour le Dieu d'Israël conduisait à son temple, mais qui n'étaient pas regardés comme de véritables adorateurs. Ces circonstances ont une singulière convenance à ce qui est dit au chapitre xi de l'*Apocalypse*, où saint Jean, ayant reçu ordre de mesurer le temple de Dieu, *datus est mihi calamus similis virgœ, et dictum est mihi : Metire Templum Dei, altare, et adorantes in eo*, ajoute : *Atrium vero quod est foris Templum... ne metiaris illud, quoniam datum est Gentibus*. Cet article, *ne metiaris*, nous donne à entendre que, dans la mesure du temple, on a pu et dû même se renfermer dans un espace plus étroit que l'espace entier du temple ; et ce qui précède, savoir *Atrium quod est foris*, nous fait néanmoins connaître un supplément d'espace à cette mesure, et nous apprend en même temps sa destination, *quoniam datum est Gentibus*. Cet endroit de l'*Apocalypse* peut avoir un fondement absolu et de comparaison (indépendamment de tout sens mystique ou figuré) sur la connaissance que saint Jean avait conservée du temple même de Jérusalem. Josèphe, qui attribue au temple une triple enceinte, désigne indubitablement par là trois espaces différents. De manière qu'outre l'*Atrium Sacerdotum* et l'*Atrium Israelitarum*, desquels on ne peut disputer, il faut de nécessité admettre un troisième espace, tel en effet qu'il se manifeste ici.

Le père Lamy, que l'habileté en architecture a beaucoup servi dans sa description du temple, appliquant la mesure des cinq cents coudées à l'enceinte de l'*Atrium* des Israélites, et pratiquant un *Atrium* extérieur avec une sorte de combinaison dans les proportions des parties du temple, se trouve conduit par là à attribuer environ deux mille six cent vingt coudées hébraïques au pourtour de son *Ichnographie du Temple*. Ce nombre de coudées, sur le même pied que ci-dessus, revient à sept cent quarante-six toises. Or, rappelons-nous que la longueur du terrain de la mosquée de Jérusalem, déduite du plan de cette ville, a été donnée d'environ deux cent quinze toises : la largeur d'environ cent soixante-douze. Multipliez chacune de ces sommes par deux, vous aurez au total sept cent soixante-quatorze toises. Sur quoi on peut vouloir rabattre un cinquantième, ou quinze à seize toises pour mettre l'échelle du plan au niveau de ce qui a paru plus convenable dans la mesure totale de l'enceinte de Jérusalem. Et sur ce pied il n'y aura que treize ou quatorze toises de plus ou de moins dans la supputation du circuit du terrain qui appartient au temple. Il est vrai que le père Lamy a employé en quatre côtés égaux la quantité de mesure qui a quelque inégalité de partage dans ce que fournit le local. Mais qui ne voit que la parfaite égalité dans le père Lamy n'a d'autre fondement qu'une imitation ou répétition de ce qui était propre au corps du temple, isolé de l'*Atrium* extérieur des Gentils? Et, vu qu'aucune circon-

stance de fait ne sert de preuve à une semblable répétition, plus, aisée vraisemblablement à imaginer que propre au terrain, elle ne peut être regardée
comme positive.

Après avoir reconnu quelle était l'étendue du temple, on ne peut s'empêcher d'être extrêmement surpris que ce qu'on trouve dans Josèphe sur ce sujet
soit peu conforme au vrai. On ne comprend pas que cet historien, qui, dans
les autres circonstances, cherche avec raison à donner une haute idée de cet
édifice, ait pu se tenir fort au-dessous de ce qu'il convient d'attribuer à son
étendue. Les côtés du carré du temple sont comparés à la longueur d'un stade,
en quoi il paraît s'être mépris comme du rayon au diamètre ; et dans un autre
endroit, le circuit du terrain entier, y compris même la tour Antonia, qui
tenait à l'angle nord-ouest de l'enceinte du temple, est estimé six stades. Il
aurait pu écrire δίκα au lieu d'έξ, en usant du stade qui lui paraît propre
dans la mesure de l'enceinte de Jérusalem, et dont les dix fournissent sept
cent soixante toises, ce qui prend le juste milieu des supputations qu'on vient
de voir.

VII.

DES MESURES HÉBRAIQUES DE LONGUEUR.

Je terminerai cet écrit par quelque discussion des mesures hébraïques propres aux espaces. Cette discussion se lie d'autant mieux à ce qui précède,
qu'elle fournit des preuves sur plusieurs points. Il ne paraît pas équivoque que
la coudée, dite en hébreu *ameh* (*per aleph, mem, he*) en langue chaldaïque
ametha, appelée par les Grecs πῆχυς, d'où est devenu le mot *pic*, et autrement ώλίνη, d'où les Latins ont pris le mot d'*ulina*, ne soit un élément de
mesure qu'il soit très essentiel de vérifier. La mesure que cette coudée a prise
ci-dessus par rapport à l'étendue du temple paraît assez convenable pour
qu'elle en tire déjà grand avantage. Voyons si elle se peut répéter d'ailleurs,
ou détruire de quelque autre moyen.

Si l'on s'en rapporte au rabbin Godolias sur l'opinion de Maïmonides, la
coudée hébraïque se compare à l'aune de Bologne ; et, de cette comparaison,
le docteur Cumberland, évêque de Peterborough, a conclu la coudée de vingt-et-
un pouces anglais et sept cent trente-cinq millièmes de pouce, comme je l'ap-
prends d'Arbuthnot (*Traité des poids, monnaies et mesures*), ce qui revient à
vingt pouces et environ cinq lignes du pied de Paris, et ne diffère, par conséquent, que d'une ligne en déduction de l'évaluation propre au dérah ou à la
coudée égyptienne.

Mais un moyen de déterminer la mesure de la coudée hébraïque, duquel je
ne sache point qu'on ait fait usage, tout décisif qu'il puisse paraître, est celui-
ci : les Juifs conviennent à définir l'*iter sabbaticum*, ou l'étendue de chemin
qu'ils se permettaient le jour du Sabbat, en dérogeant au précepte du xviᵉ
chapitre de l'*Exode*, v. 30 : *Nullus egrediatur de loco suo die septimo ;* ils
conviennent, dis-je, sur le pied de deux mille coudées. L'auteur de la *Para-*

phrase Chaldaïque s'en explique positivement, à l'occasion du v. 6 du chap. 1ᵉʳ du livre de *Ruth.* Œcumenius confirme cette mesure par le témoignage d'Origène, lorsqu'il dit que le mille, étant égal au chemin sabbatique, comprend διϭχιλίων πηχῶν. Le *Traité des mesures judaïques*, composé par saint Épiphane, qui, étant né Juif et dans la Palestine, devait être bien instruit du fait dont il s'agit, nous apprend que l'espace du chemin sabbatique revient à la mesure de six stades. Pour donner à la coudée en question plus que moins d'étendue, on ne peut mieux faire que d'employer ici le stade ordinaire, dont huit remplissent l'espace d'un mille romain, et qui semble même avoir prévalu sur tout autre stade dans les bas temps. La mesure de ce stade, définie à quatre-vingt-quatorze toises deux pieds huit pouces, étant multipliée par six, fournit cinq cent soixante-six toises quatre pieds. En décomposant ce calcul en pieds, on y trouve trois mille quatre cents pieds, qui renferment quarante mille huit cents pouces. Et, en divisant cette somme de pouces en deux mille parties, chacune de ces parties se trouve de vingt pouces et deux cinquièmes de pouce. Or, le produit de ce calcul semblerait en quelque sorte fait exprès pour servir de vérification à la mesure déduite ci-dessus. Que s'en faut-il même que l'évaluation qui vient d'être conclue ne soit précisément la même que celle que nous avons employée précédemment pour la coudée hébraïque, en la croyant une même mesure avec le dérah ou coudée égyptienne? La diversité d'une ligne et un cinquième ne doit-elle pas être censée de petite considération dans une combinaison de cette espèce. Outre que la diversité ne va pas à un deux-centième sur le contenu, il faudrait, pour que cette diversité pût être regardée à la rigueur comme un défaut de précision dans l'emploi du dérah pour la coudée hébraïque, qu'on fût bien assuré que les six stades faisaient étroitement et sans aucun déficit le juste équivalent des deux mille coudées. Il ne conviendrait pas aussi de trouver à redire à la compensation que saint Épiphane donne de six stades pour deux mille coudées, sur ce qu'il peut avoir négligé d'y ajouter un trente-quatrième de stade, où la valeur de seize à dix-sept pieds.

Les Juifs ont eu une mesure d'espace à laquelle, outre le terme de *berath*, que quelques commentateurs croient lui être propre, ils ont adapté celui de *mil* (*mem, jod, lamed*) au pluriel *milin.* Quoiqu'on ne puisse douter que cette dénomination ne soit empruntée des Romains, cela n'empêche pas que chez les Juifs, le mille n'ait sa définition distincte et particulière, laquelle est donnée sur le pied de deux mille coudées; ce qui se rapporte précisément à ce que dit Œcumenius, que l'on vient de citer. Plusieurs endroits de la *Gémare,* indiqués par Réland (*Palæstina,* vol. 1ᵉʳ, pag. 400), nous apprennent que les Juifs compensent la mesure du mille par sept stades et demi. Le terme dont ils se servent pour exprimer le stade est *ris* (*resch, jod samech*), au pluriel *risin.* Il peut s'interpréter par le latin *carriculum,* qui est propre à la carrière du stade *carriculum stadii,* dans Aulu-Gelle (*Noct. Attic.,* lib. I, cap I.) La jonction de quatre *milin* compose chez les Juifs une espèce de lieue nommée *parseh* (*pe, resch, samech, he*). Dans la langue syriaque, *paras* signifie étendre, et *parseh* étendue. Et il est d'autant plus naturel que ce terme paraisse emprunté de cette langue, qu'elle était devenue propre aux Juifs dans les temps qui ont suivi la captivité. On trouvera dans Réland (pag. 97) un endroit du *Talmud*

qui donne positivement la définition du mille judaïque à deux mille coudées,
et la composition de la parseh de quatre mille. Les deux mille coudées assu-
jéties à la mesure précise du dérah font cinq cent soixante-neuf toises deux
pieds huit pouces. En multipliant cette somme par quatre, la parseh se trouve
de deux mille deux cent soixante-dix-sept toises quatre pieds huit pouces.
Cette mesure ne diffère presque en rien de notre lieue française, composée de
deux lieues gauloises, et dont vingt-cinq font presque le juste équivalent d'un
degré.

Le docte Réland, partant de la supposition que le mille judaïque n'est point
différent du mille romain, et comparant le nombre de deux mille coudées dans
l'un, à celui de cinq mille pieds dans l'autre, conclut la coudée à deux pieds
et demi. Mais, quoiqu'on ne puisse disconvenir que l'étendue de la domination
romaine n'ait rendu le mille romain presque universel, toutefois il est bien
certain que la mesure de ce mille ne peut-être confondue avec celle qui nous
est donnée du mille judaïque. Et outre que l'évaluation de la coudée qui résulterait de l'équivoque est naturellement difficile à admettre, excédant la vraisemblance en qualité de coudée, une simple comparaison de nombres, destituée
des rapports essentiels, ne peut se soutenir contre une définition positive, et
qui éprouve des vérifications. Il y a un endroit de la *Gémare* qui définit le
chemin d'une journée ordinaire à dix *parsaut* (tel est le pluriel de *parseh*). Si
la parseh équivalait à quatre milles romains, il en résulterait quarante milles.
Mais les anciens ne vont point jusque-là dans cette estimation : ils s'en tiennent communément à vingt-cinq milles, ou deux cents stades; et si Hérodote
liv. v.) y emploie deux cent cinquante stades, il faut avoir égard à ce que
l'usage des stades à dix au mille est propre à cet historien en beaucoup d'endroits. Les géographes orientaux conviennent aussi sur ce nombre de vingt-
cinq milles pour l'espace d'une journée commune, ce que les maronites qui ont
traduit la *Géographie* d'El-Edrisi dans l'état où nous l'avons, ou plutôt son
extrait, ont noté dans la préface de leur traduction. Et quand les Orientaux ont
paru varier sur le nombre des milles, en marquant quelquefois trente au lieu
de vingt-cinq, c'est à raison de la différence des milles, qu'ils n'ont pas toujours
employés à la rigueur sur le pied du mille arabique, dont les vingt-cinq peuvent équivaloir trente ou trente-et-un d'une espèce plus ordinaire. Par l'évaluation qui est propre à la parseh, les dix faisant la compensation de trente
milles romains, il est évident qu'une mesure sensiblement supérieure sort des
bornes de ce dont il s'agit. Le père Lamy a objecté à Villalpando, sur une
pareille opinion, que la coudée hébraïque égalait deux pieds et demi romains ;
que la hauteur de l'autel des parfums étant indiquée de deux coudées, il aurait
fallu que la taille du prêtre qui faisait le service et répandait l'encens sur cet
autel eût été gigantesque. Il est constant que les convenances que nous avons
rencontrées sur le local, à l'égard du temple, n'auraient point eu lieu avec une
mesure de la coudée plus forte d'environ un quart que celle qui est ici donnée.
Le pied romain s'évaluant mille trois cent six dixièmes de ligne du pied de
Paris, les deux pieds et demi renferment trois cent vingt-six lignes et demie,
ou vingt-sept pouces deux lignes et demie. On remarquera même, au surplus,
que Villalpando attribuait encore au pied romain quelque excédant sur cette
définition.

Je n'ai observé ci-dessus la convenance fortuite qui se rencontrait entre la parseh et notre lieue française, que pour communiquer à cette parseh l'idée de ce qui nous est propre et familier. Mais la convenance entre la parseh et une ancienne mesure orientale ne doit pas être également regardée comme l'effet du hasard. Cette extrême convenance sera plutôt la vérification d'une seule et même mesure. J'ai fait voir, dans le *Traité des Mesures itinéraires,* que le stade, qui revient à un dixième du mille romain, convenait précisément à la mesure des marches de Xénophon, et qu'en conséquence de l'évaluation faite par Xénophon lui-même du nombre de stades en parasanges, il paraissait constant que trente stades répondaient à une parasange. Cette compensation n'a même rien que de conforme à la définition précise qu'Hérodote, Hésychius, Suidas, ont donnée de la parasange. En multipliant par trente la mesure de soixante-quinze toises trois pieds quatre pouces, à laquelle le stade de dix au mille est défini, on aura par ce calcul deux mille deux cent soixante-six toises quatre pieds. Or, cette évaluation de la parasange n'est qu'à onze toises de la parseh; de manière que deux pieds deux pouces de plus sur la définition du stade qui sert à composer la parasange mettraient le calcul rigidement au pair. Si même on veut donner par préférence dans la supputation qui résulte de la comparaison que saint Épiphane a faite du mille judaïque ou chemin sabbatique avec six stades ordinaires, savoir, cinq cent soixante-six toises quatre pieds, et qu'on multiplie cette valeur par quatre pour avoir la parseh, on rencontrera précisément les deux mille deux cent soixante-six toises quatre pieds qui sont le produit de nos trente stades. Qui ne conclura de là que la parseh n'est autre chose que le parasange persane, babylonienne, comme on voudra l'appeler? La parseh ne renferme-t-elle pas en elle-même la composition des trente stades, puisque le mille judaïque, la quatrième partie de la parseh, est comparé par les Juifs à sept stades et demi? Ajoutons que les noms de *parseh* et de *parasange* ont assez d'affinité pour concourir avec l'identité de mesure : et que, comme les termes de *parseh* et de *para* trouvent dans l'ancien langage oriental, chaldaïque, de même que syriaque, une interprétation propre et littérale qui ne peut renfermer de sens plus convenable à l'égard de la chose même, c'est acquérir indubitablement la signification propre du mot *parasange*. La parseh n'étant point mentionnée dans les livres saints, il y a tout lieu de croire que les Juifs ne l'auront adoptée que depuis leur captivité dans le pays de Babylone.

Mais remarquez quel enchaînement de convenances! La définition de la parasange a son existence, indépendamment de ce qui constitue la parseh; car cette parasange dépend d'un stade particulier, lequel se produit par des moyens tout a fait étrangers à ce qui paraît concerner ou intéresser la parasange même, comme on peut s'en éclaircir par le Traité que j'ai donné des Mesures. La parseh, d'un autre côté, sort d'éléments absolument différents, et prend ici son principe de ce que la coudée égyptienne paraît une mesure de la plus haute antiquité, et dont il semble vraisemblable que le peuple hébreu ait adopté l'usage. Sur ces présomptions (car jusque-là il n'y a, ce semble, rien de plus), l'application de cette coudée à la parseh trouve une vérification plus précise qu'on ne pourrait oser l'espérer, dans ce qui se doit conclure de la mesure que saint Épiphane donne de la quatrième partie de la parseh. Toutes ces voies différentes, dont aucune n'a de vue sur l'autre, conduisent néanmoins aux mêmes conséquences, se réunissent dans des points communs. On ne pourrait se procurer plus d'accord par des moyens concertés. Qu'en doit-il résulter ? Une garantie mutuelle, si l'on peut employer cette expression, de toutes les parties et circonstances qui entrent dans la combinaison.

La connaissance positive de la coudée hébraïque est un des principaux avantages d'une pareille discussion. Il est bien vrai que le père Lamy, ainsi que quelques autres savants, avait déjà proposé la mesure du dérah pour cette coudée, mais sans en démontrer positivement la propriété, ou la vérifier par des applications de la nature de celles qui viennent d'être produites. Il semble même que la précision de cette mesure ait en quelque manière échappé au père Lamy, puisque, nonobstant sa conjecture sur le dérah, il conclut la coudée hébraïque à vingt pouces (liv. I, chap. IX, sect. I) *Nos*, dit-il, *cubitum Hebræum fac mus viginti pollicum.*

La coudée hébraïque était composée de six palmes mineurs, et ce palme est appelé en hébreu *tophach* (teth, phe, thelh.) La version des Septante a rendu ce mot par celui de παλαιστή, qui est propre au palme dont il s'agit, et que les définitions données par Hésychius et par Julius Pollus fixent à quatre doigts. Par conséquent la coudée contenait vingt-quatre doigts : et c'est en effet le nombre de divisions que porte la coudée égyptienne ou dérah, sur la colonne de *Mihias*, qui est le nilomètre près de Fostat ou du Vieux-Caire. Abul-Feda est cité par Kircher, pour dire que la coudée légale des Juifs, la même que l'égyptienne, contient vingt-quatre doigts. Dans Diodore de Sicile (liv. I), lorsqu'il parle du nilomètre qui existait à Memphis, et qu'il appelle Νειλοσκοπός, on trouve mention non-seulement des coudées qui en faisaient la division, mais encore des doigts, δακτύλους, qui étaient de subdivision par rapport à la coudée.

En conséquence de la mesure qui est propre à cette coudée, le tophach ou palme revient à trois pouces cinq lignes de notre pied ; et j'observe que cette mesure particulière a l'avantage de paraître prise dans la nature. Car, étant censée relative à la largeur qu'ont les quatre doigts d'une main fermée, comme Pollux s'en explique, l'étude des proportions entre les parties du corps peut faire voir que cette mesure conviendra à une statue d'environ cinq pieds huit pouces français ; et cette hauteur de stature, qui fait le juste équivalent de six pieds grecs, passe plutôt la taille commune des hommes qu'elle ne s'y confond. Mais si le palme, qui fait la sixième partie de la coudée hébraïque, prend cette convenance avec une belle et haute stature, et qu'on ne saurait passer sensiblement sans donner dans le gigantesque, il s'ensuivra que la mesure de cette coudée ne peut, en tant que coudée, participer à la même convenance Le père Lamy, en fixant la coudée hébraïque à vingts pouces en a conclu la hauteur des patriarches à quatre-vingt pouces, ou six pieds huit pouces. ce qui est conforme en proportion à ce principe de Vitruve : *Pes altitudinis corporis sextæ, cubitus quarte.* Sur cette proportion, la mesure prise du dérah produirait sept pieds moins deux pouces. Si une telle hauteur de taille devient admissible, au moyen d'une distinction particulière entre la race des premiers hommes et l'état actuel de la nature, toujours est-il bien constant que la mesure de la coudée en question excède les bornes que les hommes ont reconnues depuis longtemps dans leur stature ordinaire. De manière que, relativement à la hauteur de la taille à laquelle la mesure du palme paraît s'assortir en particulier, ou cinq pieds et environ huit pouces, la coudée proportionnelle n'irait qu'à environ dix-sept pouces. Or, les rabbins paraissent persuadés que l'on distinguait la coudée commune de la coudée légale et sacrée, dont l'étalon était déposé dans le sanctuaire ; et cette coudée commune différait de l'autre par la suppression d'un tophach. Ainsi, se réduisant à cinq *tiphuchim* (pluriel de tophach) ou à vingt doigts, et perdant la valeur de trois pouces cinq lignes, sa longueur revenait à dix-sept pouces et une ligne. Quoique le père Lamy ait combattu la tradition judaïque sur cette coudée commune, toutefois la grande analogie de proportion qui s'y rencontre lui peut servir d'appui. Le témoignage des rabbins trouve même une confirmation positive dans la comparaison que Josèphe à faite de la coudée d'usage chez les Juifs avec la coudée attique. Car, cette coudée se déduisant de la proportion qui lui est naturelle avec le pied grec, lequel se compare à mille trois cent soixante parties ou dixièmes de ligne du pied de Paris, revient à deux mille quarante des mêmes parties, ou deux cent quatre lignes, qui font dix-sept pouces. Rappelons-nous, au surplus, ce qui a été ci-dessus rapporté d'Ézéchiel, en traitant de la mesure du temple, lorsqu'il prescrit aux Juifs de Babylone d'employer, dans la réédification du temple, une coudée plus forte d'un travers de main que l'ordinaire. Ce travers de main n'étant autre chose que le palme mineur, ou tophach, n'est-ce pas là cette distinction formelle de plus ou de moins entre deux coudées, dont la plus faible mesure paraît même prévaloir par l'usage ? Mais, en tombant d'accord que la coudée inférieure était admise durant le second temple, on pourrait, par délicatesse, et pour ne porter aucune atteinte au précepte divin, qui ne souffre qu'un seul poids, qu'une seule mesure, vouloir rejeter la coudée en question pour les temps qui ont précédé la captivité : en quoi toutefois on ne serait point autorisé absolument par le silence de l'Écriture, puisque, dans le *Deutéronome* (chap. III, v. 11), la mesure du lit d'Og, roi de Basan, est donnée en coudées prises de la proportion naturelle de l'homme, *in cubito viri;* ou, selon la Vulgate, *ad mensuram cubiti virilis manus.* Bien qu'un nombre infini de mesures, qui enchérissent sur leurs principes naturels, par exemple, tout ce que nous appelons pied, sans entrer dans un plus grand détail, autorise suffisamment la dénomination de coudée dans une mesure aussi forte que celle qui paraît propre à la coudée égyptienne et hébraïque ; toutefois, la considération de ces principes devient souvent essentielle dans la discussion des mesures, et il ne faut pas la perdre de vue. C'est à elle que j'ai dû la découverte du pied naturel, dont la mesure et l'emploi ont trouvé leur discussion dans le *Traité des Mesures itinéraires* que j'ai donné.

Nous avons donc dans cet écrit une analyse des mesures hébraïques qui, bien qu'indépendante de toute application particulière, se concilie néanmoins à la mesure d'enceinte de Jérusalem et de l'étendue du temple, selon que cette mesure se déduit des diverses indications de l'antiquité conférées avec le local même. Il paraît une telle liaison entre ces différents objets ici réunis, qu'ils semblent dépendants les uns des autres, et se prêter, sur ce qui les regarde, une mutuelle confirmation.

DISCUSSION

DE LA COUDÉE ARABIQUE.

J'ai pris engagement, au sujet d'un article qui intéresse la mesure du temple, d'entrer en discussion sur la coudée arabique, à la suite des mesures hébraïques.

Cette coudée, *deraga* ou *derah*, est de trois sortes, l'ancienne, la commune et la noire. La première, qui tire sa dénomination de ce qu'on prétend qu'elle existait du temps des Persans, est composée de trente-deux doigts; la seconde, de vingt-quatre, selon la définition plus ordinaire et naturelle; la troisième tient le milieu, et est estimée vingt-sept doigts. On distingue la première par l'addition de deux palmes aux six palmes, qui sont l'élément de la seconde, et qui lui ont été communs avec la coudée égyptienne et hébraïque. Ces définitions se tirent ainsi de l'extrait d'un arpenteur oriental, dont on est redevable à Golius, dans les notes dont il a illustré les *Éléments d'Astronomie* de l'Alfergane.

De ces trois coudées, celle à laquelle il semble qu'on doive avoir plus d'égard, surtout par rapport à l'usage et à une plus grande convenance avec ce qui est de l'espèce de coudée en général, est la commune. Et ce qui devient essentiel pour parvenir à en fixer la mesure, je dis que celle qui se déduit de l'analyse de la mesure de la terre, faite par ordre du calife Almamoun, dans les plaines de Sinjar, en Mésopotamie, ne peut se rapporter mieux qu'à la coudée qualifiée de *commune* ou *ordinaire*. Selon la narration d'Abul-Feda sur la mesure d'Almamoun, le degré terrestre sur le méridien fut évalué cinquante-six milles arabiques et deux tiers; et l'Alfergane (chap. viii) dit que le mille en cette mesure était composé de quatre mille coudées. En prenant le degré de cinquante-sept mille toises de compte rond (par la raison dont nous avons cru devoir le faire en parlant de la mesure du temple), le mille arabique revient à mille six au plus près. Les mille toises font la coudée de dix-huit pouces; et si l'on veut avoir égard à l'excédant de six toises, il en résultera une ligne et à peu près trois dixièmes de ligne par delà.

Le docte Golius a cru qu'il était question de la coudée noire dans la mesure d'Almamoun, sur ce que l'Alfergane s'est servi du terme de *coudée royale* pour désigner celle qu'il a pensé être propre à cette mesure. Il faut convenir d'ailleurs que l'opinion veut que cette coudée doive son établissement à Almamoun, et qu'elle fut ainsi appelée pour avoir été prise sur le travers de main ou palme naturel d'un esclave éthiopien au service de ce prince, et qui s'était trouvé fournir plus d'étendue qu'aucun autre. Mais, outre que l'arpenteur cité par Golius applique l'usage de la coudée noire à la mesure des étoffes de prix dans Bagdad, la proportion établie entre les différentes coudées arabiques est d'un grand inconvénient pour l'application de la coudée noire à la mesure de la terre sous Almamoun. Remarquez, 1° que la coudée noire, avec l'avantage de trois doigts sur la coudée commune, n'aurait point toutefois l'excédant trop marqué sur la portée ordinaire, si son évaluation n'allait qu'à dix-huit pouces; 2° que la coudée commune, qui serait à deux pouces au-dessous,

T. II.   21 pourrait conséquemment paraître faible, puisque nous voyons que la coudée d'usage chez les Juifs, malgré son infériorité à l'égard de la coudée légale, s'évalue au moins dix-sept pouces ; 3° que la coudée ancienne, qui est appelée *hashémide*, ne monterait par proportion qu'à vingt-et-un pouces et quelques lignes, quoiqu'il y ait des raisons pour la vouloir plus forte. Car, selon le Marufide, la hauteur de la basilique de Sainte-Sophie, qui, du pavé au dôme, est de soixante-dix-huit coudées hashémides, s'évalue par Évagrius à cent quatre-vingts pieds grecs ; et, par une suite de la proportion qui est entre le pied grec et le nôtre, la coudée dont il s'agit montera à vingt-six pouces et près de deux lignes. Ce n'est pas même assez, si l'on s'en rapporte au module de la coudée hashémienne du Marufide, qu'Edward Bernard dit être marqué sur un manuscrit de la bibliothèque d'Oxford, et qu'il évalue vingt-huit pouces neuf lignes du pied anglais, ce qui égale à peu de chose près vingt-sept pouces du pied de Paris. Les mesures données par le Marufide de la longueur et largeur de Sainte-Sophie, savoir : cent une coudées d'une part, et quatre-vingt-treize et demie de l'autre, feront la coudée plus for'e, si on les compare aux dimensions de Grelot, quarante-deux toises et trente-huit. La comparaison n'étant point en parfaite analogie, il résultera de la longueur près de trente pouces dans la coudée, et de la largeur vingt-neuf pouces trois lignes de bonne mesure.

Je sens bien que l'on pourrait se croire en droit de prétendre que l'évaluation quelconque de la coudée ancienne ou hashémide ait une influence de proportion sur les autres coudées et qu'elle fasse monter la commune à vingt pouces trois lignes, en se conformant à l'étalon même de la coudée hashémide, puisque la comparaison apparente entre ces coudées est comme de quatre à trois. Mais un tel raisonnement ne suffisant pas pour supprimer et rendre nulle l'analyse de coudée résultante de la mesure positive du degré terrestre sous Almamoun, quand même cette mesure ne serait pas jugée de la plus grande précision, il sera toujours naturel de présumer qu'il n'y a point de proportion entre les différentes coudées arabiques qui soit plus propre à cadrer à cette analyse de coudée, que la coudée commune. Et la coudée noire y sera d'autant moins convenable, qu'en conséquence de la mesure hashémide, elle devait monter à vingt-deux pouces et neuf lignes.

Thévenot, dont l'exactitude et l'habileté au-dessus du commun des voyageurs sont assez connues, ayant remarqué, dans une géographie écrite en persan, que le doigt, la quatrième partie du palme, la vingt-quatrième de là coudée, était défini à six grains d'orge mis à côté l'un de l'autre (définition qui est en effet universelle chez tous les auteurs orientaux), dit avoir trouvé que la mesure des six grains d'orge, multipliés huit fois, revenait à six pouces de notre pied ; d'où il conclut que la coudée composée de cent quarante-quatre grains doit valoir un pied et demi. (Voyez liv. II du second Voyage, chap. VII.) Or, n'est-ce pas là ce qui résulte non-seulement de la mesure du degré terrestre par ordre d'Almamoun, mais encore de l'application spéciale que nous faisons de la coudée commune à cette mesure ? Je remarque que la coudée noire, par proportion avec la mesure analysée de la commune, sera de vingt pouces et quatre à cinq lignes par delà ; ce qui, pour le dire en passant, prend beaucoup de convenance avec la coudée égyptienne et hébraïque. Or, cette coudée noire n'ayant excédé la commune que parce que le travers de main de l'Éthiopien, ou le palme qu'on prenait pour étalon, surpassait la mesure plus ordinaire, non parce qu'il fût question de déroger à la définition de la coudée sur le pied de six palmes : n'est-ce pas en effet changer très sensiblement la proportion naturelle que d'aller à vingt pouces et près de demi, tandis que les six palmes grecs, quoique proportionnés à une stature d'homme de cinq pieds huit pouces, comme il a été remarqué précédemment, ne s'évaluent que dix-sept pouces ? Si ces convenances et probabilités ne s'étendent point à la comparaison qui est faite de la coudée ancienne ou hashémide avec les autres coudées, disons que cette comparaison n'est vraisemblablement que numéraire à l'égard des palmes et des doigts, sans être proportionnelle quant à la longueur effective. Ne voit-on pas une pareille diversité entre des mesures de pieds, bien qu'ils soient également de douze pouces? Et pour trouver un exemple dans notre sujet même, quoique la coudée noire excédât la commune de la valeur de trois doigts de vingt-quatre de cette commune, avait-on pris plus de six palmes pour le composer?

Cette discussion de la coudée arabique, qui ne regarde qu'un point particulier dans ce qui a fait l'objet de notre Dissertation, m'a occupé d'autant plus volontiers, que je n'ai point connu que ce qui en résulte eût été développé jusqu'à présent.

MÉMOIRE SUR TUNIS

QUESTION
Ire.

Les beys qui gouvernent Tunis sont-ils Turcs ou Arabes? A quelle époque précisément se sont-ils emparés de l'autorité que les deys avaient auparavant?

SOLUTION
Ire.

Il y a à peu près cent cinquante ans que les beys de Tunis ont enlevé l'autorité aux deys ; mais ils n'ont pas gardé sans révolutions la puissance qu'ils avaient usurpée. Le parti des deys l'emporta sur eux à plusieurs reprises, et ne fut entièrement abattu qu'en 1684 par la fuite du dey Mahmed-Icheleby, dépossédé par Mahmed et Aly-Bey, son frère. Une monarchie héréditaire s'établit alors, et Mahmed-Bey, auteur de la révolution, en fut la première tige. Ce nouvel ordre de choses fut aussitôt interrompu qu'établi : le dey d'Ager, ayant à se plaindre des Tunisiens, vint expliquer ses prétentions à la tête de son armée, mit le siège devant Tunis (13 octobre 1689), s'en empara par la fuite du bey, et fit reconnaître à sa place Ahmed-ben-Chouques. Mahmed-Bey, ayant réussi à mettre dans son parti les Arabes des frontières, s'avança contre Ahmed-Ben-Chouques, lui livra bataille, la gagna, et vint mettre le siège devant Tunis (13 juillet 1695). Son compétiteur s'étant retiré à Alger après l'issue de la bataille, Mahmed-Bey parvint sans peine à s'emparer de la capitale ; il y établit de nouveau son autorité, et la conserva jusqu'à sa mort. Ramadan-Bey, son frère, lui succéda : la bonté de son caractère annonça aux Tunisiens un règne tranquille : elle ne les trompa pas, mais elle causa sa perte. Son neveu Mourat, fils d'Aly-Bey, impatient de jouir du trône auquel il était appelé, profita de l'indolence de son oncle, se révolta, le fit prisonnier, et le fit mourir. Le règne de Mourat, trop long pour le bonheur du peuple, fut signalé par des cruautés excessives. Le Turc Ibrahim-Cherif en arrêta heureusement le cours en l'assassinant (10 juin 1702). La branche de Mahmed-Bey se trouvant éteinte par ce meurtre, Ibrahim pouvait sans peine se faire reconnaître bey par le divan et par la milice. Dans la suite, ayant été fait prisonnier dans une bataille qu'il perdit contre les Algériens, l'armée élut, pour le remplacer,

Hassan-Ben-Aly, petit-fils d'un rénégat grec. Une nouvelle dynastie commença avec lui, et elle s'est soutenue jusqu'à ce jour sans interruption. Le nouveau bey sentit bien qu'il ne serait pas sûr de son pouvoir tant qu'Ibrahim serait vivant. Cette considération le porta à tenter divers moyens pour l'attirer auprès de lui. Il y réussit en publiant qu'il n'était que dépositaire de l'autorité d'Ibrahim, et qu'il n'attendait que sa présence pour abdiquer. Ibrahim, trompé par cette soumission apparente, se rendit à Porto-Farina, où on lui trancha la tête (10 janvier 1706).

Hassan-Ben-Aly régnait paisiblement; il ne manquait à son bonheur que de se voir un héritier, mais ne pouvant avoir d'enfant d'aucune des femmes qu'il avait prises, il se décida à désigner pour son successeur Aly-Bey, son neveu, qui commandait les camps. Plusieurs années se passèrent ainsi, lorsqu'il se trouva, dans une prise faite par les corsaires de la régence, une femme génoise qui fut mise dans le harem d'Assan-Ben-Aly. Cette femme, qui lui plut, devint enceinte; lorsque sa grossesse fut constatée, il assembla son divan, et lui demanda si, en cas que cette femme qu'il avait en vain sollicitée de se faire Turque vînt à lui donner un prince, il pouvait être reconnu et lui succéder : le divan opina que cela ne pouvait être, à moins que l'esclave chrétienne n'embrassât la loi de Mahomet. Assan-Ben-Aly fit de nouvelles instances auprès de son odalisque, qui se décida enfin à se renier. Elle accoucha d'un prince, qui fut nommé *Mahmed-Bey,* et en eut ensuite deux autres, Mahmoud et Aly-Bey. Hassan-Ben-Aly, se voyant trois héritiers, fit connaître à son neveu Aly-Bey que, le ciel ayant changé l'ordre des choses, il ne pouvait plus lui laisser le trône après lui ; mais que, voulant lui donner une preuve constante de son amitié, il allait acheter pour lui la place de pacha que la Porte nommait encore à Tunis. Le jeune bey se soumit à la volonté de son oncle, accepta la place promise, et prit le titre d'*Aly-Pacha.* Son ambition parut satisfaite ; mais il affectait un contentement qu'il n'éprouvait pas, pour couvrir les grands desseins qu'il avait conçus : il souffrait impatiemment de voir passer le sceptre en d'autres mains que les siennes ; et, pour s'épargner cette honte, il s'enfuit de Tunis à la montagne des Osseletis, se mit à la tête d'un parti qu'il s'était fait secrètement, et vint attaquer son oncle, Hassan-Ben-Aly. Le succès ne répondit pas à son attente. Il fut défait, et, se voyant obligé de quitter son asile, il se réfugia à Alger ; pendant son exil il intrigua, et, à force de promesses, il engagea les Algériens à lui donner des secours (1735). Ils s'y décidèrent, marchèrent à Tunis, et, après une victoire complète, ils obligèrent Hassan-Ben-Aly à quitter sa capitale et à se réfugier au Kairouan. A la suite de la guerre civile, qui amena la famine, ce prince fugitif quitta le Kairouan pour aller à Sousse.

Un capitaine français de la Ciotat, nommé *Mareilbier,* qui lui était attaché depuis longtemps, lui donna des preuves de son dévouement en allant continuellement lui chercher des blés et des vivres : le prince lui en faisait ses obligations, qu'il devait remplir en cas que la fortune le remît sur le trône. Mais elle lui devint de plus en plus contraire : et, privé de toute ressource, il se décida à envoyer ses enfants à Alger, qui semble être le refuge de tous les princes fugitifs de Tunis, espérant pouvoir les y rejoindre : mais lorsqu'il s'y disposait, Younnes-Bey, fils aîné d'Aly-Pacha le surprit dans sa fuite, et lui tran-

cha lui-même la tête. Aly-Pacha, défait de son plus dangereux ennemi, parais
sait devoir jouir d'un sort paisible; mais sa tranquillité fut troublée par la
division qui se mit entre ses enfants. Mahmed-Bey, l'un d'eux, et pour lequel il avait de la prédilection, forma le projet d'enlever à Younes-Bey, son
aîné, le trône qui lui était dévolu. Il tâcha en conséquence d'indisposer son
père contre son frère, et y réussit. Aly-Pacha, séduit par ses raisons, voulut
le faire arrêter; Younnes l'apprit, se révolta, et s'empara du château de la
Gaspe et de la ville de Tunis : il y fut forcé par Aly-Pacha et obligé de se réfugier à Alger. Mahmed-Bey, débarrassé d'un concurrent dangereux, songea
aussi à se défaire de son cadet, et il lui fit donner du poison. Il se fit reconnaître héritier présomptif, et paraissait devoir jouir un jour du sort que ses
crimes lui avaient préparé, lorsque les choses changèrent de face. La ville
d'Alger éprouva une de ces révolutions si fréquentes dans les gouvernements
militaires : un nouveau dey fut nommé, et le choix de la milice tomba sur le
Turc Aly-Tchaouy. Il avait été précédemment en ambassade à Tunis, et y
avait reçu un affront de ce même Younnes-Bey, qui se voyait réduit à implorer
sa protection. Loin d'avoir égard à ses prières, il prit, pour se venger, le parti
des enfants d'Hassan-Ben-Aly, en leur donnant des troupes commandées par
le bey de Constantine, pour le replacer sur le trône.

Le succès couronna leur entreprise ; ils saccagèrent la ville de Tunis, et
firent prisonnier Aly-Pacha, qui fut immédiatement étranglé. Mahmed-Bey,
fils aîné d'Hassan-Ben-Aly, fut mis sur le trône. Ce bon prince ne régna que
deux ans et demi, et laissa deux enfants en bas âge, Mahmoud et Ismaïl-Bey.

Aly-Bey, son frère, lui succéda, avec promesse, dit-on, de remettre le trône
aux enfants de son frère, lorsque l'aîné serait en état de l'occuper. Le désir
de le perpétuer dans sa propre race l'empêcha de la tenir. Il chercha peu à
peu à éloigner ses neveux du gouvernement et à y élever son fils. Il montra
le jeune Hamoud au peuple, lui donna le commandement des camps, et enfin
sollicita pour lui, à la Porte, le titre de pacha : il assura par là le suffrage du
peuple à son fils, et, à force d'égards, il se rendit si bien maître de l'esprit de
ses neveux, qu'à sa mort, arrivée en 1782 (26 mai 1782), ils se désistèrent eux-
mêmes de leurs prétentions, et furent les premiers à saluer Hamoud-Pacha,
leur cousin, unique bey de Tunis.

Depuis cette époque, l'État n'a été troublé par aucune révolution, et ceux
qui pourraient en exciter paraissaient trop bien unis au bey pour leur en supposer l'envie.

Le souvenir des malheurs passés, le spectacle des troubles d'Alger, ont trop
appris aux Tunisiens à quel point il faut se méfier de l'esprit inquiet et
remuant des Turcs, pour les admettre dans le gouvernement. Aussi les beys
ont-ils peu à peu cherché à abolir l'autorité que les Turcs avaient usurpée :
ils se sont attachés à les éloigner des places importantes de l'administration
réservées aux indigènes et aux Géorgiens, et à ne leur laisser absolument que
celles qui n'ont plus qu'une ombre d'autorité. Ainsi donc, quoique la famille
régnante soit regardée comme turque, puisque Hassan-Ben-Aly descend d'un
renégat grec, le gouvernement doit être considéré comme maure.

QUESTION

IIᵉ, XVIIᵉ, XVIIIᵒ

IIᵉ·

Quelles sont les nations de l'Europe auxquelles Tunis a accordé des capitulations ? A quelle époque et à quelles conditions ont-elles été accordées ? Existent-elles encore ?

XVIIᵉ·

Quelles sont les nations qui ont des consuls à Tunis ? Y a-t-il des nations qui permettent à leurs consuls de faire le commerce ?

XVIIIᵉ.

Combien y a-t-il de maisons étrangères établies à Tunis pour leur commerce, et de quelles nations ces maisons sont-elles ? Sont-elles toutes dans la capitale ?

SOLUTIONS

IIᵉ, XVIIᵉ, XVIIIᵉ.

La France, l'Angleterre, la Hollande, la Suède, le Danemark et l'Espagne, sont les nations européennes auxquelles Tunis a accordé des traités ; on peut même comprendre dans ce nombre Venise, malgré la guerre actuelle qu'elle a avec cette régence, et l'empereur dont le pavillon n'a été abattu qu'en raison de sa rupture avec la Porte. Les Ragusois, comme tributaires du Grand-Seigneur, ont aussi leur traité, mais sans pavillon et sans commerce, et seulement pour la franchise de leurs navigations.

Les capitulations de la France avec Tunis sont les plus anciennes ; elles datent de 1685, quoiqu'il y en ait d'antécédentes et qui n'existent plus, et qui ne sont pas rappelées dans ce traité. Celui de l'Angleterre a été fait cinq ou six mois après, et celui de la Hollande, peu d'années ensuite. La paix des autres nations nommées ci-dessus n'a pas une époque plus reculée que celle de quarante à cinquante ans. En donnant ici un résumé des capitulations de la France, on peut juger de celles des autres nations, puisque c'est sur ces capitulations qu'on a à peu près calqué les leurs. Par un article des traités, et relativement à ce qui se pratique à la Porte envers les ambassadeurs, le consul de France à Tunis a le pas sur les autres consuls. Sa Majesté lui accorde le titre de *consul général* et de *chargé des affaires*, parce que d'un côté il est dans le cas d'administrer la justice aux maisons établies sur l'Échelle et aux navigateurs qui y abordent, et que d'un autre, il traite des intérêts de deux puissances. Tous les consuls ont le droit de faire le commerce, à l'exception de celui de France, auquel cela est défendu, sous peine de destitution. Cette sage défense est fondée sur ce qu'il pourrait se trouver juge et partie en même

* On a réuni ces questions, ainsi que quelques autres suivantes, à cause du rapprochement qu'elles ont entre elles.

temps, et de plus un concurrent trop puissant pour les marchands, puisque la considération attachée à sa place lui ferait aisément obtenir la préférence dans les affaires.

Les autres nations n'ayant aucun négociant établi sur l'Échelle, par une conséquence contraire, permettent à leurs consuls de faire le commerce.

Il y a (en 1787), huit maisons de commerce établies à Tunis, toutes françaises, et fixées dans la capitale.

QUESTION
IIIe

A combien fait-on monter la population de l'empire? Sont-ce les Maures ou les Arabes qui sont les plus nombreux? Payent-ils l'impôt par tribut ou par individu? Y a-t-il quelques proportions dans les impositions? Y a-t-il des Arabes fixés dans la ville?

SOLUTION
IIIe.

On faisait monter à quatre ou cinq millions d'âmes la population de l'empire avant la peste; mais on peut dire qu'elle en a enlevé environ un huitième : le nombre des Arabes surpasse celui des Maures.

Il est des impôts qui se payent par tribus et d'autres par individus : il n'y a absolument aucune règle pour mettre quelque proportion dans les impôts, et rien en général ne dépend plus de l'arbitraire. Il y a des Arabes fixés dans la ville, mais ce ne sont pas les citadins les plus nombreux.

QUESTION
IVe.

Y a-t-il dans le cœur du royaume, ou sur les frontières, beaucoup de tribus qui se refusent aux impositions? Sont-ce les Maures ou les Arabes qui sont les plus indociles? Quels sont les plus riches, des Maures ou des Arabes? Les hordes errantes afferment-elles quelquefois les terres des habitants des villes pour les cultiver ou pour y faire paître leurs troupeaux? En quoi consistent ces troupeaux?

SOLUTION
IVe.

Il y a quelques tribus sur les frontières qui se refusent parfois aux impositions, mais les camps qu'on envoie pour les prélever les contraignent bientôt à payer. Ce sont en général les Arabes qui sont les plus indociles. Il est à présumer que les Maures sont plus riches, en ce qu'ils se livrent en même temps à l'agriculture, au commerce, aux manufactures et aux emplois, tandis que les premiers se bornent à l'agriculture; les hordes errantes afferment souvent des terres des habitants des villes, soit pour les cultiver, soit pour y faire paître leurs troupeaux, qui consistent en gros et en menu bétail, en chameaux, qui leur servent pour le transport, dont ils filent le poil, et dont le lait leur sert de nourriture : ils se nourrissent souvent de l'animal lui-même.

Les beaux chevaux sont devenus très rares, les Arabes s'étant dégoûtés d'en élever, fatigués de voir le gouvernement ou ses employés leur enlever à vil prix le moindre cheval passable.

QUESTION
V°.

Y a-t-il beaucoup de propriétaires de terres ? Ces propriétaires sont-ils tous dans les villes, ou y en a-t-il encore dans des maisons isolées ou dans les villages ? Ces derniers ne sont-ils pas exposés aux brigandages des hordes errantes ?

SOLUTION
V°.

Quoique le bey possède beaucoup de terres, quoiqu'il y en ait beaucoup dont les revenus appartiennent à la Mecque, il ne laisse cependant pas d'y avoir quantité de propriétaires; ils sont dans les villes, dans les villages, et même dans les habitations isolées, et, dans cette position, peu exposés aux brigandages des hordes errantes.

QUESTION
VI°.

A combien peut s'élever le revenu de l'État? Quels sont les objets qui le forment? Les dépenses ordinaires le consomment-elles en entier, ou peut-on en mettre une partie en réserve? Croit-on que le bey ait un trésor, et un trésor considérable?

SOLUTION
VI°.

Autant qu'il est possible d'évaluer les finances d'un État dont la plupart des revenus sont annuellement aux enchères, et dont une grande partie consiste en vexations, on peut faire monter à vingt-quatre millions les revenus du bey de Tunis. Les objets qui les forment sont les douanes, les permissions de sortie pour les denrées, le bail des différentes sommes d'argent que donne chaque nouveau gouverneur, et dont la somme est toujours plus considérable par les enchères annuelles ; le revenu de son domaine, la dîme qu'il prend sur les terres, le produit des prises, la vente des esclaves, etc., etc. Il s'en faut que les dépenses consomment annuellement le revenu, dont une partie est mise en réserve chaque année.

Il n'y a point de doute que le bey n'ait un trésor considérable, et qu'il augmente sans cesse, la plus sordide avarice étant un de ses défauts. La paix de l'Espagne vient d'enfler ce trésor de quelques millions, et Venise ne tardera pas à faire de même.

Alger et Constantine font parfois de fortes saignées à ce trésor, que le gouvernement de Tunis pourrait garantir de leurs atteintes, s'il en employait une partie à l'entretien de ses places, à celui de sa marine et de quelques troupes disciplinées.

QUESTION
VIIe.

Y a-t-il beaucoup d'esclaves chrétiens à Tunis ? En a-t-il été racheté dans les dernières années, et à quel prix ? De quelle nation étaient-ils ?

Depuis l'époque du prince Paterno le rachat ordinaire a été fixé à trois cents sequins vénitiens, et six cents piastres les rachats doubles.

SOLUTION
VIIe.

Le nombre des esclaves chrétiens à Tunis est assez considérable, et s'est beaucoup accru depuis quelques années, en raison de la jeunesse et de l'esprit militaire du bey, qui encourage la course en faisant sortir lui-même beaucoup de corsaires. On ne peut précisément savoir le nombre de ses esclaves, parce qu'on en prend et qu'on en rachète fréquemment : ils sont en général napolitains, vénitiens, russes et impériaux. Dans ce moment-ci Naples fait racheter les siens le plus qu'elle peut, Gênes parfois, Malte presque jamais ; mais la religion fait quelquefois des échanges, dans lesquels Tunis gagne toujours, ne relâchant jamais qu'un Maltais pour deux, trois et quatre musulmans.

Le rachat des esclaves appartenant au bey, qui sont le plus grand nombre, est fixé à deux cent trente sequins vénitiens pour les matelots, et à quatre cent soixante pour les capitaines et les femmes, de quelque âge qu'elles soient ; les particuliers suivent assez ce prix, dont ils se relâchent cependant quelquefois, soit à raison de la vieillesse de l'esclave, soit à cause de son peu de talent. Quel mensonge ! pour ne pas dire plus. On peut assurer que le sort des esclaves à Tunis est en général fort doux ; plusieurs y restent ou y reviennent après avoir été rachetés ; quelques-uns obtiennent leur liberté à la mort de leur maître ou de son vivant.

QUESTION
VIIIe.

Quel est le nombre des troupes qu'entretient le bey, et de quelle nation sont-elles ? Combien lui coûtent-elles ? Sont-elles un peu disciplinées et aguerries ? Où sont-elles placées ?

Il n'y a aujourd'hui que deux compagnies de mamelucks, seulement d'environ vingt-cinq chacune.

Nota. A l'expédition de Tripoli, le bey a fait une augmentation considérable dans les troupes. Il a enrôlé quasi tous les jeunes krougoulis du royaume, au nombre de plus de douze cents ; ce qui fait qu'aujourd'hui les troupes réglées coûtent au gouvernement environ sept cent mille piastres par an.

SOLUTION
VIIIe.

Le bey entretient environ vingt mille hommes, cinq mille Turcs, Mamelucks ou Krougoulis : ces derniers sont naturels du pays, mais fils de Turcs ou de

Mamelucks, ou de leur race ; deux mille Spahis maures, sous le commandement de quatre agas, savoir : l'aga de Tunis, du Kairouan, du Ref et de Bejea ;
quatre cents Ambas maures, sous le commandement du bachitenba leur chef ;
deux mille ou deux mille cinq cents Zouaves maures de tous les pays, sous
les ordres de leur hodgia. Il existe environ vingt mille hommes enrôlés dans
le corps de Zouaves, mais le gouvernement n'en paie que deux mille cinq cents
au plus : les autres ne jouissent que de quelques franchises, et servent dans
les occasions extraordinaires.

Onze à douze mille Arabes de la campagne, des races des Berbes, Auledt,
Seïds, Auledt-Hassan, etc., compris tous collectivement sous le nom de *Ma-
zerguis* : ceux-ci servent.pour accompagner les camps et les troupes réglées.
pour veiller sur les mouvements des Arabes tributaires, et particulièrement
sur quelques chefs d'Arabes indépendants qui sont campés sur les confins de
Tunis et de Constantine.

Les Turcs, Mamelucks et Krougoulis, qui représentent l'ancienne milice,
coûtent aujourd'hui au gouvernement sept cent mille piastres de Tunis, et
plus, par an.

La plus grande partie des Mamelucks est destinée à la garde du bey, divisée
en quatre compagnies, chacune de vingt-cinq Mamelucks. Ceux-ci, outre leur
paye, ont tous les six mois vingt piastres de gratification et quelques petites
rétributions en étoffes et en denrées. Ils sont aussi porteurs des ordres que le
gouvernement fait passer aux gouverneurs et cheiks. Lorsque ces ordres ont
pour objet des contestations de particuliers, c'est à ceux-ci à les entretenir
pendant leur mission.

Quelques Turcs et Krougoulis sont aussi employés à la garde du bey, et on
leur fait à peu près les mêmes avantages qu'aux Mamelucks : le gouvernement ne les emploie que dans les affaires qui ont rapport à la milice. Il en est
de même des Ambas maures et des Spahis.

Près de la moitié des soldats est à Tunis. Elle est destinée à la garnison de
la ville et au camp : le reste est réparti sur les frontières ;

SAVOIR :

A Tabarque.	600
Gafsa.	75
Gerbis.	75
Mehdia.	50
Galipia.	50
Hamamet.	50
Bizerte.	150
Porto-Farina.	100
La Goulette	300
TOTAL.	1450

On compte environ huit cents Zouaves employés dans los garnisons;

SAVOIR :

A Gerbis.	100
Zaris.	25
Deben.	25
Gouvanes	25
Guèbes.	25
Hamma	25
Haxe.	25
Sousse.	25
Taburda. . . . . . , ...	50
Sidi Daoud	25
Dans les châteaux de Tunis.	150
TOTAL.	500
A Aubarde.	200
La Goulette.	50
TOTAL.	750

Le gouvernement emploie le reste des Zouaves qu'il soudoie au camp qu'il envoie tous les ans sur les frontières de Tripoli.

QUESTION
IXᵉ.

Y a-t-il quelques caravanes dans le royaume? Où vont-elles? Font-elles un commerce considérable? Quels sont les objets d'échange? Rendent-elles quelque chose au gouvernement?

SOLUTION
IXᵉ.

Deux caravanes font chaque année des voyages réglés à Tunis : l'une vient de Constantine et l'autre de Godemes. Celle de Constantine se renouvelle huit à dix fois l'année, achète de la mercerie, de la quincaillerie, des drogues, des épiceries, du drap, des toiles, de l'argenterie, des bijoux et des bonnets de la fabrique de Tunis, qu'elle paie avec du bétail, des bernus et des piastres fortes coupées. Celle de Godemes fait rarement plus de trois voyages ; elle apporte des nègres, achète de la mercerie, de la quincaillerie, des toiles, d'autres articles détaillés ci-dessus, et généralement tout ce qui peut servir à alimenter le commerce qu'elle fait dans l'intérieur de l'Afrique : le gouvernement ne retire aucun droit direct sur ces caravanes.

QUESTION
Xᵉ.

Le gouvernement s'est-il réservé quelque branche de commerce?

SOLUTION
X°.

Les branches de commerce que le gouvernement s'est réservées sont les cuirs, les cires, qu'il abandonne annuellement à une compagnie de Juifs ou de Maures, moyennant une rétribution de draps, d'étoffes ou d'argent; les soudes ou barils qu'il vend au plus offrant; la pêche du thon, dont le privilège se paie annuellement vingt mille francs; celle du corail, pour laquelle la compagnie d'Afrique paie annuellement à peu près la même somme.

QUESTION
XI°.

A quelles sommes se sont montées, l'année dernière (1787), les exportations de Tunis pour le Levant, et les importations du Levant à Tunis?

SOLUTION
XI°.

Il est de toute impossibilité de calculer, même d'une manière approximative, les exportations de Tunis pour le Levant. Les douanes, dispersées dans les différents ports du royaume, ne tiennent que des registres informes : il se fait d'ailleurs beaucoup de contrebande, que les gouverneurs et les douaniers facilitent, parce que le premier profit leur en revient.

QUESTIONS
XII° et XIII°.

XII°.

A quelles sommes se sont montées, à la même époque, les exportations de Tunis pour l'Europe, et les importations de l'Europe à Tunis?

XIII°.

Dans quels ports ont été faits les chargements, et par les vaisseaux de quelle nation de l'Europe ou du Levant a eu lieu ce commerce?

SOLUTIONS
XII° et XIII°.

Le tableau succinct, et aussi fidèle qu'il est possible, que l'on va donner ci-après, répondra pleinement à ces deux questions.

Résultat des états de commerce de l'année 1787.

Les marchandises que nous avons importées de Tunis montent à. 5,225.844
Celles que nous avons extraites, à 4,634.531
Reste donc en excédant de p. 591,313
En résumant ces deux premières sommes, qui font 9,850,375

En comparant ce total à celui du commerce actif et passif de
toutes les nations étrangères, qui monte à. 5,208,477
Il résulte que la balance est en notre faveur. 4,751,898
Il en est de même des tonnages respectifs ; le nôtre monte à. . T.   12,606
Celui des étrangers, à. . . . . T.   6,870
Le nôtre l'emporte de. . . . . T.   5,936

Les étrangers eux-mêmes ont mis en activité une partie de nos bâtiments.
Les chargements ont été faits à Tunis, Bizerte, Porto-Farina, Sousse et Ger-
bis ; quant aux marchandises d'entrées, elles entrent toutes dans le royaume
par le port de la Goulette.

Selon la note mise au bas des Questions de M. l'abbé Raynal, il se trouve
que l'importation de Marseille à Tunis ne s'est élevée, en 1787, qu'à
1,009,963 l., tandis que, d'après l'état ci-dessus, elle monte à 5,225,844 l.
La différence étonnante qui se trouve entre ces deux calculs provient de ce
qu'on n'a compté dans les premiers que les marchandises proprement dites,
tandis qu'on y a ajouté l'argent reçu de Marseille et les traites tirées directement sur cette place ou par la voie de Livourne : ces deux objets se montent à
4,215,881 l.; et c'est effectivement, à peu de chose près, l'excédant qui se
trouve en espèces de ce calcul à celui qui a été remis d'ailleurs à M. l'abbé
Raynal.

QUESTION

XIVe.

Y a-t-il beaucoup de propriétaires de terres ? Ces propriétés sont-elles considérables et assurées ? Le gouvernement n'hérite-t-il point de ceux qui ne laissent pas
d'enfants, comme il hérite de tous ses agents?

SOLUTION

XIVe.

Il est impossible de savoir l'évaluation des propriétés en fonds de terres,
ainsi que la proportion qu'il peut y avoir entre les domaines, les propriétés particulières et la masse générale. Le gouvernement possède en propre une grande
partie de terres, mais il n'a aucun cadastre des propriétés particulières. Il
perçoit la dîme sur les récoltes, et rien sur les fonds de terres ; de manière que
tant que les champs d'un particulier restent en friche ils ne rapportent absolument rien au gouvernement. On ne voit point ici de grands propriétaires de
terres comme en Europe. Toute propriété est sous la sauvegarde de la loi et
n'éprouve que très rarement l'avidité du fisc. Le gouvernement, depuis quelque
temps, et particulièrement sur la fin du règne d'Aly-Bey, s'est assez respecté
lui-même pour ne pas toucher aux biens de ses sujets et même à ceux de ses
agents qui, après avoir fait des fortunes assez considérables et en avoir joui
paisiblement, en ont laissé la propriété à leurs héritiers.

Les Hanefis (ce terme générique désigne les Turcs et les Mamelucks) qui
meurent sans enfants ou autres héritiers légitimes peuvent disposer, selon la
loi, du tiers de leurs biens, et le fisc hérite du reste.

Il hérite aussi de tous les Melckis (ce sont des Maures) qui ne laissent point d'enfants mâles ; et si les héritiers sont des filles, le fisc entre en partage avec elles selon la loi. On appelle *ben-elmengi* l'agent du fisc chargé du recouvrement ; il fait vendre les biens-fonds ou mobiliers et en verse le produit dans la caisse du domaine.

QUESTION
XVe.

Quel est le nombre des bâtiments corsaires qu'entretient le gouvernement ? De quelle espèce sont ces bâtiments ? Quelle est le port où il se tiennent ?

On l'a augmenté dernièrement de deux kerlanglisches, d'un gros bâtiment suédois qu'on a percé pour vingt-quatre pièces de canon, et d'un chebeck dont la France lui a fait présent.

SOLUTION
XVe.

Le gouvernement entretient ordinairement quinze à vingt corsaires ; ils consistent en trois grosses barques de vingt pièces de canon et de cent trente hommes d'équipages, quelques chebecks de moindre force, des galiotes et des felouques. Porto-Farina est le seul port qui serve aux armemenis du prince. Les corsaires des particuliers ne sont pas plus nombreux, et à peu près dans la même proportion de forces ; ils arment et ils désarment dans tous les ports du royaume, et s'attribuent la dîme sur toutes les prises que font les corsaires particuliers.

QUESTION
XVIe.

Quel est le droit que paie chaque bâtiment ? Quel est le droit que paie chaque marchandise d'exportation ou d'importation ? Le droit est-il le même pour toutes les nations de l'Europe et pour les gens du pays ? A-t-il varié depuis quelques années ?

SOLUTION
XVIe.

Tout bâtiment en lest ne paie rien ; tout bâtiment qui décharge paie dix-sept piastres et demie, et autant s'il charge. Les Français, pour les marchandises venant de France et sous le pavillon français, ne paient que trois pour cent ; sur les marchandises venant d'Italie ou du Levant, les Anglais, huit pour cent ; sur toutes les marchandises, de quelque endroit qu'elles viennent, les autres nations européennes, un peu plus ou un peu moins que ces derniers. Les indigènes quelconques paient onze pour cent sur les marchandises venant de chrétienté, et quatre pour cent sur celles venant du Levant.

Quand aux bonnets, la principale fabrique du pays, le gouvernement, pour exciter l'industrie, n'exige aucun droit de sortie.

Quant aux marchandises d'exportations qui consistent en denrées, le gouvernement n'en accorde la sortie que selon les circonstances, et perçoit un
droit plus ou moins fort selon la quantité des demandes [1]. Ce droit est, sur le
blé, de douze à quinze piastres le caffis; de cinq à neuf sur l'orge, de quatre
et demie sur tous les légumes et autres menus grains; d'une trois quarts sur
le métal d'huile.

N. B. On peut calculer à une livre douze sous le piastre de Tunis, le caffis à trois
charges un quart de Marseille; il faut trois métaux environ pour faire la millerolle, la
rotte ayant environ un quart de plus que la livre. Il ne faut que quatre-vingts rottes
pour faire un quintal, poids de table.

[1] Blés de huit à dix mabouds et plus, orge de vingt à vingt-cinq piastres et plus,
huile deux et demie à trois piastres; et pour ces autres échelles plus, à proportion
de la mesure qui est plus grande.

FIN DES PIÈCES JUSTIFICATIVES.

VOYAGE

EN AMÉRIQUE

———◦❈◦❈◦———

INTRODUCTION

Dans une note de l'*Essai historique* [1] écrite en 1794, j'ai raconté, avec des détails assez étendus, quel avait été mon dessein en passant en Amérique ; j'ai plusieurs fois parlé de ce même dessein dans mes autres ouvrages, et particulièrement dans la préface d'*Atala*. Je ne prétendais à rien moins qu'à découvrir le passage au nord-est de l'Amérique, en retrouvant la mer pollaire, vue par Hearne en 1772, aperçue plus à l'ouest en 1789, par Mackensie, reconnue par le capitaine Parry, qui s'en approcha en 1819, à travers le détroit de Lancastre, et en 1821 à l'extrémité du détroit de l'*Hécla* et de *la Fury* [2] ; enfin le capitaine Franklin, après avoir descendu successivement la rivière de Hearne en 1821, et celle de Mackensie en 1826, vient d'explorer les bords de cet océan, qu'environne une ceinture de glaces, et qui jusqu'à présent a repoussé tous les vaisseaux.

Il faut remarquer une chose particulière à la France : la plupart de ses voyageurs ont été des hommes isolés, abandonnés à leurs propres forces et à leur propre génie : rarement le gouvernement ou des compagnies particulières les ont employés ou secourus. Il est arrivé de là que des peuples étrangers, mieux avisés, ont fait, par un concours de volontés nationales, ce que des individus français n'ont pu achever. En France on a le courage ; le courage mérite le succès, mais il ne suffit pas toujours pour l'obtenir.

Aujourd'hui, que j'approche de la fin de ma carrière, je ne puis m'em-

[1] *Essai historique*, liv. i. part. ii, chap. xxiii.
[2] Cet intrépide marin était reparti pour le Spitzberg avec l'intention d'aller jusqu'au pôle en traîneau. Il est resté soixante-et-un jours sur la glace sans pouvoir dépasser le 82° deg. 45 min. de latitude N.

pêcher, en jetant un regard sur le passé, de songer combien cette carrière eût été changée pour moi si j'avais rempli le but de mon voyage. Perdu dans ces mers sauvages, sur ces grêves hyperboréennes où aucun homme n'a imprimé ses pas, les années de discorde qui ont écrasé tant de générations avec tant de bruit seraient tombées sur ma tête en silence : le monde aurait changé, moi absent. Il est probable que je n'aurais jamais eu le malheur d'écrire : mon nom serait demeuré inconnu, ou s'il s'y fût attaché une de ces renommées paisibles qui ne soulèvent point l'envie, et qui annoncent moins de gloire que de bonheur. Qui sait même si j'aurais repassé l'Atlantique, si je ne me serais pas fixé dans les solitudes par moi découvertes, comme un conquérant au milieu de ses conquêtes? Il est vrai que je n'aurais pas figuré au congrès de Vérone, et qu'on ne m'eût pas appelé *Monseigneur* dans l'hôtellerie des affaires étrangères, rue des Capucines, à Paris.

Tout cela est fort indifférent au terme de la route : quelle que soit la diversité des chemins, les voyageurs arrivent au commun rendez-vous ; ils y parviennent tous également fatigués : car ici-bas, depuis le commencement jusqu'à la fin de la course, on ne s'assied pas une seule fois pour se reposer : comme les Juifs au festin de la Pâque, on assiste au banquet de la vie à la hâte, debout, les reins ceints d'une corde, les souliers aux pieds et le bâton à la main.

Il est donc inutile de redire quel était le but de mon entreprise, puisque je l'ai dit cent fois dans mes autres écrits. Il me suffira de faire observer au lecteur que ce premier voyage pouvait devenir le dernier, si je parvenais à me procurer tout d'abord les ressources nécessaires à ma grande découverte ; mais, dans le cas où je serais arrêté par des obstacles imprévus, ce premier voyage ne devait être que le prélude d'un second, qu'une sorte de reconnaissance dans le désert.

Pour s'expliquer la route qu'on me verra prendre, il faut aussi se souvenir du plan que je m'étais tracé : ce plan est rapidement esquissé dans la note de l'*Essai historique*, ci-dessus indiqué. Le lecteur y verra qu'au lieu de remonter au septentrion je voulais marcher à l'ouest, de manière à attaquer la rive occidentale de l'Amérique, un peu au-dessus du golfe de Californie. De là, suivant le profil du continent, et toujours en vue de la mer, mon dessein était de me diriger vers le nord jusqu'au détroit de Behring, de doubler le dernier cap de l'Amérique, de descendre à l'est le long des rivages de la mer polaire, et de rentrer dans les États-Unis par la baie d'Hudson, le Labrador et le Cana'a.

Ce qui me déterminait à parcourir une si longue côte de l'océan Pacifique était le peu de connaissance que l'on avait de cette côte. Il restait des doutes, même après les travaux de Vancouver, sur l'existence d'un passage entre le 40e et le 60e degré de latitude septentrionale : la rivière de Colombie, les gisements du nouveau Cornouailles, le détroit de Chelckhoff, les régions Aléutiennes, le golfe de Bristol ou de Cook, les terres des Indiens Tchoukotches, rien de tout cela n'avait encore été exploré par Kotzbue et les autres navigateurs russes ou américains. Aujourd'hui le capitaine Francklin, évitant plusieurs mille lieues de circuit, s'est épargné la peine de chercher à l'occident ce qui ne se pouvait trouver qu'au septentrion.

Destiné par mon père à la marine, et par ma mère à l'état ecclésiastique, ayant choisi moi-même le service de terre, j'avais été présenté à Louis XVI : afin de jouir des honneurs de la cour et de *monter dans les carrosses,* pour parler le langage du temps, il fallait avoir au moins le rang de capitaine de cavalerie ; j'étais ainsi capitaine de cavalerie de droit et sous-lieutenant d'infanterie de fait dans le régiment de Navarre. Les soldats de ce régiment, dont le marquis de Mortemart était colonel, s'étant insurgés comme les autres, je me trouvai dégagé de tout lien vers la fin de 1790. Quand je quittai la France, au commencement de 1791, la révolution marchait à grands pas : les principes sur lesquels elle se fondait étaient les miens, mais je détestais les violences qui l'avaient déjà déshonorée ; c'était avec joie que j'allais chercher une indépendance plus conforme à mes goûts, plus sympathique à mon caractère.

A cette même époque le mouvement de l'émigration s'accroissait ; mais comme on ne se battait pas, aucun sentiment d'honneur ne me forçait, contre le penchant de ma raison, à me jeter dans la folie de Coblentz. Une émigration plus raisonnable se dirigeait vers les rives de l'Ohio, une terre de liberté qui offrait son asile à ceux qui fuyaient la liberté de leur patrie. Rien ne prouve mieux le haut prix des institutions généreuses que cet exil volontaire des partisans du pouvoir absolu dans le monde républicain.

Au printemps de 1791, je dis adieu à ma respectable et digne mère, et je m'embarquai à Saint-Malo ; je portais au général Washington une lettre de recommandation du marquis de La Rouairie. Celui-ci avait fait la guerre de l'indépendance en Amérique ; il ne tarda pas à devenir célèbre en France par la conspiration royaliste à laquelle il donna son nom. J'avais pour compagnons de voyage de jeunes séminaristes de Saint-Sulpice que leur supérieur, homme de mérite. conduisait à Baltimore. Nous mîmes à la voile : au bout de quarante-huit heures, nous perdîmes la terre de vue, et nous entrâmes dans l'Atlantique.

Il est difficile aux personnes qui n'ont jamais navigué de se faire une idée des sentiments qu'on éprouve lorsque du bord d'un vaisseau on n'aperçoit plus que la mer et le ciel. J'ai essayé de retracer ces sentiments dans le chapitre du *Génie du Christianisme* intitulé : *Deux perspectives de la nature* ; et dans *les Natchez,* en prêtant mes propres émotions à *Chactas.* L'*Essai historique* et l'*Itinéraire* sont également remplis des souvenirs et des images de ce qu'on peut appeler le désert de l'Océan.

Me trouver au milieu de la mer, c'était n'avoir pas quitté ma patrie; c'était, pour ainsi dire, être porté dans mon premier voyage par ma nourrice, par la confidente de mes premiers plaisirs. Qu'il me soit permis, afin de mieux faire entrer le lecteur dans l'esprit de la relation qu'il va lire, de citer quelques pages de mes Mémoires inédits; presque toujours notre manière de voir et de sentir tient aux réminiscences de notre jeunesse.

C'est à moi que s'appliquent les vers de Lucrèce :

> Tum porro puer ut sævis projectus ab undis
> Navita. . . . .

Le ciel voulut placer dans mon berceau une image de mes destinées.

« Elevé comme le compagnon des vents et des flots, ces flots, ces vents,
« cette solitude, qui furent mes premiers maîtres, convenaient peut-être
« mieux à la nature de mon esprit et à l'indépendance de mon caractère.
« Peut-être dois-je à cette éducation sauvage quelque vertu que j'aurais
« ignorée : la vérité est qu'aucun système d'éducation n'est en soi préférable
« à un autre. Dieu fait bien ce qu'il fait ; c'est sa providence qui nous dirige
« lorsqu'elle nous appelle à jouer un rôle sur la scène du monde. »

Après les détails de l'enfance viennent ceux de mes études. Bientôt échappé du toit paternel, je dis l'impression que fit sur moi Paris, la la cour, le monde; je peins la société d'alors, les hommes que je rencontrai, les premiers mouvements de la révolution : la suite des dates m'amène à l'époque de mon départ pour les États-Unis. En me rendant au port, je visitai la terre où s'était écoulée une partie de mon enfance : je laisse parler les *Mémoires*.

« Je n'ai revu Combourg que trois fois : à la mort de mon père toute la
« famille se trouva réunie au château pour se dire adieu. Deux ans plus
« tard j'accompagnai ma mère à Combourg; elle voulait meubler le
« vieux manoir; mon frère y devait amener ma belle-sœur : mon frère ne
« vint point en Bretagne : et bientôt il monta sur l'échafaud avec la jeune
« femme ! pour qui ma mère avait préparé le lit nuptial. Enfin je pris le
« chemin de Combourg en me rendant au port, lorsque je me décidai à
« passer en Amérique.

« Après seize ans années d'absence, prêt à quitter de nouveau le sol
« natal pour les ruines de la Grèce, j'allai embrasser au milieu des landes
« de ma pauvre Bretagne ce qui restait de ma famille; mais je n'eus pas
« le courage d'entreprendre le pèlerinage des champs paternels. C'est
« dans les bruyères de Combourg que je suis devenu le peu que je suis;

ᵗ Mademoiselle de Rosambo, petite-fille de M. de Malesherbes, exécutée avec son mari et sa mère le même jour que son illustre aïeul.

« c'est là que j'ai vu se réunir et se disperser ma famille. De dix enfants
« que nous avons été, nous ne restons plus que trois. Ma mère est morte
« de douleur ; les cendres de mon père ont été jetées au vent.

« Si mes ouvrages me survivaient, si je devais laisser un nom, peut-
« être un jour, guidé par ces Mémoires, le voyageur s'arrêterait un moment
« aux lieux que j'ai décrits. Il pourrait reconnaître le château, mais il
« chercherait en vain le *grand mail* ou le grand bois ; il a été abattu : le
« berceau de mes songes a disparu comme ces songes. Demeuré seul
« debout sur son rocher, l'antique donjon semble regretter les chênes
« qui l'environnaient et le protégeaient contre les tempêtes. Isolé comme
« lui, j'ai vu comme lui tomber autour de moi la famille qui embellissait
« mes jours et me prêtait son abri : grâce au ciel, ma vie n'est pas bâtie
« sur la terre aussi solidement que les tours où j'ai passé ma jeunesse. »

Les lecteurs connaissent à présent le voyageur auquel ils vont avoir
affaire dans le récit de ses premières courses.

***

Je m'embarquai donc à Saint-Malo, comme je l'ai dit; nous
prîmes la haute mer, et, le 6 mai 1791, vers les huit heures du
matin, nous découvrîmes le pic de l'île de Pico, l'une des Açores :
quelques heures après, nous jetâmes l'ancre dans une mauvaise
rade, sur un fond de roches, devant l'île Graciosa. On en peut lire
la description dans l'*Essai historique*. On ignore la date précise de
la découverte de cette île.

C'était la première terre étrangère à laquelle j'abordais; par
cette raison même il m'en est resté un souvenir qui conserve chez
moi l'empreinte et la vivacité de la jeunesse. Je n'ai pas manqué
de conduire Chactas aux Açores, et de lui faire voir la fameuse
statue que les premiers navigateurs prétendirent avoir trouvée sur
ces rivages.

Des Açores, poussés par les vents sur le banc de Terre-Neuve,
nous fûmes obligés de faire une seconde relâche à l'île Saint-Pierre.

« T. et moi, dis-je encore dans l'*Essai historique*, nous allions
« courir dans les montagnes de cette île affreuse; nous nous per-
« dions au milieu des brouillards dont elle est sans cesse couverte,

« errant au milieu des nuages et des bouffées de vent, entendant
« les mugissements d'une mer que nous ne pouvions découvrir,
« égarés sur une bruyère laineuse et morte, et au bord d'un torrent
« rougeâtre qui roulait entre des rochers. »

Les vallées sont semées, dans différentes parties, de cette espèce
de pin dont les jeunes pousses servent à faire une bière amère. L'île
est environnée de plusieurs écueils, entre lesquels on remarque
celui du *Colombier*, ainsi nommé parce que les oiseaux de mer y
font leur nid au printemps. J'en ai donné la description dans le
Génie du Christianisme.

L'île de Saint-Pierre n'est séparée de celle de Terre-Neuve que
par un détroit assez dangereux ; de ses côtes désolées on découvre
les rivages encore plus désolés de Terre-Neuve. En été, les grèves
de ces îles sont couvertes de poissons qui sèchent au soleil, et en
hiver d'ours blancs qui se nourrissent des débris oubliés par les
pêcheurs.

Lorsque j'abordai à Saint-Pierre, la capitale de l'île consistait,
autant qu'il m'en souvient, dans une assez longue rue, bâtie le
le long de la mer. Les habitants, fort hospitaliers, s'empressèrent
de nous offrir leur table et leur maison. Le gouverneur logeait à
l'extrémité de la ville. Je dînai deux ou trois fois chez lui. Il cultivait dans un des fossés du fort quelques légumes d'Europe. Je me
souviens qu'après le dîner il me montrait son *jardin ;* nous allions
ensuite nous asseoir au pied du mât du pavillon planté sur la forteresse. Le drapeau français flottait sur notre tête, tandis que nous
regardions une mer sauvage et les côtes sombres de l'île de Terre-
Neuve, en parlant de la patrie.

Après une relâche de quinze jours, nous quittâmes l'île Saint-
Pierre, et le bâtiment, faisant route au midi, atteignit la latitude
des côtes du Maryland et de la Virginie : les calmes nous arrê-
tèrent. Nous jouissions du plus beau ciel ; les nuits, les couchers et
les levers du soleil étaient admirables. Dans le chapitre du *Génie
du Christianisme* déjà cité, intitulé *Deux perspectives de la nature,*

J'ai rappelé une de ces pompes nocturnes et une de ces magnifi-
cences du couchant. « Le globe du soleil prêt à se plonger dans les
« flots apparaissait entre les cordages du navire, au milieu des
« espaces sans bornes, etc. »

Il ne s'en fallut guère qu'un accident ne mît un terme à tous mes
projets.

La chaleur nous accablait ; le vaisseau, dans un calme plat, sans
voiles et trop chargé de ses mâts, était tourmenté par le roulis.
Brûlé sur le pont et fatigué du mouvement, je voulus me baigner ;
et, quoique nous n'eussions point de chaloupe dehors, je me jetai
du mât de beaupré à la mer. Tout alla d'abord à merveille, et plusieurs passagers m'imitèrent. Je nageais sans regarder le vaisseau ;
mais quand je vins à tourner la tête, je m'aperçus que le courant
l'avait déjà entraîné bien loin. L'équipage était accouru sur le
pont ; on avait filé un grelin aux autres nageurs. Des requins se
montraient dans les eaux du navire, et on leur tirait du bord des
coups de fusil pour les écarter. La houle était si grosse qu'elle
retardait mon retour et épuisait mes forces. J'avais un abîme au
dessous de moi, et les requins pouvaient à tout moment m'emporter
un bras ou une jambe. Sur le bâtiment, on s'efforçait de mettre un
canot à la mer ; mais il fallait établir un palan, et cela prenait un
temps considérable.

Par le plus grand bonheur, une brise presque insensible se leva :
le vaisseau, gouvernant un peu, se rapprocha de moi ; je pus m'emparer du bout de la corde ; mais les compagnons de ma témérité
s'étaient accrochés à cette corde ; et quand on nous attira au flanc
du bâtiment, me trouvant à l'extrémité de la file, ils pesaient sur
moi de tout leur poids. On nous repêcha ainsi un à un, ce qui fut
long. Les roulis continuaient ; à chacun d'eux nous plongions de
dix ou douze pieds dans la vague, où nous étions suspendus en
l'air à un même nombre de pieds, comme des poissons au bout d'une
ligne. A la dernière immersion, je me sentis prêt à m'évanouir ; un
roulis de plus, et c'en était fait. Enfin on me hissa sur le pont à

demi mort : si je m'étais noyé, le bon débarras pour moi et pour les autres !

Quelques jours après cet accident, nous aperçûmes la terre; elle était dessinée par la cime de quelques arbres qui semblaient sortir du sein de l'eau : les palmiers de l'embouchure du Nil me découvrirent depuis le rivage de l'Égypte de la même manière. Un pilote vint à notre bord. Nous entrâmes dans la baie de Chesapeake, et le soir même on envoya une chaloupe chercher de l'eau et des vivres frais. Je me joignis au parti qui allait à terre, et une demi-heure après avoir quitté le vaisseau, je foulai le sol américain.

Je restai quelque temps les bras croisés, promenant mes regards autour de moi dans un mélange de sentiments et d'idées que je ne pouvais débrouiller alors, et que je ne pourrais peindre aujourd'hui. Ce continent ignoré du reste du monde pendant toute la durée des temps anciens, et pendant un grand nombre de siècles modernes; les premières destinées sauvages de ce continent, et ses secondes destinées depuis l'arrivée de Christophe Colomb; la domination des monarchies de l'Europe, ébranlée dans ce Nouveau-Monde; la vieille société finissant dans la jeune Amérique; une république d'un genre inconnu jusqu'alors, annonçant un changement dans l'esprit humain et dans l'ordre politique; la part que ma patrie avait eue à ces événements; ces mers et ces rivages devant en partie leur indépendance au pavillon et au sang français; un grand homme sortant à la fois du milieu des discordes et des déserts; Washington habitant une ville florissante, dans le même lieu où un siècle auparavant Guillaume Penn avait acheté un morceau de terre de quelques Indiens; les États-Unis renvoyant à la France, à travers l'Océan, la révolution et la liberté que la France avait soutenues de ses armes; enfin, mes propres desseins, les découvertes que je voulais tenter dans ces solitudes natives, qui étendaient encore leur vaste royaume derrière l'étroit empire d'une civilisation étrangère : voilà les choses qui occupaient confusément mon esprit.

Nous nous avançâmes vers une habitation assez éloignée pour y acheter ce qu'on voudrait nous vendre. Nous traversâmes quelques petits bois de brumiers et de cèdres de la Virginie qui parfumaient l'air. Je vis voltiger des oiseaux-moqueurs et des cardinaux, dont les chants et les couleurs m'annoncèrent un nouveau climat. Une négresse de quatorze ou quinze ans, d'une beauté extraordinaire, vint nous ouvrir la barrière d'une maison qui tenait à la fois de la ferme d'un Anglais et de l'habitation d'un colon. Des troupeaux de vaches paissaient dans des prairies artificielles entourées de palissades dans lesquelles se jouaient des écureuils gris, noirs, rayés; des nègres sciaient des pièces de bois, et d'autres cultivaient des plantations de tabac. Nous achetâmes des gâteaux de maïs, des poules, des œufs, du lait, et nous retournâmes au bâtiment mouillé dans la baie.

On leva l'ancre pour gagner la rade, et ensuite le port de Baltimore. Le trajet fut lent; le vent manquait. En approchant de Baltimore, les eaux se rétrécirent : elles étaient d'un calme parfait; nous avions l'air de remonter un fleuve bordé de longues avenues : Baltimore s'offrit à nous comme au fond d'un lac. En face de la ville s'élevait une colline ombragée d'arbres, au pied de laquelle on commençait à bâtir quelques maisons. Nous amarrâmes au quai du port. Je couchai à bord, et ne descendis à terre que le lendemain. J'allai loger à l'auberge où l'on porta mes bagages. Les séminaristes se retirèrent avec leur supérieur à l'établissement préparé pour eux, d'où ils se sont dispersés en Amérique.

Baltimore, comme toutes les autres métropoles des États-Unis, n'avait pas l'étendue qu'il a aujourd'hui : c'était une jolie ville fort propre et fort animée. Je payai mon passage au capitaine et lui donnai un dîner d'adieu dans une très bonne taverne auprès du port. J'arrêtai ma place au stage, qui faisait trois fois la semaine le voyage de Philadelphie. A quatre heures du matin je montai dans ce stage et me voilà roulant sur les grands chemins du Nouveau-Monde où je ne connaissais personne, où je n'étais connu de qui que ce soit : mes compagnons de voyage ne m'avaient jamais vu, et je ne devais jamais les revoir après notre arrivée à la capitale de la Pensylvanie.

La route que nous parcourûmes était plutôt tracée que faite. Le pays était assez nu et assez plat : peu d'oiseaux, peu d'arbres ; quelques maisons éparses, point de villages ; voilà ce que présentait la campagne et ce qui me frappa désagréablement.

En approchant de Philadelphie, nous rencontrâmes des paysans allant au marché, des voitures publiques et d'autres voitures fort élégantes. Philadelphie me parut une belle ville · les rues larges, quelques-unes plantées d'arbres, se coupent à angle droit dans un ordre régulier du nord au sud et de l'est à l'ouest. La Delaware coule parallèlement à la rue qui suit son bord occidental : c'est une rivière qui serait considérable en Europe, mais dont on ne parle pas en Amérique. Ses rives sont basses et peu pittoresques.

Philadelphie, à l'époque de mon voyage (1791), ne s'étendait point encore jusqu'au Schuylkill ; seulement le terrain, en avançant vers cet affluent, était divisé par lots sur lesquels on construisait quelques maisons isolées.

L'aspect de Philadelphie est froid et monotone. En général, ce qui manque aux cités des États-Unis, ce sont les monuments, et surtout les vieux munuments. Le protestantisme, qui ne sacrifie point à l'imagination, et qui est lui-même nouveau, n'a point élevé ces tours et ces dômes dont l'antique religion catholique a couronné l'Europe. Presque rien à Philadelphie, à New-York, à Boston, ne s'élève au dessus de la masse des murs et des toits. L'œil est attristé de ce niveau.

Les États-Unis donnent plutôt l'idée d'une colonie que d'une nation-mère ; on y trouve des usages plutôt que des mœurs. On sent que les habitants ne sont point nés du sol ; cette société, si belle dans le présent, n'a point de passé ; les villes sont neuves, les tombeaux sont d'hier, c'est ce qui m'a fait dire dans les Natchez :
« Les Européens n'avaient point encore de tombeaux en Amérique,
« qu'ils y avaient déjà des cachots. C'étaient les seuls monuments

« du passé pour cette société sans aïeux et sans souvenirs. »

Il n'y a de vieux en Amérique que les bois, enfants de la terre, et la liberté, mère de toute société humaine : cela vaut bien des monuments et des aïeux.

Un homme débarqué, comme moi, aux États-Unis, plein d'enthousiasme pour les anciens, un Caton qui cherchait partout la rigidité des premières mœurs romaines, dut être fort scandalisé de trouver partout l'élégance des vêtements, le luxe des équipages, la frivolité des conversations, l'inégalité des fortunes, l'immoralité des maisons de banque et de jeu, le bruit des salles de bal et de spectacle. A Philadelphie, j'aurais pu me croire dans une ville anglaise : rien n'annonçait que j'eusse passé d'une monarchie à une république.

On a pu voir dans l'*Essai historique* qu'à cette époque de ma vie j'admirais beaucoup les républiques : seulement je ne les croyais pas possibles à l'âge du monde où nous étions parvenus, parce que je ne connaissais que la liberté à la manière des anciens, la liberté fille des mœurs dans une société naissante; j'ignorais qu'il y eût une autre liberté fille des lumières et d'une vieille civilisation, liberté dont la république représentative a prouvé la réalité. On n'est plus obligé aujourd'hui de labourer soi-même son petit champ, de repousser les arts et les sciences, d'avoir les ongles crochus et la barbe sale pour être libre.

Mon *désappointement* politique me donna sans doute l'humeur qui me fit écrire la note satirique contre les quakers, et même un peu contre tous les Américains, note que l'on trouve dans l'*Essai historique*. Au reste, l'apparence du peuple dans les rues de la capitale de la Pensylvanie était agréable; les hommes se montraient proprement vêtus; les femmes, surtout les quakeresses, avec leur chapeau uniforme, paraissaient extrêmement jolies.

Je rencontrai plusieurs colons de Saint-Domingue et quelques Français émigrés. J'étais impatient de commencer mon voyage au désert : tout le monde fut d'avis que je me rendisse à Albany, où, plus rapproché des défrichements et des nations indiennes, je serais à même de trouver des guides et d'obtenir des renseignements.

Lorsque j'arrivai à Philadelphie, le général Washington n'y était pas. Je fus obligé de l'attendre une quinzaine de jours ; il revint. Je le vis passer dans une voiture qu'emportaient avec rapidité quatre chevaux fringants, conduits à grandes guides. Washington, d'après mes idées d'alors, était nécessairement Cincinnatus ; Cincinnatus en carrosse dérangeait un peu ma république de l'an de Rome 296. Le dictateur Washington pouvait-il être autre chose qu'un rustre piquant ses bœufs de l'aiguillon et tenant le manche de sa charrue ? Mais, quand j'allai porter ma lettre de recommendation à ce grand homme, je retrouvai la simplicité du vieux romain.

Une petite maison dans le genre anglais, ressemblant aux maisons voisines, était le palais du Président des États-Unis : point de gardes, pas même de valets. Je frappai : une jeune servante ouvrit. Je lui demandai si le général était chez lui ; elle me répondit qu'il y était. Je répliquai que j'avais une lettre à lui remettre. La servante me demanda mon nom, difficile à prononcer en anglais, et qu'elle ne put retenir. Elle me dit alors doucement : *Walk in*, *Sir*. « Entrez, Monsieur ; » et elle marcha devant moi dans un de ces étroits et longs corridors qui servent de vestibules aux maisons anglaises : elle m'introduisit dans un parloir, où elle me pria d'attendre le général.

Je n'étais pas ému. La grandeur de l'âme où celle de la fortune ne m'imposent point : j'admire la première sans en être écrasé ; la seconde m'inspire plus de pitié que de respect. Visage d'homme ne me troublera jamais.

Au bout de quelques minutes le général entra. C'était un homme d'une grande taille, d'un air calme et froid plutôt que noble : il est ressemblant dans ses gravures. Je lui présentai ma lettre en silence ; il l'ouvrit, courut à la signature qu'il lut tout haut avec exclamation : « Le colonel Armand ! » c'était ainsi qu'il appelait et qu'avait signé le marquis de la Rouairie.

Nous nous assîmes; je lui expliquai, tant bien que mal, le motif de mon voyage. Il me répondit par monosyllabes français ou anglais, et m'écoutait avec une sorte d'étonnement. Je m'en aperçus, et je lui dis avec un peu de vivacité : « Mais il est moins « difficile de découvrir le passage du Nord-Ouest que de créer un « peuple comme vous l'avez fait. » *Well, well, young man!* s'écria-t-il en me tendant la main. Il m'invita à dîner pour le jour suivant, et nous nous quittâmes.

Je fus exact au rendez-vous : nous n'étions que cinq ou six convives. La conversation roula presque entièrement sur la révolution française. Le général nous montra une clé de la Bastille : ces clés de la Bastille étaient des jouets assez niais, qu'on se distribuait alors dans les deux mondes. Si Washington avait vu, comme moi, dans les ruisseaux de Paris, les *vainqueurs de la Bastille*, il aurait eu moins de foi dans sa relique. Le sérieux et la force de la révolution n'étaient pas dans ces orgies sanglantes. Lors de la révocation de l'édit de Nantes, en 1685, la même populace du faubourg Saint-Antoine démolit le Temple protestant à Charenton avec autant de zèle qu'elle dévasta l'église de Saint-Denis en 1793.

Je quittai mon hôte à dix heures du soir, et je ne l'ai jamais revu : il partit le lendemain pour la campagne, et je continuai mon voyage.

Telle fut ma rencontre avec cet homme qui a affranchi tout un monde. Washington est descendu dans la tombe avant qu'un peu de bruit se fût attaché à mes pas; j'ai passé devant lui comme l'être le plus inconnu; il était dans tout son éclat, et moi dans toute mon obscurité. Mon nom n'est peut-être pas demeuré un jour entier dans sa mémoire. Heureux pourtant que ses regards soient tombés sur moi! je m'en suis senti réchauffé le reste de ma vie : il y a une vertu dans les regards d'un grand homme.

J'ai vu depuis Buonaparte : ainsi la Providence m'a montré les deux personnages qu'elle s'était plu à mettre à la tête des destinées de leurs siècles.

Si l'on compare Washington et Buonaparte, homme à homme,
le génie du premier semble d'un vol moins élevé que celui du
second. Washington n'appartient pas, comme Buonaparte, à cette
race des Alexandre et des César, qui dépasse la stature de l'espèce
humaine. Rien d'étonnant ne s'attache à sa personne ; il n'est point
placé sur un vaste théâtre ; il n'est point aux prises avec les capitaines les plus habiles et les plus puissants monarques du temps,
il ne traverse point les mers ; il ne court point de Memphis à
Vienne et de Cadix à Moscou : il se défend avec une poignée de
citoyens sur une terre sans souvenirs et sans célébrité, dans le
cercle étroit des foyers domestiques. Il ne livre point de ces
combats qui renouvellent les triomphes sanglants d'Arbelles et de
Pharsale ; il ne renverse point les trônes pour en recomposer
d'autres avec leurs débris ; *il ne met point le pied sur le cou des
rois ;* il ne leur fait point dire sous le vestibule de son palais :

Qu'ils se font trop attendre et qu'Attila s'ennuie.

Quelque chose de silencieux enveloppe les actions de Washington ;
il agit avec lenteur : on dirait qu'il se sent le mandataire de la
liberté de l'avenir, et qu'il craint de la compromettre. Ce ne sont
pas ses destinées que porte ce héros d'une nouvelle espèce, ce sont
celles de son pays ; il ne se permet pas de jouer ce qui ne lui appartient pas. Mais de cette profonde obsurité, quelle lumière va jaillir !
Cherchez les bois inconnus où brilla l'épée de Washington, qu'y
trouvez-vous ? des tombeaux ? non ! un Monde ! Washington a
laissé les États-Unis pour trophée sur son champ de bataille.

Buonaparte n'a aucun trait de ce grave Américain : il combat
sur une vieille terre, environné d'éclat et de bruit ; il ne veut
créer que sa renommée ; il ne se charge que de son propre sort. Il
semble savoir que sa mission sera courte, que le torrent qui descend
de si haut s'écoulera promptement : il se hâte de jouir et d'abuser
de sa gloire comme d'une jeunesse fugitive. A l'instar des dieux
d'Homère, il veut arriver en quatre pas au bout du monde : il

paraît sur tous les rivages, il inscrit précipitamment son nom dans les fastes de tous les peuples ; il jette en courant des couronnes à sa famille et à ses soldats ; il se dépêche dans ses monuments, dans ses lois, dans ses victoires. Penché sur le monde, d'une main il terrasse les rois, de l'autre il abat le géant révolutionnaire ; mais en écrasant l'anarchie, il étouffe la liberté, et finit par perdre la sienne sur son dernier champ de bataille.

Chacun est récompensé selon ses œuvres : Washington élève une nation à l'indépendance : magistrat retiré, il s'endort paisiblement sous son toit paternel, au milieu des regrets de ses compatriotes et de la vénération de tous les peuples.

Buonaparte ravit à une nation son indépendance : empereur déchu, il est précipité dans l'exil, où la frayeur de la terre ne le croit pas encore assez emprisonné sous la garde de l'Océan. Tant qu'il se débat contre la mort, faible et enchaîné sur un rocher, l'Europe n'ose déposer les armes. Il expire : cette nouvelle publiée à la porte du palais, devant laquelle le conquérant avait fait proclamer tant de funérailles, n'arrête ni n'étonne le passant : qu'avaient à pleurer les citoyens ?

La république de Washington subsiste ; l'empire de Buonaparte est détruit : il s'est écoulé entre le premier et le second voyage d'un Français qui a trouvé une nation reconnaissante, là où il avait combattu pour quelques colons opprimés.

Washington et Buonaparte sortirent du sein d'une république : nés tous deux de la liberté, le premier lui a été fidèle, le second l'a trahie. Leur sort, d'après leur choix, sera différent dans l'avenir.

Le nom de Washington se répandra avec la liberté d'âge en âge ; il marquera le commencement d'une nouvelle ère pour le genre humain.

Le nom de Buonaparte sera redit aussi par les générations futures ; mais il ne se rattac'era à aucune bénédiction, et servira souvent d'autorité aux oppresseurs, grands ou petits.

Washington a été tout entier le représentant des besoins, des idées, des lumières, des opinions de son époque ; il a secondé, au lieu de contrarier, le mouvement des esprits; il a voulu ce qu'il devait vouloir, la chose même à laquelle il était appelé : de là la cohérence et la perpétuite de son ouvrage. Cet homme qui frappe peu, parce qu'il est naturel et dans des proportions justes, a confondu son existence avec celle de son pays; sa gloire est le patrimoine commun de la civilisation croissante; sa renommée s'élève comme un de ses sanctuaires où coule une source intarissable pour le peuple.

Buonaparte pouvait enrichir également le domaine public : il agissait sur la nation la plus civilisée, la plus intelligente, la plus brave, la plus brillante de la terre. Quel serait aujourd'hui le rang occupé par lui dans l'univers, s'il eût joint la magnanimité à ce qu'il avait d'héroïque; si, Washington et Buonaparte à la fois, il eût nommé la liberté héritière de sa gloire!

Mais ce géant démesuré ne liait point complètement ses destinées à celle de ses contemporains : son génie appartenait à l'âge moderne, son ambition était des vieux jours; il ne s'aperçut pas que les miracles de sa vie dépassaient de beaucoup la valeur d'un diadème, et que cet ornement gothique lui siérait mal. Tantôt il faisait un pas avec le siècle, tantôt il reculait vers le passé; et, soit qu'il remontât ou suivît le cours du temps, par sa force prodigieuse il entraînait ou repoussait les flots. Les hommes ne furent à ses yeux qu'un moyen de puissance; aucune sympathie ne s'établit entre leur bonheur et le sien. Il avait promis de les délivrer, il les enchaîna; il s'isola d'eux, ils s'éloignèrent de lui. Les rois d'Égypte plaçaient leurs pyramides funèbres, non parmi des campagnes florissantes mais au milieu des sables stériles; ces grands tombeaux s'élèvent comme l'éternité dans la solitude : Buonaparte a bâti à leur image le monument de sa renommée.

Ceux qui, ainsi que moi, ont vu le conquérant de l'Europe et le législateur de l'Amérique, détournent aujourd'hui les yeux de la scène du monde : quelques histrions, qui font pleurer ou rire, ne valent pas la peine d'être regardés.

Un stage semblable à celui qui m'avait amené de Baltimore à Philadelphie me conduisit de Philadelphie à New-Yorck, ville gaie, peuplée et commerçante, qui pourtant était bien loin d'être ce qu'elle est aujourd'hui. J'allai en pèlerinage à Boston, pour saluer le premier champ de bataille de la liberté américaine. « J'ai vu les « champs de Lexington ; je m'y suis arrêté en silence, comme le « voyageur aux Thermopyles, à contempler la tombe de ces guer- « riers des deux mondes, qui moururent les premiers pour obéir « aux lois de la patrie. En foulant cette terre philosophique qui « me disait dans sa muette éloquence comment les empires se per- « dent et s'élèvent, j'ai confessé mon néant devant les voies de la « Providence, et baissé mon front dans la poussière [1]. »

Revenu à New-Yorck, je m'embarquai sur le paquebot qui faisait voile pour Albany, en remontant la rivière d'Hudson, autrement appelée *la rivière du Nord*.

Dans une note de l'*Essai historique*, j'ai décrit une partie de ma navigation sur cette rivière, au bord de laquelle disparaît aujourd'hui parmi les républicains de Washington, un des rois de Buonaparte, et quelque chose de plus, un de ses frères. Dans cette même note, j'ai parlé du major André, de cet infortuné jeune homme sur le sort duquel un ami, dont je ne cesse de déplorer la perte, a laissé tomber de touchantes et courageuses paroles, lorsque Buonaparte était près de monter au trône où s'était assise Marie-Antoinette [2].

Arrivé à Albany, j'allai chercher un M. Swift pour lequel on m'avait donné une lettre à Philadelphie. Cet Américain faisait la traite des pelleteries avec les tribus indiennes enclavées dans le territoire cédé par l'Angleterre aux État-Unis ; car les puissances civilisées se partagent sans façon, en Amérique, des terres qui ne leur appartiennent pas. Après m'avoir entendu, M. Swift me fit des objections très raisonnables : il me dit que je ne pouvais

[1] *Essai historique*, liv. I, part. I, chap. XXXIII.
[2] M. de Fontanes, *Éloge de Washington*.

pas entreprendre de prime abord, seul, sans secours, sans appui, sans recommandation pour les postes anglais, américains, espagnols, où je serais forcé de passer, un voyage de cette importance, que quand j'aurais le bonheur de traverser sans accident tant de solitudes, j'arriverais à des régions glacées où je périrais de froid ou de faim. Il me conseilla de commencer par m'acclimater en faisant une première course dans l'intérieur de l'Amérique, d'apprendre le sioux, l'iroquois et l'esquimaux, de vivre quelque temps parmi les coureurs de bois canadiens et les agents de la compagnie de la baie d'Hudson. Ces expériences préliminaires faites, je pourrais alors, avec l'assistance du gouvernement français, poursuivre ma hasardeuse entreprise.

Ces conseils, dont je ne pouvais m'empêcher de reconnaître la justesse, me contrariaient; si je m'en étais cru, je serais parti pour aller tout droit au pôle, comme on va de Paris à Saint-Cloud. Je cachai cependant à M. Swift mon déplaisir. Je le priai de me procurer un guide et des chevaux, afin que je me rendisse à la cataracte de Niagara, et de là à Pittsbourg, d'où je pourrais descendre l'Ohio. J'avais toujours dans la tête le premier plan de route que je m'étais tracé.

M. Swift engagea à mon service un Hollandais qui parlait plusieurs dialectes indiens. J'achetai deux chevaux, et je me hâtai de quitter Albany.

Tout le pays qui s'étend aujourd'hui entre le territoire de cette ville et celui de Niagara est habité, cultivé, et traversé par le fameux canal de New-Yorck; mais alors une grande partie de ce pays était déserte.

Lorsqu'après avoir passé le Mohawk, je me trouvai dans des bois qui n'avaient jamais été abattus, je tombai dans une sorte d'ivresse que j'ai encore rappelée dans l'*Essai historique :* « J'allais d'arbre en arbre, à droite et à gauche indifféremment, en
« disant en moi-même : Ici plus de chemin à suivre, plus de villes,
« plus d'étroites maisons, plus de présidents, de républiques,

« de rois. . . . .

« Et pour essayer si j'étais enfin rétabli dans mes droits originels,
« je me livrais à mille actes de volonté qui faisaient enrager le
« grand Hollandais qui me servait de guide, et qui dans son âme
« me croiyait fou [1]. »

Nous entrions dans les anciens cantons des six nations iroquoises.
Le premier Sauvage que nous rencontrâmes était un jeune homme
qui marchait devant un cheval sur lequel était assise une Indienne
parée à la manière de sa tribu. Mon guide leur souhaita le bonjour
en passant.

On sait déjà que j'eus le bonheur d'être reçu par un de mes compatriotes sur la frontière de la solitude, par ce M. Violet, maître de
danse chez les Sauvages. On lui payait ses leçons en peaux de castor
et en jambons d'ours. « Au milieu d'une forêt, on voyait une espèce
« de grange; je trouvai dans cette grange une vingtaine de Sau-
« vages, hommes et femmes, barbouillés comme des sorciers, le
« corps demi-nu, les oreilles découpées, des plumes de corbeau sur
« la tête, et des anneaux passés dans les narines. Un petit Français
« poudré et frisé comme autrefois, habit vert-pomme, veste de
« droguet, jabot et manchettes de mousseline, râclait un violon de
« poche, et faisait danser Madelon Friquet à ces Iroquois. M. Violet,
« en me parlant des Indiens, me disait toujours : *Ces messieurs
« sauvages et ces dames sauvagesses.* Il se louait beaucoup de la légè-
« reté de ses écoliers : en effet, je n'ai jamais vu faire de telles
« gambades. M. Violet, tenant son petit violon entre son menton et
« sa poitrine, accordait l'instrument fatal; il criait en iroquois :
« *A vos places!* et toute la troupe sautait comme une bande de
« démons [2]. »

C'était une chose assez étrange pour un disciple de Rousseau,
que cette introduction à la vie sauvage par un bal que donnait à
des Iroquois un ancien marmiton du général Rochambeau. Nous

---

[1] *Essai historique,* liv. I, part. II, chap. LVII.
[2] *Itinéraire,* septième et dernière partie.

continuâmes notre route. Je laisse maintenant parler le **manuscrit** : je le donne tel que je le trouve, tantôt sous la forme d'un *récit*, tantôt sous celle d'un *journal*, quelquefois en *lettres* ou en **simples** *annotations*.

LES ONONDAGAS.

Nous étions arrivés au bord du lac auquel les Onondagas, peuplade iroquoise, ont donné leur nom. Nos chevaux avaient besoin de repos. Je choisis avec mon Hollandais un lieu propre à établir notre camp. Nous en trouvâmes un dans une gorge de vallée, à l'endroit où une rivière sort en bouillonnant du lac. Cette rivière n'a pas couru cent toises au nord en directe ligne qu'elle se replie à l'est, et court parallèlement au rivage du lac, en dehors des rochers qui servent de ceinture à ce dernier.

Ce fut dans la courbe de la rivière que nous dressâmes notre appareil de nuit : nous fichâmes deux hauts piquets en terre; nous plaçâmes horizontalement dans la fourche de ces piquets une longue perche; appuyant des écorces de bouleau, un bout sur le sol, l'autre bout sur la gaule transversale, nous eûmes un toit digne de notre palais. Le bûcher de voyage fut allumé pour faire cuire notre souper et chasser les maringouins. Nos selles nous servaient d'oreiller sous l'*ajoupa*, et nos manteaux de couvertures.

Nous attachâmes une sonnette au cou de nos chevaux, et nous les lâchâmes dans les bois : par un instinct admirable, ces animaux ne s'écartent jamais assez loin pour perdre de vue le feu que leurs maîtres allument la nuit afin de chasser les insectes et de se défendre des serpents.

Du fond de notre hutte, nous jouissions d'une vue pittoresque : devant nous s'étendait le lac assez étroit et bordé de forêts et de rochers; autour de nous, la rivière enveloppant notre presqu'île de ses ondes vertes et limpides. balayait ses rivages avec impétuosité.

Il n'était guère que quatre heures après midi lorsque notre établissement fut achevé : je pris mon fusil et j'allai errer dans les environs. Je suivis d'abord le cours de la rivière; mes recherches botaniques ne furent pas heureuses, les plantes étaient peu variées. Je remarquai des familles nombreuses de *plantago-virginica* et de quelques autres beautés de prairies, toutes assez communes : je quittai les bords de la rivière pour les côtes du lac, et je ne fus pas plus chanceux; à l'exception d'une espèce de rhododendron, je ne trouvai rien qui valût la peine de m'arrêter : les fleurs de cet arbuste, d'un rose vif, faisaient un effet charmant avec l'eau bleue du lac, où elles se miraient, et le flanc brun du rocher dans lequel elles enfonçaient leurs racines.

Il y avait peu d'oiseaux : je n'aperçus qu'un couple solitaire qui voltigeait devant moi, et qui semblait se plaire à répandre le mouvement et l'amour sur l'immobilité et la froideur de ces sites. La couleur du mâle me fit reconnaître l'oiseau blanc ou le *passer nivalis* des ornithologistes. J'entendis aussi la voix de cette espèce d'orfraie que l'on a fort bien caractérisée par cette définition, *strix exclamator*. Cet oiseau est inquiet comme tous les tyrans : je me fatiguai vainement à sa poursuite.

Le vol de cette orfraie m'avait conduit, à travers les bois, jusqu'à un vallon resserré par des collines nues et pierreuses. Dans ce lieu extrêmement retiré, on voyait une méchante cabane de Sauvage, bâtie à mi-côte entre les rochers : une vache maigre paissait dans un pré au-dessous.

J'ai toujours aimé ces petits abris : l'animal blessé se tapit dans un coin; l'infortuné craint d'étendre au-dehors avec sa vue des sentiments que les hommes repoussent. Fatigué de ma course, je m'assis au haut du coteau que je parcourais, ayant en face la hutte indienne sur le coteau opposé. Je couchai mon fusil auprès de moi, et je m'abandonnai à ces rêveries dont j'ai souvent goûté le charme.

J'avais à peine passé ainsi quelques minutes que j'entendis des voix au fond du vallon. J'aperçus trois hommes qui conduisaient cinq ou six vaches grasses. Après les avoir mis paître dans les prairies, ils marchèrent vers la vache maigre, qu'ils éloignèrent à coups de bâton.

L'apparition de ces Européens dans un lieu si désert me fut extrêmement désagréable; leur violence me les rendit encore plus importuns. Ils chassaient la pauvre bête parmi les roches, en riant aux éclats, et en l'exposant à se rompre les jambes. Une femme sauvage, en apparence aussi misérable que sa vache, sortit de la hutte isolée, s'avança vers l'animal effrayé, l'appela doucement et lui offrit quelque chose à manger. La vache courut à elle en allongeant le cou avec un petit mugissement de joie. Les colons menacèrent de loin l'Indienne, qui revint à sa cabane. La vache la suivit. Elle s'arrêta à la porte, où son amie la flattait de la main, tandis que l'animal reconnaissant léchait cette main secourable. Les colons s'étaient retirés.

Je me levai : je descendis la colline, je traversai le vallon; et, remontant la colline opposée, j'arrivai à la hutte, résolu de réparer, autant qu'il était en moi, la brutalité des hommes blancs. La vache m'aperçut et fit un mouvement pour fuir; je m'avançai avec précaution, et je parvins, sans qu'elle s'en allât, jusqu'à l'habitation de sa maîtresse.

L'Indienne était rentrée chez elle. Je prononçai le salut qu'on m'avait appris : Siégoth! *Je suis venu.* L'Indienne, au lieu de me rendre mon salut par la répétition d'usage : *Vous êtes venu!* ne répondit rien. Je jugeai que la visite d'un de ses tyrans lui était importune. Je me mis alors, à mon tour, à caresser la vache. L'Indienne parut étonnée : je vis sur son visage jaune et attristé des signes d'attendrissement et presque de gratitude. Ces mystérieuses relations de l'infortune remplirent mes yeux de larmes; il y a de la douceur à pleurer sur des maux qui n'ont encore été pleurés de personne.

Mon hôtesse me regarda encore quelque temps avec un reste de doute, comme si elle craignait que je ne cherchasse à la tromper;

elle fit ensuite quelques pas, et vint elle-même passer sa main sur le front de sa compagne de misère et de solitude.

Encouragé par cette marque de confiance, je dis en anglais, car j'avais épuisé mon indien : « Elle est bien maigre! » L'indienne repartit aussitôt en mauvais anglais : « Elle mange fort peu. » *She eats very little.* « On l'a chassée rudement, » repris-je. Et la femme me répondit : « Nous sommes accoutumées à cela toutes deux, « *both.* » Je repris : « Cette prairie n'est donc pas à vous? » Elle « répondit : « Cette prairie était à mon mari, qui est mort. Je n'ai « point d'enfants, et les blancs mènent leurs vaches dans ma « prairie. »

Je n'avais rien à offrir à cette indigente créature : mon dessein eût été de réclamer la justice en sa faveur; mais à qui m'adresser dans un pays où le mélange des Européens et des Indiens rendait les autorités confuses, où le droit de la force enlevait l'indépendance au Sauvage, et où l'homme policé, devenu demi-sauvage, avait secoué le joug de l'autorité civile?

Nous nous quittâmes, moi et l'Indienne, après nous être serré la main. Mon hôtesse me dit beaucoup de choses que je ne compris point, et qui étaient sans doute des souhaits de prospérité pour l'étranger. S'ils n'ont pas été entendus du ciel, ce n'est pas la faute de celle qui priait, mais la faute de celui pour qui la prière était offerte, toutes les âmes n'ont pas une égale aptitude au bonheur, comme toutes les terres ne portent pas également des moissons.

Je retournai à mon *ajoupa*, où je fis un assez triste souper. La soirée fut magnifique; le lac, dans un repos profond, n'avait pas une ride sur ses flots; la rivière baignait en murmurant notre presqu'île, que décoraient de faux ébéniers non encore défleuris; l'oiseau nommé *coucou des Carolines* répétait son chant monotone : nous l'entendions tantôt plus près, tantôt plus loin, suivant que l'oiseau changeait le lieu de ses appels amoureux.

Le lendemain, j'allai avec mon guide rendre visite au premier Sachem des Onondagas, dont le village n'était pas éloigné. Nous

arrivâmes à ce village à dix heures du matin. Je fus environné
aussitôt d'une foule de jeunes Sauvages, qui me parlaient dans leur
langue, en y mêlant des phrases anglaises et quelques mots français :
ils faisaient grand bruit et avaient l'air fort joyeux. Ces tribus
indiennes, enclavées dans les défrichements des blancs, ont pris
quelque chose de nos mœurs : elles ont des chevaux et des troupeaux ;
leurs cabanes sont remplies de meubles et d'ustensiles achetés d'un
côté à Québec, à Montréal, à Niagara, au Détroit, de l'autre dans
les villes des États-Unis.

Le Sachem des Onondagas était un vieil Iroquois dans toute la
rigueur du mot : sa personne gardait le souvenir des anciens usages
et des anciens temps du désert : grandes oreilles découpées, perle
pendante au nez, visage bariolé de diverses couleurs, petite touffe
de cheveux sur le sommet de la tête, tunique bleue, manteau de
peau, ceinture de cuir avec le couteau de scalpe et le casse-tête,
bras tatoués, mocassines aux pieds, chapelet ou collier de porcelaine à la main.

Il me reçut bien et me fit asseoir sur sa natte. Les jeunes gens
s'emparèrent de mon fusil ; ils en démontèrent la batterie avec
une adresse surprenante, et replacèrent les pièces avec la même
dextérité : c'était un simple fusil de chasse à deux coups.

Le Sachem parlait anglais et entendait le français ; mon interprète savait l'iroquois, de sorte que la conversation fut facile. Entre
autres choses le vieillard me dit que, quoique sa nation eût toujours été en guerre avec la mienne, elle l'avait toujours estimée.
Il m'assura que les Sauvages ne cessaient de regretter les Français ;
il se plaignit des Américains, qui bientôt ne laisseraient pas aux
peuples dont les ancêtres les avaient reçus assez de terre pour couvrir leurs os. Je parlai au Sachem de la détresse de la veuve
indienne : il me dit qu'en effet cette femme était persécutée, qu'il
avait plusieurs fois sollicité à son sujet les commissaires américains,
mais qu'il n'en avait pu obtenir justice ; il ajouta qu'autrefois les
Iroquois se la seraient faite.

Les femmes indiennes nous servirent un repas. L'hospitalité est la dernière vertu sauvage qui soit restée aux Indiens au milieu des vices de la civilisation européenne. On sait quelle était autrefois cette hospitalité : une fois reçu dans une cabane, on devenait inviolable : le foyer avait la puissance de l'autel; il vous rendait sacré. Le maître de ce foyer se fût fait tuer avant qu'on touchât à un seul cheveu de votre tête.

Lorsqu'une tribu était chassée de ses bois, ou lorsqu'un homme venait demander l'hospitalité, l'étranger commençait ce qu'on appelait la danse du suppliant. Cette danse s'exécutait ainsi :

Le suppliant avançait quelques pas, puis s'arrêtait en regardant le supplié et reculait ensuite jusqu'à sa première position. Alors les hôtes entonnaient le chant de l'étranger : « Voici l'étranger, voici l'envoyé du Grand-Esprit. » Après le chant, un enfant allait prendre la main de l'étranger pour le conduire à la cabane. Lorsque l'enfant touchait le seuil de la porte, il disait : « Voici l'étranger ! » et le chef de la cabane répondait : « Enfant, introduis l'homme dans ma cabane. » L'étranger, entrant alors sous la protection de l'enfant, allait, comme chez les Grecs, s'asseoir sur la cendre du foyer. On lui présentait le calumet de paix; il fumait trois fois; et les femmes disaient le chant de la consolation : « L'étranger a retrouvé une « mère et une femme : le soleil se lèvera et se couchera pour lui « comme auparavant. »

On remplissait d'eau d'érable une coupe consacrée : c'était une calebasse ou un vase de pierre qui reposait ordinairement dans le coin de la cheminée, et sur lequel on mettait une couronne de fleurs. L'étranger buvait la moitié de l'eau, passait la coupe à son hôte, qui achevait de la vider.

Le lendemain de ma visite au chef des Onondagas, je continuai mon voyage. Ce vieux chef s'était trouvé à la prise de Québec : il avait assisté à la mort du général Wolf. Et moi qui sortais de la hutte d'un Sauvage, j'étais nouvellement échappé du palais de Versailles, et je venais de m'asseoir à la table de Washington.

A mesure que nous avancions vers Niagara, la route, plus pénible, était à peine tracée par des abattis d'arbres : les troncs de ces arbres servaient de ponts sur les ruisseaux ou de fascines dans les fondrières. La population américaine se portait alors vers les concessions de Génésée. Les gouvernements des États-Unis vendaient ces concessions plus ou moins cher, selon la bonté du sol, la qualité des arbres, le cours et la multitude des eaux.

Les défrichements offraient un curieux mélange de l'état de nature et de l'état civilisé. Dans le coin d'un bois qui n'avait jamais retenti que des cris du Sauvage et des bruits de la bête fauve, on rencontrait une terre labourée; on apercevait du même point de vue la cabane d'un Indien et l'habitation d'un planteur. Quelques-unes de ces habitations, déjà achevées, rappelaient la propreté des fermes anglaises et hollandaises; d'autres n'étaient qu'à demi terminées, et n'avaient pour toit que le dôme d'une futaie.

J'étais reçu dans ces demeures d'un jour; j'y trouvais souvent une famille charmante, avec tous les agréments et toutes les élégances de l'Europe; des meubles d'acajou, un piano, des tapis, des glaces; tout cela à quatre pas de la hutte d'un Iroquois. Le soir, lorsque les serviteurs étaient revenus des bois ou des champs, avec la cognée ou la charrue, on ouvrait les fenêtres; les jeunes filles de mon hôte chantaient en s'accompagnant sur le piano, la musique de Paësiello et de Cimarosa, à la vue du désert, et quelquefois au murmure lointain d'une cataracte.

Dans les terrains les meilleurs s'établissaient des bourgades. On ne peut se faire une idée du sentiment et du plaisir qu'on éprouve, en voyant s'élancer la flèche d'un nouveau clocher, du sein d'une vieille forêt américaine. Comme les mœurs anglaises suivent partout les Anglais, après avoir t. aversé des pays où il n'y avait pas trace d'habitants, j'apercevais l'enseigne d'une auberge qui pendait à une branche d'arbre sur le bord du chemin, et que balançait le vent de la solitude. Des chasseurs, des planteurs, des Indiens se rencontraient à ces caravansérails ; mais la première fois que je m'y reposai, je jurai bien que ce serait la dernière.

Un soir, en entrant dans ces singulières hôtelleries, je restai stupéfait à l'aspect d'un lit immense, bâti en rond autour d'un poteau : chaque voyageur venait prendre sa place dans ce lit, les pieds au poteau du centre, la tête à la circonférence du cercle, de manière que les dormeurs étaient rangés symétriquement comme les rayons d'une roue ou les bâtons d'un évantail. Après quelque hésitation, je m'introduisis pourtant dans cette machine, parce que je n'y voyais personne. Je commençais à m'assoupir lorsque je sertis la gambe d'un homme qui se glissait le long de la mienne : c'était celle de mon grand diable de Hollandais qui s'étandait auprès de moi. Je n'ai jamais éprouvé une plus grande horreur de ma vie. Je sautai dehors de ce cabas hospitalier, maudissant cordialement les bons usages de nos bons aïeux. J'allai dormir dans mon manteau au clair de la lune : cette compagne de la couche du voyageur n'avait rien du moins que d'agréable, de frais et de pur.

————

Le manuscrit manque ici, ou plutôt ce qu'il contenait a été inséré dans mes autres ouvrages. Après plusieurs jours de marche, j'arrive à la rivière Génésée ; je vois de l'autre côté de cette rivière la merveille du serpent à sonnettes attiré par le son d'une flûte[1] ; plus loin je rencontre une famille de Sauvages, et je passe la nuit avec cette famille à quelque distance de la chute du Niagara. On retrouve l'histoire de cette rencontre, et la description de cette nuit, dans l'*Essai historique* et dans le *Génie du Christianisme*.

Les Sauvages du saut de Niagara, dans la dépendance des Anglais, étaient chargés de la garde de la frontière du Haut-Canada

---

[1] *Génie du Christianisme*.

de ce côté. Ils vinrent au-devant de nous armés d'arcs et de flèches, et nous empêchèrent de passer.

Je fus obligé d'envoyer le Hollandais au fort Niagara, chercher
une permission du commandant pour entrer sur les terres de la domination britannique; cela me serrait un peu le cœur, car je songeais que la France avait jadis commandé dans ces contrées. Mon
guide revint avec la permission : je la conserve encore, elle est
signée : *Le capitaine Gordon*. N'est-il pas singulier que j'aie retrouvé
le même nom anglais sur la porte de ma cellule à Jérusalem [1] ?

Je restai deux jours dans le village des Sauvages. Le manuscrit
offre en cet endroit la minute d'une lettre que j'écrivais à l'un de mes
amis en France. Voici cette lettre :

Lettre écrite de chez les Sauvages de Niagara.

Il faut que je vous raconte ce qui s'est passé hier matin chez mes
hôtes. L'herbe était encore couverte de rosée; le vent sortait des
forêts tout parfumé; les feuilles du mûrier sauvage étaient chargées des cocons d'une espèce de ver à soie, et les plantes à coton
du pays, renversant leurs capsules épanouies, ressemblaient à des
rosiers blancs.

Les Indiennes s'occupaient de divers ouvrages, réunies ensemble au pied d'un gros hêtre pourpre. Leurs plus petits enfants étaient
suspendus dans des réseaux aux branches de l'arbre : la brise des
bois berçait ces couches aériennes d'un mouvement presque insensible. Les mères se levaient de temps en temps pour voir si leurs
enfants dormaient, et s'ils n'avaient point été réveillés par une
multitude d'oiseaux qui chantaient et voltigeaient à l'entour. Cette
scène était charmante.

Nous étions assis à part, l'interpète et moi, avec les guerriers,
au nombre de sept; nous avions tous une grande pipe à la bouche;
deux ou trois de ces Indiens parlaient anglais.

[1] *l'Inéraire.*

A quelque distance, de jeunes garçons s'ébattaient; mais au milieu de leurs jeux, en sautant, en courant, en lançant des balles, ils ne prononçaient pas un mot. On n'entendait point l'étourdissante criaillerie des enfants européens; ces jeunes Sauvages bondissaient comme des chevreuils, et ils étaient muets comme eux. Un grand garçon de sept ou huit ans, se détachant quelquefois de la troupe, venait téter sa mère et retournait jouer avec ses camarades.

L'enfant n'est jamais sevré de force; après s'être nourri d'autres aliments, il épuise le sein de sa mère, comme la coupe que l'on vide à la fin d'un banquet. Quand la nation entière meurt de faim, l'enfant trouve encore au sein maternel une source de vie. Cette coutume est peut-être une des causes qui empêchent les tribus américaines de s'accroître autant que les familles européennes.

Les pères ont parlé aux enfants et les enfants ont répondu aux pères: je me suis fait rendre compte du colloque par mon Hollandais. Voici ce qui s'est passé:

Un Sauvage d'une trentaine d'années a appelé son fils et l'a invité à sauter moins fort; l'enfant a répondu: *C'est raisonnable;* et sans faire ce que le père lui disait, il est retourné au jeu.

Le grand-père de l'enfant l'a appelé à son tour, et lui a dit: *Fais cela;* et le petit garçon s'est soumis. Ainsi l'enfant a désobéi à son père qui le *priait*, et a obéi à son aïeul qui lui *commandait*. Le père n'est presque rien pour l'enfant.

On n'inflige jamais une punition à celui-ci; il ne reconnaît que l'autorité de l'âge et celle de sa mère. Un crime réputé affreux, et sans exemple parmi les Indiens, est celui d'un fils rebelle à sa mère. Lorsqu'elle est devenue vieille, il la nourrit.

A l'égard du père, tant qu'il est jeune, l'enfant le compte pour rien; mais lorsqu'il avance dans la vie, son fils l'honore, non comme père, mais comme vieillard, c'est-à-dire comme un homme de bon conseil et d'expérience.

Cette manière d'élever les enfants dans toute leur indépendance devrait les rendre sujets à l'humeur et aux caprices; cependant les enfants des Sauvages n'ont ni caprices, ni humeur, parce qu'ils ne désirent que ce qu'ils savent pouvoir obtenir. S'il arrive à un enfant de pleurer pour quelque chose que sa mère n'a pas, on lui dit d'aller prendre cette chose où il l'a vue; or, comme il n'est pas le plus fort et qu'il sent sa faiblesse, il oublie l'objet de sa convoitise. Si l'enfant sauvage n'obéit à personne, personne ne lui obéit : tout le secret de sa gaieté ou de sa raison est là.

Les enfants indiens ne se querellent point, ne se battent point : ils ne sont ni bruyants, ni tracassiers, ni hargneux; ils ont dans l'air je ne sais quoi de sérieux comme le bonheur, de noble comme l'indépendance.

Nous ne pourrions pas élever ainsi notre jeunesse; il nous faudrait commencer par nous défaire de nos vices; or, nous trouvons plus aisé de les ensevelir dans le cœur de nos enfants, prenant soin seulement d'empêcher ces vices de paraître au dehors.

Quand le jeune Indien sent naître en lui le goût de la pêche, de la chasse, de la guerre, de la politique, il étudie et imite les arts qu'il voit pratiquer à son père : il apprend alors à coudre un canot, à tresser un filet, à manier l'arc, le fusil, le casse-tête, la hache, à couper un arbre, à bâtir une hutte, à expliquer les *colliers*. Ce qui est un amusement pour le fils, devient une autorité pour le père : le droit de la force et de l'intelligence de celui-ci est reconnu, et ce droit le conduit peu à peu au pouvoir du Sachem.

Les filles jouissent de la même liberté que les garçons : elles font à peu près ce qu'elles veulent, mais elles restent davantage avec leurs mères, qui leur enseignent les travaux du ménage. Lorsqu'une jeune Indienne a mal agi, sa mère se contente de lui jeter des gouttes d'eau au visage et de lui dire : *Tu me déshonores*. Ce reproche manque rarement son effet.

Nous sommes restés jusqu'à midi à la porte de la cabane : le soleil était devenu brûlant. Un de nos hôtes s'est avancé vers les petits garçons et leur a dit : *Enfants, le soleil vous mangera la tête, allez dormir*. Ils se sont tous écriés : *C'est juste*. Et pour toute marque

the
ul
er
is
Si
le

s
e

t
)
.

CHATEAUBRIAND À LA CHÛTE DU NIAGARA.

d'obéissance, ils ont continué de jouer, après être convenus que le soleil leur *mangerait* la tête.

Mais les femmes se sont levées, l'une montrant de la sagamité dans un vase de bois, l'autre un fruit favori, une troisième déroulant une natte pour se coucher : elles ont appelé la troupe obstinée, en joignant à chaque nom un mot de tendresse. A l'instant, les enfants ont volé vers leurs mères comme une couvée d'oiseaux. Les femmes les ont saisis en riant, et chacune d'elles a emporté avec assez de peine son fils, qui mangeait dans les bras maternels ce qu'on venait de lui donner.

Adieu : je ne sais si cette lettre, écrite du milieu des bois, vous arrivera jamais.

———

Je me rendis au village des Indiens à la cataracte de Niagara : la description de cette cataracte, placée à la fin d'Atala, est trop connue pour la reproduire ; d'ailleurs, elle fait encore partie d'une note de l'*Essai historique* : mais il y a dans cette même note quelques détails si intimement liés à l'histoire de mon voyage, que je crois devoir les répéter ici.

A la cataracte de Niagara, l'échelle indienne qui s'y trouvait jadis étant rompue, je voulus, en dépit des représentations de mon guide, me rendre au bas de la chute par un rocher à pic d'environ deux cents pieds de hauteur. Je m'aventurai dans la descente. Malgré les rugissements de la cataracte et l'abîme effrayant qui bouillonnait au-dessous de moi, je conservai ma tête et parvins à une quarantaine de pieds du fond. Mais ici le rocher lisse et vertical n'offrait plus ni racines ni fentes où pouvoir reposer mes pieds. Je demeurai suspendu par la main à toute ma longueur, ne pouvant ni remonter, ni descendre, sentant mes doigts s'ouvrir peu à peu de lassitude sous le poids de mon corps, et voyant la mort inévitable. Il y a peu d'hommes qui aient passé dans leur vie deux mi-

nutes comme je les comptai alors, suspendu sur le gouffre de Niagara. Enfin mes mains s'ouvrirent et je tombai. Par le bonheur le
plus inouï, je me trouvai sur le roc vif, où j'aurais dû me briser
cent fois, et cependant je ne me sentais pas grand mal ; j'étais à un
demi-pouce de l'abîme, et je n'y avais pas roulé : mais lorsque le
froid de l'eau commença à me pénétrer, je m'aperçus que je n'en
étais pas quitté à aussi bon marché que je l'avais cru d'abord. Je
sentis une douleur insupportable au bras gauche ; je l'avais cassé
au-dessous du coude. Mon guide, qui me regardait d'en haut et
auquel je fis signe, courut chercher quelques Sauvages qui, avec
beaucoup de peine, me remontèrent avec des cordes de bouleau et
me transportèrent chez eux.

Ce ne fut pas le seul risque que je courus à Niagara : en arrivant, je m'étais rendu à la chute, tenant la bride de mon cheval
entortillée à mon bras. Tandis que je me penchais pour regarder
en bas, un serpent à sonnettes remua dans les buissons voisins ; le
cheval s'effraie, recule en se cabrant et en approchant du gouffre.
Je ne puis dégager mon bras des rênes, et le cheval, toujours plus
effarouché, m'entraîne après lui. Déjà ses pieds de devant quittaient
la terre, et, accroupi sur le bord de l'abîme, il ne s'y tenait plus
que par force de reins. C'était fait de moi, lorsque l'animal, étonné
lui-même du nouveau péril, fait un nouvel effort, s'abat en dedans
par une pirouette, et s'élance à dix pieds loin du bord.

Je n'avais qu'une fracture simple au bras : deux lattes, un ban-
dage et une écharpe suffirent à ma guérison. Mon Hollandais ne
voulut pas aller plus loin ; je le payai, et il retourna chez lui. Je fis
un nouveau marché avec des Canadiens de Niagara, qui avaient
une partie de leur famille à Saint-Louis des Illinois, sur le Mississipi.

Le manuscrit présente maintenant un aperçu général des lacs du
Canada.

LES LACS DU CANADA.

Le trop-plein des eaux du lac Érié se décharge dans le lac Ontario, après avoir formé la cataracte de Niagara. Les Indiens trouvaient autour du lac Ontario le baume blanc dans le baumier, le sucre dans l'érable, le noyer et le merisier, la teinture rouge dans l'écorce de la perousse, le toit de leurs chaumières dans l'écorce du bois blanc; ils trouvaient le vinaigre dans les grappes rouges du vinaigrier, le miel et le coton dans les fleurs de l'asperge sauvage, l'huile pour les cheveux dans le tournesol, et une panacée pour les blessures dans la *plante universelle*. Les Européens ont remplacé ces bienfaits de la nature par les productions de l'art: les Sauvages ont disparu.

Le lac Érié a plus de cent lieues de circonférence. Les nations qui peuplaient ses bords furent exterminées par les Iroquois il y a deux siècles; quelques hordes errantes infestèrent ensuite des lieux où l'on n'osait s'arrêter.

C'est une chose effrayante que de voir les Indiens s'aventurer dans des nacelles d'écorce sur ce lac, où les tempêtes sont terribles. Ils suspendent leurs Manitous à la poupe des canots et s'élancent au milieu des tourbillons de neige, entre les vagues soulevées. Ces vagues, de niveau avec l'orifice des canots, ou les surmontant, semblent les aller engloutir. Les chiens des chasseurs, les pattes appuyées sur le bord, poussent des cris lamentables, tandis que leurs maîtres, gardant un profond silence, frappent les flots en mesure avec leurs pagaies. Les canots s'avancent à la file : à la proue du premier se tient debout un chef qui répète le monosyllabe OAH, la première voyelle sur une note élevée et courte, la seconde sur une note sourde et longue; dans le premier canot est encore un chef debout, manœuvrant une grande rame en forme de gouvernail. Les autres guerriers sont assis, les jambes croisées, au fond des canots : à travers le brouillard, la neige et les vagues, on n'aperçoit que les plumes dont la tête de ces Indiens est ornée, le cou allongé des dogues hurlant, et les épaules des deux Sachems, pilote et augure : on dirait des dieux de ces eaux.

Le lac Érié est encore fameux par ses serpents. A l'ouest de ce lac, depuis les îles aux Couleuvres jusqu'aux rivages du continent, dans un espace de plus de vingt milles, s'étendent de larges nénufars : en été les feuilles de ces plantes sont couvertes de serpents entrelacés les uns aux autres. Lorsque les reptiles viennent à se mouvoir aux rayons du soleil, on voit rouler leurs anneaux d'azur, de pourpre, d'or et d'ébène ; on ne distingue dans ces horribles nœuds doublement, triplement formés, que des yeux étincelants, des langues à triple dard, des gueules de feu, des queues armées d'aiguillons ou de sonnettes, qui agissent en l'air comme des fouets. Un sifflement continuel, un bruit semblable au froissement des feuilles mortes dans une forêt, sortent de cet impur Cocyte.

Le détroit qui ouvre le passage du lac Huron au lac Érié tire sa renommée de ses ombrages et de ses prairies. Le lac Huron abonde en poisson ; on y pêche l'artikamègue et des truites qui pèsent deux cents livres. L'île de Matimaulin était fameuse ; elle renfermait le reste de la nation des Ontawais, que les Indiens faisaient descendre du grand Castor. On a remarqué que l'eau du lac Huron, ainsi que celle du lac Michigan, croît pendant sept mois, et diminue dans la même proportion pendant sept autres. Tous ces lacs ont un flux et reflux plus ou moins sensible.

Le lac supérieur occupe un espace de plus de 4 degrés entre le 46e et le 50e de latitude nord, et non moins de 8 degrés entre le 87e et le 95e de longitude ouest, méridien de Paris ; c'est-à-dire que cette mer intérieure a cent lieues de large et environ deux cents de long, donnant une circonférence d'à peu près six cents lieues.

Quarante rivières réunissent leurs eaux dans cet immense bassin ; deux d'entre elles l'Allinipigon et le Michipicroton, sont deux fleuves considérables ; le dernier prend sa source dans les environs de la baie d'Hudson.

Des îles ornent le lac, entre autres l'île Maurepas sur la côte septentrionale, l'île Pontchartrain sur la rive orientale, l'île Minong vers la partie méridionale, et l'île du Grand-Esprit, ou des Ames, à l'occident : celle-ci pourrait former le territoire d'un État en Europe; elle mesure trente-cinq lieues de long et vingt de large.

Les caps remarquables du lac sont : la pointe Kioucounan, espèce d'isthme s'alongeant de deux lieues dans les flots; le cap Minabeaujou, semblable à un phare; le cap du Tonnerre, près de l'Anse du même nom; et le cap Rochedebout, qui s'élève perpendiculairement sur les grèves comme un obélisque brisé.

Le rivage méridional du lac supérieur est bas, sablonneux, sans abri; les côtes septentrionales et orientales sont au contraire montagneuses, et présentent une succession de rochers taillés à pic. Le lac lui-même est creusé dans le roc. A travers son onde verte et transparente, l'œil découvre à plus de trente et quarante pieds de profondeur des masses de granit de différentes formes et dont quelques-unes paraissent comme nouvellement sciées par la main de l'ouvrier. Lorsque le voyageur, laissant dériver son canot, regarde, penché sur le bord, la crête de ces montagnes sous-marines, il ne peut jouir longtemps de ce spectacle; ses yeux se troublent, et il éprouve des vertiges.

Frappé de l'étendue de ce réservoir des eaux, l'imagination s'accroît avec l'espace : selon l'instinct commun de tous les hommes, les Indiens ont attribué la formation de cet immense bassin à la même puissance qui arrondit la voûte du firmament; ils ont ajouté à l'admiration qu'inspire la vue du Lac Supérieur, la solennité des idées religieuses.

Ces Sauvages ont été entraînés à faire de ce lac l'objet principal de leur culte, par l'air de mystère que la nature s'est plu à attacher à l'un de ses plus grands ouvrages. Le Lac Supérieur a un flux et un reflux irréguliers : ses eaux, dans les plus grandes chaleurs de l'été, sont froides comme la neige, à un demi-pied au-dessous de leur surface ; ces mêmes eaux gèlent rarement dans les hivers rigoureux de ces climats, alors même que la mer est gelée.

Les productions de la terre autour du lac varient selon les différents sols : sur la côte orientale on ne voit que des forêts d'érables rachitiques et déjetés qui croissent presque horizontalement dans du sable ; au nord, partout où le roc vif laisse à la végétation quelque gorge, quelques revers de vallée, on aperçoit des buissons de groseillers sans épines et des guirlandes d'une espèce de vigne qui porte un fruit semblable à la framboise, mais d'un rose plus pâle. Çà et là s'élèvent des pins isolés.

Parmi le grand nombre de sites que présentent ces solitudes, deux se font particulièrement remarquer.

En entrant dans le Lac Supérieur par le détroit de Sainte-Marie, on voit à gauche des îles qui se courbent en demi-cercle, et qui, toutes plantées d'arbres à fleurs, ressemblent à des bouquets dont le pied trempe dans l'eau ; à droite, les caps du continent s'avancent dans les vagues : les uns sont enveloppés d'une pelouse qui marie sa verdure au double azur du ciel et de l'onde ; les autres, composées d'un sable rouge et blanc, ressemblent, sur le fond du lac bleuâtre, à des rayons d'ouvrages de marqueterie. Entre ces lacs longs et nus s'entremêlent de gros promontoires revêtus de bois qui se répètent invertis dans le cristal au dessous. Quelquefois aussi les arbres serrés forment un épais rideau sur la côte ; et quelquefois clairsemés, ils bordent la terre comme des avenues ; alors leurs troncs écartés ouvrent des points d'optique miraculeux. Les plantes, les rochers, les couleurs diminuent de proportion ou changent de teinte à mesure que le paysage s'éloigne ou se rapproche de la vue.

Ces îles au midi et ces promontoires à l'orient, s'inclinant par l'occident les uns vers les autres, forment et embrassent une vaste rade, tranquille quand l'orage bouleverse les autres régions du lac. Là se jouent des milliers de poissons et d'oiseaux aquatiques : le canard noir du Labrador se perche sur la pointe d'un brisant ; les vagues environnent ce solitaire en deuil des festons de leur blanche écume :

des plongeons disparaissent, se montrent de nouveau, disparaissent encore ; l'oiseau des lacs plane à la surface des flots, et le martin-pêcheur agite rapidement ses ailes d'azur pour fasciner sa proie.

Par delà les îles et les promontoires enfermant cette rade au débouché du détroit de Sainte-Marie, l'œil découvre les plaines fluides et sans bornes du lac. Les surfaces mobiles de ces plaines s'élèvent et se perdent graduellement dans l'étendue : du vert d'émeraude, elles passent au bleu pâle, puis à l'outremer, puis à l'indigo. Chaque teinte se fondant l'une dans l'autre, la dernière se termine à l'horizon, où elle se joint au ciel par une barre d'un sombre azur.

Ce site, sur le lac même, est proprement un site d'été ; il faut en jouir lorsque la nature est calme et riante ; le second paysage est au contraire un paysage d'hiver ; il demande une saison orageuse et dépouillée.

Près de la rivière Allinipigon, s'élève une roche énorme et isolée qui domine le lac. A l'occident, se déploie un chaîne de rochers, les uns couchés, les autres plantés dans le sol, ceux-ci perçant l'air de leurs pics arides, ceux-là de leurs sommets arrondis ; leurs flancs verts, rouges, et noirs, retiennent la neige dans leurs crevasses, et mêlent ainsi l'albâtre à la couleur des granits et des porphyres.

Là croissent quelques-uns de ces arbres de forme pyramidale que la nature entremêle à ses grandes architectures et à ses grandes ruines, comme les colonnes de ses édifices debout ou tombés : le pin se dresse sur les plinthes des rochers, et des herbes hérissées de glaçons pendent tristement de leurs corniches ; on croirait voir les débris d'une cité dans les déserts de l'Asie : pompeux monuments, qui avant leur chute, dominaient les bois, et qui portent maintenant des forêts sur leurs combles écroulés.

Derrière la chaîne de rochers que je viens de décrire se creuse, comme un sillon, une étroite vallée : la rivière du Tombeau passe au milieu. Cette vallée n'offre en été qu'une mousse flasque et jaune, des rayons de fongus, au chapeau de diverses couleurs, dessinent les interstices des rochers. En hiver , dans cette solitude remplie de neige, le chasseur ne peut découvrir les oiseaux ou les quadrupèdes peints de la blancheur des frimas, que par les becs colorés des premiers, les museaux noirs et les yeux sanglants des seconds. Au bout de la vallée et loin par-delà, on aperçoit la cime des montagnes hyperboréennes, où Dieu a placé la source des quatre plus grands fleuves de l'Amérique septentrionale. Nés dans le même berceau, ils vont, après un cours de douze cents lieues, se mêler aux quatre points de l'horizon, à quatre océans : le Mississipi se perd, au midi, dans le golfe Mexicain ; le Saint-Laurent se jette, au levant, dans l'Atlantique ; l'Ontawais se précipite, au nord, dans les mers du Pôle ; et le fleuve de l'Ouest porte, au couchant, le tribut de ses ondes à l'océan de Nontouka[1].

Après cet aperçu des lacs vient un commencement de journal qui ne porte que l'indication des heures.

JOURNAL SANS DATE.

Le ciel est pur sur ma tête, l'onde limpide sous mon canot, qui fuit devant une légère brise. A ma gauche sont des collines taillées à pic et flanquées de rochers d'où pendent des convolvulus à fleurs blanches et bleues, des festons de bignonias, de longs graminées, des plantes saxatiles de toutes les couleurs ; à ma droite règnent de de vastes prairies. A mesure que le canot avance s'ouvrent de nouvelles scènes et de nouveaux points de vue : tantôt ce sont des vallées solitaires et riantes, tantôt des collines nues ; ici c'est une forêt de de cyprès dont on aperçoit les portiques sombres ; là c'est un bois léger d'érables, où le soleil se joue comme à travers une dentelle.

Liberté primitive, je te retrouve enfin ! Je passe comme cet oiseau qui vole devant moi, qui se dirige au hasard, et n'est embarrassé que du choix des ombrages. Me voilà tel que le Tout-Puissant m'a créé, souverain de la nature, porté triomphant sur les

---

[1] C'était la géographie erronée du temps : elle n'est plus la même aujourd'hui.

eaux, tandis que les habitants des fleuves accompagnent ma course,
que les peuples de l'air me chantent leurs hymnes, que les bêtes
de la terre me saluent, que les forêts courbent leur cime sur mon
passage. Est-ce sur le front de l'homme de la société, ou sur le
mien, qu'est gravé le sceau immortel de notre origine? Courez vous
enfermer dans vos cités, allez vous soumettre à vos petites lois ;
gagnez votre pain à la sueur de votre front, ou dévorez le pain du
pauvre ; égorgez-vous pour un mot, pour un maître ; doutez de
l'existence de Dieu, ou adorez-le sous des formes superstitieuses,
moi j'irai errant dans mes solitudes ; pas un seul battement de mon
cœur ne sera comprimé , pas une seule de mes pensées ne sera enchaînée; je serai libre comme la nature ; je ne reconnaîtrai de Souverain que celui qui alluma la flamme des soleils, et qui d'un seul
coup de sa main fit rouler tous les mondes [1].

Sept heures du soir.

Nous avons traversé la fourche de la rivière et suivi la branche
du sud-est. Nous cherchions le long du canal une anse où nous puissions débarquer. Nous sommes entrés dans une crique qui s'enfonce sous un promontoire chargé d'un bocage de tulipiers. Ayant
tiré notre canot à terre, les uns ont amassé des branches sèches
pour notre feu, les autres ont préparé l'ajoupa. J'ai pris mon fusil,
et je me suis enfoncé dans le bois voisin.

Je n'avais pas fait cent pas que j'ai aperçu un troupeau de dindes
occupées à manger des baies de fougères et des fruits d'aliziers.
Ces oiseaux diffèrent assez de ceux de leur race naturalisés en
Europe : ils sont plus gros ; leur plumage est couleur d'ardoise,
glacée sur le cou, sur le dos, et à l'extrémité des ailes d'un rouge
de cuivre ; selon les reflets de la lumière, ce plumage brille comme
de l'or bruni. Ces dindes sauvages s'assemblent souvent en grandes
troupes. Le soir, elles se perchent sur les cimes des arbres les plus

---

[1] Je laisse toutes ces choses de la jeunesse : on voudra bien les pardonner.

élevés. Le matin elles font entendre du haut de ces arbres leur cri répété ; un peu après le lever du soleil leurs clameurs cessent, et elles descendent dans les forêts.

Nous nous sommes levés de grand matin pour partir à la fraîcheur ; les bagages ont été rembarqués ; nous avons déroulé notre voile. Des deux côtés nous avions de hautes terres chargées de forêts : le feuillage offrait toutes les nuances imaginables : l'écarlate fuyant sur le rouge, le jaune foncé sur l'or brillant, le brun ardent sur le brun léger, le vert, le blanc, l'azur, lavés en mille teintes plus ou moins faibles, plus ou moins éclatantes. Près de nous c'était toute la variété du prisme ; loin de nous, dans les détours de la vallée, les couleurs se mêlaient et se perdaient dans des fonds veloutés. Les arbres harmoniaient ensemble leurs formes ; les uns se déployaient en évantail, d'autres s'élevaient en cône, d'autres s'arrondissaient en boule, d'autres étaient taillés en pyramide : mais il faut se contenter de jouir de ce spectacle sans chercher à le décrire.

Dix heures du matin.

Nous avançons lentement. La brise a cessé, et le canal commence à devenir étroit : le temps se couvre de nuages.

Midi.

Il est impossible de remonter plus haut en canot ; il faut maintenant changer notre manière de voyager : nous allons tirer notre canot à terre, prendre nos provisions, nos armes, nos fourrures pour la nuit, et pénétrer dans les bois.

Trois heures.

Qui dira le sentiment qu'on éprouve en entrant dans ces forêts aussi vieilles que le monde, et qui seules donnent une idée de la création, telle qu'elle sortit des mains de Dieu ? Le jour tombant d'en haut à travers un voile de feuillages, répand dans la profondeur du bois une demi-lumière changeante et mobile qui donne aux objets une grandeur fantastique. Partout il faut franchir des arbres abattus, sur lesquels s'élèvent d'autres générations d'arbres. Je cherche en vain une issue dans ces solitudes; trompé par un jour plus vif, j'avance à travers les herbes, les orties, les mousses, les lianes et l'épais humus composé des débris des végétaux; mais je n'arrive qu'à une clairière formée par quelques pins tombés. Bientôt la forêt redevient plus sombre; l'œil n'aperçoit que des troncs de chênes et de noyers qui se succèdent les uns les autres, et qui semblent se serrer en s'éloignant : l'idée de l'infini se présente à moi.

Six heures.

J'avais entrevu de nouveau une clarté et j'avais marché vers elle. Me voilà au point de lumière : triste champ plus mélancolique que les forêts qui l'environnent! Ce champ est un ancien cimetière indien. Que je me repose un instant dans cette double solitude de la mort et de la nature : est-il un asile où j'aimasse mieux dormir pour toujours?

Sept heures.

Ne pouvant sortir de ces bois, nous y avons campé. La réverbération de notre bûcher s'étend au loin; éclairé en dessous par la lueur scarlatine, le feuillage paraît ensanglanté, les troncs des arbres les plus proches s'élèvent comme des colonnes de granit rouge; mais les plus distants, atteints à peine de la lumière, ressemblent, dans l'enfoncement du bois, à de pâles fantômes rangés en cercle au bord d'une nuit profonde.

Minuit.

Le feu commence à s'éteindre, le cercle de sa lumière se rétrécit. J'écoute : un calme formidable pèse sur ces forêts; on dirait que des silences succèdent à des silences. Je cherche vainement à entendre dans un tombeau universel quelque bruit qui décèle la vie. D'où vient ce soupir? d'un de mes compagnons : il se plaint, bien qu'il sommeille. Tu vis donc, tu souffres : voilà l'homme.

Minuit et demi.

Le repos continue; mais l'arbre décrépi se rompt : il tombe. Les forêts mugissent; mille voix s'élèvent. Bientôt les bruits s'affaiblissent; ils meurent dans des lointains presque imaginaires : le silence envahit de nouveau le désert.

Une heure du matin.

Voici le vent; il court sur la cime des arbres; il les secoue en passant sur ma tête. Maintenant c'est comme le flot de la mer qui se briste tristement sur le rivage.

Les bruits ont réveillé les bruits. La forêt est toute harmonie. Est-ce les sons graves de l'orgue que j'entends, tandis que des sons plus légers errent dans les voûtes de verdure? Un court silence succède; la musique aérienne recommence : partout de douces plaintes, des murmures qui renferment en eux-mêmes d'autres murmures; chaque feuille parle un différent langage, chaque brin d'herbe rend une note particulière.

Une voix extraordinaire retentit : c'est celle de cette grenouille qui imite les mugissements du taureau. De toutes les parties de la forêt, les chauves-souris accrochées aux feuilles élèvent leurs chants monotones : on croit ouïr des glas continus ou le tintement funèbre d'une cloche. Tout nous ramène à quelque idée de la mort, parce que cette idée est au fond de la vie.

Dix heures du matin.

Nous avons repris notre course : descendus dans un vallon inondé, des branches de chêne-saule, étendues d'une racine de jonc à une autre racine, nous ont servi de pont pour traverser le marais. Nous préparons notre dîner au pied d'une colline couverte de bois, que nous escaladerons bientôt pour découvrir la rivière que nous cherchons.

Une heure.

Nous nous sommes remis en marche; les gelinottes nous promettent pour ce soir un bon souper.

Le chemin s'escarpe, les arbres deviennent rares; une bruyère glissante couvre le flanc de la montagne.

Six heures.

Nous voilà au sommet : au-dessous de nous on n'aperçoit que la cime des arbres. Quelques rochers isolés sortent de cette mer de verdure, comms des écueils élevés au-dessus de la surface de de l'eau. La carcasse d'un chien, suspendue à une branche de sapin, annonce le sacrifice indien offert au génie de ce désert. Un torrent se précipite à nos pieds et va se perdre dans une petite rivière.

Quatre heures du matin.

La nuit a été paisible. Nous nous sommes décidés à retourner à notre bateau, parce que nous étions sans espérance de trouver un chemin dans ces bois.

Neuf heures.

Nous avons déjeuné sous un vieux saule tout couvert de convolvulus et rongé par de larges potirons. Sans les maringouins ce lieu serait fort agréable; il a fallu faire une grande fumée de bois vert pour chasser nos ennemis. Les guides ont annoncé la visite de quelques voyageurs qui pouvaient encore être à deux heures de marche de l'endroit où nous étions. Cette finesse de l'ouïe tient du prodige : il y a tel Indien qui entend les pas d'un autre Indien à quatre ou cinq heures de distance, en mettant l'oreille à terre. Nous avons vu arriver en effet au bout de deux heures une famille sauvage : elle a poussé le cri de bienvenue : nous y avons répondu joyeusement.

Midi.

Nos hôtes nous ont appris qu'ils nous entendaient depuis deux jours ; qu'ils savaient que nous étions des *chairs blanches*, le bruit que nous faisions en marchant étant plus considérable que le bruit fait par les chairs rouges. J'ai demandé la cause de cette différence ; on m'a répondu que cela tenait à la manière de rompre les branches et de se frayer un chemin. Le blanc révèle aussi sa race à la pesanteur de son pas ; le bruit qu'il produit n'augmente pas progressivement : l'Européen tourne dans les bois ; l'Indien marche en ligne droite.

La famille indienne est composée de deux femmes, d'un enfant et de trois hommes. Revenus ensemble au bateau, nous avons fait un grand feu au bord de la rivière. Une bienveillance mutuelle règne parmi nous : les femmes ont apprêté notre souper, composé de truites saumonées et d'une grosse dinde. Nous autres *guerriers*, nous fumons et devisons ensemble. Demain nos hôtes nous aideront à porter notre canot à un fleuve qui n'est qu'à cinq milles du lieu où nous sommes.

Le journal finit ici. Une page détachée qui se trouve à la suite nous transporte au milieu des Apalaches. Voici cette page.

Ces montagnes ne sont pas, comme les Alpes et les Pyrénées, des monts entassés irrégulièrement les uns sur les autres, et élevant au-dessus des nuages leurs sommets couverts de neige. A l'ouest et au nord, elles ressemblent à des murs perpendiculaires de quelques mille pieds, du haut desquels se précipitent des fleuves qui

tombent dans l'Ohio et le Mississipi. Dans cette espèce de grande
facture, on aperçoit des sentiers qui serpentent au milieu des précipices avec les torrents. Ces sentiers et ces torrents sont bordés
d'une espèce de pin dont la cime est couleur de vert-de-mer, et
dont le tronc presque lilas est marqué de taches obscures produites
par une mousse rase et noire.

Mais du côté du sud et de l'est, les Apalaches ne peuvent presque
plus porter le nom de montagnes : leurs sommets s'abaissent graduellement jusqu'au sol qui borde l'Atlantique; elles versent sur ce
sol d'autres fleuves qui fécondent des forêts de chênes verts,
d'érables, de noyers, de mûriers, de marronniers, de pins, de
sapins, de copalmes, de magnolias et de mille espèces d'arbustes à
fleurs.

———

Après ce court fragment, vient un morceau assez étendu sur le
cours de l'Ohio et du Mississipi; depuis Pittsbourg jusqu'aux
Natchez. Le récit s'ouvre par la description des monuments de
l'Ohio. Le *Génie du Christianisme* a un passage et une note sur ces
monuments; mais ce que j'ai écrit dans ce passage et dans cette
note diffère en beaucoup de points de ce que je dis ici [1].

Représentez-vous des restes de fortifications ou de monuments

Depuis l'époque où j'écrivis cette Dissertation, des hommes savants et des
Sociétés archéologiques américaines ont publié des *Mémoires sur les ruines de
l'Ohio*. Ils sont curieux sous deux rapports : 1° Ils rappellent les traditions des
tribus indiennes; ces tribus indiennes disent toutes qu'elles sont venues de
l'Ouest aux rivages de l'Atlantique, un siècle ou deux (autant qu'on en peut
juger) avant la découverte de l'Amérique par les Européens; qu'elles eurent
dans leurs longues marches beaucoup de peuples à combattre, particulièrement
sur les rives de l'Ohio, etc.

2° Les *Mémoires* des savants américains mentionnent la découverte de
quelques idoles trouvées dans des tombeaux, lesquelles idoles ont un caractère purement asiatique. Il est très certain qu'un peuple beaucoup plus civilisé
que les sauvages actuels de l'Amérique a fleuri dans la vallée de l'Ohio et du
Mississipi. Quand et comment a-t-il péri? c'est ce qu'on ne saura peut-être
jamais. Les *Mémoires* dont je parle sont peu connus, et méritent de l'être.

occupant une étendue immense. Quatre espèces d'ouvrages s'y font remarquer : des bastions carrés, des lunes, des demi-lunes et des *tumuli*. Les bastions, les lunes et demi-lunes sont réguliers, les fossés larges et profonds, les retranchements faits de terre avec des parapets à plan incliné; mais les angles des glacis correspondent à ceux des fossés, et ne s'inscrivent pas comme le parallélogramme dans le polygone.

Les tumuli sont des tombeaux de forme circulaire. On a ouvert quelques-uns de ces tombeaux; on a trouvé au fond un cercueil formé de quatre pierres, dans lequel il y avait des ossements humains. Ce cercueil était surmonté d'un autre cercueil contenant un autre squelette, et ainsi de suite jusqu'au haut de la pyramide, qui peut avoir de vingt à trente pieds d'élévation.

Ces constructions ne peuvent être l'ouvrage des nations actuelles de l'Amérique; les peuples qui les ont élevées devaient avoir une connaissance des arts supérieure même à celle des Mexicains et des Péruviens.

Faut-il attribuer ces ouvrages aux Européens modernes? Je ne trouve que Ferdinand de Soto qui ait pénétré anciennement dans les Florides, et il ne s'est jamais avancé au-delà d'un village de Chicassas sur une des branches de la Mobile : d'ailleurs, avec une poignée d'Espagnols, comment aurait-il remué toute cette terre, et à quel dessein?

Sont-ce les Carthaginois ou les Phéniciens, qui, jadis, dans leur commerce autour de l'Afrique et aux îles Cassitérides, ont été poussés aux régions américaines? Mais avant de pénétrer plus avant dans l'ouest, ils ont dû s'établir sur les côtes de l'Atlantique : pourquoi alors ne trouve-t-on pas la moindre trace de leur passage dans la Virginie, les Géorgies et les Florides? Ni les Phéniciens ni les Carthaginois n'enterraient leurs morts comme sont enterrés les morts des fortifications de l'Ohio. Les Égyptiens faisaient quelque chose de semblable, mais les momies étaient embaumées, et celles des tombes américaines ne le sont pas; on ne saurait dire que les ingrédients manquaient : les gommes, les résines, les camphres, les sels sont ici de toute part.

L'Atlantide de Platon aurait-elle existé? l'Afrique, dans des siècles inconnus, tenait-elle à l'Amérique? Quoi qu'il en soit, une nation ignorée, une nation supérieure aux générations indiennes de ce moment, a passé dans ces déserts. Quelle était cette nation? quelle révolution l'a détruite? quand cet événement est-il arrivé? Questions qui nous jettent dans cette immensité du passé où les siècles s'abiment comme des songes.

Les ouvrages dont je parle se trouvent à l'embouchure du grand Miamis, à celle du Muskingum, à la *crique du tombeau* et sur une des branches du Scioto ; ceux qui bordent cette rivière occupent un espace de plus de deux heures de marche en descendant vers l'Ohio. Dans le Kentucky, le long du Tennessé, chez les Siminoles, vous ne pouvez faire un pas sans apercevoir quelques vestiges de ces monuments.

Les Indiens s'accordent à dire que quand leurs pères vinrent de l'Ouest, ils trouvèrent les ouvrages de l'Ohio tels qu'on les voit aujourd'hui. Mais la date de cette migration des Indiens d'Occident en Orient varie selon les nations. Les Chicassas, par exemple, arrivèrent dans les forêts qui couvrent les fortifications il n'y a guère plus de deux siècles : ils mirent sept ans à accomplir leur voyage, ne marchant qu'une fois chaque année, et emmenant des chevaux dérobés aux Espagnols, devant lesquels ils se retiraient.

Une tradition veut que les ouvrages de l'Ohio aient été élevés par les Indiens *blancs*. Ces Indiens *blancs*, selon les Indiens *rouges*, devaient être venus de l'Orient, et lorsqu'ils quittèrent le lac sans rivages (la mer), ils étaient vêtus comme les chairs blanches d'aujourd'hui.

Sur cette faible tradition, on a raconté que, vers l'an 1170, Ogan, prince du pays de Galles, ou son fils Madoc, s'embarqua avec un grand nombre de ses sujets[1] et qu'il aborda à des pays inconnus,

[1] C'est une altération des traditions islandaises et des poétiques histoires des Saggas.

vers l'Occident. Mais est-il possible d'imaginer que les descendants de ces Gallois aient pu construire les ouvrages de l'Ohio, et qu'en même temps, ayant perdu tous les arts, ils se soient trouvés réduits à une poignée de guerriers errants dans les bois comme les autres Indiens?

On a aussi prétendu qu'aux sources du Missouri, des peuples nombreux et civilisés vivent dans des enceintes militaires pareilles à celles des bords de l'Ohio ; que ces peuples se servent de chevaux et d'autres animaux domestiques ; qu'ils ont des villes, des chemins publics ; qu'ils sont gouvernés par des rois [1].

La tradition religieuse des Indiens sur les monuments de leur désert n'est pas conforme à leur tradition historique. Il y a, disent-ils, au milieu de ces ouvrages, une caverne : cette caverne est celle du Grand-Esprit. Le Grand-Esprit créa les Chicassas dans cette caverne. Le pays était alors couvert d'eau, ce que voyant le Grand-Esprit, il bâtit des murs de terre pour mettre sécher dessus les Chicassas.

Passons à la description du cours de l'Ohio. L'Ohio est formé par la réunion de la Monongahela et de l'Alleghany : la première rivière prenant sa source au sud, dans les montagnes Bleues ou les Apalaches, la seconde, dans une autre chaîne de ces montagnes au nord, entre le lac Érié et le lac Ontario : au moyen d'un court portage, l'Alleghany communique avec le premier lac. Les deux rivières se joignent au-desous du fort jadis appelé le fort Duquesne, aujourd'hui le fort Pitt, ou Pittsbourg : leur confluent est au pied d'une haute colline de charbon de terre ; en mêlant leurs ondes, elles perdent leurs noms, et ne sont plus connues que sous celui de l'Ohio, qui signifie, et à bon droit, *belle rivière*.

[1] Aujourd'hui les sources du Missouri sont connues : on n'a rencontré dans ces régions que des Sauvages. Il faut pareillement reléguer parmi les fables cette histoire d'un temple où on aurait trouvé une Bible, laquelle Bible ne pouvait être lue par des Indiens *blancs*, possesseurs du temple, et qui avaient perdu l'usage de l'écriture. Au reste, la colonisation des Russes au nord-ouest de l'Amérique aurait bien pu donner naissance à ces bruits d'un peuple blanc établi vers les sources du Missouri.

Plus de soixante rivières apportent leurs richesses à ce fleuve ; celles dont le cours vient de l'est et du midi sortent des hauteurs qui divisent les eaux tributaires de l'Atlantique des eaux descendantes à l'Ohio et au Mississipi ; celles qui naissent à l'ouest et au nord, découlent des collines dont le double versant nourrit les lacs du Canada et alimente le Mississipi et l'Ohio.

L'espace où roule ce dernier fleuve offre dans son ensemble un large vallon bordé de collines d'égale hauteur; mais, dans les détails, à mesure que l'on voyage avec les eaux, ce n'est plus cela.

Rien d'aussi fécond que les terres arrosées par l'Ohio : elles produisent, sur les coteaux, des forêts de pins rouges, des bois de lauriers, de myrtes, d'érables à sucre, de chênes de quatre espèces : les vallées donnent le noyer, l'alizier, le frêne, le tupelo ; les marais portent le bouleau, le tremble, le peuplier et le cyprès chauve. Les Indiens font des étoffes avec l'écorce du peuplier; ils mangent la seconde écorce du bouleau ; ils emploient la sève de la bourgène pour guérir la fièvre et pour chasser les serpents; le chêne leur fournit des flèches, le frêne des canots.

Les herbes et les plantes sont très variées, mais celles qui couvrent toutes les campagnes sont : l'herbe à buffle, de sept à huit pieds de haut, l'herbe à trois feuilles, la folle avoine ou le riz sauvage, et l'indigo.

Sous un sol partout fertile, à cinq ou six pieds de profondeur, on rencontre généralement un lit de pierre blanche, base d'un excellent humus; cependant, en approchant du Mississipi, on trouve d'abord à la surface du sol une terre forte et noire, ensuite une couche de craie de diverses couleurs, et puis des bois entiers de cyprès chauves engloutis dans la vase.

Sur le bord du Chanon, à deux cents pieds au dessous de l'eau, on prétend avoir vu des caractères tracés aux parois d'un précipice : on en a conclu que l'eau coulait jadis à ce niveau, et que des nations inconnues écrivirent ces lettres mystérieuses en passant sur le fleuve.

Une transition subite de température et de climat se fait remarquer sur l'Ohio : aux environs du Canaway le cyprès chauve cesse de croître, et les sassafras disparaissent ; les forêts de chênes et d'ormeaux se multiplient. Tout prend une couleur différente : les verts sont plus foncés, leurs nuances plus sombres.

Il n'y a, pour ainsi dire, que deux saisons sur le fleuve : les feuilles tombent tout à coup en novembre; les neiges les suivent de près; le vent du nord-ouest commence, et l'hiver règne. Un froid se continue avec un ciel pur jusqu'au mois de mars; alors le vent tourne au nord-est, et en moins de quinze jours les arbres chargés de givre apparaissent couverts de fleurs. L'été se confond avec le printemps.

La chasse est abondante. Les canards branchus, les linottes bleues, les cardinaux, les chardonnerets pourpres, brillent dans la verdure des arbres; l'oiseau *whet-shaw* imite le bruit de la scie ; l'oiseau-chat miaule, et les perroquets qui apprennent quelques mots autour des habitations, les répètent dans les bois. Un grand nombre de ces oiseaux vivent d'insectes : la chenille verte à tabac, le ver d'une espèce de mûrier blanc, les mouches luisantes, l'araignée d'eau, leur servent principalement de nourriture, mais les perroquets se réunissent en grandes troupes et dévastent les champs ensemencés. On accorde une prime pour chaque tête de ces oiseaux : on donne la même prime pour les têtes d'écureuil.

L'Ohio offre à peu près les mêmes poissons que le Mississipi. Il est assez commun d'y prendre des truites de trente à trente-cinq livres, et une espèce d'esturgeon dont la tête est faite comme la pelle d'une pagaie.

En descendant le cours de l'Ohio, on passe une petite rivière appelée le Lic des grands os. On appelle *lic,* en Amérique, des bancs d'une terre blanche un peu glaiseuse, que les buffles se plaisent à lécher; ils y creusent avec leur langue des sillons. Les excréments de ces animaux sont si imprégnés de la terre du lic, qu'ils ressemblent à des morceaux de chaux. Les buffles recherchent les lics à cause des sels qu'ils contiennent : ces sels guérissent les animaux ruminants des tranchées que leur cause la crudité des herbes. Cependant les terres de la vallée de l'Ohio ne sont point salées au goût; elles sont au contraire extrêmement insipides.

Le lic de la rivière du Lic est un des plus grands que l'on connaisse; les vastes chemins que les buffles ont tracés à travers les herbes pour y aborder, seraient effrayants, si l'on ne savait que ces taureaux sont les plus paisibles de toutes les créatures. On a découvert dans ce lic une partie du squelette d'un mamouth : l'os de la cuisse pesait soixante-dix livres; les côtes comptaient dans leur courbure sept pieds, et la tête trois pieds de long; les dents mâchelières portaient cinq pouces de largeur et huit de hauteur, les défenses quatorze pouces de la racine à la pointe.

De pareilles dépouilles ont été rencontrées au Chili et en Russie. Les Tartares prétendent que le mamouth existe encore dans leur pays à l'embouchure des rivières : on assure aussi que des chasseurs l'ont poursuivi à l'ouest du Mississipi. Si la race de ces animaux a péri, comme il est à croire, quand cette destruction dans des pays si divers et dans des climats si différents, est-elle arrivée? Nous ne savons rien, et pourtant nous demandons tous les jours à Dieu compte de ses ouvrages.

Le Lic des grands os est à environ trente milles de la rivière Kentucky, et à cent huit mille à peu près des Rapides de l'Ohio. Les bords de la rivière Kentucky sont taillés à pic comme des murs. On remarque dans ce lieu un chemin fait par les buffles qui descend du haut d'une colline, des sources de bitume qu'on peut brûler en guise d'huile, des grottes qu'embellissent des colonnes naturelles, et un lac souterrain qui s'étend à des distances inconnues.

Au confluent du Kentucky et de l'Ohio, le paysage déploie une pompe extraordinaire : là, ce sont des troupeaux de chevreuils, qui, de la pointe d'un rocher, vous regardent passer sur les fleuves; ici, des bouquets de vieux pins se projettent horizontalement sur les flots; des plaines riantes se déroulent à perte de vue, tandis que des rideaux de forêts voilent la base de quelques montagnes dont la cime apparaît dans le lointain.

Ce pays si magnifique s'appelle pourtant le Kentucky, du nom de sa rivière, qui signifie *rivière de sang* : il doit ce nom funeste à sa beauté même; pendant plus de deux siècles, les nations du parti de Chéroquois et du parti des nations iroquoises s'en disputèrent les chasses. Sur ce champ de bataille, aucune tribu indienne n'osait se fixer : les Sawanoes, les Miamis, les Piankiciawoes, les Wayaoes, les Kaskasias, les Delawares, les Illinois venaient tour à tour y combattre. Ce ne fut que vers l'an 1752 que les Européens commencèrent à savoir quelque chose de positif sur les vallées situées à l'ouest des monts Alleghany, appelés d'abord les *montagnes End-less* (sans fin), ou *Kittatinny*, ou *montagnes Bleues*. Cependant Charlevoy, en 1720, avait parlé du cours de l'Ohio, et le fort Duquesne, aujourd'hui fort Pitt (Pitts-Burgh), avait été tracé par les Français à la jonction des deux rivières, mères de l'Ohio. En 1752, Louis Evant publia une carte du pays situé sur l'Ohio et le Kentucky; Jacques Macbrive fit une course dans ce désert en 1754; Jones Finley y pénétra en 1757; le colonel Boone le découvrit entièrement en 1769, et s'y établit avec sa famille en 1775. On prétend que le docteur Wood et Simon Kenton furent les premiers Européens qui descendirent l'Ohio, en 1773, depuis le fort Pitt jusqu'au Mississipi. L'orgueil national des Américains les porte à s'attribuer le mérite de la plupart des découvertes à l'occident des États-Unis; mais il ne faut pas oublier que les Français du Canada et de la Louisiane, arrivant par le nord et par le midi, avaient parcouru ces régions longtemps avant les Américains, qui venaient du côté de l'orient, et que gênaient dans leur route la confédération des Creeks et les Espagnols des Florides.

Cette terre commence (1791) à se peupler par les colonies de la Pensylvanie, de la Virginie et de la Caroline, et par quelques-uns de mes malheureux compatriotes, fuyant devant les premiers orages de la révolution.

Les générations européennes seront-elles plus vertueuses et plus libres sur ces bords, que les générations américaines qu'elles auront exterminées? Des esclaves ne laboureront-ils point la terre sous le fouet de leur maître, dans ces déserts où l'homme promenait son indépendance? Des prisons et des gibets ne remplaceront-ils point la cabane ouverte, et le haut chêne qui ne porte que le nid des oiseaux? La richesse du sol ne fera-t-elle point naître de nouvelles guerres? Le Kentucky cessera-t-il d'être la *terre du sang*, et les édifices des hommes embelliront-ils mieux les bords de l'Ohio que les monuments de la nature?

Du Kentucky aux Rapides de l'Ohio, on compte à peu près quatre-vingts milles. Ces Rapides sont formés par une roche qui s'étend sous l'eau dans le lit de la rivière; la descente de ces Rapides n'est ni dangereuse, ni difficile, la chute moyenne n'étant guère que de quatre à cinq pieds dans l'espace d'un tiers de lieue. La rivière se divise en deux canaux par des îles groupées au milieu des Rapides. Lorsqu'on s'abandonne au courant, on peut passer sans alléger les bateaux, mais il est impossible de les remonter sans diminuer leur charge.

Le fleuve, à l'endroit des Rapides, a un mille de large. Glissant sur le magnifique canal, la vue est arrêtée à quelque distance au dessous de sa chute par une île couverte d'un bois d'ormes enguirlandés de lianes et de vigne vierge.

Au nord, se dessinent les collines de la *Crique d'Argent*. La première de ces collines trempe perpendiculairement dans l'Ohio; sa falaise, taillée à grandes facettes rouges, est décorée de plantes; d'autres collines parallèles, couronnées de forêts, s'élèvent derrière la première colline, fuient en montant de plus en plus dans le ciel, jusqu'à ce que leur sommet, frappé de lumière, devienne de la couleur du ciel et s'évanouisse.

Au midi, sont des savanes parsemées de bocages et couvertes de buffles, les uns couchés, les autres errants, ceux-ci paissant l'herbe, ceux-là arrêtés en groupe, et opposant les uns aux autres leurs têtes baissées. Au milieu de ce tableau, les Rapides, selon qu'ils sont frappés des rayons du soleil, rebroussés par le vent, ou ombrés par les nuages, s'élèvent en bouillons d'or, blanchissent en écume, ou roulent à flots brunis.

Au bas des Rapides est un îlot où les corps se pétrifient. Cet îlot est couvert d'eau au temps des débordements ; on prétend que la vertu pétrifiante confinée à ce petit coin de terre ne s'étend pas au rivage voisin.

Des Rapides à l'embouchure du Wabash, on compte trois cent seize milles. Cette rivière communique, au moyen d'un portage de neuf milles, avec le Miamis du lac qui se décharge dans l'Érié. Les rivages du Wabash sont élevés ; on y a découvert une mine d'argent.

A quatre-vingt-quatorze milles au dessous de l'embouchure du Wabash commence une cyprière. De cette cyprière aux Bancs jaunes, toujours en descendant l'Ohio, il y a cinquante-six milles : on laisse à gauche les embouchures de deux rivières qui ne sont qu'à dix-huit milles de distance l'une de l'autre.

La première rivière s'appelle le Chéroquois ou le Tennessé ; elle sort des monts qui séparent les Carolines et les Georgies de ce qu'on appelle les terres de l'Ouest ; elle roule d'abord d'orient en occident au pieds des monts : dans cette première partie de son cours, elle est rapide et tumultueuse ; ensuite elle tourne subitement au nord ; grossie de plusieurs affluents, elle épand et retient ses ondes, comme pour se délasser, après une fuite précipitée de quatre cents lieues. A son embouchure, elle a six cents toises de large, et dans un endroit nommé le Grand Détour, elle présente une nappe d'eau d'une lieue d'étendue.

La seconde rivière, le Shanawon ou le Cumberland, est la compagne du Chéroquois ou du Tennessé. Elle passe avec lui son enfance dans les mêmes montagnes, et descend avec lui dans les plaines. Vers le milieu de sa carrière, obligée de quitter le Tennessé, elle se hâte de parcourir des lieux déserts, et les deux jumeaux se rapprochant vers la fin de leur vie, expirent à quelque distance l'une de l'autre dans l'Ohio qui les réunit.

Le pays que ces rivières arrosent est généralement entrecoupé de collines et de vallées rafraîchies par une multitude de ruisseaux : cependant il y a quelques plaines de cannes sur le Cumberland, et plusieurs grandes cyprières. Le buffle et le chevreuil abondent dans ce pays qu'habitent encore des nations sauvages, particulièrement les Chéroquois. Les cimetières indiens sont fréquents, triste preuve de l'ancienne population de ces déserts.

De la grande cyprière sur l'Ohio aux Bancs jaunes, j'ai dit que la route estimée est d'environ cinquante-six milles. Les Bancs jaunes sont ainsi nommés de leur couleur : placés sur la rive septentrionale de l'Ohio, on les rase de près parce que l'eau est profonde de ce côté. L'Ohio a presque partout un double rivage, l'un pour la saison des débordements, l'autre pour les temps de sécheresse.

Des Bancs jaunes à l'embouchure de l'Ohio dans le Mississipi, par les 36° 51' de latitude, on compte à peu près trente-cinq milles.

Pour bien juger du confluent des deux fleuves, il faut supposer que l'on part d'une petite île sous la rive orientale du Mississipi, et que l'on veut entrer dans l'Ohio : à gauche vous apercevez le Mississipi qui coule dans cet endroit presque est et ouest, et qui présente une grande eau troublée et tumultueuse ; à droite, l'Ohio, plus transparent que le cristal, plus paisible que l'air, vient lentement du nord au sud, décrivant une courbe gracieuse : l'un et l'autre dans les saisons moyennes ont à peu près deux milles de large au moment de leur rencontre. Le volume de leur fluide est presque le même ; les deux fleuves, s'opposant une résistance égale, ralentissent leurs cours, et paraissent dormir ensemble pendant quelques lieues, dans leur lit commun.

La pointe où ils marient leurs flots est élevée d'une vingtaine de pieds au-dessus d'eux : composé de limon et de sable, ce cap marécageux se couvre de chanvre sauvage, de vigne qui rampe sur le sol ou qui grimpe le long des tuyaux de l'herbe à buffle ; des chênes-saules croissent aussi sur cette langue de terre, qui disparaît dans les grandes inondations. Les fleuves débordés et réunis ressemblent alors à un vaste lac.

Le confluent du Missouri et du Mississipi présente peut-être encore quelque chose de plus extraordinaire. Le Missouri est un fleuve fougueux, aux eaux blanches et limoneuses, qui se précipite dans le pur et tranquille Mississipi avec violence. Au printemps, il détache de ses rives de vastes morceaux de terre : ces îles flottantes descendant le cours du Missouri avec leurs arbres couverts de feuilles ou de fleurs, les uns encore debout, les autres, à moitié tombés, offrent un spectacle merveilleux.

De l'embouchure de l'Ohio aux mines de fer sur la côte orientale du Mississipi, il n'y a guère plus de quinze milles ; des mines de fer à l'embouchure de la rivière du Chicassas, on marque soixante-sept milles. Il faut faire cent quatre milles pour arriver aux collines de Margette qu'arrose la petite rivière de ce nom ; c'est un lieu rempli de gibier.

Pourquoi trouve-t-on tant de charme à la vie sauvage ? pourquoi l'homme le plus accoutumé à exercer sa pensée s'oublie-t-il joyeusement dans le tumulte d'une chasse ? Courir dans les bois, poursuivre des bêtes sauvages, bâtir sa hutte, allumer son feu, apprêter soi-même son repas auprès d'une source, est certainement un très grand plaisir. Mille Européens ont connu ce plaisir, et n'en ont plus voulu d'autre, tandis que l'Indien meurt de regret si on l'enferme dans nos cités. Cela prouve que l'homme est plutôt un être actif, qu'un être contemplatif ; que, dans sa conduite naturelle, il lui faut peu de chose, et que la simplicité de l'âme est une source inépuisable de bonheur.

De la rivière Margette à celle de Saint-François, on parcourt soixante-dix milles. La rivière de Saint-François a reçu son nom des Français, et elle est encore pour eux un rendez-vous de chasse.

On compte cent huit milles de la rivière Saint-François aux Akansas ou Arkansas. Les Akansas nous sont encore fort attachés. De tous les Européens, mes compatriotes sont les plus aimés des

Indiens. Cela tient à la gaieté des Français, à leur valeur brillante, à leur goût de la chasse et même de la vie sauvage, comme si la plus grande civilisation se rapprochait de l'état de nature.

La rivière d'Akansas est navigable en canot pendant plus de quatre cent cinquante milles : elle coule à travers une belle contrée; sa source paraît être cachée dans les montagnes du Nouveau-Mexique.

De la rivière des Akansas à celle des Yazous, cent cinquante-huit milles. Cette dernière rivière a cent toises de largeur à son embouchure. Dans la saison des pluies, les grands bateaux peuvent remonter le Yazous à plus de quatre-vingts milles; une petite cataracte oblige seulement à un portage. Les Yazous, les Chactas et les Chicassas habitaient autrefois les diverses branches de cette rivière. Les Yazous ne faisaient qu'un peuple avec les Natchez.

La distance des Yazous aux Natchez par le fleuve se divise ainsi: des côtes des Yazous ou Bayouk-Noir, trente-neuf milles; du Bayouk-Noir à la rivière des Pierres, trente milles : de la rivière des Pierres aux Natchez, dix milles.

Depuis les côtes des Yazous jusqu'au Bayouk-Noir, le Mississipi est rempli d'îles et fait de longs détours; sa largeur est d'environ deux milles; sa profondeur de huit à dix brasses. Il serait facile de diminuer les distances en coupant des pointes. La distance de la Nouvelle-Orléans à l'embouchure de l'Ohio, qui n'est que de quatre cent soixante milles en ligne droite, est de huit cent cinquante-six sur le fleuve. On pourrait raccourcir ce trajet de deux cent cinquante milles au moins.

Du Bayouk-Noir à la rivière des Pierres, on remarque des carrières de pierres. Ce sont les premières que l'on rencontre, à partir de l'embouchure du Mississipi jusqu'à la petite rivière qui a pris le nom de ces carrières.

Le Mississipi est sujet à deux inondations périodiques, l'une au printemps, l'autre en automne : la première est la plus considérable; elle commence en mai et finit en juin. Le courant du fleuve file alors cinq milles à l'heure, et l'ascension des contre-courants est à peu près de la même vitesse : admirable prévoyance de la nature ! car sans ces contre-courants, les embarcations pourraint à peine remonter le fleuve[1]. A cette époque, l'eau s'élève à une grande hauteur, noie ses rivages, et ne retourne point au fleuve dont elle est sortie, comme l'eau du Nil : elle reste sur terre, ou filtre à travers le sol, sur lequel elle dépose un sédiment fertile.

La seconde crue a lieu aux pluies d'octobre ; elle n'est pas aussi considérable que celle du printemps. Pendant ces inondations, le Mississipi charrie des trains de bois énormes, et pousse des mugissements. La vitesse ordinaire du cours du fleuve est d'environ deux milles à l'heure.

Les terres un peu élevées qui bordent le Mississipi, depuis la Nouvelle-Orléans jusqu'à l'Ohio, sont presque toutes sur la rive gauche ; mais ces terres s'éloignent ou se rapprochent plus ou moins du canal, laissant quelquefois entre elles et le fleuve des savanes de plusieurs milles de largeur. Les collines ne courent pas toujours parallèlement au rivage ; tantôt elles divergent en rayons à de grandes distances, et présentent, dans les perspectives qu'elles ouvrent, des vallées plantées de mille sortes d'arbres ; tantôt elles viennent converger au fleuve, et forment une multitude de caps qui se mirent dans l'onde. La rive droite du Mississipi est rase, marécageuse, uniforme, à quelques exceptions près : au milieu des hautes cannes vertes ou dorées qui la décorent, on voit bondir des buffles, ou étinceler les eaux d'une multitude d'étangs remplis d'oiseaux aquatiques.

Les poissons du Mississipi sont la perche, le brochet, l'esturgeon et les colles ; on y pêche aussi des crabes énormes.

Le sol autour du fleuve fournit la rhubarbe, le coton, l'indigo, le safran, l'arbre à cire, le sassafras, le lin sauvage : un ver du pays file une assez forte soie ; la drague, dans quelques ruisseaux, amène

---

[1] Les bateaux à vapeur ont fait disparaître la difficulté de la navigation d'amont.

de grandes huîtres à perles, mais dont l'eau n'est pas belle. On connaît une mine de vif-argent, une autre de lapis-lazuli, et quelques mines de fer.

La suite du manuscrit contient la description du pays des Natchez et celle du cours du Mississipi jusqu'à la Nouvelle-Orléans. Ces descriptions sont complètement transportées dans *Atala* et dans les *Natchez*.

Immédiatement après la description de la Louisiane, viennent, dans le manuscrit, quelques extraits des voyages de Bartram, que j'avais traduits avec assez de soin. A ces extraits sont entremêlées mes rectifications, mes observations, mes réflexions, mes additions, mes propres descriptions, à peu près comme les notes de M. Ramond à sa traduction du *Voyage de Cocke en Suisse*. Mais, dans mon travail, le tout est beaucoup plus enchevêtré, de sorte qu'il est presque impossible de séparer ce qui est de moi de ce qui est de Bartram, ni souvent même de le reconnaître. Je laisse donc le morceau tel qu'il est sous ce titre :

DESCRIPTION DE QUELQUES SITES DANS L'INTÉRIEUR DES FLORIDES

Nous étions poussés par un vent frais. La rivière allait se perdre dans un lac qui s'ouvrait devant nous, et qui formait un bassin d'environ neuf lieues de circonférence. Trois îles s'élevaient du milieu de ce lac ; nous fîmes voile vers la plus grande, où nous arrivâmes à huit heures du matin.

Nous débarquâmes à l'orée d'une plaine de forme circulaire ; nous mîmes notre canot à l'abri sous un groupe de marronniers qui croissaient presque dans l'eau ; nous bâtîmes notre hutte sur une petite éminence. La brise de l'est soufflait, et rafraîchissait le lac et les forêts. Nous déjeunâmes avec nos galettes de maïs, et nous nous dispersâmes dans l'île, les uns pour chasser, les autres pour pêcher, ou pour cueillir des plantes.

Nous remarquâmes une espèce d'hibiscus. Cette herbe énorme, qui croît dans les lieux bas et humides, monte à plus de dix ou douze pieds, et se termine en un cône extrêmement aigu ; les feuilles lisses, légèrement sillonnées, sont ravivées par de belles fleurs cramoisies que l'on aperçoit à une grande distance.

L'agavé vivipare s'élevait encore plus haut dans les criques salées, et présentait une forêt d'herbes de trente pieds perpendiculaires. La graine mûre de cette herbe germe quelquefois sur la plante même, de sorte que le jeune plant tombe à terre tout formé. Comme l'agavé vivipare croît souvent au bord des eaux courantes, ses graines nues, emportées du flot, étaient exposées à périr : la nature les a développées pour ces cas particuliers sur la vieille plante, afin qu'elles pussent se fixer par leurs petites racines, en s'échappant du sein maternel.

Le souchet d'Amérique était commun dans l'île. Le tuyau de ce souchet ressemble à celui d'un jonc noueux, et sa feuille à celle du poireau : les Sauvages l'appellent *apoya matsi*. Les filles indiennes de mauvaise vie broient cette plante entre deux pierres, et s'en frottent le sein et les bras.

Nous traversâmes une prairie semée de jacobée à fleurs jaunes, d'alcée à panaches roses, et d'obélia dont l'aigrette est pourpre. Des vents légers se jouant sur la cime de ces plantes, brisaient leurs flots d'or, de rose et de pourpre, ou creusaient dans la verdure de longs sillons.

La sénéka, abondante dans les terrains marécageux, ressemblait par la forme et par la couleur à des scions d'osier rouge ; quelques branches rampaient à terre, d'autres s'élevaient dans l'air : la sénéka a un petit goût amer et aromatique. Auprès d'elle croissait le convolvulus des Carolines, dont la feuille imite la pointe d'une flèche. Ces deux plantes se trouvent partout où il y a des serpents à sonnettes : la première guérit de leur morsure ; la seconde est si puissante, que les Sauvages, après s'en être frotté les mains, manient impunément ces redoutables reptiles. Les Indiens racontent que le Grand-Esprit a eu pitié des guerriers de la chair rouge *aux jambes nues*, et qu'il a semé lui-même ces herbes salutaires, malgré la réclamation des âmes des serpents.

Nous reconnûmes la serpentaire sur les racines des grands arbres; l'arbre pour le mal de dents, dont le tronc et les branches épineuses sont chargés de protubérances grosses comme des œufs de pigeon; l'arotosta ou canneberge, dont la cerise rouge croît parmi les mousses, et guérit le flux épatique. La bourgène, qui a la propriété de chasser les couleuvres, poussait vigoureusement dans des eaux stagnantes couvertes de rouille.

Un spectacle inattendu frappa nos regards; nous découvrîmes une ruine indienne : elle était située sur un monticule au bord du lac. On remarquait sur la gauche un cône de terre de quarante à quarante-cinq pieds de haut; de ce cône partait un ancien chemin tracé à travers un magnifique bocage de magnolias et de chênes verts, et qui venait aboutir à une savane, des fragments de vases et d'ustensiles divers étaient dispersés çà et là, agglomérés avec des fossiles, des coquillages, des pétrifications de plantes et des ossements d'animaux.

Le contraste de ces ruines et de la jeunesse de la nature, ces monuments des hommes dans un désert où nous croyions avoir pénétré les premiers, causaient un grand saisissement de cœur et d'esprit. Quel peuple avait habité cette île? Son nom, sa race, le temps de son existence, tout est inconnu; il vivait peut-être lorsque le monde qui le cachait dans son sein était encore ignoré des trois autres parties de la terre. Le silence de ce peuple est peut-être contemporain du bruit que faisaient de grandes nations européennes tombées à leur tour dans le silence, et qui n'ont laissé elles-mêmes que des débris.

Nous examinâmes les ruines : des anfractuosités sablonneuses du tumulus sortait une espèce de pavot à fleur rose, pesant au bout d'une tige inclinée d'un vert pâle. Les Indiens tirent de la racine de ce pavot une boisson soporifique; la tige et la fleur ont une odeur agréable qui reste attachée à la main lorsqu'on y touche. Cette plante était faite pour orner le tombeau d'un Sauvage : ses racines procurent le sommeil, et le parfum de sa fleur, qui survit à cette fleur même, est une assez douce image du souvenir qu'une vie innocente laisse dans la solitude.

Continuant notre route et observant les mousses, les graminées pendantes, les arbustes échevelés, et tout ce train de plantes au port mélancolique qui se plaisent à décorer les ruines, nous observâmes une espèce d'œnothère pyramidale, haute de sept à huit pieds, à feuilles oblongues, dentelées, et d'un vert noir; sa fleur est jaune. Le soir, cette fleur commence à s'entr'ouvrir; elle s'épanouit pendant la nuit; l'aurore la trouve dans tout son éclat; vers la moitié du matin elle se fane; elle tombe à midi : elle ne vit que quelques heures, mais elle passe ces heures sous un ciel serein. Qu'importe alors la brièveté de sa vie!

A quelques pas de là s'étendait une lisière de mimosa ou de sensitive : dans les chansons des Sauvages, l'âme d'une jeune fille est souvent comparée à cette plante[1].

En retournant à notre camp, nous traversâmes un ruisseau tout bordé de dionées; une multitude d'éphémères bourdonnaient à l'entour. Il y avait aussi sur ce parterre trois espèces de papillons : l'un blanc comme l'albâtre, l'autre noir comme le jais, avec des ailes traversées de bandes jaunes; le troisième portant une queue fourchue, quatre ailes d'or barrées de bleu et semées d'yeux de pourpre. Attirés par les dionées, ces insectes se posaient sur elles : mais ils n'en avaient pas plus tôt touché les feuilles qu'elles se refermaient et enveloppaient leur proie.

De retour à notre ajoupa, nous allâmes à la pêche pour nous

---

[1] Tous ces divers passages sont de moi; mais je dois à la vérité historique de dire que si je voyais aujourd'hui ces ruines indiennes de l'Alabama, je rabattrais de leur antiquité.

consoler du peu de succès de la chasse. Embarqués dans le canot avec les filets et les lignes, nous côtoyâmes la partie orientale de l'île, au bord des algues et le long des caps ombragés : la truite était si vorace, que nous la prenions à des hameçons sans amorce ; le poisson appelé le poisson d'or était en abondance. Il est impossible de voir rien de plus beau que ce petit roi des ondes : il a environ cinq pouces de long ; sa tête est couleur d'outre-mer ; ses côtés et son ventre étincellent comme le feu ; une barre brune longitudinale traverse ses flancs ; l'iris de ses larges yeux brille comme de l'or bruni. Ce poisson est carnivore.

A quelque distance du rivage, à l'ombre d'un cyprès chauve, nous remarquâmes de petites pyramides limoneuses qui s'élevaient sous l'eau et montaient jusqu'à sa surface. Une légion de poissons d'or faisait en silence les approches de ces citadelles. Tout à coup l'eau bouillonnait ; les poissons d'or fuyaient. Des écrevisses armées de ciseaux, sortant de la place insultée, culbutaient leurs brillants ennemis. Mais bientôt les bandes éparses revenaient à la charge, faisaient plier à leur tour les assiégés, et la brave mais lente garnison rentrait à reculons pour se réparer dans la forteresse.

Le crocodile, flottant comme le tronc d'un arbre, la truite, le brochet, la perche, le cannelet, la basse, la brème, le poisson tambour, le poisson d'or, tous ennemis mortels les uns des autres, nageaient pêle-mêle dans le lac, et semblaient avoir fait une trêve afin de jouir en commun de la beauté de la soirée : le fluide azuré se peignait de leurs couleurs changeantes. L'onde était si pure, que l'on eût cru pouvoir toucher du doigt les acteurs de cette scène, qui se jouaient à vingt pieds de profondeur dans leur grotte de cristal.

Pour regagner l'anse où nous avions notre établissement, nous n'eûmes qu'à nous laisser dériver au gré de l'eau et des brises. Le soleil approchait de son couchant : sur le premier plan de l'île paraissaient des chênes verts dont les branches horizontales formaient le parasol, et des azaléas qui brillaient comme des réseaux de corail.

Derrière ce premier plan, s'élevaient les plus charmants de tous les arbres, les papayas : leur tronc droit, grisâtre et guilloché, de la hauteur de vingt à vingt-cinq pieds, soutient une touffe de longues feuilles à côtes, qui se dessinent comme l'S gracieuse d'un vase antique. Les fruits, en forme de poire, sont rangés autour de la tige ; on les prendrait pour des cristaux de verre : l'arbre entier ressemble à une colonne d'argent ciselé, surmontée d'une urne corinthienne.

Enfin, au troisième plan, montaient graduellement dans l'air les magnolias et les liquidambars.

Le soleil tomba derrière le rideau d'arbres de la plaine ; à mesure qu'il descendait, les mouvements de l'ombre et de la lumière répandaient quelque chose de magique sur le tableau : là, un rayon se glissait à travers le dôme d'une futaie, et brillait comme une escarboucle enchâssée dans le feuillage sombre ; ici, la lumière divergeait entre les troncs et les branches, et projetait sur les gazons des colonnes croissantes et des treillages mobiles. Dans les cieux, c'étaient des nuages de toutes les couleurs, les uns fixes imitant de gros promontoires ou de vieilles tours près d'un torrent, les autres flottant en fumée de rose ou en flocons de soie blanche. Un moment suffisait pour changer la scène aérienne : on voyait alors des gueules de four enflammées, de grands tas de braise, des rivières de laves, des paysages ardents. Les mêmes teintes se répétaient sans se confondre, le feu se détachait du feu, le jaune pâle du jaune pâle, le violet du violet : tout était éclatant, tout était enveloppé, pénétré, saturé de lumière.

Mais la nature se joue du pinceau des hommes : lorsqu'on croit qu'elle a atteint sa plus grande beauté, elle sourit et s'embellit encore.

A notre droite étaient les ruines indiennes ; à notre gauche notre camp de chasseurs : l'île déroulait devant nous ses paysages gravés ou modelés dans les ondes. A l'orient, la lune, touchant l'horizon, semblait reposer immobile sur les côtes lointaines ; à l'occident, la voûte du ciel paraissait fondue en une mer de diamants et do saphirs, dans laquelle le soleil, à demi plongé, avait l'air de se dissoudre.

Les animaux de la création, étaient, comme nous, attentifs à ce grand spectacle : le crocodile, tourné vers l'astre du jour, lançait par sa gueule béante l'eau du lac en gerbes colorées ; perché sur un rameau desséché, le pélican louait à sa manière le Maître de la nature, tandis que la cigogne s'envolait pour le bénir au dessus des nuages !

Nous te chanterons aussi, Dieu de l'univers, toi qui prodigues tant de merveilles ! la voix d'un homme s'élèvera avec la voix du désert : tu distingueras les accents du faible fils de la femme, au milieu du bruit des sphères que ta main fait rouler, du mugissement de l'abîme dont tu as scellé les portes

A notre retour dans l'île j'ai fait un repas excellent : des truites fraîches, assaisonnées avec des cimes de canneberges, étaient un mets digne de la table d'un roi : aussi étais-je bien plus qu'un roi. Si le sort m'avait placé sur le trône et qu'une révolution m'en eût précipité, au lieu de traîner ma misère dans l'Europe comme Charles et Jacques, j'aurais dit aux amateurs : « Ma place vous fait envie ; « eh bien ! essayez du métier ; vous verrez qu'il n'est pas si bon. « Égorgez-vous pour mon vieux manteau ; je vais jouir dans les « forêts de l'Amérique de la liberté que vous m'avez rendue. »

Nous avions un voisin à notre souper : un trou semblable à la tanière d'un blaireau était la demeure d'une tortue : la solitaire sortit de sa grotte et se mit à marcher gravement au bord de l'eau. Ces tortues diffèrent peu des tortues de mer ; elles ont le cou plus long. On ne tua point la paisible reine de l'île.

Après le souper, je me suis assis à l'écart sur la rive ; on n'entendait que le bruit du flux et du reflux du lac, prolongé le long des grèves ; des mouches luisantes brillaient dans l'ombre et s'éclipsaient lorsqu'elles passaient sous les rayons de la lune. Je suis tombé dans cette espèce de rêverie connue de tous les voyageurs : nul souvenir distinct de moi ne me restait ; je me sentais vivre comme partie du grand tout, et végéter avec les arbres et les fleurs. C'est peut-être la disposition la plus douce pour l'homme, car alors même qu'il est heureux, il y a dans ses plaisirs un fond d'amertume, un je ne sais quoi qu'on pourrait appeler la tristesse du bonheur. La rêverie du voyageur est une sorte de plénitude de cœur et de vide de tête, qui vous laisse jouir en repos de votre existence : c'est par la pensée que nous troublons la félicité que Dieu nous donne : l'âme est paisible; l'esprit est inquiet.

Les Sauvages de la Floride racontent qu'il y a au milieu d'un lac une île où vivent les plus belles femmes du monde. Les Muscogulges ont voulu plusieurs fois tenter la conquête de l'île magique; mais les retraites élyséennes fuyant devant leurs canots, finissaient par disparaître : naturelle image du temps que nous perdons à la poursuite de nos chimères. Dans ce pays était aussi une fontaine de Jouvence : qui voudrait rajeunir?

Le lendemain, avant le lever du soleil, nous avons quitté l'île, traversé le lac et rentré dans la rivière par laquelle nous y étions descendus. Cette rivière était remplie de kaïmans. Ces animaux ne sont dangereux que dans l'eau, surtout au moment d'un débarquement. A terre, un enfant peut aisément les devancer en marchant d'un pas ordinaire. Pour éviter leurs embûches, on met le feu aux herbes et aux roseaux : c'est alors un spectacle curieux que de voir de grands espaces d'eau surmontés d'une chevelure de flamme.

Lorsque le crocodile de ces régions a pris toute sa croissance, il mesure environ vingt à vingt-quatre pieds de la tête à la queue. Son corps est gros comme celui d'un cheval : ce reptile aurait exactement la forme d'un lézard commun, si sa queue n'était comprimée des deux côtés comme celle d'un poisson. Il est couvert d'écailles à l'épreuve de la balle, excepté auprès de la tête et entre les pattes. Sa tête a environ trois pieds de long; les naseaux sont larges; la mâchoire supérieure de l'animal est la seule qui soit mobile; elle s'ouvre à angle droit sur la mâchoire inférieure : au dessous de la première sont placées deux grosses dents comme les défenses d'un sanglier, ce qui donne au monstre un air terrible.

La femelle du kaïman pond à terre des œufs blanchâtres qu'elle recouvre d'herbes et de vase. Ces œufs, quelquefois au nombre de cent, forment, avec le limon dont ils sont recouverts, de petites meules de quatre pieds de haut et de cinq pieds de diamètre à leur base : le soleil et la fermentation de l'argile font éclore ces œufs. Une femelle ne distingue point ses propres œufs des œufs d'une autre femelle; elle prend sous sa garde toutes les couvées du soleil. N'est-il pas singulier de trouver chez des crocodiles les enfants communs de la république de Platon.

La chaleur était accablante; nous naviguions au milieu des marais; nos canots prenaient l'eau ; le soleil avait fait fondre la poix du bordage. Il nous venait souvent des bouffées brûlantes du nord; nos coureurs de bois prédisaient un orage, parce que le rat des savanes montait et descendait incessamment le long des branches du chêne vert; les maringouins nous tourmentaient affreusement. On apercevait des feux errants sur les lieux bas.

Nous avons passé la nuit fort mal à l'aise, sans ajoupa, sur une presqu'île formée par des marais; la lune et tous les objets étaient noyés dans un brouillard rouge. Ce matin la brise a manqué, et nous nous sommes rembarqués pour tâcher de gagner un village indien à quelque milles de distance; mais il nous a été impossible de remonter longtemps la rivière, et nous avons été obligés de débarquer sur la pointe d'un cap couvert d'arbres, d'où nous commandons une vue immense. Des nuages sortent tour à tour de dessous l'horizon du nord-ouest, et montent lentement dans le ciel. Nous nous faisons, du mieux que nous pouvons, un abri avec des branches.

Le soleil se couvre, les premiers roulements du tonnerre se font entendre; les crocodiles y répondent par un sourd rugissement, comme un tonnerre répond à un autre tonnerre. Une immense colonne de nuages s'étend du nord-est au sud-est; le reste du ciel est d'un cuivre sale, demi transparent et teint de la foudre. Le désert éclairé d'un jour faux, l'orage suspendu sur nos têtes et près d'éclater, offrent un tableau plein de grandeur.

Voilà l'orage! Qu'on se figure un déluge de feu sans vent et sans eau; l'odeur de soufre remplit l'air; la nature est éclairée comme à la lueur d'un embrasement.

A présent les cataractes de l'abîme s'ouvrent; les grains de pluie ne sont point séparés : un voile d'eau unit les nuages à la terre.

Les Indiens disent que le bruit du tonnerre est causé par des oiseaux immenses qui se battent dans l'air, et par les efforts que fait un vieillard pour vomir une couleuvre de feu. En preuve de cette assertion, ils montrent des arbres où la foudre a tracé l'image d'un serpent. Souvent les orages mettent le feu aux forêts; elles continuent de brûler jusqu'à ce que l'incendie soit arrêté par le cours de quelque fleuve : ces forêts brûlées se changent en lacs et en marais.

Le courlis, dont nous entendons la voix dans le ciel au milieu de la pluie et du tonnerre, nous annonce la fin de l'ouragan. Le vent déchire les nuages, qui volent brisés à travers le ciel; le tonnerre et les éclairs, attachés à leurs flancs, les suivent; l'air devient froid et sonore : il ne reste plus de ce déluge que des gouttes d'eau qui tombent en perles du feuillage des arbres. Nos filets et nos provisions de voyage flottent dans les canots remplis d'eau jusqu'à l'échancrure des avirons.

Le pays habité par les Creeks (la confédération des Muscogulges, des Siminoles et des Chéroquois) est enchanteur. De distance en distance, la terre est percée par une multitude de bassins qu'on appelle des *puits*, et qui sont plus ou moins larges, plus ou moins profonds : ils communiquent par des routes souterraines aux lacs, aux marais et aux rivières. Tous ces puits sont placés au centre d'un monticule planté des plus beaux arbres, et dont les flancs creusés ressemblent aux parois d'un vase rempli d'une eau pure De brillants poissons nagent au fond de cette eau.

Dans la saison des pluies, les savanes deviennent des espèces de lacs au-dessus desquels s'élèvent, comme des îles, les monticules dont nous venons de parler.

Cuscowilla, village siminole, est situé sur une chaîne de collines graveleuses à quatre cents toises d'un lac; des sapins, écartés les uns des autres et se touchant seulement par la cime, séparent la ville et le lac : entre leurs troncs, comme entre des colonnes, on aperçoit des cabanes, le lac, et ces rivages attachés d'un côté à des forêts, de l'autre à des prairies : c'est à peu près ainsi que la mer, la plaine et les ruines d'Athènes se montrent, dit-on [1], à travers les colonnes isolées du temple de Jupiter-Olympien.

Il serait difficile d'imaginer rien de plus beau que les environs d'Apalachucla, la ville de la paix. A partir du fleuve Chata-Uche, le terrain s'élève en se retirant à l'horizon du couchant; ce n'est pas par une pente uniforme, mais par des espèces de terrasses posées les unes sur les autres

A mesure que vous gravissez de terrasse en terrasse, les arbres changent selon l'élévation du sol : au bord de la rivière ce sont des chênes-saules, des lauriers et des magnolias; plus haut des sassafras et des platanes, plus haut encore des ormes et des noyers; enfin la dernière terrasse est plantée d'une forêt de chênes, parmi lesquels on remarque l'espèce qui traîne de longues mousses blanches. Des rochers nus et brisés surmontent cette forêt.

Des ruisseaux descendent en serpentant de ces rochers, coulent parmi les fleurs et la verdure, ou tombent en nappes de cristal. Lorsque, placé de l'autre côté de la rivière Chata-Uche, on découvre ces vastes degrés couronnés par l'architecture des montagnes, on croirait voir le temple de la nature et le magnifique perron qui conduit à ce monument.

Au pied de cet amphithéâtre est une plaine où paissent des troupeaux de taureaux européens, des escadrons de chevaux de race

[1] Je les ai vues depuis.

espagnole, des hordes de daims et de cerfs, des bataillons de grues et de dindes, qui marbrent de blanc et de noir le fond vert de la savane. Cette association d'animaux domestiques et sauvages, les huttes siminoles, où l'on remarque les progrès de la civilisation à travers l'ignorance indienne, achèvent de donner à ce tableau un caractère que l'on ne retrouve nulle part.

Ici finit, à proprement parler, l'*Itinéraire* ou le mémoire des lieux parcourus ; mais il reste dans les diverses parties du manuscrit une multitude de détails sur les mœurs et les usages des Indiens. J'ai réuni ces détails dans des chapitres communs, après les avoir soigneusement revus et amené ma narration jusqu'à l'époque actuelle. Trente-six ans écoulés depuis mon voyage ont apporté bien des lumières et changé bien des choses dans l'Ancien et dans le Nouveau-Monde ; ils ont dû modifier les idées et rectifier les jugements de l'écrivain.

Avant de passer aux *mœurs des Sauvages*, je mettrai sous les yeux des lecteurs quelques esquisses de l'*histoire naturelle* de l'Amérique septentrionale.

HISTOIRE NATURELLE

CASTORS.

Quand on voit pour la première fois les voyageurs des castors, on ne peut s'empêcher d'admirer celui qui enseigna à une pauvre petite bète l'art des architectes de Babylone, et qui souvent envoie l'homme, si fier de son génie, à l'école d'un insecte.

Ces étonnantes créatures ont-elles rencontré un vallon où coule un ruisseau, elles barrent ce ruisseau par une chaussée ; l'eau monte et remplit bientôt l'intervalle qui se trouve entre les deux collines : c'est dans ce réservoir que les castors bâtissent leurs habitations. Détaillons la construction de la chaussée.

Des deux flancs opposés des collines qui forment la vallée, commence un rang de palissades entrelacées de branches et revêtues de mortier. Ce premier rang est fortifié d'un second rang placé à quinze pieds en arrière du premier, l'espace entre les deux palissades est comblé avec de la terre.

La levée continue de venir ainsi des deux côtés de la vallée, jusqu'à ce qu'il ne reste plus qu'une ouverture d'une vingtaine de pieds au centre ; mais à ce centre l'action du courant, opérant dans toute son énergie, les ingénieurs changent de matériaux : ils renforcent le milieu de leurs substructions hydrauliques de troncs d'arbres entassés les uns sur les autres, et liés ensemble par un ciment semblable à celui des palissades. Souvent la digue entière a cent pieds de long, quinze de haut et douze de large à la base ; diminuant d'épaisseur dans une proportion mathématique, à mesure qu'elle s'élève, elle n'a plus que trois pieds de surface au plan horizontal qui la termine.

Le côté de la chaussée opposé à l'eau se retire graduellement en talus ; le côté extérieur garde un parfait aplomb.

Tout est prévu : le castor sait par la hauteur de la levée combien il doit bâtir d'étages à sa maison future ; il sait qu'au delà d'un certain nombre de pieds, il n'a plus d'inondation à craindre, parce que l'eau passerait alors par dessus la digue. En conséquence une chambre qui surmonte cette digue lui fournit une retraite dans les grandes crues ; quelquefois il pratique une écluse de sûreté dans la chaussée, écluse qu'il ouvre et ferme à son gré.

La manière dont les castors abattent les arbres est très curieuse : ils les choisissent toujours au bord d'une rivière. Un nombre de travailleurs proportionné à l'importance de la besogne, ronge inces-

samment les racines : on n'incise point l'arbre du côté de la terre,
mais du côté de l'eau, pour qu'il tombe sur le courant. Un castor
placé à quelque distance avertit les bûcherons par un sifflement,
quand il voit pencher la cime de l'arbre attaqué, afin qu'ils se mettent
à l'abri de la chute. Les ouvriers traînent le tronc abattu, à l'aide
du flottage, jusqu'à leurs villes, comme les Égyptiens, pour embellir
leurs métropoles, faisaient descendre sur le Nil les obélisques taillés
dans les carrières d'Éléphantine.

Les palais de la Venise de la solitude, construits dans le lac artificiel, ont deux, trois, quatre et cinq étages, selon la profondeur du
lac. L'édifice, bâti sur pilotis, sort des deux tiers de sa hauteur hors
de l'eau : les pilotis sont au nombre de six ; ils supportent le premier
plancher fait de brins de bouleau croisés. Sur ce plancher s'élève
le vestibule du monument : les murs de ce vestibule se courbent et
s'arrondissent en voûte recouverte d'une glaise polie comme un
stuc. Dans le plancher du portique est ménagée une trappe par
laquelle les castors descendent au bain, ou vont chercher les branches de tremble pour leur nourriture : ces branches sont entassées
sous l'eau dans un magasin commun, entre les pilotis des diverses
habitations. Le premier étage du palais est surmonté de trois autres,
construits de la même manière, mais divisés en autant d'apparte-
ments qu'il y a de castors. Ceux-ci sont ordinairement au nombre
de dix ou douze, partagés en trois familles : ces familles s'assemblent dans le vestibule déjà décrit, et y prennent leur repas en
commun : la plus grande propreté règne de toute part. Outre le
passage du bain, il y a des issues pour les divers besoins des habitants ; chaque chambre est tapissée de jeunes branches de sapin, et
l'on n'y souffre pas la plus petite ordure. Lorsque les propriétaires
vont à leur maison des champs, bâtie au bord du lac et construite
comme celle de la ville, personne ne prend leur place ; leur appartement demeure vide jusqu'à leur retour. A la fonte des neiges, les
citoyens se retirent dans les bois.

Comme il y a une écluse pour le trop-plein des eaux, il y a une route secrète pour l'évacuation de la cité : dans les châteaux gothiques, un souterrain creusé sous les tours aboutissait dans la campagne.

Il y a des infirmeries pour les malades. Et c'est un animal faible et informe qui achève tous ces travaux ! qui fait tous ces calculs?

Vers le mois de juillet, les castors tiennent un conseil général : ils examinent s'il est expédient de réparer l'ancienne ville et l'ancienne chaussée, ou s'il est bon de construire une cité nouvelle et une nouvelle digue. Les vivres manquent-ils dans cet endroit, les eaux et les chasseurs ont-ils trop endommagé les ouvrages, on se décide à former un autre établissement. Juge-t-on au contraire que le premier peut subsister, on remet à neuf les vieilles demeures, et l'on s'occupe des provisions d'hiver.

Les castors ont un gouvernement régulier : des édiles sont choisis pour veiller à la police de la république. Pendant le travail commun, des sentinelles préviennent toute surprise. Si quelque citoyen refuse de porter sa part des charges publiques, on l'exile ; il est obligé de vivre honteusement seul dans un trou. Les Indiens disent que ce paresseux puni est maigre, et qu'il a le dos pelé en signe d'infamie. Que sert à ces sages animaux tant d'intelligence? l'homme laisse vivre les bêtes féroces et extermine les castors ; comme il souffre les tyrans et persécute l'innocence et le génie.

La guerre n'est malheureusement point inconnue aux castors : il s'élève quelquefois entre eux des discordes civiles, indépendamment des contestations étrangères qu'ils ont avec les rats musqués. Les Indiens racontent que si un castor est surpris en maraude sur le territoire d'une tribu qui n'est pas la sienne, il est conduit devant le chef de cette tribu, et puni correctionnellement; à la récidive, on lui coupe cette utile queue qui est à la fois sa charrette et sa truelle : il retourne ainsi mutilé chez ses amis, qui s'assemblent pour venger son injure. Quelquefois le différend est vidé par un duel entre les deux chefs des deux troupes, ou par un combat singulier de trois contre trois, de trente contre trente, comme le combat des Curiaces et des Horaces, ou des trente Bretons contre les trente Anglais. Les batailles générales sont sanglantes : les Sauvages qui surviennent pour dépouiller les morts, en ont souvent trouvé plus de quinze couchés au lit d'honneur. Les castors vainqueurs s'emparent de la ville des castors vaincus, et, selon les circonstances, ils y établissent une colonie ou y entretiennent une garnison.

La femelle du castor porte deux, trois et jusqu'à quatre petits; elle les nourrit et les instruit pendant une année. Quand la population devient trop nombreuse, les jeunes castors vont former un nouvel établissement, comme un essaim d'abeilles échappé de la ruche. Le castor vit chastement avec une seule femelle; il est jaloux, et tue quelquefois sa femme pour cause ou soupçon d'infidélité.

La longueur moyenne du castor est de deux pieds et demi à trois pieds; sa largeur d'un flanc à l'autre d'environ quatorze pouces, il peut peser quarante-cinq livres; sa tête ressemble à celle du rat; ses yeux sont petits, ses oreilles courtes, nues en dedans, velues en dehors; ses pattes de devant n'ont guère que trois pouces de long, et sont armées d'ongles creux et aigus; ses pattes de derrière, palmées comme celles d'un cygne, lui servent à nager; la queue est plate, épaisse d'un pouce, recouverte d'écailles hexagones, disposées en tuiles comme celle des poissons : il use de cette queue en guise de truelle et de traîneau. Ses mâchoires, extrêmement fortes, se croisent ainsi que les branches des ciseaux; chaque mâchoire est garnie de dix dents, dont deux incisives de deux pouces de longueur : c'est l'instrument avec lequel le castor coupe les arbres, équarrit leurs troncs, arrache leur écorce et broie les bois tendres dont il se nourrit.

L'animal est noir, rarement blanc ou brun; il a deux poils, le premier long, creux et luisant; le second, espèce de duvet qui pousse sous le premier, est le seul employé dans le feutre. Le castor vit vingt ans. La femelle est plus grosse que le mâle, et son poil est plus grisâtre sous le ventre. Il n'est pas vrai que le castor se mutile

lorsqu'il tombe vivant entre les mains des chasseurs, afin de soustraire sa postérité à l'esclavage. Il faut chercher une autre étymo-
logie à son nom.

La chair des castors ne vaut rien, de quelque manière qu'on
l'apprête; les Sauvages la conservent cependant : après l'avoir fait
boucaner à la fumée, ils la mangent lorsque les vivres viennent à
leur manquer.

La peau du castor est fine, sans être chaude; aussi la chasse du
castor n'avait autrefois aucun renom chez les Indiens; celle de
l'ours, où ils trouvaient avantage et péril, était la plus honorable.
On se contentait de tuer quelques castors pour en porter la dépouille
comme parure; mais on n'immolait pas des peuplades entières. Le
prix que les Européens ont mis à cette dépouille a seul amené dans
le Canada l'extermination de ces quadrupèdes, qui tenaient, par
leur instinct, le premier rang chez les animaux. Il faut cheminer
très loin vers la baie d'Hudson pour trouver maintenant des castors;
encore ne montrent-ils plus la même industrie, parce que le climat
est trop froid : diminués en nombre, ils ont baissé en intelligence,
et ne développent plus les facultés qui naissent de l'association[1].

Ces républiques comptaient autrefois cent à cent cinquante
citoyens; quelques-unes étaient encore plus populeuses. On voyait
auprès de Québec un étang formé par des castors, qui suffisait à
l'usage d'un moulin à scie. Les réservoirs de ces amphibies étaient
souvent utiles, en fournissant de l'eau aux pirogues qui remontaient
les rivières pendant l'été. Des castors faisaient ainsi pour des Sauvages dans la Nouvelle-France, ce qu'un esprit ingénieux, un
grand roi et un grand ministre ont fait dans l'ancienne pour des
hommes policés.

[1] On a retrouvé des castors entre le Missouri et le Mississipi; ils sont surtout
extrêmement nombreux au delà des montagnes rocheuses, sur les branches
de la Colombie; mais les Européens ayant pénétré dans ces régions, les castors
seront bientôt exterminés. Déjà l'année dernière (1826) on a vendu à Saint-
Louis, sur le Mississipi, cent paquets de peaux de castors, chaque paquet
pesant cent livres, et chaque livre de cette précieuse marchandise vendue au
prix de cinq gourdes.

OURS.

Les ours sont de trois espèces en Amérique; l'ours brun ou jaune, l'ours noir et l'ours blanc. L'ours brun est petit et frugivore, il grimpe aux arbres.

L'ours noir est plus grand ; il se nourrit de chair, de poisson et de fruits; il pêche avec une singulière adresse. Assis au bord d'une rivière, de sa patte droite il saisit dans l'eau le poisson qu'il voit passer, et le jette sur le bord. Si, après avoir assouvi sa faim, il lui reste quelque chose de son repas, il le cache. Il dort une partie de l'hiver dans les tanières ou dans les arbres creux où il se retire. Lorsqu'aux premiers jours de mars il sort de son engourdissement, son premier soin est de se purger avec des simples.

Il vivait de régime et mangeait à ses heures.

L'ours blanc ou l'ours marin fréquente les côtes de l'Amérique septentrionale, depuis les parages de Terre-Neuve jusqu'au fond de la baie de Baffin, gardien féroce de ces déserts glacés.

CERF.

Le cerf du Canada est une espèce de renne que l'on peut apprivoiser. Sa femelle, qui n'a point de bois, est charmante; et si elle avait les oreilles plus courtes, elle ressemblerait assez bien à une légère jument anglaise.

ORIGNAL.

L'orignal a le mufle du chameau, le bois plat du daim, les jambes du cerf. Son poil est mêlé de gris, de blanc, de rouge et de noir; sa course est rapide.

Selon les Sauvages, les orignaux ont un roi surnommé le *grand orignal;* ses sujets lui rendent toutes sortes de devoirs. Ce grand orignal a les jambes si hautes, que huit pieds de neige ne l'embarrassent point du tout. Sa peau est invulnérable; il a un bras qui lui sort de l'épaule et dont il use de la même manière que les hommes se servent de leurs bras.

Les jongleurs prétendent que l'orignal a dans le cœur un petit os qui, réduit en poudre, apaise les douleurs de l'enfantement; ils disent aussi que la corne du pied gauche de ce quadrupède, appliquée sur le cœur des épileptiques, les guérit radicalement. L'orignal, ajoutent-ils, est lui-même sujet à l'épilepsie; lorsqu'il sent approcher l'attaque, il se tire du sang de l'oreille gauche avec la corne de son pied gauche, et se trouve soulagé.

BISON.

Le bison porte basses ses cornes noires et courtes; il a une longue barbe de crin; un toupet pareil pend échevelé entre ses deux cornes jusque sur ses yeux. Son poitrail est large, sa croupe effilée, sa queue épaisse et courte, ses jambes sont grosses et tournées en dehors; une bosse d'un poil roussâtre et long s'élève sur ses épaules, comme la première bosse du dromadaire. Le reste de son corps est couvert d'une laine noire que les Indiennes filent pour en faire des sacs à blé et des couvertures. Cet animal a l'air féroce, et il est fort doux.

Il y a des variétés dans les bisons, ou, si l'on veut, dans les *buffaloes*, mot espagnol *anglicisé*. Les plus grands sont ceux que l'on rencontre entre le Missouri et le Mississipi; ils approchent de la taille d'un moyen éléphant. Ils tiennent du lion par la crinière, du chameau par la bosse, de l'hippopotame ou du rhinocéros par la queue et la peau de l'arrière-train, du taureau par les cornes et par les jambes.

Dans cette espèce, le nombre des femelles surpasse de beaucoup celui des mâles. Le taureau fait sa cour à la génisse en galopant en rond autour d'elle. Immobile au milieu du cercle, elle mugit doucement. Les Sauvages imitent, dans leurs jeux propitiatoires, ce manége, qu'ils appellent *la danse du bison*

Le bison a des temps irréguliers de migration : on ne sait trop où il va ; mais il paraît qu'il remonte beaucoup au nord en été, puisqu'on le retrouve aux bords du lac de l'Esclave, et qu'on l'a rencontré jusque dans les îles de la mer Polaire. Peut-être aussi gagne-t-il les vallées des montagnes rocheuses à l'ouest, et les plaines du Nouveau-Mexique au midi. Les bisons sont si nombreux dans les steppes verdoyants du Missouri, que quand ils émigrent, leur troupe met quelquefois plusieurs jours à défiler, comme une immense armée : on entend leur marche à plusieurs milles de distance, et l'on sent trembler la terre.

Les Indiens tannent supérieurement la peau du bison avec l'écorce du bouleau : l'os de l'épaule de la bête tuée leur sert de grattoir.

La viande du bison, coupée en tranches larges et minces, séchée au soleil ou à la fumée, est très savoureuse ; elle se conserve plusieurs années, comme du jambon : les bosses et les langues des vaches sont les parties les plus friandes à manger fraîches. La fiente du bison, brûlée, donne une braise ardente ; elle est d'une grande ressource dans les savanes où l'on manque de bois. Cet utile animal fournit à la fois les aliments et le feu du festin. Les Sioux trouvent dans sa dépouille la couche et le vêtement. Le bison et le Sauvage, placés sur le même sol, sont le taureau et l'homme dans l'état de nature : ils ont l'air de n'attendre tous les deux qu'un sillon, l'un pour devenir domestique, l'autre pour se civiliser.

FOUINE.

La fouine américaine porte auprès de la vessie un petit sac rempli d'une liqueur roussâtre : lorsque cette bête est poursuivie, elle lâche cette eau en s'enfuyant ; l'odeur en est telle, que les chasseurs et les chiens mêmes abandonnent la proie : elle s'attache aux vêtements et fait perdre la vue. Cette odeur est une sorte de musc pénétrant qui donne des vertiges : les Sauvages prétendent qu'elle est souveraine pour les maux de tête.

RENARDS.

Les renards du Canada sont de l'espèce commune; ils ont seulement l'extrémité du poil d'un noir lustré. On sait la manière dont ils prennent les oiseaux aquatiques : La Fontaine, le premier des naturalistes, ne l'a pas oubliée dans ses immortels tableaux.

Le renard canadien fait donc au bord d'un lac ou d'un fleuve mille sauts et gambades. Les oies et les canards, charmés qu'ils sont, s'approchent pour le mieux considérer. Il s'assied alors sur son derrière et remue doucement la queue. Les oiseaux, de plus en plus satisfaits, abordent au rivage, s'avancent en dandinant vers le futé quadrupède, qui affecte autant de bêtise qu'ils en montrent. Bientôt la sotte volatile s'enhardit au point de venir becqueter la queue du *maître-passé*, qui s'élance sur sa proie.

LOUPS.

Il y a en Amérique diverses sortes de loups : celui qu'on appelle *cervier* vient, pendant la nuit, aboyer autour des habitations. Il ne hurle jamais qu'une fois au même lieu; sa rapidité est si grande, qu'en moins de quelques minutes on entend sa voix à une distance prodigieuse de l'endroit où il a poussé son premier cri.

RAT MUSQUÉ.

Le rat musqué vit, au printemps, de jeunes pousses d'arbrisseaux, et en été de fraises et de framboises, il mange des baies de bruyères en automne, et se nourrit en hiver de racines d'orties. Il bâtit et travaille comme le castor. Quand les Sauvages ont tué un rat musqué, ils paraissent fort tristes : ils fument autour de son corps et l'environnent de Manitous, en déplorant leur parricide :

on sait que la femelle du rat musqué est la mère du genre humain.

CARCAJOU.

Le carcajou est une espèce de tigre ou de grand chat. La manière dont il chasse l'orignal avec ses alliés les renards est célèbre. Il monte sur un arbre, se couche à plat sur une branche abaissée, et s'enveloppe d'une queue touffue qui fait trois fois le tour de son corps. Bientôt on entend des glapissements lointains, et l'on voit paraître un orignal rabattu par trois renards, qui manœuvrent de manière à le diriger vers l'embuscade du carcajou. Au moment où la bête lancée passe sous l'arbre fatal, le carcajou tombe sur elle, lui serre le cou avec sa queue, et cherche à lui couper avec les dents la veine jugulaire. L'orignal bondit, frappe l'air de son bois, brise la neige sous ses pieds : il se traîne sur ses genoux, fuit en ligne directe, recule, s'accroupit, marche par sauts, secoue sa tête. Ses forces s'épuisent, ses flancs battent, son sang ruisselle le long de son cou, ses jarrets tremblent, plient. Les trois renards arrivent à la curée : tyran équitable, le carcajou divise également la proie entre lui et ses satellites. Les Sauvages n'attaquent jamais le carcajou et les renards dans ce moment : ils disent qu'il serait injuste d'enlever à ces quatre chasseurs le fruit de leurs travaux.

OISEAUX.

Les oiseaux sont plus variés et plus nombreux en Amérique qu'on ne l'avait cru d'abord : il en a été ainsi pour l'Afrique et pour l'Asie. Les premiers voyageurs n'avaient été frappés en arrivant que de ces grands et brillants volatiles qui sont comme des fleurs sur des arbres : mais on a découvert depuis une foule de petits oiseaux chanteurs, dont le ramage est aussi doux que celui de nos fauvettes.

POISSONS.

Les poissons, dans les lacs du Canada, et surtout dans les lacs de la Floride, sont d'une beauté et d'un éclat admirables.

SERPENTS.

L'Amérique est comme la patrie des serpents. Le serpent d'eau ressemble au serpent à sonnettes; mais il n'en a ni la sonnette ni le venin. On le trouve partout.

J'ai parlé plusieurs fois dans mes Voyages du serpent à sonnettes : on sait que les dents dont il se sert pour répandre son poison ne sont point celles avec lesquelles il mange. On peut lui arracher les premières, et il ne reste plus alors qu'un assez beau serpent plein d'intelligence et qui aime passionnément la musique. Aux ardeurs du midi, dans le plus profond silence des forêts, il fait entendre sa sonnette pour appeler sa femelle : ce signal d'amour est le seul bruit qui frappe alors l'oreille du voyageur.

La femelle porte quelquefois vingt petits : quand ceux-ci sont poursuivis, ils se retirent dans la gueule de leur mère, comme s'ils rentraient dans le sein maternel.

Les serpents en général, et surtout le serpent a sonnettes, sont en grande vénération chez les indigènes de l'Amérique, qui leur attribuent un esprit divin : ils les apprivoisent au point de les faire venir coucher l'hiver dans des boîtes placées au foyer d'une cabane. Ces singuliers pénates sortent de leurs habitacles au printemps, pour retourner dans les bois.

Un serpent noir qui porte un anneau jaune au cou est assez malfaisant; un autre serpent tout noir, sans poison, monte sur les arbres et donne la chasse aux moineaux et aux écureuils. Il charme l'oiseau par ses regards, c'est-à-dire qu'il l'effraie. Cet effet de la peur, qu'on a voulu nier, est aujourd'hui mis hors de doute : la peur casse les jambes à l'homme, pourquoi ne briserait-elle pas les ailes à l'oiseau?

Le serpent ruban, le serpent vert, le serpent piqué, prennent leurs noms de leurs couleurs et des dessins de leur peau : ils sont parfaitement innocents et d'une beauté remarquable.

Le plus admirable de tous est le serpent appelé de *verre*, à cause de la fragilité de son corps, qui se brise au moindre contact. Ce reptile est presque transparent, et reflète les couleurs comme un prisme. Il vit d'insectes et ne fait aucun mal : sa longueur est celle d'une couleuvre.

Le serpent à épines est court et gros. Il porte à la queue un dard dont la blessure est mortelle.

Le serpent à deux têtes est peu commun : il resemble assez à la vipère ; toutefois ses têtes ne sont pas comprimées.

Le serpent siffleur est fort multiplié dans la Géorgie et dans les Florides. Il a dix-huit pouces de long ; sa peau est sablée de noir sur un fond vert. Lorsqu'on approche de lui, il s'aplatit, devient de plusieurs couleurs, et ouvre la gueule en sifflant. Il se faut bien garder d'entrer dans l'atmosphère qui l'environne : il a le pouvoir de décomposer l'air autour de lui. Cet air imprudemment respiré fait tomber en langueur. L'homme attaqué dépérit, ses poumons se vicient, et au bout de quelques mois, il meurt de consomption : c'est le dire des habitants du pays.

ARBRES ET PLANTES.

Les arbres, les arbrisseaux, les plantes, les fleurs, transportés dans nos bois, dans nos champs, dans nos jardins, annoncent la variété et la richesse du règne végétal en Amérique. Qui ne connaît aujourd'hui le laurier couronné de roses appelé *magnolia*, le marronnier qui porte une véritable hyacinthe, le catalpa qui reproduit la fleur de l'oranger, le tulipier qui prend le nom de sa fleur, l'érable à sucre, le hêtre pourpre, le sassafras, et parmi les arbres verts et résineux, le pin du lord Weymouth, le cèdre de la Virginie, le baumier de Gilead, et ce cyprès de la Louisiane aux racines noueuses, au tronc énorme, dont la feuille ressemble à une dentelle de mousse ? Les lilas, les azalcas, les pompadouras ont enrichi nos printemps ; les aristoloches, les sustérias, les bignonias, les décumarias, les célustris ont mêlé leurs fleurs, leurs fruits et leurs parfums à la verdure de nos lierres.

Les plantes à fleurs sont sans nombre : l'éphémère de Virginie, l'hélonias, le lis du Canada, le lis appelé *superbe*, la trigidie panachée, l'achillée rose, le dahlia, l'hellénie d'automne, les phlox de toutes les espèces se confondent aujourd'hui avec nos fleurs natives.

Enfin, nous avons exterminé presque partout la population sauvage; et l'Amérique nous a donné la pomme de terre, qui prévient à jamais la disette parmi les peuples destructeurs des Américains.

ABEÏLLES.

Tous ces végétaux nourrissent de brillants insectes. Ceux-ci ont reçu dans leurs tribus notre mouche à miel, qui est venue à la découverte de ces savanes et de ces forêts embaumées dont on racontait tant de merveilles. On a remarqué que les colons sont souvent précédés, dans les bois du Kentucky et du Ténessé par des abeilles : avant-garde des laboureurs, elles sont le symbole de l'industrie et de la civilisation qu'elles annoncent. Étrangères à l'Amérique, arrivées à la suite des voiles de Colomb, ces conquérantes pacifiques n'ont ravi à un nouveau monde de fleurs que des trésors dont les indigènes ignoraient l'usage; elles ne se sont servies de ces trésors que pour enrichir le sol dont elles les avaient tirés. Qu'il faudrait se féliciter, si toutes les invasions et toutes les conquêtes ressemblaient à celles de ces filles du ciel !

Les abeilles ont pourtant eu à repousser des myriades de moustiques et de maringouins qui attaquaient leurs essaims dans le tronc des arbres : leur génie a triomphé de ces envieux, méchants et laids ennemis. Les abeilles ont été reconnues reines du désert, et leur monarchie représentative s'est établie dans les bois auprès de la république de Washington.

NOTES

MÉMOIRES

SUR LES RUINES DE L'OHIO.

PREMIER MÉMOIRE.

Bacon, en parlant des antiquités, des histoires défigurées, des fragments historiques qui ont par hasard échappé aux ravages du temps, les compare à des planches qui surnagent après le naufrage, lorsque des hommes instruits et actifs parviennent, par leurs recherches soigneuses et par un examen exact et scrupuleux des monuments, des noms, des mots, des proverbes, des traditions, des documents et des témoignages particuliers, des fragments d'histoire, des passages de livres non historiques, à sauver et à recouvrer quelque chose du déluge du temps.

Les antiquités de notre patrie m'ont toujours paru plus importantes et plus dignes d'attention qu'on ne leur en a accordé jusqu'à présent. Nous n'avons, il est vrai, d'autres autorités écrites ou d'autres renseignements que les ouvrages des vieux auteurs français et hollandais; et l'on sait bien que leur attention était presque uniquement absorbée par la poursuite de la richesse ou le soin de propager la religion, et que leurs opinions étaient modifiées par les préjugés régnants, fixés par des théories formées d'avance, contrôlées par la politique de leurs souverains, et obscurcies par les ténèbres qui alors couvraient encore le monde.

S'en rapporter entièrement aux traditions des Aborigènes pour des informations exactes et étendues, c'est s'appuyer sur un roseau bien frêle. Quiconque les a interrogés sait qu'ils sont généralement aussi ignorants que celui qui leur adresse des questions, et que ce qu'ils disent est inventé à l'instant même, ou tellement lié à des fables évidentes, que l'on ne peut guère lui donner le moindre crédit. Dépourvus du secours de l'écriture pour soulager leur mémoire, les faits qu'ils connaissaient se sont, par la suite des temps, effacés de leur souvenir, ou bien s'y sont confondus avec de nouvelles impressions et de nouveaux faits qui les ont défigurés. Si, dans le court espace de trente ans, les boucaniers de Saint-Domingue perdirent presque toute trace du christianisme, quelle confiance pouvons-nous avoir dans des traditions orales qui nous sont racontées par des Sauvages dépourvus de l'usage des lettres, et continuellement occupés de guerre ou de chasse ?

Le champ des recherches a donc |des limites extrêmement resserrées, mais il ne nous est pas entièrement fermé. Les monuments qui restent offrent une ample matière aux investigations. On peut avoir recours au langage, à la personne, aux usages de l'homme rouge, pour éclaircir son origine et son histoire ; et la géologie du pays peut même, dans quelques cas, s'employer avec succès pour répandre la lumière sur les objets que l'on examine.

Ayant eu quelques occasions d'observer par moi-même et de faire d'assez fréquentes recherches, je suis porté à croire que la partie occidentale des États-Unis, avant d'avoir été découverte et occupée par les Européens, a été habitée par une nation nombreuse ayant des demeures fixes, et beaucoup plus avancée dans la civilisation que les tribus indiennes actuelles. Peut-être ne se hasarderait-on pas trop en disant que son état ne différait pas beaucoup de celui des Mexicains et des Péruviens, quand les Espagnols les visitèrent pour la première fois. En cherchant à éclaircir ce sujet, je me bornerai à cet état ; quelquefois je porterai mes regards au-delà, et j'éviterai, autant que je le pourrai, de traiter les points qui ont déjà été discutés.

Le Township de Pompey, dans le comté d'Onondaga, est sur le terrain le plus élevé de cette contrée ; car il sépare les eaux qui coulent dans la baie de Chesapeak de celles qui vont se rendre dans le golfe Saint-Laurent. Les parties les plus hautes de ce Township offrent des restes d'anciens établissements, et l'on reconnaît, dans différents endroits, des vestiges d'une population nombreuse. Environ à deux milles au sud de Manlieu-Ignare, j'ai examiné, dans le Township de Pompey, les restes d'une ancienne cité ; ils sont indiqués d'une manière visible par de grands espaces de terreau noir, disposés par intervalles réguliers à peu de distance les uns des autres, où j'ai observé des ossements d'animaux, des cendres, des haricots, ou des grains de maïs carbonisés, objets qui dénotent tous la demeure de créature humaine. Cette ville a dû avoir une étendue au moins d'un demi-mille de l'est à l'ouest, et de trois quarts de mille du nord au sud ; j'ai pu la déterminer avec assez d'exactitude, d'après mon examen ; mais quelqu'un d'une véracité reconnue m'a assuré que la longueur est d'un mille de l'est à l'ouest. Or, une ville qui couvrait plus de cinq cents acres doit avoir contenu une population qui surpasserait toutes nos idées de crédibilité.

A un mille à l'est de l'établissement, se trouve un cimetière de trois à quatre acres de superficie, et il y en a un autre contigu à l'extrémité occidentale. Cette ville était située sur un terrain élevé, à douze milles à peu près des sources salées de l'Odondaga, et bien choisi pour la défense.

Du côté oriental, un escarpement perpendiculaire de cent pieds de hauteur aboutit à une profonde ravine où coule un ruisseau : le côté septentrional en a un semblable. Trois forts, éloignés de huit milles l'un de l'autre, forment un triangle qui environne la ville ; l'un est à un mille au sud du village actuel de Jamesnil, et l'autre au nord-est et au sud-est dans Pompey : ils avaient probablement été élevés pour couvrir la cité et pour protéger ses habitants contre les attaques d'un ennemi. Tous ces forts sont de forme circulaire ou elliptique : des ossements sont épars sur leur emplacement ; on coupa un frène qui s'y trouvait ; le nombre de ses couches concentriques fit connaître qu'il était âgé de quatre-vingt-treize ans. Sur un tas de cendres consommées, qui formait l'emplacement d'une grande maison, je vis un pin blanc qui avait huit pieds et demi de circonférence, et dont l'âge était au moins de cent trente ans.

La ville avait probablement été emportée d'assaut par le côté du nord. Il y a, à droite et à gauche, des tombeaux tout près du précipice ; cinq ou six corps ont quelquefois été jetés pêle-mêle dans la même fosse. Si les assaillants avaient été repoussés, les habitants auraient enterré leurs morts à l'endroit accoutumé ; mais ces tombeaux, qui se trouvent près de la ravine et dans l'enceinte du village, me donnent lieu de croire que la ville fut prise. Sur le flanc méridional de cette ravine, on a découvert un canon de fusil, des balles, un morceau de plomb, et un crâne percé d'une balle. Au reste, on trouve des canons de fusil, des haches, des houes et des épées dans tout le voisinage. Je me suis procuré les objets suivants, que je fais passer à la Société, pour qu'elle les dépose dans sa collection : deux canons de fusil mutilés, une houe, une cloche sans battant, un morceau d'une grande cloche, un anneau, une lame d'épée, une pipe, un loquet de porte, des grains de verroterie, et plusieurs autres petits objets. Toutes ces choses prouvent des communications avec l'Europe ; et, d'après les efforts visibles qui ont été faits pour rendre les canons de fusil inutiles en les limant, on ne peut guère douter que les Européens qui s'étaient établis dans ce lieu n'aient été défaits et chassés du pays par les Indiens.

Près des restes de cette ville, j'ai observé une grande forêt qui, précédemment, était un terrain nu et cultivé. Voici les circonstances qui me firent tirer cette conséquence ; il ne s'y trouvait ni tertres, ni buttes, qui sont toujours produites par les arbres déracinés, ou tombant de vetusté, point de souches, point de sous-bois, les arbres étaient âgés en général de cinquante à soixante ans. Or, il faut qu'un très grand nombre d'années s'écoule avant qu'un pays se couvre de bois ; ce n'est que lentement que les vents et les oiseaux apportent des graines. Le Township de Pompey abonde en forêts qui sont d'une nature semblable à celle dont je viens de parler : quelques-unes ont quatre milles de long et deux de large. Elle renferme un grand nombre de lieux de sépulture : je l'ai entendu estimer à quatre-vingts. Si la population blanche de ce pays était emportée tout entière, peut-être, dans la suite des siècles, offrirait-il des particularités analogues à celles que je décris.

Il me paraît qu'il y a deux ères distinctes dans nos antiquités : l'une comprend les restes d'anciennes fortifications et d'établissements qui existaient antérieurement à l'arrivée des Européens ; l'autre se rapporte aux établissements et aux opérations des Européens ; et comme les blancs, de même que les Indiens, devaient fréquemment avoir recours à ces vieilles fortifications, pour y trouver un asile, y demeurer, ou y chasser, elles doivent nécessairement renfermer plusieurs objets de manufactures d'Europe ; c'est ce qui a donné lieu à beaucoup de confusion : parce qu'on a mêlé ensemble des périodes extrêmement éloignées l'une de l'autre.

Les Français avaient vraisemblablement des établissements considérables sur le territoire des six nations. Le père du Creux, jésuite, raconte, dans son *Histoire du Canada*, qu'en 1655 les Français établirent une colonie dans le territoire d'Onondaga ; et voici comme il décrit ce pays singulièrement fertile et intéressant : « Deux jours après, le père Chaumont fut mené par une troupe

« nombreuse à l'endroit destiné à l'établissement et à la demeure des Français ;
« c'était à quatre lieues du village où il s'était d'abord arrêté. Il est difficile
« de voir quelque chose de mieux soigné par la nature, et si l'art y eut,
« comme en France et dans le reste de l'Europe, ajouté son secours, ce lieu
« pourrait le disputer à Baies. Une prairie immense est ceinte de tous côtés
« d'une forêt peu élevée, et se prolonge jusqu'aux bords du lac Ganneta, où
« les quatre nations principales des Iroquois peuvent facilement arriver avec
« leurs pirogues, comme au centre du pays, et d'où elles peuvent de même
« aller sans difficulté les unes chez les autres, par des rivières et des lacs qui
« entourent ce canton. L'abondance du gibier y égale celle du poisson ; et,
« pour qu'il n'y manque rien, les tourterelles y arrivent en si grande quantité
« au retour du printemps qu'on les prend avec des filets. Le poisson y est si
« commun que des pêcheurs y prennent, dit-on, mille anguilles à l'hameçon
« dans l'espace d'une nuit. Deux sources d'eau vive, éloignées l'une de l'autre
« d'une centaine de pas, coupent cette prairie ; l'eau salée fournit en abon-
« dance du sel excellent ; l'eau de l'autre est douce et bonne à boire, et, ce
« qui est admirable, toutes deux sortent de la même colline *. » Charlevoix
nous apprend qu'en 1654 des missionnaires furent envoyés à Onontagué
(Onondaga) ; qu'ils y construisirent une chapelle, et y firent un établissement,
qu'une colonie française y fut fondée en 1658, et que les missionnaires abandonnèrent le pays en 1668. Quand Lasalle partit du Canada, pour descendre
le Mississipi, en 1679, il découvrit, entre le lac Huron et le lac Illinois, une
grande prairie, dans laquelle se trouvait un bel établissememt appartenant
aux jésuites.

Les traditions des Indiens s'accordent, jusqu'à un certain point, avec les
relations des Français. Ils racontent que leurs ancêtres soutinrent plusieurs
combats sanglants contre les Français, et finirent par les obliger de quitter le
pays : ceux-ci, poussés dans leur dernier fort, capitulèrent et consentirent à
s'en aller, pourvu qu'on leur fournît des vivres ; les Indiens remplirent leurs
sacs de cendres, qu'ils couvrirent de maïs et les Français périrent la plupart de
faim dans un endroit nommé dans leur langue *Anse de famine* et dans la nôtre
Hungry-Bey, qui est sur le lac Ontario. Un monticule dans Pompey porte le
nom de *Bloody-Hill* (colline du sang) ; les Indiens qui le lui ont donné ne
veulent jamais le visiter. Il est surprenant que l'on ne trouve jamais dans ce
pays des armes d'Indiens, telles que des couteaux, des haches, et des pointes
de flèches en pierre. Il paraît que tous ces objets furent remplacés par d'autres
en fer venant des Français.

Les vieilles fortifications ont été élevées avant que le pays eût des relations
avec les Européens. Les Indiens ignorent à qui elles doivent leur origine. Il
est probable que dans les guerres qui ravagèrent ce pays, elles servirent de
forteresse ; et il ne l'est pas moins qu'il peut s'y trouver aussi des ruines
d'ouvrages européens de construction différente, tout comme on voit dans la
Grande-Bretagne des ruines de fortifications romaines et bretonnes, à côté les
unes des autres. Pennant, dans son *Voyage en Ecosse*, dit : « Sur une colline,

---

* *Historiæ Canadensis, seu Novæ-Franciæ, libri decem; auctore P. Fran-
cisco Creuxio.* Parisiis, 1664, 1 vol. in-4, p. 760.

« près d'un certain endroit, il y a un retranchement de Bretons, de formé
« circulaire ; l'on me parla de quelques autres de forme carrée qui se trouvent
« à quelques milles de distance et que je crois romains. » Dans son voyage
du pays de Galles, il décrit un poste breton fortifié, situé sur le sommet d'une
colline ; il est de forme circulaire, entouré d'un grand fossé et d'une levée.
Au milieu de l'enceinte se trouve un monticule artificiel. Cette description convient exactement à nos vieux forts. Les Danois, ainsi que les nations qui
élevèrent nos fortifications, étaient, suivant toute probabilité, d'origine scythe.
Suivant Pline le nom de scythe étaient commun à toutes les nations qui vivaient
dans le nord de l'Europe et de l'Asie.

Dans le Township de Camillus, situé aussi dans le comté d'Onondaga, à
quatre milles de la rivière Seneca, à trente milles du lac Ontario, et à dix-huit
de Salina, il y a deux anciens forts, sur la propriété du juge Manro, établi en
ce lieu depuis dix-neuf ans. Un de ces forts est sur une colline très haute ;
son emplacement couvre environ trois acres. Il a une porte à l'est, et une autre
ouverture à l'ouest pour communiquer avec une source éloignée d'une dizaine
de rods (160 pieds) du fort, dont la forme est elliptique. Le fossé était profond, le mur oriental avait dix pieds de haut. Il y avait dans le centre une
grande pierre calcaire de figure irrégulière, qui ne pouvait être soulevée que
par deux hommes ; la base était plate et longue de trois pieds. Sa surface présentait, suivant l'opinion de M. Manro, des caractères inconnus distinctement
tracés dans un espace de dix-huit pouces de long sur trois pouces de large.
Quand je visitai ce lieu, la pierre ne s'y trouvait plus. Toutes mes recherches
pour la découvrir furent inutiles. Je vis sur le rempart une souche de chêne
noir, âgée de cent ans. Il y a dix-neuf ans, on voyait des indices de deux arbres
plus anciens.

Le second fort est presque à un demi-mille de distance, sur un terrain plus
bas ; sa construction ressemble à celle de l'autre, il est de moitié plus grand.
On distingue, près du grand fort, les vestiges d'un ancien chemin, aujourd'hui
couvert par des arbres. J'ai vu aussi, dans différents endroits de cette ville,
sur des terrains élevés, une chaîne de renflements considérables qui s'étendaient du sommet des collines à leur pied, et que séparaient des rigoles de
peu de largeur. Ce phénomène se présente dans les établissements très anciens
où le sol est argileux et les collines escarpées ; il est occasionné par des crevasses que produisent et qu'élargissent les torrents. Cet effet ne peut avoir
lieu quand le sol est couvert de forêts, ce qui prouve que ces terrains étaient
anciennement découverts. Quand nous nous y sommes établis, ils présentaient
la même apparence qu'à présent, excepté qu'ils étaient couverts de bois ; et,
comme on apercevait maintenant des troncs d'arbres dans les rigoles, il est
évident que ces élévations et les petites ravines qui les séparent n'ont pas pu
être faites depuis la dernière époque où le terrain a été éclairci. Les premiers
colons observèrent de grands amas de coquillages accumulés dans différents
endroits, et de nombreux fragments de poterie. M. Manro, en creusant la cave
de sa maison, rencontra des morceaux de briques . Il y avait çà et là de grands
espaces de terreau noir et profond, l'existence d'anciens bâtiments et constructions de différents genres. M. Manro, apercevant quelque chose qui ressemblait
à un puits, c'est-à-dire un trou profond de dix pieds, où la terre avait été

extrêmement creusée, y fit fouiller à trois pieds de profondeur, et arriva à un amas de cailloux, au-dessous desquels il trouva une grande quantité d'ossements humains, qui, exposés à l'air, tombèrent en poudre. Cette dernière circonstance fournit un témoignage bien fort de la destruction d'un ancien établissement. La manière dont les morts étaient enterrés prouvait qu'ils l'avaient été par un ennemi qui avait fait une invasion.

Suivant la tradition, une bataille sanglante s'est livrée sur le Boughton's-Hill, dans le comté d'Ontario. Or, j'ai observé sur cette colline des espaces de terreau noir, à des intervalles irréguliers, séparés par de l'argile jaune. La fortification la plus orientale que l'on a jusqu'à présent découvert dans cette contrée est à peu près à dix huit milles de Manlius-Square, excepté cependant celle d'Oxford, dans le comté de Chenango, dont je parlerai plus bas. Dans le nord, on en a rencontré jusqu'à Sandy-Creek, à quatorze milles de Saket-Hardour. Près de cet endroit, il y en a une dont l'emplacement couvre cinquante acres ; cette montagne contient de nombreux fragments de poterie. A l'ouest, on voit beaucoup de ces fortifications ; il y en a une dans le Township d'Onondaga, une dans Scipio, deux près d'Aubun, trois près de Canandaïga, et plusieurs entre les lacs Seneca et Cayaga, où l'on en compte trois à un petit nombre de milles l'une de l'autre.

Le fort qui se trouve dans Oxford est sur la rive orientale de Chenango, au centre du village actuel qui est situé des deux côtés de cette rivière. Une pièce de terre de deux à trois acres est plus haute de trente pieds que le pays plat qui l'entoure. Ce terrain élevé se prolonge sur la rive du fleuve, dans une étendue d'une cinquantaine de rods. Le fort était situé à son extrémité sud-ouest ; il comprenait une surface de trois rods ; la ligne était presque droite du côté de la rivière, et la rive presque perpendiculaire.

A chacune des extrémités nord et sud, qui étaient près de la rivière, se trouvait un espace de dix pieds carrés où le sol n'avait pas été remué ; c'étaient sans doute des entrées ou des portes par lesquelles les habitants du fort sortaient et entraient, surtout pour aller chercher de l'eau. L'enceinte est fermée, excepté aux endroits où sont les portes, par un fossé creusé avec régularité ; et quoique le terrain sur lequel le fort est situé fût, quand les blancs commencèrent à s'y établir, autant couvert de bois que les autres parties de la forêt, cependant on pouvait suivre distinctement les lignes des ouvrages à travers les arbres, et la distance depuis le fond du fossé jusqu'au sommet de la levée, qui est, en général, de quatre pieds. Voici un fait qui prouve évidemment l'ancienneté de cette fortification. On y trouva un grand pin, ou plutôt un tronc mort, qui avait une soixantaine de pieds de hauteur ; quand il fut coupé, on distingua très facilement, dans le bois, cent quatre-vingt-quinze couches concentriques, et on ne put pas en compter davantage, parce qu'une grande partie de l'aubier n'existait plus. Cet arbre était probablement âgé de trois à quatre cents ans, il en avait certainement plus de deux cents. Il avait pu rester sur pied cent ans, et même plus, après avoir acquis tout son accroissement. On ne peut donc dire avec certitude quel temps s'était écoulé, depuis que le fossé avait été creusé, jusqu'au moment où cet arbre avait commencé à pousser. Il est sûr, du moins, qu'il ne se trouvait pas dans cet endroit quand la terre fut jetée hors du trou ; car il était placé sur le sommet de la banquette du fossé, et ses racines en avaient suivi la direction en se prolongeant par dessous le fond, puis se relevant de l'autre côte, près de la surface de la terre, et s'étendant ensuite en ligne horizontale. Ces ouvrages étaient probablement soutenus par des piquets ; mais l'on n'y a découvert aucun reste de travail en bois. La situation en était excellente, car elle était très saine ; on y jouissait de la vue de la rivière au-dessus et au-dessous du fort, et les environs n'offrent aucun terrain élevé assez proche pour que la garnison pût être inquiétée. L'on n'a pas rencontré de vestiges d'outils ni d'ustensiles d'aucune espèce, excepté quelques morceaux de poterie grossière qui ressemble à la plus commune dont nous fassions usage, et qui offre des ornements exécutés avec rudesse. Les Indiens ont une tradition que la famille des Antoines, que l'on suppose faire partie de la nation Tuscarora, descend des habitants de ce fort, à la septième génération ; mais ils ne savent rien de son origine.

On voit aussi à Norwich, dans le même comté, un lieu situé sur une élévation au bord de la rivière. On le nomme le *Château :* les Indiens y demeuraient à l'époque où nous nous sommes établis dans le pays ; l'on y distingue quelques traces de fortifications, mais, suivant toutes les apparences, elles sont beaucoup plus modernes que celles d'Oxford.

L'on a découvert à Ridgeway, dans le comté de Genessy, plusieurs anciennes fortifications et des sépulcres. A peu près à six milles de la route de Ridge, et au sud du grand coteau, on a, depuis deux à trois mois, trouvé un cimetière dans lequel sont déposés des ossements d'une longueur et d'une grosseur extraordinaires. Sur ce terrain était couché le tronc d'un châtaignier qui paraissait avoir quatre pieds de diamètre à sa partie supérieure. La cime et les branches de cet arbre avaient péri de vétusté. Les ossements étaient posés confusément les uns sur les autres : cette circonstance et les restes d'un fort dans le voisinage donnent lieu de supposer qu'ils y avaient été déposés par les vainqueurs ; et le fort étant situé dans un marais, on croit qu'il fut le dernier refuge des vaincus, et probablement le marais était sous l'eau à cette époque.

Les terrains réservés aux Indiens à Buffaldo offrent des clairières immenses, dont les Senecas ne peuvent donner raison. Leurs principaux établissements étaient à une grande distance à l'est, jusqu'à la vente de la majeure partie de leur pays, après la fin de la guerre de la révolution.

Au sud du lac Érié on voit une suite d'anciennes fortifications qui s'étendent depuis la crique de Cateragus jusqu'à la ligne de démarcation de Pensylvanie, sur une longueur de cinquante milles ; quelques-unes sont à deux, trois et quatre milles l'une de l'autre ; d'autres à moins d'un demi-mille ; quelques-unes occupent un espace de cinq acres. Les remparts ou retranchements sont placés sur des terrains où il paraît que des criques se déchargeaient autrefois dans les lacs, ou bien dans les endroits où il y avait des baies ; de sorte que l'on en conclut que ces ouvrages étaient jadis sur les bords du lac Érié, qui en est aujourd'hui à deux et à cinq milles au nord. On dit que plus au sud il y a une autre chaîne de forts, qui court parallèlement à la première, et à la même distance de celle-ci que celle-ci l'est du lac. Dans cet endroit le sol offre deux différents plateaux ou partages du sol, qui ost une vallée intermédiaire ou terre d'alluvion, l'un le plus voisin du lac, est le plus bas, et, si je puis m'exprimer ainsi, le plateau secondaire ; le plus élevé, ou plateau primaire, est borné au sud par des collines et des val'ées, ou la nature offre son aspect ordinaire. Le terrain d'alluvion primaire a été formé par la première retraite du lac, et l'on suppose que la première ligne de fortifications fut élevée alors. Dans la suite des temps, le lac se retira plus au nord laissant à sec une autre portion de plateau sur lequel fut placée l'autre ligne d'ouvrages. Les sols des deux plateaux diffèrent beaucoup l'un de l'autre ; l'inférieur est employé en pâturages, le second est consacré à la culture des grains ; les espèces d'arbres varient dans le même rapport. La rive méridionale du lac Ontario présente aussi deux formations d'alluvion ; la plus ancienne est au nord de la route des collines ; on n'y a pas découvert de forts. J'ignore si on en a rencontré sur le plateau primaire ; on en a observé plusieurs au sud de la chaîne de collines.

Il est important pour la géologie de notre patrie d'observer que les deux formations d'alluvion citées plus haut sont, généralement parlant, le type caractéristique de toutes les terres qui bornent les eaux occidentales. Le bord des eaux orientales n'offre, au contraire, à peu d'exceptions près, qu'un seul terrain d'alluvion. Cette circonstance peut s'attribuer à la distance où le fleuve Saint-Laurent et le Mississipi sont de l'Océan ; ils ont, à deux périodes différentes, aplani les obstacles et les barrières qu'ils rencontraient ; et en abaissant ainsi le lit dans lequel ils coulaient, ils ont produit un épuisement partiel des eaux plus éloignées. Ces deux formations distinctes peuvent être considérées comme de grandes bornes chronologiques. L'absence de forts sur les formations secondaires ou primaires d'alluvion du lac Ontario est une circonstance bien forte en faveur de la haute antiquité de ceux des plateaux au sud ; car s'ils avaient été élevés après la première ou la seconde retraite du lac, ils auraient probablement été placés sur les terrains laissés alors à sec, comme plus convenables et mieux adaptés, pour s'y établir, y demeurer, et s'y défendre.

Les Iroquois, suivant leurs traditions, demeuraient jadis au nord des lacs. Quand ils arrivèrent dans le pays qu'ils occupent aujourd'hui, ils en extirpèrent le peuple qui l'habitait. Après l'établissement des Européens en Amérique, les confédérés détruisirent [*] les Ériés, ou Indiens du chat, qui vivaient au sud du lac Érié. Mais les nations qui possédaient nos provinces occidentales, avant les Iroquois, avaient-elles élevé ces fortifications pour les protéger contre les ennemis qui venaient les attaquer, ou bien des peuples plus anciens les ont-ils construites ? Ce sont des mystères que la sagacité humaine ne peut pénétrer. Je ne prétends pas décider non plus si les Ériés, ou leurs prédécesseurs, ont dressé ces ouvrages pour la défense de leur territoire ; toutefois, je crois en avoir assez dit pour démontrer l'existence d'une population nombreuse, établie dans des villes, défendue par des forêts, exerçant l'agriculture, et plus avancée dans la civilisation que les peuples qui ont habité ce pays depuis sa découverte par les Européens.

Albany, 7 octobre 1817.

[*] Vers 1655.

———•◦•———

MONUMENTS D'UN PEUPLE INCONNU.

TROUVÉS

SUR LES BORDS DE L'OHIO.

L'*Archæologia americana*, ouvrage qui porte aussi le titre de *Transactions de la Société d'antiquaires américains* (imprimé à Worcester, dans le Massachusets, 1820, 1 vol in-8°), contient des notices très étendues sur les monuments laissés sur les bords de l'Ohio par un peuple qui avait occupé cette contrée avant l'arrivée des Indiens Delawares ou *Leni-Lelaps*, et des Iroquois ou *Mingoné*, qui les en chassèrent un ou deux siècles avant Christophe Colomb. Parmi ces monuments, on s'était jusqu'à présent occupé des débris d'édifices, de camps fortifiés, et d'autres objets qui n'offraient pas un caractère particulier. Mais voici deux figures de divinités qui, au premier aspect, rappellent la mythologie de l'Asie.

L'une est une idole à trois têtes, semblable (sauf les six mains qui manquent) aux figures de la *Trimurti* ou Trinité indienne, telles qu'on en trouve dans toutes les collections des monuments de l'Inde ; elle rappelle aussi l'image *Triglaff* chez les Vendées. Il y a sur deux faces quelques traces d'un tatouage ou peinture par incision dans la peau, semblable à ce qu'on voit dans l'Océanie et sur la côte nord-ouest de l'Amérique.

L'autre figure, à cela près qu'elle est nue, ressemble, par les traits et l'attitude, aux images des *Burkhans* ou esprits célestes, telles qu'on en trouve chez les Buriates, les Karmouks et d'autres tribus mongoles, et dont Pallas a donné la gravure. Les deux traits parallèles sur la poitrine pourraient bien être les restes d'un caractère tibérain.

Je serais peut-être autorisé à m'écrier : Voici deux monuments qui prouvent l'invasion des peuples asiatiques dans l'Amérique septentrionale, invasion que j'ai conclue de l'identité d'un certain nombre de mots principaux, communs à quelques langues d'Asie et d'Amérique. Mais je ne conclus encore rien, me reservant à discuter à loisir toute cette question.

DEUXIEME MÉMOIRE.

DESCRIPTION

DES

MONUMENTS TROUVÉS DANS L'ÉTAT DE L'OHIO.

ET AUTRES PARTIES DES ÉTATS-UNIS;

PAR M. CALEB-ATWATER, ETC.

Traduit de l'anglais *.

Un grand nombre de voyageurs ont signalé nos antiquités : il en est peu qui les aient vues, ou, marchant à la hâte, ils n'ont eu ni les occasions favorables, ni les connaissances nécessaires pour en juger : ils ont entendu les contes que leur en faisaient des gens ignorants; ils ont publié des relations si imparfaites, si superficielles, que les personnes sensées qui sont sur les lieux mêmes auraient de la peine à deviner ce qu'ils ont voulu décrire.

Il est arrivé parfois qu'un voyageur a vu quelques restes d'un monument qu'un propriétaire n'avait fait conserver que pour son amusement ; il a conclu que c'était le seul qu'on trouvât dans le pays. Un autre voit un retranchement avec un pavé mi-circulaire à l'est : il décide avec assurance que tous nos anciens monuments étaient des lieux de dévotion consacrés au culte du Soleil. Un autre tombe sur les restes de quelques fortifications, et en infère, avec la même assurance, que tous nos anciens monuments ont été construits dans un but purement militaire. Mais en voilà un qui, trouvant quelque inscription, n'hésite pas à décider qu'il y a eu là une colonie de Welches ; d'autres encore, trouvant de ces monuments, ou près de là des objets appartenant évidemment à des Indiens, les attribuent à la race des Scythes : ils trouvent même parfois des objets dispersés ou réunis, qui appartiennent non-seulement à des nations, mais à des époques différentes, très éloignées les unes des autres, et les voilà se perdant dans un dédale de conjectures. Si les habitants des pays occidentaux disparaissaient tout à coup de la surface du monde, avec tous les documents qui attestent leur existence, les difficultés des antiquaires futurs seraient sans doute plus grandes, mais néanmoins de la même espèce que celles qui embarrassent si fort nos superficiels observateurs. Nos antiquités n'appartiennent pas seulement à différentes époques mais à différentes nations ; et celles qui appartiennent à une même ère, à une même nation, servaient sans doute à des usages très différents.

Nous diviserons ces antiquités en trois classes : celles qui appartiennent,

---

* *Archæologia americana,* ou *Transactions de la Société des Antiquaires américains.* Vol. I, p. 109. Worcester, en Massachusets, 1820.

1° aux Indiens ; 2° aux peuples d'origine européenne ; et 3° au peuple qui construisit nos anciens forts et nos tombeaux.

I. *Antiquités des Indiens de la race actuelle.*

Ces antiquités qui n'appartiennent proprement qu'aux Indiens de l'Amérique septentrionale, sont en petit nombre et peu intéressantes : ce sont des haches et des couteaux de pierre, ou des pilons servant à réduire le maïs, ou des pointes de flèches et quelques autres objets exactement semblables à ceux que l'on trouve dans les états atlantiques, et dont il est inutile de faire la description. Celui qui cherche des établissements indiens en trouvera de plus nombreux et de plus intéressants sur les bords de l'océan Atlantique, ou des grands fleuves qui s'y jettent à l'orient des Alleghanis. La mer offre au Sauvage un spectacle toujours solennel. Dédaignant les arts et les bienfaits de la civilisation, il n'estime que la guerre et la chasse. Quand les Sauvages trouvent l'Océan, ils se fixent sur ses bords, et ne les abandonnent que par excès de population ou contraints par un ennemi victorieux ; alors ils suivent le cours des grands fleuves, où le poisson ne peut leur manquer ; et tandis que le chevreuil, l'ours, l'élan, le renne ou le buffle, qui passent sur les collines, s'offrent à leurs coups, ils prennent tout ce que la terre et l'eau produisent spontanément, et ils sont satisfaits. Notre histoire prouve que nos Indiens doivent être venus par le détroit de Behring, et qu'ils ont naturellement suivi la grande chaîne nord-ouest de nos lacs, et leurs bords jusqu'à la mer. C'est pourquoi les Indiens que nos ancêtres trouvèrent offraient une population beaucoup plus considérable au nord qu'au midi, à l'orient qu'à l'occident des États-Unis d'aujourd'hui : de là ces vastes cimetières, ces piles immenses d'écailles d'huîtres, ces amas de pointes de flèches et autres objets que l'on trouve dans la partie orientale des États-Unis, tandis que la partie occidentale en renferme très peu : là, nous voyons que les Indiens y habitaient depuis les temps les plus reculés ; ici, tout annonce une race nouvelle ; on reconnaît aisément la fosse d'un Indien : on les enterrait ordinairement assis ou debout. Partout où l'on voit des trous irréguliers d'un à deux pieds de diamètre, si l'on creuse à quelques pieds de profondeur, on est sûr de tomber sur les restes d'un Indien. Ces fosses sont très communes sur les rives méridionales du lac Érié, jadis habité par les Indiens nommés *Cat*, ou *Ottovay*. Ils mettent ordinairement dans la tombe quelque objet cher au défunt ; le guerrier emporte sa hache d'armes ; le chasseur, son arc et ses flèches, et l'espèce de gibier qu'il préférait. C'est ainsi que l'on trouve dans ces fosses tantôt les dents d'une loutre, tantôt celles d'un ours, d'un castor, tantôt le squelette d'un canard sauvage, et tantôt des coquilles ou des arêtes de poisson.

II. *Antiquités de peuples provenant d'origine européenne.*

Au titre de cette division, l'on sourira peut-être, en se rappelant qu'à peine trois siècles se sont écoulés depuis que les Européens ont pénétré dans ces contrées ; cependant on me permettra de la conserver, parce qu'on trouve quelquefois des objets provenant des relations établies, depuis plus de cent cinquante années, entre les indigènes et diverses nations européennes, et que ces objets sont souvent confondus avec d'autres qui sont réellement très anciens. Les Français sont les premiers Européens qui aient parcouru le pays que comprend aujourd'hui l'état d'Ohio. Je n'ai pu m'assurer exactement de l'époque; mais nous savons, par des documents authentiques, publiés à Paris dans le dix-septième siècle *, qu'ils avaient, en 1655, de vastes établissements dans le territoire Onondaga, appartenant aux six nations.

Charlevoix, dans son Histoire de la Nouvelle France, nous apprend que l'on envoya, en 1654, à Onondaga, des missionnaires qui y bâtirent une chapelle; qu'une colonie française s'y établit, en 1656, sous les auspices de M. Dupys, et se retira en 1658. Quand Lasalle partit du Canada et redescendit du Mississipi, en 1679, il découvrit une vaste plaine, entre le lac des Hurons et des Illinois, où il trouva un bel établissement appartenant aux Jésuites.

Dès lors, les Français ont parcouru tous les bords du lac Érié, du fleuve Ohio et des grandes rivières qui s'y jettent; et, suivant l'usage des Européens d'alors, ils prenaient possession du pays au nom de leur souverain : et souvent, après un *Te Deum*, ils consacraient le souvenir de l'événement par quelque acte solennel, comme de suspendre les armes de France, ou déposer des médailles ou des monnaies dans les anciennes ruines, ou de les jeter à l'embouchure des grandes rivières.

Il y a quelques années que M. Grégory a trouvé une de ces médailles à l'embouchure de la rivière de Murkingum. C'est une plaque de plomb de quelques pouces de diamètre, portant d'un côté le nom français *Petite-Belle-Rivière*, et de l'autre, celui de *Louis XIV*.

Près de Portsmouth, à l'embouchure du Scioto, on a trouvé, dans une terre d'alluvion, une médaille franc-maçonnique représentant, d'un côté, un cœur d'où sort une branche de casse, et de l'autre, un temple dont la coupole est surmontée d'une aiguille portant un croissant.

A Trumbull, on a trouvé des monnaies de Georges II ; et, dans le comté d'Harisson, des pièces de Charles.

On m'a dit que l'on a trouvé, il y a quelques années, à l'embouchure de Darby-Creek, non loin de Cheleville, une médaille espagnole bien conservée ; elle avait été donnée par un amiral espagnol à une personne qui était sous les ordres de Desoto, qui débarqua dans la Floride en 1538. Je ne vois pas qu'il soit bien difficile d'expliquer comment cette médaille s'est trouvée près d'une rivière qui se jette dans le golfe du Mexique, quelle que soit sa distance de la Floride, si l'on se rappelle qu'un détachement de troupes que Desoto envoya pour reconnaître le pays ne revint plus auprès de lui, et qu'on n'en entendit plus parler. Ainsi cette médaille peut avoir été apportée et perdue dans le lieu même où on l'a trouvée, par la personne à qui elle avait été donnée ou par quelque Indien.

On trouve souvent sur les rives de l'Ohio des épées, des canons de fusil,

---

* *Historiæ Canadensis, sive, Novæ-Franciæ, libri decem ad annum usque Christi* 1664 ; par le jésuite français Creuxius.

des haches d'armes, qui sans doute ont appartenu à des Français dans le temps
où ils avaient des forts à Pittsbourg, Ligonier, Saint-Vincent, etc.

On dit qu'il y a dans le Kentucky, à quelques milles sud-est de Portsmonth,
une fournaise de cinquante chaudières ; je ne doute pas qu'elle ne remonte à
la même époque et à la même origine.

On dit que l'on a trouvé, près de Nashville, dans la province de Ténessée,
plusieurs monnaies romaines, frappées peu de siècles après l'ère chrétienne,
et qui ont beaucoup occupé les antiquaires ; ou elles peuvent avoir été déposées à dessein par celui qui les a découvertes, comme il est arrivé bien souvent, ou elles ont appartenu à quelque Français.

En un mot, je ne crains pas d'avancer qu'il n'est dans toute l'Asie, dans
toute l'Amérique septentrionale, médaille ou monnaie portant une ou plusieurs
lettres d'un alphabet quelconque, qui n'ait été apportée ou frappée par des
Européens ou leurs descendants.

III. *Antiquités du peuple qui habitait jadis les parties occidentales des États-Unis.*

Cette classe, sans contredit la plus intéressante pour l'antiquaire et le philosophe, comprend tous les anciens forts, des tombeaux, quelquefois très-
vastes, élevés en terre ou en pierres, des cimetières, des temples, des autels,
des camps, des villes, des villages, des arènes et des tours, des remparts entourés de fossés ; enfin des ouvrages qui annoncent un peuple beaucoup plus
civilisé que ne le sont les Indiens d'aujourd'hui, et cependant bien inférieur,
sous ce rapport, aux Européens. En considérant la vaste étendue de pays
couverte par ces monuments, les travaux qu'ils ont coûté, la connaissance
qu'ils supposent des arts mécaniques, la privation où nous sommes de toute
notion historique et même de toute tradition, l'intérêt que les savants y ont
pris, les opinions fausses que l'on a debitées, enfin la dissolution complète de
ce peuple, j'ai cru devoir employer mon temps et porter mon attention à
rechercher particulièrement cette classe de nos antiquités dont on a tant
parlé et que l'on a si peu comprise.

Ces anciens ouvrages sont répandus en Europe, dans le nord de l'Asie ; on
pourrait en commencer le tracé dans le pays de Galles ; de là, traversant
l'Irlande, la Normandie, la France, la Suède, une partie de la Russie, jusqu'à
notre continent. En Afrique, les pyramides ont la même origine ; on en voit
en Judée, dans la Palestine et dans les steps (plaines désertes) de la Turquie.

C'est au sud du lac Ontario, non loin de la rivière noire (Blacriver) que
l'on trouve le plus reculé de ces monuments dans la direction nord-est ; un
autre sur la rivière de Chenango, vers Oxford, est le plus méridional, à l'est
des Alleghanis. Ces deux ouvrages sont petits, très anciens, et semblent indiquer dans cette direction les bornes des établissements du peuple qui les
érigea. Ces peuplades venant de l'Asie, trouvant nos grands lacs et suivant
leurs bords, ont-elles été repoussées par nos Indiens, et les petits forts dont
nous avons parlé ont-ils été construits dans la vue de les protéger contre les
indigènes qui s'étaient établis sur les côtes de l'océan Atlantique? En suivant

la direction occidentale du lac Érié, à l'ouest de ces ouvrages, on en trouve çà et là, surtout dans le pays de Genessée ; mais en petit nombre et peu étendus, jusqu'à ce qu'on arrive à l'embouchure du Catarangus-Creek, qui sort du lac Érié, dans le pays de New-Yorck ; c'est là que commence, suivant M. Clinton, une ligne de forts qui s'étend au sud à plus de cinquante milles sur quatre milles de largeur. On dit qu'il y a une autre ligne parallèle à celle-là, mais qui n'est que de quelques arpents, dont les remparts n'ont que quelques pieds de hauteur. Le Mémoire de M. Clinton, renfermant une description exacte des antiquités des parties occidentales de New-Yorck, nous ne répéterons point ici ce qu'il a si bien dit.

Si, en effet, ces ouvrages sont des forts, ils doivent avoir été construits par un peuple peu nombreux et ignorant complètement les arts mécaniques. En avançant au sud-ouest, on trouve encore plusieurs de ces forts ; mais lorsque l'on arrive vers le fleuve Leicking, près Newark, on en voit de très vastes et très intéressants, ainsi qu'en s'avançant vers Circleville. Il y en avait quelques-uns à Chillicoche, mais ils ont été détruits. Ceux que l'on trouve sur les bords de Point-Creek surpassent à quelques égards tous les autres, et paraissent avoir renfermé une grande ville ; il y en a aussi de très vastes à l'embouchure du Scioto et du Muskingum ; enfin ces monuments sont très répandus dans la vaste plaine qui s'étend du lac Érié au golfe du Mexique, et offrent de plus grandes dimensions à mesure que l'on avance vers le sud, dans le voisinage des grands fleuves, et toujours dans des contrées fertiles. On n'en trouve point dans les prairies de l'Ohio, rarement dans des terrains stériles ; et si l'on en voit, ils sont peu étendus et situés à la lisière dans un terrain sec. A Salem, dans le comté d'Ashtabula, près la rivière de Connaught, à trois milles environ du lac Érié, on en voit un de forme circulaire, entouré de deux remparts parallèles séparés par un fossé. Ces remparts sont coupés par des ouvertures et une route dans le genre de nos grandes routes modernes, qui descend la colline et va jusqu'au fleuve par une pente douce, et telle qu'une voiture attelée pourrait facilement la parcourir, et ce n'est que par là que l'on peut entrer sans difficulté dans ces ouvrages. La végétation prouve que dans l'intérieur le sol était beaucoup meilleur qu'à l'extérieur.

On trouve dans l'intérieur des cailloux arrondis, tels qu'on en voit sur les bords du lac ; mais ils semblent avoir subi l'action d'un feu ardent ; des fragments de poterie d'une structure grossière et sans vernis. Mon correspondant me dit que l'on y a trouvé parfois des squelettes d'homme d'une petite taille ; ce qui prouverait que ces ouvrages ont été construits par le même peuple qui a érigé nos tombeaux. La terre végétale qui forme la surface de ces ouvrages a au moins dix pouces de profondeur ; on y a trouvé des objets évidemment confectionnés par les Indiens, ainsi que d'autres qui décèlent leurs relations avec les Européens. Je rapporte ce fait ici pour éviter de le répéter quand je décrirai en détail ces monuments, surtout ceux que l'on voit sur les bords du lac Érié et sur les rivages des grandes rivières. On trouve toujours des antiquités indiennes à la surface ou enterrés dans quelque tombe, tandis que les objets qui ont appartenu au peuple qui a érigé ces monuments sont à quelques pieds de profondeur ou dans le lit des rivières.

En continuant d'aller au sud-ouest, on trouve encore ces ouvrages ; mais leurs remparts qui ne sont élevés que de quelques pieds, leurs fossés peu profonds et leurs dimensions décèlent un peuple peu nombreux.

On m'a dit que, dans la partie septentrionale du comté de Médina (Ohio), on a trouvé, près de l'un de ces monuments, une plaque de marbre polie. C'est sans doute une composition de terre glaise et de sulfate de chaux, ou de plâtre de Paris, comme j'en ai vu souvent en longeant l'Ohio. Un observateur ordinaire a dû s'y méprendre.

Anciens ouvrages près Newark.

En arrivant vers le sud, ces ouvrages, qui se trouvent en plus grand nombre, plus compliqués et plus vastes, annoncent une population plus considérable et un progrès de connaissances. Ceux qui sont sur les deux rives du Leicking, près Newark, sont les plus remarquables. On y reconnaît :

1o Un fort qui peut avoir quarante acres, compris dans ses remparts qui ont généralement environ dix pieds de hauteur. On voit dans ce fort huit ouvertures (ou portes) d'environ quinze pieds de largeur, vis-à-vis desquelles est une petite élévation de terre, de même hauteur et épaisseur que le rempart extérieur. Cette élévation dépasse de quatre pieds les portes que probablement elle était destinée à défendre. Ces remparts, presque perpendiculaires, ont été élevés si habilement que l'on ne peut voir d'où la terre a été enlevée.

Un fort circulaire, contenant environ trente acres, et communiquant au premier fort par deux remparts semblables.

3o Un observatoire construit, partie en terre, partie en pierres qui dominait une partie considérable de la plaine, sinon toute la plaine, comme on pourrait s'en convaincre en abattant les arbres qui s'y sont élevés depuis. Il y avait sous cet observatoire un passage, secret peut-être, qui conduisait à la rivière, qui depuis s'est creusé un autre lit.

4o Autre fort circulaire, contenant environ vingt-six acres, entouré d'un rempart qui s'élevait, et d'un profond intérieur. Ce rempart a encore trente-cinq à quarante pieds de hauteur, et quand j'y étais, le fossé était encore à moitié rempli d'eau, surtout du côté de l'étang *. Il y a des remparts parallèles qui ont cinq à six perches de largeur, et quatre ou cinq pieds de hauteur.

5o Un fort carré, contenant une vingtaine d'acres, et dont les remparts sont semblables à ceux du premier.

6o Un intervalle formé par le Racoon et le bras méridional de la Lickling. Nous avons lieu de présumer que, dans le temps où ces ouvrages étaient occupés, ces deux eaux baignaient le pied de la colline : et ce qui le prouve, ce sont les passages qui y conduisent.

7o L'ancien bord des rivières qui se sont fait un lit plus profond qu'il ne l'était quand les eaux baignaient le pied de la colline : ces ouvrages étaient

---

* Cet étang couvre cent cinquante à deux cents acres ; il était à sec il y a quelques années, en sorte que l'on fit une récolte de blé là où l'on voit aujourd'hui dix pieds d'eau ; quelquefois cet étang baigne les remparts du fort : il attenait les remparts du fort.

dans une grande plaine élevée de quarante ou cinquante pieds au-dessus de l'intervalle qui est maintenant tout uni, et des plus fertiles. Les tours d'observation étaient à l'extrémité des remparts parallèles, sur le terrain le plus élevé de toute la plaine; elles étaient entourées de remparts circulaires qui n'ont aujourd'hui que quatre ou cinq pieds de hauteur.

8° Deux murs parallèles qui conduisent probablement à d'autres ouvrages.

Le plateau, près Newark, semble avoir été le lieu, et c'est le seul que j'aie vu, où les habitants de ces ouvrages enterraient leurs morts. Quoique l'on en trouve d'autres dans les environs, je présumerais qu'ils n'étaient pas très nombreux, et qu'ils ne résidèrent pas longtemps dans ces lieux. Je ne m'étonne pas que ces murs parallèles s'étendent, d'un point de défense à l'autre, à un espace de trente milles, traversant toute la route jusqu'au Hockboking, et, dans quelques points, à quelques milles au nord de Lancastre. On a découvert, en divers lieux, de semblables murs, qui, selon toute apparence, en faisaient partie, et qui s'étendaient à dix ou douze milles; ce qui me porte à croire que les monuments de Licking ont été érigés par un peuple qui avait des relations avec celui qui habitait les rives du fleuve Hokboking, et que leur route passait au travers de ces murs parallèles.

S'il m'était permis de hasarder une conjecture sur la destination primitive de ces monuments, je dirais que les plus vastes étaient en effet des fortifications; que le peuple habitait dans l'enceinte, et que les murs parallèles servaient au double but de protéger, en temps de danger, ceux qui passaient de l'un de ces ouvrages dans l'autre, et de clore leurs champs.

On n'a point trouvé d'âtres, de charbons, de braises, de bois, de cendres, etc. objets que l'on a trouvés ordinairement dans de semblables lieux, cultivés aujourd'hui. Cette plaine était probablement couverte de forêts; je n'y ai trouvé que quelques pointes de flèches.

Toutes ces ruines attestent la sollicitude qu'ont mise leurs habitants à se garantir des attaques d'un ennemi du dehors; la hauteur des sites, les mesures prises pour s'assurer la communication de l'eau, ou pour défendre ceux d'entre eux qui allaient en chercher; la fertilité du sol, qui me paraît avoir été cultivé; enfin, toutes ces circonstances, qu'il ne faut pas perdre de vue, font foi de la sagacité de ce peuple.

A quelques milles au-dessus de Newark, sur la rive méridionale de la Licking, on trouve des trous profonds que l'on appelle vulgairement des puits, mais qui n'ont point été creusés dans le dessein de se procurer de l'eau fraîche salée.

Il y a au moins un millier de ces trous, dont quelques-uns ont encore aujourd'hui une trentaine de pieds de profondeur. Ils ont excité vivement la curiosité de plusieurs personnes : l'une d'elles s'est ruinée dans l'espoir d'y trouver des métaux précieux. M'étant procuré des échantillons de tous les minéraux qui se trouvent dans ces trous et aux environs, j'ai vu qu'ils se bornaient à quelques beaux cristaux de roche, à une espèce de pierre (arrowstonne) propre à faire des pointes de flèches et des lances, à un peu de plomb, de soufre et de fer, et je suis d'avis qu'en effet les habitants, en creusant ces trous n'avaient aucun but que de se procurer ces objets, sans contredit très précieux pour eux. Je présume que si l'on ne trouve pas dans ces rivières des objets faits en plomb, c'est que ce métal s'oxyde facilement.

Monuments du comté de Perry (Ohio).

Au sud de ces monuments, à quatre ou cinq milles au nord-ouest de Sommerset, on trouve un ancien ouvrage construit en pierres.

C'est une élévation en forme de pain de sucre, qui peut avoir douze à quinze pieds de hauteur; il y a un petit tombeau en pierres dans le mur de clôture.

Un rocher est en face de l'ouverture du mur extérieur. Cette ouverture offre un passage entre deux rochers qui sont dans le mur, et qui ont de sept à dix pieds d'épaisseur. Ces rocs présentent à l'extérieur une surface perpendiculaire de dix pieds de hauteur; mais après s'être étendus à une cinquantaine d'acres dans l'intérieur, ils sont de niveau avec le terrain. Il y a une issue.

On y voit aussi un petit ouvrage don l'aire est d'un demi-acre. Ses remparts sont en terre, et hauts de quelques pieds seulement. Le grand ouvrage en pierres renferme dans ses murs plus de quarante acres de terrains; les murs sont construits de grossiers fragments de rochers, et l'on n'y trouve point de ferrure. Ces pierres, qui sont entassées dans le plus grand désordre, formeraient, irrégulièrement placées, un mur de sept à huit pieds de hauteur et de quatre à six d'épaisseur. Je ne pense pas que cet ouvrage ait été élevé dans un but militaire; mais, dans le cas de l'affirmative, ce ne peut avoir été qu'un camp provisoire. Des tombeaux de pierres, tels qu'on les érigeait anciennement, ainsi que des autels ou des monuments qui servaient à transmettre le souvenir de quelque événement mémorable, me font présumer que c'était une enceinte sacrée où le peuple célébrait, à certaines époques, quelque fête solennelle. Le sol élevé et le manque d'eau rendaient ce lieu peu propre à être longtemps habité.

Monuments que l'on trouve à Marietta (Ohio).

En descendant la rivière de Muskingum, à son embouchure à Marietta, on voit plusieurs ouvrages très curieux, qui ont été bien décrits par divers auteurs. Je vais rassembler ici tous les renseignements que j'ai pu en recueillir, en y ajoutant mes propres observations.

Ces ouvrages occupent une plaine élevé au-dessus du rivage actuel de Muskingum, à l'orient et à un demi-mille de sa jonction avec l'Ohio, ils consistent en murs et en remparts alignés, et de forme circulaire et carrée.

Le grand fort carré, appelé par quelques auteurs la Ville, renferme quarante acres entourés d'un rempart de cinq à dix pieds de hauteur, et de vingt-cinq à trente pieds de largeur; douze ouvertures pratiquées à distances égales semblent avoir été des portes. Celle du milieu, du côté de la rivière, est la plus grande; de là à l'extérieur est un chemin couvert formé par deux remparts intérieurs, de vingt-et-un pieds de hauteur, et de quarante-deux pieds de largeur à leur base ; mais à l'extérieur, ils n'ont que cinq pieds de hauteur. Cette partie forme un passage d'environ trois cent soixante pieds de longueur, qui, par une pente graduelle, s'étend dans la plaine et atteignait sans doute jadis les bords de la rivière. Ces remparts commencent à soixante pieds des remparts du fort, et s'élèvent à mesure que le chemin descend du côté de la rivière, et le sommet est couronné par un grand chemin bien construit.

Dans les murs du fort, au nord-ouest, s'élève un rectangle long de cent quatre-vingt-huit, large de cent trente-deux, et haut de neuf pieds, uni au sommet, et presque perpendiculaire aux côtés. Au centre de chacun des côtés, on voit des degrés, régulièrement disposés, de six pieds de largeur, qui conduisent au sommet. Près du rempart méridional, s'élève un autre carré de cent cinquante pieds sur cent vingt, et de huit pieds de hauteur, semblable au premier, à la réserve qu'au lieu de monter au côté, il descend par un chemin creux large de dix à vingt pieds du centre, d'où il s'élève ensuite, par des degrés, jusqu'au sommet. Au sud-est, on voit s'élever encore un carré de cent huit sur quatre-vingt-quatorze pieds, avec des degrés à ses côtés, mais qui ne sont ni aussi élevés, ni aussi bien construits que les précédents ; un peu au sud-ouest du centre du fort, est une élévation circulaire d'environ trente pieds de diamètre et de cinq pieds de hauteur, près de laquelle on voit quatre petites excavations à distances égales, et opposées l'une à l'autre. A l'angle, ou sud-ouest du fort, est un parapet circulaire avec une élévation qui défend l'ouverture du mur. Vers le sud-est est un autre fort plus petit contenant vingt acres, avec une porte au centre de chaque côté et de chaque angle. Cette porte est défendue par d'autres élévations circulaires.

A l'extérieur du plus petit fort est une élévation en forme de pain de sucre d'une grandeur et d'une hauteur étonnantes ; sa base est un cercle régulier de cent quinze pieds de diamètre, sa hauteur perpendiculaire est de trente pieds ; elle est entourée d'un fossé de quatre pieds de profondeur sur quinze pieds de largeur, défendu par un parapet de quatre pieds de hauteur, coupé, du côté du fort, par une porte large de vingt pieds. Il y a encore d'autres murs, des élévations et des excavations bien moins conservées.

La principale excavation, ou le puits de soixante pieds de diamètre, doit avoir eu, dans le temps de sa construction, vingt pieds de profondeur au moins ; elle n'est aujourd'hui que de douze à quatorze pieds, par suite des éboulements causés par les pluies. Cette excavation a la forme ancienne : on y descendait par des marches pour pouvoir puiser l'eau à la main.

Le réservoir que l'on voit près de l'angle septentrional du grand fort avait vingt-cinq pieds de diamètre, et ses côtés s'élevaient, au-dessus de la surface, par un parapet de trois à quatre pieds de hauteur. Il était rempli d'eau dans toutes les saisons ; mais aujourd'hui il est presque comblé, parce qu'en nettoyant la place, on y a jeté des décombres et des feuilles mortes. Cependant, l'eau monte à la surface et offre l'aspect d'un étang stagnant. L'hiver dernier, le propriétaire de ce réservoir a entrepris de le dessécher, en ouvrant un fossé dans le petit chemin couvert : il est arrivé à douze pieds de profondeur, et ayant laissé couler l'eau, il a trouvé que les parois du réservoir n'étaient point perpendiculaires, mais inclinées vers le centre en forme de cône renversé, et enduite d'une croûte d'argile fine et colorée, de huit à dix pouces d'épaisseur.

Il est probable qu'il y trouvera des objets curieux qui ont appartenu aux anciens habitants de ces lieux.

J'ai trouvé, hors du parapet et près du carré long, un grand nombre de fragments d'ancienne poterie : ils étaient ornés de figures curieuses et faites d'argile ; quelques-unes étaient vernis intérieurement ; leur cassure était noire et parsemée de parcelles brillantes ; la matière en est généralement plus dure que celle des fragments que j'ai trouvés près des rivières. On a trouvé, à différentes époques, plusieurs objets de cuivre, entre autres une coupe.

M. Duna a trouvé dernièrement à Waterford, à peu de distance de Muskingum, un amas de lances et de pointes de flèches : elles occupaient un espace de huit pouces de longueur sur dix-huit de largeur, à deux pieds de profondeur d'un côté, et à dix-huit pouces de l'autre ; il paraît qu'elles avaient été mises dans une caisse dont un côté s'est affaissé : elles paraissent n'avoir point servi. Elles ont de deux à six pouces de longueur ; elles n'ont point de bâtons, et sont de figure presque triangulaire.

Il est remarquable que les terres des remparts et les élévations n'ont point été tirées des fossés, mais apportées d'assez loin ou enlevées uniformément de la plaine, comme dans les ouvrages de Licking, dont nous avons parlé plus haut. On a trouvé surprenant que l'on n'ait découvert aucun des instruments qui doivent avoir servi à ces constructions : mais des pelles de bois suffisent.

Monuments trouvés à Circleville (Ohio).

A vingt milles au sud du Columbus, et près du point où il se jette dans la baie de Hangus, on trouve deux forts, l'un circulaire et l'autre carré : le premier est entouré de deux murs séparés par un fossé profond ; le dernier n'a qu'un mur et point de fossé : le premier avait soixante-neuf pieds de diamètre ; le dernier, cinquante-cinq perches. Les remparts du fort circulaire avaient au moins vingt pieds de hauteur avant qu'on eût construit la ville de Circleville. Le mur intérieur était d'une argile que l'on avait, selon toute apparence, prise au nord du fort, où l'on voit encore que le terrain est le plus bas ; le rempart extérieur est formé de la terre d'alluvion enlevée du fossé, qui a plus de cinquante pieds de profondeur. Aujourd'hui, la partie extérieure du rempart a cinq à six pieds de hauteur, et le fossé de la partie intérieure a encore plus de quinze pieds. Ces monuments perdent tous les jours, et seront bientôt entièrement détruits. Les remparts du fort carré ont encore plus de dix pieds de hauteur : ce fort avait huit portes ; le fort circulaire n'en avait qu'une. On voit aussi, en face de chacune de ces portes, une élévation qui servait à les défendre.

Comme ce fort était un carré parfait, ses portes étaient à distances égales ; ses élévations étaient en ligne droite.

Il devait y avoir une élévation remarquable avec un pavé mi circulaire dans sa partie orientale, en face de l'unique porte, le contour du pavé se voit encore en quelques endroits que le temps et la main des hommes ont respectés.

Le fort carré joignait au fort circulaire dont nous avons parlé. Le mur qui environne cet ouvrage a encore dix pieds de hauteur ; sept portes conduisent dans ce fort, outre celle qui communique avec le fort carré ; devant chacune de ses portes était une élévation en terre, de quatre à cinq pieds pour les défendre.

Les auteurs de ces ouvrages ont mis beaucoup plus de soin à fortifier le fort circulaire que le fort carré ; le premier est protégé par deux remparts, le second par un seul ; le premier est entouré d'un fossé profond, le dernier n'en a point ; le premier n'est accessible que par une porte, le dernier en avait huit, et qui avaient plus de vingt pieds de largeur. Les rues de Circleville couvrent aujourd'hui tout le fort rond et plus de la moitié de fort carré. La partie de ces fortifications qui renfermaient l'ancienne ville, ne tardera pas à disparaître.

Ce qu'il y a de plus remarquable dans ces ouvrages, ce sont la précision et l'exactitude de leurs dimensions, qui prouvent que leurs fondateurs avaient des connaissances bien supérieures à celles de la race actuelle de nos Indiens ; et leur positon, qui coïncidait avec la déclinaison de la boussole, a fait présumer à plusieurs auteurs qu'ils devaient avoir cultivé l'astronomie.

Monuments sur les bords du Point-Creek (Ohio).

Les premiers que l'on rencontre sont à onze, et les autres à quinze milles à l'ouest de la ville de Chillicoche.

L'un de ces ouvrages a beaucoup de portes, elles ont de huit à vingt pieds de largeur : leurs remparts ont encore dix pieds de hauteur, à partir des portes ; ils ont été construits de la terre enlevée au lieu même. La partie de l'ouvrage carré a huit portes ; les côtés du carré ont soixante-six pieds de longueur, et renferment une aire de vingt sept acres et 2/10. Cette partie communique par trois portes au plus grand ouvrage ; l'une est entourée de deux remparts parallèles de quatre pieds de hauteur. Un petit ruisseau qui coule au sud-ouest, traverse la plus grande partie de cet ouvrage, en passant par le rempart. Quelques personnes présument que cette cascade était, dans l'origine, un ouvrage de l'art ; elle a quinze pieds de profondeur et trente-neuf de surface. Il y a deux monticules : l'un est intérieur, l'autre extérieur ; ce dernier a environ vingt pieds de hauteur.

D'autres fortifications sont contiguës à celle-là ; l'ouvrage carré est exactement semblable à celui que nous venons de décrire.

Il n'y a point d'élévation dans l'intérieur des remparts ; mais on en trouve une de dix pieds de hauteur à une centaine de perches à l'ouest. La grande partie irrégulière du grand ouvrage renferme soixant-dix-sept acres ; ses remparts ont huit portes, outre celle que nous venons de décrire ; ces portes, très différentes entre elles, ont d'une à six perches de largeur. Au nord-ouest, on voit une autre élévation qui est jointe par une porte au grand ouvrage, et qui a soixante perches de diamètre. A son centre est un autre cercle de six perches de diamètre, et dont les remparts ont encore quatre pieds de hauteur. On y remarque trois anciens puits, l'un dans l'intérieur, les autres hors du rempart. Dans le grand ouvrage de forme irrégulière, on trouve des élévations elliptiques; la plus considérable, qui est près du centre, a vingt-cinq pieds de hauteur; son grand axe est de vingt, son petit de dix perches; son aire est de cent cinquante-neuf perches carrées. Cet ouvrage est persque entièrement construit en pierres, qui doivent y avoir été transportées de la colline voisine ou du lit de la baie; il est rempli d'ossements humains; il y a des personnes qui n'ont pas hésité à y voir les restes des victimes qui ont été sacrifiées dans ce lieu.

L'autre ouvrage elliptique a deux rangs; l'un a huit, l'autre a quinze pieds de hauteur; la surface des deux est unie. Ces ouvrages ne sont pas aussi communs ici qu'au Mississipi et plus au sud.

Il y a un ouvrage en forme de demi-lune dont les bords sont construits en pierres que l'on aura sans doute prises à un mille de là. Près de cet ouvrage il y a une élévation haute de cinq pieds, et de trente pieds de diamètre, et tout entière formée d'une ocre rouge que l'on trouve à peu de distance de là.

Les puits dont nous avons parlé plus haut sont très larges; l'un a six et l'autre dix perches de contour; le premier a encore quinze, l'autre dix pieds de profondeur; on y trouve de l'eau: on voit encore quelques autres de ces puits sur la route.

Un troisième ouvrage encore plus remarquable est situé sur une colline haute, à ce qu'on dit, de plus de trois cents pieds, et presque perpendiculaire en plusieurs points. Ses remparts sont des pierres dans leur état naturel, qui ont été portées sur le sommet que ce rempart couronne. Cet ouvrage avait, dans le principe, deux portes qui se trouvaient aux seuls points accessibles. A la porte du nord, on voit encore un amas de pierres qui auraient suffi à construire deux grandes tours. De là à la baie, on voit un chemin qui, peut-être, a été construit jadis, dont les pierres sont parsemées sans ordre, et dont la quantité aurait suffi pour en élever un mur de quatre pieds d'épaisseur sur dix de hauteur. Dans l'intérieur du rempart on voit un endroit qui semble avoir été occupé par des fours ou des forges; on y trouve des cendres à plusieurs pieds de profondeur. Ce rempart renferme une aire de cent trente acres. C'était une des places les plus fortes.

Les chemins du rempart répondent à ceux du sommet de la colline, et l'on trouve une grande quantité de pierres à chaque porte, et à chaque détour du rempart, comme si elles avaient été entassées dans la vue d'en construire des tours et des créneaux. Si c'est là que furent les *enceintes sacrées*, elles étaient en effet défendues par les plus forts ouvrages; nul militaire ne pourrait choisir une meilleure position pour protéger ses compatriotes, ses autels et ses dieux.

Dans le lit de la Pint, qui baigne le pied de la colline, on trouve quatre puits remarquables; ils ont été creusés dans un roc pyriteux où l'on trouve beaucoup de fer. Lorsqu'ils furent découverts, par une personne qui passait en canot, ils étaient couverts de pierres semblables à nos meules, percées au centre; le trou avait quatre pouces de diamètre, et semble avoir servi à y passer une anse pour les ôter à volonté. Ces puits avaient plus de trois pieds de diamètre, et avaient été construits en pierres bien jointes.

L'eau étant très large, je pus bien examiner ces puits; leurs couvercles sont cassés en morceaux, et les puits mêmes sont comblés de pierres. Il n'est pas douteux qu'ils n'aient été construits de mains d'hommes; mais on s'est demandé quel peut avoir été le but de leur construction, puisqu'ils sont dans le fleuve même? On pourrait répondre que probablement l'eau ne s'étendait pas alors jusqu'à cet endroit. Quoi qu'il en soit, ces puits ressemblent à ceux que l'on a décrits, en parlant dss patriarches : ne remontaient-ils pas à cette époque?

On reconnaît aussi un ouvrage circulaire d'environ sept à huit acres d'étendue, dont les remparts n'ont aujourd'hui que dix pieds de hauteur et qui sont entourés d'un fossé, excepté en une partie large de deux perches, où l'on voit une ouverture semblable à celles des carrières de nos grandes routes*, qui conduit dans un embranchement de la baie. A l'extrémité du fossé, qui rejoint le rempart de chaque côté de cette route, on trouve une source d'une eau excellente; et, en descendant vers la plus considérable, on découvre la trace d'un ancien chemin. Ces sources, ou plutôt le terrain où elles se trouvent, a été creusé à une grande profondeur par la main des hommes.

La maison du général William-Vance occupe aujourd'hui cette porte, et son verger *l'enceinte sacrée.*

Monuments de Portsmouth (Ohio).

A l'embouchure du Scioto, on voit encore un ancien ouvrage de fortification qui s'étend sur la côte de Kentucky, près de la ville d'Alexandrie. Le peuple qui habitait ce pays paraît avoir apprécié l'importance de cette position.

Du côté de Kentucki sur l'Ohio, vis à vis l'embouchure du Scioto, est un vaste fort avec une grande élévation en terre près de l'angle extérieur du sud-ouest, et des remparts parallèles. Les remparts parallèles orientaux ont une porte qui conduit à la rivière par une pente très rapide de plus de dix perches : ils ont encore de quatre à six pieds de hauteur, et communiquent avec le fort par une porte. Deux petits ruisseaux se sont creusés, autour de ces remparts, depuis qu'ils sont abandonnés, des lits de dix à vingt pieds de profondeur ; ce qui peut faire juger de l'antiquité de ces ouvrages.

Le fort, presque carré, a cinq portes; ces remparts en terre ont encore de quatorze à vingt pieds de hauteur.

De la porte à l'angle nord-ouest du fort s'étendent, presque jusqu'à l'Ohio, deux remparts parallèles en terre, et vont se perdre dans quelques bas-fonds près du bord. La rivière paraît avoir un peu changé son cours depuis que ces remparts ont été élevés. On voit un monticule à l'angle extérieur sud-ouest du fort. Il ne semble pas qu'il ait été destiné à servir de lieu de sépulture : il est trop vaste. C'est un grand ouvrage qui s'élève à plus de vingt pieds, et dont la surface, très unie, peut avoir un demi-acre; il me paraît avoir été destiné au même usage que les carrés de Marietta. Entre cet ouvrage et l'Ohio, on voit une belle pièce de terre. On a trouvé dans les remparts de ce fort une grande quantité de haches, d'armes, de pelles, de canons du fusil, qui ont évidemment été enfouis par les Français, lorsqu'ils fuyaient devant

* Tumpikeroad

les Anglais et Américains victorieux, à l'époque de la prise du fort Duquesne, nommé plus tard fort Pitt. On aperçoit dans ces remparts et aux environs, les traces des fouilles que l'on a faites pour chercher ces objets.

Plusieurs tombeaux ont été ouverts ; on y a trouvé des objets qui ne laissent, à mon avis, aucun doute sur leurs auteurs et sur l'époque où ils ont été déposés.

Il y a, sur la rive septentionale de la rivière, des ouvrages plus vastes encore et plus imposants que ceux que nous venons de citer.

En commençant par le bas-fond, près de la rive actuelle de Scioto, qui semble avoir changé un peu son cours depuis que ces fortifications ont été élevées, on voit deux remparts parallèles en terre, semblables à ceux qui se trouvent de l'autre côté de l'Ohio, que nous avons décrit. De la rive de Scioto, ils s'étendent vers l'orient, à huit ou dix perches, puis s'élargissent peu à peu, de distance en distance, de la maison de M. John Brown, et s'élèvent à vingt perches. Cette colline est très escarpée, et peut avoir quarante à cinquante pieds de hauteur ; le plateau offre un terrain uni, fertile, et formé par les alluvions de l'Ohio. On y voit un puits qui peut avoir aujourd'hui vingt-cinq pieds de profondeur ; mais l'immense quantité de cailloux et de sable que l'on trouve après la couche de terreau peut faire juger que l'eau de ce puits était jadis de niveau avec la rivière, même dans le temps où ces eaux étaient basses.

Il reste quelques traces de trois tombeaux circulaires élevés de six pieds au-dessus de la plaine, et renfermant chacun près d'un acre. Non loin de là est un ouvrage semblable, mais beaucoup plus élevé, qui peut avoir encore vingt pieds de hauteur perpendiculaire et contenir un acre de terrain. Il est circulaire, et l'on y voit des remparts qui conduisent jusqu'au sommet, mais ce n'était point un cimetière. Cependant il y en a un près de là, de forme conique, dont le sommet a au moins vingt-cinq pieds de hauteur, et qui est rempli de cendres du peuple qui construisit ces fortifications : on en trouve un semblable au nord-ouest, qui est entouré d'un fossé d'environ six pieds de profondeur, avec un trou au milieu. Deux autres puits, qui ont encore dix ou douze pieds de profondeur me paraissent avoir été creusés pour servir de réservoir d'eau, et ressemblent à ceux que j'ai décrits plus haut. Près de là, on voit un rempart d'un accès facile, mais élevé si haut, qu'un spectateur placé à son sommet verrait tout ce qui se passe.

Deux remparts parallèles, longs de deux milles, et hauts de six à dix pieds, conduisent de ces ouvrages élevés au bord de l'Ohio ; ils se perdent sur les bas-fonds près de la rivière, qui semblent s'en être éloignés depuis l'époque de leur construction. Entre ce rempart et le fleuve, il y a des terres aussi fertiles que toutes celles que l'on trouve dans la belle vallée de l'Ohio, et qui, cultivées, ont pu suffire au besoin d'une nombreuse population. La surface de la terre, entre tous ces remparts parallèles, est unie, et semble même avoir été aplanie par l'art. C'était la route pour aller aux *hautes-places* ; les rempart sauront servi à défendre et clore les terres cultivées.

Je n'ai vu, dans le pays bas, qu'un de ces cimetières peu large, et qui paraît avoir été celui du peuple qui habitait la plaine.

Monuments qu'on voit sur les bords du Petit-Miami.

Ces fortifications, dont plusieurs voyageurs ont parlé, sont dans une plaine presque horizontale, à deux cent trente-six pieds au-dessus du niveau de la rivière, entre deux rives très escarpées. Des portes, ou pour mieux dire des embrasures, conduisent dans les remparts. La plaine s'étend à un demi-mill à l'est de la route. Toutes ces fortifications, excepté celles de l'est et de l'ouest où passe la route, sont entourées de précipices. La hauteur du rempart dans l'intérieur varie suivant la forme du terrain extérieur, étant, en général de huit à dix pieds ; mais, dans la plaine, elle est de dix-neuf pieds et demi, et la base de quatre perches et demie. Dans quelques endroits, les terres semblent avoir été entraînées par les eaux qui filtrent de l'intérieur.

A une vingtaine de perches, à l'est de la porte par laquelle la route passe, on voit, à droite et à gauche, deux tertres d'environ onze pieds de hauteur, d'où descendent des gouttières qui paraissent avoir été faites à dessein pour communiquer avec les branches de la rivière, de chaque côté. Au nord-est de ces élévations, et dans la plaine, on voit deux chemins, larges d'une perche, et hauts de trois pieds, qui, parcourant presque parallèlement un espace d'un quart de mille, vont former un demi-cercle irrégulier autour d'une petite élévation. A l'extrémité sud-ouest de l'ouvrage fortifié, on trouve trois routes circulaires, de trente et quarante perches de longueur, taillées dans le précipice entre le rempart et la rivière. Le rempart est en terre. On a fait beaucoup de conjectures sur le but que s'étaient proposé les constructeurs de cet ouvrage, qui n'a pas moins de cinquante-huit portes ; il est possible que plusieurs de ces ouvertures soient l'effet de l'eau qui, rassemblée dans l'intérieur, s'est frayée un passage. Dans d'autres parties, le rempart peut n'avoir point été achevé.

Quelques voyageurs ont supposé que cet ouvrage n'avait eu d'autre but que l'amusement. J'ai toujours douté qu'un peuple sensé ait pris tant de peine pour un but si frivole. Il est probable que ces ouvertures n'étaient point des portes, qu'elles n'ont pu même être produites par l'action des eaux, mais que l'ouvrage, pour d'autres causes, n'a pas été terminé.

Les trois chemins, creusés avec de grands efforts dans le roc et le sol pierreux, parallèlement au Petit-Miami, paraissent avoir été destinés à servir de portes pour inquiéter ceux qui passeraient la rivière. J'ai appris que, dans toutes leurs guerres, les Indiens font usage de semblables chemins. Quoi qu'il en soit, je ne déciderai pas si (comme on le croit assez généralement) toutes ces fortifications sont l'ouvrage d'un même peuple et d'une même époque.

Quant aux routes, assez semblables à nos grandes routes, si elles étaient destinées à la course, il est probable que les tertres servaient de point de départ et d'arrivée, et que les athlètes en faisaient le tour. Le terrain que les remparts embrassent, aplanie par l'art, peut avoir été l'arène ou le lieu où l'on célébrait les jeux. Nous ne l'affirmerons pas ; mais Rome et l'ancienne Grèce offrent de semblables ouvrages.

Le docteur Daniel Drake dit, dans la *Description de Cincinnati :* « Il n'y a

« qu'une seule excavation ; elle a douze pieds de profondeur, son diamètre en
« a cinquante ; elle ressemble à un puits à demi rempli. »

On a trouvé quatre pyramides ou monticules dans la plaine ; la plus considérable est à l'ouest de l'enclos, à la distance de cinq cents *yards* (aunes) ; elle
a aujourd'hui trente-sept pieds de hauteur ; c'est une ellipse dont les axes
sont dans la proportion de 1 à 2 ; sa base a cent cinquante pieds de circonférence ; la terre qui l'entoure étant de trente ou quarante aunes de distance
plus basse que la plaine, il est probable qu'elle a été enlevée pour sa construction ; ce qui, d'ailleurs, est confirmé par sa structure intérieure. On a pénétré presque jusqu'au centre, composé de marne et de bois pourri ; on n'y
a trouvé que quelques ossements d'hommes, une partie d'un bois de cerf et
un pot de terre renfermant des coquilles. A cinq cents pieds de cette pyramide, au nord-ouest, il y en a une autre d'environ neuf pieds de hauteur, de
forme circulaire, et presque aplatie au sommet : on n'y a trouvé que quelques
ossements et une poignée de grains de cuivre qui avaient été enfilés.
Le monticule qui se voit à l'intersection des deux rues dites Thiri et
Main, est le seul qui coïncide avec les lignes fortifiées que nous avons décrites ; il a huit pieds de hauteur, cent vingt de longueur et soixante de largeur ; sa figure est ovale, et ses axes répondent aux quatre points cardinaux.
Sa construction est bien connue, et tout ce qu'on y a trouvé a été soigneusement recueilli. Sa première couche était de gravier élevé au milieu ; la couche
suivante, formée de gros cailloux, était convexe et d'une épaisseur uniforme ;
sa dernière couche consistait en marne et en terre. Ces couches étaient entières, et doivent avoir été construites après que l'on eut déposé dans ce tombeau ces objets que l'on y a trouvés. Voici le catalogue des plus remarquables.

1° Des morceaux de jaspe, de cristal de rocher, de granit, et cylin-
driques aux extrémités, et rebombés au milieu, terminés par un creux, en
forme d'anneaux.

2° Un morceau de charbon rond, percé au centre comme pour y introduire
un manche, avec plusieurs trous régulièrement disposés sur quatre lignes.

3° Un autre d'argile, de la même forme, ayant huit rangs de trous, et bien
poli.

4° Un os orné de plusieurs figures, que l'on présume des hiéroglyphes.

5° Une figure sculptée, représentant la tête et le bec d'un oiseau de proie
(qui est peut-être un aigle).

6° Un morceau de mine de plomb (*galena*), comme on en a trouvé dans
d'autres tombeaux.

7° Du talc (*mica membranacea*).

8° Un morceau ovale de cuivre avec deux trous.

9° Un plus grand morceau du même métal avec des creux et des rainures.

Ces objets ont été décrits dans les quatrième et cinquième volumes des *Transactions philosophiques américaines*.. Le professeur Barton présume qu'ils
ont servi d'ornements, ou qu'on les employait dans les cérémonies superstitieuses.

M. Drake a découvert depuis, dans ce monument :

10° Une quantité de grains ou de fragments de petits cylindres creux, qui
paraissent faits d'os ou d'écailles.

11° Une dent d'un animal carnivore, qui paraît être celle d'un ours.

12° Plusieurs coquilles, qui semblent du genre *buccinum*, et taillées de manière à servir aux usages ordinaires de la vie, et presque calcinées.

13° Plusieurs objets en cuivre, composés de deux plaques circulaires concaves-convexes, réunies par un axe creux, autour duquel il a trouvé le fil; le tout est tenu par les os d'une main d'homme. On en a trouvé de semblables dans plusieurs endroits de la ville. La matière dont ils sont faits est de cuivre pur et de la rosette; ils sont couverts de vert-de-gris. Après avoir enlevé ce carbonate, on a trouvé que leur gravité spécifique était de 7,545, et de 7,857. Ils sont plus durs que les feuilles de cuivre ordinaire; mais on n'y voit aucune figure, aucun ornement.

14° Des ossements humains. On n'a pas découvert plus de vingt ou trente squelettes dans tous ces monuments; quelques-uns étaient renfermés dans de grossiers cercueils de pierre, et généralement entourés de cendres et de chaux.

Ces ouvrages ne me paraissent pas avoir été des fortifications construites dans un but militaire; leur site n'est point une raison suffisante; on sait que la plupart des lieux destinés au culte religieux, en Grèce, à Rome, en Judée, étaient situés sur les hauteurs. M. Drake croit que les anciens ouvrages que l'on trouve dans le pays de Miami sont les vestiges des villes qu'habitaient ces peuples dont nous ne retrouvons plus d'autre trace, et son opinion me paraît très probable.

----o✳o----

SUR L'ORIGINE ET L'ÉPOQUE
DES MONUMENTS ANCIENS DE L'OHIO;

PAR M. MALTE-BRUN.

———

Nous n'entreprenons pas d'établir une hypothèse affirmative sur le peuple qui a pu construire les soi-disant fortifications disséminées sur l'Ohio, ni sur l'époque à laquelle ces monuments remontent; notre but est plutôt négatif, et nous chercherons à réduire à leur juste valeur les notions exagérées que les Américains se sont formées de ces restes d'une civilisation antérieure à l'arrivée des colonies européennes. Le déluge, l'Atlantide avec ses empires, les Celtes, les Phéniciens, les dix tribus d'Israël, les Scandinaves, même la migration des peuples aztèques, lorsqu'ils fondèrent le royaume d'Anahuac, ne nous paraissent pas présenter des rapports nécessaires avec ces monuments d'une nature simple et rustique, mais surtout locale. Considérons de sang-froid tous les caractères de ces monuments et des objets qu'on a trouvés dans leur enceinte; le lecteur judicieux formera ensuite lui-même son opinion.

Formes et situation des enceintes.

Rien dans l'élévation des remparts ni dans le choix des dispositions n'indique chez le peuple, auteur de ces enceintes, un caractère plus belliqueux, ni un degré de puissance supérieur à ce qu'on verrait encore aujourd'hui chez les tribus iroquoises, chipperaies ou autres, si elles jouissaient de leur liberté entière, loin de la suprématie des Anglo-Américains. Ces enceintes ne sont nullement comparables au Théocallis du Mexique, ni pour l'élévation, ni pour la masse. Le seul trait de régularité, c'est la réunion d'une enceinte carrée avec une autre circulaire, surtout Point-Creek et Marietta, près Newark, et cette circonstance a probablement fait naître l'idée d'une destination religieuse. Nous trouvons bien plus naturel de considérer dans les trois cas indiqués, le fort rond comme la demeure du cacique et de sa famille, tandis que l'enceinte carrée paraît avoir enfermé les huttes de la peuplade. C'est ainsi que, dans le Siam, dans le Japon et dans les îles Océaniques, nous trouvons la famille régnante logée dans des enceintes séparées, et pourtant attenantes aux villes ou villages. Les fortifications sur le Petit-Miami offrent des entrées extrêmement étroites, et disposées de manière qu'un ennemi ne puisse pas facilement les reconnaître. Si on suppose l'ensemble de l'enceinte entourée de broussailles, ce sont les clôtures des villages décrites par Gili, dans sa description de la Guiane. Enfin tous ces forts sont placés de manière à avoir deux sorties, l'une sur l'eau, l'autre sur les champs, ce qui achève de leur donner le caractère de villages fortifiés. Si c'étaient des temples, ils seraient en moindre nombre et dans des positions plus saillantes.

Mais nous ne prétendons pas adopter exclusivement cette explication. Le fort rond de *Circleville* étant égal en superficie à l'enceinte carrée, peut avec raison faire naître l'idée d'un sanctuaire précédé d'une enceinte où le peuple était admis. Les élévations centrales, avec des parements, présentent l'apparence, soit d'un autel, soit d'un siége de juge; mais ces relations manquent dans les autres ronds.

Dans les trois élévations rondes, réunies au temple, près *Portsmouth*, au confluent de Sciota et d'Ohio, nous sommes d'autant plus tentés de voir des places de sacrifices, que rien dans ce lieu n'indique une enceinte d'habitation.

Deux collines rondes, renfermées dans le milieu d'une grande enceinte, près Chillicoche (*Archæologia Americana*), réunissent peut-être les deux destinations; l'une a pu servir de base à quelque autel ou à quelque autre construction religieuse; l'autre, enfermer une demeure de cacique. Il nous semble que ces distinctions méritent quelque attention de la part des antiquaires américains, et qu'en observant ces monuments, ils devraient, autant que possible, faire creuser le sol, pour vérifier s'il ne reste pas quelque trace de la destination spéciale de chacun.

Rapports entre les tumuli et les fortifications.

Les antiquaires américains ont voulu quelquefois distinguer le peuple auteur des *tumuli*, ou colonnes artificielles coniques, d'avec les fondateurs des forts *circulaires* ou anguleux ; mais les faits qu'ils citent ne sont pas très concluants.

D'abord il est certain que les collines sépulcrales de forme conique couvrent toute la Russie et une partie de la Sibérie, sans que les doctes travaux de Pallas, Kappen et d'autres, aient pu établir aucune distinction bien nette entre les diverses nations dont ces simples et imposants monuments recouvrent les cendres. On assure que ces *tumuli* se retrouvent depuis les monts *Rocky*, dans l'Ouest, jusqu'aux monts Alleghany, dans l'est [*].

Ceux sur la rivière Muskingum ont une base formée de briques bien cuites, sur lesquelles on trouve des ossements humains calcinés entremêlés de charbons. Ainsi les peuples qui les ont élevés, brûlaient d'abord les corps de leurs morts, et les recouvraient ensuite de terre.

Près Circleville, un *tumulus* avait près de trente pieds de haut, et renfermait divers objets dont nous parlerons dans la suite.

En descendant l'Ohio, les *tumuli* augmentent en nombre. Il y en a quelques-uns en pierre ; mais ils paraissent appartenir à la race d'Indiens actuellement subsistante.

Nous parlerons des squelettes trouvés dans ces *tumuli* ; mais en nous bornant à considérer la position relative des *tumuli* et des *forts*, nous ne pouvons guère douter de l'identité du peuple qui a élevé les uns et les autres.

Ni les uns ni les autres ne supposent une population nombreuse, puissante, civilisée ; ils ne supposent qu'une possession tranquille du pays, telle que, selon les traditions indigènes rapportées par Heckwelder, les *Alligthewy* ou *Alleghany* en avaient avant l'invasion des Lennilénaps et des Iroquois.

Le rapprochement de ces collines funéraires, de ces villages fortifiés, de ces enceintes privilégiées de caciques, de ces autels ou places oe sacrifices, nous paraît indiquer le séjour prolongé d'un seul et même peuple sur les bords de l'Ohio.

Squelettes trouvés dans les tumuli.

Les squelettes trouvés dans les *tumuli*, nous dit M. Atwater [**], ne sauraient appartenir à la race actuelle des Indiens. Ceux-ci ont la taille élevée, un peu mince, et les membres droits et longs ; les squelettes appartiennent à des hommes petits, mais carrés. Ils n'avaient que cinq pieds, en général, et très rarement six. Leur front était abaissé (avec une saillie au-dessus des yeux), les os de pommette étaient saillants, la face courte, mais large par le bas, les yeux grands, le menton préominant [***].

Ce signalement ne convient pas à la race iroquoise, algonquine, nadowessienne, à cette race qui domine dans la partie septentrionale des bassins du Mississipi et du Missouri, mais elle répond sur beaucoup de points à la configuration des indigènes de la Floride et du Brésil.

Un crâne humain très grand, figuré dans l'*Archæologia*, présente beaucoup de caractères de la race nègre africaine.

[*] *Archæologia.*
[**] *Ibid.*
[***] *Ibid.*

Corps trouvés dans les cavernes du Kentuchy.

Des rochers calcaires du Kentucky renferment de nombreuses et de grandes
cavernes où abondent le nitre, et où règne d'ailleurs une grande sécheresse.
On y découvre beaucoup de corps humains de tout âge et des deux sexes,
quelquefois légèrement enterrés au-dessus de la surface du sol, mais couverts
avec soin de plusieurs enveloppes. Un de ces corps en avait quatre ; la première, d'une peau de cerf séchée, et rendue lisse par le frottement ; la seconde
était également de peau, mais on n'avait fait qu'en enlever les poils avec un
instrument tranchant ; la troisième couverture était d'une toile grossière, et
la quatrième était de la même matière, mais ornée d'un plumage artificielle-
ment arrangé, de manière à mettre le porteur à l'abri du froid et de l'humi-
dité ; enfin, c'était un *habit de plumes*, tel qu'on en fait encore sur la côte
nord-ouest [*]. Le corps était conservé dans un état de sécheresse qui le fait res-
sembler à une momie ; mais nulle part on n'y trouva des substances aroma-
tiques ni bitumineuses ; il n'y avait point d'incision au ventre par où les entrailles auraient pu être extraites. Point de bandages ; la peau était entière et
d'une teinte noirâtre ou brune (*dushy*). Le corps était dans la position d'un
homme huché sur les pieds et le derrière, ayant un bras autour de la cuisse et
l'autre sous le siége [**].

Le savant Américain qui nous a fourni ce fait, pense avoir observé, dans
les formes de ce squelette, et surtout de l'angle facial, une grande similitude
« avec la race des *Malais* qui peuple les îles du grand océan Pacifique. »

De semblables *momies* (comme on les appelle en Amérique) ont été trouvées
dans le Tenessée oriental [***]. La couverture en plumes n'y manquait pas, mais
la toile était une espèce de papier fait de feuilles de plantes. On avait placé
beaucoup de ces corps dans de petites chambres carrées, formées de dalles de
pierre. Dans un de ces rapports, on dit que leurs mains paraissent avoir été
de petite dimension, chose qui ne convient pas aux Malais.

La position des corps et les chambres de pierres planes, rapportent bien le
monument de Kiwick, en Scanie, dont nous avons donné la description dans
les anciennes *Annales des Voyages* ; mais ces deux traits peuvent être communs à beaucoup de peuples : d'ailleurs, les corps de Kiwick étaient sans
couvertures, et leur position était bien plus courbée ; la chambre était bien
plus grande et au-dessus de la surface du sol.

Si les squelettes présentent l'angle facial des Malais et les petites mains des
Hindous, il est impossible de trouver rien de plus opposé au caractère physique des Scandinaves, des Germains, des Goths et des Celtes.

Idoles et objets sacrés.

Nous avons donné [****] une figure d'une idole ou vase sacré à trois têtes, trouvée sur la branche *Cany* de la rivière de Cumberland ; nous sommes d'ac-

[*] Nous reviendrons sur cette circonstance.
[**] Lettre de M. *Mitchill*, *Archæologia*, p. 318.
[***] *Idem*, p. 302.
[****] *Nouvelles Annales des voyages*, xix, p, 148 ; *Archæologia*, p. 238. 239.

cord avec les antiquaires américains, qui y voient une trace de cette idée de Trinité divine, si généralement répandue en Asie, spécialement dans l'Inde. Mais nous devons leur rappeler que chez un peuple malais, les Otaïtiens, il existe aussi la doctrine d'une sorte de Trinité, composée d'*Oromatta*, *Meidia* et *Aroatemani*. Il serait important d'en rechercher les traces chez les habitants des îles Carolines, des îles Sandwich et de la côte nord-ouest.

Cette idole trinitaire, au surplus, n'a rien dans la physionomie qui soit précisément mongole ou tartare, quoi qu'en dise l'*Archæologia*. Le caractère est plutôt indien ou malais.

Il en est de même à l'égard de l'idole trouvée à Lexington (Kentucky), et figuré dans l'*Archæologia*, p. 211. Il est vrai que la manière d'arranger les cheveux et l'espèce de *placenta* placé sur la tête rappelle une figure trouvée dans la Russie méridionale, et dessinée dans Pallas; mais la physionomie diffère de celles de toutes les races tartares.

Nous devons signaler, par exception, l'idole figurée dans les *nouvelles annales des Voyages*, et qui, selon notre conjecture approuvée par le savant M. de Humboldt, représente *Bur-khan* ou esprit céleste. Elle a une physionomie mongole très marquée [*].

Un trait important distingue des idoles mongoles, chinoises et malaises, les figures considérées comme idoles des peuples anciens sur l'Ohio : les premières ont l'air furieux, le visage en contorsion et les traits difformes; les secondes ont la physionomie douce et tranquille.

Il est bien à déplorer que plusieurs de ces monuments, aussitôt trouvés, sont détruits par l'ignorance et par une avidité mal éclairée. Un des plus curieux de ceux qu'on a trouvés dans le Tenessée a subi ce sort : c'était le buste d'un homme en marbre, tenant devant lui un vase en forme hémisphérique (*bowl*), où il y avait un poisson [**]. Il est des idoles chinoises et indiennes qui portent également un poisson.

On ne cite aucune idole *armée* et *cuirassée* comme l'étaient celles des Scandinaves.

Ouvrages de l'Art.

L'*Archæologia* donne le dessin de plusieurs haches, pointes de javelots et d'autres instruments de guerre en granit et autres rochers, ainsi que des cristaux qui ont servi d'ornements : elle parle aussi des miroirs en *mica lamellaire*, et de divers ornements en or, argent et cuivre; mais elle n'en donne pas la figure. L'art le plus répandu et le plus perfectionné chez ces anciens peuples a dû être celui du potier. L'*Archæologia* a figuré quelques pots et autres vases en terre argileuse assez bien formés, et qui ont été cuits dans le feu [***]. Les urnes paraissent faites d'une composition semblable à celle dont nous faisons nos creusets.

On a trouvé des vases artistement taillés dans une espèce de *talc graphique*

* *Nouvelles Annales des Voyages*, I, c. ; *Archæologia*, p. 215.
** Lettre de M. *Fiske* dans l'*Archæologia*, p. 307.
*** *Archæologia*, p. 223 et suiv.

semblable à celui dont sont faites les idoles chinoises ; cette roche n'est pas connue à l'ouest des monts Alleghany, et ces vases ont dû venir de loin.

Ils faisaient de bonnes briques ; du moins, on en trouve d'excellentes dans les *tumuli ;* mais elles manquent dans les enceintes fortifiées, dont les remparts, après examen, n'ont présenté que des couches de terre, de pierre et de bois. Peut-être les briques n'étaient-elles pas assez abondantes pour être employées à ces constructions ; peut-être l'invention de l'art de les cuire était-elle postérieure à l'époque des fortifications. On est fondé à croire qu'ils ne bâtissaient pas de maisons en briques, puisqu'on n'en a pas trouvé de restes. Les emplacements des maisons, ou plutôt des cabanes, ne sont reconnaissables que par des espèces de parvis en terre battue, qui ont dû servir de parquet. Ces cabanes paraissent avoir été rangées en lignes parallèles[*].

Mais, de tous les détails relatifs aux arts de cet ancien peuple, voici le trait le plus positif : les tissus couverts de plumes, dans lesquels les corps morts desséchés se trouvent enveloppés, ressemblent parfaitement aux tissus du même genre rapportés, par les navigateurs américains, des îles Sandwich, des îles Fidgy et de Wastash, ou de Noutka-Sound[**]. Même adresse à rattacher chaque plume à un fil sortant du tissu ; même effet à l'égard de l'eau qui passe par-dessus sans le mouiller comme par dessus le dos d'un canard. La guerre qui eut lieu dans l'île de *Tocorabs*, une des Fidgy, fut décidée par l'intervention de quelques Américains qui rapportèrent à New-Yorck un certain nombre d'objets manufacturés, soit aux îles Fidgy, soit dans d'autres îles de la mer du Sud. Non-seulement les tissus, mais aussi divers échantillons de sculpture en bois, furent confrontés avec des objets semblables, trouvés dans les cavernes du Kentucky et les *tumuli* d'Ohio[***].

Cette donnée serait plus précieuse encore, si les antiquaires américains avaient eu soin de faire dessiner et graver ces objets empreints d'un caractère plus spécial que les haches, les pots et d'autres objets bien moins caractérisés.

CONCLUSION.

Nous avons réuni tout ce qui, dans les divers rapports sur les antiquités de l'Ohio, du Kentucky et du Tenessée, nous a paru propre à donner à ces divers restes d'anciens habitants un caractère historique spécial. Nous pensons que nos lecteurs seront d'accord avec nous sur la difficulté extrême de trouver, dans le caractère vague de ces monuments simples et rustiques, aucun indice certain sur leur origine et leur époque.

Les objets qu'on a cru devoir rapporter à un culte religieux quelconque nous ont offert un caractère asiatique.

[*] *Archæologia*, p. 226, 314, etc.
[**] *Mitchill*, dans l'*Archæologia*, p. 319.
[***] *Medical Repository* (de New-York), vol. xviii, p. 187.

MŒURS ET COUTUMES DES SAUVAGES.

VOYAGE
EN AMÉRIQUE

———o§(§)§o———

MŒURS DES SAUVAGES.

Il y a deux manières également fidèles et infidèles de peindre les Sauvages de l'Amérique septentrionale : l'une est de ne parler que de leurs lois et de leurs mœurs, sans entrer dans le détail de leurs coutumes bizarres, de leurs habitudes souvent dégoûtantes pour les hommes civilisés. Alors on ne verra que des Grecs et des Romains ; car les lois des Indiens sont graves et les mœurs souvent charmantes.

L'autre manière consiste à ne représenter que les habitudes et les coutumes des Sauvages sans mentionner leurs lois et leurs mœurs ; alors on n'aperçoit plus que des cabanes enfumées et infectes dans lesquelles se retirent des espèces de singes à parole humaine. Sidoine Apollinaire se plaignait d'être obligé *d'entendre le rauque langage du Germain et de fréquenter le Bourguignon qui se frottait les cheveux avec du beurre.*

Je ne sais si la chaumine du vieux Caton, dans le pays des Sabins, était beaucoup plus propre que la hutte d'un Iroquois. Le malin Horace pourrait sur ce point nous laisser des doutes.

Si l'on donne aussi les mêmes traits à tous les Sauvages de l'Amérique septentrionale, on altèrera la ressemblance ; les Sauvages de la Louisiane et de la Floride différaient en beaucoup de points des Sauvages du Canada. Sans faire l'histoire particulière de chaque tribu, j'ai rassemblé tout ce que j'ai su des Indiens sous ces titres :

Mariages, enfants, funérailles ; Moisson, fêtes, danse et jeux ;

Année, divisions et règlement du temps ; Calendrier naturel ; Médecine ; Langues indiennes ; Chasses ; Guerre ; Religion ; Gouvernement. Un conclusion générale fait voir l'Amérique telle qu'elle s'offre aujourd'hui.

MARIAGES, ENFANTS, FUNÉRAILLES.

Il y a deux espèces de mariages parmi les Sauvages ; le premier se fait par le simple accord de la femme et de l'homme ; l'engagement est pour un temps plus ou moins long, et tel qu'il a plu au couple qui se marie de le fixer. Le terme de l'engagement expiré, les deux époux se séparent ; tel était à peu près le concubinage légal en Europe, dans le huitième et le neuvième siècle.

Le second mariage se fait pareillement en vertu du consentement de l'homme et de la femme ; mais les parents interviennent. Quoique ce mariage ne soit point limité, comme le premier, à un certain nombre d'années, il peut toujours se rompre. On a remarqué que chez les Indiens le second mariage, le mariage légitime était préféré par les jeunes filles et les vieillards, et le premier par les vieilles femmes et les jeunes gens.

Lorsqu'un Sauvage s'est résolu au mariage légal, il va avec son père faire la demande aux parents de la femme. Le père revêt des habits qui n'ont point encore été portés ; il orne sa tête de plumes nouvelles, lave l'ancienne peinture de son visage, met un nouveau fard, et change l'anneau pendant à son nez ou à ses oreilles ; il prend dans sa main droite un calumet dont le fourneau est blanc, le tuyau bleu, et empenné avec des queues d'oiseau ; dans sa main gauche il tient son arc détendu en guise de bâton. Son fils le suit, chargé de peaux d'ours, de castors et d'orignaux ; il porte en outre deux colliers de porcelaine à quatre branches et une tourterelle vivante dans une cage.

Les prétendants vont d'abord chez le plus vieux parents de la jeune fille ; ils entrent dans sa cabane, s'asseyent devant lui sur une

natte, et le père du jeune guerrier prenant la parole, dit : « Voilà
« des peaux. Les deux colliers, le calumet bleu et la tourterelle
« demandent ta fille en mariage. »

Si les présents sont acceptés, le mariage est conclu, car le consentement de l'aïeul ou du plus ancien Sachem de la famille l'emporte
sur le consentement paternel. L'âge est la source de l'autorité chez
les Sauvages : plus un homme est vieux, plus il a d'empire. Ces
peuples font dériver la puissance divine de l'éternité du Grand-
Esprit.

Quelquefois le vieux parent, tout en acceptant les présents, met
à son consentement quelque restriction. On est averti de cette restriction si, après avoir aspiré trois fois la vapeur du calumet, le fumeur
laisse échapper la première bouffée au lieu de l'avaler, comme dans
un consentement absolu.

De la cabane du vieux parent on se rend au foyer de la mère et
de la jeune fille. Quand les songes de celle-ci ont été néfastes, sa
frayeur est grande. Il faut que les songes, pour être favorables,
n'aient représenté ni les Esprits, ni les aïeux, ni la patrie, mais
qu'ils aient montré des berceaux, des oiseaux et des biches blanches.
Il y a pourtant un moyen infaillible de conjurer les rêves funestes,
c'est de suspendre un collier rouge au cou d'un marmouset de bois
de chêne : chez les hommes civilisés l'espérance a aussi ses colliers
rouges et ses marmousets.

Après cette première demande, tout a l'air d'être oublié; un
temps considérable s'écoule avant la conclusion du mariage : la
vertu de prédilection du Sauvage est la patience. Dans les périls les
plus imminents, tout se doit passer comme à l'ordinaire : lorsque
l'ennemi est aux portes, un guerrier qui négligerait de fumer tranquillement sa pipe, assis les jambes croisées au soleil, passerait
pour une *vieille femme.*

Quelle que soit donc la passion du jeune homme, il est obligé
d'affecter un air d'indifférence, et d'attendre les ordres de la famille.
Selon la coutume ordinaire, les deux époux doivent demeurer

d'abord dans la cabane de leur plus vieux parent; mais souvent des arrangements particuliers s'opposent à l'observation de cette coutume. Le futur mari bâtit alors sa cabane : il en choisit presque toujours l'emplacement dans quelque vallon solitaire auprès d'un ruisseau ou d'une fontaine, et sous les bois qui la peuvent cacher.

Les Sauvages sont tous, comme les héros d'Homère, des médecins, des cuisiniers, et des charpentiers. Pour construire la hutte du mariage, on enfonce dans la terre quatre poteaux, ayant un pied de circonférence et douze pieds de haut : ils sont destinés à marquer les quatre angles d'un parallélogramme de vingt pieds de long sur dix-huit de large. Des mortaises creusées dans ces poteaux reçoivent des traverses, lesquelles forment, quand leurs intervalles sont remplis avec de la terre, les quatre murailles de la cabane.

Dans les deux murailles longitudinales on pratique deux ouvertures : l'une sert d'entrée à tout l'édifice; l'autre conduit dans une seconde chambre semblable à la première, mais plus petite.

On laisse le prétendu poser seul les fondements de sa demeure; mais il est aidé dans la suite du travail par ses compagnons. Ceux-ci arrivent chantant et dansant; ils apportent des instruments de maçonnerie faits de bois; l'omoplate de quelque grand quadrupède leur sert de truelle. Ils frappent dans la main de leur ami, sautent sur ses épaules, font des railleries sur son mariage et achèvent la cabane. Montés sur les poteaux et les murs commencés, ils élèvent le toit d'écorce de bouleau ou de chaume de maïs : mêlant du poil de bête fauve et de la paille de folle-avoine hachée dans de l'argile rouge, il enduisent de ce mastic les murailles à l'extérieur et à l'intérieur. Au centre ou à l'une des extrémités de la grande salle, les ouvriers plantent cinq longues perches, qu'ils entourent d'herbe sèche et de mortier: cette espèce de cône devient la cheminée, et laisse échapper la fumée par une ouverture ménagée dans le toit. Tout ce travail se fait au milieu des brocards et des chants satiriques : la plupart de ces chants sont grossiers; quelques-uns ne manquent pas d'une certaine grâce :

« La lune cache son front sous un nuage; elle est honteuse, elle
« rougit; c'est qu'elle sort du lit du soleil. Ainsi se cachera et
« rougira...... le lendemain de ses noces, et nous lui dirons: Laisse-
« nous donc voir tes yeux. »

Les coups de marteau, le bruit des truelles, le craquement des
branches rompues, les ris, les cris, les chansons se font entendre
au loin, et les familles sortent de leurs villages pour prendre part à
ces ébattements.

La cabane étant terminée en dehors, on la lambrisse en dedans
avec du plâtre quand le pays en fournit, avec de la terre glaise au
défaut de plâtre. On pèle le gazon resté dans l'intérieur de l'édifice :
les ouvriers, dansant sur le sol humide, l'ont bientôt pétri et égalisé.
Des nattes de roseau tapissent ensuite cette aire ainsi que les parois
du logis. Dans quelques heures est achevée une hutte qui cache
souvent sous son toit d'écorce plus de bonheur que n'en recouvrent
les voûtes d'un palais.

Le lendemain on remplit la nouvelle habitation de tous les meubles
et comestibles du propriétaire : nattes, escabelles, vases de terre et
de bois, chaudières, seaux, jambons d'ours et d'orignaux, gâteaux
secs, gerbes de maïs, plantes pour nourriture ou pour remède : ces
divers objets s'accrochent aux murs ou s'étalent sur des planches ;
dans un trou garni de cannes éclatées, on jette le maïs et la folle-
avoine. Les instruments de pêche, de chasse, de guerre et d'agriculture, la crosse du labourage, les piéges, les filets faits avec la moelle
intérieure du faux palmier, les hameçons de dents de castor, les
arcs, les flèches, les casse-tête, les haches, les couteaux, les armes
à feu, les cornes pour porter la poudre, les chichikoués, les tam-
bourins, les fifres, les calumets, le fil de nerfs de chevreuil, la toile
de mûrier ou de bouleau, les plumes, les perles, les colliers, le noir,
l'azur et le vermillon pour la parure , une multitude de peaux, les
unes tannées, les autres avec leurs poils ; tels sont les trésors dont
on enrichit la cabane.

Huit jours avant la célébration du mariage, la jeune femme se retire à la cabane des purifications, lieu séparé où les femmes entrent et restent trois ou quatre jours par mois, et où elles vont faire leurs couches. Pendant les huit jours de retraite, le guerrier engagé chasse : il laisse le gibier dans l'endroit où il le tue ; les femmes le ramassent et le portent à la cabane des parents pour le festin des noces. Si la chasse a été bonne, on en tire un augure favorable.

Enfin le grand jour arrive. Les jongleurs et les principaux Sachems sont invités à la cérémonie. Une troupe de jeunes guerriers va chercher le marié chez lui ; une troupe de jeunes filles va pareillement chercher la mariée à sa cabane. Le couple promis est orné de ce qu'il a de plus beau en plumes, en colliers, en fourrures, et de plus éclatant en couleurs.

Les deux troupes, par des chemins opposés, surviennent en même temps à la hutte du plus vieux parent. On pratique une seconde porte à cette hutte, en face de la porte ordinaire : environné de ses compagnons, l'époux se présente à l'une des portes, l'épouse, entourée de ses compagnes, se présente à l'autre. Tous les Sachems de la fête sont assis dans la cabane, le calumet à la bouche. La bru et le gendre vont se placer sur des rouleaux de peaux à l'une des extrémités de la cabane.

Alors commence en dehors la danse nuptiale, entre les deux chœurs restés à la porte. Les jeunes filles, armées d'une crosse recourbée, imitent les divers ouvrages du labour ; les jeunes guerriers font la garde autour d'elles, l'arc à la main. Tout à coup un parti ennemi sortant de la forêt s'efforce d'enlever les femmes ; celles-ci jettent leur hoyau et s'enfuient : leurs frères volent à leur secours. Un combat simulé s'engage ; les ravisseurs sont repoussés.

A cette pantomime succèdent d'autres tableaux tracés avec une vivacité naturelle : c'est la peinture de la vie domestique, le soin du ménage, l'entretien de la cabane, les plaisirs et les travaux du foyer ; touchantes occupations d'une mère de famille. Ce spectacle se termine par une ronde où les jeunes filles tournent à rebours du cours du soleil, et les jeunes guerriers, selon le mouvement apparent de cet astre.

Le repas suit : il est composé de soupes, de gibier, de gâteaux de maïs, de canneberges, espèce de légumes, de pommes de mai, sorte de fruit porté par une herbe, de poisson, de viandes grillées et d'oiseaux rôtis. On boit dans de grandes calebasses le suc de l'érable ou du sumac, et dans de petites tasses de hêtre, une préparation de cassine, boisson chaude que l'on sert comme du café. La beauté du repas consiste dans la profusion des mets.

Après le festin, la foule se retire. Il ne reste dans la cabane du plus vieux parent que douze personnes, six Sachems de la famille du mari, six matrones de la famille de la femme. Ces douze personnes, assises à terre, forment deux cercles concentriques ; les hommes décrivent le cercle extérieur. Les conjoints se placent au centre des deux cercles : ils tiennent horizontalement, chacun par un bout, un roseau de six pieds de long. L'époux porte dans la main droite un pied de chevreuil. L'époux élève de la main gauche une gerbe de maïs. Le roseau est point de différents hiéroglyphes qui marquent l'âge du couple uni et la lune où se fait le mariage. On dépose aux pieds de la femme les présents du mari et de sa famille, savoir : une parure complète, le jupon d'écorce de mûrier, le corset pareil, la mante de plumes d'oiseau ou de peaux de martre, les mocassines brodées en poil de porc-épic, les bracelets de coquillage, les anneaux ou les perles pour le nez et pour les oreilles

A ces vêtements sont mêlés un berceau de jonc, un morceau d'agaric, des pierres à fusil pour allumer le feu, la chaudière pour faire bouillir les viandes, le collier de cuir pour porter les fardeaux, et la bûche du foyer. Le berceau fait palpiter le cœur de l'épouse, la chaudière et le collier ne l'effraient point : elle regarde avec soumission ces marques de l'esclavage domestique.

Le mari ne demeure pas sans leçons : un casse-tête, un arc, une pagaie, lui annoncent ses devoirs : combattre, chasser et naviguer. Chez quelques tribus, un lézard vert, de cette espèce dont les mouvements sont si rapides que l'œil peut à peine les saisir, des feuilles

mortes entassées dans une corbeille, font entendre au nouvel époux
que le temps fuit et que l'homme tombe. Ces peuples enseignent par
des emblèmes la morale de la vie et rappellent la part des soins que
la nature a distribués à chacun de ses enfants.

Les deux époux enfermés dans le double cercle des douze parents,
ayant déclaré qu'ils veulent s'unir, le plus vieux parent prend le
roseau de six pieds, il le sépare en douze morceaux, lesquels il distribue aux douze témoins : chaque témoin est obligé de représenter
sa portion de roseau pour être réduite en cendres si les époux demandent un jour le divorce.

Les jeunes filles qui ont amené l'épouse à la cabane du plus vieux
parent l'accompagnent avec des chants à la hutte nuptiale ; les jeunes
guerriers y conduisent de leur côté le nouvel époux. Les conviés à
la fête retournent à leurs villages : ils jettent en sacrifice aux Manitous, des morceaux de leurs habits dans les fleuves, et brûlent une
part de leur nourriture.

En Europe, afin d'échapper aux lois militaires, on se marie :
parmi les Sauvages de l'Amérique septentrionale, nul ne se pouvait
marier qu'après avoir combattu pour la patrie. Un homme n'était
jugé digne d'être père que quand il avait prouvé qu'il saurait défendre
ses enfants. Par une conséquence de cette mâle coutume, un guerrier ne commençait à jouir de la considération publique que du
jour de son mariage.

La pluralité des femmes est permise, un abus contraire livre quelquefois une femme à plusieurs maris : des hordes plus grossières
offrent leurs femmes et leurs filles aux étrangers. Ce n'est pas une
dépravation, mais le sentiment profond de leur misère, qui pousse
ces Indiens à cette sorte d'infamie ; ils pensent rendre leur famille
plus heuseuse, en changeant le sang paternel.

Les Sauvages du nord-ouest voulurent avoir de la race du premier
Nègre qu'ils aperçurent : ils le prirent pour un mauvais esprit ; ils
espérèrent qu'en le naturalisant chez eux ils se ménageraient des
intelligences et des protecteurs parmi les génies noirs.

L'adultère dans la femme était autrefois puni chez les Hurons par la mutilation du nez : on voulait que la faute restât gravée sur le visage.

En cas de divorce, les enfants sont adjugés à la femme : chez les animaux, disent les Sauvages, c'est la femelle qui nourrit les petits

On taxe d'incontinence une femme qui devient grosse la première année de son mariage ; elle prend quelquefois le suc d'une espèce de rue pour détruire son fruit trop hâtif : cependant (inconséquences naturelles aux hommes) une femme n'est estimée qu'au moment où elle devient mère. Comme mère, elle est appelée aux délibérations publiques ; plus elle a d'enfants, et surtout de fils, plus on la respecte.

Un mari qui perd sa femme épouse la sœur de sa femme quand elle a une sœur ; de même qu'une femme qui perd son mari épouse le frère de ce mari, s'il a un frère : c'était à peu près la loi athénienne. Une veuve chargée de beaucoup d'enfants est fort recherchée.

Aussitôt que les premiers symptômes de la grossesse se déclarent, tous rapports cessent entre les époux. Vers la fin du neuvième mois, la femme se retire à la hutte des purifications, où elle est assistée par les matrones. Les hommes, sans en excepter le mari, ne peuvent entrer dans cette hutte. La femme y demeure trente ou quarante jours après ses couches, selon qu'elle a mis au monde une fille ou un garçon.

Lorsque le père a reçu la nouvelle de la naissance de son enfant, il prend un calumet de paix dont il entoure le tuyau avec des pampres de vigne-vierge, et court annoncer l'heureuse nouvelle aux divers membres de la famille. Il se rend d'abord chez les parents maternels, parce que l'enfant appartient exclusivement à la mère. S'approchant du Sachem le plus âgé, après avoir fumé vers les quatre points cardinaux, il lui présente sa pipe en disant : « Ma femme est mère. » Le Sachem prend la pipe, fume à son tour, et dit en ôtant le calumet de sa bouche : « Est-ce un guerrier? »

Si la réponse est affirmative, le Sachem fume trois fois vers le

soleil; si la réponse est négative, le Sachem ne fume qu'une fois.
Le père est reconduit en cérémonie plus ou moins loin, selon le sexe
de l'enfant. Un Sauvage devenu père prend une tout autre autorité
dans la nation; sa dignité d'homme commence avec sa paternité.

Après les trente ou quarante jours de purification, l'accouchée se
dispose à revenir à sa cabane: les parents s'y rassemblent pour
imposer un nom à l'enfant: on éteint le feu, on jette au vent les
anciennes cendres du foyer; on prépare un bûcher composé de
bois odorants; le prêtre ou jongleur, une mèche à la main, se tient
prêt à allumer le feu nouveau : on purifie les lieux d'alentour en les
aspergeant avec de l'eau de fontaine.

Bientôt s'avance la jeune mère : elle vient seule vêtue d'une robe
nouvelle; elle ne doit rien porter de ce qui lui a servi autrefois. Sa
mamelle gauche est découverte; elle y suspend son enfant complé-
tement nu, elle pose un pied sur le seuil de sa porte.

Le prêtre met le feu au bûcher : le mari s'avance et reçoit son
enfant des mains de sa femme. Il le reconnaît d'abord, et l'avoue à
haute voix. Chez quelques tribus, les parents du même sexe que
l'enfant assistent seuls aux relevailles. Après avoir baisé les lèvres
de son enfant, le père le remet au plus vieux Sachem; le nouveau-
né passe ensuite entre les bras de toute sa famille : il reçoit la bénédiction du prêtre et les vœux des matrones.

On procède ensuite au choix d'un nom : la mère reste toujours
sur le seuil de la cabane. Chaque famille a ordinairement trois ou
quatre noms qui reviennent tour à tour; mais il n'est jamais question
que de ceux du côté maternel. Selon l'opinion des Sauvages, c'est le
père qui crée l'âme de l'enfant, la mère n'en engendre que le corps [1] :
on trouve juste que le corps ait un nom qui vienne de la mère.

Quand on veut faire un grand honneur à l'enfant, on lui confère
le nom le plus ancien dans sa famille : celui de son aïeule, par
exemple. Dès ce moment l'enfant occupe la place de la femme dont

---

[1] Voyez les *Natchez*, t. II.

Il a recueilli le nom; on lui donne en lui parlant le degré de parenté que son nom fait revivre : ainsi un oncle peut saluer un neveu du titre de *grand'-mère;* coutume qui prêterait au rire, si elle n'était infiniment touchante. Elle rend, pour ainsi dire, la vie aux aïeux; elle reproduit dans la faiblesse des premiers ans la faiblesse du vieil âge; elle lie et rapproche les deux extrémités de la vie, le commencement et la fin de la famille; elle communique une espèce d'immortalité aux ancêtres, en les supposant présents au milieu de leur postérité; elle augmente les soins que la mère a pour l'enfant par le souvenir des soins qu'on prit de la sienne : la tendresse filiale redouble l'amour maternel.

Après l'imposition du nom, la mère entre dans la cabane; on lui rend son enfant, qui n'appartient plus qu'à elle. Elle le met dans un berceau. Ce berceau est une petite planche du bois le plus léger, qui porte un lit de mousse ou de coton sauvage : l'enfant est déposé tout nu sur cette couche; deux bandes d'une peau moelleuse l'y retiennent et préviennent sa chute sans lui ôter le mouvement. Au-dessus de la tête du nouveau-né est un cerceau sur lequel on étend un voile pour éloigner les insectes, et pour donner de la fraîcheur et de l'ombre à la petite créature.

J'ai parlé ailleurs[1] de la mère indienne; j'ai raconté comment elle porte ses enfants; comment elle les suspend aux branches des arbres; comment elle leur chante; comment elle les pare, les endort et les réveille; comment, après leur mort, elle les pleure; comment elle va répandre son lait sur le gazon de leur tombe, ou recueillir leur âme sur les fleurs.

Après le mariage et la naissance, il conviendrait de parler de la mort qui termine les scènes de la vie; mais j'ai si souvent décrit les funérailles des Sauvages, que la matière est presque épuisée.

Je ne répéterai donc point ce que j'ai dit dans *Atala* et dans *les Natchez* relativement à la manière dont on habille le décédé, dont

---

[1] *Atala, le Génie du Christianisme, les Natchez,* etc.

on le peint, dont on s'entretient avec lui, etc. J'ajouterai seulement
que parmi toutes les tribus, il est d'usage de se ruiner pour les
morts: la famille distribue ce qu'elle possède aux convives du repas
funèbre : il faut manger et boire tout ce qui se trouve dans la
cabane. Au lever du soleil, on pousse de grands hurlements sur le
cercueil d'écorce où gît le cadavre; au coucher du soleil, les hurlements recommencent : cela dure trois jours, au bout desquels le
défunt est enterré. On le recouvre du mont du tombeau ; s'il fut
guerrier renommé, un poteau peint en rouge marque sa sépulture.

Chez plusieurs tribus les parents du mort se font des blessures
aux jambes et aux bras. Un mois de suite on continue les cris de
douleur au coucher et au lever du soleil, et pendant plusieurs
années on accueille par les mêmes cris l'anniversaire de la perte que
l'on a faite.

Quand un Sauvage meurt l'hiver à la chasse, son corps est conservé sur les branches des arbres ; on ne lui rend les derniers honneurs qu'après le retour des guerriers au village de sa tribu. Cela
se pratiquait jadis ainsi chez les Moscovites.

Non seulement les Indiens ont des prières, des cérémonies différentes selon le degré de parenté, la dignité, l'âge et le sexe de la
personne décédée, mais ils ont encore des temps d'exhumation publique [1], de commémoration générale.

Pourquoi les Sauvages de l'Amérique sont-ils de tous les peuples
ceux qui ont le plus de vénération pour les morts ? Dans les calamités nationales, la première chose à laquelle on pense, c'est à
sauver les trésors de la tombe : on ne reconnaît la propriété légale
que là où sont ensevelis les ancêtres. Quand les Indiens ont plaidé
leurs droits de possession, ils se sont toujours servis de cet argument qui leur paraissait sans réplique : « Dirons-nous aux os de
« nos pères : Levez-vous et suivez-nous dans une terre étrangère? »
Cet argument n'étant point écouté, qu'ont-ils fait ? ils ont emporté
les ossements qui ne les pouvaient suivre.

[1] *Atala.*

Les motifs de cet attachement extraordinaire à de saintes reliques se trouvent facilement. Les peuples civilisés ont, pour conserver les souvenirs de leur patrie, les monuments des lettres et des arts; ils ont des cités, des palais, des tours, des colonnes, des obélisques; ils ont la trace de la charrue dans les champs par eux cultivés; leurs noms sont gravés sur l'airain et le marbre; leurs actions conservées dans les chroniques.

Les Sauvages n'ont rien de tout cela : leur nom n'est point écrit sur les arbres de leurs forêts; leur hutte, bâtie dans quelques heures, périt dans quelques instants; la simple crosse de leur labour, qui n'a fait qu'effleurer la terre, n'a pu même élever un sillon; leurs chansons traditionnelles s'évanouissent avec la dernière mémoire qui les retient, avec la dernière voix qui les répète. Il n'y a donc pour les tribus du Nouveau-Monde qu'un seul monument : la tombe. Enlevez à des Sauvages les os de leurs pères, vous leur enlevez leur histoire, leur loi, et jusqu'à leurs dieux; vous ravissez à ces hommes dans la postérité la preuve de leur existence comme celle de leur néant.

MOISSONS, FÊTES,

RÉCOLTE DE SUCRE D'ÉRABLE, PÊCHE, DANSES ET JEUX.

MOISSONS.

On a cru et on a dit que les Sauvages ne tiraient pas parti de la terre : c'est une erreur. Ils sont principalement chasseurs à la vérité, mais tous s'adonnent à quelque genre de culture, tous savent employer les plantes et les arbres aux besoins de la vie. Ceux qui occupaient le beau pays qui forme aujourd'hui les états de la

Géorgie, du Tenessée, de l'Alabama, du Mississipi, étaient sons ce rapport plus civilisés que les naturels du Canada.

Chez les Sauvages tous les travaux publics sont des fêtes: lorsque les derniers froids étaient passés, les femmes Siminoles, Chicassoises, Natchez, s'armaient d'une crosse de noyer, mettaient sur leurs têtes des corbeilles à compartiments remplies de semailles de maïs, de graines de melon d'eau, de féveroles et de tournesols. Elles se rendaient au champ commun, ordinairement placé dans une position facile à défendre, comme sur une langue de terre entre deux fleuves ou dans un cercle de collines.

A l'une des extrémités du champ, les femmes se rangeaient en ligne, et commençaient à remuer la terre avec leur crosse en marchant à reculons.

Tandis qu'elles rafraîchissaient ainsi l'ancien labourage sans former de sillon, d'autres Indiennes les suivaient ensemençant l'espace préparé par leurs compagnes. Les féveroles et le grain du maïs étaient jetés ensemble sur le guéret, les quenouilles du maïs étant destinées à servir de tuteurs ou de rames au légume grimpant.

Des jeunes filles s'occupaient à faire des couches d'une terre noire et lavée: elles répandaient sur ces couches de graines de courge et de tournesol; on allumait autour de ces lits de terre des feux de bois vert, pour hâter la germination au moyen de la fumée.

Les Sachems et les jongleurs présidaient au travail; les jeunes hommes rôdaient autour du champ commun et chassaient les oiseaux par leurs cris.

FÊTES.

La fête du blé vert arrivait au mois de juin: on cueillait une certaine quantité de maïs tandis que le grain était encore en lait. De ce grain alors excellent on pétrissait le tossomanony, espèce de gâteau qui sert de provisions de guerre ou de chasse.

Les quenouilles de maïs, mises à bouillir dans de l'eau de fontaine,

sont retirées à moitié cuites et présentées à un feu sans flamme.
Lorsqu'elles ont acquis une couleur roussâtre, on les égrène dans
un *poutagan* ou mortier de bois. On pile le grain en l'humectant.
Cette pâte, coupée en tranches et séchée au soleil, se conserve un
temps infini. Lorsqu'on veut en user, il suffit de la plonger dans de
l'eau, du lait de noix ou de jus d'érable; ainsi détrempée, elle offre
une nourriture saine et agréable.

La plus grande fête des Natchez était la fête du feu nouveau ;
espèce de jubilé en l'honneur du soleil, à l'époque de la grande
moisson : le soleil était la divinité principale de tous les peuples
voisins de l'empire mexicain.

Un crieur public parcourait les villages, annonçant la cérémonie
au son d'une conque. Il faisait entendre ces paroles :

« Que chaque famille prépare des vases vierges, des vêtements
« qui n'ont point été portés; qu'on lave les cabanes; que les vieux
« grains, les vieux habits, les vieux ustensiles soient jetés et brûlés
« dans un feu commun au milieu de chaque village; que les malfai-
« teurs reviennent : les Sachems oublient leurs crimes. »

Cette amnistie des hommes, accordée aux hommes au moment
où la terre leur prodigue ses trésors, cet appel général des heureux
et des infortunés, des innocents et des coupables au grand banquet
de la nature, étaient un reste touchant de la simplicité primitive de
la race humaine.

Le crieur reparaissait le second jour, prescrivait un jeûne de
soixante-douze heures, une abstinence rigoureuse de tout plaisir,
et ordonnait en même temps la *médecine des purifications*. Tous
les Natchez prenaient aussitôt quelques gouttes d'une racine qu'ils
appelaient *la racine de sang*. Cette racine appartient à une espèce
de plantin; elle distille une liqueur rouge, violent émétique. Pendant
les trois jours d'abstinence et de prière, on gardait un profond
silence ; on s'efforçait de se détacher des choses terrestres pour
s'occuper uniquement de CELUI qui mûrit le fruit sur l'arbre et le
blé dans l'épi.

A la fin du troisième jour , le crieur proclamait l'ouverture de la fête fixée au lendemain.

A peine l'aube avait-elle blanchi le ciel, qu'on voyait s'avancer par les chemins brillants de rosée, les jeunes filles, les jeunes guerriers, les matrones et les Sachems. Le temple du soleil, grande cabane qui ne recevait le jour que par deux portes, l'une du côté de l'occident et l'autre du côté de l'orient, était le lieu du rendez-vous; on ouvrait la porte orientale; le plancher et les parois intérieures du temple étaient couverts de nattes fines, peintes et ornées de différents hiéroglyphes. Des paniers rangés en ordre dans le sanctuaire renfermaient les ossements des plus anciens chefs de la nation, comme les tombeaux dans nos églises gothiques.

Sur un autel, placé en face de la porte orientale, de manière à recevoir les premiers rayons du soleil levant, s'élevait une idole représentant un chouchouacha. Cet animal, de la grosseur d'un cochon de lait, a le poil du blaireau, la queue du rat, les pattes du singe : la femelle porte sous le ventre une poche où elle nourrit ses petits. A droite de l'image du chouchouacha était la figure d'un serpent à sonnettes, à gauche un marmouzet grossièrement sculpté. On entretenait dans un vase de pierre, devant les symboles, un feu d'écorce de chêne qu'on ne laisait jamais éteindre, excepté la veille de la fête du feu nouveau ou de la moisson : les prémices des fruits étaient suspendues autour de l'autel, les assistants ordonnés ainsi dans le temple :

Le Grand-Chef ou le *soleil*, à droite de l'autel, à gauche, la Femme-Chef qui, seule de toutes les femmes, avait le droit de pénétrer dans le sanctuaire ; auprès du *Soleil* se rangeaient successivement les deux chefs de guerre, les deux officiers pour les traités, et les principaux Sachems; à côté de la Femme-Chef s'asseyaient l'édile ou l'inspecteur des travaux publics, les quatre hérauts des festins, et ensuite les jeunes guerriers. A terre, devant l'autel, des tronçons de cannes séchées, couchés obliquement les uns sur les autres jusqu'à la hauteur de dix-huit pouces, traçaient des cercles concentriques dont les différentes révolutions embrassaient, en s'éloignant du centre, un diamètre de douze à treize pieds.

Le grand-prêtre debout, au seuil du temple, tenait les yeux attachés sur l'orient. Avant de présider à la fête, il s'était plongé trois fois dans le Mississipi. Une robe blanche d'écorce de bouleau l'enveloppait et se rattachait autour de ses reins par une peau de serpent.

L'ancien hibou empaillé qu'il portait sur sa tête avait fait place à la dépouille d'un jeune oiseau de cette espèce. Ce prêtre frottait lentement, l'un contre l'autre, deux morceaux de bois sec, et prononçait à voix basse des paroles magiques. A ses côtés, deux acolytes soulevaient par les anses deux coupes remplies d'une espèce de sorbet noir. Toutes les femmes, le dos tourné à l'orient, appuyées d'une main sur leur crosse de labour, de l'autre tenant leurs petits enfants, décrivaient en dehors un grand cercle à la porte du temple.

Cette cérémonie avait quelque chose d'auguste : le vrai Dieu se fait sentir jusque dans les fausses religions : l'homme qui prie est respectable; la prière qui s'adresse à la Divinité est si sainte de sa nature, qu'elle donne quelque chose de sacré à celui-là même qui la prononce, innocent, coupable ou malheureux. C'était un touchant spectacle que celui d'une nation assemblée dans un désert à l'époque de la moisson, pour remercier le Tout-Puissant de ses bienfaits, pour chanter ce Créateur qui perpétue le souvenir de la création, en ordonnant chaque matin au soleil de se lever sur le monde.

Cependant un profond silence régnait dans la foule. Le grand-prêtre observait attentivement les variations du ciel. Lorsque les couleurs de l'aurore, muées du rose au pourpre, commençaient à être traversées des rayons d'un feu pur, et devenaient de plus en plus vives, le prêtre accélérait la collision des deux morceaux de bois sec. Une mèche soufrée de moelle de sureau était préparée afin de recevoir l'étincelle. Les deux maîtres de cérémonie s'avançaient à pas mesurés, l'un vers le Grand-Chef, l'autre vers la Femme-Chef. De temps en temps ils s'inclinaient; et s'arrêtant enfin devant le Grand-

Chef et devant la Femme-Chef, ils demeuraient complètement immobiles.

Des torrents de flammes s'échappaient de l'orient, et la portion supérieure du disque du soleil se montrait au-desous de l'horizon. A l'instant le grand-prêtre pousse l'oah sacré, le feu jaillit du bois échauffé par le frottement; la mèche soufrée s'allume; les femmes, en dehors du temple, retournent subitement et élèvent toutes à la fois vers l'astre du jour leurs enfants nouveau-nés et la crosse du labourage.

Le Grand-Chef et la Femme-Chef boivent le sorbet noir que leur présentent les maîtres de cérémonie; le jongleur communique le feu aux cercles de roseau : la flamme serpente en suivant leur spirale. Les écorces de chêne sont allumées sur l'autel, et ce feu nouveau donne ensuite une nouvelle semence aux foyers éteints du village. Le Grand-Chef entone l'hymne au soleil.

Les cercles de roseau étant consumés et le cantique achevé, la Femme-Chef sortait du temple, se mettait à la tête des femmes, qui, toutes rangées à la file, se rendaient au champ commun de la moisson. Il n'était pas permis aux hommes de les suivre. Elles allaient cueillir les premières gerbes de maïs pour les offrir au temple, et pétrir avec le surplus les pains azymes du banquet de la nuit.

Arrivées aux cultures, les femmes arrachaient dans le carré attribué à leur famille un certain nombre des plus belles gerbes de maïs; plante superbe, dont les roseaux de sept pieds de hauteur, environnés de feuilles vertes et surmontés d'un rouleau de grains dorés, ressemblent à ces quenouilles entourées de rubans que nos paysannes consacrent dans les églises de village. Des milliers de grives bleues, de petites colombes de la grosseur d'un merle, des oiseaux de rizière, dont le plumage gris est mêlé de brun, se posent sur la tige des gerbes, et s'envolent à l'approche des moissonneuses américaines, entièrement cachées dans les avenues des grands épis. Les renards noirs font quelquefois des ravages considérables dans ces champs.

Les femmes revenaient au temple, portant les prémices en faisceaux sur leur tête ; le grand-prêtre recevait l'offrande, et la déposait sur l'autel. On fermait la porte orientale du sanctuaire, et l'on ouvrait la porte occidentale.

Rassemblée à cette dernière porte lorsque le jour allait clore, la foule dessinait un croissant dont les deux pointes étaient tournées vers le soleil; les assistants, le bras droit levé, présentaient les pains azymes à l'astre de la lumière. Le jongleur chantait l'hymne du soir; c'était l'éloge du soleil à son coucher : ses rayons naissants avaient fait croître le maïs, ses rayons mourants avaient sanctifié les gâteaux formés du grain de la gerbe moissonnée.

La nuit venue, on allumait des feux ; on faisait rôtir des oursons, lesquels, engraissés de raisins sauvages, offraient à cette époque de l'année un mets excellent. On mettait griller sur les charbons des dindes de savanes, des perdrix noires, des espèces de faisans plus gros que ceux d'Europe. Ces oiseaux ainsi préparés s'appelaient *la nourriture des hommes blancs*. Les boissons et les fruits servis à ces repas étaient l'eau de smilax, d'érable, de plane, de noyer blanc, les pommes de mai, les plankmines, les noix. La plaine resplendissait de la flamme des bûchers; on entendait de toutes parts les sons du chichikoué, du tambourin et du fifre, mêlé aux voix des danseurs et aux applaudissements de la foule.

Dans ces fêtes, si quelque infortuné retiré à l'écart, promenait ses regards sur les jeux de la plaine, un Sachem l'allait chercher, et s'informait de la cause de sa tristesse; il guérissait ses maux, s'ils n'étaient pas sans remède, ou les soulageait du moins, s'ils étaient de nature à ne pouvoir finir.

La moisson du maïs se fait en arrachant les gerbes ou en les coupant à deux pieds de hauteur sur leur tige. Le grain se conserve dans des outres ou dans des fosses garnies de roseaux. On garde aussi les gerbes entières ; on les égrène à mesure que l'on en à besoin. Pour réduire le maïs en farine, on le pile dans un mortier ou on l'écrase entre deux pierres. Les Sauvages usent aussi de moulins à bras achetés des Européens.

La moisson de la folle-avoine ou du riz sauvage suit immédiatement celle du maïs. J'ai parlé ailleurs de cette moisson [1].

RÉCOLTE DU SUCRE D'ÉRABLE.

La récolte du sucre d'érable se faisait et se fait encore parmi les
Sauvages deux fois l'année. La première récolte a lieu vers la fin de
février, de mars ou d'avril, selon la latitude du pays où croît l'érable
à sucre. L'eau recueillie après les légères gelées de la nuit se con-
vertit en sucre, en la faisant bouillir sur un grand feu. La quantité
de sucre obtenue par ce procédé varie selon les qualités de l'arbre.
Ce sucre, léger de digestion, est d'une couleur verdâtre, d'un goût
agréable et un peu acide.

La seconde récolte a lieu quand la sève de l'arbre n'a pas assez
de consistance pour se changer en suc. Cette sève se condense en
une espèce de mélasse, qui, étendue dans de l'eau de fontaine, offre
une liqueur fraîche pendant les chaleurs de l'été.

On entretient avec un grand soin les bois d'érable de l'espèce
rouge et blanche. Les érables les plus productifs sont ceux dont
l'écorce paraît noire et galeuse. Les Sauvages ont cru observer que
ces accidents sont causés par le pivert noir à tête rouge, qui perce
l'érable dont la sève est la plus abondante. Ils respectent ce pivert
comme un oiseau intelligent et un bon génie.

A quatre pieds de terre environ, on ouvre dans le tronc de l'é-
rable deux trous de trois quarts de pouce de profondeur, et perforés
de haut en bas, pour faciliter l'écoulement de la sève.

Ces deux premières incisions sont tournées au midi; on en pratique deux autres semblables du côté du nord. Ces quatre taillades
sont ensuite creusées à mesure que l'arbre donne sa sève, jusqu'à
la profondeur de deux pouces et demi.

Deux auges de bois sont placées aux deux faces de l'arbre au nord

[1] *Les Natchez.*

et au midi, et des tuyaux de sureau introduits dans les fentes servent
à diriger la sève dans ces auges.

Toutes les vingt-quatre heures, on enlève le suc écoulé : on le
porte sous des hangards couverts d'écorce; on le fait bouillir dans
un bassin de pierre en l'écumant. Lorsqu'il est réduit à moitié par
l'action d'un feu clair, on le transvase dans un autre bassin, où
l'on continue à le faire bouillir jusqu'à ce qu'il ait pris la consistance d'un sirop. Alors, retiré du feu, il repose pendant douze heures.
Au bout de ce temps, on le précipite dans un troisième bassin,
prenant soin de ne pas remuer le sédiment tombé au fond de la
liqueur.

Ce troisième bassin est à son tour remis sur des charbons demi
brûlés et sans flammes. Un peu de graisse est jetée dans le sirop
pour l'empêcher de surmonter les bords du vase. Lorsqu'il commence à filer, il faut se hâter de le verser dans un quatrième et
dernier bassin de bois, appelé *le réfrodisseur*. Une femme vigou-
reuse le remue en rond, sans discontinuer, avec un bâton de cèdre,
jusqu'à ce qu'il ait pris le grain du sucre. Alors elle le coule dans
des moules d'écorce qui donnent au fluide coagulé la forme de petits
pains coniques : l'opération est terminée.

Quand il ne s'agit que des mélasses, le procédé finit au second feu.

L'écoulement des érables dure quinze jours, et ces quinze jours
sont une fête continuelle. Chaque matin on se rend au bois d'érables, ordinairement arrosé par un courant d'eau. Des groupes d'Indiens et d'Indiennes sont dispersés aux pieds des arbres; des jeunes
gens dansent ou jouent à différents jeux; des enfants se baignent
sous les yeux des Sachems. A la gaieté de ces Sauvages, à leur
demi-nudité, à la vivacité des danses, aux luttes non moins bruyantes
des baigneurs, à la mobilité et à la fraîcheur des eaux, à la vieillesse
des ombrages, on croirait assister à une de ces scènes de Faunes et
de Dryades décrites par les poètes :

Tun verò in numerum Faunosque ferasque videres
Ludere.

PÊCHES.

Les Sauvages sont aussi habiles à la pêche qu'adroits à la chasse : ils prennent le poisson avec des hameçons et des filets ; ils savent aussi épuiser les viviers. Mais ils ont de grandes pêches publiques. La plus célèbre de toutes ces pêches était celle de l'esturgeon, qui avait lieu sur le Mississipi et sur ses affluents.

Elle s'ouvrait par le mariage du filet. Six guerriers et six matrones portant ce filet s'avançaient au milieu des spectateurs sur la place publique et demandaient en mariage pour leur fils, le filet, deux jeunes filles qu'ils désignaient.

Les parents des jeunes filles donnaient leur consentement, et les jeunes filles et le filet étaient mariés par le jongleur avec les cérémonies d'usage : le Doge de Venise épousait la mer.

Des danses de caractères suivaient le mariage. Après les noces du filet, on se rendait au fleuve au bord duquel étaient assemblés les canots et les pirogues. Les nouvelles épouses, enveloppées dans le filet, étaient portées à la tête du cortége : on s'embarquait après s'être muni de flambeaux de pin, et de pierres pour battre le feu. Le filet, ses femmes, le jongleur, le Grand-Chef, quatre Sachems, huit guerriers pour manier les rames, montaient une grande pirogue qui prenait le devant de la flotte.

La flotte cherchait quelque baie fréquentée par l'esturgeon. Chemin faisant on péchait toutes les autres sortes de poissons : la truite, avec la seine, le poisson-armé avec l'hameçon. On frappe l'esturgeon d'un dard attaché à une corde, laquelle est nouée à la barre intérieure du canot ; mais peu à peu sa fuite se ralentit et il vient expirer à la surface de l'eau. Les différentes attitudes des pêcheurs, le jeu des rames, le mouvement des voiles, la position des pirogues groupées ou dispersées montrant le flanc, la poupe ou la proue, tout cela compose un spectacle très pittoresque : les paysages de la terre forment le fond immobile de ce mobile tableau.

A l'entrée de la nuit on allumait dans les pirogues des flambeaux dont la lueur se répétait à la surface de l'onde. Les canots pressés jetaient des masses d'ombre sur les flots rougis ; on eût pris les pêcheurs indiens qui s'agitaient dans ces embarcations, pour leurs Manitous, pour ces êtres fantastiques, création de la superstition et des rêves du Sauvage.

A minuit le jongleur donnait le signal de la retraite, déclarant que le filet voulait se retirer avec ses deux épouses. Les pirogues se rangeaient sur deux lignes. Un flambeau était symétriquement et horizontalement placé entre chaque rameur sur le bord des pirogues : ces flambeaux parallèles à la surface du fleuve paraissaient, disparaissaient à la vue par le balancement des vagues, et ressemblaient à des rames enflammées plongeant dans l'onde pour faire voguer les canots.

On chantait alors l'épithalame du filet : le filet, dans toute la gloire d'un nouvel époux, était déclaré vainqueur de l'esturgeon qui porte une couronne et qui a douze pieds de long. On peignait la déroute de l'armée entière des poissons : le lencornet dont les barbes servent à entortiller son ennemi, le chaousaron, pourvu d'une lance dentelée, creuse et percée par le bout, l'artimègue qui déploie un pavillon blanc, les écrevisses qui précèdent les guerriers-poissons, pour leur frayer le chemin ; tout cela était vaincu par le filet.

Venaient des strophes qui disaient la douleur des veuves des poissons. « En vain ces veuves apprennent à nager, elles ne reverront plus ceux avec qui elles aimaient à errer dans les forêts sous les eaux ; elles ne se reposeront plus avec eux sur des couches de mousse que recouvrait une voûte transparente. » Le filet est invité, après tant d'exploits, à dormir dans les bras de ses deux épouses.

DANSES.

La danse chez les Sauvages, comme chez les anciens Grecs et chez la plupart des peuples enfants, se mêle à toutes les actions de la vie. On danse pour les mariages, et les femmes font partie de cette danse ; on danse pour recevoir un hôte, pour fumer un calumet ; on danse pour les moissons ; on danse pour la naissance d'un enfant ; on danse surtout pour les morts. Chaque chasse a sa danse, laquelle consiste dans l'imitation des mouvements, des mœurs et des cris de l'animal dont la poursuite est décidée : on grimpe comme un ours, on bâtit comme un castor, on galope en rond comme un bison, on bondit comme un chevreuil, on hurle comme un loup, et l'on glapit comme un renard.

Dans la danse des braves ou de la guerre, les guerriers, complète-ment armés, se rangent sur deux lignes ; un enfant marche devant eux, un chichikoué à la main, c'est l'*enfant des songes*, l'enfant qui a *rêvé* sous l'inspiration des bons ou des mauvais Manitous. Derrière les guerriers vient le jongleur, le prophète ou l'augure interprète des songes de l'enfant.

Les danseurs forment bientôt un double cercle en mugissant sourdement, tandis que l'enfant, demeuré au centre de ce cercle, prononce, les yeux baissés, quelques mots inintelligibles. Quand l'enfant lève la tête, les guerriers sautent et mugissent plus fort : ils se vouent à Athaënsic, Manitou de la haine et de la vengeance. Une espèce de coryphée marque la mesure en frappant sur un tam-bourin. Quelquefois les danseurs attachent à leurs pieds de petites sonnettes achetées des Européens.

Si l'on est au moment de partir pour une expédition, un chef prend la place de l'enfant, harangue les guerriers, frappe à coups de massue l'image d'un homme ou celle du Manitou de l'ennemi, dessinées grossièrement sur la terre. Les guerriers recommençant à danser, assaillent également l'image, imitent les attitudes de l'homme qui combat, brandissent leurs massues ou leurs haches, manient leurs mousquets ou leurs arcs, agitent leurs couteaux avec des convulsions et des hurlements.

Au retour de l'expédition, la danse de la guerre est encore plus affreuse : des têtes, des cœurs, des membres mutilés, des crânes avec leurs chevelures sanglantes sont suspendus à des piquets plantés en terre. On danse autour de ces trophées, et les prisonniers qui doivent être brûlés assistent au spectacle de ces horribles joies. Je parlerai de quelques autres danses de cette nature à l'article de la guerre.

JEUX.

Le jeu est une action commune à l'homme; il a trois sources: la nature, la société, les passions. De là trois espèces de jeux: les jeux de l'enfance, les jeux de la virilité, les jeux de l'oisiveté ou des passions.

Les jeux de l'enfance, inventés par les enfants eux-mêmes, se retrouvent sur toute la terre. J'ai vu le petit Sauvage, le petit Bédouin, le petit Nègre, le petit Français, le petit Anglais, le petit Allemand, le petit Italien, le petit Espagnol, le petit Grec opprimé, le petit Turc oppresseur, lancer la balle et rouler le cerceau. Qui a montré à ces enfants si divers par leurs langues, si différents par leurs races, leurs mœurs et leurs pays, qui leur a montré ces mêmes jeux? Le Maître des hommes, le père de la grande et même famille: il enseigna à l'innocence ces amusements, développement des forces, besoin de la nature.

La seconde espèce de jeux est celle qui, servant à apprendre un art, est un besoin de la société. Il faut ranger dans cette espèce les jeux gymnastiques, les courses de chars, la naumachie chez les anciens, les joûtes, les castilles, les pas d'armes, les tournois dans le moyen âge, la paume, l'escrime, les courses de chevaux, et les jeux d'adresse chez les modernes. Le théâtre avec ses pompes est une chose à part, et le génie le réclame comme une de ses créations; il en est de même de quelques combinaisons de l'esprit, comme le jeu des dames et des échecs.

La troisième espèce de jeux, les jeux de hasard, est celle où l'homme expose sa fortune, son honneur, quelquefois sa liberté et sa vie avec une fureur qui tient du délire; c'est un besoin des passions. Les dez chez les anciens, les cartes chez les modernes, les osselets chez les Sauvages de l'Amérique septentrionale, sont au nombre de ces récréations funestes.

On retrouve les trois espèces de jeux dont je viens de parler chez les Indiens.

Les jeux de leurs enfants sont ceux de nos enfants ; ils ont la balle et la paume [1], la course, le tire de l'arc pour la jeunesse, et de plus le *jeu de plumes*, qui rappelle un ancien jeu de chevalerie.

Les guerriers et les jeunes filles dansent autour de quatre poteaux sur lesquels sont attachées des plumes de différentes couleurs : de temps en temps un jeune homme sort des quadrilles et enlève une plume de la couleur que porte sa maîtresse : il attache cette plume dans ses cheveux, et rentre dans les chœurs de danse. Par la disposition de la plume et la forme des pas, l'Indienne devine le lieu que son amant lui indique pour rendez-vous. Il y a des guerriers qui prennent des plumes d'une couleur dont aucune danseuse n'est parée : cela veut dire que ce guerrier n'aime point ou n'est point aimé. Les femmes mariées ne sont admises que comme spectatrices à ce jeu.

Parmi les jeux de la troisième espèce, les jeux de l'oisiveté ou des passions, je ne décrirai que celui des osselets.

A ce jeu les Sauvages pleigent leurs femmes, leurs enfants, leur liberté ; et lorsqu'ils ont joué sur promesse et qu'ils ont perdu, ils tiennent leur promesse. Chose étrange ! l'homme, qui manque souvent aux serments les plus sacrés, qui se rit des lois, qui trompe sans scrupule son voisin et quelquefois son ami, qui se fait un mérite de la ruse et de la duplicité, met son honneur à remplir les engagements de ses passions, à tenir sa parole au crime, à être sincère envers les auteurs, souvent coupables, de sa ruine et les complices de sa dépravation !

Au jeu des osselets, appelé aussi le *jeu du plat*, deux joueurs seuls tiennent la main ; le reste des joueurs parie pour ou contre

[1] Voyez *les Natchez.*

les deux adversaires ont chacun leur marqueur. La partie se joue sur une table ou simplement sur le gazon.

Les deux joueurs qui tiennent la main sont pourvus de six ou huit dez ou osselets, ressemblant à des noyaux d'abricot taillés à six faces inégales : les deux plus larges faces sont peintes l'une en blanc, l'autre en noir.

Les osselets se mêlent dans un plat de bois un peu concave ; le joueur fait pirouetter ce plat ; puis, frappant sur la table ou sur le gazon, il fait sauter en l'air les osselets.

Si tous les osselets, en tombant, présentent la même couleur, celui qui a joué gagne cinq points : si cinq osselets sur six ou huit amènent la même couleur, le joueur ne gagne qu'un point pour la première fois ; mais si le même joueur répète le même coup, il fait rafle de tout, et gagne la partie, qui est en quarante.

A mesure que l'on prend des points on en défalque autant sur la partie de l'adversaire.

Le gagnant continue de tenir la main ; le perdant cède sa place à l'un des parieurs de son côté, appelé à volonté par le marqueur de sa partie : les marqueurs sont les personnages principaux de ce jeu ; on les choisit avec de grandes précautions, et l'on préfère surtout ceux à qui l'on croit le Manitou le plus fort et le plus habile.

La désignation des marqueurs amène de violents débats : si un parti a nommé un marqueur dont le Manitou, c'est-à-dire la fortune, passe pour redoutable, l'autre parti s'oppose à cette nomination : on a quelquefois une très grande idée de la puissance du Manitou d'un homme qu'on déteste ; dans ce cas l'intérêt l'emporte sur la passion, et l'on adopte cet homme pour marquer malgré la haine qu'on lui garde.

Le marqueur tient a la main une petite planche sur laquelle il note les coups en craie rouge : les Sauvages se pressent en foule autour des joueurs ; tous les yeux sont attachés sur le plat et sur les osselets ; chacun offre des vœux et fait des promesses aux bons Génies. Quelquefois les valeurs engagées sur le coup de dez sont immenses pour des Indiens : les uns y ont mis leur cabane; les autres se sont dépouillés de leurs vêtements, et les jouent contre les vêtements des parieurs du parti opposé; d'autres enfin, qui ont déjà perdu tout ce qu'ils possèdent, proposent contre un faible enjeu leur liberté; ils offrent de servir pendant un certain nombre de mois ou d'années celui qui gagnerait le coup contre eux.

Les joueurs se préparent à leur ruine par des observances religieuses : ils jeûnent, ils veillent, ils prient; les garçons s'éloignent de leurs maîtresses, les hommes mariés de leurs femmes; les songes sont observés avec soin. Les intéressés se munissent d'un sachet où ils mettent toutes les choses auxquelles ils ont rêvé, de petits morceaux de bois, des feuilles d'arbres, des dents de poissons, et cent autres Manitous supposés propices. L'anxiété est peinte sur les visages pendant la partie; l'assemblée ne serait pas plus émue s'il s'agissait du sort de la nation. On se presse autour du marqueur; on cherche à le toucher, à se mettre sous son influence; c'est une véritable frénésie; chaque coup est précédé d'un profond silence et suivi d'une vive acclamation. Les applaudissements de ceux qui gagnent, les imprécations de ceux qui perdent sont prodigués aux marqueurs, et des hommes, ordinairement chastes et modérés dans leurs propos, vomissent des outrages d'une grossièreté et d'une atrocité incroyables.

Quand le coup doit être décisif, il est souvent arrêté avant d'être joué : des parieurs de l'un ou l'autre parti déclarent que le moment est fatal, qu'il ne faut pas encore faire sauter les osselets. Un joueur apostrophant ces osselets, leur reproche leur méchanceté et les menace de les brûler : un autre ne veut pas que l'affaire soit décidée avant qu'il ait jeté un morceau de petum dans le fleuve; plusieurs demandent à grands cris le saut des osselets; mais il suffit qu'une seule voix s'y oppose pour que le coup soit de droit suspendu. Lorsqu'on se croit au moment d'en finir, un assistant s'écrie : « Arrêtez! arrêtez! ce sont les meubles de ma cabane « qui me portent malheur! » Il court à sa cabane, brise et jette tous les meubles à la porte, et revient en disant : « Jouez! jouez! »

Souvent un parieur se figure qu'un tel homme lui porte malheur ; il faut que cet homme s'éloigne du jeu s'il n'y est pas mêlé, ou que l'on trouve un autre homme dont le Manitou, au jugement du parieur, puisse vaincre celui de l'homme qui porte malheur. Il est arrivé que des commandants français au Canada, témoins de ces déplorables scènes, se sont vus forcés de se retirer pour satisfaire aux caprices d'un Indien. Et il ne s'agit pas de traiter légèrement ces caprices, toute la nation prendrait fait et cause pour le joueur ; la religion se mêlerait de l'affaire, et le sang coulerait.

Enfin, quand le coup décisif se joue, peu d'Indiens ont le courage d'en supporter la vue ; la plupart se précipitent à terre, ferment les yeux, se bouchent les oreilles, et attendent l'arrêt de la fortune comme on attendrait une sentence de vie et de mort.

ANNÉE, DIVISION ET RÉGLEMENT DU TEMPS.

CALENDRIER NATUREL.

ANNÉE.

Les Sauvages divisent l'année en douze lunes, division qui frappe tous les hommes ; car la lune disparaissant et reparaissant douze fois coupe visiblement l'année en douze parties, tandis que l'année solaire, véritable année, n'est point indiquée par des variations dans le disque du soleil.

DIVISION DU TEMPS.

Les douze lunes tirent leurs noms des labeurs, des biens et des maux des Sauvages, des dons et des accidents de la nature ; conséquemment ces noms variaient suivant le pays et les usages des divers peuplades; Charlevoix en cite un grand nombre. Un voyageur moderne[1] donne ainsi les mois des Sioux et les mois des Cypawois.

MOIS DE SIOUX.		LANGUE SIOUSE.
Mars,	la lune du mal des yeux.........	Wisthociasia-oni.
Avril,	la lune du gibier..............	Mograhcandi-oni.
Mai,	la lune des nids..............	Mograhochandà-oni.
Juin,	la lune des fraises............	Wojusticiascià-oni.
Juillet	la lune des cerises............	Champascià-oni.
Août,	la lune des buffaloes..........	Tantankakiecu-oni.
Septembre,	la lune de la folle-avoine........	Wasipi-oni.
Octobre,	la lune de la fin de la folle-avoine.....	Sciwosiapi-oni.
Novembre,	la lune du chevreuil..........	Takibuka-oni.
Décembre,	la lune du chevreuil qui jette ses cornes.	Ahesoiakiouska-oni.
Janvier,	la lune de valeur............	Ouwikari-oni.
Février,	la lune des chats sauvages........	Owiciala-oni.

MOIS DES CAPAWOIS.		LANGUE ALGONQUINE.
Juin,	la lune des fraises............	Hode ï min-quisis.
Juillet,	la lune des fruits brûlés........	Mikin-quisis.
Août,	la lune des feuilles jaunes........	Wathebaqui-quisis.
Septembre,	la lune des feuilles tombantes.......	Ibaqui-quisis.
Octobre,	la lune du gibier qui passe........	Bina-hamo-quisis.
Novembre,	la lune de la neige...........	Kaskadino-quisis.
Décembre,	la lune du Petit-Esprit..........	Manito-quisis.
Janvier,	la lune du Grand-Esprit..........	Kitci-manito-quisis.
Février,	la lune des aigles qui arrivent......	Wamebinni-quisis.
Mars,	la lune de la neige durcie........	Ouabanni-quisis.
Avril,	la lunette des raquettes aux pieds....	Pokaodaquimi-quisis.
Mai,	la lune des fleurs............	Wabigon-quisis.

Les années se comptent par neiges ou par fleurs : le vieillard et la jeune fille trouvent ainsi le symbole de leurs âges dans le nom de leurs années.

CALENDRIER NATUREL.

En astronomie, les Indiens ne connaissent guère que l'étoile po-

[1] Beltrami.

laire; ils l'appellent l'*étoile immobile;* elle leur sert pour se guider pendant la nuit. Les Osages ont observé et nommé quelques constellations. Le jour les Sauvages n'ont pas besoin de boussole; dans les savanes, la pointe de l'herbe qui penche du côté du sud, dans les forêts, la mousse qui s'attache au tronc des arbres du côté du nord, leur indiquent le septentrion et le midi. Ils savent dessiner sur des écorces des cartes géographiques où les distances sont désignées par les nuits de marche.

Les diverses limites de leur territoire sont des fleuves, des montagnes, un rocher où l'on aura conclu un traité, un tombeau au bord d'une forêt, une grotte du Grand-Esprit dans une vallée.

Les oiseaux, les quadrupèdes, les poissons, servent de baromètre, de thermomètre, de calendrier aux Sauvages; ils disent que le castor leur a appris à bâtir et à se gouverner, le carcajou à chasser avec des chiens, parce qu'il chasse avec des loups, l'épervier d'eau à pêcher avec une huile qui attire le poisson.

Les pigeons, dont les volées sont innombrables, les bécasses américaines, dont le bec est d'ivoire, annoncent l'automne aux Indiens; les perroquets et les piverts leur prédisent la pluie par des sifflements tremblotants.

Quand le maukawis, espèce de caille, fait entendre son chant au mois d'avril, depuis le lever jusqu'au coucher du soleil, le Siminole se tient assuré que les froids sont passés; les femmes sèment les grains d'été; mais quand le maukawis se perche la nuit sur une cabane, l'habitant de cette cabane se prépare à mourir.

Si l'oiseau blanc se joue au haut des airs, il annonce un orage; s'il vole le soir au-devant du voyageur, en se jetant d'une aile sur l'autre comme effrayé, il prédit des dangers.

Dans les grands événements de la patrie, les jongleurs affirment que Kitchi-Manitou se montre au-dessus des nuages porté par son oiseau favori, le wakon, espèce d'oiseau de paradis aux ailes brunes, et dont la queue est ornée de quatre longues plumes vertes et rouges.

Les moissons, les jeux, les chasses, les danses, les assemblées des

Sachems, les cérémonies du mariage, de la naissance et de la mort, tout se règle par quelques observations tirées de l'histoire de la nature. On sent combien ces usages doivent répandre de grâce et de poésie dans le langage ordinaire de ces peuples. Les nôtres se réjouissent à la Grenouillière, grimpent au mât de cocagne, moissonnent à la mi-août, plantent des ognons à la Saint-Fiacre et se marient à la Saint-Nicolas.

MÉDECINE.

La science du médecin est une espèce d'initiation chez les Sauvages : elle s'appelle la *grande médecine;* on y est affilié comme à une franc-maçonnerie; elle a ses secrets, ses dogmes, ses rites.

Si les Indiens pouvaient bannir du traitement des maladies les coutumes superstitieuses et les jongleries des prêtres, ils connaîtraient tout ce qu'il y a d'essentiel dans l'art de guérir; on pourrait même dire que cet art est presque aussi avancé chez eux que chez les peuples civilisés.

Ils connaissent une multitude de simples propres à fermer les blessures; ils ont l'usage du *garent-oguen* qu'ils appellent encore *abasoutchenza*, à cause de sa forme : c'est le *ginseng* des Chinois. Avec la seconde écorce du sassafras ils coupent les fièvres intermittentes : les racines du lycnis à feuilles de lierre leur servent pour faire passer les enflures du ventre; ils emploient le *bellis* du Canada, haut de six pieds, dont les feuilles sont grasses et cannelées, contre la gangrène; il nettoie complètement les ulcères, soit qu'on le réduise en poudre, soit qu'on l'applique cru et broyé.

L'hedisaron à trois feuilles, dont les fleurs rouges sont disposées en épi, a la même vertu que le bellis.

Selon les Indiens, la forme des plantes a des analogies et des ressemblances avec les différentes parties du corps humain que ces plantes sont destinées à guérir, ou avec les animaux malfaisants dont elles neutralisent le venin. Cette observation mériterait d'être suivie : les peuples simples, qui dédaignent moins que nous les indications de la Providence, sont moins sujets que nous à se tromper.

Un des grands moyens employés par les Sauvages dans beaucoup de maladies, ce sont les bains de vapeur. Ils bâtissent à cet effet une cabane qu'ils appellent la *cabane des sueurs*. Elle est construite avec des branches d'arbres plantées en rond et attachées ensemble par la cime, de manière à former un cône ; on les garnit en dehors de peaux de différents animaux : on y ménage une très petite ouverture pratiquée contre terre, et par laquelle on entre en se traînant sur les genoux et sur les mains. Au milieu de cette étuve est un bassin plein d'eau que l'on fait bouillir en y jetant des cailloux rougis au feu ; la vapeur qui s'élève de ce bassin est brûlante, et en moins de quelques minutes le malade se couvre de sueur.

La chirurgie n'est pas à beaucoup près aussi avancée que la médecine parmi les Indiens. Cependant ils sont parvenus à suppléer à nos instruments par des inventions ingénieuses. Ils entendent très bien les bandages applicables aux fractures simples, ils ont des os aussi pointus que des lancettes pour saigner et pour scarifier les membres rhumatismés ; ils sucent le sang à l'aide d'une corne et en tirent la quantité prescrite. Des courges pleines de matières combustibles auxquelles ils mettent le feu leur tiennent lieu de ventouses. Ils ouvrent des ustions avec des nerfs de chevreuil, et ils font des siphons avec les vessies de divers animaux.

Les principes de la boîte fumigatoire employée quelque temps en Europe, dans le traitement des noyés, sont connus des Indiens. Ils se servent à cet effet d'un large boyau fermé à l'une des extrémités, ouvert à l'autre par un petit tube de bois : on enfle ce boyau avec de la fumée, et l'on fait entrer cette fumée dans les intestins du noyé.

Dans chaque famille on conserve ce qu'on appelle *le sac de médecine ;* c'est un sac rempli de Manitous et de différents simples d'une grande puissance. On porte ce sac à la guerre : dans les camps c'est un palladium, dans les cabanes un dieu Lare.

Les femmes, pendant leurs couches, se retirent à la cabane des purifications ; elles y sont assistées par des matrones. Celles-ci, dans les accouchements ordinaires, ont les connaissances suffisantes, mais dans les accouchements difficiles, elles manquent d'instruments. Lorsque l'enfant se présente mal et qu'elles ne le peuvent retourner, elles suffoquent la mère, qui, se débattant contre la mort, délivre son fruit par l'effort d'une dernière convulsion. On avertit toujours la femme en travail avant de recourir à ce moyen ; elle n'hésite jamais à se sacrifier. Quelquefois la suffocation n'est pas complète ; on sauve à la fois l'enfant et son héroïque mère.

La pratique est encore, dans ces cas désespérés, de causer une grande grande frayeur à la femme en couches ; une troupe de jeunes gens s'approchent en silence de la cabane des purifications, et poussent tout à coup le cri de guerre : ces clameurs échouent auprès des femmes courageuses, et il y en a beaucoup.

Quand un Sauvage tombe malade, tous ses parents se rendent à sa hutte. On ne prononce jamais le mot de mort devant un ami du malade : l'outrage le plus sanglant qu'on puisse faire à un homme, c'est de lui dire : « Ton père est mort. »

Nous avons vu le côté sérieux de la médecine des Sauvages, nous allons en voir le côté plaisant, le côté qu'aurait peint un Molière indien, si ce qui rappelle les infirmités morales et physiques de notre nature n'avait quelque chose de triste.

Le malade a-t-il des évanouissements, dans les intervalles où on peut le supposer mort, les parents, assis selon les degrés de parenté autour de la natte du moribond, poussent des hurlements qu'on entendrait d'une demi-lieue. Quand le malade reprend ses sens les hurlements cessent pour recommencer à la première crise.

Cependant le jongleur arrive ; le malade lui demande s'il reviendra à la vie : le jongleur ne manque pas de répondre qu'il n'y a que lui, jongleur, qui puisse lui rendre la santé. Alors le malade, qui

se croit près d'expirer, harangue ses parents, les console, les invite
à bannir la tristesse et à bien manger.

On couvre le patient d'herbes, de racines et de morceaux d'écorce ;
on souffle avec un tuyau de pipe sur les parties de son corps où le
mal est censé résider ; le jongleur lui parle dans la bouche pour
conjurer, s'il en est temps encore, l'esprit infernal.

Le malade ordonne lui-même le repas funèbre : tout ce qui reste
de vivres dans la cabane se doit consommer. On commence à égorger
les chiens, afin qu'ils aillent avertir le Grand-Esprit de la prochaine
arrivée de leur maître. A travers ses puérilités, la simplicité avec
laquelle un Sauvage accomplit le dernier acte de la vie a pourtant
quelque chose de grand.

En déclarant que le malade va mourir, le jongleur met sa science
à l'abri de l'événement et fait admirer son art si le malade recouvre
la santé. Quand il s'aperçoit que le danger est passé, il n'en dit
rien, et commence ses adjurations

Il prononce d'abord des mots que personne ne comprend ; puis
il s'écrie : « Je découvrirai le maléfice ; je forcerai Kitchi-Manitou
« à fuir devant moi. »

Il sort de la hutte ; les parents le suivent, il court s'enfoncer dans
la *cabane des sueurs* pour recevoir l'inspiration divine. Rangés dans
une muette terreur autour de l'étuve, les parents entendent le prêtre
qui hurle, chante, crie en s'accompagnant d'un chichikoué. Bientôt
il sort tout nu par le soupirail de la hutte, l'écume aux lèvres, et les
yeux tors : il se plonge, dégouttant se sueur, dans une eau glacée,
se roule par terre, fait le mort, ressuscite, vole à sa hutte en ordonnant aux parents d'aller l'attendre à celle du malade.

Bientôt on le voit revenir, tenant un charbon à moitié allumé
dans sa bouche, et un serpent dans sa main.

Après de nouvelles contorsions autour du malade, il laisse tomber
le charbon, et s'écrie : « Réveille-toi, je te promets la vie ; le Grand-
« Esprit m'a fait connaître le sort qui te faisait mourir. » Le forcené
se jette sur le bras de sa dupe, le déchire avec les dents, et ôtant

de sa bouche un petit os qu'il y tenait caché : « Voilà, s'écrie-t-il,
« le maléfice que j'ai arraché de ta chair ! » Alors le prêtre demande
un chevreuil et des truites pour en faire un repas, sans quoi le malade
ne pourrait guérir : les parents sont obligés d'aller sur-le-champ à
la chasse et à la pêche.

Le médecin mange le dîner; cela ne suffit pas. Le malade est
menacé d'une rechute, si l'on n'obtient dans une heure le manteau
d'un chef qui réside à deux ou trois journées de marche du lieu de
la scène. Le jongleur le sait, mais comme il prescrit à la fois la
règle et donne des dispenses, moyennant quatre ou cinq manteaux
profanes fournis par les parents, il les tient quittes du manteau sacré
réclamé par le ciel.

Les fantaisies du malade qui revient tout naturellement à la vie,
augmentent la bizarrerie de cette cure : le malade s'échappe de son
lit, se traîne sur les pieds et sur les mains derrière les meubles de
la cabane. Vainement on l'interroge ; il continue sa ronde et pousse
des cris étranges. On le saisit; on le remet sur sa natte; on le croit
en proie à une attaque de son mal : il reste tranquille un moment,
puis il se relève à l'improviste, et va se plonger dans un vivier; on
l'en retire avec peine; on lui présente un breuvage : « Donne-le à
« cet original, » dit-il en désignant un de ses parents.

Le médecin cherche à pénétrer la cause du nouveau délire du
malade. « Je me suis endormi, répond gravement celui-ci, et j'ai
« rêvé que j'avais un bison dans l'estomac. » La famille semble
consternée, mais soudain les assistants s'écrient qu'ils sont aussi
possédés d'un animal : l'un imite le cri d'un caribou, l'autre l'aboie-
ment d'un chien, un troisième le hurlement d'un loup; le malade
contrefait à son tour le mugissement de son bison : c'est un chari-
vari épouvantable. On fait transpirer le songeur sur une infusion
de sauge et de branches de sapin; son imagination est guérie par
la complaisance de ses amis, et il déclare que le bison lui est sorti
du corps. Ces folies, mentionnées par Charlevoix, se renouvellent
tous les jours chez les Indiens.

Comment le même homme, qui s'élevait si haut lorsqu'il se croyait au moment de mourir, tombe-t-il si bas lorsqu'il est sûr de vivre? Comment de sages vieillards, des jeunes gens raisonnables, des femmes sensées, se soumettent-ils aux caprices d'un esprit déréglé? Ce sont là les mystères de l'homme, la double preuve de sa grandeur et de sa misère.

LANGUES INDIENNES.

Quatre langues principales paraissent se partager l'Amérique septentrionale : l'algonquin et le huron au nord et à l'est, le sioux à l'ouest, et le chicassais au midi ; mais les dialectes diffèrent pour ainsi dire de tribu à tribu. Les Creeks actuels parlent le chicassais mêlé d'algonquin.

L'ancien natchez n'était qu'un dialecte plus doux du chicassais.

Le natchez, comme le huron et l'algonquin, ne connaissait que deux genres, le masculin et le féminin ; il rejetait le neutre. Cela est naturel chez des peuples qui prêtent des sens à tout, qui entendent des voix dans tous les murmures, qui donnent des haines et des amours aux plantes, des désirs à l'onde, des esprits immortels aux animaux, des âmes aux rochers. Les noms en natchez ne se déclinaient point; ils prenaient seulement au pluriel la tettre k ou le monosyllabe ki, si le nom finissait par une consonne.

Les verbes se distinguaient par la caractéristique, la terminaison et l'augment. Ainsi les natchez disaient *T-ija*, je marche ; *ni Tija-ban*, je marchais; *ni-ga Tija*, je marcherai ; *ni-ki Tija*, je marchai ou j'ai marché.

Il y avait autant de verbes qu'il y avait de substantifs exposés à la même action; ainsi *manger* du maïs était un autre verbe que *manger* du chevreuil; se *promener* dans une forêt se disait d'une autre manière que se promener sur une colline; *aimer son ami* se rendait par le verbe *napi.ilima*, qui signifie j'estime; *aimer sa maîtresse* s'exprimait par le verbe *nisakia*, qu'on peut traduire par *je suis heureux*. Dans les langues des peuples près de la nature, les verbes sont ou très multipliées, ou peu nombreux, mais surchargés d'une multitude de lettres qui en varient les significations : le père, la mère, le fils, la femme, le mari, pour exprimer leurs divers sentiments, ont cherché des expressions diverses ; ils ont modifié d'après les passions humaines la parole primitive que Dieu a donnée à l'homme avec l'existence. Le verbe était un et renfermait tout; l'homme en a tiré les langues avec leurs variations et leurs richesses ; langues où l'on trouve pourtant quelques mots radicalement les mêmes, restés comme type ou preuve d'une commune origine.

Le chicassais, racine du natchez, est privé de la lettre *r*, excepté dans les mots dérivés de l'algonquin, comme *arrego, je fais la guerre,* qui se prononce avec une sorte de déchirement de son. Le chicassais a des aspirations fréquentes pour le langage des passions violentes, telles que la haine, la colère, la jalousie; dans les sentiments tendres, dans les descriptions de la nature, ses expressions sont pleines de charme et de pompe.

Les Sioux, que leur tradition fait venir du Mexique sur le haut Mississipi, ont étendu l'empire de leur langue depuis ce fleuve jusqu'aux montagnes Rocheuses à l'ouest, et jusqu'à la rivière Rouge au nord : là se trouvent les Cypawais qui parlent un dialecte de l'algonquin, et qui sont ennemis des Sioux :

La langue siouse siffle d'une manière assez désagréable à l'oreille: c'est elle qui a nommé presque tous les fleuves et tous les lieux à l'ouest du Canada : le Mississipi, le Missouri, l'Osage, etc. On ne sait rien encore, ou presque rien de sa grammaire.

L'algonquin et le huron sont les langues mères de tous les peuples de la partie de l'Amérique septentrionale comprise entre les sources du Mississipi, la baie d'Hudson, et l'Atlantique, jusqu'à la côte de la Caroline. Un voyageur qui saurait ces deux langues, pourrait parcourir plus de dix-huit cents lieues de pays sans interprète, et se faire entendre de plus de cent peuples.

La langue algonquine commençait à l'Acadie et au golfe Saint-Laurent ; tournant du sud-est par le nord jusqu'au sud-ouest, elle embrassait une étendue de douze cents lieues. Les indigènes de la Virginie la parlaient ; au-delà, dans les Carolines, au midi, dominait la langue chicassaise. L'idiome algonquin au nord venait finir chez les Cypawais. Plus loin encore, au septentrion, paraît la langue des Esquimaux ; à l'ouest, la langue algonquine touchait la rive gauche du Mississipi : sur la rive droite règne la langue siouse.

L'algonquin a moins d'énergie que le huron ; mais il est plus doux, plus élégant et plus clair : on l'emploie ordinairement dans les traités ; il passe pour la langue polie ou la langue classique du désert.

Le huron était parlé par le peuple qui lui a donné son nom, et par les Iroquois, colonie de ce peuple.

Le huron est une langue complète ayant ses verbes, ses noms, ses pronoms et ses adverbes. Les verbes simples ont une double conjugaison, l'une absolue, l'autre réciproque ; les troisièmes personnes ont les deux genres ; et les nombres et les temps suivent le mécanisme de la langue grecque. Les verbes actifs se multiplient à l'infini, comme dans la langue chicassaise.

Le huron est sans labiales ; on le parle du gosier, et presque toutes les syllabes sont aspirées. La diphthongue *ou* forme un son extraordinaire qui s'exprime sans faire aucun mouvement des lèvres. Les Missionnaires, ne sachant comment l'indiquer, l'on écrit par le chiffre 8.

Le génie de cette noble langue consiste surtout à personnifier l'action, c'est-à-dire à tourner le passif par l'actif. Ainsi, l'exemple est cité par le père Rasle : « Si vous demandiez à un Européen pour-quoi Dieu l'a créé, il vous dirait : C'est pour le connaître, l'aimer, le servir et par ce moyen mériter la gloire éternelle. »

Un Sauvage vous répondrait dans la langue huronne : « Le Grand-Esprit a pensé de nous : qu'ils me connaissent, qu'ils m'aiment,

« qu'ils me servent, alors je les ferai entrer dans mon illustre féli-
« cité ! »

La langue huronne ou iroquoise a cinq principaux dialectes.

Cette langue n'a que quatre voyelles, *a, e, i, o*, et la diphthongue
8, qui tient un peu de la consonne et de la valeur du w anglais, elle
a sept consonnes, *h, k, n, r, s, t.*

Dans le huron presque tous les noms sont verbes. Il n'y a point
d'infinitif; la racine du verbe est la première personne du présent
de l'indicatif.

Il y a trois temps primitifs dont se forment tous les autres ; le
présent de l'indicatif, le prétérit indéfini, et le futur simple affimatif

Il n'y a presque pas de substantifs abstraits; si on en trouve
quelques-uns, ils ont été évidemment formés après coup du verbe
concret, en modifiant une de ses personnes.

Le huron a un duel comme le grec, et deux premières personnes
plurielles et duelles. Point d'auxiliaire pour conjuger les verbes;
point de participes; point de verbes passifs; on tourne par l'actif :
Je suis aimé, dites : *On m'aime*, etc. Point de pronoms pour exprimer les relations avec les verbes : elles se connaissent seulement par
l'initiale du verbe, que l'on modifie autant de différentes fois et d'autant de differentes manières qu'il y a de relations possibles entre les
différentes personnes des trois nombres, ce qui est énorme. Aussi
ces relations sont-elles la clé de la langue. Lorsqu'on les comprend
(elles ont des règles fixes), on n'est plus arrêté.

Une singularité, c'est que dans les verbes, les impératifs ont une
première personne.

Tous les mots de la langue huronne peuvent se composer entre
eux. Il est général, à quelques exceptions près, que l'objet du verbe,
lorsqu'il n'est pas un nom propre, s'inclut dans le verbe même et
ne fait plus qu'un seul mot; mais alors le verbe prend la conjugaison du nom, car tous les noms appartiennent à une conjugaison.
Il y en a cinq.

Cette langue à un grand nombre de particules explétives qui

seules ne signifient rien, mais qui répandues dans le discours lui donnent une grande force et une grande clarté. Les particules ne sont pas toujours les mêmes pour les hommes et pour les femmes. Chaque genre a les siennes propres.

Il y a deux genres : le genre noble, pour les hommes, et le genre non noble, pour les femmes et les animaux mâles ou femelles. En disant d'un lâche qu'il est une femme, on masculinise le mot *femme;* en disant d'une femme qu'elle est un homme, on féminise le mot *homme.*

La marque du genre noble et du genre non noble, du singulier, du duel et du pluriel, est la même dans les noms que dans les verbes, lesquels ont tous, à chaque temps et à chaque nombre, deux troisièmes personnes noble et non noble.

Chaque conjugaison est absolue, réfléchie, réciproque et relative. J'en mettrai ici un exemple :

Conjugaison absolue.

SING. PRÉS. DE L'INDICATIF

Iks8ens. — Je hais, etc.

DUEL.

Tenis8ens. — Toi et moi, etc.

PLUR.

Te8as8ens. — Vous et nous, etc.

Conjugaison réfléchie.

SING.

Katats8ens. — Je me hais, etc.

DUEL.

Tiatats8ens. — Nous nous, etc.

PLUR.

Te8atats8ens.— Vous et nous, etc.

Pour la conjugaison réciproque on ajoute *te* à la conjugaison réfléchie, en changeant *r* en *h* dans les troisièmes personnes du singulier et du pluriel.

On aura donc

Tekatats8ens. — Je me hais, *mutuò,* avec quelqu'un.

Conjugaison relative du même verbe, même temps.

SINGULIER.

Relation de la première personne aux autres.

Tkons8ens. — *Ego te odi, etc.*

Relation de la seconde aux autres.

Taks8ens. — *Tu me.*

Relation de la troisime masc. aux autres.

Raks8ens. — *Ille me.*

Relation de la troisième fém. aux autres.

8aks8ens. — *Illa me, etc.*

Relation de la troisième personne indéfinie on.

Ionks8ens. — *On me hait.*

DUEL.

La relation du duel au duel et au pluriel, devient pluriel. On ne
mettra donc que la relation du duel au singulier.

Relation du duel aux autres personnes.

Kenis8ens. — *Nos 2 te, etc.*

Les troisièmes personnes duelles aux autres sont les mêmes que
les plurielles.

PLURIEL.

Relation de la première plurielle aux autres.

K8as8ens. — *Nos te, etc.*

Relation de la seconde plurielle aux autres.

Tak8as8ens. — *Vos me.*

Relation de la troisième plur. mas. aux autres.

Ronks8ens. — *Illi me.*

Relation de la troisième fém. plur. aux autres.

Ionks8ens — *Illæ me.*

Conjugaison d'un nom.

SINGULIER.

Hieronke. — Mon corps.

Tsieronke. — Ton corps.

Raieronke. — Son — à lui.

Kaieronke. — Son — à elle.

Ieronke. — Le corps de quelqu'un.

DUEL.

Tenïeronke. — Notre (*meum et tuum*).

Iakeniieronke. — Notre (*meum et illum*).

Seniieronke. — Votre 2.

Niieronke. — Leur 2 à eux.

Kaniieronke. — Leur 2 à elles.

PLUR.

Te8aieronke. — Notre (*nost. et vest.*)

Iak8aieronke. — Notre (*nost. et illor.*)

Et ainsi de tous les noms. En comparant la conjugaison de ce nom avec la conjugaison absolue du verbe *ik88ens*, je hais, on voit que ce sont absolument les mêmes modifications aux trois membres : *k* pour la première personne, *s* pour la seconde; *r* pour la troisième noble, *ka* pour la troisième non noble; *ni* pour le duel. Pour le pluriel on redouble *te8a, se8a rati, konti,* changent *k* en *te8a, s* en *se8a, ra* en *rati, ka* en *konti,* etc.

La relation dans la parenté est toujours du plus grand au plus petit. Exemple :

Mon père, *rakenika,* celui qui m'a pour son fils. (Relation de la troisième personne à la première.)

Mon fils, *rienha,* celui que j'ai pour fils. (Relation de la première à la troisième personne.)

Mon oncle, *rakenchaa, rak...* (Relation de la troisième personne à la première.)

Mon neveu, *rion8atenha, ri...* (Relation de la première à la troisieme personne, comme dans le verbe précédent)

Le verbe *vouloir* ne se peut traduire en iroquois. On se sert de *ikire, penser;* ainsi

Je veux aller là

Ikere etho iake.

Je pense aller là.

Les verbes qui expriment une chose qui n'existe plus au moment où l'on parle n'ont point de parfait, mais seulement un imparfait, comme *ronnhek8e,* imparfait, il a vécu, il ne vit plus. Par analogie à cette règle : si *j'ai aimé* quelqu'un et si je l'*aime encore,* je me servirai du parfait *kenon8ehon.* Si je ne l'aime plus, je me servirai de l'imparfait *kenon8esk8e :* je l'*aimais,* mais je *ne l'aime plus :* Voilà pour les temps.

Quant aux personnes, les verbes qui expriment une chose que l'on ne fait pas volontairement n'ont pas de premières personnes, mais seulement une troisième relative aux autres. Ainsi, j'éternue, *te8akitsionka*, relation de la troisième à la première : cela m'*éternue* ou me fait éternuer.

Je bâille, *te8akskara8ata*, même relation de la troisième non noble à la première 8*ak*, cela m'*ouvre la bouche*. La seconde personne, *tu bâilles, tu éternues*, sera la relation de la troisième personne non noble à la seconde *tesatsionk8a, tesaskara8ata*, etc.

Pour les termes des verbes, ou régimes indirects, il y a une variété suffisante de modifications aux finales qui les expriment intelligiblement et ces modifications sont soumises à des règles fixes.

Kninons, j'achète. *Kehninonse*, j'achète pour quelqu'un. *Kehninon*, j'achète de quelqu'un. — *Katennietha*, j'envoie. *Kehnieta*, j'envoie par quelqu'un. *Keiatennietennis*, j'envoie à quelqu'un.

Du seul examen de ces langues, il résulte que des peuples par nous surnommés *Sauvages* étaient fort avancés dans cette civilisation qui tient à la combinaison des idées. Les détails de leur gouvernement confirmeront de plus en plus cette vérité [1].

---

[1] J'ai puisé la plupart des renseignements curieux que je viens de donner sur la langue huronne, dans une petite grammaire iroquoise manuscrite qu'a bien voulu m'envoyer M. Marcoux, missionnaire au Saut Saint-Louis, district de Montréal, dans le Bas-Canada. Au reste, les Jésuites ont laissé des travaux considérables sur les langues sauvages du Canada. Le P. Chaumont, qui avait passé cinquante ans parmi les Hurons, a composé une grammaire de leur langue. Nous devons au P. Rasle enfermé dix ans dans un village d'Abénakis, de précieux documents. Un dictionnaire français-iroquois est achevé ; nouveau trésor pour les philologues. On a aussi le manuscrit d'un dictionnaire iroquois et anglais ; malheureusement le premier volume, depuis la lettre A jusqu'à la lettre L a été perdu.

CHASSE.

Quand les vieillards ont décidé la chasse du castor ou de l'ours, un guerrier va de porte en porte dans les villages, disant : « Les

« chefs vont partir; que ceux qui veulent les suivre se peignent de
« noir et jeûnent, pour apprendre de l'Esprit des songes où les
« ours et les castors se tiennent cette année. »

A cet avertissement tous les guerriers se barbouillent de noir de
fumée détrempé avec de l'huile d'ours; le jeûne de huit nuits commence : il est si rigoureux qu'on ne doit pas même avaler une goutte
d'eau, et il faut chanter incessamment, afin d'avoir d'heureux songes.

Le jeûne accompli, les guerriers se baignent; on sert un grand
festin. Chaque Indien fait le récit de ses songes : si le plus grand
nombre de ces songes désigne un même lieu pour la chasse, c'est là
qu'on se résout d'aller.

On offre un sacrifice expiatoire aux âmes des ours tués dans les
chasses précédentes, et on les conjure d'être favorables aux nouveaux chasseurs, c'est-à-dire qu'on prie les ours défunts de laisser
assommer les ours vivants. Chaque guerrier chante ses anciens exploits contre les bêtes fauves.

Les chansons finies, on part complètement armé. Arrivés au
bord d'un fleuve, les guerriers, tenant une pagaie à la main, s'asseyent deux à deux dans le fond des canots. Au signal donné par
le chef, les canots se rangent à la file : celui qui tient la tête sert à
rompre l'effort de l'eau lorsqu'on navigue contre le cours du fleuve.
A ces expéditions, on mène des meutes, et l'on porte des lacets, des
piéges, des raquettes à neige.

Lorsqu'on est parvenu au rendez-vous, les canots sont tirés à
terre et environnés d'une palissade revêtue de gazon. Le chef divise
les Indiens en compagnies composées d'un même nombre d'individus. Après le partage des chasseurs on procède au partage du pays
de chasse. Chaque compagnie bâtit une hutte au centre du lot qui
lui est échu.

La neige est déblayée; des piquets sont enfoncés en terre, et des
écorces de bouleau appuyées contre ces piquets : sur ces écorces
qui forment les murs de la hutte, s'élèvent d'autres écorces inclinées
l'une l'une vers l'autre; c'est le toit de l'édifice : un trou ménagé

dans ce toit laisse échapper la fumée du foyer. La neige bouche en dehors les vides de la bâtisse et lui sert de ravalement et de crépi. Un brasier est allumé au milieu de la cabane; des fourrures couvrent le sol; les chiens dorment sur les pieds de leurs maîtres; loin de souffrir du froid, on étouffe. La fumée remplit tout, les chasseurs, assis ou couchés, tâchent de se placer au-dessous de cette fumée.

On attend que les neiges soient tombées, que le vend du nord-ouest, en rassérénant le ciel, ait amené un froid sec, pour commencer la chasse du castor. Mais pendant les jours qui précèdent cette nuaison, on s'occupe de quelques chasses intermédiaires, telles que celles des loutres, des renards et des rats musqués.

Les trappes employées contre ces animaux sont des planches plus ou moins épaisses, plus ou moins larges. On fait un trou dans la neige : une des extrémités des planches est posée à terre, l'autre extrémité est levée sur trois morceaux de bois agencés dans la forme du chiffre 4. L'amorce s'attache à l'un des jambages de ce chiffre : l'animal qui veut la saisir s'introduit sous la planche, tire à soi l'appât, abat la trappe et est écrasé.

Les amorces diffèrent selon les animaux auxquels elles sont destinées : au castor en présente un morceau de bois de tremble, au renard et au loup un lambeau de chair, au rat musqué des noix et divers fruits secs.

On tend les trappes pour les loups à l'entrée des passes, au débouché d'un fourré; pour les renards, au penchant des collines, à quelque distance des garennes; pour le rat musqué, dans les taillis de frênes; pour les loutres, dans les fossés des prairies et dans les joncs des étangs.

On visite les trappes le matin : on part de la hutte deux heures avant le jour.

Les chasseurs marchent sur la neige avec des raquettes : ces raquettes ont dix-huit pouces de long sur huit de large, de forme ovale par devant, elles se terminent en pointe par derrière; la courbe de l'ellipse est de bois de bouleau plié et durci au feu. Les cordes transversales et longitudinales sont faites de lanières de cuir; elle ont six lignes en tous sens; on les renforce avec des scions d'osier. La raquette est assujettie au pied au moyen de trois bandelettes. Sans ces machines ingénieuses il serait impossible de faire un pas l'hiver dans ces climats; mais elles blessent et fatiguent d'abord, parce qu'elles obligent à tourner les genoux en dedans et à écarter les jambes.

Lorsqu'on procède à la visite et à la levée des piéges dans les mois de novembre et décembre, c'est ordinairement au milieu des tourbillons de neige, de grêle et de vent : on voit à peine à un demi-pied devant soi. Les chasseurs marchent en silence, mais les chiens, qui sentent la proie, poussent des hurlements. Il faut toute la sagacité du Sauvage pour retrouver les trappes ensevelies avec les sentiers sous les frimas.

A un jet de pierre des piéges, le chasseur s'arrête, afin d'attendre le lever du jour; il demeure debout, immobile au milieu de la tempête, le dos tourné au vent, les doigts enfoncés dans la bouche : à chaque poil des peaux dont il est enveloppé se forme une aiguille de givre, et la touffe de cheveux qui couronne sa tête devient un panache de glace.

A la première lueur du jour, lorsqu'on aperçoit les trappes tombées, on court aux fins de la bête. Un loup ou un renard, les reins à moitié cassés, montre aux chasseurs ses dents blanches et sa gueule noire : les chiens font raison du blessé.

On balaie la nouvelle neige, on relève la machine; on y met une pâture fraîche, observant de dresser l'embûche sous le vent. Quelquefois les piéges sont détendus sans que le gibier y soit resté : cet accident est l'effet de la matoiserie des renards; ils attaquent l'amorce, avançant la patte par le côté de la planche, au lieu de s'engager sous la trappe; ils emportent sains et saufs la picorée.

Si la première levée des piéges a été bonne, les chasseurs retournent triomphants à la hutte; le bruit qu'ils font alors est incroyable; ils racontent les captures de la matinée, ils invoquent les Manitous, ils crient sans s'entendre, ils déraisonnent de joie, et les chiens ne sont pas muets. De ce premier succès on tire les présages les plus heureux pour l'avenir.

Lorsque les neiges ont cessé de tomber, que le soleil brille sur leur surface durcie, la chasse du castor est proclamée. On fait d'abord au Grand-Castor une prière solennelle ; et on lui présente une offrande de pétun. Chaque Indien s'arme d'une massue pour briser la glace, d'un filet pour envelopper la proie. Mais quelle que soit la rigueur de l'hiver, certains petits étangs ne gèlent jamais dans le Haut-Canada : ce phénomène tient ou à l'abondance de quelques sources chaudes ou à l'exposition particulière du sol.

Ces réservoirs d'eau non congelable sont souvent formés par les castors eux-mêmes, comme je l'ai dit à l'article de histoire naturelle. Voici comment on détruit les paisibles créatures de Dieu :

On pratique à la chaussée de l'étang où vivent les castors un trou assez large pour que l'eau se perde et pour que la ville merveilleuse demeure à sec. Debout sur la chaussée, un assommoir à la main, leurs chiens derrière eux, les chasseurs sont attentifs : ils voient les habitations se découvrir à mesure que l'eau baisse. Alarmé de cet écoulement rapide, le peuple amphibie jugeant sans en connaître la cause qu'une brèche s'est faite à la chaussée, s'occupe aussitôt de la fermer. Tous nagent à l'envi : les uns s'avancent pour examiner la nature du dommage ; les autres abordent au rivage pour chercher des matériaux, d'autres se rendent aux maisons de campagne pour avertir les citoyens. Les infortunés sont environnés de toute part : à la chaussée, la massue étend raide mort l'ouvrier qui s'efforçait de réparer l'avarie ; l'habitant réfugié dans sa maison champêtre n'est pas plus en sûreté : le chasseur lui jette une poudre qui l'aveugle, et les dogues l'étranglent. Les cris des vainqueurs font retentir les bois, l'eau s'épuise, et l'on marche à l'assaut de la cité.

La manière de prendre les castors dans les viviers gelés est différente : des percées sont ménagées dans la glace, emprisonnés sous leur voûte de cristal, les castors s'empressent de venir respirer à ces ouvertures. Les chasseurs ont soin de couvrir l'endroit brisé avec de la bourre de roseau; sans cette précaution, les castors découvriraient l'embuscade que leur cache la moelle du jonc répandu sur l'eau. Ils approchent donc du soupirail; le remole qu'ils font en nageant les trahit : le chasseur plonge son bras dans l'issue, saisit l'animal par une patte, le jette sur la glace, où il est entouré d'un cercle d'assassins, dogues et hommes. Bientôt attaché à un arbre, un Sauvage l'écorche à moitié vivant, afin que son poil aille envelopper au delà des mers la tête d'un habitant de Londres ou de Paris.

L'expédition contre les castors terminée, on revient à la hutte des chasses, en chantant des hymnes au Grand-Castor, au bruit du tambour et du chichikoué.

L'écorchement se fait en commun. On plante des poteaux : deux chasseurs se placent à chaque poteau qui porte deux castors suspendus par les jambes de derrière. Au commandement du chef, on ouvre le ventre des animaux tués et on les dépouille. S'il se trouve une femelle parmi les victimes, la consternation est grande : non-seulement c'est un crime religieux de tuer les femelles de castor, mais c'est encore un délit politique, une cause de guerre entre les tribus. Cependant l'amour du gain, la passion des liqueurs fortes, le besoin d'armes à feu, l'ont emporté sur la force de la superstition et sur le droit établi; des femelles en grande quantité ont été traquées, ce qui produira tôt ou tard l'extinction de leur race.

La chasse finit par un repas composé de la chair des castors. Un orateur prononce l'éloge des défunts comme s'il n'avait pas contribué à leur mort. Il raconte tout ce que j'ai rapporté de leurs mœurs; il loue leur esprit et leur sagesse : « Vous n'entendrez plus, dit-il, « la voix des chefs qui vous commandaient et que vous aviez choi- « sis entre tous les guerriers castors pour vous donner des lois. « Votre langage, que les jongleurs savent parfaitement, ne sera plus « parlé au fond du lac; vous ne livrerez plus de batailles aux loutres,

« vos cruels ennemis. Non, castors! mais vos peaux serviront à
« acheter des armes; nous porterons vos jambons fumés à nos en-
« fants, nous empêcherons nos chiens de briser vos os qui sont si
« durs. »

Tous les discours, toutes les chansons des Indiens prouvent qu'ils
s'associent aux animaux, qu'ils leur prêtent un caractère et un langage, qu'ils les regardent comme des instituteurs, comme des êtres
doués d'une âme intelligente. L'Écriture offre souvent l'instinct des
animaux en exemple à l'homme.

La chasse de l'ours est la chasse la plus renommée chez les Sauvages. Elle commence par de longs jeûnes, des purgations sacrées
et des festins; elle a lieu en hiver. Les chasseurs suivent des chemins affreux, le long des lacs, entre des montagnes dont les précipices sont cachés sous la neige. Dans les défilés dangereux, ils offrent
le sacrifice réputé le plus puissant auprès du génie du désert; ils
suspendent un chien vivant aux branches d'un arbre, et l'y laissent
mourir enragé. Des huttes élevées chaque soir à la hâte, ne donnent
qu'un mauvais abri : on y est glacé d'un côté et brûlé de l'autre;
pour se défendre contre la fumée, on n'a d'autre ressource que de
se coucher sur le ventre, le visage enseveli dans les peaux. Les chiens
affamés hurlent, passent et repassent sur le corps de leurs maîtres :
lorsque ceux-ci croient aller prendre un chétif repas, le dogue, plus
alerte, l'engloutit.

Après des fatigues inouïes, on arrive à des plaines couvertes de
forêts de pins, retraite des ours. Les fatigues et les périls sont oubliés;
l'action commence.

Les chasseurs se divisent, et embrassent, en se plaçant à quelque
distance les uns des autres, un grand espace circulaire. Rendus
aux différents points du cercle, ils marchent, à l'heure fixée, sur un
rayon qui tend au centre, examinant avec soin sur ce rayon les
vieux arbres qui recèlent un ours. L'animal se trahit par la marque
que son haleine laisse dans la neige.

Aussitôt que l'indien a découvert les traces qu'il cherche, il appelle ses compagnons, grimpe sur le pin, et à dix ou douze pieds de terre, trouve l'ouverture par laquelle le solitaire s'est retiré dans sa cellule : si l'ours est endormi, on lui fend la tête; deux autres chasseurs montant à leur tour sur l'arbre, aident le premier à retirer le mort de sa niche et à le précipiter.

Le guerrier explorateur et vainqueur se hâte alors de descendre : il allume sa pipe, la met dans la gueule de l'ours et soufflant dans le fourneau du calumet, remplit de fumée le gosier du quadrupède. Il adresse ensuite des parole à l'âme du trépassé; il le prie de lui pardonner sa mort, de ne point lui être contraire dans les chasses qu'il pourrait entreprendre. Après cette harangue, il coupe le filet de la langue de l'ours, pour le brûler au village, afin de découvrir par la manière dont il pétillera dans la flamme, si l'esprit de l'ours est ou n'est pas apaisé.

L'ours n'est pas toujours renfermé dans le tronc d'un pin; il habite souvent une tanière dont il a bouché l'entrée. Cet ermite est quelquefois si replet qu'il peut à peine marcher, quoiqu'il ait vécu une partie de l'hiver sans nourriture.

Les guerriers partis des différents points du cercle, et dirigés vers le centre, s'y rencontrent enfin, apportant, traînant ou chassant leur proie : on voit quelquefois arriver ainsi de jeunes Sauvages qui poussent devant eux, avec une baguette, un gros ours trottant pesamment sur la neige. Quand ils sont las de ce jeu, ils enfoncent un couteau dans le cœur du pauvre animal.

La chasse de l'ours comme toutes les autres chasses, finit par un repas sacré. L'usage est de faire rôtir un ours tout entier, et de le servir aux convives assis en rond sur la neige, à l'abri des pins dont les branches étagées sont aussi couvertes de neige. La tête de la victime, peinte de rouge et de bleu, est exposée au haut d'un poteau. Des orateurs lui adressent la parole : ils prodiguent les louanges au mort, tandis qu'ils dévorent ses membres. « Comme tu « montais au haut des arbres! quelle force dans tes étreintes! quelle « constance dans tes entreprises! quelle sobriété dans tes jeûnes!

« Guerrier à l'épaisse fourrure, au printemps les jeunes ourses
« brûlaient d'amour pour toi. Maintenant tu n'es plus ; mais ta dé-
« pouille fait encore les délices de ceux qui la possèdent. »

On voit souvent assis pêle-mêle avec les Sauvages à ces festins,
des dogues, des ours et des loutres apprivoisés.

Les Indiens prennent pendant cette chasse des engagements qu'ils
ont de la peine à remplir. Ils jurent, par exemple, de ne point manger avant d'avoir porté la patte du premier ours qu'ils tueront à
leur mère ou à leur femme, quelquefois leur mère et leur femme
sont à trois ou quatre cents milles de la forêt où ils ont assommé
la bête. Dans ces cas on consulte le jongleur, lequel, au moyen d'un
présent, accommode l'affaire. Les imprudents faiseurs de vœux en
sont quittes pour brûler en l'honneur du Grand-Lièvre la partie de
l'animal qu'ils avaient dévouée à leurs parents.

La chasse de l'ours finit vers la fin de février, et c'est à cette
époque que commence celle de l'orignal. On trouve de grandes
troupes de ces animaux dans les jeunes semis de sapins.

Pour les prendre on enferme un terrain considérable dans deux
triangles de grandeur inégale, et formés de pieux hauts et serrés.
Ces deux triangles se communiquent par un de leurs angles, à l'issue duquel on tend des lacets. La base du plus grand triangle reste
ouverte, et les guerriers s'y rangent sur une seule ligne. Bientôt
ils s'avancent poussant de grands cris, frappant sur une espèce de
tambour. Les orignaux prennent la fuite dans l'enclos cerné par
les pieux. Ils cherchent en vain un passage, arrivent au détroit fatal, et demeurent embarrassés dans les filets. Ceux qui les fran-
chissent se précipitent dans le petit triangle, où ils sont aisément
percés de flèches.

La chasse du bison a lieu pendant l'été dans les savanes qui
bordent le Missouri ou ses affluents. Les Indiens, battant la plaine,
poussent les troupeaux vers le courant d'eau. Quand ils refusent de
fuir, on embrase les herbes, et les bisons se trouvent resserrés
entre l'incendie et le fleuve. Quelques milliers de ces pesants ani-

maux mugissant à la fois, traversant la flamme ou l'onde, tombant atteints par la balle ou percés par l'épieu, offrent un spectacle étonnant.

Les Sauvages emploient encore d'autres moyens d'attaque contre les bisons : tantôt ils se déguisent en loup, afin de les approcher; tantôt ils attirent les vaches, en imitant le mugissement du taureau. Aux derniers jours de l'automne, lorsque les rivières sont à peine gelées, deux ou trois tribus réunies dirigent les troupeaux vers ces rivières. Un Sioux, revêtu de la peau d'un bison, franchit le fleuve sur la glace mince ; les bisons trompés le suivent; le pont fragile se rompt sous le lourd bétail, que l'on massacre au milieu des débris flottants. Dans ces occasions les chasseurs emploient la flèche : le coup muet de cette arme n'épouvante point le gibier, et le trait est repris par l'archer quand l'animal est abattu. Le mousquet n'a pas cet avantage : il y a perte et bruit dans l'usage du plomb et de la poudre.

On a soin de prendre les bisons sous le vent, parce qu'ils flairent l'homme à une grande distance. Le taureau blessé revient sur le coup; il défend la génisse, et meurt souvent pour elle.

Les Sioux errants dans les savanes sur la rive droite du Mississipi, depuis les sources de ce fleuve jusqu'au saut Saint-Antoine, élèvent des chevaux de race espagnole, avec lesquels ils lancent les bisons.

Ils ont quelquefois de singuliers compagnons dans cette chasse : ce sont les loups. Ceux-ci se mettent à la suite des Indiens afin de profiter de leurs restes, et dans la mêlée ils emportent les veaux égarés.

Souvent aussi ces loups chassent pour leur propre compte. Trois d'entre eux amusent une vache par leurs folâtreries : tandis que naïvement attentive elle regarde les jeux de ces traîtres, un loup tapi dans l'herbe la saisit aux mamelles ; elle tourne la tête pour s'en débarrasser, et les trois complices du brigand lui sautent à la gorge.

Sur le théâtre de cette chasse s'exécute quelques mois après une chasse non moins cruelle, mais plus paisible, celle des colombes : on les prend la nuit au flambeau, sur les arbres isolés où elles se reposent pendant leur migration du nord au midi.

Le retour des guerriers au printemps, quand la chasse a été bonne, est une grande fête. On revient chercher les canots ; on les radoube avec de la graisse d'ours et de la résine de térébinthe : les pelleteries, les viandes fumées, les bagages sont embarqués, et l'on s'abandonne au cours des rivières, dont les rapides et les cataractes ont disparu sous la crue des eaux.

En approchant des villages, un Indien, mis à terre, court avertir la nation. Les femmes, les enfants, les vieillards, les guerriers restés aux cabanes se rendent aux fleuves. Ils saluent la flotte par un cri, auquel la flotte répond par un autre cri. Les pirogues rompent leur file, se rangent bord à bord, et présentent la proue. Les chasseurs sautent sur la rive, et rentrent aux villages dans l'ordre observé au départ. Chaque Indien chante sa propre louange : « il faut être « homme pour attaquer les ours comme je l'ai fait ; il faut être « homme pour apporter de telles fourrures et des vivres en si grande « abondance. » Les tribus applaudissent ; les femmes suivent, portant le produit de la chasse.

On partage les peaux et les viandes sur la place publique ; on allume le feu du retour ; on y jette les filets de langues d'ours : s'ils sont charnus et pétillent bien, c'est l'augure le plus favorable ; s'ils sont secs et brûlent sans bruit, la nation est menacée de quelque malheur.

Après la danse du calumet, on sert le dernier repas de la chasse. il consiste en un ours amené vivant de la forêt ; on le met cuire tout entier avec la peau et les entrailles dans une énorme chaudière. Il ne faut rien laisser de l'animal, ne point briser ses os, coutume judaïque ; il faut boire jusqu'à la dernière goutte de l'eau dans laquelle il a bouilli. Le Sauvage dont l'estomac repousse l'aliment appelle à son secours ses compagnons. Ce repas dure huit ou dix heures : les festoyants en sortent dans un état affreux ; quelques-uns paient

de leurs vie l'horrible plaisir que la superstition impose. Un Sachem
clôt la cérémonie :

« Guerriers, le Grand-Lièvre a regardé nos flèches : vous avez
« montré la sagesse du castor, la prudence de l'ours, la force du
« bison, la vitesse de l'orignal. Retirez-vous et passez la lune de feu
« à la pêche et aux jeux. » Ce discours se termine par un OAH !
cri religieux trois fois répété.

Les bêtes qui fournissent la pelleterie aux Sauvages sont : le blaireau, le renard gris, jaune et rouge, le pécan, le gopher, le racoon,
le lièvre gris et blanc ; le castor, l'hermine, la martre, le rat musqué,
le chat tigre ou carcajou, la loutre, le loup-cervier, la bête puante,
l'écureuil noir, gris et rayé, l'ours et le loup de plusieurs espèces.
Les peaux à tanner se tirent de l'orignal, de l'élan, de la brebis
des montagnes, du chevreuil, du daim, du cerf et du bison.

LA GUERRE.

Chez les Sauvages tout porte les armes, hommes, femmes et enfants ;
mais le corps des combattants se compose en général du cinquième
de la tribu.

Quinze ans est l'âge légal du service militaire. La guerre est la
grande affaire des Sauvages et tout le fond de leur politique ; elle a
quelque chose de plus légitime que la guerre chez les peuples civilisés, parce qu'elle est presque toujours déclarée pour l'existence
même du peuple qui l'entreprend : il s'agit de conserver des pays
de chasse ou des terrains propres à la culture. Mais par la raison
même que l'Indien ne s'applique que pour vivre à l'art qui lui donne
la mort, il en résulte des fureurs implacables entre les tribus ; c'est
la nourriture de la famille qu'on se dispute. Les haines deviennent

individuelles : comme les armées sont peu nombreuses, comme
chaque ennemi connaît le nom et le visage de son ennemi, on se
bat encore avec acharnement par des antipathies de caractère, et par
des ressentiments particuliers ; ces enfants du même désert portent
dans leurs querelles étrangères quelque chose de l'animosité des
troubles civils.

A cette première et générale cause de guerre parmi les Sauvages, viennent se mêler d'autres raisons de prises d'armes, tirées de
quelques motifs superstitieux, de quelques dissensions domestiques,
de quelque intérêt né du commerce des Européens. Ainsi tuer des
femelles du castor était devenu chez les hordes du nord de l'Amérique un sujet légitime de guerre.

La guerre se dénonce d'une manière extraordinaire et terrible.
Quatre guerriers, peints en noir de la tête aux pieds, se glissent dans
les plus profondes ténèbres chez le peuple menacé : parvenus aux
portes des cabanes, ils jettent au foyer de ces cabanes un casse-tête
peint en rouge, sur le pied duquel sont marqués, par des signes
connus des Sachems, les motifs des hostilités : les premiers Romains
lançaient une javeline sur le territoire ennemi. Ces hérauts-d'armes
indiens disparaissaient aussitôt dans la nuit comme des fantômes,
en poussent le fameux cri ou *woop* de guerre. On le forme en appuyant une main sur la bouche et frappant les lèvres, de manière à
ce que le son échappé en tremblotant, tantôt plus sourd, tantôt plus
aigu, se termine par une espèce de rugissement dont il est impossible de se faire une idée.

La guerre dénoncée, si l'ennemi est trop faible pour la soutenir,
il fuit ; s'il se sent fort, il l'accepte : commencent aussitôt les préparatifs et les cérémonies d'usage.

Un grand feu est allumé sur la place publique, et la chaudière de la
guerre placée sur ce bûcher : c'est la marmite du janissaire. Chaque
combattant y jette quelque chose de ce qui lui appartient. On plante
aussi deux poteaux où l'on suspend des flèches, des casse-tête et
des plumes, le tout peint en rouge. Les poteaux sont placés au septen-

trion, à l'orient, au midi ou à l'occident de la place publique, selon le point géographique d'où la bataille doit venir.

Cela fait, on présente aux guerriers la *médecine* de la guerre, vomitif violent, délayé dans deux pintes d'eau qu'il faut avaler d'un trait. Les jeunes gens se dispersent aux environs, mais sans trop s'écarter. Le chef qui doit les commander, après s'être frotté le cou et le visage de graisse d'ours et de charbon pilé, se retire à l'étuve où il passe deux jours entiers à suer, à jeûner et à observer ses songes. Pendant ces deux jours, il est défendu aux femmes d'approcher des guerriers ; mais elles peuvent parler au chef de l'expédition, qu'elles visitent, afin d'obtenir de lui une part du butin fait sur l'ennemi, car les Sauvages ne doutent jamais du succès de leurs entreprises.

Ces femmes portent différents présents qu'elles déposent aux pieds du chef. Celui-ci note avec des graines ou des coquilllages les prières particulières : une sœur réclame un prisonnier pour lui tenir lieu d'un frère mort dans les combats ; une matrone exige des chevelures pour se consoler de la perte de ses parents ; une veuve requiert un captif pour mari, ou une veuve étrangère pour esclave ; une mère demande un orphelin pour remplacer l'enfant qu'elle a perdu.

Les deux jours de retraite écoulés, les jeunes guerriers se rendent à leur tour auprès du chef de guerre : ils lui déclarent leur dessein de prendre part à l'expédition ; car, bien que le conseil ait résolu la guerre, cette résolution ne lie personne, l'engagement est purement volontaire.

Tous les guerriers se barbouillent de noir et de rouge de la manière la plus capable, selon eux, d'épouvanter l'ennemi. Ceux-ci se fon des barres longitudinales ou transversales sur les joues ; ceux-là, des marques rondes ou triangulaires ; d'autres y tracent des figures de serpents. La poitrine découverte et les bras nus d'un guerrier offrent l'histoire de ses exploits ; des chiffres particuliers expriment le nombres des chevelures qu'il a enlevées, les combats où il s'est trouvé, les dangers qu'il a courus. Ces hiéroglyphes, imprimés dans la peau en points bleus, restent ineffaçables : ce sont des piqûres fines, brûlées avec de la gomme de pin.

Les combattants entièrement nus ou vêtus d'une tunique sans manches, ornent de plumes la seule touffe de cheveux qu'ils conservent sur le sommet de la tête. A leur ceinture de cuir est passé le couteau pour découper le crâne : le casse-tête pend à la même ceinture : dans la main droite ils tiennent l'arc ou la carabine ; sur l'épaule gauche ils portent le carquois garni de flèches, ou la corne remplie de poudre et de balles. Les Cimbres, les Teutons et les Francs essayaient ainsi de se rendre formidables aux yeux des Romains.

Le chef de guerre sort de l'étuve un collier de porcelaine rouge à la main, et adresse un discours à ses frères d'armes : « Le Grand-« Esprit ouvre ma bouche. Le sang de nos proches tués dans la « dernière guerre n'a point été essuyé ; leurs corps n'ont point été « recouverts : il faut aller les garantir des mouches. Je suis résolu « de marcher par le sentier de la guerre ; j'ai vu des ours dans « mes songes ; les bons Manitous m'ont promis de m'assister, et « les mauvais ne me seront pas contraires : j'irai donc manger les « ennemis, boire leur sang, faire des prisonniers. Si je péris, ou « si quelques-uns de ceux qui consentent à me suivre perdent la « vie, nos âmes seront reçues dans la contrée des Esprits ; nos « corps ne resteront pas couchés dans la poussière ou dans la boue, « car ce collier rouge appartiendra à celui qui couvrira les morts.»

Le chef jette le collier à terre ; les guerriers les plus renommés se précipitent pour le ramasser : ceux qui n'ont point encore combattu ou qui n'ont qu'une gloire commune n'osent disputer le collier. Le guerrier qui le relève devient le lieutenant-général du chef ; il le remplace dans le commandement, si ce chef périt dans l'expédition.

Le guerrier possesseur du collier fait un discours. On apporte de l'eau chaude dans un vase. Les jeunes gens lavent le chef de guerre et lui enlèvent la couleur noire dont il est couvert ; ensuite ils lui peignent les joues, le front, la poitrine avec des craies et des argiles de différentes teintes, et le revêtent de sa plus belle robe.

Pendant cette ovation, le chef chante à demi-voix cette fameuse chanson de mort que l'on entonne lorsqu'on va subir le supplice du feu.

« Je suis brave, je suis intrépide, je ne crains point la mort; je
« me ris des tourments; qu'ils sont lâches ceux qui les redoutent!
« des femmes, moins que des femmes! Que la rage suffoque mes
« ennemis! puissé-je les dévorer et boire leur sang jusqu'à la der-
« nière goutte! »

Quand le chef a achevé la chanson de mort, son lieutenant-général commence la chanson de guerre.

« Je combattrai pour la patrie; j'enlèverai des chevelures; je
« boirai dans le crâne de mes ennemis, etc. »

Chaque guerrier, selon son caractère, ajoute à sa chanson des détails plus ou moins atroces. Les uns disent : « Je couperai les
« doigts de mes ennemis avec les dents; je leur brûlerai les pieds
« et ensuite les jambes. » Les autres disent : « Je laisserai les vers
« se mettre dans leur plaie; je leur enlèverai la peau du crâne; je
« leur arracherai le cœur et je le leur enfoncerai dans la bouche. »

Ces infernales chansons n'étaient guère hurlées que par des hordes septentrionales. Les tribus du midi se contentaient d'étouffer les prisonniers dans la fumée.

Le guerrier ayant répété sa chanson de guerre, redit sa chanson de famille; elle consiste dans l'éloge de ses aïeux. Les jeunes gens qui vont au combat pour la première fois gardent le silence.

Ces premières cérémonies achevées, le chef se rend au conseil des Sachems qui sont assis en rond, une pipe rouge à la bouche : il leur demande s'ils persistent à vouloir lever la hache. La délibération recommence, et presque toujours la première résolution est con-firmée. Le chef de guerre revient sur la place publique, annonce aux jeunes gens la décision des vieillards, et les jeunes gens y répon-dent par un cri.

On délie le chien sacré qui était attaché à un poteau; on l'offre à Areskoui, Dieu de la guerre. Chez les nations canadiennes on égorge ce chien, et, après l'avoir fait bouillir dans une chaudière on le sert aux hommes rassemblés. Aucune femme ne peut assister à ce festin mystérieux. A la fin du repas, le chef déclare qu'il se mettra en marche tel jour, au lever ou au coucher du soleil.

L'indolence naturelle des Sauvages est tout à coup remplacée par une activité extraordinaire ; la gaieté et l'ardeur martiale des jeunes gens se communique à la nation. Il s'établit des espèces d'ateliers pour la fabrique des traîneaux et des canots.

Les traîneaux employés aux transports des bagages, des malades et des blessés, sont faits de deux planches fort minces, d'un pied et demi de long sur sept pouces de large ; relevés sur le devant, ils ont des rebords où s'attachent des courroies pour fixer les fardeaux. Les Sauvages tirent ce char sans roues à l'aide d'une double bande de cuir, appelée *metump*, qu'ils se passent sur la poitrine, et dont les bouts sont liés à l'avant-train du traîneau.

Les canots sont de deux espèces ; les uns plus grands, les autres plus petits. On les construit de la manière suivante :

Des pièces courbes s'unissent par leur extrémité, de façon à former une ellipse d'environ huit pieds et demi dans le court diamètre, de vingt dans le diamètre long. Sur ces maîtres pièces, ont attache des côtes minces de bois de cèdre rouge ; ces côtes sont renforcées par un treillage d'osier. On recouvre ce squelette du canot de l'écorce enlevée pendant l'hiver aux ormes et aux bouleaux, en jetant de l'eau bouillante sur le tronc de ces arbres, on assemble ces écorces avec des racines de sapin extrêmement souples, et qui sèchent difficilement. La couture est enduite en dedans et en dehors d'une résine dont les Sauvages gardent le secret. Lorsque le le canot est fini, et qu'il est garni de ses pagaies d'érable, il ressemble assez à une araignée d'eau ; élégant et léger insecte qui marche avec rapidité sur la surface des lacs et des fleuves.

Un combattant doit porter avec lui dix livres de maïs ou d'autres grains, sa natte, son Manitou et *son sac de médecine*.

Le jour qui précède celui du départ, et qu'on appelle le jour des adieux, est consacré à une cérémonie touchante chez les nations des langues huronne et algonquine. Les guerriers, qui jusqu'alors ont campé sur la place publique, ou sur une espèce de Champ-de-mars, se dispersent dans les villages et vont faire leurs adieux de cabane en cabane. On les reçoit avec les marques du plus tendre intérêt; on veut avoir quelque chose qui leur ait appartenu, on leur ôte leur manteau pour leur en donner un meilleur; on échange avec eux un calumet : ils sont obligés de manger ou de vider une coupe. Chaque hutte a pour eux un vœu particulier, et il faut qu'ils répondent par un souhait semblable à leurs hôtes.

Lorsque le guerrier fait ses adieux à sa propre cabane, il s'arrête debout sur le seuil de la porte. S'il a une mère, cette mère s'avance la première : il lui baise les yeux, la bouche et les mamelles. Ses sœurs viennent ensuite, il leur touche le front : sa femme se prosterne devant lui; il la recommande aux bons Génies. De tous ses enfants, on ne lui présente que ses fils; il étend sur eux sa hache ou son casse-tête sans prononcer un mot. Enfin, son père paraît le dernier. Le Sachem, après lui avoir frappé l'épaule, lui fait un discours pour l'inviter à honorer ses aïeux; il lui dit : « Je suis derrière toi « comme tu es derrière ton fils : si on vient à moi on fera du bouil-« lon de ma chair en insultant ta mémoire. »

Le lendemain du jour des adieux est le jour même du départ. A la première blancheur de l'aube, le chef de guerre sort de sa hutte et pousse le cri de mort. Si le moindre nuage a obscurci le ciel, si un songe funeste est survenu, si quelque oiseau ou quelque animal de mauvais augure a été vu, le jour du départ est différé. Le camp, réveillé par le cri de mort, se lève et s'arme.

Les chefs des tribus haussent les étendards formés de morceaux d'écorce ronds attachés au bout d'un long dard, et sur lesquels se voient grossièrement dessinés des Manitous, une tortue, un ours, un castor, etc. Les chefs des tribus sont des espèces de maréchaux de camp sous le commandement du général et de son lieutenant.

Il y a de plus des capitaines non reconnus par le gros de l'armée : ce sont des partisans que suivent les aventuriers.

Le recensement ou le dénombrement de l'armée s'opère : chaque guerrier donne au chef, en passant devant lui, un petit morceau de bois marqué d'un sceau particulier. Jusqu'au moment de la remise de leur symbole, les guerriers se peuvent retirer de l'expédition ; mais après cet engagement, quiconque recule est déclaré infâme.

Bientôt arrive le prêtre suprême suivi du collége des jongleurs ou médecins. Ils apportent des corbeilles de jonc en forme d'entonnoirs, des sacs de peaux remplis de racines et de plantes. Les guerriers s'asseyent à terre les jambes croisées, formant un cercle ; les prêtres se tiennent debout au milieu.

Le grand jongleur appelle les combattants par leurs noms ; le guerrier appelé se lève, et donne son Manitou au jongleur qui le met dans une des corbeilles de jonc en chantant ces mots algonquins : *ajouhoyah-alluya !*

Les Manitous varient à l'infini, parce qu'ils représentent les caprices et les songes des Sauvages : ce sont des peaux de souris rembourrées avec du foin ou du coton, de petits cailloux blancs, des oiseaux empaillés, des dents de quadrupèdes ou de poissons, des morceaux d'étoffe rouge, des branches d'arbre, des verroteries ou quelques parures européennes, enfin toutes les formes que les bons Génies sont censés avoir prises pour se manifester aux possesseurs de ces Manitous ; heureux du moins de se rassurer à si peu de frais, et de se croire sous un fétu à l'abri des coups de la fortune ! Sous le régime féodal on prenait acte d'un droit acquis par le don d'une baguette, d'une paille, d'un anneau, d'un couteau, etc.

Les Manitous, distribués en trois corbeilles, sont confiés à la garde du chef de guerre et des chefs de tribus.

De la collection des Manitous, on passe à la bénédiction des plantes médicinales et des instruments de la chirurgie. Le grand jongleur les tire tour à tour du fond d'un sac de cuir ou de poil de buffle ; il les dépose à terre, danse à l'entour avec les autres jongleurs, se frappe les cuisses; se démonte le visage, hurle et prononce des mots inconnus. Il finit par déclarer qu'il a communiqué aux simples une vertu surnaturelle, et qu'il a la puissance de rendre à la vie les guerriers expirés. Il s'ouvre les lèvres avec les dents, applique une poudre sur la blessure dont il a sucé le sang avec adresse, et paraît subitement guéri. Quelquefois on lui présente un chien réputé mort; mais à l'application d'un instrument, le chien se lève sur ses pattes, et l'on crie au miracle. Ce sont pourtant des hommes intrépides qui se laissent enchanter par des prestiges aussi grossiers. Le Sauvage n'aperçoit dans les jongleries de ces prêtres, que l'intervention du Grand-Esprit; il ne rougit point d'invoquer à son aide celui qui a fait la plaie et qui peut la guérir.

Cependant les femmes ont préparé le festin du départ; ce dernier repas est composé de chair de chien comme le premier; avant de toucher au mets sacré, le chef s'adresse à l'assemblée :

« MES FRÈRES,

« Je ne suis pas encore un homme, je le sais; cependant on n'i-
« gnore pas que j'ai vu quelquefois l'ennemi. Nous avons été tués
« dans la dernière guerre; les os de nos compagnons n'ont point
« été garantis des mouches; il les faut aller couvrir. Comment
« avons-nous pu rester si longtemps sur nos nattes? Le Manitou
« de mon courage m'ordonne de venger l'homme. Jeunesse, ayez
« du cœur. »

Le chef entone la chanson du Manitou des combats [1]; les jeunes gens en répètent le refrain. Après le cantique, le chef se retire au sommet d'une éminence, se couche sur une peau, tenant à la main un calumet rouge dont le fourneau est tourné du côté du pays ennemi. On exécute les danses et les pantomimes de la guerre. La première s'appelle la *danse de la découverte*.

Un Indien s'avance seul et à pas lents au milieu des spectateurs;

---

[1] Voyez *les Natchez*.

Il représente le départ des guerriers : on les voit marcher, et puis camper au déclin du jour. L'ennemi est découvert; on se traîne sur les mains pour arriver jusqu'à lui, attaque, mêlée, prise de l'un, mort de l'autre, retraite précipitée ou tranquille, retour douloureux ou triomphant

Le guerrier qui exécute cette pantomime y met fin par un chant en son honneur et à la gloire de sa famille :

« Il y a vingt neiges que je fis douze prisonniers; il y a dix neiges « que je sauvais le chef. Mes ancêtres étaient braves et fameux. « Mon grand-père était la sagesse de la tribu et le rugissement de « la bataille; mon père était un pin dans sa force. Ma trisaïeule « fut mère de cinq guerriers; ma grand'mère valait seule un con- « seil de Sachems; ma mère fait de la sagamité excellente. Moi je suis plus fort, plus sage que tous mes aïeux. » C'est la chanson de Sparte : *Nous avons été jadis jeunes, vaillants et hardis*

Après ce guerrier, les autres se lèvent et chantent pareillement leurs hauts faits. Plus ils se vantent, plus on les félicite : rien n'est noble, rien n'est beau comme eux; ils ont toutes les qualités et toutes les vertus. Celui qui se disait au-dessus de tout monde, applaudit à celui qui déclare le supasser en mérite. Les Spartiates avaient en- core cette coutume : ils pensaient que l'homme qui se donne en public des louanges, prend l'engagement de les mériter.

Peu à peu tous les guerriers quittent leur place pour se mêler aux danses; on exécute des marches au bruit du tambourin, du fifre et du chichikoué. Le mouvement augmente; on imite les travaux d'un siége, l'attaque d'une palissade : les uns sautent comme pour franchir un fossé, les autres semblent se jeter à la nage; d'autres présentent la main à leurs compagnons pour les aider à monter à l'assaut. Les casse-tête retentissent contre les casse-tête; le chichi- koué précipite la mesure; les guerriers tirent leurs poignards; ils commencent à tourner sur eux-mêmes, d'abord lentement, ensuite plus vite, et bientôt avec une telle rapidité, qu'ils disparaissent dans le cercle qu'ils décrivent : d'horribles cris percent la voûte du ciel. Le poignard que ces hommes féroces se portent à la gorge avec une adresse qui fait frémir, leur visage noir ou bariolé, leurs habits fantastiques, leurs longs hurlements; tout ce tableau d'une guerre sauvage inspire la terreur.

Épuisés, haletants, couverts de sueur, les acteurs terminent la danse; et l'on passe à l'épreuve des jeunes gens. On les insulte, on leur fait des reproches outrageants, on répand des cendres brûlantes sur leurs cheveux, on les frappe avec des fouets, on leur jette des tisons à la tête; il leur faut supporter ces traitements avec la plus parfaite insensibilité. Celui qui laisserait échapper le moindre signe d'impatience serait déclaré indigne de lever la hache.

Le troisième et dernier banquet du chien sacré couronne ces diverses cérémonies : il ne doit durer qu'une demi-heure. Les guerriers mangent en silence; le chef les préside; bientôt il quitte le festin. A ce signal, les convives courent aux bagages et prennent les armes. Les parents et les amis les environnent sans prononcer une parole; la mère suit des regards son fils occupé à charger les paquets sur les traîneaux; on voit couler des larmes muettes. Des familles sont assises à terre; quelques-unes se tiennent debout; toutes sont attentives aux occupations du départ; on lit, écrite sur tous les fronts, cette même question faite intérieurement par diverses tendresses : « Si je n'allais plus le revoir ! »

Enfin le chef de guerre sort, complètement armé, de sa cabane. La troupe se forme dans l'ordre militaire : le grand jongleur, portant les Manitous, paraît à la tête; le chef de guerre marche derrière lui; vient ensuite le porte-étendard de la première tribu, levant en l'air son enseigne; les hommes de cette tribu suivent leur symbole. Les autres tribus défilent après la première, et tirent les traîneaux chargés des chaudières, des nattes et des sacs de maïs. Des guerriers portent sur leurs épaules, quatre à quatre ou huit à huit, les petits et les grands canots : les *filles peintes* ou les courtisanes, avec leurs enfants, accompagnent l'armée. Elles sont ainsi attelées aux traîneaux; mais au lieu d'avoir le *metump* passé sur la poitrine, elles l'ont appliqué sur le front. Le lieutenant-général marche seul sur le flanc de la colonne.

Le chef de guerre, après quelques pas faits sur la route, arrête les guerriers et leur dit :

« Bannissons la tristesse : quand on va mourir on doit être con-
« tent. Soyez dociles à mes ordres. Celui qui se distinguera recevra
« beaucoup de petum. Je donne ma natte à porter à....., puissant
« guerrier. Si moi et mon lieutenant nous sommes mis dans la
« chaudière, ce sera..... qui vous conduira. Allons, frappez-vous
« les cuisses et hurlez trois fois. »

Le chef remet alors son sac de maïs et sa natte au guerrier qu'il a désigné, ce qui donne à celui-ci le droit de commander la troupe si ce chef et son lieutenant périssent.

La marche recommence; l'armée est ordinairement accompagnée de tous les habitants des villages jusqu'au fleuve ou au lac où l'on doit lancer les canots. Alors se renouvelle la scène des adieux : les guerriers se dépouillent et partagent leurs vêtements entre les membres de leur famille. Il est permis, dans ce dernier moment, d'exprimer tout haut sa douleur : chaque combattant est entouré de ses parents, qui lui prodiguent des caresses, le pressent dans leurs bras, l'appellent par les plus doux noms qui soient entre les hommes. Avant de se quitter, peut-être pour jamais, on se pardonne les torts qu'on a pu avoir réciproquement. Ceux qui restent prient les Manitous d'abréger la longueur de l'absence; ceux qui partent invitent la rosée à descendre sur la hutte natale; ils n'oublient pas même, dans leurs souhaits de bonheur, les animaux domestiques, hôtes du foyer paternel. Les canots sont lancés sur le fleuve; on s'y embarque, et la flotte s'éloigne. Les femmes, demeurées au rivage, font de loin les derniers signes de l'amitié à leurs époux, à leurs pères et à leurs fils.

Pour se rendre au pays ennemi on ne suit pas toujours la route directe; on prend quelquefois le chemin le plus long comme le plus sûr. La marche est réglée par le jongleur, d'après les bons ou les

mauvais présages : s'il a observé un chat-huant, on s'arrête. La
flotte entre dans une crique; on descend à terre, on dresse une palissade; après quoi les feux étant allumés, on fait bouillir les chaudières. Le souper fini, le camp est mis sous la garde des Esprits.
Le chef recommande aux guerriers de tenir auprès d'eux leur casse-
tête et de ne pas ronfler trop fort. On suspend aux palissades les
Manitous, c'est-à-dire les souris empaillées, les petits cailloux blancs,
les brins de paille, les morceaux d'étoffe rouge, et le jongleur commence la prière.

« Manitous, soyez vigilants : ouvrez les yeux et les oreilles. Si les
« guerriers étaient surpris, cela tournerait à votre déshonneur.
« Comment! diraient les Sachems, les Manitous de notre nation se
« sont laissé battre par les Manitous de l'ennemi ! Vous sentez com-
« bien cela serait honteux; personne ne vous donnerait à manger;
« les guerriers rêveraient pour obtenir d'autres Esprits plus puis-
« sants que vous. Il est de votre intérêt de faire bonne garde; si
« on enlevait notre chevelure pendant notre sommeil, ce ne serait
« pas nous qui serions blâmables, mais vous qui auriez tort. »

Après cette admonition aux Manitous, chacun se retire dans la
plus parfaite sécurité, convaincu qu'il n'a pas la moindre chose à
craindre.

Des Européens qui ont fait la guerre avec les Sauvages, étonnés
de cette étrange confiance, demandaient à leurs compagnons de
natte s'ils n'étaient jamais surpris dans leurs campements : « Très
« souvent, répondaient ceux-ci. — Ne feriez-vous pas mieux, dans
« ce cas, disaient les étrangers, de poser des sentinelles? — Cela
« serait fort bien, » répondit le Sauvage en se tournant pour dormir.
L'Indien se fait une vertu de son imprévoyance et de sa paresse,
en se mettant sous la seule protection du ciel.

Il n'y a point d'heure fixe pour le repos ou pour le mouvement :
que le jongleur s'écrie à minuit qu'il a vu une araignée sur une feuille
de saule, il faut partir.

Quand on se trouve dans un pays abondant en gibier, la troupe se disperse; les bagages et ceux qui les portent restent à la merci du premier parti hostile; mais deux heures avant le coucher du soleil tous les chasseurs reviennent au camp avec une justesse et une précision dont les Indiens sont seuls capables.

Si l'on tombe dans le *sentier blazed*, ou le *sentier du commerce*, la dispersion des guerriers est encore plus grande : ce sentier est marqué, dans les forêts, sur le tronc des arbres, entaillés à la même hauteur. C'est le chemin que suivent les diverses nations rouges pour trafiquer les unes avec les autres, ou avec les nations blanches. Il est de droit public que ce chemin demeure neutre; on ne trouble point ceux qui s'y trouvent engagés.

La même neutralité est observée dans le *sentier du sang* : ce sentier est tracé par le feu que l'on a mis aux buissons. Aucune cabane ne s'élève sur ce chemin consacré au passage des tribus dans leurs expéditions lointaines. Les partis même ennemis s'y rencontrent, mais ne s'y attaquent jamais. Violer le sentier *du commerce* ou celui *du sang*, est une cause immédiate de guerre contre la nation coupable du sacrilége.

Si une troupe trouve endormie une autre troupe avec laquelle elle a des alliances, elle reste debout, en dehors des palissades du camp, jusqu'au réveil des guerriers. Ceux-ci, étant sortis de leur sommeil, leur chef s'approche de la troupe voyageuse, lui présente quelques chevelures destinées pour ces occasions, et lui dit : « *Vous abez coup ici.* » Ce qui signifie : « Vous pouvez passer, vous êtes « nos frères, votre honneur est à couvert. » Les alliés répondent : « Nous avons coup ici; » et ils poursuivent leur chemin. Quiconque prendrait pour ennemie une tribu amie, et la réveillerait, s'exposerait à un reproche d'ignorance et de lâcheté.

Si l'on doit traverser le territoire d'une nation neutre, il faut demander le passage. Une députation se rend, avec le calumet, au principal village de cette nation. L'orateur déclare que l'arbre de paix a été planté par les aïeux; que son ombrage s'étend sur les deux peuples; que la hache est enterrée au pied de l'arbre, qu'il faut éclaircir la chaîne d'amitié et fumer la pipe sacrée. Si le chef de la nation neutre reçoit le calumet et fume, le passage est accordé. L'ambassadeur s'en retourne, toujours dansant, vers les siens.

Ainsi l'on avance vers la contrée où l'on porte la guerre sans plan, sans précaution comme sans crainte. C'est le hasard qui donne ordinairement les premières nouvelles de l'ennemi : un chasseur reviendra en hâte déclarer qu'il a rencontré des traces d'homme. On ordonne aussitôt de cesser toute espèce de travaux, afin qu'aucun bruit ne se fasse entendre. Le chef part avec les guerriers les plus expérimentés pour examiner les traces. Les Sauvages, qui entendent les sons à des distances infinies, reconnaissent des empreintes sur d'arides bruyères, sur des rochers nus où tout autre œil que le leur ne verrait rien. Non seulement ils découvrent ces vestiges, mais ils peuvent dire quelle tribu indienne les a laissés, et de quelle date ils sont. Si la disjonction des deux pieds est considérable, ce sont des Illinois qui ont passé là ; si la marque du talon est profonde et l'impression de l'orteil large, on reconnaît les Outchipouois ; si le pied a porté de côté, on est sûr que les Pontonétamis sont en course ; si l'herbe est à peine foulée, si son pli est à la cime de la plante et non près de la terre, ce sont les traces fugitives des Hurons ; si les pas sont tournés en dehors, s'ils tombent à trente-six pouces l'un de l'autre, des Européens ont marqué cette route ; les Indiens marchent la pointe du pied en dedans, les deux pieds sur la même ligne. On juge de l'âge des guerriers par la pesanteur ou la légèreté, le raccourci ou l'alongement du pas.

Quand la mousse ou l'herbe n'est plus humide, les traces sont de la veille ; ces traces comptent quatre ou cinq jours, quand les insectes courent déjà dans l'herbe ou dans la mousse foulée ; elles ont huit, dix ou douze jours lorsque la force végétale du sol a reparu, et que des feuilles nouvelles ont poussé : ainsi quelques insectes, quelques brins d'herbes et quelques jours effacent les pas de l'homme et de sa gloire.

Les traces ayant été bien reconnues, on met l'oreille à terre, et l'on juge, par des murmures que l'ouïe européenne ne peut saisir, à quelle distance est l'ennemi.

Rentré au camp, le chef fait éteindre les feux : il défend la parole, il interdit la chasse ; les canots sont tirés à terre et cachés dans les buissons. On fait un grand repas en silence, après quoi on se couche.

La nuit qui suit la première découverte de l'ennemi s'appelle *la nuit des songes.* Tous les guerrriers sont obligés de rêver et de raconter le lendemain ce qu'ils ont rêvé, afin que l'on puisse juger du succès de l'entreprise.

Le camp offre alors un singulier spectacle : des Sauvages se lèvent et marchent dans les ténèbres en murmurant leur chanson de mort, à laquelle ils ajoutent quelques paroles nouvelles, commes celle-ci : « J'avalerai quatre serpents blancs, et j'arracherai les ailes à un « aigle roux. » C'est le rêve que le guerrier vient de faire et qu'il entremêle à sa chanson. Ses compagnons sont tenus de deviner ce songe, ou le songeur est dégagé du service. Ici les quatre serpents blancs peuvent être pris pour quatre Européens que le songeur doit tuer, et l'aigle roux pour un Indien auquel il enlèvera la chevelure.

Un guerrier, dans la *nuit des songes,* augmenta sa chanson de mort de l'histoire d'un chien qui avait des oreilles de feu ; il ne put jamais obtenir l'explication de son rêve, et il partit pour sa cabane. Ces usages, qui tiennent du caractère de l'enfance, pourraient favoriser la lâcheté chez l'Européen ; mais chez le Sauvage du nord de l'Amérique ils n'avaient point cet inconvénient : on n'y reconnaissait qu'un acte de cette volonté libre et bizarre dont l'Indien ne se départ jamais, quel que soit l'homme auquel il se soumet un moment par raison ou par caprice.

Dans la *nuit des songes,* les jeunes gens craignent beaucoup que le jongleur n'ait mal rêvé, c'est-à-dire qu'il n'ait eu peur ; car le jongleur, par un seul songe, peut faire rebrousser chemin à l'armée, eût-elle marché deux cents lieues. Si quelque guerrier a cru voir lse Esprits de ses pères, ou s'il s'est figuré entendre leur voix il oblige aussi le camp à la retraite. L'indépendance absolue et la religion sans lumières gouvernent les actions des Sauvages.

Aucun rêve n'ayant dérangé l'expédition, elle se remet en route. Les *femmes peintes* sont laissées derrière avec les canots; on envoie en avant une vingtaine de guerriers choisis entre ceux qui ont fait le serment des amis[1]. Le plus grand ordre et le plus profond silence règnent dans la troupe; les guerriers cheminent à la file, de manière que celui qui suit pose le pied dans l'endroit quitté par le pied de celui qui précède : on évite ainsi la multiplicité des traces. Pour plus de précaution, le guerrier qui ferme la marche répand des feuilles mortes et de la poussière derrière lui. Le chef est à la tête de la colonne; guidé par les vestiges de l'ennemi, il parcourt leurs sinuosités à travers les buissons, comme un limier sagace. De temps en temps on fait halte et l'on prête une oreille attentive. Si la chasse est l'image de la guerre parmi les Européens, chez les Sauvages la guerre est l'image de la chasse : l'Indien apprend, en poursuivant les hommes, à découvrir les ours. Le plus grand général, dans l'état de nature, est le plus fort et le plus vigoureux chasseur; les qualités intellectuelles, les combinaisons savantes, l'usage perfectionné du jugement, font, dans l'état social, les grands capitaines.

Les coureurs envoyés à la découverte rapportent quelquefois des paquets de roseaux nouvellement coupés; ce sont des défis ou des cartels. On compte les roseaux : leur nombre indique celui des ennemis. Si les tribus qui portaient autrefois ces défis étaient connues, comme celle des Hurons, pour leur franchise militaire, les paquets de jonc disaient exactement la vérité; si, au contraire, elles étaient renommées, comme celles des Iroquois, pour leur génie politique, les roseaux augmentaient ou diminuaient la force numérique des combattants.

L'emplacement d'un camp que l'ennemi a occupé la veille vient-il à s'offrir, on l'examine avec soin : selon la construction des huttes,

[1] Voyez les *Natchez*.

les chefs reconnaissent les différentes tribus de la même nation, et leurs différents alliés. Les huttes qui n'ont qu'un seul poteau à l'entrée sont celles des Illinois. L'addition d'une seule perche, son inclinaison plus ou moins forte, devient un indice. Les ajoupas ronds sont ceux des Outouois. Une hutte dont le toit est plat et exhaussé annonce des *Chairs blanches*. Il arrive quelquefois que les ennemis, avant d'être rencontrés par la nation qui les cherche, ont battu un parti allié de cette nation : pour intimider ceux qui sont à leur poursuite, ils laissent derrière eux un monument de leur victoire. On trouva un jour un large bouleau dépouillé de son écorce. Sur l'aubier nu et blanc était tracé un ovale où se détachaient en noir ou en rouge les figures suivantes : un ours, une feuille de bouleau rongée par un papillon, dix cercles et quatre nattes, un oiseau volant, une lune sur des gerbes de maïs, un canot et trois ajoupas, un pied d'homme et vingt huttes, un hibou et un soleil à son couchant, un hibou, trois cercles et un homme couché, un casse-tête et trente têtes rangées sur une ligne droite, deux hommes debout sur un petit cercle, trois têtes dans un arc avec trois lignes.

L'ovale, avec des hiéroglyphes, désignait un chef illinois appelé Atabou ; on le reconnaissait par les marques particulières qui étaient celles qu'il avait au visage ; l'ours était le Manitou de ce chef ; la feuille de bouleau rongée par un papillon représentait le symbole national des Illinois ; les dix cercles nombraient mille guerriers, chaque cercle étant posé pour cent ; les quatre nattes proclamaient quatre avantages obtenus ; l'oiseau volant marquait le départ des Illinois ; la lune sur des gerbes de maïs signifiait que ce départ avait eu lieu dans la lune du blé vert, le canot et les trois ajoupas racontaient que les mille guerriers avaient voyagé trois jours par eau ; le pied d'homme et les vingt huttes dénotaient vingt jours de marche par terre ; le hibou était le symbole des Chicassas ; le soleil à son couchant montrait que les Illinois étaient arrivés à l'ouest du camp des Chicassas ; le hibou les trois cercles et l'homme couché disaient que trois cents Chicassas avaient été surpris pendant la nuit ; le

casse-tête et les trente têtes rangées sur une ligne droite déclaraient
que les Illinois avaient tué trente Chicassas. Les deux hommes debout sur un petit cercle annonçaient qu'ils emmenaient vingt prisonniers; les trois têtes dans l'arc comptaient trois morts du côté
des Illinois, et les trois lignes indiquaient trois blessés.

Un chef de guerre doit savoir expliquer avec rapidité et précision
ces emblèmes; et par les connaissances qu'il a de la force et des
alliances de l'ennemi, il doit juger du plus ou moins d'exactitude
historique de ces trophées. S'il prend le parti d'avancer, malgré les
victoires vraies ou prétendues de l'ennemi, il se prépare au combat.

De nouveaux investigateurs sont dépêchés. Ils s'avancent en se
courbant le long des buissons, et quelquefois en se traînant sur les
mains. Ils montent sur les plus hauts arbres; quand ils ont découvert les huttes hostiles, ils se hâtent de revenir au camp, et de rendre
compte au chef de la position de l'ennemi. Si cette position est forte,
on examine par quel stratagème on pourra la lui faire abandonner.

Un des stratagèmes les plus communs est de contrefaire le cri des
bêtes fauves. Des jeunes gens se dispersent dans les taillis, imitant
le bramement des cerfs, le mugissement des buffles, le glapissement
des renards. Les Sauvages sont accoutumés à cette ruse; mais telle
est leur passion pour la chasse, et telle est la parfaite imitation de la
voix des animaux, qu'ils sont continuellement pris à ce leurre. Ils sortent de leur camp et tombent dans des embuscades. Ils se rallient s'ils
le peuvent, sur un terrain défendu par des obstacles naturels, tels
qu'une chaussée dans un marais, une langue de terre entre deux lacs.

Cernés dans ce poste, on les voit alors, au lieu de chercher à se
faire jour, s'occuper paisiblement de différents jeux, comme s'ils
étaient dans leurs villages. Ce n'est jamais qu'à la dernière extrémité
que deux troupes d'Indiens se déterminent à une attaque de vive
forcé; elles aiment mieux lutter de patience et de ruse; et comme
ni l'une ni l'autre n'a de provisions, ou ceux qui bloquent un défilé
sont contraints à la retraite, ou ceux qui y sont enfermés sont obligés de s'ouvrir un passage.

La mêlée est épouvantable; c'est un grand duel comme dans les combats antiques : l'homme voit l'homme. Il y a dans le regard humain animé par la colère quelque chose de contagieux, de terrible qui se communique. Les cris de mort, les chansons de guerre, les outrages mutuels font retentir le champ de bataille; les guerriers s'insultent comme les héros d'Homère ; ils se connaissent tous par leur nom : « Ne te souvient-il plus, se disent-ils, du jour où tu dési-« rais que tes pieds eussent la vitesse du vent pour fuir devant ma « flèche ? Vieille femme ! te ferais-je apporter de la sagamité nouvelle « et de la cassine brûlante dans le nœud de roseau ? — Chef babil-« lard à la large bouche ! répondent les autres, on voit bien que tu « es accoutumé à porter le jupon ; ta langue est comme la feuille « du tremble; elle remue sans cesse ! »

Les combattants se reprochent aussi leurs imperfections natu-relles : ils se donnent le nom de boiteux, de louche, de petit : ces blessures faites à l'amour-propre augmentent leur rage. L'affreuse coutume de scalper l'ennemi augmente la férocité du combat. On met le pied sur le cou du vaincu : de la main gauche on saisit le toupet de cheveux que les Indiens gardent sur le sommet de la tête; de la main droite on trace, à l'aide d'un étroit couteau, un cercle dans le crâne, autour de la chevelure : ce trophée est souvent enlevé avec tant d'adresse, que la cervelle reste à découvert sans avoir été entamée par la pointe de l'instrument.

Lorsque deux partis ennemis se rencontrent en rase campagne, et que l'un est plus faible que l'autre, le plus faible creuse des trous dans la terre ; il y descend et s'y bat, ainsi que dans ces villes de guerre dont les ouvrages presque de niveau avec le sol présentent peu de surface au boulet. Les assiégeants lancent leurs flèches comme des bombes, avec tant de justesse, qu'elles retombent sur la tête des assiégés.

Des honneurs militaires sont décernés à ceux qui ont abattu le plus d'ennemis : on leur permet de porter des plumes de killiou. Pour éviter les injustices, les flèches de chaque guerrier portent une marque particulière : en les retirant du corps de la victime on reconnaît la main qui les a lancées.

L'arme à feu ne peut rendre témoignage de la gloire de son maître. Lorsque l'on tue avec la balle, le casse-tête ou la hache, c'est par le nombre des chevelures enlevées que les exploits sont comptés.

Pendant le combat, il est rare que l'on obéisse au chef de guerre, qui lui-même ne cherche qu'à se distinguer personnellement. Il est rare que les vainqueurs poursuivent les vaincus : ils restent sur le champ de bataille à dépouiller les morts, à lier les prisonniers, à célébrer le triomphe par des danses et des chants. On pleure les amis que l'on a perdus : leurs corps sont exposés avec de grandes lamentations sur les branches des arbres : les corps des ennemis demeurent étendus dans la poussière.

Un guerrier détaché du camp porte à la nation la nouvelle de la victoire et du retour de l'armée[1] : les vieillards s'assemblent; le chef de guerre fait au conseil le rapport de l'expédition : d'après ce rapport on se détermine à continuer la guerre ou à négocier la paix.

Si l'on se décide à la paix, les prisonniers sont conservés comme moyen de la conclure : si l'on s'obstine à la guerre, les prisonniers sont livrés au supplice. Qu'il me soit permis de renvoyer les lecteurs à l'épisode d'*Atala* et aux *Natchez* pour le détail. Les femmes se montrent ordinairement cruelles dans ces vengeances : elles déchirent les prisonniers avec leurs ongles, les percent avec les instruments des travaux domestiques, et apprêtent le repas de leur chair. Ces chairs se mangent grillées ou bouillies; et les cannibales connaissent les parties les plus succulentes de la victime. Ceux qui ne dévorent pas leurs ennemis, du moins boivent leur sang, et s'en barbouillent la poitrine et le visage.

Mais les femmes ont aussi un beau privilège : elles peuvent sauver les prisonniers en les adoptant pour frères ou pour maris, surtout si elles ont perdu des frères ou des maris dans le combat. L'adop-

---

[1] Ce retour est décrit dans le xi° livre des *Natchez*.

tion confère les droits de la nature : il n'y a point d'exemple qu'un prisonnier adopté ait trahi la famille dont il est devenu membre; il ne montre pas moins d'ardeur que ses nouveaux compatriotes en portant les armes contre son ancienne nation; de là les aventures les plus pathétiques. Un père se trouve assez souvent en face d'un fils : si le fils terrasse le père il le laisse aller une première fois; mais il lui dit : « Tu m'as donné la vie, je te la rends : nous voilà « quittes. Ne te présente plus devant moi, car je t'enlèverais ta « chevelure »

Toutefois les prisonniers adoptés ne jouissent pas d'une sûreté complète. S'il arrive que la tribu où ils servent fasse quelque perte, on les massacre : telle femme qui avait pris soin d'un enfant, le coupe en deux d'un coup de hache.

Les Iroquois, renommés d'ailleurs pour leur cruauté envers les prisonniers de guerre, avaient un usage qu'on aurait dit emprunté des Romains, et qui annonçait le génie d'un grand peuple : ils incorporaient la nation vaincue dans leur nation sans la rendre esclave; ils ne la forçaient même pas d'adopter leurs lois, ils ne la soumettaient qu'à leurs mœurs.

Toutes les tribus ne brûlaient pas leurs prisonniers ; quelques-unes se contentaient de les réduire en servitude. Les Sachems, rigides partisans des vieilles coutumes, déploraient cette humanité, dégénération, selon eux, de l'ancienne vertu. Le christianisme, en se répandant chez les Indiens, avait contribué à adoucir des caractères féroces. C'était au nom d'un Dieu sacrifié par les hommes que les Missionnaires obtenaient l'abolition des sacrifices humains : ils plantaient la croix à la place du poteau du supplice, et le sang de Jésus-Christ rachetait le sang du prisonnier.

RELIGION.

Lorsque les Européens abordèrent en Amérique, ils touvèrent parmi les Sauvages des croyances religieuses presque effacées aujourd'hui. Les peuples de la Floride et de la Louisiane adoraient presque tous le soleil, comme les Péruviens et les Mexicains. Ils avaient des temples, des prêtres ou jongleurs, des sacrifices; ils mêlaient seulement à ce culte du midi le culte et les traditions de quelque divinité du nord.

Les sacrifices publics avaient lieu au bord des fleuves; ils se faisaient aux changements de saison, ou à l'occasion de la paix ou de la guerre. Les sacrifices particuliers s'accomplissaient dans les huttes. On jetait au vent les cendres profanes, et l'on allumait un feu nouveau. L'offrande aux bons et aux mauvais génies consistait en peaux de bête, ustensiles de ménage, armes, colliers, le tout de peu de valeur.

Mais une superstition commune à tous les Indiens, et pour ainsi dire la seule qu'ils aient conservée, c'était celle des *Manitous*. Chaque Sauvage a son Manitou, comme chaque Nègre a son fétiche : c'est un oiseau, un poisson, un quadrupède, un reptile, une pierre, un morceau de bois, un lambeau d'étoffe, un objet coloré, un ornement américain ou européen. Le chasseur prend soin de ne tuer ni blesser l'animal qu'il a choisi pour Manitou : quand ce malheur lui arrive, il cherche par tous les moyens possibles à apaiser les manes du dieu mort; mais il n'est parfaitement rassuré que quand il a *rêvé* un autre Manitou.

Les songes jouent un grand rôle dans la religion du Sauvage; leur interprétation est une science, et leurs illusions sont tenues pour des réalités. Chez les peuples civilisés c'est souvent le contraire : les réalités sont des illusions.

Parmi les nations indigènes du Nouveau-Monde, le dogme de

l'immortalité de l'âme n'est pas distinctement exprimé ; mais elles en
ont toutes une idée confuse, comme le témoignent leurs usages, leurs
fables, leurs cérémonies funèbres, leur piété envers les morts. Loin
de nier l'immortalité de l'âme, les Sauvages la multiplient : ils semblent l'accorder aux âmes des bêtes, depuis l'insecte, le reptile, le
poisson et l'oiseau, jusqu'au plus grand quadrupède, En effet, des
peuples qui voient et qui entendent partout des *esprits* doivent naturellement supposer qu'ils en portent un en eux-mêmes, et que les
êtres animés, compagnons de leur solitude, ont aussi leurs intelligences divines.

Chez les nations du Canada il existait un système complet de fables
religieuses, et l'on remarquait, non sans étonnement, dans ces fables,
des traces des fictions grecques et des vérités bibliques.

Le Grand-Lièvre assembla un jour sur les eaux sa cour composée
de l'orignal, du chevreuil, de l'ours et des autres quadrupèdes. Il tira
un grain de sable au fond du grand lac, et il en forma la terre. Il créa
ensuite les hommes des corps morts de divers animaux.

Une autre tradition fait d'Areskoui ou d'Agresgoué, dieu de la
guerre, l'Être suprême ou Grand-Esprit.

Le Grand-Lièvre fut traversé dans ses desseins ; le dieu des eaux,
Michabou, surnommé le Grand-Chat-Tigre, s'opposa à l'entreprise
du Grand-Lièvre ; celui-ci ayant à combattre Machibou, ne put créer
que six hommes : un de ces hommes monta au ciel ; il eut commerce
avec la belle Athaënsic, divinité des vengeances, Le Grand-Lièvre
s'apercevant qu'elle était enceinte, la précipita d'un coup de pied sur
la terre : elle tomba sur le dos d'une tortue.

Quelques jongleurs prétendent qu'Athaënsic eut deux fils, dont
l'un tua l'autre ; mais on croit généralement qu'elle ne mit au monde
qu'une fille, laquelle devint mère de Tahouet-Saron et de Jouskeka.
Jouskeka tua Tahouet-Saron.

Athaënsic est quelquefois prise pour la lune, et Jouskeka pour le
soleil. Areskoui, dieu de la guerre, devient aussi le soleil. Parmi
les Natchez, Athaënsic, déesse de la vengeance, était la *femme-chef*

des mauvais Manitous, comme Jouskeka était la *femme-chef* des bons.

A la troisième génération la race de Jouskeka s'éteignit presque tout entière : le Grand-Esprit envoya un déluge. Messou, autrement Saketchak, voyant ce débordement, députa un corbeau pour s'enquérir de l'état des choses, mais le corbeau s'acquitta mal de sa commission ; alors Messou fit partir le rat musqué, qui lui apporta un peu de limon. Messou rétablit la terre dans son premier état ; il lança des flèches contre le tronc des arbres qui restaient encore debout, et ces flèches devinrent des branches. Il épousa ensuite par reconnaissance une femelle du rat musqué : de ce mariage naquirent tous les hommes qui peuplent aujourd'hui le monde.

Il y a des variantes à ces fables : selon quelques autorités, ce ne fut pas Messou qui fit cesser l'inondation, mais la tortue sur laquelle Athaënsic tomba du ciel ; cette tortue en nageant écarta les eaux avec ses pattes, et découvrit la terre. Ainsi c'est la vengeance qui est la mère de la nouvelle race des hommes.

Le Grand-Castor est après le Grand-Lièvre le plus puissant des Manitous : c'est lui qui a formé le lac Nipissingue : les cataractes que l'on trouve dans la rivière des Ontaouois, qui sort du Nipissingue, sont les restes des chaussées que le Grand-Castor avait construites pour former ce lac ; mais il mourut au milieu de son entreprise. Il est enterré au haut d'une montagne à laquelle il a donné sa forme. Aucune nation ne passe au pied de son tombeau sans fumer en son honneur.

Michabou, dieu des eaux, est né à Méchillinakinac sur le détroit qui joint le lac Huron au lac Michigan. De là il se transporta au Détroit, jeta une digue au saut Sainte-Marie, et arrêtant les eaux du lac Alimipigon, il fit le lac Supérieur pour prendre des castors, Michabou apprit de l'araignée à tisser des filets, et il enseigna ensuite le même art aux hommes.

Il y a des lieux où les Génies se plaisent particulièrement. A deux journées au-dessous du saut Saint-Antoine, on voit la grande Wakon-Teebe (la caverne du Grand-Esprit) ; elle renferme un lac

souterrain d'une profondeur inconnue ; lorsqu'on jette une pierre
dans ce lac, le Grand-Lièvre fait entendre une voix redoutable. Des
caractères sont gravés par les Esprits sur la pierre de la voûte.

Au soleil couchant du lac Supérieur sont des montagnes formées
de pierres qui brillent comme la glace des cataractes en hiver. Derrière ces montagnes s'étend un lac bien plus grand que le lac Supérieur : Michabou aime particulièrement ce lac et ces montagnes[1].
Mais c'est au lac Supérieur que le Grand-Esprit a fixé sa résidence ;
on l'y voit se promener au clair de la lune : il se plaît aussi à cueillir
le fruit d'un groseillier qui couvre la rive méridionale du lac. Souvent assis sur la pointe d'un rocher, il déchaîne les tempêtes. Il
habite dans le lac une île qui porte son nom : c'est là que les âmes
des guerriers tombés sur le champ de bataille se rendent pour jouir
du plaisir de la chasse.

Autrefois, du milieu du lac sacré émergeait une montagne de
cuivre que le Grand-Esprit a enlevée et transportée ailleurs depuis
longtemps ; mais il a semé sur le rivage des pierres du même métal
qui ont une vertu singulière : elles rendent invisibles ceux qui les
portent. Le Grand-Esprit ne veut pas qu'on touche à ces pierres.

Un jour des Algonquins furent assez téméraires pour en enlever
une ; à peine étaient-ils rentrés dans leurs canots qu'un Manitou de
plus de soixante coudées de hauteur, sortant du fond d'une grotte,
les poursuivit : les vagues lui allaient à peine à la ceinture ; il obligea les Algonquins de jeter dans les flots le trésor qu'ils avaient pris.

Sur les bords du lac Huron, le Grand-Esprit a fait chanter le lièvre
blanc comme un oiseau, et donné la voix d'un chat à l'oiseau bleu.

Athaënsic a planté dans les îles du lac Érié l'*herbe à la puce* :
si un guerrier regarde cette herbe, il est saisi de la fièvre ; s'il la
touche, un feu subtil court sur sa peau. Athaënsic planta encore du
bord du lac Érié le cèdre blanc pour détruire la race des hommes :

---

[1] Cette ancienne tradition d'une chaîne de Montagnes et d'un lac immense
situés au nord-ouest du lac Supérieur, indique assez les montagnes Rocheuses
et l'Océan Pacifique.

la vapeur de l'arbre fait mourir l'enfant dans le sein de la jeune mère, comme la pluie fait couler la grappe sur la vigne.

Le Grand-Lièvre a donné la sagesse au chat-huant du lac Érié. Cet oiseau fait la chasse aux souris pendant l'été; il les mutile, et les emporte toutes vivantes dans sa demeure, où il prend soin de les engraisser pour l'hiver. Cela ne ressemble pas trop mal aux maîtres des peuples.

Dans la cataracte du Niagara habite le Génie redoutable des Iroquois.

Auprès du lac Ontario, des ramiers mâles se précipitent le matin dans la rivière Génessé; le soir ils sont suivis d'un pareil nombre de femelles : ils vont chercher la belle Andaé qui fut retirée de la contrée des âmes par les chants de son époux.

Un petit oiseau du lac Ontario fait la guerre au serpent noir. Voici ce qui a donné lieu à cette guerre.

Hondioun était un fameux chef des Iroquois constructeurs de canaux. Il vit la jeune Almilao, et il fut étonné. Il dansa trois fois de colère, car Almilao était fille de la nation des Hurons, ennemis des Iroquois. Hondioun retourna à sa hutte en disant : « C'est égal; » mais l'âme du guerrier ne parlait pas ainsi.

Il demeura couché sur la natte pendant deux soleils, et il ne put dormir : au troisième soleil il ferma les yeux et vit un ours dans ses songes. Il se prépara à la mort.

Il se lève, prend ses armes, traverse les forêts, et arrive à la hutte d'Almilao dans le pays des ennemis. Il faisait nuit.

Almilao entend marcher dans sa cabane; elle dit : « Akouessan, assieds-toi sur ma natte. » Hondioun s'assit sans parler sur la natte. Athaënsic et sa rage était dans son cœur. Almilao jette un bras autour du guerrier iroquois sans le connaître, et cherche ses lèvres. Hondioun l'aima comme la lune.

Akouessan l'Abénaquis, allié des Hurons, arrive; il s'approche dans les ténèbres : les amants dormaient. Il se glisse auprès d'Almilao, sans apercevoir Hondioun roulé dans les peaux de la couche. Akouessan enchanta le sommeil de sa maîtresse.

Hondioun s'éveille, étend la main, touche la chevelure d'un guerrier. Le cri de guerre ébranle la cabane. Les Sachems des Hurons accourent. Akouessan l'Abénaquis n'était plus.

Hondioun, le chef iroquois, est attaché au poteau des prisonniers, il chante sa chanson de mort; il appelle Almilao au milieu du feu, et invite la fille huronne à lui dévorer le cœur. Celle-ci pleurait et souriait : la vie et la mort étaient sur ses lèvres.

Le Grand-Lièvre fit entrer l'âme d'Hondioun dans le serpent noir, et celle d'Almilao dans le petit oiseau du lac Ontario. Le petit oiseau attaque le serpent noir et l'étend mort d'un coup de bec. Akouessan fut changé en homme marin.

Le Grand-Lièvre fit une grotte de marbre noir et vert dans le pays des Abénaquis; il planta un arbre dans le lac sans rivage, à l'entrée de la grotte. Tous les efforts des chairs blanches n'ont jamais pu arracher cet arbre. Lorsque la tempête souffle sur le lac sans rivage, le Grand-Lièvre descend du rocher bleu, et vient pleurer sous l'arbre Hondioun, Almilao et Akouessan.

C'est ainsi que les fables des Sauvages amènent le voyageur du fond des lacs du Canada aux rivages de l'Atlantique. Moïse, la Grèce et Ovide semblaient avoir légué à ces peuples, le premier sa tradition, le second sa mauvaise physique, le troisième ses métamorphoses. Il y avait dans tout cela assez de religion, de mensonges et de poésie, pour s'instruire, s'égarer et se consoler.

⁂

GOUVERNEMENT.

LES NATCHEZ.

DESPOTISME DANS L'ÉTAT DE NATURE.

Presque toujours on a confondu l'état de nature avec l'état sauvage : de cette méprise il est arrivé qu'on s'est figuré que les Sauvages n'avaient point de gouvernement, que chaque famille était simplement conduite par son chef ou par son père; qu'une chasse ou une guerre réunissait occasionnellement les familles dans un intérêt commun; mais que cet intérêt satisfait, les familles retournaient à leur isolement et à leur indépendance.

Ce sont là de notables erreurs. On retrouve parmi les Sauvages le type de tous les gouvernements connus des peuples civilisés, depuis le despotisme jusqu'à la république, en passant par la monarchie limitée ou absolue, élective ou héréditaire.

Les Indiens de l'Amérique septentrionale connaissent les monarchies et les républiques représentatives; le fédéralisme était une des formes politiques les plus communes employées par eux : l'étendue de leur désert avait fait pour la science de leurs gouvernements ce que l'excès de la population a produit pour les nôtres.

L'erreur où l'on est tombé relativement à l'existence politique du gouvernement sauvage est d'autant plus singulière que l'on aurait dû être éclairé par l'histoire des Grecs et des Romains : à la naissance de leur empire, ils avaient des institutions très compliquées.

Les lois politiques naissent chez les hommes avant les lois civiles, qui sembleraient néanmoins devoir précéder les premières; mais il est de fait que le *pouvoir* s'est réglé avant le *droit*, parce que les hommes ont besoin de se défendre contre l'arbitraire avant de fixer les rapports qu'ils ont entre eux.

Les lois politiques naissent spontanément avec l'homme et s'établissent sans antécédents; on les rencontre chez les hordes les plus barbares.

Les lois civiles, au contraire, se forment par les usages : ce qui était une coutume religieuse pour le mariage d'une fille et d'un garçon, pour la naissance d'un enfant, pour la mort d'un chef de famille, se transforme en loi par le laps de temps. La propriété particulière, inconnue des peuples chasseurs, est encore une source de lois civiles qui manque à l'état de nature. Aussi n'existait-il point chez les Indiens de l'Amérique septentrionale de code de délits et de peines. Les crimes contre les choses et les personnes étaient punis par la famille, non par la loi. La vengeance était la justice; le droit naturel poursuivait, chez l'homme sauvage, ce que le droit public atteint chez l'homme policé.

Rassemblons d'abord les traits communs à tous les gouvernements des Sauvages, puis nous entrerons dans le détail de chacun de ces gouvernements.

Les nations indiennes sont divisées en tribus; chaque tribu a un chef héréditaire différent du chef militaire, qui tire son autorité de l'élection, comme chez les anciens Germains.

Les tribus portent un nom particulier : la tribu de l'Aigle, de l'Ours, du Castor, etc. Les emblèmes qui servent à distinguer les tribus deviennent des enseignes à la guerre, des sceaux aux traités.

Les chefs des tribus et des divisions des tribus tirent leurs noms de quelque qualité, de quelque défaut de leur esprit ou de leur personne, de quelque circonstance de leur vie. Ainsi l'un s'appelle le bison blanc, l'autre la jambe cassée, la bouche plate, le pied bottan, le dardeur, la belle voix, le tueur de castors, le cœur de chien, etc.

Il en fut ainsi dans la Grèce : à Rome, Coclès tira son nom de ses yeux rapprochés ou de la perte de son œil, et Cicéron de la verrue ou de l'industrie de son aïeul. L'histoire moderne compte ses rois et ses guerriers, Chauve, Bègue, Roux, Boiteux, Main au marteau, Capet ou grosse tête, etc.

Les conseils des nations indiennes se composent des chefs des tribus, des chefs militaires, des matrones, des orateurs, des prophètes ou jongleurs, des médecins; mais ces conseils varient selon la constitution des peuples.

Le spectacle d'un conseil de Sauvages est très pittoresque. Quand la cérémonie du calumet est achevée, un orateur prend la parole. Les membres du conseil sont assis ou couchés à terre dans diverses attitudes : les uns, tout nus, n'ont pour s'envelopper qu'une peau de buffle; les autres, tatoués de la tête aux pieds, ressemblent à des

statues égyptiennes; d'autres entremêlent à des ornements sauvages, à des plumes, à des becs d'oiseau, à des griffes d'ours, à des
cornes de buffle, à des os de castor, à des dents de poisson, entremêlent, dis-je, des ornements européens. Les visages sont bariolés
de diverses couleurs, ou peinturés de blanc ou de noir. On écoute
attentivement l'orateur; chacune de ses pauses est accueillie par le
cri d'applaudissement : *Oah! oah!*

Des nations aussi simples ne devraient avoir rien à débattre en
politique; cependant il est vrai qu'aucun peuple civilisé ne traite
plus de choses à la fois. C'est une ambassade à envoyer à une tribu
pour la féliciter de ses victoires, un pacte d'alliance à conclure ou à
renouveler, une explication à demander sur la violation d'un territoire, une députation à faire partir pour aller pleurer la mort d'un
chef, un suffrage à donner dans une diète, un chef à élire, un compétiteur à écarter, une médiation à offrir ou à accepter pour faire
poser les armes à deux peuples; une balance à maintenir, afin que
telle nation ne devienne pas trop forte et ne menace pas la liberté
des autres. Toutes ces affaires sont discutées avec ordre, les raisons pour et contre sont déduites avec clarté. On a connu des Sachems qui possédaient à fond toutes ces matières et qui parlaient
avec une profondeur de vue et de jugement dont peu d'hommes
d'État en Europe seraient capables.

Les délibérations du conseil sont marquées dans des colliers de
diverses couleurs; archives de l'État qui renferment les traités de
guerre, de paix et d'alliance, avec toutes les conditions et clauses
de ces traités. D'autres colliers contiennent les harangues pronon-
cées dans les divers conseils. J'ai mentionné ailleurs la mémoire
artificielle dont usaient les Iroquois pour retenir un long discours.
Le travail se partageait entre des guerriers qui, au moyen de quelques osselets, apprenaient par cœur, ou plutôt écrivaient dans leur
mémoire la partie du discours qu'ils étaient chargés de reproduire [1].

[1] On peut voir dans *les Natchez* la description d'un conseil de Sauvages,
tenu sur le Rocher du lac : les détails en sont rigoureusement historiques.

Les arrêtés des Sachems sont quelquefois gravés sur des arbres en signes énigmatiques. Le temps, qui ronge nos vieilles chroniques, détruit également celles des Sauvages, mais d'une autre manière. Il étend une nouvelle écorce sur le papyrus qui garde l'histoire de l'Indien : au bout d'un petit nombre d'années, l'Indien et son histoire ont disparu à l'ombre du même arbre.

Passons maintenant à l'histoire des institutions particulières des gouvernements indiens, en commençant par le despotisme.

Il faut remarquer d'abord que partout où le despotisme est établi, règne une espèce de civilisation *physique*, telle qu'on la voit chez la plupart des peuples de l'Asie, et telle qu'elle existait au Pérou et au Mexique. L'homme qui ne peut plus se mêler des affaires publiques, et qui livre sa vie à un maître comme une brute, comme un enfant, a tout le temps de s'occuper de son bien-être matériel. Le système de l'esclavage soumettant à cet homme d'autres bras que les siens, ces machines labourent son champ, entretiennent sa demeure, fabriquent ses vêtements et préparent son repas, et il parvenu à un certain degré, cette civilisation du despotisme reste stationnaire; car le tyran supérieur, qui veut bien permettre quelques tyrannies particulières, conserve toujours le droit de vie et de mort sur ces sujets, et ceux-ci ont soin de se renfermer dans une médiocrité qui n'excite ni la cupidité, ni la jalousie du pouvoir.

Sous l'empire du despotisme, il y a donc commencement de luxe et d'administration, mais dans une mesure qui ne permet pas à l'industrie de se développer, ni au génie de l'homme d'arriver à la liberté par les lumières.

Ferdinand de Soto trouva des peuples de cette nature dans les Florides, et vint mourir au bord du Mississipi. Sur ce grand fleuve s'étendait la domination des Natchez. Ceux-ci étaient originaires du Mexique, qu'ils ne quittèrent qu'après la chute du trône de Montezume. L'époque de l'émigration des Natchez concorde avec celle des Chicassais qui venaient du Pérou, également chassés de leur terre natale par l'invasion des Espagnols.

Un chef surnommé *le Soleil* gouvernait les Natchez : ce chef prétendait descendre de l'astre du jour. La succession au trône avait lieu par les femmes : ce n'était pas le fils même du *Soleil* qui lui succédait, mais le fils de sa sœur ou de sa plus proche parente. Cette *femme-chef*, tel était son nom, avait avec le *Soleil* une garde de jeunes gens appelés *Allouez*.

Les dignitaires au-dessous du *Soleil* étaient les deux chefs de guerre, les deux prêtres, les deux officiers pour les traités, l'inspecteur des ouvrages et des greniers publics, homme puissant, appelé le *Chef de la farine*, et les quatre maîtres des cérémonies.

La récolte, faite en commun et mise sous la garde du *Soleil*, fut dans l'origine la cause principale de l'établissement de la tyrannie. Seul dépositaire de la fortune publique, le monarque en profita pour se faire des créatures : il donnait aux uns aux dépens des autres ; il inventa cette hiérarchie de places qui intéressent une foule d'hommes au pouvoir, par la complicité dans l'oppression. Le *Soleil* s'entoura de satellites prêts à exécuter ses ordres. Au bout de quelques générations, des classes se formèrent dans l'État : ceux qui descendaient des généraux ou des officiers des *Allouez* se prétendirent nobles ; on les crut. Alors furent inventées une multitude de lois : chaque individu se vit obligé de porter au *Soleil* une partie de sa chasse ou de sa pêche. Si celui-ci commandait tel ou tel travail, on était tenu de l'exécuter sans en recevoir de salaire. En imposant la corvée, le *Soleil* s'empara du droit de juger. « Qu'on me défasse de ce chien, disait-il, et ses gardes obéissaient. »

Le despotisme du *Soleil* enfanta celui de la *femme-chef*, et ensuite celui des nobles. Quand une nation devient esclave, il se forme une chaîne de tyrans depuis la première classe jusqu'à la dernière. L'arbitraire du pouvoir de la *femme-chef* prit le caractère du sexe de cette souveraine; il se porta du côté des mœurs. La *femme-chef* se crut maîtresse de prendre autant de maris et d'amants qu'elle le voulut : elle faisait ensuite étrangler les objets de ses caprices. En peu de temps il fut admis que le jeune *Soleil*, en parvenant au trône, pouvait faire étrangler son père, lorsque celui-ci n'était pas noble.

Cette corruption de la mère de l'héritier du trône descendit aux autres femmes. Les nobles pouvaient abuser des vierges, et même des jeunes épouses, dans toute la nation. Le *Soleil* avait été jusqu'à ordonner une prostitution générale des femmes, comme cela se pratiquait à certaines initiations babyloniennes.

A tous ces maux il n'en manquait plus qu'un, la superstition : les Natchez en furent accablés. Les prêtres s'étudièrent à fortifier la tyrannie par la dégradation de la raison du peuple. Ce devint un honneur insigne, une action méritoire pour le ciel, que de se tuer sur le tombeau d'un noble : il y avait des chefs dont les funérailles entraînaient le massacre de plus de cent victimes. Ces oppresseurs semblaient n'abandonner le pouvoir absolu dans la vie que pour hériter de la tyrannie de la mort : on obéissait encore à un cadavre, tant on était façonné à l'esclavage! Bien plus, on sollicitait quelquefois, dix ans d'avance, l'honneur d'accompagner le *Soleil* au pays des âmes. Le ciel permettait une justice : ces mêmes *Allouez*, par qui la servitude avait été fondée, recueillaient le fruit de leurs œuvres; l'opinion les obligeait de se percer de leur poignard aux obsèques de leur maître; le suicide devenait le digne ornement de la pompe funèbre du despotisme. Mais que servait au souverain des Natchez d'entraîner sa garde au-delà de la vie? pouvait-elle le défendre contre l'éternel vengeur opprimé?

Une *femme-chef* étant morte, son mari, qui n'était pas noble, fut étouffé. La fille aînée de la *femme-chef*, qui lui succédait en dignité, ordonna l'étranglement de douze enfants : ces douze corps furent rangés autour de ceux de l'ancienne *femme-chef* et de son mari; ces quatorze cadavres étaient déposés sur un brancard pompeusement décoré.

Quatorze *Allouez* enlevèrent le lit funèbre. Le convoi se mit en marche : les pères et les mères des enfants étranglés ouvraient la marche, marchant lentement deux à deux, et portant leurs enfants morts dans leurs bras. Quatorze victimes qui s'étaient dévouées à la mort suivaient le lit funèbre, tenant dans leurs mains le cordon fatal qu'elles avaient filé elles-mêmes. Les plus proches parents de ces victimes les environnaient. La famille de la *femme-chef* fermait le cortège.

De dix pas en dix pas les pères et les mères qui précédaient la Théorie laissaient tomber les corps de leurs enfants : les hommes qui portaient le brancard marchaient sur ces corps; de sorte que quand on arriva au temple, les chairs de ces tendres hostles tombaient en lambeaux.

Le convoi s'arrêta au lieu de la sépulture. On déshabilla les quatorze personnes dévouées : elles s'assirent à terre; un *Allouez* s'assit sur les genoux de chacune d'elles, un autre leur tint les mains par derrière; on leur fit avaler trois morceaux de tabac et boire un peu d'eau; on leur passa le lacet au cou, et les parents de la *femme-chef* tirèrent en chantant, sur les deux bouts du lacet.

On a peine à comprendre comment un peuple chez lequel la propriété individuelle était inconnue, et qui ignorait la plupart des besoins de la société, avait pu tomber sous un pareil joug. D'un côté les hommes nus, la liberté de la nature; de l'autre des exactions sans exemple, un despotisme qui passe ce qu'on a vu de plus formidable au milieu des peuples civilisés; l'innocence et les vertus primitives d'un état politique à son berceau, la corruption et les crimes d'un gouvernement décrépit : quel monstrueux assemblage! Une révolution simple, naturelle, presque sans effort, délivra en partie les Natchez de leurs chaînes. Accablés du joug des nobles et du *Soleil*, ils se contentèrent de se retirer dans les bois; la solitude leur rendit la liberté. Le *Soleil*, demeuré au *grand village*, n'ayant plus rien à donner aux *Allouez*, puisqu'on ne cultivait plus le champ commun, fut abandonné de ces mercenaires. Ce *Soleil* eut pour successeur un prince raisonnable. Celui-ci ne rétablit point les gardes; il abolit les usages tyranniques, rappela ses sujets et leur fit aimer son gouvernement. Un conseil de vieillards formé par lui détruisit le principe de la tyrannie, en réglant d'une manière nouvelle la propriété commune.

Les nations sauvages, sous l'empire des idées primitives, ont un invincible éloignement pour la propriété particulière, fondement de l'ordre social. De là, chez quelques Indiens, cette propriété commune, ce champ public des moissons, ces récoltes déposées dans des greniers où chacun vient puiser selon ses besoins ; mais de là aussi la puissance des chefs, qui veillent à ces trésors, et qui finissent par les distribuer au profit de leur ambition.

Les Natchez régénérés trouvèrent un moyen de se mettre à l'abri de la propriété particulière, sans tomber dans l'inconvénient de la propriété commune. Le champ public fut divisé en autant de lots qu'il y avait de familles. Chaque famille emportait chez elle la moisson contenue dans un de ces lots. Ainsi le grenier public fut détruit, en même temps que le champ commun resta ; et comme chaque famille ne recueillait pas précisément le produit du champ qu'elle avait labouré et semé, elle ne pouvait pas dire qu'elle eût un droit particulier à la jouissance de ce qu'elle avait reçu. Il ne fut plus la communauté de la terre, mais la communauté du travail qui fit la propriété commune.

Les Natchez conservèrent l'extérieur et les formes de leurs anciennes institutions : ils ne cessèrent point d'avoir une monarchie absolue, un *Soleil*, une *femme-chef*, et différents ordres ou différentes classes d'hommes ; mais ce n'était plus que des souvenirs du passé ; souvenirs utiles aux peuples, chez lesquels il n'est jamais bon de détruire l'autorité des aïeux. On entretint toujours le feu perpétuel dans le temple ; on ne toucha pas même aux cendres des anciens chefs déposés dans cet édifice, parce qu'il y a crime à violer l'asile des morts, et qu'après tout, la poussière des tyrans donne d'aussi grandes leçons que celle des autres hommes.

LES MUSCOGULGES.

MONARCHIE LIMITÉE DANS L'ÉTAT DE NATURE.

————

A l'orient du pays des Natchez accablés par le despotisme, les Muscogulges présentaient dans l'échelle des gouvernements des Sauvages la monarchie constitutionnelle ou limitée.

Les Muscogulges forment avec les Siminoles, dans l'ancienne Floride, la confédération des Creeks. Ils ont un chef appelé Mico, roi ou magistrat.

Le Mico, reconnu pour le premier homme de la nation, reçoit toutes sortes de marques de respect. Lorsqu'il préside le conseil, on lui rend des hommages presque abjects; lorsqu'il est absent, son siége reste vide.

Le Mico convoque le conseil pour délibérer sur la paix et sur la guerre; à lui s'adressent les ambassadeurs et les étrangers qui arrivent chez la nation.

La royauté du Mico est élective et inamovible. Les vieillards nomment le Mico; le corps des guerriers confirme la nomination. Il faut avoir versé son sang dans les combats, ou s'être distingué par sa raison, son génie, son éloquence, pour aspirer à la place de Mico. Ce souverain qui ne doit sa puissance qu'à son mérite, s'élève sur la confédération des Creeks, comme le soleil pour animer et féconder la terre.

Le Mico ne porte aucune marque de distinction : hors du conseil, c'est un simple Sachem qui se mêle à la foule, cause, fume, boit la coupe avec tous les guerriers : un étranger ne pourrait le reconnaître. Dans le conseil même, où il reçoit tant d'honneurs, il n'a que sa voix; toute son influence est dans sa sagesse : son avis est généralement suivi, parce que son avis est presque toujours le meilleur.

La vénération des Muscogulges pour le Mico est extrême. Si un jeune homme est tenté de faire une chose déshonnête, son compagnon lui dit : « Prends garde, le Mico te voit, » et le jeune homme s'arrête : c'est l'action du despotisme invisible de la vertu.

Le Mico jouit cependant d'une prérogative dangereuse. Les moissons, chez les Muscogulges, se font en commun. Chaque famille, après avoir reçu son lot, est obligée d'en porter une partie dans un grenier public, où le Mico puise à volonté. L'abus d'un pareil privilége produisit la tyrannie des *Soleils* des Natchez, comme nous venons de le voir.

Après le Mico, la plus grande autorité de l'État réside dans le conseil des vieilllards. Ce conseil décide de la paix et de la guerre, et applique les ordres du Mico ; institution politique singulière. Dans la monarchie des peuples civilisés, le roi est le pouvoir exécutif et le conseil ou l'assemblée nationale, le pouvoir législatif : ici, c'est l'opposé ; le monarque fait les lois et le conseil les exécute. Ces sauvages ont peut-être pensé qu'il y avait moins de péril à laisser à un conseil de vieillards du pouvoir exécutif, qu'à remettre ce pouvoir aux mains d'un seul homme. D'un autre côté, l'expérience ayant prouvé qu'un seul homme d'un âge mûr, d'un esprit réfléchi connaître mieux des lois qu'un corps délibérant, les Muscogulges ont placé le pouvoir législatif dans le roi.

Mais le conseil des Muscogulges a un vice capital ; il est sous la direction immédiate du grand jongleur, qui le conduit par la crainte des sortiléges et par la divination des songes. Les prêtres forment chez cette nation un collége redoutable qui menace de s'emparer des divers pouvoirs.

Le chef de guerre, indépendant du Mico, exerce une puissance absolue sur la jeunesse armée. Néanmoins, si la nation est dans un péril imminent, le Mico devient pour un temps limité général au dehors, comme il est magistrat au dedans.

Tel est, ou plutôt tel était le gouvernement muscogulge considéré en lui-même et à part. Il a d'autres rapports comme gouvernement fédératif.

Les Muscogulges, nation fière et ambitieuse, vinrent de l'ouest, et s'emparèrent de la Floride après en avoir extirpé les Yamases, ses premiers habitants[1]. Bientôt après, les Siminoles, arrivant de l'est, firent alliance avec les Muscogulges. Ceux-ci étant les plus forts, forcèrent ceux-là d'entrer dans une confédération, en vertu de laquelle les Siminoles envoient des députés au grand village des Muscogulges, et se trouvent ainsi gouvernés en partie par le Mico de ces derniers.

Les deux nations réunies furent appelées par les Européens la nation des Creeks, et divisées par eux en Creeks supérieurs, les Muscogulges, et en Creeks inférieurs, les Siminoles. L'ambition des Muscogulges n'étant pas satisfaite, ils portèrent la guerre chez les Chéroquois et chez les Chicassais, et les obligèrent d'entrer dans l'alliance commune, confédération aussi célèbre dans le midi de l'Amérique septentrionale que celle des Iroquois dans le nord. N'est-il pas singulier de voir des Sauvages tenter la réunion des Indiens dans une république fédérative, au même lieu où les Européens devaient établir un gouvernement de cette nature ?

Les Muscogulges, en faisant des traités avec les blancs, ont stipulé que ceux-ci ne vendraient point d'eau-de-vie aux nations alliées. Dans les villages des Creeks on ne souffrait qu'un seul marchand Européen : il y résidait sous la sauve-garde publique. On ne violait jamais à son égard les lois de la plus exacte probité ; il allait et venait en sûreté de sa fortune comme de sa vie.

Les Muscogulges sont enclins à l'oisiveté et aux fêtes ; ils cultivent la terre ; ils ont des troupeaux et des chevaux de race espagnole ; ils ont aussi des esclaves. Le serf travaille aux champs, cultive dans le jardin les fruits et les fleurs, tient la cabane propre

---

[1] Ces traditions des migrations indiennes sont obscures et contradictoires. Quelques hommes instruits regardent les tribus des Florides comme un débris de la grande nation des Allighewis qui habitaient les vallées du Mississipi et de l'Ohio, et que chassèrent vers les douzième et treizième siècles les Lenni-lénape (les Iroquois et les Sauvages Delaware), horde nomade et belliqueuse, venue du nord et de l'ouest, c'est-à-dire des côtes voisines du détroit de Behring.

et prépare les repas. Il est logé, vêtu et nourri comme ses maîtres. S'il se marie, ses enfants sont libres ; ils entrent dans leur droit naturel par la naissance. Le malheur du père et de la mère ne passe point à leur postérité ; les Muscogulges n'ont point voulu que la servitude fût héréditaire : belle leçon que des Sauvages ont donnée aux peuples civilisés !

Tel est néanmoins l'esclavage : quelle que soit sa douceur, il dégrade les vertus. Le Muscogulge, hardi, bruyant, impétueux, supportant à peine la moindre contradiction, est servi par le Yamase timide, silencieux, patient, abject. Ce Yamase, ancien maître des Florides, est cependant de race indienne ; il combattit en héros pour sauver son pays de l'invasion des Muscogulges ; mais la fortune le trahit. Qui a mis entre le Yamase d'autrefois et le Yamase d'aujourd'hui, entre ce Yamase vaincu et ce Muscogulge vainqueur, une si grande différence ? deux mots : liberté et servitude.

Les villages mulcogulges sont bâtis d'une manière particulière : chaque famille a presque toujours quatre maisons ou quatre cabanes pareilles. Ces quatre cabanes se font face les unes aux autres, et forment entre elles une cour carrée d'environ un demi-arpent : on entre dans cette cour par les quatre angles. Les cabanes, construites en planches, sont enduites en dehors et en dedans d'un mortier rouge qui ressemble à de la terre de briques. Des morceaux d'écorce de cyprès disposés comme des écailles de tortue servent de toiture aux bâtiments.

Au centre du principal village, et dans l'endroit le plus élevé, est une place publique environnée de quatre longues galeries. L'une de ces galeries est la salle du conseil, qui se tient tous les jours pour l'expédition des affaires. Cette salle se divise en deux chambres par une cloison longitudinale : l'appartement du fond est ainsi privé de lumière ; on n'y entre que par une ouverture surbaissée pratiquée au bas de la cloison. Dans ce sanctuaire sont déposés les trésors de la religion et de la politique : les chapelets de corne de cerf, la coupe à médecine, les chichikoués, le calumet de paix, l'étendard national, fait d'une queue d'aigle. Il n'y a que le Mico, le chef de guerre et le grand-prêtre qui puissent entrer dans ce lieu redoutable.

La chambre extérieure de la salle du conseil est coupée en trois parties, par trois petites cloisons transversales, à hauteur d'appui. Dans ces trois balcons s'élèvent trois rangs de gradins appuyés contre les parois du sanctuaire. C'est sur ces bancs couverts de nattes que s'asseyent les Sachems et les guerriers.

Les trois autres galeries, qui forment avec la galerie du conseil l'enceinte de la place publique, sont pareillement divisées chacune en trois parties; mais elles n'ont point de cloison longitudinale. Ces galeries se nomment *galeries du banquet :* on y trouve toujours une foule bruyante occupée de divers jeux.

Les murs, les cloisons, les colonnes de bois de ces galeries sont chargés d'ornements hiéroglyphiques qui renferment les secrets sacerdotaux et politiques de la nation. Ces peintures représentent des hommes dans diverses attitudes, des oiseaux et des quadrupèdes à tête d'hommes, des hommes à tête d'animaux. Le dessin de ces ornements est tracé avec hardiesse et dans des proportions naturelles ; la couleur en est vive, mais appliquée sans art. L'ordre d'architecture des colonnes varie dans les villages selon la tribu qui habite ces villages : à Otasses les colonnes sont tournées en spirales, parce que les Muscogulges d'Otasses sont de la tribu du serpent.

Il y a chez cette nation une ville de paix et une ville de sang. La ville de paix est la capitale même de la confédération de Creeks, et se nomme Apalachucla. Dans cette ville on ne verse jamais le sang, et quand il s'agit d'une paix générale, les députés des Creeks y sont convoqués.

La ville de sang est appelée Coweta ; elle est située a douze milles d'Apalachucla : c'est là que l'on délibère de la guerre.

On remarque, dans la confédération des Creeks, les Sauvages qui habitent le beau village d'Uche, composé de deux mille habitants, et qui peut armer cinq cents guerriers. Ces Sauvages parlent la langue *savanna* ou *savantica ;* langue radicalement différente de la langue m uscogulge. Les alliés du village d'Uche sont ordinairement dans le conseil d'un avis différent des autres alliés, qui les voient avec jalousie; mais on est assez sage de part et d'autre pour n'en pas venir à une rupture.

Les Siminoles, moins nombreux que les Muscogulges, n'ont guère que neuf villages, tous situés sur la rivière Flint. Vous ne pouvez faire un pas dans leur pays sans découvrir des savanes, des lacs, des fontaines, des rivières de la plus belle eau. Le Siminole respire la gaieté, le contentement, l'amour : sa démarche est légère; son abord ouvert et serein; ses gestes décèlent l'activité et la vie; il parle beaucoup et avec volubilité, son langage est harmonieux et facile. Ce caractère aimable et volage est si prononcé chez ce peuple, qu'il peut à peine prendre un maintien digne dans les assemblées politiques de la confédération.

Les Siminoles et les Muscogulges sont d'une assez grande taille, et, par un contraste extraordinaire, leurs femmes sont de la plus petite race de femmes connue en Amérique : elles atteignent rarement la hauteur de quatre pieds deux ou trois pouces; leurs mains et leurs pieds ressemblent à ceux d'une Européenne de neuf ou dix ans. Mais la nature les a dédommagées de cette espèce d'injustice : leur taille est élégante et gracieuse; leurs yeux sont noirs, extrêmement longs, pleins de langueur et de modestie. Elles baissent leurs paupières avec une sorte de pudeur voluptueuse : si on ne les voyait pas, lorsqu'elles parlent, on croirait entendre des enfants qui ne prononcent que des mots à moitié formés.

Les femmes Creeks travaillent moins que les autres femmes Indiennes; elles s'occupent de broderies, de teinture et d'autres petits ouvrages. Les esclaves leur épargnent le soin de cultiver la terre; mais elles aident pourtant, ainsi que les guerriers, à recueillir la moisson.

Les Muscogulges sont renommés pour la poésie et pour la musique. La troisième nuit de la fête du maïs nouveau, on s'assemble dans la galerie du conseil; on se dispute le prix du chant. Ce prix est décerné à la pluralitié des voix, par le Mico : c'est une branche de chêne vert ; les Hellènes briguaient une branche d'olivier. Les femmes concourent et souvent obtiennent la couronne : une de leurs odes est restée célèbre.

CHANSON DE LA CHAIR BLANCHE.

« La chair blanche vint de la Virginie. Elle était riche : elle avait des étoffes bleues, de la poudre, des armes et du poison français[1]. La chair blanche vit Tibeïma, l'Ikouessen[2].

« Je t'aime, dit-elle à la fille peinte : quand je m'approche de toi, je sens fondre la moelle de mes os ; mes yeux se troublent ; je me sens mourir.

« La fille peinte, qui voulait les richesses de la chair blanche, lui dit : « Laisse-moi graver mon nom sur tes lèvres ; presse mon « sein contre ton sein. »

« Tibeïma et la chair blanche bâtirent une cabane. L'Ikouessen dissipa les grandes richesses de l'étranger et fut infidèle. La chair blanche le sut, mais elle ne put cesser d'aimer. Elle allait de porte en porte mendier des grains de maïs pour faire vivre Tibeïma. Lorsque la chair blanche pouvait obtenir un peu de feu liquide[3], elle le buvait pour oublier sa douleur.

« Toujours aimant Tibeïma, toujours trompé par elle, l'homme blanc perdit l'esprit et se mit à courir dans les bois. Le père de la fille peinte, illustre Sachem, lui fit des réprimandes : le cœur d'une femme qui a cessé d'aimer est plus dur que le fruit du papaya.

« La chair blanche revint à sa cabane. Elle était nue ; elle portait une longue barbe hérissée ; ses yeux étaient creux, ses lèvres pâles : elle s'assit sur une natte pour demander l'hospitalité dans sa propre cabane. L'homme blanc avait faim : comme il était devenu insensé, il se croyait un enfant et prenait Tibeïma pour sa mère.

[1] Eau-de-vie.
[2] Courtisane.
[3] Eau-de-vie.

« Tibeïma, qui avait retrouvé des richesses avec un autre guer-rier, dans l'ancienne cabane de la chair blanche, eut horreur de celui qu'elle avait aimé. Elle le chassa. La chair blanche s'assit sur un tas de feuilles à la porte et mourut. Tibeïma mourut aussi. Quand le Siminole demande quelles sont les ruines de cette cabane recouverte de grandes herbes, on ne lui répond point. »

Les Espagnols avaient placé, dans les beaux déserts de la Flo-ride, une fontaine de Jouvence. N'étais-je donc pas autorisé à choisir ces déserts pour le pays de quelques autres illusions?

On verra bientôt ce que sont devenus les Creeks et quels sont menace ce peuple qui marchait à grands pas vers la civilisation.

——o❊o——

LES HURONS ET LES IROQUOIS.

RÉPUBLIQUE DANS L'ÉTAT DE NATURE.

Si les Natchez offrent le type du despotisme dans l'état de nature, les Creeks le premier trait de la monarchie limitée; les Hurons et les Iroquois présentaient, dans le même état de nature, la forme du gouvernement républicain. Ils avaient, comme les Creeks, outre la constitution de la nation proprement dite, une assemblée générale représentative et un pacte fédératif.

Le gouvernement des Hurons différait un peu de celui des Iro-quois. Auprès du conseil des tribus s'élevait un chef héréditaire dont la succession se continuait par les femmes, ainsi que chez les Natchez. Si la ligne de ce chef venait à manquer, c'était la plus noble matrone de la tribu qui choisissait un chef nouveau. L'in-fluence des femmes devait être considérable chez une nation où la politique et la nature leur donnaient tant de droits. Les historiens attribuent à cette influence une partie des bonnes et des mauvaises qualités du Huron.

Chez les nations de l'Asie, les femmes sont esclaves et n'ont aucune part au gouvernement ; mais, chargées des soins domestiques, elles sont soustraites, en général, aux plus rudes travaux de la terre.

Chez les nations d'origine germanique, les femmes étaient libres, mais elles restaient étrangères aux actes de la politique, sinon à ceux du courage et de l'honneur.

Chez les tribus du nord de l'Amérique, les femmes participaient aux affaires de l'État, mais elles étaient employées à ces pénibles ouvrages qui sont dévolus aux hommes dans l'Europe civilisée. Esclaves et bêtes de somme dans les champs et à la chasse, elles devenaient libres et reines dans les assemblées de la famille et dans les conseils de la nation. Il faut remonter aux Gaulois pour retrouver quelque chose de cette condition des femmes chez un peuple.

Les Iroquois ou les Cinq nations[1], appelés, dans la langue algonquine, les *Agannonsioni*, étaient une colonie des Hurons. Ils se séparèrent de ces derniers à une époque ignorée, ils abandonnèrent les bords du lac Huron et se fixèrent sur la rive méridionale du fleuve Hochelaga (le Saint-Laurent), non loin du lac Champlain. Dans la suite, ils remontèrent jusqu'au lac Ontario et occupèrent le pays situé entre le lac Érié et les sources de la rivière d'Albany.

Les Iroquois offrent un grand exemple du changement que l'oppression et l'indépendance peuvent opérer dans le caractère des hommes. Après avoir quitté les Hurons, ils se livrèrent à la culture des terres, devinrent une nation agricole et paisible, d'où ils tirèrent leur nom d'*Agannansioni*.

Leurs voisins, les *Adirondacs*, dont nous avons fait les *Algonquins*, peuple guerrier et chasseur qui étendait sa domination sur un pays immense, méprisèrent les Hurons émigrants dont ils achetaient les récoltes. Il arriva que les Algonquins invitèrent quelques

---

[1] Six, selon la division des Anglais.

jeunes Iroquois à une chasse; ceux-ci s'y distinguèrent de telle sorte que les Algonquins jaloux les massacrèrent.

Les Iroquois coururent aux armes pour la première fois : battus d'abord, ils résolurent de périr jusqu'au dernier, ou d'être libres. Un génie guerrier, dont ils ne s'étaient pas doutés, se déploya tout à coup en eux. Ils défirent à leur tour les Algonquins, qui s'allièrent avec les Hurons dont les Iroquois tiraient leur origine. Ce fut au moment le plus chaud de cette querelle, que Jacques Cartier et ensuite Champelain, abordèrent au Canada. Les Algonquins s'unirent aux étrangers, et les Iroquois eurent à lutter contre les Français, les Algonquins et les Hurons.

Bientôt les Hollandais arrivèrent à Manhatte (New-York). Les Iroquois recherchèrent l'amitié de ces nouveaux Européens, se procurèrent des armes à feu, et devinrent, en peu de temps plus habiles au maniement de ces armes que les blancs eux-mêmes. Il n'y a point, chez les peuples civilisés, d'exemple d'une guerre aussi longue et aussi implacable que celle que firent les Iroquois aux Algonquins et aux Hurons. Elle dura plus de trois siècles : les Algonquins furent exterminés, et les Hurons réduits à une tribu réfugiée sous la protection du canon de Quebec. La colonie française du Canada, au moment de succomber elle-même aux attaques des Iroquois, ne fut sauvée que par un calcul de la politique de ces Sauvages extraordinaires[1]. Il est probable que les Indiens du nord de l'Amérique furent gouvernés d'abord par des rois, comme les habitants de Rome et d'Athènes, et que ces monarchies se changèrent ensuite en républiques aristocratiques : on retrouvait dans les principales bourgades huronnes et iroquoises des familles nobles ordinairement au nombre de trois. Ces familles étaient la souche

---

[1] D'autres traditions, comme on l'a vu, font des Iroquois une grande colonne de cette migration des Lennilénaps, venus des bords de l'Océan Pacifique. Cette colonne des Iroquois et des Hurons aurait chassé les peuplades du nord du Canada, parmi lesquelles se trouvaient les Algonquins, tandis que les Indiens Delaware, plus au midi, auraient descendu jusqu'à l'Atlantique en dispersant les peuples primitifs établis à l'est, à l'ouest des Alleghanys.

des trois tribus principales ; l'une de ces tribus jouissait d'une
sorte de prééminence ; les membres de cette première tribu se
traitaient de *frères*, et les membres des deux autres tribus de
cousins.

Ces trois tribus portaient le nom de tribus huronnes : la tribu du
Chevreuil, celle du Loup, celle de la Tortue. La dernière se partageait en deux branches, la grande et petite Tortue.

Le gouvernement, extrêmement compliqué, se composait de trois
conseils, le conseil des assistants, le conseil des vieillards, le conseil des guerriers en état de porter les armes, c'est-à-dire du corps
de la nation.

Chaque famille fournissait un député au conseil des assistants ;
ce député était nommé par les femmes qui choisissaient souvent
une femme pour les représenter. Le conseil des assistants était le
conseil suprême : ainsi la première puissance appartenait aux femmes
dont les hommes ne se disaient que les lieutenants ; mais le conseil des vieillards prononçait en dernier ressort, et devant lui étaient
portées en appel les délibérations du conseil des assistants.

Les Iroquois avaient pensé qu'on ne se devait pas priver de l'assistance d'un sexe dont l'esprit délié et ingénieux est fécond en ressources, et sait agir sur le cœur humain ; mais ils avaient aussi
pensé que les arrêts d'un conseil de femmes pourraient être pas-
sionnés ; ils avaient voulu que ces arrêts fussent tempérés et comme
refroidis par le jugement des vieillards. On retrouvait ce conseil
des femmes chez nos pères les Gaulois.

Le second conseil ou le conseil des vieillards était le modérateur
entre le conseil des assistants et le conseil composé du corps des
jeunes guerriers.

Tous les membres de ces trois conseils n'avaient pas le droit de
prendre la parole : des orateurs choisis par chaque tribu traitaient
devant les conseils des affaires de l'État : ces orateurs faisaient une
étude particulière de la politique et de l'éloquence.

Cette coutume, qui serait un obstacle à la liberté chez les peuples

civilisés de t'Europe, n'était qu'une mesure d'ordre chez les Iroquois.
Parmi ces peuples, on ne sacrifiait rien de la liberté particulière à
la liberté générale. Aucun membre des trois conseils ne se regardait
lié individuellement par la délibération des conseils. Toutefois il était
sans exemple qu'un guerrier eût refusé de s'y soumettre.

La nation Iroquoise se divisait en cinq cantons : ces cantons
n'étaient point dépendants les uns des autres ; ils pouvaient faire la
paix et la guerre séparément. Les cantons neutres leur offraient,
dans ce cas, leurs bons offices.

Les cinq cantons nommaient de temps en temps des députés qui
renouvelaient l'alliance générale. Dans cette diète, tenue au milieu
des bois, on traitait de quelques grandes entreprises pour l'honneur
et la sûreté de toute la nation. Chaque député faisait un rapport
relatif au canton qu'il représentait, et l'on délibérait sur les moyens
de prospérité commune.

Les Iroquois étaient aussi fameux par leur politique que par leurs
armes. Placés entre les Anglais et les Français, ils s'aperçurent
bientôt de la rivalité de ces deux peuples. Ils comprirent qu'ils
seraient recherchés par l'un et par l'autre : ils firent alliance avec
les Anglais qu'ils n'aimaient pas, contre les Français qu'ils esti-
maient, mais qui s'étaient unis aux Algonquins et aux Hurons.
Cependant ils ne voulaient pas le triomphe complet d'un des deux
partis étrangers : ainsi les Iroquois étaient prêts à disperser la
colonie française du Canada, lorsqu'un ordre du conseil des Sachems
arrêta l'armée et la força de revenir ; ainsi les Français se voyaient
au moment de conquérir la Nouvelle-Jersey, et d'en chasser les
Anglais, lorsque les Iroquois firent marcher leurs cinq nations au
secours des Anglais, et les sauvèrent.

L'Iroquois ne conservait de commun avec le Huron que le langage : le Huron, gai, spirituel, volage, d'une valeur brillante et
téméraire, d'une taille haute et élégante, avait l'air d'être né pour
être l'allié des Français.

L'Iroquois était, au contraire, d'une forte stature : poitrine large,

jambes musculaires, bras nerveux. Les grands yeux ronds de l'Iroquois étincellent d'indépendance ; tout son air était celui d'un héros ;
on voyait reluire sur son front les hautes combinaisons de la pensée
et les sentiments élevés de l'âme. Cet homme intrépide ne fut point
étonné des armes à feu , lorsque, pour la première fois, on en usa
contre lui ; il tint ferme au sifflement des balles et au bruit du canon,
comme s'il les eût entendus toute sa vie ; il n'eut pas l'air d'y faire
plus d'attention qu'à un orage. Aussitôt qu'il se put procurer un
mousquet, il s'en servit mieux qu'un Européen. Il n'abandonna pas
pour cela le casse-tête, le couteau, l'arc et la flèche ; mais il y ajouta
la carabine, le pistolet, le poignard et la hache : il semblait n'avoir
jamais assez d'armes pour sa valeur. Doublement paré des instruments meurtriers de l'Europe et de l'Amérique, avec sa tête ornée
de panaches, ses oreilles découpées, son visage barbouillé de noir,
ses bras teints de sang, ce noble champion du Nouveau-Monde
devint aussi redoutable à voir qu'à combattre sur le rivage qu'il
défendit pied à pied contre l'étranger.

C'était dans l'éducation que les Iroquois plaçaient la source de
leur vertu. Un jeune homme ne s'asseyait jamais devant un vieillard ; le respect pour l'âge était pareil à celui que Lycurgue avait
fait naître à Lacédémone. On accoutumait la jeunesse à supporter
les plus grandes privations, ainsi qu'à braver les plus grands périls.
De longs jeûnes commandés par la politique au nom de la religion,
des chasses dangereuses, l'exercice continuel des armes, des jeux
mâles et virils, avaient donné au caractère de l'Iroquois quelque
chose d'indomptable. Souvent de petits garçons s'attachaient les
bras ensemble, mettaient un charbon ardent sur leurs bras liés, et
luttaient à qui soutiendrait plus longtemps la douleur. Si une jeune
fille commettait une faute et que sa mère lui jetât de l'eau au visage,
cette seule réprimande portait quelquefois cette jeune fille à s'é-
trangler.

L'Iroquois méprisait la douleur comme la vie ; un Sachem de
cent années affrontait les flammes du bûcher ; il excitait les ennemis

à redoubler de cruauté ; il les défiait de lui arracher un soupir. Cette magnanimité de la vieillesse n'avait pour but que de donner un exemple aux jeunes guerriers et de leur apprendre à devenir dignes de leurs pères.

Tout se ressentait de cette grandeur chez ce peuple : sa langue, presque toute aspirée, étonnait l'oreille. Quand un Iroquois parlait, on eût cru ouïr un homme qui, s'exprimant avec effort, passait successivement des intonations les plus sourdes aux intonations les plus élevées.

Tel était l'Iroquois, avant que l'ombre et la destruction de la civilisation européenne se fussent étendues sur lui.

Bien que j'aie dit que le droit civil et le droit criminel sont à peu près inconnus des Indiens, l'usage, en quelques lieux, y supplée à la loi.

Le meurtre, qui chez les Francs se rachetait par une composition pécuniaire en rapport avec l'état des personnes, ne se compense, chez les Sauvages, que par la mort du meurtrier. Dans l'un de notre moyen âge, les familles respectives prenaient fait et cause pour tout ce qui concernait leurs membres ; de là ces vengeances héréditaires qui divisaient la nation, lorsque les familles ennemies étaient puissantes.

Chez les peuplades du nord de l'Amérique, la famille de l'homicide ne vient pas à son secours, mais les parents de l'homme tué se font un devoir de le venger. Le criminel que la loi ne menace pas, que ne défend pas la nature, ne rencontrant d'asile, ni dans les bois où les alliés du mort le poursuivent, ni chez les tribus étrangères qui le livreraient, ni à son foyer domestique qui ne le soustrait pas, devient si misérable qu'un tribunal vengeur lui serait un bien : au moins il y aurait une forme, une manière de le condamner ou de l'acquitter : car si la loi frappe, elle conserve, comme le temps qui sème et moissonne. Le meurtrier indien, las d'une vie errante, ne trouvant pas de famille publique pour le punir, se remet entre les mains d'une famille particulière qui l'immole : au défaut de la force armée, le crime conduit le criminel aux pieds du juge et du bourreau.

Le meurtre involontaire s'expiait quelquefois par des présents.

Chez les Abénaquis, la loi prononçait : on exposait le corps de l'homme assassiné sur une espèce de claie en l'air; l'assassin, attaché à un poteau, était condamné à prendre sa nourriture et à passer plusieurs jours à ce pilori de la mort.

ÉTAT ACTUEL

DES SAUVAGES DE L'AMÉRIQUE SEPTENTRIONALE.

Si je présentais au lecteur ce tableau de l'Amérique sauvage comme l'image fidèle de ce qui existe aujourd'hui, je tromperais le lecteur : j'ai peint ce qui fut beaucoup plus que ce qui est. On retrouve sans doute encore plusieurs traits du caractère indien dans les tribus errantes du Nouveau-Monde, mais l'ensemble des mœurs, l'originalité des coutumes, la forme primitive des gouvernements, enfin le génie américain a disparu. Après avoir raconté le passé, il me reste à compléter mon travail en retraçant le présent.

Quand on aura retranché du récit des premiers navigateurs et des premiers colons qui reconnurent et défrichèrent la Louisiane, la Floride, la Géorgie, les deux Carolines, la Virginie, le Maryland, le Delaware, la Pensylvanie, le New-Jersey, le New-Yorck et tout ce qu'on appela la Nouvelle-Angleterre, l'Acadie et le Canada, on ne pourra guère évaluer la population sauvage comprise entre le Mississipi et le fleuve Saint-Laurent, au moment de la découverte de ces contrées, au-dessous de trois millions d'hommes.

Aujourd'hui la population indienne de toute l'Amérique septentrionale, en n'y comprenant ni les Mexicains ni les Esquimaux, s'élève à peine à quatre cent mille âmes. Le recensement des peuples indigènes de cette partie du Nouveau-Monde n'a pas été fait; je vais le faire. Beaucoup d'hommes, beaucoup de tribus manqueront à l'appel : dernier historien de ces peuples, c'est leur registre mortuaire que je vais ouvrir.

En 1534, à l'arrivée de Jacques Cartier au Canada, et à l'époque de la fondation de Quebec par Champelain en 1608, les Algonquins, les Iroquois, les Hurons, avec leurs tribus alliées ou sujettes, savoir : les Etchemins, les Souriquois, les Bersiamites, les Papinaciets, les Montaguès, les Attikamègues, les Nipisissings, les Temiscamings, les Amikouès, les Cristinaux, les Assiniboils, les Pouteouatamis, les Nokais, les Otchagras, les Miamis, armaient à peu près cinquante mille guerriers : ce qui suppose chez les Sauvages une population d'à peu près deux cent cinquante mille âmes. Au dire de Lahontan, chacun des cinq grands villages iroquois renfermait quatorze mille habitants. Aujourd'hui on ne rencontre dans le bas Canada que les hameaux de Sauvages devenus chrétiens : les Hurons de Lorette, les Abénaquis de Saint-François, les Algonquins, les Nipissings, les Iroquois du lac des deux montagnes, et les Osouékatchie, tristes échantillons de plusieurs races qui ne sont plus, et qui, recueillis par la religion, offrent la double preuve de sa puissance à conserver et de celle des hommes à détruire.

Le reste des cinq nations iroquoises est enclavé dans les possessions anglaises et américaines, et le nombre de tous les Sauvages que je viens de nommer est tout au plus de deux mille cinq cents à trois mille âmes.

Les Abénaquis, qui, en 1587, occupaient l'Acadie (aujourd'hui le Nouveau-Brunswick et la Nouvelle-Écosse), les Sauvages du Maine qui détruisirent tous les établissements des blancs en 1675, et qui continuèrent leurs ravages jusqu'en 1748; les mêmes hordes qui firent subir le même sort au New-Hampshire; les Wampanoags, les Nipmucks, qui livrèrent des espèces de batailles rangées aux Anglais, assiégèrent Hadley, et donnèrent l'assaut à Brookfield dans le Massachusetts; les Indiens qui, dans les mêmes années

1673 et 1675, combattirent les Européens; les Pequots du Connecticut; les Indiens qui négocièrent la cession d'une partie de leurs terres avec les États de New-Yorck, de New-Jersey, de la Pensylvanie, de la Delaware; les Pyscataways du Maryland; les tribus qui obéissaient à Powhatan dans la Virginie; les Paraoustis dans les Carolines, tous ces peuples ont disparu [1].

Des nations nombreuses que Ferdinand de Soto rencontra dans les Florides (et il faut comprendre sous ce nom tout ce qui forme aujourd'hui les États de la Géorgie, de l'Alabama, du Mississipi et du Ténessée), il ne reste plus que les Creeks, les Chéroquois et les Chicassais [2].

Les Creeks dont j'ai peint les anciennes mœurs ne pourraient mettre sur pied dans ce moment deux mille guerriers. Des vastes pays qui leur appartenaient, ils ne possèdent plus qu'environ huit milles carrés dans l'État de Géorgie, et un territoire à peu près égal dans l'Alabama. Les Chéroquois et les Chicassais, réduits à une poignée d'hommes, vivent dans un coin des États de Géorgie et de Ténessée, les derniers sur les deux rives du fleuve Hiwassée.

Tout faibles qu'ils sont, les Creeks ont combattu vaillamment les Américains dans les années 1813 et 1814. Les généraux Jackson, White, Clayborne, Floyd, leur firent éprouver des grandes pertes à Talladéga, Hillabes, Autossée, Bécanachaca et surtout à Entonopeka. Ces Sauvages avaient fait des progrès sensibles dans la civilisation, et surtout dans l'art de la guerre, employant et dirigeant très-bien l'artillerie. Il y a quelques années qu'ils jugèrent et mirent à mort un de leurs Mico ou rois, pour avoir vendu des terres aux blancs sans la participation du conseil national.

[1] La plupart de ces peuples appartenaient à la grande nation de Lennilénaps, dont les deux branches principales étaient les Iroquois et les Hurons au nord, et les Indiens Delaware au midi.

[2] On peut consulter avec fruit, pour la Floride, un ouvrage intitulé : *Vue de la Floride occidentale, contenant sa géographie, sa topographie, etc., suivie d'un appendice sur ses antiquités, les titres de concession des terres et des canaux, et accompagnée d'une carte de la côte, des plans de Pensacola et de l'entrée du port.* Philadelphie, 1817.

Les Américains qui convoitent le riche territoire où vivent encore les Muscogulges et les Siminoles, ont voulu les forcer à le leur céder pour une somme d'argent, leur proposant de les transporter ensuite à l'occident du Missouri. L'état de Géorgie a prétendu qu'il avait acheté ce territoire ; le congrès américain a mis quelque obstacle à cette prétention ; mais tôt ou tard les Creeks, les Chéroquais et les Chicassais, serrés entre la population blanche du Mississipi, du Ténessée, de l'Alabama et de la Géorgie, seront obligés de subir l'exil ou l'extermination.

En remontant le Mississipi depuis son embouchure jusqu'au confluent de l'Ohio, tous les Sauvages qui habitaient ces deux bords, les Biloxis, les Torimas, les Kappas, les Sotouïs, les Bayougoulas, les Colapissas, les Tansas, les Natchez et les Yazous ne sont plus.

Dans la vallée de l'Ohio, les nations qui erraient encore le long de cette rivière et de ses affluents se soulevèrent en 1810 contre les Américains. Elles mirent à leur tête un jongleur ou prophète qui annonçait la victoire, tandis que son frère, le fameux Thécumseh, combattait : trois mille Sauvages se trouvèrent réunis pour reconquérir leur indépendance. Le général américain Harrison marcha contre eux avec un corps de troupes ; il les rencontra, le 6 novembre 1814, au confluent du Tippacanoé et du Wabash. Les Indiens montrèrent le plus grand courage, et leur chef Thécumseh déploya une habileté extraordinaire : il fut pourtant vaincu.

La guerre de 1812 entre les Américains et les Anglais rapporta les hostilités sur les frontières du désert ; les Sauvages se rangèrent presque tous du parti des Anglais, Thécumseh était passé à leur service : le colonel Proctor, Anglais, dirigeait les opérations. Des scènes de barbarie eurent lieu à Cikaho et aux forts Meigs et Milden : le cœur du capitaine Wells fut dévoré dans un repas de chair humaine. Le général Harrison accourut encore, et battit les Sauvages à l'affaire du Thames. Thécumseh y fut tué : le colonel Proctor dut son salut à la vitesse de son cheval.

La paix ayant été conclue entre les États-Unis et l'Angleterre en

1814, les limites des deux empires furent définitivement réglées : les Américains ont assuré par une chaîne de postes militaires leur domination sur les Sauvages.

Depuis l'embouchure de l'Ohio jusqu'au saut de Saint-Antoine sur le Mississipi, on trouve sur la rive occidentale de ce dernier fleuve les Saukis, dont la population s'élève à quatre mille huit cents âmes, les Renards à mille six cents âmes, les Winebegos à mille six cents et les Ménomènes à mille deux cents. Les Illinois sont la souche de ces tribus.

Viennent ensuite les Sioux de race mexicaine divisés en six nations : la première habite, en partie, le Haut-Mississipi ; la seconde, la troisième, la quatrième et la cinquième tiennent les rivages de la rivière Saint-Pierre ; la sixième s'étend vers le Missouri. On évalue ces six nations siouses à environ quarante-cinq mille âmes.

Derrière les Sioux, en s'approchant du Nouveau-Mexique, se trouvent quelques débris des Osages, des Cansas, des Octotatas, des Missotatas, des Ajouès et des Panis.

Les Assiboins errent sous divers noms depuis les sources septentrionales du Missouri jusqu'à la grande Rivière-Rouge qui se jette dans la baie d'Hudson : leur population est de vingt-cinq mille âmes.

Les Cypowais, de race algonquine et ennemis des Sioux, chassent au nombre de trois ou quatre mille guerriers dans les déserts qui séparent les grands lacs du Canada du lac Winnepic.

Voilà tout ce que l'on sait de plus positif sur la population des Sauvages de l'Amérique septentrionale. Si l'on joint à ces tribus connues les tribus moins fréquentées qui vivent au-delà des Montagnes Rocheuses, on aura bien de la peine à trouver les quatre cent mille individus mentionnés au commencement de ce dénombrement. Il y a des voyageurs qui ne portent pas à plus de cent mille âmes la population indienne en-deçà des Montagnes Rocheuses, et à plus de cinquante mille au-delà de ces montagnes, y compris les Sauvages de la Californie.

Poussées par les populations européennes vers le nord-ouest de l'Amérique septentrionale , les populations sauvages viennent, par une singulière destinée , expirer au rivage même sur lequel elles débarquèrent dans des siècles inconnus, pour prendre possession de l'Amérique. Dans la langue iroquoise, les Indiens se donnaient le nom d'*hommes de toujours* , ONGOUE-ONOUE : ces *hommes de toujours* ont passé , et l'étranger ne laissera bientôt aux héritiers légitimes de tout un monde que la terre de leur tombeau.

Les raisons de cette dépopulation sont connues : l'usage des liqueurs fortes , les vices, les maladies, les guerres, que nous avons multipliées chez les Indiens ont précipité la destruction de ces peuples ; mais il n'est pas tout à fait vrai que l'état social, en venant se placer dans les forêts , ait été une cause efficiente de cette destruction.

L'Indien n'était pas *sauvage ;* la civilisation européenne n'a point agi sur *le pur état de nature,* elle a agi sur la *civilisation américaine commençante ;* si elle n'eût rien rencontré , elle eût créé quelque chose; mais elle a trouvé des mœurs et les a détruites, parce qu'elle était plus forte, et qu'elle n'a pas cru se devoir mêler à ces mœurs.

Demander ce que seraient devenus les habitants de l'Amérique si l'Amérique eût échappé aux voiles de nos navigateurs, serait sans doute une question inutile, mais pourtant curieuse à examiner. Auraient-ils péri en silence, comme ces nations plus avancées dans les arts, qui, selon toutes les probabilités, fleurirent autrefois dans les contrées qu'arrosent l'Ohio, le Muskingum, le Ténnessée, le Mississipi inférieur et le Tumbec-Bee ?

Écartant un moment les grands principes du christianisme, mettant à part les intérêts de l'Europe, un esprit philosophique aurait pu désirer que les peuples du Nouveau-Monde eussent eu le temps de se développer hors du cercle de nos institutions. Nous en sommes réduits partout aux formes usées d'une civilisation vieillie (je ne parle pas des populations de l'Asie, arrêtées depuis quatre mille ans dans un despotisme qui tient de l'enfance) : on a trouvé chez les

Sauvages du Canada, de la Nouvelle-Angleterre et des Florides, des commencements de toutes les coutumes et de toutes les lois des Grecs, des Romains et des Hébreux. Une civilisation d'une nature différente de la nôtre aurait pu reproduire les hommes de l'antiquité, ou faire jaillir des lumières inconnues d'une source encore ignorée. Qui sait si nous n'eussions pas vu aborder un jour à nos rivages quelque Colomb Américain venant découvrir l'Ancien-Monde ?

La dégradation des mœurs indiennes a marché de pair avec la dépopulation des tribus. Les traditions religieuses sont devenues beaucoup plus confuses; l'instruction répandue d'abord par les Missionnaires du Canada, a mêlé des idées étrangères aux idées natives des indigènes : on aperçoit aujourd'hui, au travers des fables grossières, les croyances chrétiennes défigurées. La plupart des Sauvages portent des croix pour ornements, et les traiteurs protestants leur vendent ce que leur donnaient les Missionnaires catholiques. Disons, à l'honneur de notre patrie et à la gloire de notre religion, que les Indiens s'étaient fortement attachés aux Français; qu'ils ne cessent de les regretter, et qu'une *robe noire* (un missionnaire) est encore en vénération dans les forêts américaines. Si les Anglais, dans leurs guerres avec les États-Unis, ont vu presque tous les Sauvages s'enrôler sous la bannière britannique, c'est que les Anglais de Québec ont encore parmi eux des descendants des Français, et qu'ils occupent le pays qu'*Ononthio*[1] a gouverné. Le Sauvage continue de nous aimer dans le sol que nous avons foulé, dans la terre où nous fûmes ses premiers hôtes, et où nous avons laissé des tombeaux : en servant les nouveaux possesseurs du Canada, il reste fidèle à la France dans les ennemis des Français.

Voici ce qu'on lit dans un *Voyage* récent fait aux sources du Mississipi. L'autorité de ce passage est d'autant plus grande, que l'auteur, dans un autre endroit de son voyage, s'arrête pour argumenter contre les Jésuites de nos jours.

---

[1] *La grande montagne.* Nom sauvage des gouverneurs français du Canada.

« Pour rendre justice à la vérité, les Missionnaires français, en
« général, se sont toujours distingués partout par une vie exem-
« plaire et conforme à leur état. Leur bonne foi religieuse, leur
« charité apostolique, leur douceur insinuante, leur patience hé-
« roïque, et leur éloignement du fanatisme et du rigorisme, seront
« dans ces contrées des époques édifiantes dans les fastes du chris-
« tianisme ; et pendant que la mémoire des Del Vilde, des Va-
« dilla, etc., sera toujours en exécration dans tous les cœurs vrai-
« ment chrétiens ; celle des Daniels, des Brébœuf, etc., ne perdra ja-
« mais de la vénération que l'histoire des découvertes et des conquêtes
« leur consacre à juste titre. De là cette prédilection que les sau-
« vages témoignent pour les Français, prédilection qu'ils puisent
« naturellement dans le fond de leur âme, nourrie par les rela-
« tions que leurs pères ont laissées en faveur des premiers apôtres
« du Canada, alors la Nouvelle-France [1]. »

Cela confirme ce que j'ai écrit autrefois sur les missions du Canada. Le caractère brillant de la valeur française, notre désinté-
ressement, notre gaieté, notre esprit aventureux, sympathisaient
avec le génie des Indiens ; mais il faut convenir aussi que la religion
catholique est plus propre à l'éducation du Sauvage que la religion
protestante.

Quand le christianisme commença au milieu d'un monde civilisé
et des spectacles du paganisme, il fut simple dans son extérieur,
sévère dans sa morale, métaphysique dans ses arguments, parce
qu'il s'agissait d'arracher à l'erreur des peuples séduits par les
sens, ou égarés par des systèmes de philosophie. Quand le christianisme passa des délices de Rome et des écoles d'Athènes aux forêts
de la Germanie, il s'environna de pompes et d'images, afin d'enchanter la simplicité du Barbare. Les gouvernements protestants de
l'Amérique se sont peu occupés de la civilisation des Sauvages ; ils
n'ont songé qu'à trafiquer avec eux : or, le commerce, qui accroît

[1] *Voyage de Beltrami*, 1823.

la civilisation parmi les peuples déjà civilisés, et chez lesquels l'intelligence a prévalu sur les mœurs, ne produit que la corruption chez les peuples où les mœurs sont supérieures à l'intelligence. La religion est évidemment la loi primitive : les pères Jogues, Lallemant, et Brébœuf étaient des législateurs d'une toute autre espèce que les traiteurs anglais et américains.

De même que les notions religieuses des Sauvages se sont brouillées, les institutions politiques de ces peuples ont été altérées par l'irruption des Européens. Les ressorts du gouvernement indien étaient subtils et délicats, le temps ne les avait point consolidés ; la politique étrangère, en les touchant, les a facilement brisés. Ces divers conseils balançant leurs autorités respectives, ces contrepoids formés par les assistants, les Sachems, les matrones, les jeunes guerriers, toute cette machine a été dérangée : nos présents, nos vices, nos armes, ont acheté, corrompu ou tué les personnages dont se composaient ces pouvoirs divers.

Aujourd'hui les tribus indiennes sont conduites tout simplement par un chef : celles qui se sont confédérées se réunissent quelquefois dans des diètes générales ; mais aucune loi ne réglant ces assemblées, elles se séparent presque toujours sans avoir rien arrêté : elles ont le sentiment de leur nullité et le découragement qui accompagne la faiblesse.

Une autre cause a contribué à dégrader le gouvernement des Sauvages : l'établissement des postes militaires américains et anglais au milieu des bois. Là, un commandant se constitue le protecteur des Indiens dans le désert ; à l'aide de quelques présents, il fait comparaître les tribus devant lui ; il se déclare leur père et l'envoyé d'un des *trois mondes blancs,* les Sauvages désignent ainsi les Espagnols, les Français et les Anglais. Le commandant apprend à ses *enfants rouges* qu'il va fixer telles limites, défricher tel terrain, etc. Le Sauvage finit par croire qu'il n'est pas le véritable possesseur de la terre dont on dispose sans son aveu ; il s'accoutume à se regarder comme d'une espèce inférieure au blanc ; il consent à recevoir des ordres, à chasser, à combattre pour des maîtres. Qu'a-t-on besoin de se gouverner quand on n'a plus qu'à obéir?

Il est naturel que les mœurs et les coutumes se soient détériorées avec la religion et la politique, que tout ait été emporté à la fois.

Lorsque les Européens pénétrèrent en Amérique, les Sauvages vivaient et se vêtissaient du produit de leurs chasses, et n'en faisaient entre eux aucun négoce. Bientôt les étrangers leur apprirent à le troquer pour des armes, des liqueurs fortes, divers ustensiles de ménages, des draps grossiers et des parures. Quelques Français, qu'on appela *coureurs de bois*, accompagnèrent d'abord les Indiens dans leurs excursions. Peu à peu il se forma des compagnies de commerçants qui poussèrent des postes avancés et placèrent des factoreries au milieu des déserts. Poursuivis par l'avidité européenne et par la corruption des peuples civilisés, jusqu'au fond de leurs bois, les Indiens échangent, dans ces magasins, de riches pelleteries contre des objets de peu de valeur, mais qui sont devenus pour eux des objets de première nécessité. Non-seulement ils trafiquent de la chasse faite, mais ils disposent de la chasse à venir, comme on vend une récolte sur pied.

Ces avances accordées par les traiteurs, plongent les Indiens dans un abîme de dettes : ils ont alors toutes les calamités de l'homme du peuple de nos cités, et toutes les détresses du Sauvage. Leurs chasses dont ils cherchent à exagérer les résultats, se transforment en une effroyable fatigue : ils y mènent leurs femmes; ces malheureuses, employées à tous les services du camp, tirent les traîneaux, vont chercher les bêtes tuées, tannent les peaux, font dessécher les viandes. On les voit, chargées des fardeaux les plus lourds, porter encore leurs petits enfants à leurs mamelles ou sur leurs épaules. Sont-elles enceintes et près d'accoucher, pour hâter leur délivrance et retourner plus vite à l'ouvrage, elles s'appliquent le ventre sur une barre de bois élevée à quelques pieds de terre; laissant pendre en bas leurs jambes et leur tête, elles donnent ainsi le jour à une misérable créature dans toute la rigueur de la malédiction : *In dolore paries filios.*

Ainsi la civilisation, en entrant par le commerce chez les tribus américaines, au lieu de développer leur intelligence, les a abruties. L'Indien est devenu perfide, intéressé, menteur, dissolu : sa cabane est un réceptacle d'immondices et d'ordures. Quand il était nu ou couvert de peaux de bêtes, il avait quelque chose de fier et de grand ; aujourd'hui, des haillons européens, sans couvrir sa nudité, attestent seulement sa misère : c'est un mendiant à la porte d'un comptoir ; ce n'est plus un Sauvage dans ses forêts.

Mais il s'est formé une espèce de peuple métis né du commerce des aventuriers européens et des femmes sauvages. Ces hommes, que l'on appelle *bois brûlé*, à cause de la couleur de leur peau, sont les hommes d'affaires ou les courtiers de change entre les peuples dont ils tiennent leur double origine : parlant à la fois la langue de leurs pères et de leurs mères, interprètes des traiteurs auprès des Indiens et des Indiens auprès des traiteurs, ils ont les vices des deux races. Ces bâtards de la nature civilisée et de la nature sauvage se vendent tantôt aux Américains, tantôt aux Anglais, pour leur livrer le monopole des pelleteries ; ils entretiennent les rivalités des compagnies anglaises de la *baie d'Hudson*, du *Nord-Ouest* et des compagnies américaines, *Fur Colombiam american Company*, *Missouri's fur Company*, et autres : ils font eux-mêmes des chasses au compte des traiteurs, et avec des chasseurs soldés par les compagnies.

Le spectacle est alors tout différent des chasses indiennes : les hommes sont à cheval ; il y a des fourgons qui transportent les viandes sèches et les fourrures ; les femmes et les enfants sont traînés sur de petits charriots par des chiens. Ces chiens, si utiles dans les contrées septentrionales, sont encore une charge pour leurs maîtres ; car ceux-ci ne pouvant les nourrir pendant l'été, les mettent en pension à crédit chez des gardiens et contractent ainsi de nouvelles dettes. Les dogues affamés sortent quelquefois de leur chenil ; ne pouvant aller à la chasse, ils vont à la pêche ; on les voit se plonger dans les rivières et saisir le poisson jusqu'au fond de l'eau.

On ne connaît en Europe que cette grande guerre de l'Amérique qui a donné au monde un peuple libre. On ignore que le sang a coulé pour les chétifs intérêts de quelques marchands fourreurs. La compagnie de la baie d'Hudson vendit en 1811, à lord Selkirk, un grand terrain sur le bord de la *Rivière-Rouge*; l'établissement se fit en 1812. La compagnie du Nord-Ouest ou du Canada, en prit ombrage : les deux compagnies, alliées à diverses tribus indiennes et secondées des *bois brûlés*, en vinrent aux mains. Cette petite guerre domestique, qui fut horrible, avait lieu dans les déserts glacés de la baie d'Hudson : la colonie de lord Selkirk fut détruite au mois de juin 1815, précisément au moment où se donnait la bataille de Waterloo. Sur ces deux théâtres si différents par l'éclat et par l'obscurité, les malheurs de l'espèce humaine étaient les mêmes. Les deux compagnies épuisées ont senti qu'il valait mieux s'unir que se déchirer : elles poussent aujourd'hui de concert leurs opérations à l'ouest jusqu'à la Colombie, au nord jusque sur les fleuves qui se jettent dans la mer Polaire.

En résumé, les plus fières nations de l'Amérique septentrionale n'ont conservé de leur race que la langue et le vêtement, encore celui-ci est-il altéré : elles ont un peu appris à cultiver la terre et à élever des troupeaux. De guerrier fameux qu'il était, le Sauvage du Canada est devenu berger obscur; espèce de pâtre extraordinaire, conduisant ses cavales avec un casse-tête et ses moutons avec des flèches. Philippe, successeur d'Alexandre, mourut greffier à Rome; un Iroquois chante et danse pour quelques pièces de monnaie à Paris : il ne faut pas voir le lendemain de la gloire.

En traçant ce tableau d'un monde sauvage, en parlant sans cesse du Canada et de la Louisiane, en regardant sur les vieilles cartes l'étendue des anciennes colonies françaises dans l'Amérique, j'étais poursuivi d'une idée pénible; je me demandais comment le gouvernement de mon pays avait pu laisser périr ces colonies qui seraient aujourd'hui pour nous une source inépuisable de prospérité.

De l'Acadie et du Canada à la Louisiane, de l'embouchure du Saint-Laurent à celle du Mississipi, le territoire de la *Nouvelle-France* entourait ce qui forma dans l'origine la confédération des Onze premiers États-Unis. Les onze autres États, le district de la Colombie, les territoires du Michigan, du Nord-Ouest, du Missouri, de l'Orégon et d'Arkansa, nous appartenaient ou nous appartiennent comme ils appartiennent aujourd'hui aux États-Unis par la cession des Anglais et des Espagnols, nos premiers héritiers dans le Canada et dans la Louisiane.

Prenez votre point de départ entre le 43ᵉ et le 44ᵉ degré de latitude nord, sur l'Atlantique, au cap Sable de la Nouvelle-Écosse, autrefois l'Acadie; de ce point, conduisez une ligne qui passe derrière les premiers États-Unis, le Maine, Vernon, New-Yorck, la Pensylvanie, la Virginie, la Caroline et la Géorgie; que cette ligne s'avance par le Ténessée chercher le Mississipi et la Nouvelle-Orléans; qu'elle redescende ensuite du 29ᵉ degré (latitude des bouches du Mississipi); qu'elle remonte par le territoire d'Arkansa à celui de l'Orégon; qu'elle traverse les Montagnes Rocheuses et se termine à la pointe Saint-Georges sur la côte de l'océan Pacifique, vers le 42ᵉ degré de latitude nord : l'immense pays compris entre cette ligne, la mer Atlantique au nord-est, la mer polaire au nord, l'océan Pacifique et les possessions russes au nord-ouest, le golfe mexicain au midi, c'est-à-dire plus des deux tiers de l'Amérique septentrionale, reconnaîtraient les lois de la France.

Que serait-il arrivé si de telles colonies eussent été encore entre nos mains au moment de l'émancipation des États-Unis? Cette émancipation aurait-elle eu lieu? notre présence sur le sol américain l'aurait-elle hâtée ou retardée? la *Nouvelle-France* elle-même serait-elle devenue libre? Pourquoi non? Quel malheur y aurait-il pour la mère-patrie à voir fleurir un immense empire sorti de son sein, un empire qui répandrait la gloire de notre nom et de notre langue dans un autre hémisphère?

Nous possédions au-delà des mers de vastes contrées qui pou-

vaient offrir un asile à l'excédant de notre population, un marché
considérable à notre commerce, un aliment à notre marine; aujour-
d'hui nous nous trouvons forcés d'ensevelir dans nos prisons des
coupables condamnés par les tribunaux, faute d'un coin de terre
pour y déposer ces malheureux. Nous sommes exclus du nouvel
univers, où le genre humain recommence. Les langues anglaise et
espagnole, servent en Afrique, en Asie, dans les îles de la mer du
Sud, sur le continent des deux Amériques, à l'interprétation de la
pensée de plusieurs millions d'hommes ; et nous, déshérités des
conquêtes de notre courage et de notre génie, à peine entendons-
nous parler dans quelques bourgades de la Louisiane et du Canada,
sous une domination étrangère, la langue de Racine, de Colbert et
de Louis XIV : elle n'y reste que comme un témoin des revers de
notre fortune et des fautes de notre politique.

Ainsi donc la France a disparu de l'Amérique septentrionale,
comme ces tribus indiennes avec lesquelles elle sympathisait, et dont
j'ai aperçu quelques débris. Qu'est-il arrivé dans cette Amérique
du Nord depuis l'époque où j'y voyageais? c'est maintenant ce
qu'il faut dire. Pour consoler les lecteurs, je vais, dans la conclusion de cet ouvrage, arrêter leurs regards sur un tableau merveilleux : ils apprendront ce que peut la liberté pour le bonheur et la
dignité de l'homme, lorsqu'elle ne se sépare point des idées religieuses, qu'elle est à la fois intelligente et sainte.

---o✳o---

CONCLUSION.

ÉTATS-UNIS.

Si je revoyais aujourd'hui les États-Unis, je ne les reconnaîtrais
plus : là où j'ai laissé des forêts, je retrouverais des champs cul-

fixés : là où je me suis frayé un chemin à travers les halliers, je voyagerais sur de grandes routes. Le Mississipi, le Missouri, l'Ohio, ne coulent plus dans la solitude, de gros vaisseaux à trois mâts les remontent ; plus de deux cents bateaux à vapeur en vivifient les rivages. Aux Natchez, au lieu de la hutte de Célula, s'élève une ville charmante d'environ cinq mille habitants. Chactas pourrait être aujourd'hui député au congrès et se rendre chez Atala par deux routes dont l'une mène à Saint-Étienne sur le Tumbec-Bec, et l'autre aux Natchitochès ; un livre de poste lui indiquerait les relais, au nombre de onze : Washington, Francklin, Homochitt, etc.

L'Alabama et le Ténessée sont divisés, le premier en trente-trois comtés, et il contient vingt-et-une villes ; le second en cinquante-et-un comtés, et il renferme quarante-huit villes. Quelques unes de ces villes, telles que Cahawba, capitale de l'Alabama, conservent leur dénomination sauvage, mais elles sont environnées d'autres villes différemment désignées : il y a chez les Muscogulges, les Simi-noles, les Chéroquois et les Chicassais, une cité d'Athènes, une autre de Marathon, une autre de Carthage, une autre de Memphis, une autre de Sparte, une autre de Florence, une autre d'Hampden, des comtés de Colombie et de Marengo : la gloire de tous les pays a placé un nom dans ces mêmes déserts où j'ai rencontré le père Aubry et l'obscure Atala.

Le Kentucky montre un Versailles ; un comté appelé Bourbon a pour capitale Paris. Tous les exilés, tous les opprimés qui se sont retirés en Amérique, y ont porté la mémoire de leur patrie.

..... Falsi Simoentis ad undam
Libabat cineri Andromache.

Les États-Unis offrent donc dans leur sein, sous la protection de la liberté, une image et un souvenir de la plupart des lieux célèbres de l'ancienne et de la moderne Europe, semblables à ce jardin de la campagne de Rome, où Adrien avait fait répéter les divers monuments de son empire.

Remarquons qu'il n'y a point de comtés qui ne renferment une ville, un village, ou un hameau de Washington ; touchante unanimité de la reconnaissance d'un peuple.

L'Ohio arrose maintenant quatre États : le Kentucky, l'Ohio, proprement dit, l'Indiana et l'Illinois. Trente députés et huit sénateurs sont envoyés au congrès par ces quatre États : la Virginie et le Ténessée touchent l'Ohio sur deux points ; il compte sur ses bords cent quatre-vingt-onze comtés et deux cent huit villes. Un canal que l'on creuse au portage de ses rapides, et qui sera fini dans trois ans, rendra le fleuve navigable pour de gros vaisseaux jusqu'à Pittsbourg.

Trente-trois grandes routes sortent de Washington, comme autrefois les voies romaines partaient de Rome, et aboutissaient, en se partageant, à la circonférence des États-Unis. Ainsi on va de Washington à Dover, dans la Delawhre ; de Washington à la Providence, dans le Rhode-Island ; de Washington à Robbinstown, dans le district du Maine, frontière des États britanniques au nord ; de Washington à Concorde ; de Washington à Montpellier, dans le Connecticut ; de Washington à Albany, et de là à Montréal et à Québec ; de Washington au havre de Sackets, sur le lac Ontario ; de Washington à la chute et au fort de Niagara ; de Washington, par Pittsbourg, au détroit et à Michilinachinac, sur le lac Érié ; de Washington, par Saint-Louis sur le Mississipi, à Council-Bluffs, du Missouri ; de Washington à la Nouvelle-Orléans et à l'embouchure du Mississipi ; de Washington aux Natchez ; de Washington à Charlestown, à Savannah et à Saint-Augustin ; le tout formant une circulation intérieure de routes de vingt-cinq mille sept cent quarante-sept milles.

On voit, par les points où se lient ces routes, qu'elles parcourent des lieux naguère sauvages, aujourd'hui cultivés et habités. Sur un grand nombre de ces routes, les postes sont montées : des voitures publiques vous conduisent d'un lieu à l'autre à des prix modérés. On prend la diligence pour l'Ohio ou pour la chute de Niagara, comme, de mon temps, on prenait un guide ou un interprète indien. Des chemins de communication s'embranchent aux voies principales, et sont également pourvus de moyens de transport. Ces moyens sont presque toujours doubles, car des lacs et des rivières se trouvant partout, on peut voyager en bateaux à rames et à voiles, ou sur des bateaux à vapeur.

Des embarcations de cette dernière espèce font des passages réguliers de Boston et de New-Yorck à la Nouvelle-Orléans ; elles sont également établies sur les lacs du Canada, l'Ontario, l'Érié, le Michigan, le Champlain, sur ces lacs où l'on voyait à peine, il y a trente ans, quelques pirogues de Sauvages et où des vaisseaux de ligne se livrent maintenant des combats.

Les bateaux à vapeur aux États-Unis servent non seulement au besoin du commerce et des voyageurs, mais on les emploie encore à la défense du pays : quelques-uns d'entre eux, d'une immense dimension, placés à l'embouchure des fleuves, armés de canons et d'eau bouillante, ressemblent à la fois à des citadelles modernes et à des forteresses du moyen âge.

Aux vingt-cinq mille sept cent quarante-sept milles de routes centrales, il faut ajouter l'étendue de quatre cent dix-neuf routes cantonales, et celle de cinquante-huit mille cent trente-sept milles de routes d'eau. Les canaux augmentent le nombre de ces dernières routes : le canal de Middlessex joint le port de Boston avec la rivière Merrimack ; le canal Champlain fait communiquer ce canal avec les mers canadiennes ; le fameux lac Érié ou de New-Yorck, unit maintenant le lac Érié à l'Atlantique ; les canaux Sautée, Chesapeake, et Albemarne sont dus aux États de la Caroline et de la Virginie ; et comme de larges rivières coulant en diverses directions se rapprochent par leurs sources, rien de plus facile que de les lier entre elles. Cinq chemins sont déjà connus pour aller à l'océan Pacifique ; un seul de ces chemins passe à travers le territoire espagnol.

Une loi du congrès de la session de 1824 à 1825 ordonne l'établissement d'un poste militaire à l'Orégon. Les Américains, qui ont un établissement sur la Colombia, pénètrent ainsi jusqu'au grand Océan entre les Amériques anglaise, russe et espagnole, par une zone de terre d'à peu près six degrés de large.

Il y a cependant une borne naturelle à la colonisation. La frontière des bois s'arrête à l'ouest et au nord du Missouri, à des steppes immenses qui n'offrent pas un seul arbre, et qui semblent se refuser à la culture, bien que l'herbe y croisse abondamment. Cette herbe verte sert de passage aux colons qui se rendent en caravanes aux Montagnes Rocheuses et au Nouveau-Méxique, elle sépare les États-Unis de l'Atlantique des États-Unis de la mer du Sud, comme des déserts qui, dans l'ancien monde, disjoignent des régions fertiles. Un Américain a proposé d'ouvrir à ses frais un grand chemin en terre, depuis Saint-Louis sur le Mississipi jusqu'à l'embouchure de la Colombia, pour une concession de dix milles en profondeur qui lui serait faite par le congrès, des deux côtés du chemin : ce gigantesque marché n'a pas été accepté.

Dans l'année 1789, il y avait seulement soixante-quinze bureaux de poste aux États-Unis : il y en a maintenant plus de cinq mille.

De 1790 à 1795, ces bureaux furent portés de soixante-quinze à quatre cent cinquante-trois; en 1800, ils étaient au nombre de neuf cent trois; en 1805 ils s'élevaient à quinze cent cinquante-huit; en 1810, à deux mille trois cents; en 1815, à trois mille; en 1817, à trois mille quatre cent cinquante-neuf; en 1820, à quatre mille trente; en 1825, à près de cinq mille cinq cents.

Les lettres et dépêches sont transportées par des malles-poste qui font environ cent cinquante milles par jour; et par des courriers à cheval et à pied.

Une grande ligne de malles-poste s'étend depuis Anson, dans l'État du Maine, par Washington, à Nashville, dans l'État de Ténessée, distance, quatorze cent quarante-huit milles. Une autre ligne joint Highgate, dans l'État de Vermont, à Sainte-Marie en Géorgie; distance, treize cent cinquante-neuf milles. Des relais de malles-poste

sont montés depuis Vashington à Pittsbourg; distance, deux cent
vingt-six milles : ils seront bientôt établis jusqu'à Saint-Louis du
Mississipi, par Vincennes, et jusqu'à Nashville, par Lexington, Kentucky. Les auberges sont bonnes et propres, et quelquefois excellentes.

Des bureaux pour la vente des terres publiques sont ouverts dans
les États de l'Ohio et d'Indiana, dans le territoire du Michigan, du
Missouri et des Arkansas, dans les États de la Louisiane, du Mississipi et de l'Alabama. On croit qu'il reste plus de cent cinquante
millions d'acres de terre propres à la culture, sans compter le sol des
grandes forêts. On évalue ces cent cinquante millions d'acres à environ six milliard 500 millions de dollars, estimant les acres l'un dans
l'autre 40 dollars, et n'évaluant le dollar qu'à 3 francs, calcul extrêmement faible sous tous les rapports.

On trouve dans les États du Nord vingt-cinq postes militaires et
vingt-deux dans les États du Midi.

En 1790, la population des États-Unis était de trois millions neuf
cent vingt-neuf mille trois cent vingt-six habitants ; en 1800, elle
était de cinq millions trois cent cinq mille six cent soixante-six ; en
1810, de sept millions deux cent trente-neuf mille neuf cent trois ;
en 1820, de neuf millions six cent neuf mille huit cent vingt-sept.
Sur cette population, il faut compter un million cinq cent trente-et-un
mille quatre cent trente-six esclaves.

En 1790, l'Ohio, l'Indiana, l'Illinois, l'Alabama , le Mississipi ,
le Missouri, n'avaient pas assez de colons pour qu'on les pût recenser.
Le Kentucky seul, en 1800, en présentait soixante-treize mille six
cent soixante-dix-sept, et Ténessée trente-cinq mille six cent quatre-
vingt-onze. L'Ohio, sans les habitants en 1790, en comptait quarante-cinq mille trois cent soixante-cinq, en 1800 ; deux cent trente
mille sept cent soixante, en 1810 ; et cinq cent quatre-vingt-un mille
quatre cent trente-quatre en 1820 ; l'Alabama, de 1810 à 1820, est
monté de dix mille habitants à cent vingt-neuf mille sept cent un.

Ainsi, la population des États-Unis s'est accrue de dix ans en

dix ans, depuis 1790 jusqu'à 1820, dans la proportion de trente-
cinq individus sur cent. Six années sont déjà écoulées des dix
années qui se compléteront en 1830, époque à laquelle on ....
que la population des États-Unis sera à peu près de douze millions
huit cent soixante-quinze mille âmes; la part de l'Ohio sera de huit
cent cinquante mille habitants, et celle du Kentucky de sept cent
cinquante mille.

Si la population continuait à doubler tous les vingt-cinq ans, en 1855
les États-Unis auraient une population de vingt-cinq millions neuf
cent cinquante mille âmes; et vingt-cinq ans plus tard, c'est-à-dire
en 1880, cette population s'élèverait au-dessus de cinquante millions.

En 1821, le produit des exportations des productions indigènes
et étrangères des États-Unis a monté à la somme de 54,914,236 dollars; le revenu public, dans la même année, s'est élevé à 14,264,000
dollars; l'excédant de la recette sur la dépense a été de 2,304,296
dollars. Dans la même année encore, la dette nationale était réduite
à 89,204,236 dollars.

L'armée a été quelquefois portée à cent mille hommes ; ....
vaisseaux de ligne, neuf frégates, cinquante bâtiments de guerre de
différentes grandeurs composent la marine des États-Unis. ....

Il est inutile de parler des constitutions des divers États, il suffit
de savoir qu'elles sont toutes libres. ....

Il n'y a point de religion dominante, mais chaque citoyen est libre
de pratiquer un culte chrétien : la religion catholique fait des progrès
considérables dans les États de l'Ouest. ....

En supposant, ce que je crois la vérité, que les résumés statis-
tiques publiés aux États-Unis soient exagérés par l'orgueil national,
ce qui resterait de prospérité dans l'ensemble des choses serait
encore digne de toute notre admiration. ....

Pour achever ce tableau surprenant, il faut se représenter des
villes comme Boston, New-Yorck, Philadelphie, Baltimore, Savannah; la Nouvelle-Orléans, éclairées la nuit, remplies de chevaux et
de voitures, offrant toutes les jouissances du luxe qu'introduisent

dans leurs ports des milliers de vaisseaux ; il faut se représenter ces
flots du Canada, naguère si solitaires, maintenant couverts de frégates, de cutters, de barques, de bateaux à vapeur, qui
se croisent avec les pirogues et les canots des Indiens, comme les
navires et les galères avec les pinques, les chaloupes et les
barques dans les eaux du Bosphore. Des temples et des maisons
de colonnes d'architecture grecque s'élèvent au milieu de
ces bois sur le bord de ces fleuves, antiques ornements du désert.
Ajoutez à cela de vastes collèges, des observatoires élevés pour la
science dans le séjour de l'ignorance sauvage, toutes les religions,
toutes les opinions vivant en paix, travaillant de concert à rendre
meilleure l'espèce humaine et à développer son intelligence : tels
sont les prodiges de la liberté.

Raynal avait proposé un prix pour la solution de cette
question : « Quelle sera l'influence de la découverte du Nouveau-
« Monde sur l'Ancien-Monde ? »

Les écrivains se perdirent dans des calculs relatifs à l'exportation
et l'importation des métaux, à la dépopulation de l'Espagne, à l'accroissement du commerce, au perfectionnement de la marine : personne, que je sache, ne chercha l'influence de la découverte de
l'Amérique sur l'Europe, dans l'établissement des républiques américaines. On ne voyait toujours que les anciennes monarchies, à peu
près telles qu'elles étaient, la société stationnaire, l'esprit humain
n'avançant ni ne reculant ; on n'avait pas la moindre idée de la révolution qui, dans l'espace de quarante années, s'est opérée dans
les esprits.

Le plus précieux des trésors que l'Amérique renfermait dans son
sein, c'était la liberté ; chaque peuple est appelé à puiser dans cette
mine inépuisable. La découverte de la République représentative
aux États-Unis est un des plus grands événements politiques du
monde : cet événement a prouvé, comme je l'ai dit ailleurs, qu'il y
a deux espèces de liberté praticables : l'une appartient à l'enfance
des peuples ; elle est fille des mœurs et de la vertu ; c'était celle des

premiers Grecs et des premiers Romains , c'était celle des Sauvages
de l'Amérique : l'autre naît de la vieillesse des peuples ; elle est celle
des lumières et de la raison ; c'est cette liberté des États-Unis qui
remplace la liberté de l'Indien. Terre heureuse, qui, dans l'espace
de moins de trois siècles , a passé de l'une à l'autre liberté presque
sans effort, et par une lutte qui n'a pas duré plus de huit années !

L'Amérique conservera-t-elle sa dernière espèce de liberté ? Les
État-Unis ne se diviseront-ils pas? N'aperçoit-on pas déjà les germes
de ces divisions! Un représentant de la Virginie n'a-t-il pas déjà
soutenu la thèse de l'ancienne liberté grecque et romaine avec le
système d'esclavage, contre un député du Massachusetts, qui défendait la cause de la liberté moderne sans esclaves, telle que le christianisme l'a faite?

Les États de l'Ouest, en s'étendant de plus en plus, trop éloignés
des États de l'Atlantique, ne voudront-ils pas avoir gouvernement
à part?

Enfin les Américains sont-ils des hommes parfaits ? n'ont-ils pas
leurs vices comme les autres hommes? sont-ils moralement supérieurs aux Anglais, dont ils tirent leur origine? Cette émigration
étrangère qui coule sans cesse dans leur population de toutes les
parties de l'Europe, ne détruira-telle pas à la longue l'homogénéité
de leur race? L'esprit mercantile ne les dominera-t-il pas? L'intérêt
ne commence-t-il pas à devenir chez eux le défaut national dominant?

Il faut encore le dire avec douleur, l'établissement des républiques
du Mexique, de la Colombie, du Pérou, du Chili, de Buénos-Ayres,
est un danger pour les États Unis. Lorsque ceux-ci n'avaient auprès d'eux que les colonies d'un royaume trans-atlantique, aucune
guerre n'était probable. Maintenant des rivalités ne naîtront-elles
point entre les anciennes républiques de l'Amérique septentrionale,
et les nouvelles républiques de l'Amérique espagnole? Celles-ci ne
s'interdiront-elles pas des alliances avec des puissances européennes?
Si de part et d'autre on courait aux armes ; si l'esprit militaire s'em-

parait des États-Unis, un grand capitaine pourrait s'élever : la gloire aime les couronnes ; les soldats ne sont que de brillants fabricants de chaîne, et la liberté n'est pas sûre de conserver son patrimoine sous la tutelle de la victoire.

Quoi qu'il en soit de l'avenir, la liberté ne disparaîtra jamais tout entière de l'Amérique ; et c'est ici qu'il faut signaler un des grands avantages de la liberté fille des lumières, sur la liberté fille des mœurs.

La liberté fille des mœurs périt quand son principe s'altère, et il est de la nature des mœurs de se détériorer avec le temps.

La liberté fille des mœurs commence avant le despotisme aux jours d'obscurité et de pauvreté ; elle vient se perdre dans le despotisme et dans les siècles d'éclat et de luxe.

La liberté fille des lumières brille après les âges d'oppression et de corruption ; elle marche avec le principe qui la conserve et la renouvelle ; les lumières dont elle est l'effet, loin de s'affaiblir avec le temps, comme les mœurs qui enfantent la première liberté, les lumières, dis-je, se fortifient au contraire avec le temps ; ainsi elles n'abandonnent point la liberté qu'elles ont produite ; toujours auprès de cette liberté, elles en sont à la fois la vertu générative et la source intarissable.

Enfin les États-Unis ont une sauvegarde de plus : leur population n'occupe pas un dix-huitième de leur territoire. L'Amérique habite encore la solitude ; longtemps encore ses déserts seront ses mœurs, et ses lumières sa liberté.

Je voudrais pouvoir en dire autant des républiques espagnoles de l'Amérique. Elles jouissent de l'indépendance ; elles sont séparées de l'Europe : c'est un fait accompli, un fait immense sans doute dans ses résultats, mais d'où ne dérive pas immédiatement et nécessairement la liberté.

---◆◇---

RÉPUBLIQUES ESPAGNOLES.

———

Lorsque l'Amérique anglaise se souleva contre la Grande-Bretagne, sa position était bien différente de la position où se trouve l'Amérique espagnole. Les colonies qui ont formé les États-Unis avaient été peuplées à différentes époques par des Anglais mécontents de leur pays natal, et qui s'en éloignaient afin de jouir de la liberté civile et religieuse. Ceux qui s'établirent principalement dans la Nouvelle-Angleterre, appartenaient à cette secte républicaine fameuse sous le second des Stuarts.

La haine de la monarchie se conserva dans le climat rigoureux du Massachusetts, de New-Hamsphire et du Maine; quand la révolution éclata à Boston, on peut dire que ce n'était pas une révolution nouvelle, mais la révolution de 1649 qui reparaissait après un ajournement d'un peu plus d'un siècle et qu'allaient exécuter les descendants des Puritains de Cromwell. Si Cromwell lui-même, qui s'était embarqué pour la Nouvelle-Angleterre, et qu'un ordre de Charles Ier contraignit de débarquer; si Cromwell avait passé en Amérique, il fût demeuré obscur, mais ses fils auraient joui de cette liberté républicaine qu'il chercha dans un crime, et qui ne lui donna qu'un trône.

Des soldats royalistes faits prisonniers sur le champ de bataille, vendus comme esclaves par la faction parlementaire, et que ne rappela point Charles II, laissèrent aussi dans l'Amérique septentrionale des enfants indifférents à la cause des rois.

Comme Anglais, les colons des États-Unis étaient déjà accoutumés à une discussion publique des intérêts du peuple, aux droits du citoyen, au langage et à la forme du gouvernement constitutionnel. Ils étaient instruits dans les arts, les lettres et les sciences; ils partageaient toutes les lumières de leur mère-patrie. Ils jouissaient de l'institution du jury; ils avaient de plus dans chacun de

leurs établissements des Chartes en vertu desquelles ils s'adminis-
traient et se gouvernaient. Ces Chartes étaient fondées sur des principes si généreux, qu'elles servent encore aujourd'hui de constitutions particulières aux différents États-Unis. Il résulte de ces faits
que les États-Unis ne changèrent, pour ainsi dire, pas d'existence
au moment de leur révolution; un congrès américain fut substitué
à un parlement anglais; un président à un roi; une chaîne du feuda-
taire fut remplacée par le lien du fédéraliste, et il se trouva par
hasard un grand homme pour serrer ce lien.

Les héritiers de Pizarre et de Fernand Cortez ressemblent-ils aux
enfants des *frères* de Penn et aux fils des *indépendants*? Ont-ils été
dans les vieilles Espagnes élevés à l'école de la liberté? Ont-ils
trouvé dans leur ancien pays les institutions, les enseignements,
les exemples, les lumières qui forment un peuple au gouvernement
constitutionnel? Avaient-ils des Chartes dans ces colonies soumises
à l'autorité militaire, où la misère en haillons était assise sur des
mines d'or? L'Espagne n'a-t-elle pas porté dans le Nouveau-Monde
sa religion, ses mœurs, ses coutumes, ses idées, ses principes,
et jusqu'à ses préjugés? Une population catholique, soumise à un
clergé nombreux, riche et puissant; une population mêlée de deux
millions neuf cent trente-sept mille blancs, de cinq millions cinq
cent dix-huit mille nègres et mulâtres libres ou esclaves, de sept
millions cinq cent trente mille Indiens; une population divisée en
classe noble et roturière; une population disséminée dans d'immenses forêts, dans une variété infinie de climats, sur deux Amériques et le long des côtes de deux Océans; une population presque
sans rapports nationaux et sans intérêts communs est-elle aussi
propre aux institutions démocratiques que la population homogène,
sans distinction de rangs, et aux trois quarts et demi protestante,
des dix millions de citoyens des États-Unis? Aux États-Unis,
l'instruction est générale; dans les républiques espagnoles, la
presque totalité de la population ne sait pas même lire : le curé est
le savant des villages; ces villages sont rares, et pour aller de telle

ville à telle autre on ne met pas moins de trois ou quatre mois. Villes et villages ont été dévastés par la guerre ; point de chemins, point de canaux ; les fleuves immenses qui porteront un jour la civilisation dans les parties les plus secrètes de ces contrées n'arrosent encore que des déserts.

De ces Nègres, de ces Indiens, de ces Européens, est sortie une population mixte, engourdie dans cet esclavage fort doux que les mœurs espagnoles établissent partout où elles règnent. Dans la Colombie, il existe une race née de l'Africain et de l'Indien, qui n'a d'autre instinct que de vivre et de servir. On a proclamé le principe de la liberté des esclaves, et tous les esclaves ont voulu rester chez leurs maîtres.

Dans quelques-unes de ces colonies oubliées même de l'Espagne, et qu'opprimaient de petits despotes appelés gouverneurs, une grande corruption de mœurs s'était introduite ; rien n'était plus commun que de rencontrer des ecclésiastiques entourés d'une famille dont ils ne cachaient pas l'origine. On a connu un habitant qui faisait une spéculation de son commerce avec des négresses, et qui s'enrichissait en vendant les enfants qu'il avait de ces esclaves.

Les formes démocratiques étaient si ignorées, le nom même d'une République était si étranger dans ces pays, que sans un volume de .'histoire de Rollin, on n'aurait pas su au Paraguay ce que c'était qu'un dictateur, des consuls et un sénat. A Guatimala, ce sont deux ou trois jeunes étrangers qui ont fait la constitution. Des nations chez lesquelles l'éducation politique est si peu avancée laissent toujours des craintes pour la liberté.

Les classes supérieures au Mexique sont instruites et distinguées ; mais comme le Mexique manque de ports, la population générale n'a pas été en contact avec les lumières de l'Europe. La Colombie, au contraire, a, par l'excellente disposition de ses rivages, plus de communications avec l'étranger, et un homme remarquable s'est élevé dans son sein. Mais est-il certain qu'un soldat généreux puisse parvenir à imposer la liberté aussi facilement qu'il pourrait établir l'esclavage? La force ne remplace point le temps; quand la première éducation politique manque à un peuple, cette éducation ne peut être que l'ouvrage des années. Ainsi la liberté s'élèverait mal à l'abri de la dictature, et il serait toujours à craindre qu'une dictature prolongée ne donnât à celui qui en serait revêtu le goût de l'arbitraire perpétuel. On tourne ici dans un cercle vicieux. Une guerre civile existe dans la République de l'Amérique centrale.

La République bolivienne et celle du Chili ont été tourmentées de révolutions : placées sur l'Océan Pacifique, elles semblent exclues de la partie du monde la plus civilisée[1].

Buénos-Ayres a les inconvénients da sa latitude : il est trop vrai que la température de telle ou telle région peut être un obstacle au jeu et à la marche du gouvernement populaire. Un pays où les forces physiques de l'homme sont abattues par l'ardeur du soleil, où il faut se cacher pendant le jour, et rester étendu presque sans mouvement sur une natte, un pays de cette nature ne favorise pas les délibérations du forum. Il ne faut sans doute exagérer en rien l'influence des climats; on a vu tour à tour, au même lieu, dans les zônes tempérées, des peuples libres et des peuples esclaves; mais sous le cercle polaire et sous la ligne il y a des exigences de climat incontestables, et qui doivent produire des effets permanents. Les Nègres, par cette nécessité seule, seront toujours puissants, s'ils ne deviennent pas maîtres dans l'Amérique méridionale.

Les États-Unis se soulevèrent d'eux-mêmes, par lassitude du joug et amour de l'indépendance : quand ils eurent brisé leurs entraves, ils trouvèrent en eux les lumières suffisantes pour se conduire. Une civilisation très avancée, une éducation politique de vieille date, une industrie développée, les portèrent à ce degré de prospérité où nous les voyons aujourd'hui, sans qu'ils fussent obligés de recourir à l'argent et à l'intelligence de l'étranger.

---

[1] Au moment où j'écris, les papiers publics de toutes les opinions annoncent les troubles, les divisions, les banqueroutes de ces diverses républiques.

Dans les républiques espagnoles les faits sont d'une tout autre nature.

Quoique misérablement administrées par la mère-patrie, le premier mouvement de ces colonies fut plutôt l'effet d'une impulsion étrangère que l'instinct de la liberté. La guerre de la révolution française le produisit. Les Anglais, qui depuis le règne de la reine Elisabeth n'avaient cessé de tourner leurs regards vers les Amériques espagnoles dirigèrent en 1804 une expédition sur Buénos-Ayres ; expédition que fit échouer la bravoure d'un seul Français, le capitaine Liniers.

La question, pour les colonies espagnoles, était alors de savoir si elles suivraient la politique du cabinet espagnol, alors allié à Buonaparte, ou si, regardant cette alliance comme forcée et contre nature, elles se détacheraient du *gouvernement espagnol* pour se conserver *au roi d'Espagne.*

Dès l'année 1790 Miranda avait commencé à négocier avec l'Angleterre l'affaire de l'émancipation. Cette négociation fut reprise en 1797, 1801, 1804 et 1807, époque à laquelle une grande expédition se préparait à Corck pour la Terre-Ferme. Enfin Miranda fut jeté en 1809 dans les colonies espagnoles ; l'expédition ne fut pas heureuse pour lui ; mais l'insurrection de Venezuela prit de la consistance, Bolivar l'étendit.

La question avait changé pour les colonies et pour l'Angleterre ; l'Espagne s'était soulevée contre Buonaparte ; le régime constitutionnel avait commencé à Cadix, sous la direction des Cortès ; nos idées de liberté étaient nécessairement reportées en Amérique par l'autorité des Cortès mêmes.

L'Angleterre de son côté ne pouvait plus attaquer ostensiblement les colonies espagnoles, puisque le roi d'Espagne, prisonnier en France, était devenu son allié ; aussi publia-t-elle des bills afin de défendre aux sujets de S. M. B. de porter des secours aux Américains ; mais en même temps six ou sept mille hommes, enrôlés malgré ces bills diplomatiques, allaient soutenir l'insurrection de la Colombie !

Revenue à l'ancien gouvernement, après la restauration de Ferdinand, l'Espagne fit de grandes fautes : le gouvernement constitutionnel, rétabli par l'insurrection des troupes de l'île de Léon, ne se montra pas plus habile; les Cortès furent encore moins favorables à l'émancipation des colonies espagnoles, que ne l'avait été le gouvernement absolu. Bolivar, par son activité et ses victoires, achèva de briser les liens qu'on n'avait pas cherché d'abord à rompre. Les Anglais, qui étaient partout, au Mexique, à la Colombie, au Pérou, au Chili avec lord Cochrane, finirent par reconnaître publiquement ce qui était en grande partie leur ouvrage secret.

On voit donc que les colonies espagnoles n'ont point été, comme les États-Unis, poussées à l'émancipation par un principe puissant de liberté; que ce principe n'a pas eu, à l'origine des troubles, cette vitalité, cette force qui annonce la ferme volonté des nations. Une impulsion venue du dehors, des intérêts politiques et des événements extrêmement compliqués, voilà ce qu'on aperçoit au premier coup d'œil. Les colonies se détachaient de l'Espagne, parce que l'Espagne était envahie; ensuite elles se donnaient des constitutions, comme les Cortès en donnaient à la mère-patrie; enfin on ne leur proposait rien de raisonnable, et elles ne voulurent pas reprendre le joug. Ce n'est pas tout; l'argent et les spéculations de l'étranger tendaient encore à leur enlever ce qui pouvait rester de natif et de national à leur liberté.

De 1822 à 1826 dix emprunts ont été faits en Angleterre pour les colonies espagnoles, montant à la somme de 20,978,000 liv sterl. Ces emprunts, l'un portant l'autre, ont été contractés à 75 e. ; puis on a défalqué, sur ces emprunts, deux années d'intérêt à 6 pour cent; ensuite on a retenu pour 7,000,000 de liv. sterl. de fournitures. De compte fait, l'Angleterre a déboursé une somme réelle de 7,000,000 de liv. sterl., ou 175,000,000 de francs; mais les républiques espagnoles n'en restent pas moins grevées d'une dette de 20,978,000 liv. sterl.

A ces emprunts déjà excessifs vinrent se joindre cette multitude d'associations ou de compagnies destinées à exploiter les mines, pêcher les perles, creuser les canaux, ouvrir les chemins, défricher les terres de ce nouveau monde qui semblait découvert pour la première fois. Ces compagnies s'élevèrent au nombre de vingt-neuf, et le capital nominal des sommes employées par elles fut de 14,767,500 liv. sterl. Les souscripteurs ne fournirent qu'environ un quart de cette somme, c'est donc 3,000,000 sterl. (ou 75,000,000 de francs) qu'il faut ajouter aux 7,000,000 sterl. (ou 175,000,000 de francs) des emprunts : en tout 250,000,000 de francs avancés par l'Angleterre aux colonies espagnoles, et pour lesquelles elle répète une somme nominale de 35,745,000 liv. sterl., tant sur les gouvernements que sur les particuliers.

L'Angleterre a des vice-consuls dans les plus petites baies, des consuls dans les ports de quelque importance, des consuls généraux, des ministres plénipotentiaires à la Colombie et au Mexique. Tout le pays est couvert de maisons de commerce anglaises, de commis voyageurs anglais, agents de compagnies anglaises pour l'exploitation des mines, de minéralogistes anglais, de militaires anglais, de fournisseurs anglais, de colons anglais à qui l'on a vendu 3 schellings l'acre de terre qui revenait à 12 sous et demi à l'actionnaire. Le pavillon anglais flotte sur toutes les côtes de l'Atlantique et de la mer du Sud; des barques remontent et descendent toutes les rivières navigables, chargées des produits des manufactures anglaises ou de l'échange de ces produits; des paquebots fournis par l'amirauté partent régulièrement chaque mois de la Grande-Bretagne pour les différents points des colonies espagnoles.

De nombreuses faillites ont été la suite de ces entreprises immodérées; le peuple, en plusieurs endroits, a brisé les machines pour l'exploitation des mines; les mines vendues ne se sont point trouvées; des procès ont commencé entre les négociants américains-espagnols et les négociants anglais, et des discussions se sont élevées entre les gouvernements, relativement aux emprunts.

Il résulte de ces faits que les anciennes colonies de l'Espagne, au moment de leur émancipation, sont devenues des espèces de colonies anglaises. Les nouveaux maîtres ne sont point aimés, car on n'aime point les maîtres ; en général l'orgueil britannique humilie ceux même qu'il protége ; mais il n'en est pas moins vrai que cette espèce de suprématie étrangère comprime, dans les républiques espagnoles, l'élan du génie national.

L'indépendance des États-Unis ne se combina point avec tant d'intérêts divers : l'Angleterre n'avait point éprouvé, comme l'Espagne, une invasion et une révolution politique, tandis que ses colonies se détachaient d'elle. Les États-Unis furent secourus militairement par la France qui les traita en alliés ; ils ne devinrent pas, par une foule d'emprunts, de spéculations et d'intrigues, les débiteurs et le marché de l'étranger.

Enfin l'indépendance des colonies espagnoles n'est pas encore reconnue par la mère-patrie. Cette résistance passive du Cabinet de Madrid a beaucoup plus de force et d'inconvénient qu'on ne se l'imagine ; le droit est une puissance qui balance longtemps le fait, alors même que les événements ne sont pas en faveur du droit : notre restauration l'a prouvé. Si l'Angleterre, sans faire la guerre aux États-Unis, s'était contentée de ne pas reconnaître leur indépendance, les États-Unis seraient-ils ce qu'ils sont aujourd'hui ?

Plus les républiques espagnoles ont rencontré et rencontreront encore d'obstacles dans la nouvelle carrière où elles s'avancent, plus elles auront de mérite à les surmonter. Elles renferment dans leurs vastes limites tous les éléments de prospérité : variété de climat et de sol, forêts pour la marine, ports pour les vaisseaux ; double Océan qui leur ouvre le commerce du monde. La nature a tout prodigué à ces républiques ; tout est riche en dehors et en dedans de la terre qui les porte, les fleuves fécondent la surface de cette terre, et l'or en fertilise le sein. L'Amérique espagnole a donc devant elle un propice avenir ; mais lui dire qu'elle peut y atteindre sans efforts, ce serait la décevoir, l'endormir dans une sécurité trom-

peuse ; les flatteurs des peuples sont aussi dangereux que les flatteurs des rois. Quand on se crée une utopie, on ne tient compte
ni du passé, ni de l'histoire, ni des faits, ni des mœurs, ni du caractère, ni des préjugés, ni des passions : enchanté de ses propres
rêves on ne se prémunit point contre les événements, et l'on gâte
les plus belles destinées.

J'ai exposé avec franchise les difficultés qui peuvent entraver
la liberté des républiques espagnoles ; je dois indiquer également les
garanties de leur indépendance.

D'abord l'influence du climat, le défaut de chemins et de culture
rendraient infructueux les efforts que l'on tenterait pour conquérir
ces républiques. On pourrait occuper un moment le littoral, mais
il serait impossible de s'avancer dans l'intérieur.

La Colombie n'a plus sur son territoire d'Espagnols proprement
dits ; on les appelait les *Goths*, ils ont péri ou ils ont été expulsés.
Au Mexique on vient de prendre des mesures contre les natifs de
l'ancienne mère-patrie. Tout le clergé dans la Colombie est américain ; beaucoup de prêtres, par une infraction coupable à la disci-
pline de l'Église, sont pères de familles comme les autres citoyens ;
ils ne portent même pas l'habit de leur ordre. Les mœurs souffrent
sans doute de cet état de choses ; mais il en résulte aussi que le
clergé, tout catholique qu'il est, craignant des relations plus intimes
avec la cour de Rome, est favorable à l'émancipation. Les moines
ont été dans les troubles plutôt des soldats que des religieux. Vingt
années de révolution ont créé des droits, des propriétés, des places
qu'on ne détruirait pas facilement ; et la génération nouvelle, née
dans le cours de la révolution des colonies, est pleine d'ardeur pour
l'indépendance. L'Espagne se vantait jadis que le soleil ne se cou-
chait pas sur ses États : espérons que la liberté ne cessera plus d'é-
clairer les hommes.

Mais pouvait-on établir cette liberté dans l'Amérique espagnole
par un moyen plus facile et plus sûr que celui dont on s'est servi :
moyen qui, appliqué en temps utile lorsque les événements n'avaient

encore rien décidé, aurait fait disparaître une foule d'obstacles? je pense.

Selon moi, les colonies espagnoles auraient beaucoup gagné à se former en monarchies constitutionnelles. La monarchie représentative est, à mon avis, un gouvernement fort supérieur au gouvernement républicain, parce qu'il détruit les prétentions individuelles au pouvoir exécutif et qu'il réunit l'ordre et la liberté.

Il me semble encore que la monarchie représentative eût été mieux appropriée au génie espagnol, à l'état des personnes et des choses, dans un pays où la grande propriété territoriale domine, où le nombre des Européens est petit, celui des Nègres et des Indiens considérable, où l'esclavage est d'usage public, où la religion de l'État est la religion catholique, où l'instruction surtout manque totalement dans les classes populaires.

Les colonies espagnoles indépendantes de la mère-patrie, formées en grandes monarchies représentatives, auraient achevé leur éducation politique, à l'abri des orages qui peuvent encore bouleverser les républiques naissantes. Un peuple qui sort tout à coup de l'esclavage, en se précipitant dans la liberté peut tomber dans l'anarchie, et l'anarchie enfante presque toujours le despotisme.

Mais s'il existait un système propre à prévenir ces divisions, on me dira sans doute : « Vous avez passé au pouvoir : vous êtes-vous contenté de désirer la paix, le bonheur, la liberté de l'Amérique espagnole? Vous êtes-vous borné à de stériles vœux? »

Ici j'anticiperai sur mes *Mémoires*, et je ferai une confession.

Lorsque Ferdinand fut délivré à Cadix, et que Louis XVIII eut écrit au monarque espagnol pour l'engager à donner un gouvernement libre à ses peuples, ma mission me sembla finie. J'eus l'idée de remettre au roi le portefeuille des affaires étrangères, en suppliant Sa Majesté de le rendre au vertueux duc de Montmorency. Que de soucis je me serais épargnés! que de divisions j'aurais peut-être épargnées à l'opinion publique! l'amitié et le pouvoir n'auraient pas donné un triste exemple. Couronné de succès, je serais sorti de la

manière la plus brillante du ministère, pour livrer au repos le reste
de ma vie.

Ce sont les intérêts de ces colonies espagnoles, dequelles mon
sujet m'a conduit à parler, qui ont produit le dernier bond de ma
quinteuse fortune. Je puis dire que je me suis sacrifié à l'espoir
d'assurer le repos et l'indépendance d'un grand peuple.

Quand je songeai à la retraite, des négociations importantes
avaient été poussées très loin; j'en avais établi et j'en tenais les fils;
je m'étais formé un plan que je croyais utile aux deux mondes; je
me flattais d'avoir posé une base où trouveraient place à la fois et les
droits des nations, l'intérêt de ma patrie, et celui des autres pays.
Je ne puis expliquer les détails de ce plan, on sent assez pourquoi.

En diplomatie un projet conçu n'est pas un projet exécuté : les
gouvernements ont leur routine et leur allure; il faut de la patience:
on n'emporte pas d'assaut des cabinets étrangers, comme M. le Dau-
phin prenait des villes; la politique ne marche pas aussi vite que la
gloire à la tête de nos soldats. Résistant par malheur à ma première
inspiration, je restai afin d'accomplir mon ouvrage. Je me figurai
que l'ayant préparé, je le connaîtrais mieux que mon successeur;
je craignis aussi que le portefeuille ne fût pas rendu à M. de Montmorency, et qu'un autre ministre n'adoptât quelque système suranné
pour les possessions espagnoles. Je me laissai séduire à l'idée d'attacher mon nom à la liberté de la seconde Amérique, sans compromettre cette liberté dans les colonies émancipées, et sans exposer le principe monarchique des États européens.

Assuré de la bienveillance des divers cabinets du continent, un
seul excepté, je ne désespérais pas de vaincre la résistance que
m'opposait en Angleterre l'homme d'État qui vient de mourir; résistance qui tenait moins à lui qu'à la mercantille fort mal entendue de
sa nation. L'avenir connaîtra peut-être la correspondance particulière qui eut lieu sur ce grand sujet entre moi et mon illustre ami.
Comme tout s'enchaîne dans les destinées d'un homme, il est possible que M. Canning, en s'associant à des projets, d'ailleurs peu

différents des siens, eût trouvé plus de repos, et qu'il eût évité les inquiétudes politiques qui ont fatigué ses derniers jours. Les talents se hâtent de disparaître; il s'arrange une toute petite Europe à la guise de la médiocrité : pour arriver aux générations nouvelles il faudra traverser un désert.

Quoi qu'il en soit, je pensais que l'administration dont j'étais membre me laisserait achever un édifice qui ne pouvait que lu faire honneur; j'avais la naïveté de croire que les affaires de mon ministère, en me portant au-dehors, ne me jetaient sur le chemin de personne, comme l'astrologue, je regardais le ciel, et je tombai dans un puits. L'Angleterre applaudit à ma chute, il est vrai que nous avions garnison dans Cadix, sous le drapeau blanc, et que l'émancipation monarchique des colonies espagnoles, par la généreuse influence du fils aîné des Bourbons, aurait élevé la France au plus haut degré de prospérité et de gloire.

Tel a été le dernier songe de mon âge mûr : je me croyais en Amérique et je me réveillai en Europe. Il me reste à dire comment je revins autrefois de cette même Amérique, après avoir vu s'évanouir également le premier songe de ma jeunesse.

FIN DU VOYAGE.

En errant de forêts en forêts, je m'étais rapproché des défrichements américains. Un soir j'avisai au bord d'un ruisseau une ferme bâtie de troncs d'arbres. Je demandai l'hospitalité; elle me fut accordée.

La nuit vint : l'habitation n'était éclairée que par la flamme du foyer; je m'assis dans un coin de la cheminée. Tandis que mon hôtesse préparait le souper, je m'amusai à lire à la lueur du feu, en baissant la tête, un journal anglais tombé à terre. J'aperçus, écrits en grosses lettres, ces mots : FLIGHT OF THE KING, *fuite du roi.* C'était le récit de l'évasion de Louis XVI, et de l'arrestation de l'infortuné monarque à Varennes. Le journal racontait aussi les progrès de l'émigration, et la réunion de presque tous les officiers de l'armée sous le drapeau des Princes français. Je crus entendre la voix de l'honneur, et j'abandonnai mes projets.

Revenu à Philadelphie, je m'y embarquai. Une tempête me poussa en dix-neuf jours sur la côte de France, où je fis un demi-naufrage entre les îles de Guernesey et d'Origny. Je pris terre au Havre. Au mois de juillet 1792, j'émigrai avec mon frère. L'armée des Princes était déjà en campagne, et, sans l'intercession de mon malheureux cousin, Armand de Châteaubriand, je n'aurais pas été reçu. J'avais beau dire que j'arrivais tout exprès de la cataracte du Niagara, on ne voulait rien entendre, et je fus au moment de me battre pour obtenir l'honneur de porter un havresac. Mes camarades, les officiers du régiment de Navare, formaient une compagnie au camp des Princes, mais j'entrai dans une des compagnies bretonnes. On peut voir ce que je devins dans la nouvelle préface de mon *Essai historique*[1].

Ainsi ce qui me sembla un devoir renversa les premiers desseins que j'avais conçus, et amena la première de ces péripéties qui ont marqué ma carrière. Les Bourbons n'avaient pas besoin sans doute qu'un cadet de Bretagne revînt d'outre-mer pour leur offrir son obscur dévouement, pas plus qu'ils n'ont eu besoin de ses services lorsqu'il est sorti de son obscurité; si, continuant mon voyage, j'eusse allumé la lampe de mon hôtesse avec le journal qui a changé ma vie, personne ne se fût aperçu de mon absence, car personne ne savait que j'existais. Un simple démêlé entre moi et ma conscience me ramena sur le théâtre du monde : j'aurais pu faire ce que j'aurais voulu, puisque j'étais le seul témoin du débat; mais, de tous les témoins, c'est celui aux yeux duquel je craindrais le plus de rougir.

Pourquoi les solitudes de l'Érié et de l'Ontario se présentent-elles aujourd'hui avec plus de charme à ma pensée, que le brillant spectacle du Bosphore?

[1] *Œuvres littéraires.*

C'est qu'à l'époque de mon voyage aux États-Unis j'étais plein d'illusion : les troubles de la France commençaient en même temps que commençait ma vie; rien n'était achevé en moi ni dans mon pays. Ces jours me sont doux à rappeler, parce qu'ils ne reproduisent dans ma mémoire que l'innocence des sentiments inspirés par la famille et par les plaisirs de ma jeunesse.

Quinze ou seize ans plus tard, après mon second voyage, la révolution s'était déjà écoulée : je ne me berçais plus de chimères; mes souvenirs, qui prenaient alors leur source dans la société, avaient perdu leur candeur. Trompé dans mes deux pèlerinages, je n'avais point découvert le passage du Nord-Ouest; je n'avais point enlevé la gloire du milieu des bois où j'étais allé la chercher et je l'avais laissée assise sur les ruines d'Athènes.

Parti pour être voyageur en Amérique, revenu pour être soldat en Europe, je ne fournis jusqu'au bout ni l'une ni l'autre de ces carrières : un mauvais génie m'arracha le bâton et l'épée, et me mit la plume à la main. A Sparte, en contemplant le ciel pendant la nuit[1]. je me souvenais des pays qui avaient déjà vu mon sommeil paisible ou troublé : j'avais salué, sur les chemins de l'Allemagne, dans les bruyères de l'Angleterre, dans les champs de l'Italie, au milieu des mers, dans les forêts canadiennes, les mêmes étoiles que je voyais briller sur la patrie d'Hélène et de Ménélas. Mais que me servait de me plaindre aux astres, immobiles témoins de mes destinées vagabondes? Un jour leur regard ne se fatiguera plus à me poursuivre; il se fixera sur mon tombeau. Maintenant, indifférent moi-même à mon sort, je ne demanderai pas à ces astres malins de s'incliner par une plus douce influence, ni de me rendre ce que le voyageur laisse de sa vie dans les lieux où il passe.

[1] *Itinéraire.*

FIN DU VOYAGE EN AMÉRIQUE.

TABLE DES MATIÈRES

DU SECOND VOLUME.

———◆◆———

FIN DE LA TABLE DU SECOND VOLUME.

LAGNY. — Imprimerie de GIROUX et VIALAT.

Imprimé en France
FROC031528230919
22213FR00015B/172/P